每本书都是一座传送门

次元书馆

OVERLORD ⑤
王国好汉(上)

(日)丸山黄金 著

晓峰 译

新星出版社　NEW STAR PRESS

目录

001	Prologue
015	第一章　少年的心意
065	第二章　苍蔷薇
131	第三章　搭救者与获救者
203	第四章　好汉齐聚
259	第五章　熄火，漫天烟火
331	角色介绍
338	作者后记

Prologue

下火月（九月）一日，14：15。

抬头仰望，从一早就覆盖整片天空的乌云，仿佛终于忍耐不住，吐出了蒙蒙细雨。看着眼前烟雨蒙蒙的世界，王国战士长葛杰夫·史托罗诺夫啧了一声。

要是能早点儿离开，也许就能及时回家，不用淋这场雨了。

举目瞭望天空，厚重的乌云密不透风地笼罩着里·耶斯提杰王国的王都里·耶斯提杰，看不见一点隙缝。就算继续等下去，恐怕也盼不到雨停了。

他放弃留在王城内等雨停，披起附在斗篷外套上的帽子，往雨中踏出脚步。

看门守卫一看到他就直接放行。他走向王都中央大道。

这条大道平时充满活力，不过现在没什么人，只有几个人在湿透发黑的路面上小心翼翼地走着，以免摔倒。

看路人寥寥无几，雨应该已经下了一段时间。

（既然如此就没办法了。就算早点儿出来应该也是一样。）

大雨把斗篷外套淋得越来越沉重，他默默地走在雨中，与穿着同样雨具的几个人擦身而过。虽说这件斗篷外套能够当成雨具，但湿淋淋的触感黏在肌肤上，令人相当不舒服。葛杰夫加快脚步，赶路回家。

离自己家越来越近了，很快就能从湿答答的外套中获得解放，想到这点，葛杰夫松了口气。就在这时，他的意识不经意地被某个东西吸引过去。在宛如披着薄纱的世界之中，从大道往右转进一条小路，有个丝毫不在意自己被雨淋湿，坐在地上全身脏兮兮的男子引起了葛杰夫的注意。

这男子的头发似乎随便染过，发根处看得见原本的发色，湿透了的头发贴在额头上，滴着水滴。那人有点垂着头，葛杰夫看不见他的五官。

葛杰夫的目光之所以会停留在这男子身上，并不是因为在这场雨之中，那人连雨具也没穿、不在乎自己被淋湿，而是他从这个男子身上察觉到一种不协调的突兀感。尤其是男子的右手，特别吸引他的目光。

那人就像孩子握着母亲的手不放，紧紧握住了一把武器，与脏兮兮的外观极不搭调。那是产自据说位于遥远南方沙漠中的都市，一种称为"刀"的武器，非常珍奇。

（竟然握着刀……是盗贼吗……不对。这个男人给我的感觉不是那种货色。仿佛让我有几分怀念？）

葛杰夫产生一种奇妙的心情。就像扣错了一颗纽扣那样，不对劲的感觉。

葛杰夫停下脚步，一本正经地望着那个男子的侧脸，霎时，记忆如怒涛般复苏。

"你该不会是……安、安格劳斯？"

话一出口，葛杰夫立刻有种念头，觉得"不可能"。

过去王国御前比武之际，在决赛交战的对手，布莱恩·安格劳斯。

与自己激烈对战，打得难分难解的那个男人的身影，至今仍烙印在葛杰夫的脑海里。那是自己握剑以来，直至今日，所遇过的战士之中最强的敌手——也许这只是葛杰夫的一厢情愿，但他至今仍将布莱恩当成劲敌，无法忘记他的容貌。

没错。这个男人瘦削的侧脸，与记忆中的劲敌酷似。

可是——这不可能。

相貌的确十分神似。虽说岁月造成了些许变化，但还能清楚看出昔日风貌。然而葛杰夫记忆中的男子，从不曾露出这种懦弱的表情。他对自己的剑术充满自信，浑身散发熊熊燃烧的强烈战意，而不是这样一副落水老狗的德行。

踩踏出啪嗒啪嗒的水声，葛杰夫走向男子。

男子仿佛对声音产生反应，慢吞吞地抬起头来。

葛杰夫倒抽了口气。从正面一瞧，让他转而确认男子是布莱恩·安格劳斯。

只是，他已经失去了过去的光辉，完全成了条丧家之犬。葛杰夫眼前的布莱恩就是这副样子。

布莱恩摇摇晃晃地站起来。那种称得上懒散的笨重动作，绝不是战士该有的举动，就连老兵都不会是这副德行。他的目光就这样垂落地面，不发一语地转过身去，然后无精打采地走开了。

那背影在雨中越变越小。葛杰夫有种预感，一旦就这样分开，自己将再也见不到布莱恩，他赶紧走上前叫道："安格劳斯!布莱恩·安格劳斯!"

如果对方说"你认错人了",葛杰夫打算说服自己他们只是长得像罢了。然而,一个蚊子叫似的声音传进了葛杰夫的耳里。

"史托罗诺夫吗?"

毫无气势的声音。那声音与当初挥刀斩向自己,记忆中的布莱恩的声音,简直判若两人。

"怎么了,发生了什么事?"

他愕然问道。

这究竟是怎么回事?

不管是什么样的人,都有可能堕落。这种人葛杰夫也看多了。一味逃避,追求安逸的人,常常会因为一次失败而失去一切。

然而,他就是无法将那种人与剑术天才布莱恩·安格劳斯联想在一起。也许是因为他不想承认过去最强的敌手,如今竟然落魄到这个地步。

两人的视线产生交集。

(这是什么样的表情啊……)

脸颊消瘦,眼眶下面浮现极深的黑眼圈。两眼无神,面色苍白,简直像个死人。

(不,死人还比较好……安格劳斯成了行尸走肉……)

"史托罗诺夫。毁了。"

"什么?"

听到这句话,葛杰夫第一个看向布莱恩握着的刀。然而,葛杰夫察觉到自己弄错了。他说毁了，指的并不是刀。

"我说啊，我们算强吗？"

他无法回答"强"。

葛杰夫的脑中想起了卡恩村的那件事。如果当时，神秘而强大的魔法吟唱者安兹·乌尔·恭没来解危，自己早已与部下一同命丧黄泉了。号称王国最强，也不过就这点程度。他绝不敢抬头挺胸说自己有多强。

不知道是如何解读葛杰夫的沉默，布莱恩又继续说：

"弱啊，我们很弱。毕竟就是人类。人类就是弱。我们的剑术实力不过就是垃圾。终究只是人类这种劣等种族。"

没错，人类很弱。

跟龙族之类的最强种族相比，体能差距一目了然。人类既没有坚固的鳞片、锐利的爪子或能翱翔天际的翅膀，也无法喷出毁灭万物的吐息，哪里能与之抗衡。

正因为如此，战士才会向往屠龙的壮举。凭着自己千锤百炼的力量、战友们与武具，击败有着压倒性差异的种族，是一种荣誉，是只有一部分的超战士才准许拥有的功勋。

这么说来，布莱恩是屠龙失败了吗？

因为伸手企及遥远的高处却够不到，才失去了平衡，坠入深渊了吗？

"我不懂。只要是战士，不是都明白这一点吗？人类本来就很弱啊。"

对，他不懂。谁都知道有所谓遥不可及的高处。

葛杰夫虽被赞誉为邻近诸国最强的战士，但他自己却对此抱持疑问。

例如教国就有可能隐藏着比葛杰夫更强的战士。再说比起身为人类的葛杰夫，食人魔或巨人等亚人种的基础体能更优秀。因此，如果这些种族练成了同等程度的技术，就算稍微差一点也行，葛杰夫必定赢不过他们。

高处只是肉眼看不见，但确实是存在的，葛杰夫很明白。难道布莱恩不明白这一点吗？只要是战士，谁都明白这理所当然的道理啊。

"的确有比我们更强的种族。所以才要努力战胜他们，不是吗？"

要相信总有一天能到达高处。

然而布莱恩用力摇头。湿透了的头发将水滴飞溅至四周。

"不对！不只那种程度！"

他吐血般地呐喊。

眼前的男人终于与葛杰夫记忆中的形象产生重叠。他似乎从中感觉到布莱恩挥剑出招时的气魄，纵然呐喊的内容与气魄正好相反。

"史托罗诺夫！真正的强者是再怎么努力也够不着的。人类这种种族就是够不着。这就是强者的真相。我们的力量不过就像拿着棒子乱挥的小孩，就像小时候玩过的扮战士游戏！"

他以丧失感情的平静表情，面对着葛杰夫。

"我说啊，史托罗诺夫。你也对剑术有自信吧？可是……那只是垃圾。你只是拿着垃圾，自以为在保护人民罢了！"

"你看到了如此强大的力量？"

"看到了。体会到了。那是人类绝不可能征服的高峰。"

"不，"布莱恩有些自嘲地笑了，"我看到的甚至不是强者的真本事。我的实力差太远了，没资格目睹真正的顶点。那只是玩玩罢了。真是滑稽。"

"那你就应该努力锻炼，以求有一天能看见那个顶点……"

布莱恩勃然大怒，一张脸扭曲起来。

"你什么都不明白！人类的肉身绝不可能接近那个怪物。就算挥剑挥到超越无限次也够不着，这是肯定的！无聊透顶。我到底都在拿什么当目标啊。"

葛杰夫无言以对。

葛杰夫看过这种心灵受创的人。因同伴死在眼前而灰心丧志之人。

没有任何办法能救他们。外人帮不了他们。他们必须自己坚强振作起来，不然旁人再怎么伸出援手都没用。

"安格劳斯。"

"我告诉你，史托罗诺夫。靠剑得到的武力不值一提。在真正的强大力量之前，那只是垃圾。"

从他身上，实在已经看不出过去的雄壮英姿了。

"很高兴最后能见到你。"

葛杰夫眼神悲痛地目送转身离去的布莱恩。

看到过去的劲敌身心受创离去的可悲模样,葛杰夫已经提不起精神叫住他了。然而他离去之际留下的短短一句话,葛杰夫无法充耳不闻。

"这样……我就死而无憾了。"

"等等!等等,布莱恩·安格劳斯!"

怀抱着烈火中烧的感情,他对着布莱恩的背影喊道。

他走过去,抓住布莱恩的肩膀一拉。

他踉跄的模样已然失去过去的光辉。然而,葛杰夫是用自己的全副臂力拉住他的,他虽然失去平衡,却没有摔倒。这是因为他的腰腿锻炼扎实,平衡感很好。

葛杰夫稍微安心了。他直觉过去的强敌实力并没有退步。

现在还来得及。他不能就这样见死不救。

"你这是做什么?"

"去我家吧。"

"住手。不要想帮助我。我只想死……我不想再活在恐惧中了。不想看到影子就害怕是不是有人在追我。我已经不想面对现实了。不想承认自己是拿着垃圾在沾沾自喜。"

布莱恩近乎哀求的语气,让葛杰夫心中产生一股烦躁。

"闭嘴。跟我来。"

说是叫他跟自己来,葛杰夫实际上是抓着布莱恩的手臂,径自往前走。布莱恩步履蹒跚,也不抵抗,只是乖乖跟上来。看到他这副模样,葛杰夫感到一种无法言喻的不快。

"换件衣服,把饭给我吃了,就立刻去睡觉。"

中火月(八月)二十六日,13:45。

里·耶斯提杰王国的王都里·耶斯提杰。

总人口达九百万的国家首都,最适合用"古老都市"这个词来形容。不但说明它历史悠久,也暗指其中的日常生活永远是那么平淡,只是个陈旧而毫无生气的都市,一成不变——等各种含意。

只要走在马路上,就能立刻理解这一点。

左右林立的房屋大多老旧而质朴,没有一丝新奇或华美。不过,每个人对这样的街景各有不同观点。没错,想必有人会认为这是历史悠久、沉稳自若的风骨,当然也有人会觉得这是个永久停滞、枯燥无趣的都市。

一路走来,王都仿佛始终如一,而且将会维持现状继续存在千秋万世。殊不知没有一种事物能长久不变。

王都内有许多道路未经铺装,这些路面每逢雨天就会满地泥泞,呈现一片都市内不该有的光景。然而这并不表示王国的发展水平落后,而是帝国与教国的水平太高,一开始就无法与它们相提并论。

道路幅度也不算宽,因此虽然没有人会大摇大摆走在马车前面——马路的正中央——但市民摩肩接踵走在马路两旁的模样实在凌乱不堪。王都的居民早就习以为常，能在人群中穿梭自如。就算两人迎面接近，也能在快要撞上的前一刻巧妙闪开。

不过塞巴斯此时行走的马路，不同于王都内大多数的地点，少见地以石板铺装而成，而且道路也很宽敞。

只要瞧瞧左右两旁就知道原因。路旁栉比鳞次的住宅无不富丽堂皇，散发富裕的气息。

这条充满活力的马路，正是王都的主要街道。

塞巴斯潇洒迈步时，受到他那中年俊男的容貌与英姿焕发的气质吸引，路过的女性几乎没有不回头的，甚至有女性从正面对他抛媚眼。不过塞巴斯不以为意，仍然挺直背脊，紧盯前方，脚步没有一刻紊乱。

本以为在抵达目的地之前绝不会停止的双脚忽然站定，留意左右驶来的马车后九十度转弯，横越了大街。

他往一个老太太的方向走去。地上放着堆满货物的背架，老太太在一旁摩挲着脚踝。

"怎么了？"

突然被人搭话似乎让老太太吃了一惊，她仰起脸来，眼中满是强烈的戒心。不过，一看到塞巴斯的相貌与那身高贵的穿着，警戒之色便淡化不少。

"您好像有困扰。有什么我能帮忙的吗？"

"不、不用了。怎么好意思让这位老爷帮我……"

"请别介意。向有困扰的人伸出援手,是理所当然的。"

塞巴斯和气地微笑,老太太顿时红了脸。风流倜傥的绅士展露的动人笑靥卸除了她的最后一道心防。

原来老太太做完摊贩生意,打算回家,半路却不小心扭伤了脚,正在伤脑筋。

主要街道的治安还不算坏,但不代表走在街上的市民全都心地善良。要是随便向人求助,运气不好也可能被洗劫一空。老太太知道实际上也发生过这种劫案,所以才不敢轻易寻求帮助。

既然如此,问题就简单了。

"我带您回家吧。可以请您带路吗?"

"老爷,真的可以吗!"

"当然了。因为遇到需要帮助的人,本来就应该伸出援手。"

塞巴斯转过身去,背对一再道谢的老太太。

"来,请趴在我的背上。"

"这、这个……"老太太困惑地说,"我这身脏衣服,会弄脏老爷的好衣服的!"

然而——

塞巴斯和蔼地笑着。

衣服脏了又怎样呢。帮助有困扰的人,不需要在意这点芝麻小事。

无意间他想起纳萨力克地下大坟墓同事们的脸庞。他们一脸讶异,蹙眉,或是浮现明显轻蔑的表情。不过,不管其中最瞧不起这种做法的迪米乌哥斯怎么说，塞巴斯都确定自己这么做是对的。

帮助别人是正确的行为。

他说服了一再推辞的老太太，背起了她，一只手拎起背架。

即使拿着沉甸甸的背架却依然步伐稳健的模样，不只是老太太，任何看到的人都发出敬佩的叹息。

塞巴斯在老太太的带路下，踏出了步伐。

1章 少年的心意

第一章 | 少年的心意

1

下火月（九月）二日，23：30。

男人点燃了挂在腰间的提灯。提灯用的是特殊油料，因此冒出了绿色火焰，诡异的火光照亮四周。

来到室外，仿佛有一股热气迎面而来。男人露出厌烦的表情，但这个季节本来就热，无可奈何。就算太阳已经下山，这个时期王国内的所有地方都是闷热难耐。话虽如此，酷暑期都已经过了，接下来应该会徐徐增加寒意，但目前还不见丝毫转凉的征兆。

"唉，今天也好热啊。"

"就是啊。听说往北一点，海边附近好像比较凉快些。"

男人抱怨道。

"要是能下场雨，就会凉快点了。"今晚同行的搭档搭腔。

他边说边抬头看看天空，然而天气晴朗得很，别说乌云，连一片云都没有。群星看起来异常硕大，就只是一如往常的夜空。

"就是啊，要是能下场雨该有多好……好啦，干活喽。"

要说这两个男人是普通的村民，似乎有些不对劲。首先是他们的武装配备。腰上挂着长剑，身穿皮甲，无一疏漏——以村落义警队来说，装备的武器防具似乎太过正式。不只如此，两个男人的肉体与脸孔都不像是庄稼汉，而是隐藏着惯于施暴的气息。

两个男人闷不吭声,开始在村子里走动。

暗夜笼罩的村子悄然无声,除了两个男人的脚步声外,听不见一点声音。在仿佛万物灭绝的阴森气氛里,两个男人镇定地继续前进。他们沉着的态度,证明这种巡逻是每天的例行公事。

男人们漫步的村子被高墙团团围住,光是肉眼可及的范围内就搭建了六座瞭望台。那结构盖得十分稳固,即使在魔物频繁出没的边境村落,也看不到这么坚固的瞭望台。

此地与其说是村落,毋宁说是个战略据点。

不过即使如此,若是第三者来看,或许也只会觉得这是个戒备森严的村子。然而接下来的光景才真的令人蹙眉。

那片景观就是如此奇异。建造围墙的时候,一般都只会围着居住的建筑物或仓库盖一圈,田地则置于墙外。因为如果要把田地也围进村子,建造足以围绕广大耕地的围墙将会劳神伤财。然而这座村子却把随风摇曳的绿草当成黄金似的小心保护,围在村子里。

在这个奇怪村子里走动的男人,从一座瞭望台上感受到视线。实际上,楼台上应该有装备了弓箭的同伴。遇到状况时只要将提灯高举过头摇一摇,就可以得到同伴的支持。

想到同伴的本领,男人不太想请他进行射击,不过只要把钟敲响,所有同伴都会起床,倒是让人十分安心。

因此如果搞错状况错摇了提灯,会被换班睡觉的同伴抱怨一顿，但男人决定只要有任何一点异状，就要立刻摇动提灯。

他可不想为了小事丢掉性命。

说归说，其实他不认为会发生什么状况。他已经好几个月重复同样的巡逻工作，想必今后也会永远继续下去吧。

男人一边对未来感到厌烦，一边沿着规定的路线在村中漫步。

当男人正好走完一半的巡逻路线时，突如其来，一个像是蛇的物体覆盖住男人的嘴巴。不对，那不是蛇。紧黏男人口部不放的物体，是章鱼的脚。

紧接着男人的下巴被一把抬起，暴露在外的喉咙发出烧烫的痛楚。一连串的动作耗时不到一秒钟。

喉咙处传来咽下某种液体的声音。

那是男人这辈子听到的最后一个声音。

捂住男人嘴巴的手松开，从背后支撑着他免于倒地。确认刺穿喉咙的魔法武器"吸血魔刃"已经将血喝干，才将它拔出。

抱着男人伫立的，是个身穿黑衣的人物。除了眼睛之外，所有部位皆以布遮掩，全身包裹着漆黑衣服。衣服本身是布的，以护手护膝等防具提高防御力。胸部也一样覆盖着金属板，但明显隆起，显露出女性胸部的形状。

同样，另一个男子背后也有个相同装扮的人物。这人也与前者相同，覆盖胸部的金属板有隆起。第一个人看向第二个人，只轻轻点了个头。

她确定暗杀成功后,窥探周围。看来没有人注意到这个状况。

她心中不禁松了口气。

虽然有提灯照明,不过她们与两个男人密不透风地贴在一起,从楼台上应该很难看出多了两个人。唯一需要担心的是袭击的瞬间——从一个影子短距离转移到另一个影子的"暗渡"可能遭人目击,不过现在这种担心也已成为过去时。

她没去管吸了血而更加红艳的短剑,只是支撑着快要倒下的男人身体。

从瞭望台上站岗的那些人来看,两个本来在巡逻的男人应该就像停下了脚步,不过若是让两人继续站着不动或是无力倒下,肯定会引人生疑。

因此得立刻采取下个手段。不过,那不是她的工作。

突然,女子隔着手心,感觉到男人无力的身躯好像打进了一根柱子。下个瞬间她知道这不是她的错觉,男人开始僵硬地移动。

男人明明已经断气,竟然还能行动,但女子并不惊讶。因为一切都在照计划进行。

她放开手,同时发动特殊技能。这是她取得的忍者技能之一"潜影"。使用这种能力的人可以完全融入任何影子当中,一般人的肉眼绝对不可能辨识出来。

抛下融入影子的两人,男人们像解开了锁链般向前迈步,顺着他们本来该走的巡逻路线步行。看起来就像是他们想起了自己的工作内容，然而他们走路的速度迟钝而笨重。伤口并未痊愈，喉咙上的一条红线却没有继续喷出鲜血，是因为所有血液早已流光。

这样的两人却还能动，原因无他：他们只不过是变成了僵尸，听从制作者的命令行动罢了。

做出僵尸的人不是她们。

一般人看来，这里只有两个男人，纵使看穿了她们的隐形也只有四人。然而这里其实有第五个人。这个无形的第五人，就是僵尸的制造者。

她们的眼睛也看不见其身影。不过她们修得的忍术特殊技能中，有一项能够检测出以魔法或特殊技能隐藏的存在，而检测到的反应就在眼前。

"这边已经准备妥当。"

"完美。"

她压低声音向对方说，立刻得到一个同样小声的回应。

"嗯，知道了，我都看见了。我要前往下一个地点，得尽量抓个身份够高的人才行。"

这也是个女子的声音。不过她的声音较尖，给人一种稚嫩女童的感觉。

"我们也要开始进行袭击。另外两人呢？"

"会不会是没机会出场，就在摸鱼？"

"怎么可能。那两人潜伏在村子附近,已经做好万全准备,一旦遇到紧急情况,就从里外两边同时展开攻击。好。我去第一优先的位置。你们也按照预定行事吧。"

匿迹潜形的同伴轻飘飘地——虽然只是感觉——浮上空中。这是以"飞行"进行的空中移动。

逐渐远去的存在感,消失在她称为第一优先的建筑物中。那是这座村子里的其中一栋建筑,也是必须率先抢下的重要据点。

其实本来应该以别的建筑物为优先,之所以将这栋建筑摆在第一位,是考虑到"讯息"魔法的问题。

很多人认为这种魔法传递的内容缺乏可信度,不予采用,但也有人不以为意地运用。像是由国家主导培训魔法吟唱者的帝国、以获得第一手情报为优先的一部分大商人,还有支配这座村子的敌人都是如此。因此她们首先必须做的,就是逮住建筑物里的联络员。

既然同伴已经前往,她们也得早点移动到目标地点附近躲藏起来。因为一切必须在相同的时间点进行,得趁敌人尚未发觉时完成袭击才行。

两名忍者呼出一口气,开始奔跑。

从暗处移动到暗处的两道身影,常人是看不到的。岂止如此,若是一并使用身上佩戴的魔法道具,纵使高等级冒险者一样很难发现。换句话说,这座村子里没有人能看见她们的身影。

并肩奔跑的同伴灵活地动着手指。虽然只不过是弯曲手指的动作，她却一看就懂。

幸好他们没带狗。

她以手指回答"同意"。

这是暗杀者常用的手语。像她们这样技艺纯熟的专家，使用手语就跟讲话一样快。她们也有教同伴使用，可惜同伴只学会打简单的暗号或行动指示。然而她们俩的手语无论是速度还是词汇都达到日常会话水平，两人常常像这样用手语说悄悄话。

说得对。没有狗被血腥味吸引过来，轻松多了。

要是巡逻人员带了狗，暗杀就没这么简单了。她们准备了应付狗的手段，不过麻烦事自然是越少越好。

她如此回答后，同伴的手指高速动着。

"那么我前往预定的建筑物。"

她回答"了解"，身旁奔跑的同伴就错开方向，往一旁去了。

剩下她一个人继续疾走，同时侧眼看了看田地。

田里栽培的既非麦子等谷物，也不是蔬菜。农作物的真面目，是在王国内蔓延势头最为严重的违法药物——"黑粉"的原料植物。在这高墙围绕的村子里有好几处农田，但栽培的作物全都一样，证明这个村子正是毒品栽培的大本营之一。

这种名叫黑粉的毒品又被称为"莱拉粉末"，是一种黑色的粉状药物，以水调匀后即可饮用。

由于这种药物大量生产，价格低廉，又能轻易带给使用者快感与陶醉感，因此成了王国最知名的毒品。虽然它除了上述效能之外也具有毒性，但使用者却相信这种药物没有副作用，导致它被滥用。

她想起黑粉的情报，不屑地嗤笑。

没有一种毒品不会有副作用。"只要想戒就能戒掉"，真是痴人说梦。她们解剖黑粉成瘾者的遗体确认过，每具尸体的脑子都缩小到常人的五分之四。

以野生植物调和而成的黑粉，原本可是强力的毒药。怎么会有人相信这种剧毒植物没有毒性？

泛滥于大街小巷的黑粉只具有毒品效能，是因为原料是人工栽培，药效较弱。

即使如此，这些黑粉仍然具有强烈的毒性，必须经过很长的时间才能完全排出体外。因此大多数的服用者停药之后，都会在毒性完全排出体外前再度开始服用。除非以神官们使用的魔法强制排毒，否则成瘾到一定阶段的中毒者，几乎不可能凭借自己的意志力戒毒。

这种可怕的毒品最棘手之处，在于成瘾症状不明显，就算陷入"恶幻旅"也不会产生暴力倾向，危害他人。因此王国高层人士不了解这种毒品的危险性，光是尽力取缔其他药物，黑粉几乎受到默许。

难怪帝国要提出抗议，怀疑王国拿生产黑粉当地下产业了。

就她而言，当她还是个暗杀者时，会在某些情况下使用，组织也在栽培这种药物，因此她并不排斥。这种麻醉药品只要运用得当，也能发挥良好效果。说穿了，其实就是一种具有危险性的药草。

不过这次的工作是受人之托，跟她个人的意见无关。只是——

（未透过冒险者工会的委托有点危险。）

她也不太能接受这次的委托就是了。

她蒙面布底下的表情苦涩起来。这次的委托人是小队领队的朋友。虽说对方会支付合理的报酬，但接受未通过工会的委托有可能引发各种问题。就算她们是王国仅有的两支精钢级冒险者小队之一也一样。

（嗯？现在好像变成三支了？）

思索至此，她想起之前听说出现了新的精钢级冒险者。就在暗自思忖之际，她来到了代号为"二号"的建筑物。

她的职责就是回收这栋建筑物内的所有情报。结束之后还得在田里放火。

熊熊燃烧的毒品冒出的浓烟确实有毒，但必须这么做，任务才能结束。

根据当时的风向，有可能会危害村民，但是她们没有那么多时间，也没有办法能疏散村民。

（必要的牺牲。）

她如此告诉自己，将村民的安危抛到九霄云外。

从小被培养为暗杀者的她，很少被死亡影响心情。尤其是素不相识的人，不管遭到什么不幸，她都无动于衷。她唯一不喜欢的，是每当有人牺牲时，领队脸上浮现的表情。不过，在研讨这次作战计划时，她已经获得领队同意。因此她丝毫没有要救人的念头。

况且比起这种事情，袭击结束后她得马上使用传送魔法移动到别的村子，同样放火烧村。这个计划占据了她的所有心思。

栽培毒品原料植物的地点不止这个村子。根据她们的调查，王国内就有十处大规模的栽培地。恐怕还有几个地方没有查获，不然栽培的分量实在不足以供应泛滥王国各地的毒品推测量。

（只能是见到杂草就拔……虽然会白费许多力气，但也没有其他办法……）

如果能在这村子里找到书面指示，那是再好不过，但恐怕没这么好的事。只能期待这个村子的负责人握有某种程度的情报了。

（至少能掌握组织的蛛丝马迹……这样领队也会高兴。）

栽培这种毒品的强大犯罪集团名为"八指"，是盘踞王国黑社会的巨大组织。名称取自土神的从属神"盗贼之神"只有八根手指。

该组织分成奴隶买卖、暗杀、走私、窃盗、毒品交易、保镖、金融、赌博等八个部门共生共存，一般认为他们是王国内非法组织的龙头老大。而且因为组织太过庞大，全貌笼罩着神秘面纱。

不过,有个景象轻易显示了这个组织在王国内的势力范围到底多庞大。那就是她眼前的这座村庄。

在村落里明目张胆地栽培违法植物。光从这一点,就知道拥有这块土地领主权的贵族也是一丘之貉。然而就算加以检举,贵族也不会被问罪。

就算由王族进行查问或是司法机构介入,要让封建贵族付出法律代价仍然相当困难。这块土地的贵族想必会说:"我不知道这种植物能成为毒品的原料。"要不然就是把责任推到村民头上,说是他们擅作主张。

采取法律途径弹劾成效有限,即使想抑止毒品流通,物流也会受到与组织同流合污的贵族插手,状况已然恶化到靠卫士等人的力量无法解决的程度。

所以,除了放火烧田这种依靠暴力的最终手段,她们已经无计可施了。

老实说,她认为就算烧了这些毒品,也算不上对症下药。侵蚀王国内部的非法组织实在太过强大,势力也深入政治领域。

"只是争取时间……如果不能伺机一举逆转,做这些也是徒劳……"

2

大雨如注。

雨点发出耳鸣般的嘈杂声响。

王都的路面在铺设时并没有考虑到排水功能,尤其小巷子更是如此,结果导致整条巷子化为巨大湖泊。

打在湖面上的雨点飞溅出水花。水花随风飞起,到处散播水的气味,为王都营造出宛如沉入水中的氛围。

被水花染成灰色的世界里,有个男孩子。

他住在一间破房子里。不,那地方甚至不值得用破房子来形容。屋子以只有成年男性手臂粗的细木头支撑。破布代替屋顶披在上头,邋遢垂下的破布就成了墙壁。

六岁左右的男孩子待在这种跟风餐露宿没两样的住处,像个被随手乱扔的垃圾蜷缩成一团,在地上铺了块薄布,躺在上头。

仔细想想,无论是当作支柱的木头,还是用破布搭盖的屋顶与墙壁,都只是这个年纪的孩子勉强做得出来的,就像小孩子游玩建造的秘密基地。

这个几乎可说有等于没有的屋子唯一的优点,顶多就是不用直接被雨淋吧。下个不停的雨造成气温急剧降低,让人簌簌发抖的寒气包围在男孩子的身边。呼出的气息只短短一瞬间显示自己的存在,紧接着温度便遭到剥夺,消失在空气中。

逃进家中前,男孩子的衣服早已被冷雨淋得湿透,身体急速失温。

他没有任何办法能止住身体发抖。

不过这个彻骨的寒气,让遭到痛打而满是瘀青的身体稍微舒服了点,在这恶劣至极的状况下,恐怕也只能寻求这点小小的幸福吧。

男孩子维持横躺的姿势,眺望着再也无人经过的巷子,以及世界。

能听见的声音,只有雨声与自己的呼吸。阒寂无声的空间足以让他相信,这世界上只剩下自己一人。

男孩子虽然年幼,但已明白自己即将死去。

由于他这个年纪还无法完全理解死亡,因此并不怎么害怕。况且他不觉得活着是那么有价值的一件事,会让他舍不得放下。他至今之所以还赖活着,倒不如说像是因为怕痛而逃避。

如果能像此时此刻这样,毫无痛楚——只是寒风侵肌——地死去的话,死亡也不是件坏事。

湿漉漉的身体徐徐失去感觉,意识开始变得蒙眬。

他本来应该在开始下雨之前找个地方躲避,然而运气不好被几个恶霸缠上,身体遭到拳打脚踢后,能回到这里就算不错了。

他还有一点小小的幸福。那么剩下的一切是否全为不幸?

整整两天什么都没吃是常态,所以算不上不幸。没有双亲呵护也没有人照顾自己,一直以来都是这样,所以算不上不幸。拿破布当衣服,发出令人不快的臭味也是理所当然,所以算不上不幸。吃腐烂的食物充饥,喝脏水果腹是他唯一知道的生活方式，所以算不上不幸。

那么，偶尔居住的空屋被人夺走，努力盖起的住处被人戏谑般地破坏掉，然后又被酒醉的男人们拳打脚踢，浑身上下疼痛不已。这些算得上不幸吗？

不是。

男孩子的不幸，在于他如此不幸，却毫无自觉。

不过，这一切即将结束。

男孩子所不知道的不幸就要在这里结束。

死亡会平等地出现在幸与不幸之人面前。

对，死亡是绝对的。

他闭上眼睛。

早已渐渐感觉不到寒冷的身体，连睁开眼睛的力气都没有。

黑暗中，听得见自己微弱的心跳声。在只能听见雨声与心跳声的世界里，混杂了奇怪的声音。

有种声音挡住了雨势。在逐渐消失的意识中，孩童特有的好奇受到吸引，男孩子使劲撑起眼睑。

"那个"映入了细线般的视野。

男孩子睁大了快要合上的双眼。

有个好漂亮的东西。

他一瞬间无法理解那是什么。

最好的形容词，应该是"有如宝石""金块般的"吧。然而吃半腐败废弃物果腹度日的人，想不到这种形容词。

对。

他只有一个想法。

好像太阳一样。

那是他所知道最漂亮、最遥不可及的东西。这个词汇浮现在脑中。

被雨染成灰色的世界,支配天空的是又厚又黑的乌云。或许是因为这样,太阳觉得没有人会看到自己,出去旅行,才会出现在自己的面前吧。

他产生了这种想法。

"那个"伸出手来,抚摸了他的脸。于是——

男孩子原本不能叫作人。

没有人把男孩子看作人。

不过,这一天,他成了人。

●

下火月(九月)三日,4:45。

里·耶斯提杰王国的王都。在位于最深处的位置,是外周一千四百米,由二十座圆筒形的巨大高塔形成防卫网,以城墙围绕广袤土地的罗伦提城。

那个房间就位于这二十座塔的其中一处。

灯光完全熄灭,不算太宽敞的房间里有一张床。床上躺着一名恰好介于少年与青年之间,年龄不上不下的男子。

金发剪得极短,肌肤经过日晒,呈现健康的肤色。

克莱姆。

只拥有这个名字而没有姓的他,被允许贴身护卫人称"黄金"的女性——承受着许多人的妒意——是个士兵。

他起得早,总是在日出之前醒来。

当他感觉意识从深远的暗黑世界浮上表面时,思考立即变得清晰,肉体功能几乎完全转为正常运作状态。快速入睡快速起床,是克莱姆引以为傲的一个长处。

他睁大眼睛,眼角略微上扬的三白眼里燃起钢铁般的意志。

掀开盖在身上的厚毛毯——虽然时逢夏季,但置身石材围绕的空间,到了夜晚依然有点凉意——克莱姆从床上坐起来。

他以手指按住眼角。放开时,指尖湿了一片。

"……又是那个梦吗?"

克莱姆拿衣袖擦擦脸,拭去眼泪。

大概是因为两天前下了场豪雨,让他想起了少年时期的事吧。

流下的眼泪绝不是出于悲伤。

人在一生当中可以遇见几个值得尊敬的人?能够觅得一位良主,为主人赴汤蹈火在所不惜吗?

克莱姆在那一天,有幸邂逅了一位女性,让他坚信随时愿意为其舍命。

这眼泪是欢喜的泪水,是感谢产生了那场邂逅的奇迹所流下的泪水。

克莱姆稚气未脱的脸庞高涨着坚强的意志。他站起身。

在没有一点光明，伸手不见五指的世界里，克莱姆以因过度训练而变得沙哑的声音低声道：

"亮灯。"

对克莱姆说出的关键词产生反应，吊在天花板上的灯亮起白色灯光，照亮室内。这是附加了"永续光"的魔法道具。

这种道具虽然一般市面上也能买到，但价格不菲，克莱姆之所以能够拥有，不全是因为他的立场特殊。

像是以石材建造的这种空气不大流通的场所，就算是为了照明，点火燃烧某些东西总是称不上安全。因此，纵然得花些初期费用，但这里几乎所有房间都安装了魔法式的照明器具。

白光照亮的地板与墙壁都是以石材建造而成。地上敷衍了事地铺了块薄地毯，用以缓和地板的冰冷坚硬。房间内其他有的，就是木头做的粗糙床铺，做得稍微大一点、似乎连武具都放得下的衣柜，以及带抽屉的桌子，再来就只有放了块薄椅垫的木质椅子了。

外人看起来，或许会觉得寒酸，不过对他这种地位的人来说，已经是受之有愧的优渥待遇了。

一般士兵不会分配到个人房，都过着在通铺睡双层床的团体生活。他们分配到的家具，除了床铺之外，就只有收纳私人物品的上锁木箱而已。

再看看安放在房间角落的白色全身铠。这件光泽毫无暗沉光辉仿佛自身散发出来、制作精美的铠甲、当然不可能是一般士兵的配给品。

这种特殊待遇绝非克莱姆凭自己的力量赢得的。这是克莱姆舍命效忠的主人出于一片美意送给他的。他会成为遭人嫉妒的对象，也是无可厚非。

他打开衣柜，从里面拿出衣服，一边看着衣柜里的穿衣镜，一边整理仪容。

穿上金属气味洗也洗不掉的旧衣服，最后套上链甲衫。本来应该要再穿上铠甲，不过现在不用那么正式。取而代之地穿上附有好几个口袋的背心与裤子，手提装有毛巾的桶子。这样就穿戴完成了。

最后他再看看穿衣镜，检查有没有奇怪的地方，或是服装有无凌乱。

克莱姆的失态，一个弄不好，会被当成抨击他效忠的"黄金"公主的借口。

所以他必须多加小心。自己待在这里不是为了给主人找麻烦。自己是为了将一切奉献给她，才会待在这里。

克莱姆在镜子前闭上眼睛，想起自己主人的容颜。

黄金公主——拉娜·提耶儿·夏尔敦·莱儿·凡瑟夫。

恍如女神下凡的神圣气度；高贵血统，慈悲为怀的精神光辉；构思出多种政策的睿智。

真是贵族中的贵族，公主中的公主。最完美的女性。

如此金光闪耀，一尘不染的宝石，不可以留下一点刮痕。

以戒指来比喻，拉娜这位女性就好比明亮式切割的硕大钻石。至于克莱姆，则是四周固定的戒爪。戒爪的廉价已经降低了戒指的价值，不能再做出有损价值的行为。

克莱姆想到主人的事，无法阻止胸腔发热。

纵然是笃信神祇的虔诚信徒，也比不上此时克莱姆的心意吧。

打量了一会儿自己的模样，确定不会让主人脸上无光后，克莱姆满意地点了个头，走出房间。

3

下火月（九月）三日，4：35。

他正在前往占据塔中一整层楼，作为训练所使用的敞厅。

平时这里总是充斥着士兵们的热意，不过毕竟时间还早，所以没有半个人。空荡荡的厅内悄然无声，只有寂静。由于四面八方都以石材围绕，因此克莱姆发出的脚步声形成了响亮回音。

半永久发光的魔法灯具将敞厅照得明亮。

大厅里并列着绑在桩子上的铠甲，还有稻草做的人偶，用来当作箭靶，旁边可以看到排列着各种未开刃武器的武器柜。

训练所原本应该设置在野外，之所以会设置在室内，是有原因的。

　　罗伦提城内有弗蓝西亚宫殿。因此如果士兵们在户外进行训练，他们的模样会被外国使节等人士看见，统治者认为这样缺乏格调，所以才在塔内设置了几处训练所。

　　精悍兵士雄壮威武地操练的景象，照理来说应该也能当成外交上的"亮牌"，然而王国不喜欢这种做法。这个国家在外宾面前应该永远表现出优雅、华丽、贵族式的风范。

　　话虽如此，也有些训练非得在户外进行，这种时候士兵必须躲在角落偷偷训练，或是在城外的运动场甚至王都外进行训练。

　　克莱姆仿佛拨开冰凉的空气一般，踏进静悄悄的大厅，在角落慢慢做起伸展运动。

　　仔细做了三十分钟的伸展运动，克莱姆的脸涨得异样潮红。他额头上渗出汗水，呼气中也含有运动的热气。

　　克莱姆伸手拭去额头上的汗，走到武器柜前，以因反复长水泡、破皮而变硬的手，拔起未开刃的练习用厚重铁剑。他确认握着的手感，检查自己的手握起来是否吻合。

　　接着将金属块装进口袋，盖上袋盖然后扣好，以免金属块掉出来。

　　装了好几块金属的衣服，变成跟全身铠一样重的装备。未施加魔法的普通全身铠，虽然坚固耐打，但缺点是十分沉重，而且关节的可动范围也受到限制。因此，考虑到实战需求，穿上全身铠进行训练才算正确。

然而，克莱姆不太会为了一般训练特地拿出全身铠。况且他领取的白色铠甲不适合在训练时穿，所以才要装金属块代替。

克莱姆用力握紧比巨剑更大的铁剑，持上段架势后一边吐气，一边慢慢挥动。在挥下的剑打中地板前的最后一刻停住，然后吸气，再举到上段架势。他一步步加快挥剑练习的速度，眼神锐利地瞪着眼前的空间，只是心无旁骛地专注练习。

重复这个步骤三百次以上。

克莱姆的脸涨到不能再红，汗水沿着脸颊流下。呼吸急速升温，仿佛是在吐出体内逐渐累积的热气。

克莱姆以士兵的标准来说是经过严格锻炼的，但巨剑的重量对他来说仍然很重。尤其是将剑往下挥时，还得控制速度避免敲到地板，需要相当强壮的臂力。

超过五百次时，克莱姆的双臂开始抽筋，像在发出哀号。脸上汗水有如泉涌。

克莱姆自己也明白练到这里已经是极限了。即使如此，克莱姆仍然不打算就此打住。

不过——

"差不多该休息了吧？"

有人出声叫住他。克莱姆急忙转向声音的方向一看，一位男性的身影闯进视野里。

没有比精悍二字更适合形容他的了。就是这么一条铁铮铮的汉子，岩石般的脸庞皱了起来，浮现出许多皱纹，看起来比实际年纪更老。结实偾起的肌肉证明了这名男子并非泛泛之辈。

王国中的士兵想必没有人不认识他。

"史托罗诺夫大人。"

王国战士长葛杰夫·史托罗诺夫。被誉为王国最强,放眼邻近诸国也无人能及的战士。

"再继续练下去就过头了。勉强自己是没用的。"

克莱姆放下了剑,看了看自己发抖不止的手臂。

"您说得是。我有点太勉强自己了。"

见克莱姆面无表情地表示谢意,葛杰夫轻轻耸耸肩。

"如果你真的这么想,就别让我老是讲一样的话。都不晓得是第几次了……"

"非常抱歉。"

见克莱姆低头道歉,葛杰夫再度耸耸肩。

这段交谈对两人来说就像见面打招呼,已经重复过无数次了。不过按照以往,两人应该会就此打住,各自专心做自己的训练。但今天不一样。

"如何,克莱姆。要不要试着与我对剑一次?"

听到葛杰夫这样说,克莱姆平板的表情一瞬间差点儿失常。

以往两人即使在这里碰到,也从不曾对过剑。这是两人之间的潜规则。

因为两人进行训练没有好处。不对,好处是有,只是坏处太大了。

现今王国分成了拥王派，以及六大贵族之中的三家连手组成的贵族派，两个派系进行权力斗争，国势十分危急。甚至有人认为，国家之所以尚未分裂，是因为每年还得与帝国发动战争。

在这种情势下，国王的心腹、王国战士长葛杰夫·史托罗诺夫——其实他不可能会输，只是打个比方——万一落败，等于是给了敌对的贵族派最好的抨击材料。

至于克莱姆更不用说，若是惨败，贵族一定会说不能让这种人贴身保护公主（拉娜）。既是绝世美女，又没有婚约对象的公主，重用克莱姆这样一个来路不明的士兵，让他当自己的贴身侍卫，招惹了很多贵族的反感。

基于上述状况，两人的立场均不允许败北。

更不能让人看见弱点，暴露出要害，给予敌人攻击的话柄。两人同样是平民出身，都万事小心提防，不愿给主人找麻烦。

而葛杰夫却打破了这条潜规则，究竟是出于何种理由呢？

克莱姆环顾周遭。

不可能是因为这里四下无人。城里可是龙蛇混杂，少不了有人从远处监视，或是从暗处偷窥。可是，他又想不到其他理由。

克莱姆猜不透是好的理由，还是坏的理由，感到困惑又惊愕，但不曾变成表情显示出来。

然而，站在克莱姆面前的是王国最强的战士。一般人感觉不到的感情的瞬间紊乱，也被他敏锐地察觉。

"最近我体会到自己武艺不精，所以想跟有点能耐的家伙一起练武。"

"史托罗诺夫大人竟然会这样认为？"

究竟是什么样的状况，能让人称王国最强战士的葛杰夫体认到自己武艺不精？这时，克莱姆想起葛杰夫指挥的部队，最近少了几个成员。

克莱姆没有亲近的战友，因此只在餐厅听过传闻。听说部队好像被卷入某起事件，因而失去了几个人。

"是啊。要不是遇见了一位慈悲为怀的魔法吟唱者，并且得到对方出手相助，我现在恐怕不会站在这里——"

听到这番话，克莱姆感觉再也把持不住自己的铁面具了。不，谁听到这番话能不吃惊呢。他忍不住好奇地问：

"那位慈悲为怀的魔法吟唱者是什么人？"

"对方自称安兹·乌尔·恭。据我推测，这位人物恐怕能与帝国的那个怪物级魔法师匹敌。"

克莱姆没听过这个名字。

克莱姆崇拜英雄，有着搜集英雄传记这种不为人知的兴趣，而且不分种族。不只如此，邻近各国知名冒险者的冒险传奇，只要是能打听到的，他都一一搜集起来。但他对葛杰夫此时提到的名字没有任何印象。

当然，也有可能用的是假名。

"那、那——嗯嗯！"

克莱姆压下想问个仔细的心情。

（怎么可以兴奋浮躁地问人家失去部下的事件经过……太失礼了。）

"那位大人的名号，我会记在心里……那么，真的可以请您陪我练武吗？"

"算不上练武，只是对剑罢了。能不能从中掌握到些什么，就看你自己了……因为你在我国的士兵当中，有着一流的水平。我锻炼起来也比较起劲。"

虽然得到了高度评价，但克莱姆却只当这是客套话。

不是克莱姆特别厉害，而是平均值太低了。纯粹只是因为王国士兵的本领比一般人好不了多少，比起帝国的专业士兵"骑士"来说弱得多，没有人能以勇武扬名邻近诸国罢了。葛杰夫直属的士兵确实很强，但还是比克莱姆差一点。

克莱姆本身的实力若以冒险者等级评断，在铜、铁、银、金、白金、秘银、山铜、精钢当中，顶多被归类为金。虽然不算弱，但多的是比他实力高强的人。

像自己这样的小角色，真的能让葛杰夫这位冒险者等级达到精钢的男人觉得起劲吗？

克莱姆赶走了懦弱的心志。

王国最强的男人陪自己练武，可是非常难得的机会。就算结果会让葛杰夫失望，他也不会后悔。

"那么，请您陪我过招。"

葛杰夫咧嘴一笑，重重点了个头。

两人一同走向武器柜，拿出大小适合自己的剑。葛杰夫选了变形剑，克莱姆则是小型盾牌与阔剑。

接着，克莱姆从口袋中取出铁块。与实力高于自己之人对战，带着这种东西太失礼了。而且他必须全力应战，否则无法获得成长。对方可是王国最强的战士，自己应当铆足全力，感受厚重的高墙。

等到克莱姆做好万全准备后，葛杰夫问他：

"那你的手臂还好吗？麻痹退了没？"

"是，已经没事了。虽然还觉得有点发热，不过握力什么的都没问题。"

克莱姆挥挥双手，葛杰夫看他的动作，知道他没说谎，便点点头。

"是吗……从某方面来说，这倒有点可惜了。在战场等各种场面上，能以万全状态战斗的机会不多。如果握力降低了，就得想出配合握力的战斗方式。你学过这些吗？"

"没、没有，我没学过。那么我再挥一遍剑……"

"啊，不用，没必要做到那种地步。只是，你常常需要保护公主殿下。练习一下在不允许带剑的场所遇袭的战斗方法，或是使用各种武器的战斗技巧，对你没有坏处。"

"是！"

"……剑、盾、枪、斧头、短剑、武器护手、弓箭、棍棒、投掷武器，这些称为'九武艺'，是武器战斗的基础功夫……但若是想无所不学，常常会博而不精。建议你可以专挑两三样进行训练。好啦，闲话讲多了。"

"别这么说，史托罗诺夫大人，谢谢您的教诲！"

葛杰夫面露苦笑，挥挥手回应克莱姆的道谢。

"那么，如果你准备好了，我们就开始吧。总之你先以目前的状态向我出招看看。之后看时间……这个嘛，虽然无法带你练武，但我会找机会教你'九武艺'中的其他武器的战斗诀窍。"

"是，那么请您不吝赐教。"

"好。不过，我没把这当作训练。你就当成是实际战斗吧。"

克莱姆慢慢将剑放到下段，以藏在盾牌后方的左半身朝向葛杰夫。克莱姆的视线锐利，也不再是训练心态。同样，葛杰夫也散发出有如实战的气息。

两人对视，然而，克莱姆无法主动出招。

他刚才拿掉了铁块，因此行动起来方便多了，但即便如此，他还是不觉得自己能赢过葛杰夫。无论是体能还是经验，葛杰夫都比他强太多了。

随意踏进对手气场里，恐怕只会轻易遭到迎击。因为对方实力在自己之上，这或许无可奈何。然而，如果这是实际战斗，难道要因为一句无可奈何，就丢失性命吗？

既非如此，那该怎么做？

答案就是：只能针对葛杰夫弱势的部分进攻。

肉体、经验与精神，论战士所需的能力，克莱姆没一样比得上他。双方之间若有差距，那就是武装层面了。

葛杰夫的武器是变形剑。相较之下，克莱姆的是阔剑与小盾。如果是魔法武器的话还有差距，但这是训练用装备，武器上没有差距。

不过，葛杰夫只有一件武器，克莱姆则是两件——盾也能当作武器使用。如此虽然力量会分散，但优点是攻击手段较多。

用盾牌弹回一击，然后挥剑；或是用剑卸力，以盾牌打击。

克莱姆制定战略，决定伺机反击，认真观察葛杰夫的动作。

经过几秒钟，葛杰夫笑了笑。

"你不过来吗？那么，就由我——准备出招喽？"

向对手表现出游刃有余之后，葛杰夫举起了剑。他稍微沉下腰，肉体如压住弹簧般开始蓄积力量。克莱姆也于全身灌注力道，以便随时遇到剑击都能弹开。接着葛杰夫踏出一步，手中之剑朝着盾牌砍下。

好快！

克莱姆放弃移动，选择以盾牌弹开攻击。他将全身神经与能力都用作单纯防御，以撑过攻击。

下个瞬间——惊人的冲击撞向盾牌。

那道冲击强烈到令人怀疑盾牌或许已被击碎，刚强的攻击力道更是让持盾的手麻到完全无法动弹。想挡下这种攻击，除了用全身的力道外别无他法。

（还说什么弹开呢！这种攻击哪有可能配合时机去反弹！至少得设法卸力化解……）

克莱姆对自己的天真想法啐了一声，腹部忽然受到另一道冲击。

"嘎啊！"

克莱姆的身体被打飞，背部撞上硬邦邦的石板地。空气被逼出了肺部。发生了什么事，只要看看葛杰夫便一目了然。

他正好在收回猛力踹飞克莱姆的那只脚。

"……因为我只拿着剑，就只注意我的手，不太好喔。有时候可是会像刚才那样吃上脚踢的。我刚才踢的是你的肚子，不过本来应该找铠甲更薄的地方踢。比方说踢断膝盖之类……还有，就算在胯下加装护裆，要是被金属护脚踢中下体，运气不好可是会破的喔。要看清对手的全身上下，注意对手的一举一动。"

"……是。"

克莱姆忍受着腹部涌起的钝痛，慢慢站起来。

王国最强的战士葛杰夫，体能也相当惊人。一旦葛杰夫认真起来，克莱姆就算身上穿着链甲衫，也能被他轻易踢断肋骨、失去战力吧。然而克莱姆并没有落得那种下场，八成是因为葛杰夫并没拿出真本事，而是先用脚瞄准再使力，目的只是把他踢飞而已。

（果然是训练……真是太谢谢您了。）

克莱姆深切体会到王国最强的战士正在带自己练武，心怀感激地再次举起剑。

这段时间不知有多宝贵。他得千万小心，别让这段时间太早结束。

克莱姆再度以盾遮住身体，一步步靠近葛杰夫。葛杰夫沉默地注视着克莱姆。继续这样下去只会重蹈方才的覆辙。克莱姆逼近对手的同时，被迫重新制定战术。

葛杰夫平静地等候对手过来的身影，散发出令人慑服的从容。克莱姆丝毫没能让葛杰夫使出全力。

若是觉得懊恼，那是傲慢。

克莱姆就快接近极限了。他这样一大清早进行剑术修行，成长速度却比老牛走路还慢。从最早开始学剑的时期算起，进步得实在太慢了。纵然今后能够借由锻炼肉体提升剑术的速度与力道，恐怕也无法获得战技之类的特殊能力。

这样的克莱姆面对天资过人的男子，若是气恼对方不拿出真本事，那就太失礼了。应该怪自己缺乏才能，无法让对方全力以赴才是。

刚才葛杰夫叫他不要把这当作训练，以实战心态交战，想必是层次远远高于自己的葛杰夫，在警告自己"你要用夺我性命的决心和我对战，否则不配当我的对手"吧。

克莱姆咬牙切齿，唇间发出低微的摩擦声。

他恨透了自己的弱小。要是自己能再强一点，就能帮上更多的忙了，就能化身公主的宝剑，正面对抗祸国殃民的那些恶徒了。

想到公主唯一的一把剑如此脆弱，连挥剑都要小心注意，甚至让克莱姆产生了罪恶感。

不过，克莱姆即刻摆脱了这种想法。现在他该做的，不是受到那种悲观想法所困，而是用自己的一切与实力高强之人交手，努力获得任何一点成长。

胸中暗藏的心意，只有一个。

那就是成为公主的助力——

葛杰夫感叹地呼出一口气，表情有了些许变化。

因为站在他面前，年龄介于少年与青年之间的男人，表情不一样了。一直到刚才，他都还像是个遇见知名人士的小孩子，散发出兴奋雀跃的情绪。然而他不过是被踹了一脚，那种浮躁的心态就立即烟消云散，露出了战士的神情。

葛杰夫将警戒等级提高了一级。

葛杰夫对克莱姆的评价，比克莱姆所想的更高。他特别欣赏的一点，是克莱姆那种贪婪地想变强的真挚个性，以及如信仰般笃实的忠诚心，再来就是他的剑技。

克莱姆的剑法不是拜师学来的，而是悄悄观察别人训练，偷学而来的技术。他的技法不漂亮，多余动作也多。然而，跟不经大脑思考，只是接受训练学会用剑的人不同，自己考虑每一剑意义的剑术，是重视实战运用的剑法，说难听点就是杀人剑。

葛杰夫认为这是非常好的一件事。

剑这种玩意儿说穿了就是杀人工具。训练中锻炼起来，属于游乐性质的剑术，在真正的战场上发挥不了作用。保护不了想保护的人，也救不了想救的人，只能任由敌人宰割。

然而克莱姆不同。想必他能斩杀仇敌，保护重要的人吧。

然则——

"虽然你已改变心态，但你我能力差距依然悬殊。那么，你做何打算？"

直截了当地说，克莱姆没有才能。就算比任何人更加努力——不管如何严格锻炼肉体，没有才能就是无法到达巅峰。像葛杰夫或是布莱恩·安格劳斯，这些都是克莱姆望尘莫及的对象。

克莱姆想变得比谁都强，不过是做梦或幻想。

既然如此，自己为什么会想带克莱姆练武呢？将时间花在更优秀的人身上，不是比较有益吗？

答案很简单。葛杰夫只是无法旁观克莱姆不断重复无用的努力。如果人类根据自身才能而有所谓极限值，少年不断用身体去冲撞的就是名为极限值的墙壁，这点让他产生了怜悯之情。

所以，他想教克莱姆别的手段。

他相信才能有其极限，但经验没有极限。

此外还有一点，那就是他对自己最强劲敌惨不忍睹的下场深感同情。

（这可以说是一种替代行为吧……对克莱姆真是过意不去……不过与我交手，对这小子总是没坏处吧。）

"来吧，克莱姆。"

他的自言自语，得到一声气壮山河的回答。

"是！"

回话的同时，克莱姆脚下一蹬，飞奔而出。

不同于方才，葛杰夫神色严肃，慢慢将剑扛在肩上。

来自上段的挥砍。

一旦以盾牌挡下，动作将会完全遭到扼杀，若是用剑挡下又会被弹开。这种攻击将能使得防御行为失去意义。挡下这一击是下下之策，但克莱姆使的武器是阔剑，比葛杰夫的变形剑短。

他只能冲进葛杰夫的怀里。葛杰夫深知这一点，于是严阵以待，准备迎击。

自投虎口的行为——但只有一瞬间的犹豫。

克莱姆闯进葛杰夫的剑击范围。

葛杰夫早就等着，一挥剑，克莱姆用盾挡住。惊人的冲击比刚才那一下更强。手臂传来的痛楚让克莱姆皱起脸来。

"太遗憾了。竟然跟刚才落得一样的下场。"

流露出些许失望神色的葛杰夫，将脚对准克莱姆的腹部，然后——

"要塞!"

伴随着克莱姆的吼叫,葛杰夫浮现出略为惊讶的表情。

战技"要塞"并不是非得使用盾或剑才能发动。只要有心,用手或铠甲照样能发动。然而一般人之所以会在用剑或盾抵挡攻击时发动,是因为发动的时机必须十分准确。用铠甲发动时,一不小心也可能毫无防备地遭受对手攻击。因此大家都会希望至少能在用剑或盾时发动,这是人之常情。

不过,像此时的克莱姆知道葛杰夫会使出脚踢,就没有这种顾虑。

"你就在等这个吗!"

"是!"

葛杰夫的脚踢力道仿佛被柔软物体吸收般散去。葛杰夫伸长了脚,无法使力,只好收回,打算踩回地面。见葛杰夫即将重整不利的态势,克莱姆挥剑砍向他。

"斩击!"

发动战技后,再举剑过头,一剑砍下。

——你得研发出一招能满怀自信施展的招式。

谨记某位战士对自己的教诲,缺乏才能的克莱姆殚精竭虑磨炼出来的,就是来自上段的一击。

克莱姆的肉体没有大块肌肉的包覆。因为他的体格天生就不出色,不容易长肌肉,也没有身手敏捷的潜能,能够在练出一身沉重的肌肉后照样行动自如。

正因为如此，他才会借由近乎无限次的反复锻炼，打造出特定的肌肉结构。

成果就是来自上段的挥砍。这是他唯一达到异常领域的高速斩击，像是要掀起罡风般的剑闪。

这一击朝着葛杰夫的头部挥下。

若是砍中将造成致命伤，但克莱姆想不到这一点。他是对葛杰夫抱持着绝对信赖，相信强悍如葛杰夫不会因为这点程度就送命，才敢施展这招。

清脆的金属声响起，举起的变形剑与挥下的阔剑激烈相撞。

到目前为止都还在预料之中。

克莱姆灌注全身力气，试图让葛杰夫失去平衡。

然而——葛杰夫的身体不动如山。

即使一只脚难以维持平衡，他却仍能轻易挡下克莱姆使出浑身解数的一击。他的脚下如巨木生出了粗壮的树根一般。

克莱姆用上全身力气的最强一击加上战技——即使同时运用这两项技术，依旧无法与单脚站立的葛杰夫并驾齐驱。克莱姆对这事实感到震惊，眼睛却看向自己的腹部。

以阔剑砍向敌人，就表示拉近了双方距离，也表示葛杰夫有可能再度抬脚攻击克莱姆的腹部。

克莱姆向后跳开的同时，脚踢袭击了他的身体。

轻微的钝痛。接着两人隔着几步距离僵持不下。

葛杰夫眼角微微下垂，嘴角泛出笑意。

那虽然是笑容，但不会让人不快，显得十分爽朗。面对葛杰夫露出父亲看到儿子成长时会有的笑容，克莱姆感到有点难为情。

"很精彩。那么接下来我会稍微拿出点真本事了。"

葛杰夫的表情变了。

克莱姆全身蹿过一阵惧意。因为他直觉王国最强的战士即将在眼前现身。

"其实我带了一瓶药水。只是骨折程度的话还治得好，别担心。"

"……非常谢谢您。"

听到对方暗示自己免不了骨折，克莱姆的心脏重重打了一拍。虽说他早已习惯受伤，但并没有被虐的嗜好。

葛杰夫踏出一步。那一步的速度比克莱姆快上一倍。

变形剑尖端指地，描绘出极低的轨迹，往克莱姆的脚直冲而来。伴随着离心力的速度让克莱姆慌张起来，他将阔剑刺在地上，准备保护自己的脚。

两者产生激烈冲突。就在克莱姆这样想的瞬间——葛杰夫的剑往上弹起。变形剑沿着阔剑的侧面向上冲，使出一记捞击。

"呜！"

克莱姆整个身体连同脸一起后仰，变形剑划过他的身旁，掀起的劲风削掉了好几根头发。

对短短一瞬间就将自己逼入绝境的葛杰夫产生畏惧，克莱姆仅以视线目送剑锋离去，却目睹变形剑急急停住，一个翻转。

还来不及思考，身体已经先行动。

如同受到生存本能的催促，突出的小盾与变形剑相撞，再度发出尖锐的金属声。

然后——

"啊！"

随着一阵剧痛，克莱姆的身体被横向打飞。他滚翻在地，撞上地板的冲击使得剑从手中滑落。

原来是撞上小盾后向上弹跳的变形剑直接横向挥动，狠狠打进了克莱姆门户洞开的侧腹。

"要前后连贯。不要把攻击跟防御分开想，每次行动都要连接下一次攻击。要把防御也当作是攻击的一环。"

克莱姆捡起落地的剑，按着侧腹部正要站起来时，葛杰夫和善地对他说：

"我没有太用力，以免让你骨折，所以应该还能打吧……你觉得呢？"

相对于呼吸平顺如常的葛杰夫，克莱姆的呼吸已被紧张与疼痛打乱。

连几下攻击都撑不住，这样只会浪费葛杰夫的时间。但即使如此，克莱姆还是希望能尽量变强。

他对葛杰夫点点头，举起了剑。

"好。那就继续吧。"

"是!"

发出沙哑的大喊,克莱姆拔腿奔跑。

被打,被震飞,有时还遭到拳打脚踢,克莱姆上气不接下气地倒在石头地上。冰凉的地板隔着链甲衫与衣服夺去身体的热度,感觉非常舒服。

"呼……呼……呼……"

他没去擦流出的汗水。应该说是连擦汗的力气都没了。

忍受着身体各处产生的疼痛,克莱姆受到全身涌起的疲劳感支配,轻轻闭上眼睛。

"辛苦了。我挥剑时尽量注意不打断或打裂你的骨头,你觉得怎样?"

"呜……"克莱姆躺在地上,动动手臂,又摸摸疼痛的部位,睁大了眼睛。"好像没有问题。虽然会痛,但都只是跌打损伤。"

阵阵抽痛的感觉很轻微,不会影响护卫公主的职责。

"是吗……那就用不到药水了吧。"

"嗯。况且随便使用反而会消除肌力训练的效果。"

"本来应该是进行强烈回复,但魔法效果反而会让肌肉回复原状嘛。也好。你接下来要去担任公主的贴身侍卫,对吧?"

"是的。"

"那就给你吧,以防万一。若是遇到什么问题就用吧。"

药水发出"咚"的一声，被放在克莱姆身边。

"谢谢大人。"

他坐起身，看着葛杰夫，看着以自己的剑术一次都够不到的男人。

毫发无伤的男人觉得奇怪，问他：

"怎么了？"

"没有……只是觉得您真厉害。"

额上几乎没有流汗，呼吸也没有紊乱。这就是倒在地上的自己，与王国最强男人的差距吗？克莱姆叹着气，但也觉得服气。至于葛杰夫则是露出类似苦笑的表情。

"……是吗。这个嘛……"

"为什么——"

"——如果你是要问我为什么这么强，那我答不上来喔。因为我只是拥有才能罢了。顺便一提，战斗方式也是在做佣兵的时候学的。这种被那些贵族骂成没品，动不动就爱踢人的习惯，也是在那段时期学起来的。"

变强没有诀窍。葛杰夫如此断言。克莱姆原本想，如果累积相同种类的训练，多少能变强一些，结果一下就遭到否定。

"就以这种意义来说，克莱姆很适合用我这种战术。也就是拳打脚踢，运用手脚的战斗方式。"

"是……这样吗？"

"是啊，你没有接受过剑士或士兵的训练，反而有好处。只要一拿起剑，难免会专注在用剑战斗上……但我不认为这是件好事。我认为只把剑当作一种攻击手段，连手脚都用上的战斗方法，在实战中才能派上用场。讲白了就是比较土气……适合冒险者的剑术啦。"

克莱姆不再像平时那样面无表情，脸上浮现笑容。实在没想到王国最强之人，居然会高度赞赏自己的剑术本领——这套七零八乱、不合正统剑术的动作。

自己受到贵族背地里嘲笑的剑术竟能获得称赞，让他喜不自胜。

"好啦，就练到这里，我该走了。我得赶上国王的用膳时间。你不用赶去公主身边吗？"

"不用。因为今天公主有客人。"

"客人？是哪里的贵族吗？"

想不到那位公主会有访客，葛杰夫觉得不可思议，克莱姆答道：

"是的。是爱因多拉大人。"

"爱因多拉？喔！……所以是哪一位爱因多拉？应该是苍，不是深红吧？"

"是的。是苍蔷薇的爱因多拉大人。"

葛杰夫明显露出松了口气的表情。

"原来如此啊……原来是这么回事，既然朋友来了，那就……"

葛杰夫猜测拉娜是因为来了朋友，所以用餐时不让克莱姆随侍身旁，但实际上是克莱姆婉拒了邀请。

虽说他与公主之间建立起了不需过度拘谨的关系，要是听到他回绝了王族的邀请，就算是葛杰夫恐怕也会颦眉蹙额，所以他没说出口，交给葛杰夫自由想象。

克莱姆透过与拉娜的关系，跟爱因多拉本人认识，爱因多拉对他也不错。就算克莱姆出席了餐会，想必她也不会像其他贵族那样表示排斥。

只是，考虑到主人（拉娜）几乎没有同性友人，他想身为男人的自己不在场，两位小姐比较能聊些平常不能聊的私密话吧。

"今天非常谢谢您，葛杰夫大人。"

"不，别客气，我也玩得很开心。"

"……要是您方便，今后是否还可以像这样指导我呢？"

葛杰夫一时无法回答——看到他的反应，克莱姆正要道歉，但他先开口了。

"没问题。只要是在没有别人的场所与时段。"

克莱姆很清楚葛杰夫内心有着何种纠葛，因此没多说什么。他强撑着酸痛的身体站起来，只是诚挚地说出自己的心意。

"非常谢谢您！"

葛杰夫大方地挥挥手，迈出脚步。

"那就收拾一下吧。要是赶不上用膳时间就糟了……对了，你那招上段攻击挺不错的喔。只是,你最好先设想到攻击后的下一步行动。像是上段遭到闪避,或是被挡下来之后应该怎么做。"

"是!"

4

下火月(九月)三日,6:22。

与葛杰夫道别后,克莱姆用湿毛巾擦汗,接着前往一个与敞厅截然不同的地方。

这个房间的宽敞程度跟克莱姆刚才待过的敞厅不相上下,室内有许多人坐在长椅上,天南海北地聊天。在这种温暖的气氛中,传来让人胃口大开的香气。

这里是餐厅。

横越室内,穿过喧哗扰攘的人声,克莱姆排到数人的队列之后。

克莱姆也跟排在前面的人一样,拿起了好几个容器。托盘、木盘,还有木质汤碗,最后是木头杯子。

他按照顺序领取餐点。

一块较大的蒸马铃薯、褐色面包,还有放了不少料的白浓汤、用醋腌渍的高丽菜与一根香肠,这对克莱姆来说算是相当丰盛的一餐。

这些餐点放在托盘上，飘散出香喷喷的味道。克莱姆感到胃急速受到刺激，随即环顾餐厅。

吵吵嚷嚷的士兵们正在用餐。坐在一起的人一边吃饭，一边讨论着下次放假的计划，或是关于食物、家人以及一些轻松的任务话题等，都是闲话家常。

克莱姆找到一个空位，穿越嘈杂的人声走过去。

他跨过长椅坐下。两边都坐着士兵，跟朋友们正聊得起劲。即使克莱姆坐下来，身旁的士兵也只是看他一眼，立刻失去兴趣看向别处。

仿佛只有克莱姆的周围平静无风。

从旁看来，那气氛十分诡异。

周围继续开心地谈天，却没有任何一个人想找克莱姆说话。的确，没有人想跟不认识的人攀谈。但大家都是士兵，在同一个职场执勤，有时候还会互相解救性命危机，从这种关系来思考，他们的应对态度实在有点异常。

简直当克莱姆不存在似的。

克莱姆自己也不打算跟任何人说话，因为他相当清楚自己身处的立场。

在罗伦提城守卫的士兵，都不只是士兵。

所谓王国士兵，包括拥有领地的贵族向平民提供装备组成的民兵、都市的统治管理者支付薪资雇用的私人士兵，以及主要任务为巡逻都市的卫士等。不过他们之间只有一项共通之处，那就是他们都是平民出身。

然而如果由身份不明的平民，保护能够接近王族与王国各种重要情报的王城，会产生许多问题。

为此，守卫罗伦提城的士兵必须由贵族推荐。如果士兵在城里引发问题，责任必须由推荐者来扛，因此被推荐的人选必然都是些身世清白、思想行为无偏差的人物。

只是这种措施，促成了一种现象。

那就是"派系"。

有推荐资格的贵族本身都属于某个派系，由贵族选出的士兵，自然也会被拉进该派系。由于反抗贵族的人本来就不可能中选，因此就算说士兵无一例外统统都有各自的派系也不为过。

听起来仿佛只有坏处，不过好处大概就是因为会被卷入派系竞争，所以士兵之间会切磋吧。虽然远远比不上帝国骑士，不过王城守卫士兵也还算有点本领。

当然，克莱姆的本领比他们强多了，然而就连这点都成了惹恼贵族们的原因。因为事实上他比贵族推荐的士兵更强。

的确，推荐士兵的贵族也有可能不属于任何一个派系。然而目前来说，王国分成了拥王派与贵族派，两方对立，在这样的状况下，"只有一名贵族"政治手腕精明到能如同蝙蝠般在两边吃香。

士兵也一样，除了这名贵族推荐的士兵之外，只有一个人。

那就是克莱姆。

克莱姆的立场非常尴尬。

本来以克莱姆的身份，是不能随侍拉娜左右的。出身卑微的人，永远得不到贴身保护王族的重责大任。能够在王族身边护卫安全的只有贵族，向来如此。

不过，王国当中有葛杰夫·史托罗诺夫这位王国最强的士兵，以及他底下最精锐的战士们这些例外，再加上贵为公主的拉娜的强烈希望，也很少有人能公然反对。若是王族就能对拉娜提出劝告，然而国内拥有最高权力的君王已经许可，也就没有人再多说什么。

克莱姆之所以拥有个人房，也是因为他身处的立场太尴尬。

克莱姆能获得个人房，是因为拉娜的一句话，但也具有隔离的意味。因为不属于任何派系的克莱姆，安排到哪里都不方便，是个烫手山芋。

从克莱姆本身的际遇与身处的立场思考，应当隶属于拥王派。然而，拥王派是向王发誓效忠的贵族集团。他们并不欢迎身份不明的克莱姆。

结果，克莱姆对拥王派来说，拉进阵营里会很棘手，而摆着不管，便会自发提供协助。与拥王派对立的贵族派，则认为拉拢克莱姆很有好处，但也像是引狼入室。

不过，虽然统称为派系，毕竟是众多贵族组成的集团，并不是所有人都一条心。派系这种组织，纯粹只是基于思考方向与利益组成的集团。这么想来，拥王派中当然也有将克莱姆——

不但是来历不明的平民，还与被誉为黄金的美丽公主最为亲近——视为毒蛇猛兽的人，对立的贵族派中，自然也有人想将克莱姆拉进阵营。

无论如何，目前还没有人如此轻虑浅谋，单为了克莱姆一人害得派系分裂。

就结论而言，两派对克莱姆的评价都是——虽然不愿意交给对手，但也不想拉进自己这一派。

所以才会没人跟他搭话，让他孤零零地用餐。

他不跟任何人说话，也不管别人做什么，只是自顾自地吃饭。不到十分钟就解决了早餐。

"好了，走吧。"

伴随着满足感，发出经常独处而渐渐养成习惯的自言自语，克莱姆正要从座位上起身，却被正好经过的一个士兵撞上。

与葛杰夫锻炼时受伤的部位被手肘一顶，克莱姆虽面无表情，却也因为疼痛而停下动作。

撞到他的士兵什么也没说就径自离去，周围的士兵们当然也不发一语。看到这个情况，有几个人略微皱起眉头，但仍然没人说些什么。

克莱姆吐出长长的一口晦气，端着空碗盘走出去。

这点程度的整人是家常便饭，只会让他觉得幸好碗里没装着热汤。

被人伸出脚差点儿绊倒，假装巧合故意撞人，这些都是常态了。不过——

那又怎样!

克莱姆处变不惊地向前走。对方也做不了更过分的事,尤其是在餐厅这种公共场所。

克莱姆始终抬头挺胸,眼睛看向前方,决不低头。

一旦自己暴露出不像样的德行,就会给主人拉娜造成困扰。因为克莱姆的一举一动,都会影响到他竭诚效忠的女性——拉娜的评价。

2章 蒼薔薇

第二章 | 苍蔷薇

1

下火月（九月）三日，8∶02。

身穿白色全身铠，腰间佩剑，整顿好全副武装的克莱姆，踏进弗蓝西亚宫殿。

弗蓝西亚宫殿可大致分成三座建筑，他此时进入了其中之一。这是三座建筑中最大的一座，作为王族的住所。

跟克莱姆刚才待的地方大不相同，宫殿的采光设计十分完善，炫目耀眼，仿佛闪闪发光。

打磨得亮晶晶的走廊岂止没有垃圾，根本是纤尘不染。克莱姆走在走廊上，白色的全身铠几乎没发出一点声响。因为它是混合了秘银与山铜锻造而成，并且附加了魔法。

在宽敞洁净的走廊上，站着穿戴全身铠，保持立正的宫廷警卫精锐士兵——骑士。

帝国的"骑士"，指的是从平民等阶级当中录用的专业士兵。相对而言，王国的"骑士"是领受一代贵族爵位的族群，常常由贵族三男等无法继承家业的人来担任。不过，由于王室支付给他们相当高的薪俸，因此只有剑术本领一流者才能被选上，即使是贵族也没办法走后门。

"国王的亲卫队"是最能贴切形容他们的词语。

顺便一提，葛杰夫的"战士长"地位，是由于许多人反对授予他骑士爵位，于是乎国王便新立了一个爵位。自此以后，葛杰夫亲自选拔，由他本人所率领的精锐士兵们，便统称为战士。

克莱姆向这些人轻轻点头。只要是骑士大多都会回礼，很少有人不情不愿，其中甚至有人是真心致意。他们虽然是贵族，同时也是对王尽忠，拥有战士精神之人。对于向国王竭诚尽节的优秀战士，都抱有足够的敬意。

相对，克莱姆在走廊上，也与一群明显怀抱敌意的人擦身而过。

是女仆们。她们几乎所有人，每次看到克莱姆都会板起一张脸。

跟一般的女仆不同，在王宫内服务的女仆经常是贵族的女儿，来这里工作是为了提升自我价值。从某种层面来说，女仆身份比克莱姆更高。尤其在王族身边服侍的女仆，几乎都是高级贵族的千金。所以她们一想到要对身份比平民还低贱的男人卑躬屈膝，不满就化为怒气写在脸上。

克莱姆身份比她们低是事实，难怪她们在拉娜看不到的地方会摆臭脸了。克莱姆这样想，因此从不会对她们发脾气。

然而这种想法加上克莱姆的面无表情，造成女仆们以为自己遭到忽视，对克莱姆的厌恶感更深，而克莱姆却对这种恶性循环浑然不觉。或者该说他要是有那么细心，对人对事应该都能处理得更圆滑吧。

即使如此，不得不说克莱姆走在这宫殿里，仍然会感到精神疲劳。

这座宫殿里除了拉娜与兰布沙三世之外，当然还有其他王族。

（唔！）

克莱姆看见其他王族往这边走来，立刻靠到走道边挺直背脊，以手抵胸敬礼。

走过来的是两个人。走在后面的是体格瘦高，一头金发往后抚平的男子。

他的名字是雷文侯爵，王国的六大贵族之一。

问题是走在前面的微胖男性。他的名字是赛纳克·瓦尔雷欧·伊格纳·莱儿·凡瑟夫。王位继承权排第二位，是国王的次子。

赛纳克停下脚步，布满松弛肥肉的脸酸溜溜地扭曲。

"哎哟，克莱姆啊。你是要去见那个怪物吗？"

赛纳克王子会称为怪物的人只有一个。克莱姆明知这样是犯上，但仍然无法苟同。

"殿下。恕我冒昧，但拉娜大人绝非什么怪物。那位大人心地温柔，美丽动人，足可称为王国珍宝。"

解决了奴隶买卖问题，提出将平民摆在第一位思考的多样政策，这样的女性不是珍宝，那什么才是珍宝呢？的确，由于贵族常常从旁作梗，她的政策很少付诸实现。但克莱姆依然知道,她是多么为人民着想。

每当为人民着想的提案因为无聊的面子问题而遭到否决,这位温柔善良的女性总是在克莱姆面前落泪,一事无成的男人(赛纳克)岂有资格对她说长道短。

克莱姆产生想怒骂对方的冲动,恨不能狠狠给他一拳。

虽然只有一半——但继承了相同血统的人实在不该讲这种话。然而,克莱姆绝对不能怒形于色。

拉娜说过:"哥哥是想激怒你,好冠你个侮辱罪。我想他一定很想找借口让你离开我身边。克莱姆,你可千万不能在哥哥面前暴露弱点喔。"

克莱姆想起那一天,他曾经坚定发誓,只有自己绝对不会背叛那寂寥的神情——他那连家人都不给予支持的主人。

"我可没说拉娜是怪物喔。是你自己这样想……算了,还是别讲这种老套的借口吧。不过你竟然说她是珍宝啊。那家伙提出那些政策时,真的以为自己的提案会被接受吗?我总觉得那家伙是明知不可行,还故意要提出来。"

怎么可能,不可能有这种事。这男的只会胡乱猜疑,丑陋地嫉妒别人。

"小的以为绝不会有此等事情。"

"呼呼呼呼呼。看来你就是不认为那女人是怪物啊。不知道是你眼光太差,还是那女人演技太好……我劝你还是稍微懂得怀疑一点吧。"

"怎么能怀疑呢？拉娜大人是王国的珍宝。这点我深信不疑。"

她的行动全都正确。克莱姆一直以来都在她身边看着，因此可以断言。

"是吗，是吗？真有意思。那么可以麻烦你带个话给那个怪物吗？就说大哥虽然把她当成政治工具，不过只要她愿意协助我，我可以废嫡，在边境赐她块领地。"

一股怒火袭向克莱姆心头。

"……您说笑了。不敢相信您居然在这种地方对我说这些。我会当作没听见。"

"呼呼呼呼呼。那真是遗憾。走吧，雷文侯。"

一语不发地从旁观察两人的男子微微低头致意。

克莱姆不太了解这个雷文侯。他对克莱姆似乎划清了界线，但看克莱姆的眼神又跟一般贵族有些不同。对于雷文侯，拉娜也没特别指示克莱姆怎么做。

"对了。雷文侯也跟我站在同一边，认为那女人是个怪物。不，应该说我们所见略同，所以才会联手吧。"

"王子……"

"让我说吧，雷文侯。我告诉你，克莱姆。如果你是盲目信奉她的一切，我也不会跟你说这些。不过……我是觉得你有可能被那个怪物骗了，所以才好心劝你，让你知道那女人是个怪物。"

"王子，恕小的斗胆问一句。您究竟觉得拉娜大人的哪一点像怪物了？没有人比那位大人更为国为民着想了。"

"……因为她所做的一切几乎都是白费力气。她的行动大多都以徒劳收场。起初我以为她是不擅长事先与各方人士疏通。然而有一次，我在跟雷文侯谈的时候忽然想到，也许那一切都是她算好的。这样一想，所有事情都说得通了。如果真是如此……在贵族之间没有多少管道，几乎躲在宫殿里不出来的女人，竟然能随心所欲地操纵贵族们……这不叫怪物，什么才叫怪物？"

"这只是您的误解。拉娜大人绝非您所想的那种人。"克莱姆坚决地说。

那些眼泪绝不会假。拉娜是一位慈悲为怀的温柔女性。克莱姆是她捡回来的，他比谁都清楚。

然而，克莱姆所说的话无法打动王子。他苦笑了一下，就从克莱姆面前走开，跟雷文侯后面。

在人影消失的走廊，克莱姆喃喃自语。

"拉娜大人是我国最温柔的人士。我的存在能够加以证明。如果……"

克莱姆将后面的话吞了回去，但在心中继续独白：如果能由拉娜大人统治王国，王国想必会成为以民为本的伟大国家吧。

当然，从王位继承权的观点来看，这是不可能实现的愿望。即使如此，克莱姆依旧无法舍弃这种念头。

下火月（九月）三日，8:11。

稍后，克莱姆到了宫殿内最常来的房间门前。

克莱姆数次确认四下无人后，不假思索地伸手转动门把。

不敲门就开门是极为欠缺常识的行为，但这是房间主人要求他的。不管克莱姆如何抗拒，主人就是不听。

结果让步的是克莱姆。女性一拿出眼泪攻势，他简直毫无胜算。话是这样说，主人还是准许他提出几个条件。例如国王驾临时，他实在不敢不敲门就闯进去。

然而不敲门就推门入室，也的确对克莱姆造成了极大压力。做这种事是要受罚的。他抱着这种想法开门，当然会有压力。

克莱姆正要将门推开得大些，却听见半掩的门扉后，传来激动热烈的辩论声。

他听见了两个声音。两边都是女性。

虽说克莱姆还站在门外，但其中一个声音的主人，并未注意到克莱姆，大概是因为太投入了吧。既然如此，克莱姆不想冷却她的热情。克莱姆站定不动，侧耳倾听室内的谈话声。虽然偷听让他产生了罪恶感，但打断两人热烈的讨论会让他更过意不去。

"……所以我说了嘛，人们基本上都比较重视眼前的利益啦。"

"嗯……"

"……拉娜说的轮流种植其他作物的计划……虽然我实在不

觉得这样能增加收获……大概多久能收到成效？"

"估计需要六年左右。"

"那么这六年间，栽种别的作物造成的金钱损失大概是多少？"

"这要看作物的种类，不过……假设平常的收获是1，我想大概会降到0.8……也就是会损失0.2。不过，预估第六年之后收获量会永久增加0.3。如果同时牧草栽培推动的家畜饲育上了轨道，想必数字会更高。"

"光听你这样讲好像很诱人，但农民能接受整整六年0.2的损失吗？"

"这0.2的损失，我想只要由国家提供免利息免担保的贷款，等到收获回本后再偿还，应该就没有问题了……万一收获量没有增加……就不用偿还，或是采用其他方法。最重要的是只要收获增加，四年就能支付贷款了。"

"我看很难喔。"

"为什么？"

"所以我不是说过了吗？人们比较重视眼前的利益——很多人都想追求安定。就算告诉他们六年一定能增加到1.3，大家还是会犹豫啊。"

"我……不太懂耶。实验田地都进行得很顺利啊……"

"也许实验是进行得很顺利，但还是不能保证一定成功啊。"

"的确做实验时并没有预设所有状况，所以不能打包票。因为如果要考虑到当地的土质与气候等全部因素，实验规模会变得太大……"

"那就很难了。我不知道刚才说的0.3收获量是最低还是平均，总之这样没有说服力。如此一来，必须要能确保足够的利益才行。而且要保证眼下不吃亏。"

"那么免费提供六年间的0.2如何？"

"对立的贵族派想必乐得吧。因为国王的力量会减弱。"

"可是，只要六年后保证获得那么多的收获，国力也会增强啊……"

"这么一来，对立贵族的力量也会增强。只有国王的力量下降1.2，构成拥王派的贵族们绝对不会认可。"

"那就请求各位商人……"

"你所说的是那些大商人吧？那些商人也有各种对抗关系，要是轻易协助拥王派，搞不好会弄糟跟另一个派系的生意关系。"

"困难重重呢……拉裘丝。"

"就是因为你不擅长事前疏通，所以政策漏洞才多啊。好吧……我也明白国内有两个巨大派系，政策要通过的难度很高就是了……只在国王的直辖地实施，如何？"

"我那些哥哥一定不会同意呢。"

"哦，你说那些白……那些为了你把智慧留在母亲肚子里的男士。"

"……我跟他们不是同一个母亲喔。"

"哎呀，那就是留给国王了吧。不过，连王室都不团结，害处真是太大了……"

室内陷入寂静，让克莱姆知道话题告一段落。

"啊，你可以进来喽。可以吧，拉娜？"

"咦？"

听到这句话，克莱姆的心脏狠狠跳了一下。他惊讶于对方察觉到自己的存在，但同时又觉得不意外，慢慢打开了门。

"失礼了。"

一幕熟悉的场景闯入克莱姆的视野。

虽然豪华但不流于浮夸——这样的房间里，两位金发淑女坐在窗边的桌旁。

两位都是与华丽礼服相映成趣的美丽少女。

一位当然是这个房间的主人拉娜。

另一位女性坐在她的对面。她那绿色眼眸与饱满朱唇，都闪现着健康的色彩。她的美貌虽不及拉娜，但也洋溢着不同的魅力。如果说拉娜是宝石的光彩，她就是生命的光辉吧。

她正是拉裘丝·艾尔贝因·蒂尔·爱因多拉。

看她一身淡粉红色的礼服装扮无从想象，但其实这位女性正是王国仅有的两支精钢级冒险者小队其中之一的领队，也是拉娜最亲密的友人。

年仅十九岁已经达成多项丰功伟业，登上精钢级的地位，想必都要归功于她的旷世奇才吧。克莱姆内心深处也曾浮现出些许妒忌。

"早安，拉娜大人、爱因多拉大人。"

"早安，克莱姆。"

"早呀。"

克莱姆打完招呼后，正要移动到他的固定位置——拉娜的右后方，却被叫住。

"克莱姆。不是那里，是这里。"拉娜指着她右边的椅子。

克莱姆觉得很不可思议。围绕圆形桌子的椅子共有五把。这跟平常一样。只是，倒了红茶的茶杯却放了三杯。

拉娜面前，拉裘丝面前，再来是拉裘丝身边的座位——不是拉娜所指的座位。他左看右看，但到处都找不到第三个人的身影。

克莱姆虽感到讶异，但还是看了看椅子。

平民跟主人，不管是与王族同桌的冒犯行为也好，不敲门就进房间的命令——拉娜称之为请求——也好，拉娜的命令大多都对克莱姆的胃造成严重影响。

"可是……"

克莱姆想求助，视线看向另一位女性。他无助地希望能婉拒同席的要求，却立刻遭到否决。

"我无所谓喔。"

"这、这个……爱因多拉大人……"

"我之前也说过，叫我拉裘丝就好了。"拉裘丝望向拉娜，

"克莱姆特别……"

"……讨厌。"

听到拉裘丝语尾仿佛浮现爱心符号的甜腻声调,拉娜边抱怨边露出微笑。如果只翘起嘴角,眼神弯成一道新月的表情,能够叫作微笑的话。

"爱因多拉大人,请别开我玩笑了。"

"好好好。克莱姆真是古板。也许你该学学她的不拘小节喔。"

"咦?玩笑?"

相对于惊讶的拉娜,拉裘丝装模作样地立刻顿住,然后夸张地叹了一口气。

"当然喽。好吧,克莱姆对我来说是比较特别,但那是因为他是'你的',所以才特别啊"。

拉娜脸蛋微微泛红,两手包着脸颊,克莱姆不知如何是好,将视线从拉娜身上移开,突然瞪大了双眼。

因为在房间一隅,有个人仿佛融入角落残存的黑暗里,抱膝坐在地上。那人穿着贴身的黑色衣物,是个跟房间气氛格格不入的女性。

"啊!"

克莱姆吃了一惊,抓住挂在腰上的剑沉下腰,做好准备保护拉娜。

拉裘丝叹了口气。

"都是你摆那种姿势,吓到克莱姆了吧。"

拉裘丝冷静的语气中丝毫没有戒心或危机意识。克莱姆明白了意思,放松肩膀的力道。

"了解,老大。"

坐在暗处的女性,维持原本姿势轻轻一跳,一下子站起来。

"啊,克莱姆你不认识她吧。她是我们小队里的一人——"

"是缇娜小姐。"

拉娜接在拉裘丝后面说。

就克莱姆所知,精钢级冒险者小队苍蔷薇,是由身为领队的信仰系魔法吟唱者拉裘丝、战士格格兰、魔力系魔法吟唱者伊维尔艾,以及修习了盗贼系技术的缇亚、缇娜这五位女性组成。

克莱姆见过前面三位,但没有见过其余两人。

(这位就是……原来如此。确实名不虚传。)

以贴身服装紧包全身修长肢体的模样,确实像是修习了盗贼系技术之人。

"……失礼了。初次与您见面,我叫克莱姆。"

克莱姆向缇娜深深低头。

"唔?不用在意。"

那人大方地挥挥手,回应克莱姆的致歉后,不发出一点声响,以有如野生猛兽的流畅动作走近桌子。接着缇娜搬动拉裘丝身旁的椅子坐下。刚才的茶杯看来是她的。

放在桌上的茶杯有三只,从数量来看应该不可能,不过克莱姆还是环顾周遭，仔细寻找有没有另一名未曾谋面的女性。

拉裘丝立即看出克莱姆东张西望的理由，开口道：

"缇亚没来。格格兰与伊维尔艾也说不喜欢拘谨的场合……其实也没那么拘谨啊？我是为了保险起见才穿正式服装，但并没有强迫她们也照做。"

拉裘丝虽然这样说，其实在公主面前穿正装才合乎礼仪。不过，克莱姆并不打算对拉娜的朋友，而且是拥有贵族爵位的女性讲这些话。

"这样啊。不过有幸见到声名远播的缇娜大人，是我的荣幸。之后若有机会，还请您多多指教。"

"坐下再聊吧，克莱姆。"

说着，拉娜将红茶注入新准备的茶杯。从魔法道具保温瓶倒出来的红茶就像刚泡好的一样，冒着热气。

这个保温瓶可以在一小时之内保持里面的饮料温度与质量不变，是拉娜特别中意的道具之一。尤其是招待重要客人时，她经常使用这个。其他时候则不太使用。

克莱姆知道已经无法推辞，死了心，于是坐下来喝了红茶。

"很好喝，拉娜大人。"

虽然拉娜微微一笑，老实说，克莱姆一点也喝不出来好不好喝。不过既然是拉娜泡的，克莱姆认为一定好喝。

突然，传来一个听不出感情的平板声音。

"那丫头今天应该是预定收集情报。本来我们是要三个人一起来的,结果都是我们的魔鬼领队临时指派工作。全都要怪魔鬼领队不好。"

不用说,这声音是缇娜发出来的。拉裘丝听见"魔鬼"两个字,脸上浮现出骇人的微笑,克莱姆将视线从她身上移开,说道:

"是这样啊……希望今后能有机会在哪里见个面。"

"克莱姆,缇娜小姐跟缇亚小姐是双胞胎,连头发长度都几乎一样喔。"

"所以只要看其中一个人就行了。"

克莱姆觉得问题不在于行不行,但姑且表示了解。

不过,缇娜毫不客气地投向自己的视线让克莱姆感到困惑。克莱姆本来想忍着,但又想到对方可能是发现自己有什么过失,于是下定决心直接询问。

"有什么问题吗?"

"长太大了。"

"……啊?"

没有听懂。看到克莱姆头上浮现好几个问号,拉裘丝插嘴表示歉意。

"没什么,我们自己的事。别放在心上喔,克莱姆。不,真的不要放在心上。真的。"

"是……"

"……怎么回事,拉裘丝?"

克莱姆叫自己别多问,但拉娜好像不能接受,插嘴问道。拉裘丝看着拉娜,露出讨厌的表情。

"真是,一讲到克莱姆的事……"

"啊,我啊——"

"住嘴。我没带缇亚来,是因为她会对拉娜灌输些有的没的。所以请你也谅解一下,可以少说两句吗?"

"好啦,魔鬼领队。"

"……拉裘丝。这是怎么回事?"

拉裘丝受到拉娜追问,表情真的开始抽搐了,甚至还露出苦闷的神情。

克莱姆正打算插嘴时,拉裘丝视线一转。

"呃……克莱姆,看你好像很喜欢这件铠甲呢。"

"是,这是件相当精美的铠甲。非常感谢您。"

虽然这个话题转得硬到不能再硬,不过克莱姆不想让客人丢脸,于是立刻搭腔,用手摸摸拉娜赐给自己的雪白全身铠。这件使用了大量秘银——也使用了部分山铜——打造的铠甲施加了多种魔法,轻巧而坚硬得惊人,利于行动。

为了制作如此精美的铠甲,苍蔷薇的成员们免费提供了秘银。克莱姆再怎么低头道谢,都不足以表达心中的谢意。

克莱姆正要低头道谢,被拉裘丝阻止了。

"不用放在心上。我们只是把制作秘银铠甲时用剩的材料给你们而已。"

虽说是用剩的，但秘银可是非常昂贵的材料。山铜级的冒险者想必有钱做得起秘银的全身铠，秘银级的冒险者或许也能拥有一把秘银武器。但大概也只有精钢级的强者，能够不收一毛钱地白白送人吧。

"再说拉娜拜托我，我怎么能拒绝嘛。"

"那时候你不肯收我钱呢。我明明存了零用钱……"

"……公主花零用钱，会不会有点不太对？"

"领地的收入我会另外存起来。我想用自己的零用钱做克莱姆的铠甲嘛。"

"也是啦。你一定很想用自己的钱，送克莱姆一件全新打造的铠甲吧——"

"……既然你都明白，为什么还要免费送我嘛。拉裘丝这个笨蛋。"

"一般这种情况，不应该说我是笨蛋吧……"

气呼呼的拉娜与笑嘻嘻的拉裘丝，开始了称不上吵架的拌嘴。

看着这幅光景，克莱姆硬是绷紧了脸，不让脸上产生表情。

能够看到这种光景——这种平稳温暖的光景，全都得感谢主人将自己捡了回来。然而这份情意不允许溢于言表。

若只是感谢之意，显露出来倒还没关系，但只有克莱姆知道的、隐藏在感谢之下对拉娜的强烈感情绝不可以显露出来。

这份——爱意。

克莱姆用力握碎了自己的感情，隐藏心意，取而代之道出了重复讲过好几次的台词。

"非常谢谢您，拉娜大人。"

见到他对双方立场划清界线——明确暗示主人与下人的不同立场——的态度，拉娜有些——只有每天看着她，比任何人看着她的时间都久的克莱姆，才能察觉到的少许程度——寂寞地微笑着。

"不客气。话题扯得有点远了。回到刚才的话题吧。"

"你是说'八指'吧？刚才讲到我们闯进栽培毒品的三座村庄，将农田焚烧殆尽，这边不用再重复吧？"

听到这个名号，克莱姆在强装出来的铁面具底下皱起眉头。

在王国暗处蠢蠢欲动的非法组织"八指"。敬爱的主人为了惩治他们，正在采取行动。

一旦烧毁村庄栽培的毒品，不难猜测以此维生的村庄，今后会落得何种凄惨下场。然而，为了扑灭侵蚀王国的毒品，只得牺牲村人的性命了。

若是拥有至高无上的权力，或许能采取其他不同的手段。然而拉娜虽然贵为王女，却等于没有后盾，只能做出拯救能救的人、其他事物一律舍弃的冷酷决定。

假使拉娜向父王请愿，或许能在她要求的地点以权力或武力施加打击，然而，由于"八指"与部分贵族关系密切是不争的事实，想必情报定会泄露出去，被对方抢先湮灭证据。

为此，拉娜采用的手段，是直接委托自己的友人拉裘丝。

克莱姆知道这是相当危险的行径。一般来说，冒险者会经由工会接受委托行动，不允许直接从客户那儿接受委托。这是违反规定的。

的确，他记得工会不能处罚最高位（精钢级）的冒险者，也不能对其做出放逐处分。话虽如此，这样做仍会降低冒险者在工会内部的评价，今后想必会造成损失。然而苍蔷薇还是接受了委托，这是因为她们爱国心强，也把拉娜当成朋友。

对于牺牲小我、成就大我的拉裘丝，克莱姆产生了更强的感谢之意。

拉裘丝心想差不多该提起这件事了，于是打开缇娜拿来的包，取出一张羊皮纸。

这是拉裘丝她们苍蔷薇成员无法解读的文件。不过就她所知，最有智慧的拉娜或许能看出些端倪。

"我们在烧毁村里毒品时，发现了这张羊皮纸。我猜应该是某种书面指示，就带回来了……看得出什么来吗？"

摊开的羊皮纸上写的全是记号，不是任何一个国家的文字。拉娜只瞥了一眼，便若无其事地回答：

"……是替换式密码呢。"

所谓替换式密码，就是将明文以一个字或是几个字为一个单位，替换成其他文字或记号的密文。例如"a"对应的是△，"b"对应的是□，△△□□△就是"aabba"。

"我也这么认为。所以我找替换表找了半天，可惜没找着。因为替换表有可能是默背的，我们俘房了一个疑似负责人的男人，我觉得最好的办法应该是用迷惑魔法让他倒戈，问出译码方式，可是……我想你也知道，同一个术士对相同对象连续施展迷惑魔法，效果会越来越差。因此第一次使用时我想谨慎点。要先跟你谈过，我才能施法。"

"原来如此……这个留在现场的证据……是陷阱……还是更深的证据？若是这样，那就不会用太难的替换。嗯。我觉得这个密码应该不难解读喔。"

拉娜的发言让拉裘丝眼睛瞪得好大，她忍不住与坐在身旁的缇娜面面相觑。

不敢相信，但又不禁觉得"就知道她行"。

"我想想，在王国语当中，文章的第一个字只会是阳性冠词、阴性冠词或中性冠词……等我一下喔……"

拉娜口中念念有词，拿着羊皮纸站起来，去拿了纸笔回来。然后她在纸上写出连篇文字。

"这是一个文字对应一个记号的简单密码，所以很容易解读。而且幸运的是，上面使用的是王国语。如果是拿帝国语的书籍之类作为替换表，那就几乎解不开了。这个……只要知道其中的一个字，接下来一个个填上去就好了。只要努力，谁都解得开喔。"

"不不……说起来简单。那要知道上万个单字才解得开吧？"

"这可是密码写成的书面指示喔。一般不会写得咬文嚼字，也几乎不可能使用深难字词。应该会用小孩子都看得懂的单字写得简明扼要。所以其实选项不多的。"

拉裘丝在内心冒冷汗。

这个朋友讲得简单，但绝没有她讲得那么容易。

（不过这丫头应该办得到……不敢相信竟然有这样的天才。）

每次碰面或交谈，总是让她啧啧称奇，拉裘丝从没见过像拉娜这般堪称天才的人物。

相较于暗自感到战栗的拉裘丝，拉娜轻松自在地说："解完了。不过不是书面指示就是了。"将纸递给她。纸上写着王国内的许多地名，也有七个王都内的地名。

"是不是表示这些地方有毒品的囤积处，或是重要据点？"

"我觉得一般的生产区不会放那么重要的文章……大概是诱饵吧？"

"诱饵？你是说陷阱吗？"

"嗯……我想不是。这样说吧，'八指'虽然是一个组织，但结构上是分成八个组织，比较接近互相合作的形态对吧？"

拉裘丝点点头。

"所以这个应该是其他七个组织……还是应该说部门？就是将毒品部门以外的情报故意提供给外敌，以暂时分散敌人对自己的注意力。"

"也就是说，他们事先准备好其他部门的情报……虽然早就料到他们并不团结，但没想到这么离谱……"身为冒险者，背叛同伴的行为让她感到不齿。"虽然这是早就知道的事了，不过这下得赶紧行动，不然不太妙呢。"

看到友人点点头，拉裘丝又接着问道。

"这么一来，那家娼馆的事情怎么办？听说那是一家相当恶劣的娼馆，能够体验到所有想象得到的服务喔。"

拉裘丝自己讲出口，都觉得气愤填膺。

（王八蛋。只会用下半身思考的人渣赶快去死吧！）

回想起调查到的关于娼馆的情报，她不再是贵族千金，而是闯荡江湖的女冒险者，在心中不屑地辱骂。"所有想象得到的服务"代表何种意思，根本连想都不用想。可以确定的是必定有好几人——不分男女——为了娱乐而遭到杀害。

过去奴隶买卖还合法时，地下世界里有好几家这种娼馆。不过多亏眼前这位朋友的尽心尽力，奴隶买卖变成了违法行为，这种设施也就销声匿迹。这次查到的设施，很可能是王都或是王国最后一家非法娼馆。

正因为如此，所以无法轻易勒令其停业。可以想象将有顽强抵抗等着她们。因为对于拥有不可告人的低级嗜好的人们来说，那里是他们最后一个污秽乐园。

"喏，拉娜。既然不能行使权力进行搜查，不如由我们强行攻坚，揭穿他们的罪行如何？只要找到证据就没问题吧？如果真的是奴隶买卖的部门在经营娼馆，击溃他们将可成为一大打击，看证据指向谁，应该也能给狼狈为奸的贵族一个惨痛教训。"

"也许你说得对，拉裘丝。可是这样做，会对你家……艾尔贝因家造成困扰喔？所以我很难动手。请苍蔷薇的成员们出动也是……可是要克莱姆一个人攻陷那里又不可能……"

"属下力有未逮，万分抱歉。"

见克莱姆低头致歉，拉娜伸出了手包起克莱姆的手，温柔地微笑。

"对不起，克莱姆。我不是那个意思。那里是王都唯一的非法娼馆。不管是谁都不可能一个人攻下的……听我说，我最信任的克莱姆，我知道你为了我有多么尽心竭力。不过，千万不可以做出轻易涉险的事喔。这不是请求，是命令喔。要是你有个三长两短……"

连在一旁看着的身为女性的拉裘丝，都觉得好像被绝世美女的一双泪眼打动了。那么，克莱姆的心境又是如何？

他拼命想装作面无表情，但实在办不到，那涨红的双颊说明了一切。

若是吟游诗人要为这感动的一幕加上标题，想必会命名为"公主与骑士"吧，但拉裘丝却感到一丝恐怖。她想应该不可能，但如果拉娜是故意这样做，那么她将是个令人难以置信的狐狸精——

（我在想什么啊。怎么可以这样怀疑好朋友呢？况且至今为止的一切，不都证明了她不是那种狡诈的小人？见义勇为挺身而出，堪称"黄金"的她如果不值得相信，那还能相信谁？）

拉裘丝摇摇头，开口说话。这样做也是为了摆脱骇人的念头。

"对了，根据缇娜她们的调查，查出了几个与奴隶买卖的头子——岢可道尔有关联的贵族名字。不过真伪尚未确定，所以目前采取行动还太早了。"

拉裘丝举出几个贵族的名字时，听到其中一名人物，拉娜与克莱姆同时做出反应。

"那名贵族的千金在我身边担任女仆。"

"咦？我想应该不至于是对你有戒心，才派来当卧底的。不过……也不能保证只是个想提高自己价值的女仆呢……"

"是啊。看来情报管理上得十分小心了。克莱姆也要记在心里喔。"

"那么，来讨论一下从密码解读出的这些地点要怎么处理吧。所以，拉娜，克莱姆可以借我用一下吗？我想麻烦他去通知格格兰她们可能有紧急行动。"

2

下火月（九月）三日，9:49。

克莱姆走在王都大道上。在外观上不怎么引人注目的克莱姆，完全融入人群之中。

最显眼的白色全身铠当然没穿。虽说只要使用特殊的炼金术道具也能改变铠甲颜色，但他没有想穿到那种地步。再说只是走在街上，没必要穿起全身铠武装自己。

因此他穿得轻便，将链甲衫藏在衣服底下，最多只有腰际佩挂的长剑强调出与一般市民的差异。

这点程度的装备，与巡回士兵——卫士——或是佣兵等走在路上都能看到的人相差无几。这样只会多少受到一点回避，只有重装备会让人群自动让开。

如果有身穿重装备的人，那应该是冒险者吧。他们与其说是出于需要，毋宁说是为了引人注目而穿。

以冒险者来说，打扮得引人注目并不是件奇怪的事，因为这能为他们带来宣传效果。其中甚至有人穿得特别标新立异，让他人留下强烈印象，一传十，十传百，借此打响名声。换句话说，奇特装扮就如同冒险者的注册商标。

不过等级高到像克莱姆现在正要去见的苍蔷薇一行人，就完全没有这个必要了。因为到了她们那种境界，光是走在路上就会引起话题。

不久，就看见大道一侧有家冒险者的旅店。配备有住宿设施与马厩，以及足够用来练剑的宽广庭院。美轮美奂的外观不难想象内部装潢必定同样华美，客房的窗户镶嵌着澄澈透明的玻璃。

这家王都当中最高级的旅馆，是对自己本领有自信，付得起高昂住宿费用的冒险者聚集之地。

无视于站立左右的警卫兵，克莱姆打开旅馆的门。

使用了整个一楼空间的宽敞酒店兼餐厅，以它的宽敞程度而论，冒险者的人数寥寥无几。这显示了高阶冒险者是多么稀少的存在。

店内的喧嚷只平息了一瞬间，好奇的目光蜂拥而来。克莱姆并不介意，环顾店里。

店里尽是些精悍强壮的冒险者。这里所有人都能轻易打倒克莱姆。每当造访这种场所，总是让他体会到自己的渺小。

克莱姆强忍住想陷入消沉的心情，视线停留在店里的一个点上。

克莱姆视线的前方——店里最里侧的位置——有张圆桌，他盯着坐在桌旁的两人。

其中一人个头矮小，以漆黑长袍滴水不漏地盖住全身。

脸看不见。不是因为光线不足，而是额上镶着朱红宝石的怪异面具，完全遮掩住了那张脸。只有眼睛部分裂开一道细缝，连细缝底下的瞳眸颜色都无法辨认。

另外还有一人。

刚才那位人物是小个头，这位则是个无人能比的大个子，让人脑中浮现出"巨石"这个字眼。从某种意义上来说全身很粗壮，这并不是指那人浑身肥油。

粗大臂膀让人联想到圆木。用以支撑头部的脖子，直径大概有女性一双大腿那么粗。在这脖子上的脑袋呈现四方形。为了灌注力道而咬紧的下颚横向发展，窥视周围情形的眼瞳宛如肉食猛兽。金色头发剃得短短的，完全只重视实用性。

被衣服遮蔽的胸膛故意炫耀似的向前隆起，立刻能想象到经过彻底锻炼的胸肌。说得明白点，那已经不是女性的酥胸了。

仅以女性组成的精钢级冒险者小队——苍蔷薇。

她们是其中两名成员。魔力系魔法吟唱者伊维尔艾以及战士格格兰。

克莱姆朝她们走去。他要找的人点了个头，拉开富有磁性的嗓门：

"哟，处男！"

渐渐移开的视线再度集中到克莱姆身上，不过没人出声挪揄，反而好像立刻失去了兴趣，带着些许同情又撇开了视线。

周围其他冒险者之所有会有这种平淡的反应，是因为他们知道只要敢对格格兰的客人有那么一点不尊重，就算是山铜或秘银级冒险者都不叫作勇敢，而是自不量力。

克莱姆即使受辱，仍然淡淡地继续走。

不管说多少遍，格格兰就是不肯改变对克莱姆的称呼。既然如此，最有效的方式就是放弃，装作不在乎。

"久违了，格格兰大人——女士，还有伊维尔艾大人。"

他来到两人跟前，鞠个躬。

"哦，好久不见了。怎么，你是来让老子上的吗？"

格格兰用下巴比一比要他坐下，却在四方形的脸上浮现出不怀好意的猛兽狞笑，向克莱姆问着。他面无表情地摇摇头。

格格兰每次都来这套，可以说是一种打招呼的方式了。然而她却不是在开玩笑。要是克莱姆敢开玩笑说"对"，格格兰想必会马上把他带进二楼的单人房。在她无人能及的臂力下，克莱姆根本没有抵抗的余地。

大言不惭地宣称自己爱吃处男的格格兰，就是这么一号人物。

面对这种态度的格格兰，伊维尔艾只是面朝前方，表情毫无变化。面具底下的眼睛也许是对着克莱姆，但他不能确定。

"不，不是。是爱因多拉大人叫我来的。"

"嗯？领队叫你来的？"

"是的。我捎了口信来。'可能有紧急行动了。详细情形回来再说。'不过，大人希望两位能做好准备，随时应战。"

"收到。哦，就为了这点小事啊，真是辛苦你啦。"

格格兰脸上浮现出粗犷的笑容，克莱姆想起还有话得告诉她。

"今天，我有幸让史托罗诺夫大人指导我练剑，当时您教我的一击——从大上段发动的一击，获得了史托罗诺夫大人的赞许。"

那一击是格格兰在这家旅馆的后院教他的。格格兰就像是自己被称赞一样，破颜而笑。

"哦，你说那招啊！哼哼，挺有一套的嘛。不过啊……"

"是，我不会就此满足，我要继续锻炼，精益求精。"

"继续锻炼也是要啦。不过你差不多该设想到这招被破解时的状况，练个能接连发出的招式啦。"

该说是凑巧，还是这对一流战士来说是常识？格格兰的建议竟与葛杰夫说过的话十分类似。克莱姆正对两人发言的巧合一脸惊讶，格格兰好像误会了他的反应。"当然，我教你的那招下砍，必须当作一击必杀来施展，否则就没意义了。"她笑着说。

"其实原本应该从千变万化的剑技之中，选出适合每一个场面的招式才对。可是呢，这你是办不到的。"格格兰话中之意，是暗指克莱姆没有天赋。"所以你必须研发出至少连续三击的攻击形态。这三连击对手就算挡下了，也无法转守为攻。"

克莱姆点点头。

"虽然在对抗魔物时，遇到有好几只手臂的畸形怪物时就行不通了，但是在对付人类时应该有用。虽说攻击模式这种玩意儿，一旦被对手记住就完蛋了，不过对初次交手的人还挺有效的。你要研发出能够不断进攻、不给对手喘息余地的招式，知道吗？"

"我知道了。"克莱姆重重点头。

今天早上，他只有那一次攻入葛杰夫的怀里。其他都被立即看穿，不断遭到反击。

那么，自己是否就这样丧失自信？

不。

是否就这样感到绝望？

不。

正好相反。

他的感受完全相反。

作为一个凡夫俗子竟能够那样逼近王国——不，是邻近诸国最强的战士。虽然克莱姆知道对方并没拿出真本事。然而，那对走在漆黑道路上，丝毫不见光明的克莱姆而言，已成了极大鼓励。

仿佛在告诉自己：你的努力并没有白费。

想起这一点，就完全能理解格格兰想说的话。

他没有自信能研发出漂亮的连续攻击，但仍有意愿去挑战，而且内心深处已涌起了火热斗志。自己一定要获得更强的力量，好在下次与战士长交手时，能让他再拿出更多真本事。

"……对了，你之前也拜托过伊维尔艾什么事，对吧？我记得好像是魔法的修行？"

"是的。"

克莱姆稍微瞄了伊维尔艾一眼。当时她只是从面具底下投以嘲笑，这事就告吹了。在毫无改变的状况下提起同一件事，也只会得到相同的结果吧。

不过——

"小子。"

传来一个听不太清楚的声音。

撇开戴着面具不说,那声音依然非常不可思议。她戴着的面具并不是那么厚,应该能分辨出某种程度的音质才是。然而,从伊维尔艾的声音中听不出年龄与感情等性质。至多只能勉强判断出是名女性。既像年事已高,又仿佛还年轻。听来像是不带感情的平和声音。

应该是因为伊维尔艾戴的面具是魔法道具吧。然而她为何要如此隐藏自己的声音呢?

"你没有才能。往别的方向努力吧。"

好像除此之外没话好说似的,不给人回嘴的余地。

这种事克莱姆清楚得很。

克莱姆没有魔法的才能。不,不只是没有魔法的才能。

不管他如何练剑,挥到破皮渗血,磨破水泡弄到皮肤变硬,都没能到达他冀望的领域。对于天赋异禀的人来说,轻而易举就能跨越的矮墙,对克莱姆却是无法攀越的绝壁。

不过,也不能因此就放弃跨越绝壁的努力。因为既然自己没有才能,就只能相信不懈努力能够带来些许的进步。

"你好像不服气啊。"看出了克莱姆平板铁面具底下的感情,伊维尔艾接着说,"天赋异禀的人从一开始就拥有才能……有人说才能是开花前的蓓蕾,每个人都有……哼。让我来说的话,那只是愿望,是才智低下的人用来安慰自己的好话。过去那十三英雄的领袖也是如此。"

传说十三英雄的领袖起初也只是个凡人，比任何人都弱小，但即使受伤流血仍然继续挥剑，最后变得比任何人都强大，是能够无限成长的强者。

"那家伙只是有才华但没开花罢了。这点跟你不同。因为你已经很努力了，但还是只有这点本事……对。才能不是人人皆有，而且差异再明显不过了。有的人就是有，没有的人就是没有。所以……我不会叫你放弃，但你还是该知道自己的斤两。"

伊维尔艾的一番严厉言词带来了一瞬间的沉默，而打破这片沉默的还是伊维尔艾。

"葛杰夫·史托罗诺夫……那家伙就是个很好的例子。他就叫作天赋异禀的人类。克莱姆……你与那人之间的差距，用努力弥补得了吗？"

他哑口无言。今天的训练才刚让他体会到，自己实在到不了那个境界。

"好吧，拿他举例或许不太好……不过能与他的剑术才能匹敌的人，我只想得到过去的十三英雄。像旁边这个格格兰虽然功夫也很了得，但也比不上葛杰夫。"

"……别拿他跟老子比啊。葛杰夫大叔可是一脚踏进英雄领域的人物耶！"

"哼。你也是被世间称为英雄的女人吧……不过性别带个问号就是。"

伊维尔艾一时之间含糊其词，格格兰笑着回答：

"喂喂，伊维尔艾。所谓英雄指的不是超越了人类领域，拥有异常才能的怪物吗？"

"……我不否认。"

"那么，老子还是个人啦，是个无法踏进英雄领域的普通人。"

"……即使如此，你还是有才能。跟克莱姆这种没有才能的人不同。克莱姆，你该做的不是朝星星伸出手一味追逐。"

克莱姆没有才能，他自己再清楚不过了。然而被人家这样一直讲你没有才能，你没有才能的，也的确让他很沮丧。话虽如此，克莱姆并不打算改变目前的人生观。

己身全为公主，为了这份心意——

也许是从克莱姆身上感受到某种近似殉教者的气息吧。伊维尔艾在面具后方哼了一声。

"……我都说这么多了，你还是不想罢手是吧。"

"是的。"

"真是愚蠢。实在是太蠢了。"她用力甩头，说自己无法理解，"抱着无法实现的愿望前进，终将自我毁灭的，知道吗？我再说一遍，你要明白自己的斤两。"

"我懂。"

"懂归懂，但不打算学乖了是吧。用愚蠢都不足以形容你这个男人。你是会早死的那种类型……你死了，有人会为你哭泣，不是吗?"

"什么啊,伊维尔艾。原来你是担心克莱姆,所以才欺负他的啊。"

听到格格兰这样说,伊维尔艾顿时垂头丧气。接着她转向格格兰,伸出戴着手套的手抓住她的前襟,怒吼道:

"你这没大脑的肌肉女,少说两句行吗!"

"但老子说得没错吧?"

格格兰让她抓着前襟,仍然满不在乎地说。伊维尔艾听了一时无话可回。然后她将身子沉进椅子里,矛头转向克莱姆。

"先学魔法的知识吧。增长了知识,想必就能理解使用魔法的敌人有什么企图。这样一来也能更正确地行动。"

"要学习成千上万的魔法知识,会不会太强人所难了啊?"

"没那回事。魔法吟唱者重点使用的魔法并不多,只要从常用的那些学起即可。"

要是连这点程度的事都办不到,那就放弃吧。伊维尔艾冷淡地低语。

"再说最多只要学到第三位阶,我想基本上就没问题了。"

"……我说啊,伊维尔艾。我们都知道魔法最高到第十位阶,可是谁都没在用位阶那么高的魔法啊,但却有这种魔法的相关情报,这是为什么?"

"嗯……"

伊维尔艾摆出一副老师教学生的样子,在长袍底下做了一些动作。克莱姆随即感到周围的声音似乎飘远了。有点难形容，应该说桌子周围仿佛包上一层薄膜。

"别慌张。我只是发动了个无聊的道具。"

克莱姆不知道发动道具这个行为，表示她对周围的耳朵有多大的戒心。但到了必须这样戒备的地步，他只知道伊维尔艾打算以相当严肃的态度回答格格兰的问题，因此自己也坐正了姿势。

"在过去的神话——被认为只是故事的传说当中，有一则提到了被称作八欲王的存在。他们又被称为夺得神力之人，相传他们曾以绝对性的力量支配过这个世界。"

八欲王的故事克莱姆也听过。虽然作为童话故事不受欢迎，但只要是稍有学识之人，都知道这个故事。

故事内容简略而言，就是在五百年前，出现了被称作八欲王的存在。有人说他们的身高直达九霄，也有人说他们外形如龙，这八欲王转眼间毁灭诸国，倚仗着排山倒海的力量支配了世界。然而，他们欲望深重，为了争夺彼此拥有的事物而争斗，最后同归于尽。

这个故事不受欢迎是理所当然的，不过它是否真的只是童话故事，意见却不尽相同。克莱姆自己认为这是个经过夸大的故事。只是，冒险者当中也有少数人士，认为八欲王是实际存在的——力量也比现代的任何存在都要强大。

他们作为根据的，是传闻位于遥远南方沙漠中的一个都市。

据闻那是八欲王在支配大陆时所建立的首都。

当克莱姆沉浸于自己的想法时,伊维尔艾继续说着:

"据说八欲王拥有无数的强力道具,其中力量最强的当数《无铭咒文书》……人们是这样称呼这本魔法书的。这就是一切的答案。"

"啊?也就是说高位阶的魔法都记载在那书里喽?"

"没错。在那传说中的八欲王所遗留下来、超越想象的魔法道具书籍之中,据说记载了世间一切魔法。而且听说不知出于何种魔法的效用,即使新发明的魔法也会自动记录进去。"

克莱姆知道八欲王的神话,但完全没听说过这种书籍的事情。他隐约察觉到这种道具有多么稀奇,所以他不插嘴,只是侧耳倾听。

"就是因为有这项道具为根据,我们才会知道第十位阶魔法是存在的。当然,知道我刚才讲的《无铭咒文书》的人并不多就是了。"

克莱姆的咽喉发出咕嘟一声。

"您、您不会想去寻求那本《无铭咒文书》吧?"

克莱姆将她们看作登峰造极的冒险者,才会这么问。

伊维尔艾冷笑了一声,像是在说"别胡说八道了"。

"哼。听看过的人说,那本书附有强固的魔法保护,除了正统持有人之外,闲杂人等连碰都不能碰。听说那玩意儿的价值足以匹敌一个世界,看来也具有同等的危险啊。我这人懂得自己的斤两，才不会因为想要那种道具，而像八欲王那样迎接愚蠢的死亡呢。"

"连据称拥有十三英雄武器的人物担任领队的小队，都会这样想吗？"

"……境界差太多了。不过我也是从看过的人那边听到的而已，细节并不清楚就是了。话题好像扯远了，总之就是这样，格格兰。明白了吗？"

接着伊维尔艾罕见地显露出有些迷惘的举动，才开口道：

"克莱姆。你可别因为想得到力量，就做出舍弃人性的行径喔。"

"舍弃人性……您是说像故事里那种恶魔吗？"

"那也是其中一种，还有就是变成不死者或是魔法生物。"

"一般人不可能做到那种事。"

"是这样没错……变成不死者后，心智往往也会跟着扭曲。原本只是为了实现热情理想的手段……肉体上的变化有时会影响心智，把一个人变成骇人的怪物。"

面具底下传来的声音本来连一丝情感都无法窥视，此时却点缀着显而易见的怜悯之情。格格兰看见伊维尔艾仿佛望向远方，发出故作开朗的声音。

"要是早上起来看到克莱姆变成了食人魔，公主应该会吓晕吧。"

伊维尔艾应该察觉了格格兰此话背后的好意吧，声音又变回了读不出感情的调调。

"……的确,这也是个办法。只要使用变化系的魔法,就可以暂时性地变成其他种族。我就明说了,以提升肉体能力的角度来说,这也不失为一个办法。"

"这我恐怕有点敬谢不敏。"

"就从变强的角度来说,变成其他种族就是很有效果。因为人类这种生物本身,能力并不算特别优异。如果拥有同等才能的话,基础肉体能力自然是越高越有利。"

当然了。如果技术一样的话,肉体能力较高的一方自然比较有利。

"实际上,十三英雄当中也有很多人类以外的种族。顺便一提,说是十三英雄,其实人数本来更多的。结果成为传说受到歌颂的只有十三人……由于与魔神之战是跨越种族藩篱的大战,对于推崇人类的人们来说,可能不想让其他种族太过活跃的英雄谭流传出去吧。"

伊维尔艾对着某人挖苦地说。之后她态度一转,以带有乡愁的语气接着说道:

"挥动旋风烈斧的战士是风巨人的战士长,还有拥有先祖精灵特征的精灵王室成员,至于我们领队持有的'魔剑齐利尼拉姆'的原主——四大漆黑之剑的持有者黑骑士,则是人类与恶魔的混血儿。"

"四大漆黑之剑吗……"

十三英雄之一的黑骑士，被认为拥有四把利剑，分别是邪剑修米利斯、魔剑齐利尼拉姆、腐剑可洛克达巴尔与死剑史菲兹。而拥有其中一把的，正是苍蔷薇的领队拉裘丝。

　　"凝聚了无限黑暗而成的最强漆黑之剑，魔剑齐利尼拉姆吗……问个问题，听说这把剑只要解放所有力量，就会放射出足以吞没一个国家的漆黑能量，这是真的吗？"

　　"这是在说什么？"伊维尔艾困惑地说。

　　"我们领队之前一个人的时候，我听到她在喃喃自语。她按着自己的右手，说'只有我这样侍奉神的女性，才能倾注一切压抑住魔力'什么的。"

　　"我没听说有这种事……"伊维尔艾不解地歪着头，"但既然持有者这样说，或许是真的吧。"

　　"那么诞生自黑暗精神的漆黑拉裘丝，也是真有其人吗？"

　　"什么？"

　　"没有啦，后来老子又听到她一个人念念有词。她好像没注意到老子，所以老子就偷听她是怎么了，结果她就那样说啊。她说'只要你稍有大意，我这个来自黑暗根源的漆黑存在就要支配你的肉体，解放魔剑的力量'什么的，听起来很不妙啊。"

　　"这……不能说没有这个可能呢。一部分受诅咒的道具的确可能支配主人的精神……若是拉裘丝遭到支配，事情就严重了。"

　　"老子是觉得她好像想保密，可是事情非同小可，所以老子就当面问她,结果她满脸通红,叫老子别担心。"

"嗯。本应祛除诅咒的神官反倒遭诅咒道具支配,一定觉得很可耻吧。而且也许她不想让我们担心?那家伙真是的,竟然想一个人承担吗?"

"后来老子就没看过她那样了……不过你想想看嘛,她不也是从得到了魔剑之后,才开始把五根手指头都戴满了毫无意义的铠甲戒指吗?"

"我本以为那是戴着好看的,你的意思是说那可能是封印系的魔法道具或触媒吗?"

克莱姆无法再假装面无表情,蹙起眉头。

听起来,拉裘丝很可能逐渐遭到邪恶道具支配。想到自己刚才待过的地方,焦躁感更趋强烈。

"……拉娜大人有危险?"

克莱姆立刻就要冲出去,但被伊维尔艾拦下来。

"别慌。我想状况不会突然恶化的。就算快要受到黑暗力量支配,那家伙也不可能在浑然不觉的状态下受到支配。既然她什么都没告诉我们,应该表示她有自信能控制得住吧。我相信那家伙的精神力量。不过……没想到那把剑有那种能力……连我都没听说呢。"

"为了保险起见,要不要跟阿兹思讲一声?"

"向劲敌寻求帮助虽然有点不甘心,不过……毕竟是侄女,还是讲一声比较好吧。"

"嗯,那么,是不是应该立刻行动?还得调查一下现在人在哪里才行呢。"

"唔。是应该做好万全准备,好随时能够支持拉裘丝。"

"毕竟能够阻止精钢的,就只有精钢嘛。"

"嗯?啊啊!讲到这我想起来了,格格兰。听说第三支精钢级冒险者小队,已经在耶・兰提尔诞生了。"

"什么?真的吗?这老子倒是头一次听说……是你一早去冒险者工会时听到的吗?"

"不……啊,对了。真抱歉,我完全忘了讲了。那支小队好像是黑色的喔。"

"黑色?老子还以为红色、蓝色之后会是褐色与绿色呢。"

"因为黑色是六大神信仰会使用的颜色嘛,没什么好奇怪的。搞不好下个会是白色喔。"

"老子不太喜欢斯连教国耶。实际上,我们在那件事上,也曾经跟像是秘密部队的一群家伙大打出手过嘛。"

克莱姆觉得自己好像听见了相当危险的话题,但两人没理他,继续说了下去。

"格格兰讨厌他们吗?虽然我也遭到他们的追杀,不过那个国家的方针我能理解。或者该说那些人对自己赋予的使命,就是立誓成为人类全体的捍卫者。以人类这个种族的观点来看,是很正当的事吧?"

"哈?你是说为了这个目的,杀害无辜的亚人类或森林精灵也无所谓吗?"

格格兰脸上浮现出明显的嫌恶感,强烈的怒火在眼中燃烧。然而承受她怒火的伊维尔艾却只是耸耸肩带过。

"这附近有好几个人类的国家嘛,像是王国、圣王国、帝国等。那么格格兰,你知道吗,离这里越远的地区,以人类为主体的国家就越少,都是亚人类等比人类更优秀的种族建立的国家。有些地方甚至还有以人类为奴隶阶级的国家喔。这附近之所以没有这种国家,最大的原因之一是斯连教国长期以来,将伺机抬头的亚人类势力一一消灭。"

听到伊维尔艾所言,格格兰怒火被浇熄,臭着一张脸低声说:"谁叫亚人类的肉体能力比人类优秀呢。要是他们一个弄不好聚集起来,发展起了文化,人类往往是对付不来的。"

"只要身为人类,就应该对教国的人们给予高度评价。他们确实有流于冷酷的缺点,即使如此,却也没有人比他们对人类做出更多贡献了……虽然等到被算进遭到舍弃的弱势族群当中,还能不能说出同样的话,就要另当别论了。再说开创冒险者工会先河的人,很有可能就是他们喔。"

"真的假的?"

"谁知道呢。真伪不明,但可能性很高。因为冒险者工会是在与魔神的战争后创立的,当时人类的力量减弱了许多。我认为有可能是保存力量的他们,为了在各国间不产生摩擦的状况下提供援助,而建立这种机构。"

话题中断时特有的沉默笼罩桌席。忍受不了这种沉寂的克莱姆开口道：

"抱歉打断您，伊维尔艾大人。您刚才说有精钢级的冒险者诞生了，请问他们叫什么名字？"

"嗯？对，刚才有讲到嘛。我记得应该是叫——飞飞。人称漆黑英雄的战士担任领队，小队名好像尚未决定。只是人们都称他们为'漆黑'。"

"喔哟。那其他成员呢？"

"听说是与人称美姬、名字叫作娜贝的魔力系魔法吟唱者，两人组成一队。"

"哈？就两个人？那是什么状况？对自己的本领超有自信的笨蛋……不对，就是因为如此才会是精钢级吧。这下绝对是藏了什么秘密武器。所以咧？他们立下了啥丰功伟业？"

克莱姆也倾耳细听。那可是达到精钢级的冒险者小队，想必是进行了常人难以置信的勇敢冒险。还没听到那震撼人心的冒险故事，胸口已经先期待得发热。

"据说这些好像是在约两个月之内完成的……首先是解决耶·兰提尔出现数千只不死者的事件，再来是歼灭北上的哥布林部落联盟、在都武大森林采集极为稀少的药草、讨伐巨型蛇怪、消灭来自卡兹平原的不死者师团。其他我还听说他们打倒拥有强大力量的吸血鬼。"

"巨型蛇怪……"克莱姆喘不过气地说。

那是既像蜥蜴又像蛇，全长将近十米的巨大魔物，视线具有石化效果，体液是立即致死级的剧毒，又硬又厚的皮肤能与秘银匹敌，可说是极为可怕的存在。既然能打倒足以毁灭城镇的魔物，被封为精钢级也是合情合理。

只有一个问题。那就是——

"那可……真是厉害啊。可是啊，这些真的是两个人能做到的事吗？巨型蛇怪靠战士与魔力系魔法吟唱者两个人，应该对付不来吧？老子看不可能喔。"

说得没错。凭两个人几乎不可能办到，尤其两人是战士与魔力系魔法吟唱者。那要靠什么回复呢？不可能有办法抵御石化视线与剧毒体液等所有特殊攻击。

"啊！抱歉。其实也不能说是两个人。听说他们凭着实力制伏了森林贤王，并收为部下。"

"……森林贤王？那是个什么魔物？"

克莱姆想起曾经在类似英雄谭的传奇故事里听过这个名字，不过这种时候插嘴实在太过放肆。

"我知道得也不多。相传那是自古以来住在都武大森林的魔兽，其强大实力举世无双。我的熟人以前……对，在两百年前去大森林时，好像没看到它就是了。"

讲到两百这个数字时，伊维尔艾逗趣地耸耸肩。

这个年纪以森林精灵而言并不奇怪，不过从她的态度来看，克莱姆判断应该只是个小玩笑。

"喔哟。那，这些故事到底有多少真实性？大抵都是加油添醋吧？"

都是这样的。讲给别人听时一下子讲得太夸张，或是遗体四分五裂无法判断正确的尸体数量。有时候冒险者也会替自己夸大宣传，一再替事情加油添醋。

伊维尔艾竖起一根手指"啧啧啧"地左右摇晃。

"关于这些事迹，据说几乎都是千真万确。其中特别是耶·兰提尔的事件，那名冒险者投掷大剑击败了不死者巨人，突破成千的不死者集团。这是出自存活卫兵的目击情报，由于所有人的报告内容几乎相同，因此应该不是夸大其词。他们打倒了不死者集团后方的两名事件首谋，尸体也已确认过。而且在那之前还打倒了两只骨龙。"

格格兰哑然无语，克莱姆向她问道：

"就算是格格兰女士也很难办到吗？"

"如果数千只不死者是僵尸或骷髅的话没问题，可以突破。两只骨龙也应该能勉强打倒。但是引发这么大事件的两个首谋就难说了。在没摸清对手能力的状况下，实在没自信。"

"有非官方见解认为可能是知拉农。"

"真的假的啊，伊维尔艾？啊……如果是他们的得意门生的话，那就没搞头啦。潜入那么深的险地之后还想打赢他们很难。再说只要有一点差错，中毒或是麻痹，那就玩完了。那两个人是怎么回复的？靠药水吗？那个叫飞飞的战士也许像我们的领队一样，会用信仰系魔法也说不定。还是叫美姬的会用？"

"无法断定他们不会。"

伊维尔艾不断点头同意。

"不过啊，巨型蛇怪嘛……老子实在没办法。那种敌人对战士……以近身战为主的人来说太凶恶了。虽然老子有'魔眼必灭'的力量，但没人支持还是有危险。"

"听见了吗，克莱姆？也就是说格格兰一个人是办不到的。换言之，这要看那个叫娜贝的女人有多少本事。若是与她组队作战，也许能做到一样的事……能吗？"

"啊，如果那女的跟伊维尔艾实力不相上下，那应该很容易吧？若是让你来的话，就算碰上巨型蛇怪，只要以远距离战为主，你应该不用拿出真本事，一个人也应付得来吧？"

"我哪有那么厉害。一定要拿出真本事才行。"

"只要有你在，这两起事件当中，老子需要对付的只有骨龙……不行，这样等于是依赖伊维尔艾的实力，如果是跟山铜级魔法吟唱者组成两人小队……铁定打不赢。"

克莱姆觉得很不可思议。

伊维尔艾这位魔法吟唱者真有这么厉害吗？一般来说，冒险者小队应该都是由相同等级的成员构成，而且也应该在一起进行一样的冒险。之间会产生如此大的差异吗？

"没那种事。我很清楚格格兰女士的实力。绝不会输给那些突然出现的人士。"

"喔哟，谢谢你的高度评价啦。好，要不要跟老子睡？"

"不，这我拒绝。"

"所以你才会是处男啦。俗话说得好，到口肉不吃是男人的耻辱耶。一直当处男没好处啦。等你要跟真心喜欢的女人睡觉时，你打算怎么办？想被人家说你技术很烂吗？你喜欢玩那种受虐的吗？"

格格兰不等克莱姆回话，一口气讲完，然后装模作样地叹了一大口气。

"好吧，老子是不会勉强你啦。老子随时奉陪，想找老子陪你时就说一声吧……不过话说回来，美姬这个绰号还真肉麻啊。本人不会输给名字吗？"

"听说那个叫娜贝的相当漂亮喔。根据消息指出——"克莱姆感觉到伊维尔艾的视线一瞬间朝向自己，下个瞬间就知道确实如此，"其美貌能与王国的'黄金'匹敌。"

格格兰用一种像是坏孩子似的眼光看向克莱姆。克莱姆猜到她接下来会说什么，抢先出招。

"美丑标准各人不同。况且对我而言，没有人比拉娜大人更美。"

"啊，是喔。"

听到那语气，就知道她心里觉得没趣。

"唔。闲聊得有点太久了。抱歉让你听我们讲这些闲话。我们接下来要依照拉裘丝的指示，开始做准备。"

格格兰与伊维尔艾站起来。克莱姆也跟着起身。

"抱歉啊,克莱姆。老子是很想跟你多搞搞,但没那闲工夫了。"

"不会,请别介意,格格兰女士。还有伊维尔艾大人,感谢您的金玉良言。"

格格兰目不转睛地盯着克莱姆看,发出疲累的笑声。

"嗯,好吧。那么,你应该会立刻回去吧,我们的领队就拜托你啦。多关照啦,处男……对了,道具要装备齐全喔。你腰上的那把,不是平常用的武器吧?"

"是。这是备用品。"

"搞不好会发生一些状况。镀甲也就算了,剑最好随时带在身边喔。这是冒险者的守则,特别是对战士来说。还有老子送你的道具,有没有带在身上?"

"您是说铃铛吗?在这里。"

克莱姆拍拍装在腰带上的腰包。

"是吗,那就好。记好了,我们是战士,只能挥动武器。然而,有时候会发生武器无法解决的状况。这时就要靠魔法道具来辅助了。你要弄到各种道具并留在身上,知道吗?还有治疗系药水至少要带三瓶喔?老子就曾经受过这玩意儿的帮助。"

克莱姆有三瓶药水,不过这次只带了两瓶在身上。"我明白了。"他回答。

"……想不到你还挺会照顾人的嘛。"

"别挖苦老子啦,伊维尔艾……抱歉把你叫住。老子只是想告诉你,不要怠慢了准备,万事小心。"

"我了解了。"克莱姆向格格兰深深低头。

3

下火月(九月)三日,6:00。

坐在圆桌旁的是九名男女。

"八指"的各部门管理者同桌而坐,却互相看也不看别人一眼,要不就是看看手上的文件,要不就是跟背后待命的属下交谈。

气氛宛如完全不同组织的集会。虽然还不到一触即发的程度,但能明显看出面对敌人时才有的戒备心。不过,这对他们来说是理所当然的。因为他们虽然的确隶属同一组织,相互有着合作关系,但实际上却常常互相侵占权益,偶尔才会产生所谓合作关系。

以毒品交易的部门为例,从生产到通路全都由部门自己管理营运,走私等其他部门不可能提供协助。各部门即使不会公开对立,背地里互扯后腿却是家常便饭。

这些对组织来说毫无益处的行为,来自原本由复数非法组织构成的弊害。

这几位互相交恶的管理者,之所以会在固定日期参加在王都举行的"八指"各部门首脑的集会，是因为不参加将会带来坏处。

事实上，不参加这场会议的人会被认定有背叛的可能，而成为肃清对象。因此就连不常来王都的人，也会为了参加会议特地前来。

平常躲在安全场所的人，就某种角度来说，等于是在众人面前抛头露面。由于害怕遭到暗杀而让护卫跟在背后，也是理当如此。受限于被允许参加会议的人数上限，他们会带上从自己部门精心选拔的两名精锐。

不过，只有一人例外。

"既然大家都到齐了，就开始例行会议吧。"

在男人的一句话下，众人坐回座位，椅子发出叽的一声。

开口发声的男人是这场会议的主持人，也是"八指"的整合者。这名五十来岁的男子颈上戴着水神圣印，慈眉善目，怎么看也不像是在这种黑社会里打滚的狠角色。

"有几项议题要讨论，其中必须优先解决的是——希尔玛。"

"在这儿。"回话的是个白皙的女人。

她的肌肤色泽病态地发白，身上的衣服也是白色的。

从持着冒出艳紫色烟雾的烟管的手开始一直到肩窝，刺着蜿蜒向上的蛇。口红与紫色眼影同色，以轻薄衣物裹身的姿态蕴藏着高级娼妓的颓废氛围。

"呼哇……"她装模作样地打个呵欠。

"开会时间就不能再早点儿吗？"

"……听说你的毒品栽培设施被人袭击了？"

"是啊，当成生产设施的村子遇袭了呢。害我花了好大一笔钱。今后毒品通路可能得缩水了。"

"关于幕后黑手，你没掌握到什么情报吗？"

"没有。一点都没有……不过正因为如此，倒不难想象是谁干的。"

"哪个颜色？"

只是这样问，在场的所有人就都明白了。

"不知道啦。我刚刚才知道村子遇袭耶，哪有时间查那么多。"

"是吗？那么各位，就是这么回事。有掌握任何情报者，请举手。"

没有回应。要么就是不知道，要么就是知道但不想回答。

"那么下一个——"

"喂。"是个低沉的、暗藏着惊人力量的男性声音。

所有人视线都集中向那里，那里有个半张脸文上野兽刺青的光头男子。不过，他身上每个部位都很庞大。肌肉偾起的体格，隔着衣服都能清楚看出隆起的立体感，冷峻的目光充满战士的血性。

其他部门首脑都带着护卫，只有这个男人背后空无一人。这是当然了。带着没用的一群人来有什么意义。

男人瞪着贩毒长希尔玛。不，他大概不是有意瞪她，只是薄如刀刃的细瞳看起来就像在瞪人。

女子背后的护卫仅一瞬间就乱了呼吸。那是知道彼此战斗能力的落差，才会有此反应。

因为这个男人根本是个怪物，要杀光这房间里的所有人都不成问题。

"要不要雇用我们？你招募的喽啰们恐怕保护不了什么吧？"

此人名叫桀洛，是从保镖到贵族护卫无所不包的"警备部门"管理者。而更令他名声响亮的，是"八指"全体成员中，出了名的最强战斗能力。然而男人的这项提议——

"不用了。"

被一口回绝。

"不用了，况且我也不能让别人知道重要据点在哪儿。"

事情就此结束。桀洛仿佛失去了兴趣般闭上眼睛。这样做使他变得像一块岩石。

"那这样好了，这项提议，我想代为接受呢。"

开口的是个线条纤细的男了。他看起来软弱无力，与桀洛正好形成对比。

"桀洛，我想雇用你那里的人。"

"怎么，岢可道尔。你付得起吗？"

如果说希尔玛的毒品交易蒸蒸日上，那么这个男人，岢可道尔的奴隶买卖就是每况愈下。这是因为黄金公主推行奴隶买卖非法化，使得他的生意变得必须偷偷摸摸私下进行。

"没问题的，桀洛。而且如果可以，人家想雇用一个'六臂'级的，要精英中的精英。"

"哦。"桀洛仿佛这才有了兴趣，再度睁开双眼。

感到惊讶的不止桀洛，在场所有人几乎都抱持着共同的想法。

"六臂"名称取自盗贼之神拥有六条手臂的兄弟神，是警备部门中拥有最强战斗能力之人的总称。

当然，部门中的翘楚就是桀洛，不过其他五人的实力也不遑多让。据说拥有切割空间能力之人，以及能操纵幻象之人都是他们的一分子，甚至还有强大的不死者"死者大魔法师"隶属这个部门。

如果葛杰夫·史托罗诺夫或精钢级冒险者是表面世界的最强战士，"六臂"就是地下世界的最强杀手。雇用一个这样的人物，只代表一个意思。

"你惹上了这么大的麻烦吗？好吧。尽管放一百二十个心吧。我最强的部下们会保障你的财产安全。"

"真是不好意思呢。本来要处理掉的女人出了问题啦。我是觉得这样兴师动众有点小题大做了，可是那家店要是被砸了，人家会很伤脑筋。对了，契约金什么的等会儿再细谈吧。"

"可以。"

"会议结束之后可以立刻派人吗？其实人家有件工作想立刻

请他做。"

"知道了。我带了一个人来，就把那家伙借给你吧。"

"……那么进入下一个议题。关于最近诞生的精钢级冒险者'漆黑的飞飞'，有没有人知道些什么，或是向他发出邀请？"

过　场

锵啷，锵啷，贵金属互相碰撞的声音响起。

确定翻倒过来的皮袋里已经空无一物后，安兹把撒在桌上闪闪发光的硬币排列整齐。

金币与银币各堆成十枚一堆，计算数量。

重复数了几次钱堆的安兹，拿起皮袋看看里头。

果然已经空了——确定了这一点后，安兹把皮袋随手一扔。然后抱着头烦恼起来。

"不够……钱完全不够啊……"

幻术制造出的人类脸庞阴沉地扭曲。当然，眼前的钱堆是一笔不小的财产，这世界的一般民众几十年也赚不到这个金额。然而，对他这个纳萨力克地下大坟墓的主人，又是唯一能赚取外币的存在来说只算小钱，实在让他心里不踏实。

安兹的精神只要变化超过一定幅度就会强制稳定，因此就算是只剩一枚银币的火烧眉毛的状况，受到打击的精神也应该会立刻安定下来。然而此时他拥有一定数量的金币，内心角落还有一丝余裕，使得强制稳定未能发挥效果，让他感受到微火烧灼般的焦躁。

安兹甩甩头，依照用途将眼前的金币分成几堆。

"首先，这是给塞巴斯的追加资金。"

堆起的钱山一口气减少，安兹的脸抽动起来。

"接着是这边吧……按照科塞特斯的意愿，提供给蜥蜴人村落的复兴援助与道具的筹备费，还有……"

虽然比刚才少一点，但钱山再次移动，只剩下寥寥几枚金币。

"……这钱是要送给蜥蜴人村子的物资经费，所以只要从冒险者工会购买，就可以利用精钢级冒险者的门路。应该可以再……便宜一点……所以大概就这样吧？"

他从拨给科塞特斯的钱山中取回几枚硬币。

数了好几遍剩下的钱币数量后，安兹低声喃喃自语：

"……也许找个商人当赞助商是最好的办法吧……作为冒险之外能获得定期收入的方法。"

精钢级冒险者包括安兹在内，王国里总共只有三组。因此，有时候会接到商人的指名委托。这类工作基本上对安兹来说都既轻松又好赚，他巴不得能多接几个。然而他至今总是裹足不前。

因为安兹要避免自己扮演的冒险者飞飞,对商人或冒险者留下嗜钱如命,或是只要付钱什么都干的印象。

安兹打算在此地建立人人赞颂的冒险者形象,等到时机成熟,再将这一切的荣耀归于安兹·乌尔·恭。为此他必须注意别人对自己的评价。

"可是……就是没钱啊。我就说不用住这么昂贵的旅店嘛。"

安兹环视奢华的房间。

这里是耶·兰提尔最高级的旅店,而且是店里最好的房间。住在这种房间,费用自然也贵得吓人。不需要睡眠的安兹住这种上等的房间根本也不能怎样,他真想把这些钱用在别的地方。

餐点也是一样。不管旅店提供再豪华的餐点,安兹又不能吃,根本毫无意义。还不如取消送餐,把饭钱节省下来比较聪明。

然而,安兹也很清楚不能这样做。

安兹……不,飞飞是这座都市的唯一一位精钢级冒险者。这样的大人物自然不能去住一切自助的小客栈。

衣食住行毕竟也是容易被拿来与他人比较的一项评价标准。精钢级的冒险者,就该维持精钢级冒险者该享有的旅馆与服装。

这就叫虚荣与体面。

所以安兹无法降低住宿的等级,就算他明白这是浪费钱也一样。

"要是觉得我这么有价值，工会可以替我订旅店啊……唉……其实只要我开口，他们应该会做啦……"

可是他不想欠人家人情。至今每次受到工会紧急委托，他总是立刻行动，卖人家人情。他打算等到卖得够多了，再语带威胁地叫人家还给他。要是让人家用这种芝麻小事报答自己，计划就乱了。

"啊……闹钱荒啊。怎么办咧？也许还是该接受委托……可是，最近好像没什么值钱的工作呢。而且要是接太多，也会引来其他冒险者的反感……"

既然要让安兹·乌尔·恭成为亘古不变的传说，当然希望不是臭名远播，而是流芳百世。安兹做出呼出一口气的动作，数数剩下的金币，将能够自由运用的金额好好记在脑子里。

一说到钱，守护者们的薪水怎么处理呢？"

安兹"唔"了一声，一边将身体靠在椅背上，抬头看着天花板。

守护者们都坚持不收薪水。他们说为无上至尊工作正是最大的喜悦，怎么能收取报酬。

然而，安兹却觉得或许不该过度依赖他们的好意。工作就应该获得正当的报酬。

虽然守护者们都表示向无上至尊尽忠就是最好的报酬，但安兹有点不太能接受。

也许这是一直以来在公司上班领薪水的人自以为是的想法，

但他总是觉得劳动就需要报酬。

薪水制度可能会让纯真无知的孩子们堕落。即使如此，他仍然觉得有实验性导入的价值。

"问题是该用什么形式支付薪水啊。"

安兹的视线从天花板，转向桌上减少的金币。

"守护者的薪水换算成证券交易所上市的部长阶级，年收就要一千五百万元……夏提雅、科塞特斯、亚乌菈、马雷、迪米乌哥斯还有雅儿贝德应该要更多吧？也就是乘以六。嗯，没办法。我赚不了那么多钱。"

安兹抱头苦思，然后猛然睁开眼睛。

"有了！只要以代用品取代就行了！只要发行只能在纳萨力克内使用的纸币——类似玩具纸钞的货币，然后把一张的价值定为十万左右就行了嘛！"

想到这里，安兹表情又扭曲起来。

那么要怎么让大家使用这个货币？

纳萨力克地下大坟墓内的所有设施皆为免费，就算做了货币，他也想不到有什么东西能用到钱。

"例如用来购买这个世界的道具？"

安兹拿这个世界一般的商品与纳萨力克的类似物品做比较，不禁怀疑有谁会想要外界的商品。

"可是把现在免费使用的设施改成付费制，又本末颠倒了……该怎么办呢？"

思忖了一会，安兹想到了一个好主意。

"有了！可以叫守护者们想啊。只要问他们有什么东西会想花钱购买，不就行了吗！"

安兹正喜滋滋地自言自语着"好主意，好主意"，表情忽然急速变得苦涩。

"不过……"自言自语变多了，安兹心想。

当这还只是游戏时，因为都没人来，他自己也知道自言自语变多了。然而即使NPC产生了意志，能够自己行动，他还是一样爱自言自语，这是为什么呢？

是因为已经养成习惯了吗，还是——

"因为我仍然是一个人吗……"

安兹寂寞地笑了。

当然，身旁明明有拥有心灵的NPC在，说自己一个人会对他们过意不去。只是，他还是会这样想。也许是由于为了扮演守护者们所想要的安兹·乌尔·恭——四十一位无上至尊的整合者，自己正在扼杀铃木悟的人格吧。

安兹叹了口气，目光再度转向摆在桌上的硬币时，听见敲门的声音。

隔了一小段时间后，门扉被打开。确认如他预期的人物——娜贝拉尔·伽玛走了进来，安兹装出一副表情。

现在安兹脸上浮现的表情，是扬起单边嘴角，仿佛瞧不起对方的表情。

安兹所能使用的低阶幻影,因为会直接表现出内心想法,有可能浮现出不符合纳萨力克统治者的表情。因此只要有人在的时候,尤其是在娜贝拉尔的面前,为了让自己看起来像个威严十足的统治者,他照着镜子模拟了好几次,费尽心血固定为这一个表情。

"怎么了,娜贝?"他发出一如平常装出来的声音。

"是的,飞飞大——先生。"

"你这个老毛病常常跑出来呢。不过只要我提醒,你好歹会暂时改一下,所以也许我该死心了吗?啊,不用低头道歉。我没在生气,你对我讲话带有敬意……也没关系了。包括工会长在内,其他人好像都误会了什么,所以无所谓了。所以你来有什么事?"

"是。是关于飞飞先生命令商人搜集铁矿石一事。"

我才没命令人家,只是做生意啦——他在心中抱怨,但脸上浮现的威严表情仍然固定不变。

"是吗……所以是哪个地点的铁矿石?八个地点都搜集到了吗?"

"非常抱歉,我没问那么多。"

"……没关系。钱的话多得是。就算不清楚是从哪些地方来的,应该也能全数买下吧。"

安兹威风地将摆在桌上的硬币装进袋子里,扔到娜贝拉尔脚下,望着她毕恭毕敬地捡起钱袋的模样。

"遵命。不过，可以容我问一句吗？"

"你是想问我从各地收购铁矿石的理由吗？"

娜贝拉尔点点头，安兹向她说明。

"是为了投进兑币箱。简而言之，我想调查不同地方采到的矿石，价格是否会产生变动。"

兑币箱基本上不会受形状影响。比方说就算有一尊精巧的石雕，投进兑币箱时，审定的价格将会与相同重量而没有做任何加工的石块相等。那么，含有成分的差别——质量的差异又如何呢？这就是他收购各地铁矿石的理由。

"娜贝你也知道，之前我将小麦等物品投入箱中，也一样能审定价格。"

只不过投入了一堆小麦，好不容易才换到一枚金币就是了。安兹在心中嘟哝。

既然如此只要大量生产就行了，于是他想到可以在纳萨力克外围开垦小麦田。利用不死者或哥雷姆，应该可以开垦出广大的小麦田。当然，要执行这个计划，将会面临堆积如山的问题。

"明白了。那么我这就去购买。"

"嗯。不过你得多加注意。因为不能保证没有人会对你下手。若是有个万一……你明白吧？"

"我会以暗影恶魔当作肉盾，不要想着获得情报，以安全为优先，全力撤退。同时传送到亚乌菈大人制作的假纳萨力克，让对手得到假情报。"

"很好。要重视安全，绝不要走人烟稀少，容易受到攻击的路线。还有，就算被人类缠上或是搭话，也不要把对方打个半死。上次那个男的哭着求我救他，说他只是跟你搭讪时，老实说我可是吓了一大跳喔。也不可以到处散发杀意。捏烂扒手的手或许可以，但不要每次都这样做啊。还有绝对不可以把人类叫成虫子。简而言之就是伤人害命的行为要控制点。因为我们是人称漆黑的最高级冒险者飞飞与娜贝啊。"

看到娜贝拉尔表示明白，安兹想应该没有其他要提醒的，点了个头。

"……嗯，大概就这样吧。那么，你去吧，娜贝。"

拿着皮袋的娜贝拉尔行了一礼后便走出房间。目送着她的背影，安兹虽然没有肺部，但还是呼出一大口气。

"……缺钱的时候偏偏一堆开销。真受不了。"

3章 搭救者与获救者

第三章 搭救者与获救者

1

中火月（八月）二十六日，15：27。

将老太太送到家后，塞巴斯前往原本预定的目的地。

他来到一处墙壁连绵不断的地点。

墙壁内侧有三座五层高的塔露出头来。由于周遭没有比那些塔更高的建筑物，因此它们看起来格外高耸。

几栋二层高的细长建筑环绕着这些塔。

这里是王国的魔法师工会本部。由于此处也在开发新魔法与培训魔力系魔法吟唱者，因此需要广阔的面积。他们几乎没有接受国家的援助，便能拥有这么大的土地，想必是因为他们一手包办了魔法道具的制作工作吧。

走了不久，就看到一扇坚固的大门。格子状的门扉大大敞开，坐落于门扉左右二层建筑的值勤站当中，可以看见好几名佩带武装的卫兵。

塞巴斯并未被卫兵阻拦——只被他们瞥了一眼——便穿过门扉。

前方有个坡度低缓的宽幅阶梯，以及一扇通往庄严古老的白墙建物的门。当然，这扇门也是敞开的，以欢迎来访者。

走进门里，有座小小的门厅，前方就是大厅。挑高的天花板上，挂着好几盏点亮魔法灯光的水晶吊灯。

右边是放了好几件沙发等家具的会客厅,可以看到几名魔法吟唱者正在交谈。左边摆了个告示板。一些身穿长袍、如同魔力系魔法吟唱者的人,以及看似冒险者的人在认真地看着上面张贴的羊皮纸。

大厅深处安置了一个柜台,几名年轻男女坐在后头。每个人都统一穿着长袍,胸前有进入建筑物时挂在上头的徽章刺绣。

柜台左右两边站着个像是素描用的瘦长木偶,没有眼鼻,如同真人大小——木头哥雷姆,好像是用来当作警备兵的。外面也就算了,在内部不设置人类警卫,大概是出于魔法师工会的虚荣心吧。

塞巴斯发出"叩叩"的整齐跫音,走向柜台。

柜台里的青年看到是塞巴斯,仅以眼神打个招呼,塞巴斯稍微低头回礼。由于塞巴斯经常来光顾,因此两人都混熟了。

"欢迎来到魔法师工会,塞巴斯先生。请问有什么需要?"

"是。我想买魔法卷轴,可以拿平常那个清单给我看看吗?"

"好的。"

青年迅速将一大本书放在柜台上。大概在看到塞巴斯的身影时,就偷偷准备好了吧。

书本内页是轻薄雪白的高级纸张,封面裱以皮革,相当精美。而且文字还缝上金线,恐怕光是这一本书就价值不菲了。

塞巴斯将书拉到手边,翻页。

遗憾的是,塞巴斯看不懂上头的文字。不,应该说

YGGDRASIL中的NPC无法解读这种文字吧。即使语言能以这个世界的奇怪法则听懂，文字却不然。

不过，塞巴斯的主人给了他一个能解决这种问题的魔法道具。

塞巴斯从怀里取出眼镜盒，打开。

里面放了一副眼镜，细框部分使用的是有如白银的金属。而且仔细一瞧，可以看见上面刻有细小的文字——或者类似纹路的图案。镜片是以苍冰水晶磨薄制成。

戴上眼镜，就能借助魔法之力读懂文字。

塞巴斯快速但细心翻页的手，忽然停住了。他的视线离开书本，向坐在柜台后头、青年身旁的一名女性温柔地出声问道："有什么事吗？"

"啊，没有……"女性红着脸，低下头。

"只是觉得您的……姿势很美观。"

"谢谢您的赞美。"塞巴斯微微一笑，女性的脸更红了。

白发绅士塞巴斯，是个光是看着就会为他痴迷的人物。不只是五官端正，散发的气质更是引人注目，走在街上，九成女性无分年龄，都会回头多看他一眼。坐在柜台里的服务小姐，看塞巴斯看到浑然忘我也无可厚非，而且也是常态。

塞巴斯觉得可以理解，之后视线再度落在书本上，在其中一页再次停下了手，向青年问道：

"可以请您详细介绍一下，这个魔法——'漂浮板'吗？"

"好的。"青年流畅地开始介绍,"'漂浮板'是第一位阶魔法,能够制造出半透明的浮板。浮板的大小与最大装载重量会受到施术者的魔力影响,不过如果是以卷轴发动,最大极限为一平方米,装载重量为五十公斤。制造出的浮板会跟在施术者的背后移动,最远可以离开五米。由于这块浮板只会跟在施术者背后,因此无法执行移动到前方等操作,如果施术者原地一百八十度转身,浮板会慢慢地移动到施术者后方。基本上这是用来搬运物品的魔法,在土木工程现场有时可以看到。"

"原来如此。"塞巴斯点了点头,"那么我就买这个魔法的卷轴吧。"

"好的。"

对于塞巴斯选了不怎么好卖的魔法,青年没有丝毫一点惊讶。因为塞巴斯购买的魔法卷轴几乎都是这种非常冷门的魔法。再说能够清掉剩余的库存,对魔法师工会而言也是求之不得的好事。

"一个卷轴就可以了吗?"

"是,麻烦你。"

青年向坐在旁边的男子轻轻比个动作。

一直听着两人对话的男子即刻站起来,打开柜台后面墙上通往室内的门,走进里面。卷轴也是昂贵的商品。就算有警备兵在,也不好大刺刺地堆积在柜台里。

过了约莫五分钟,刚才离开的男子回来了。他的手上握着一卷羊皮纸。

"这是您的卷轴。"

塞巴斯看向放在柜台上的羊皮纸。卷起的羊皮纸制作精美，光看外观就跟随处能买到的纸张不一样。上面以黑色墨水写出魔法名称，塞巴斯确认名称与自己要买的魔法名称相同，这才拿下眼镜。

"的确没错。我买了。"

"谢谢惠顾。"青年彬彬有礼地低头，"这个卷轴是第一位阶魔法，收您一枚金币与十枚银币。"

相同位阶且只以魔法方式制作的药水价值两枚金币，因此这个算是比较便宜。一般来说，卷轴只有能够使用同系统的魔法之人才能使用。也就是说任何人都能使用的药水比较贵，实属自明之理。

虽然说是比较便宜，不过一枚金币与十枚银币对一般人来说仍然相当昂贵。相当于一个半月的薪水。然而对塞巴斯——不，塞巴斯所侍奉的人物来说，并不是什么大钱。

塞巴斯从怀里取出皮袋。拉开袋口，从里面取出十一枚钱币，交给青年。

"金额无误。"

青年不会在塞巴斯面前确认钱币的真伪。因为一直以来的交易，塞巴斯已经赢得了这点程度的信用。

2

"那位老先生好帅喔。"

"就是啊!"

塞巴斯离开魔法师工会后,服务台的人员特别是女性们议论纷纷。

在那里的不是睿智的女子,而是遇见白马王子的少女。坐在柜台里的一名男性略为皱起眉头,露出吃醋的表情,但他也实际感受过塞巴斯的非凡气质,因此没说什么。

"那种人一定有侍奉过显赫贵族的经验。就算他本身是小有地位的贵族家三男也没什么好奇怪。"

出身贵族家庭却无法继承家业的人成为管家或女仆,不是什么稀奇的事,而且身份地位越高的贵族家庭,就有越多人特别想雇用这种出身的人。塞巴斯这名人物的仪表姿态无懈可击,颇有贵族风范,说他是贵族出身反而能让人接受。

"因为他的举止进退都相当优雅嘛。"

坐在柜台里的所有人都不住点头。

"要是他邀我去喝茶,我绝对会乖乖跟去。"

"嗯,一定去一定去!我也绝对会去!"

女生们尖叫连连,兴奋地欢呼。一下子说他应该知道哪里有雅致的好店,一下子又说他一定很会当护花使者,男人们斜眼看着这一群女人,自己也聊得起劲。

"那人看起来好像知识很渊博,会不会也是魔法吟唱者?"

"不知道耶。搞不好喔。"

塞巴斯选购的魔法,都是最近新开发的种类。由此可以推测他对魔法也有相当广博的知识。如果是受到命令而来购买的,那不需要翻书,直接向柜台说出名称即可。塞巴斯没有这样做,而是翻书选购,可见是他自己在挑选要买什么魔法。

一个普通的老人绝不可能办到,换句话说,可以推测他应该受过专门的魔法教育——是个魔法吟唱者。

"还有那副眼镜……看起来相当昂贵呢。"

"会是魔法道具吗?"

"不,应该只是高级眼镜吧?矮人制作之类的。"

"嗯,能拥有那么漂亮的眼镜,真厉害。"

"我好想再见到一次以前一起来的美女喔。"

一名男性仿佛忽然想起般轻声说道,一旁却传来反对的声浪。

"咦,那个女的就是一副空有外表的样子耶。"

"嗯,那时候的塞巴斯先生好可怜喔。好像被她颐指气使。"

"虽然长得很漂亮,可是个性一定很糟,还用那种鄙夷的眼光看我们。塞巴斯先生竟然得侍奉那种人,真可怜。"

听到女性们对同性的批判,男性们都不敢作声。塞巴斯的主人是位绝世美女,一瞬间就夺去了他们的心。身旁这些女性也是经过精挑细选、作为魔法师工会门面的美女,但与那名女子简直判若云泥。男性们很想叫她们不要嫉妒人家,但要是讲出这种话来,之后会有什么下场不言自明。

没有任何一个男人蠢到那种地步。所以——

"好啦,就聊到这里吧。"

看到冒险者往柜台走来,青年出言中止闲聊,所有人便绷起表情,收心工作。

3

中火月(八月)二十六日,16:06。

走出魔法师工会的塞巴斯,稍微抬头望向天空。

由于中途送老太太回家,超出了预定的时间,天空已被徐徐染成暗红色。看看从怀中取出的表,是该返回住处的时间了。然而,预定今天要处理的事情还没做完。这些事情摆到明天再做也没关系,那么是不是该摆到明天呢?还是应该按照预定,就算时间超过也要在今天做完?

他只犹豫了一瞬间。

老太太那件事是自己擅作主张,那么就应该完成职责。

"暗影恶魔。"

塞巴斯的影子传来爬行生物蠢动的气息。

"请转达索留香,说我会晚点儿回去。以上。"

虽然没有回答,但那气息开始移动,从影子到另一个影子,渐渐远去。

"好。"塞巴斯喃喃自语，挪动脚步。

没有特别的目的地。塞巴斯接下来要做的，是完全掌握王都内的地理环境。主人并没有特别命令他这样做，是他自发的行动，当成是收集情报的一环。

"那么，今天就往那边走走吧。"

塞巴斯喃喃自语，抚平了胡须后，转了转单手拿着的卷轴。那副模样也像是个心情愉快的孩子。

他不断前进，渐渐远离治安良好的王都中央地区。

沿着通道弯过几个转角后，巷弄开始酝酿出脏污感，飘散着些许恶臭，是厨余或排泄物的臭味。塞巴斯在这种仿佛会污染衣服的空气中默默行走。

他不经意地停下脚步，环顾周围。他似乎走进了极为隐秘的后巷，巷道狭窄到只能勉强供人擦身而过。

夕阳西下的细窄巷弄，左右林立着杳无人烟的高大建筑物阻挡光照，让人寸步难行。不过，对塞巴斯来说没有任何问题。他恍如融入暗夜般，无声无息地前行，不发出一点脚步声。

弯过好几个转角，塞巴斯继续往人迹更少的方向走去。毫无迷惘的脚步突然停了下来。

他漫无目的地随兴晃荡，一路走到这里来，发现自己离作为据点的住处已经相当遥远。塞巴斯以直觉大致掌握了自己现在身处何方，在脑内将现在地点与据点这两个点，用线连接起来。

以塞巴斯的体能，这段距离根本一蹴可及，不过那是以直线前进的方式。若是照一般方法走路回去，得花上一点时间。想到夜幕已然降临，或许差不多该折返了。

他并不担心住在一起的索留香的安危。

就算出现极为强大的敌人，如同塞巴斯的影子里潜藏着暗影恶魔，索留香的影子里也一样潜藏着魔物。只要把魔物当作肉盾，应该足以争取逃走的时间了。话虽如此——

"……该回去了吧。"

说实话，他很想再稍微散一下步，但是把时间用在这种一半算是兴趣的行为上，并不值得赞许。不过，就算要打道回府，至少可以看一下这前面有什么吧。他继续往细窄巷弄里迈步走去。

在黑暗中静静前进的塞巴斯，他的前方——十五米外一扇看似沉重的铁制门扉，突然发出轧轧声慢慢开启，漏出室内的亮光。塞巴斯停下脚步，沉默地看着发生了何事。

等门完全打开后，有个人露出脸来。背光让塞巴斯只能看到那人的轮廓，应该是个男的。男人四下张望着。不过，他好像没能发现塞巴斯，没做什么反应就缩回门内了。

咚的一声，一只相当大的布袋被扔到外头来。在从门扉漏出的灯光照亮下，可以看到袋子里的柔软物体被摔得变形。

门虽是开着的，但好像丢垃圾似的扔出布袋的人大概是进了屋里，暂且没有下一步行动。

塞巴斯只一瞬间皱起眉头，犹豫是该前进，还是往别的方向走。插手这件事情可是会麻烦上身的。

经过一小段时间的犹疑后，他直接在悄然无声、细窄阴暗的巷道里前进。

"去吧。"

大袋子的袋口松开了。

塞巴斯的皮鞋在巷弄里发出橐橐声响，不久便靠近了袋子。

他正想直接经过，脚步却停了下来。

塞巴斯的长裤传来一个钩住某物的轻微触感。塞巴斯视线往下一看，发现了预料之中的物体。

他看到一只枯枝般的细手从袋中伸出，抓住了他的裤脚，还有从袋中现身的半裸女性——

袋口此时大大敞开，女性上半身暴露在外。

她的蓝色眼瞳空洞无力，混浊无光。长至肩膀的一头乱发，因为营养失调而变得干枯断裂。脸部遭到殴打，肿得跟球似的。枯树般的皮肤布满无数指甲大小的淡红斑点。

干巴巴的瘦削身体，连一点生气都不剩。

那已经是具尸体了。不，当然她还没断气。抓着塞巴斯裤脚的手就是最好的证据。然而只会呼吸，真能说是活着吗？

"……可以请你放手吗？"

女子对塞巴斯说的话毫无反应，一眼就能看出她并非装作没听见。因为由于眼睑肿胀，只睁开一条线，仿佛望着空中的混浊眼瞳中什么也不存在。

塞巴斯只消动动脚,就能轻易甩开那比枯树枝还不如的手指。但他没有这样做,而是继续问道:

"……你遇到困难了吗?如果是那样的话——"

"喂,老头儿。你是从哪里冒出来的?"一个低沉凶狠的声音打断了塞巴斯。

男人从门后方现身。有着隆起的胸膛与粗壮的两条胳臂,脸上留下旧伤的男人露出明显的敌意,凶巴巴地瞪着塞巴斯。他手上拎着提灯,提灯发出红光。

"喂喂喂,老头儿。你看什么看?"

男人故意啧了一声给塞巴斯看,扬起下巴。

"给我滚,老头儿。现在我还可以放过你。"

见塞巴斯动也不动,男人踏出一步。门扉在男人背后发出沉重的声响关上。男人作势威胁,故意慢吞吞地把提灯放到脚边。

"喂,老头儿。你是聋了不成?"

他轻轻转动肩膀,接着转转粗脖子,然后慢吞吞地举起右手,握紧拳头。很明显能看出他行使暴力不会手软。

"唔嗯……"

塞巴斯露出微笑。有如年老绅士的他所露出的深沉微笑,能够让人感受到无比的安心与慈祥。然而不知为何,男人却觉得眼前仿佛突然出现了一头强悍的肉食猛兽,因而后退一步。

"哦……哦，哦，你干——"

被塞巴斯的微笑所震慑，男人口中漏出不成句子的字词。男人连自己的呼吸变得粗重都没察觉，只想继续后退。

塞巴斯将本来拿在一只手上，绘有魔法师工会印记的卷轴夹进腰带。然后他仅踏出一步，便正确地拉近与那男人的距离，伸出手来。那男人对这个动作，连反应都反应不来。发出不成声的声音，女子抓着塞巴斯裤管的手掉落在巷弄的地上。

犹如以此为信号，塞巴斯伸出的手抓住那男人的前襟，然后——轻轻松松就将那男人的身体举了起来。

如果有人现场目击这幅景象，想必会以为这是在开玩笑吧。

就从外观的特征来看，塞巴斯跟那男人一比，简直毫无胜算。论年龄、胸肌、胳膊、身高、体重，还有散发的暴戾气息都是。

这样一位如同绅士的老人，却能用一只手就把重量级的强壮男子举起来。

不，并非如此。若是在现场亲眼见识，也许能敏锐感受出两者之间的"差别"。虽然说人类在生物的直觉——野性直觉方面较差，但面临确凿无疑的差别，想必还是可以体会出来吧。

塞巴斯与男人之间的"差别"。那就是——

绝对强者与绝对弱者的差别。

被举高到完全离地的男人，摆动双脚，扭动着身体。当他想以双臂抓住塞巴斯的手臂时，似乎领悟到了什么，眼中开始露出惧意。

那男人终于察觉到了,眼前老人的实力与他的外貌是截然不同的。无用的抵抗,只会令眼前的怪物更加恼火。

"她是'什么'?"

冷静的声音,闯进因恐惧而逐渐僵硬的男人耳中。

那声音如同一道清澈见底的静谧流泉,与单手轻易举起男人的状况完全不搭,更让人感到害怕。

"她、她是我们店里的员工。"

那男人拼命以因为恐惧而走调的声音回答。

"我问你她是'什么'。而你的回答是'员工'吗?"

那男人思考自己是不是说错了什么。然而在这个状况下,这应该最接近正确的答案了。那男人睁得老大的眼睛,像胆怯的小动物般不停转动。

"没什么。只是我的同伴里也有些人把人类当成东西看,所以我以为你也是把人当成东西看。因为如果你是这种观念的话,就表示你不觉得自己在做坏事。可是你的答案是'员工'也就是说你这样做的时候,是把她当成人看,对吧?那么容我再度提问吧。你接下来打算如何处置她?"

那男人稍微想了一想。然而——

仿佛听见一阵压挤的声音。

塞巴斯的手臂更加使力,男人顿时变得喘不上气。

"咕呜!"

塞巴斯抓住男人的手更为用力，使得他呼吸变得更困难，发出奇怪的哀叫。塞巴斯做这个动作的意思是"不给你时间考虑，快说"。

"她、她生病了，所以我要带她去神殿——"

"我不太喜欢听到谎言呢。"

"噫咿！"

塞巴斯手臂的力道再次增强，男人整张脸涨得通红，并发出奇怪的哀叫。就算退让一百步，容忍把人装进袋子里搬运的行径好了，男人把袋子扔在巷弄里的举动，丝毫感受不到要把病患带去神殿治疗的温情。那根本是在扔垃圾。

"住手……嘎啊……"

呼吸困难，生命开始陷入危险的男人，不顾一切地乱打乱踢起来。

塞巴斯轻而易举地以单手挡下朝着脸部飞来的拳头。乱踢乱踹的脚撞到塞巴斯的身体，弄脏了衣服。但塞巴斯的身体不动如山。

当然了。

单凭人类的脚，怎么可能推动巨大的钢铁。即使被粗腿踢中，塞巴斯仍然好整以暇，像是完全感觉不到痛楚地继续说：

"我劝你还是老实说吧。"

"嘎——"

仰望变得完全无法呼吸的男人充血涨红的脸，塞巴斯眯细眼睛。他看准男人即将完全失去意识的瞬间，松开了手。

发出"砰"的好大一声，男人滚倒在地。

"嗯呃啊啊啊！"

男人把肺里残存的空气化为惨叫吐了出来，接着贪婪地吸取氧气，发出一阵阵的咻咻声。塞巴斯一语不发地俯视着他，然后再度将手伸向他的咽喉。

"等……求、求求你等一下！"

亲身体会过缺氧恐惧的男人忍受着疼痛，翻滚着逃离塞巴斯的手。

"神……对！我本来是要带她去神殿的！"

（还在说谎啊。想不到精神这么强韧……）

他本以为男人害怕痛苦或死亡，会立即从实招来。然而，男人只是害怕，却不像是要立刻说真话的样子。也就是说泄露情报的危险性，足以与塞巴斯的恐吓匹敌。

塞巴斯考虑着是否应该改变攻击手段。这里就某种意义来说，是敌人的阵地。男人没向门扉后方求助，代表他不期待会有人立刻来救他吧。话虽如此，长时间待在这里只会引发更多麻烦。

主人并没有命令自己惹麻烦。他只指示自己混入社会的人群中，悄悄收集情报。

"如果是要带她去神殿的话，我带她去也行吧。她的安全就由我来保护。"

男人大吃一惊，眼睛左右晃动，然后他拼命借故推托。

"……谁也不能保证你真的会带她去吧。"

"那你可以一起跟来啊。"

"我现在有事不能去，所以晚点儿才会带她去。"男人从塞巴斯的表情中看出了什么，急躁地说，"那个在法律上，是属于我们的。你如果想插手，就会违反这个国家的法律喔！你有胆就把她带走啊，你这样是绑架！"

塞巴斯顿时停止了动作，第一次皱起了眉头。

男人戳中了他最大的痛处。

虽然主人说过情非得已时可以做出某种程度受人瞩目的行动，但那是说在假扮千金小姐与管家时有需要的话。

触犯法律会受到司法调查，甚至可能连伪装工作都被揭穿。换句话说这样做可能会直接引发严重后果，导致主人所不乐见的招摇过市的局面。

塞巴斯不认为这个粗野的男人有多少学识，但他讲话充满了自信。这么说来，应该是有人教了他一点法律常识。这样一想，他的振振有词很可能有其根据。

现在没有目击者，问题很简单。只要暴力解决就行了。不过就是在这里增加一具颈骨折断的尸体。

不过，那是逼不得已时的手段，是只有为了达成自己主人的目的时才能行使的最终手段。不能为了这个萍水相逢的女性轻易动手。

既然如此，对这名女性见死不救，才是正确的行为吗？

男人的下流笑声，让犹豫不决的塞巴斯感到恼火。

"尽忠职守的管家大爷，可以瞒着主人惹麻烦吗？"

看到男人笑嘻嘻的德行，塞巴斯第一次明显地蹙起眉头。男人或许从他这种态度中，看到了弱点吧。

"我不知道你是哪位贵族的家仆啦。不过要是事情闹大，不是会给你主子找麻烦吗？啊？而且你的主子搞不好还跟我们店里有交情喔，不怕被骂吗？"

"……你以为我的主人连这点程度的事都解决不来吗？规定这种东西对强者来说，不过就是用来违反的吧？"

男人似乎心里有底，一瞬间显示出畏缩的样子，但又立刻取回自信。

"……那你就试试啊，嗯？"

"……唔。"

塞巴斯的虚张声势，没能让男人退缩。男人想必有个有权有势的后盾吧。判断这方面的攻击不会有效，塞巴斯转从其他角度进攻。

"……原来如此。在法律上确实会造成麻烦呢。不过，同样也有一条法律，规定只有在当事人寻求帮助时，可以强行救出当事人而免于受罚。我只是依据这一点帮助她罢了。首先，她现在意识不清，所以必须前往神殿接受救治，对吧？"

"唔……不……这个嘛……"男人伤透脑筋地念念有词。

假面具剥落了。

男人差劲的演技与迟钝的反应，让塞巴斯松了口气。塞巴斯撒了个弥天大谎。不过是因为对方拿出法律压人，所以自己也掰出一番大道理罢了。

如果男人继续拿法律反驳，就算他只是说谎，对这国家的法律概念所知不多的塞巴斯，想必会无法回嘴吧。结果都是因为男人并没有深入理解法律，只是现学现卖，才会无法看穿塞巴斯的谎言。

又因为他学到了不够充分的法律知识，遇到别人拿法律辩驳时，反而更不知如何是好。而且这个男人应该是个小喽啰，所以无法靠自己的判断做决定。

塞巴斯将男人赶出视野，抱起女子的头。

"你希望我救你吗？"

塞巴斯向她问道，然后将耳朵凑近女子干裂的嘴唇。

落在耳朵里的是微弱的呼吸声。不，仿佛干瘪气球泄掉最后一点空气时发出的声音，真的能算是呼吸声吗？

没有回应。塞巴斯左右轻微摇头，再问一次。

"你希望我救你吗？"

拯救这名女子，与帮助那个老太太的情况完全不同。塞巴斯想在能力所及范围内帮助别人，然而拯救这名女子可能会引来极大麻烦。这样做能得到无上至尊的谅解吗？这种行为不会违背大人的意愿吗？想到这些，一阵冷风吹过内心。

还是没有回应。

男人微微露出下流的笑容。

这人知道女子过去置身于什么样的人间地狱，当然会如此嘲笑了。不然怎么会把她扔到外面，准备废弃呢。

真正的幸运是不会连续发生的。因为会频繁发生的现象，不可能称得上幸运。

没错，刚才她伸手抓住了塞巴斯的裤管，如果这称作幸运，那就不会有第二次了。

对她而言，幸运是塞巴斯踏进了这条小巷，就此结束。之后的一切全都起因于她力求生存的主动行为。

那些行为——绝非幸运。

——微弱地。

没错，女子的嘴唇只是微弱地动了动。那不是呼吸的自然动作，是能让人清楚感觉到意志的行为。

"唔……"

听到这句话，塞巴斯只大大地点了一次头。

"我不愿帮助只会祈祷谁来拯救自己的人，如同沐浴天降甘霖的草木。不过……若是挣扎着努力求生的人……"塞巴斯的手缓缓移动，覆盖了女子的双眼。"忘却恐惧，歇息吧。你已在我的庇护之下。"

宛如依偎着慈祥温暖的触感，女性闭起混浊的双目。

不敢相信的是男人，所以他差点儿脱口说出理所当然的一句话。

"你骗人——"

我根本没听见什么声音——男人正要抗议,却冻结在原地。

"你说……我骗人?"

不知何时塞巴斯已经站起来,眼光锐利地射穿男人。

那是一对凶眼。

犹如兼具捏烂心脏的物理压力,凶险的眼光令男人险些停止了呼吸。

"你说我会为了你这种人而撒谎?"

"啊,不,啊……"

男人的喉咙大幅起伏,发出咕嘟一声,咽下嘴里累积的口水。他的眼睛移动,盯着塞巴斯的臂膀,大概是想起了刚才因得意忘形而忘掉的恐怖吧。

"那么这个人我带走了。"

"等……等等!不,请等一下!"

男人大喊,塞巴斯瞥了他一眼。

"还有什么事吗?是想争取时间吗?"

"不、不是的。是这样的,你把她带走,事情会变得很糟糕的。你和你的主子也一样,会惹祸上身的喔!你应该听过'八指'吧?"

塞巴斯在收集情报之际听过这个名称,是暗中掌控王国的犯罪组织。

"所以啦，拜托你当作什么都没看见，好吗？要是让你把她带走，我就等于是工作失败，会遭到处罚的。"

看到那男人明白靠蛮力无法取胜而一脸谄媚的样子，塞巴斯冷冷地看着他，同样冰冷不屑地说道：

"我要把她带走。"

"拜托你帮帮忙吧，我会没命的！"

干脆在这里杀了他吧，塞巴斯心想。当他在脑中计算杀了男人的好处与坏处时，男人还在哭诉个不停。

塞巴斯原先以为男人可能是在争取时间等待帮手，但从他的态度判断应该不是。可是他想不到理由。

"你为什么没有呼救？"

男人惊讶得眼睛瞪成两个点，快嘴地回答他。

简而言之，就是如果自己呼救时被女人跑了，等于是告诉同伴自己犯下了不可挽回的错误。就算把同伴叫来，他也不觉得能打赢塞巴斯。所以才想尽办法说服塞巴斯，希望他改变心意。

那种可悲至极的窝囊态度，让塞巴斯顿时提不起劲儿，完全失去了杀意。只是话虽如此，他并不打算把女子交给男人。既然这样——

"……那么你可以逃走啊？"

"别强人所难了。我哪有钱跑路啊。"

"我不觉得钱会比命贵重，不过……就由我来出吧。"

塞巴斯所言让男人脸上亮起了光明。

也许杀了男人比较安全，不过如果他能拼命逃跑，应该可以争取点时间。自己只要趁这时候治好她，带她到安全的地方就行。

再说若是在此处杀了他，其他人可能会开始搜索失踪的她。

而且不知道她怎么会落入这种状况，难保不会给她的熟人造成困扰。

想到这里，塞巴斯开始思忖，自己为什么会走这样的危桥。

因为他真的无法理解，自己内心产生的、想拯救这名女性的涟漪究竟从何而来。若是纳萨力克的其他成员，大抵都会为了避免惹麻烦而视若无睹的。他们应该会收手，直接离开这里吧。

路见不平，当然要拔刀相助。

对于这种自己都无法解释的心理现象，塞巴斯决定现在先不去管它，回答男人：

"用这个雇用冒险者什么的，拼命逃跑吧。"

塞巴斯拿出了皮袋。男人眼中浮现狐疑之色，大概是觉得一只小皮袋里的钱让人无法放心吧。

下个瞬间，男人的眼睛紧盯着洒落在小巷地上的硬币。看到那近似银色的光辉，那是交易通用白金币，有着金币十倍价值的硬币滚落在路上，总共十枚。

"用尽你的全力逃跑，明白了吗？还有，我有几个问题想问你。有时间回答吗？"

"啊，没问题。我为了处理……啊，不是，那个，为了将她带去神殿，已经说要外出了。多少花一点时间应该也不要紧。"

"我明白了。那么走吧。"

塞巴斯简短说完，下巴一抬示意男人跟上来后就抱起女子，踏出步伐。

4

中火月（八月）二十六日，18：58。

目前塞巴斯滞留的住处，位于王都治安较为良好的高级住宅区。

比起周边矗立的洋房，这栋房屋显得比较小巧，应该是算上仆人一家在内，差不多够两个家居住而建造的。只有塞巴斯与索留香两个人住，实在太大了。

之所以会租下这么大的宅邸自然有其原因，因为两人伪装成远地富商的家属，不可能住什么蓬门荜户的屋子。只不过因为这样，他们向建筑工会租房子时，由于没有什么门路或信用，只好支付高出行情好几倍的租金，而且还得预先一次付清，成了好大一笔开销。

到了这样租来的房屋，走进家门，立刻有人出来迎接。此人穿着白色礼服，是直接由塞巴斯管辖的战斗女仆索留香·艾普西隆。其他还有暗影恶魔与恶魔雕饰等房客，不过那些都拿去当警备兵了，不会出来迎接。

"您回来——"

索留香话说到一半卡住了,正要低下的头也停止动作。比平常更冷淡的视线望向塞巴斯抱在怀里的物体。

"……塞巴斯大人,那是什么?"

"我捡到的。"

对于这简短的回答,索留香没说什么。然而,气氛却变得凝重。

"……这样啊。我不认为这是送我的礼物,您打算如何处置这东西?"

"这个嘛,可以先请你为她疗伤吗?"

"疗伤吗……"索留香看看塞巴斯抱着的女人的状况,先是明白了状况,摇摇头,然后目不转睛地盯着塞巴斯,"那把她放到神殿去不就行了吗?"

"……说得对。我真糊涂,竟然没注意到……"

见塞巴斯没有一点动摇,索留香眼神冰冷地瞅着他,两者的视线仅仅交错了一瞬间。先移开视线的是索留香。

"要现在拿去扔掉吗?"

"不。带都带回来了,我们应该想想有什么好方法可以善加利用。"

"……我明白了。"

索留香本来就是缺乏表情的那一型,现在她的表情简直有如能剧面具。而她眼中隐藏的感情之光,就算是塞巴斯也无法识破。只是他十分清楚，索留香完全不欢迎现在的状况。

"首先可以请你检查她的身体健康状况吗？"

"我明白了。那么我马上……"

"这样未免太……"

对索留香来说，女子不过是这点程度的人物，不过在大门口检查身体总是不太好。

"屋里还有空房间，可以请你到房间里检查吗？"

索留香无言地低头答应。

把女子从门口搬到客房的一路上，双方都没有对话。虽然索留香与塞巴斯都不怎么多话，但两人之间确实有种以此不足以解释的僵硬气氛。

索留香代替两手抱着女子的塞巴斯，打开客房的门。此时因为厚窗帘是拉起来的，室内很暗，不过感觉一点都不闷。由于房门打开过很多次，空气很新鲜，室内也被打扫得一尘不染。

踏进被从窗帘隙缝间泻进室内的微薄月光照亮的房间，塞巴斯小心翼翼将女性放在铺着洁净床单的床上。

他已先将气灌入女子体内，做了最低限度的治疗，但她依然一动也不动，看起来像具尸体。

"那么……"

站在一旁的索留香草率地扯掉包着女子身体的布，遍体鳞伤的肢体出现在两人眼前。虽然那凄惨模样看了教人难过，但索留香表情毫无变化，眼中也带着兴趣索然的暗光。

"……索留香，之后就麻烦你了。"

塞巴斯只说了这句话，就离开了房间。开始替女子做触诊的索留香，一点都没有要挽留他的样子。

来到走廊上，他以不会被房里的索留香听见的微小音量自言自语：

"真是愚蠢的行为。"

自言自语声立即消失在走廊中，当然没有任何人回答。

塞巴斯无意识地触摸胡须。自己为什么救了那个女人？塞巴斯自己都说不上来。这是否就是所谓穷鸟入怀，猎夫不杀？

不，不对。自己为什么会救她？

塞巴斯是个管家，也负责管理纳萨力克的仆役，尽忠的对象是四十一位无上至尊中的每一个人。现在以安兹·乌尔·恭为己名的公会长，才是自己应当竭智尽忠的存在。

这份忠诚绝无虚假，他敢说自己对无上至尊赤胆忠心，连性命都能轻易舍弃。

然而，可是——如果假设，要他在四十一位无上至尊之中，只对其中一人尽忠，塞巴斯将会毫不犹豫地选择塔其·米这位人物。

那是创造出塞巴斯，"安兹·乌尔·恭"之中的最强者，世界的冠军，无与伦比的大人物。

公会进行以PK为首等行为而日益强大。恐怕谁也不会相信，塔其·米身为"最初的九人"，创立了公会前身的小团体，其实是为了救济弱者。然而这是事实。

飞鼠一而再再而三遭到PK，气得差点儿退出游戏时，是塔其·米救了他。当泡泡茶壶因为外貌不讨喜而找不到人一起冒险时，是塔其·米主动出声叫她。

这样一位人物残存的意志，化为看不见的锁链捆住了塞巴斯。

"这可说是诅咒吗……"

这恐怕出言不逊了。要是其他隶属于安兹·乌尔·恭的存在——四十一位无上至尊创造的纳萨力克成员——听到的话，甚至可能以不敬为理由攻击他。

"对不属于安兹·乌尔·恭的可悲存在怀抱怜悯之情，是错误的行为。"塞巴斯沉重地自言自语。

这是再自然不过的事了。

纳萨力克成员除了一部分例外——四十一位无上至尊如此设定的，例如女仆长佩丝特妮·S.汪可——其他人都相信，轻易地舍弃不属于安兹·乌尔·恭之人，才是正确的行为。

举例来说，他曾经接到索留香的报告，说卡恩村的一名少女与战斗女仆（昴宿星团）之一——露普斯蕾琪娜感情很好。然而塞巴斯很清楚，若是有什么状况，露普斯蕾琪娜将会即刻舍弃那名少女，毫不迟疑。

这并非因为她性情冷酷。

一旦无上至尊们命令他们自裁，他们不得不死，就算对方是自己的朋友，只要无上至尊下令杀了那人，他们就得立刻动手。这才叫真正的忠义。相反，无法理解这一点的人，将会遭受同胞们同情的目光。

拿人类的无聊感情做判断，本身就是错的。

那么自己又是如何呢——自己现在采取的行动是对的吗？

当塞巴斯咬紧嘴唇时，索留香走出了房门，脸上还是不带感情。

"怎么样？"

"……梅毒与另外两种性病。几根肋骨与手指裂开。右臂与左脚的肌腱遭到切断。上下门牙被拔掉。内脏功能似乎也有所减弱，另外还有裂肛。可能有某种药物的中毒现象。此外还有无数的跌打损伤与撕裂伤，因此我想关于她的现况就简单报告至此……需要更详细的说明吗？"

"不，我想不用了。重要的只有这一点——治得好吗？"

"轻而易举。"

这个毫无迟疑的回答，也在塞巴斯的预料之中。

只要使用治疗能力，就算四肢被切断也能回复原状。因此只要使用塞巴斯的气功，轻易就能完全治好肉体上的损伤。其实要不是担心紧急状况或是走漏情报，那个老太太扭伤的脚也能当场治愈。

不过气功虽能回复体力，却无法连中毒或疾病一起治愈。因为塞巴斯没有学会那一类的特殊技能。为此，这方面的治疗必须请索留香帮忙。

"那就拜托你了。"

"如果要使用治疗魔法，或许应该找佩丝特妮大人来比较好。"

"不用那样麻烦。索留香，你带治疗系的卷轴了吧？"

确定索留香点了点头，塞巴斯接着说：

"那就用卷轴治疗吧。"

"……塞巴斯大人。这个卷轴是各位无上至尊赐予我们的。窃以为不该用在区区人类身上。"

说得没错。应该想想其他方法。先治愈她的伤让她远离死亡，再赶紧治疗中毒与疾病。然而，他不知道有没有这么多时间。如果患者是因为中毒或疾病而步向死亡，除非一直不断地回复体力，否则没有任何意义。

塞巴斯考虑之后，以绝不让别人察觉内心想法、如钢铁般的声音告诉索留香：

"做吧。"

索留香眯细了眼，同时瞳眸深处似乎有种红黑色的火光摇曳。然而索留香低头表示同意，掩饰住了那种变化。

"……我明白了。将那名女性回复成毫发无伤的状态——也就是在进行那种行为之前的肉体状态，对吧？"得到塞巴斯的肯定，索留香恭敬地低头。

"我立刻进行。"

"那么治疗结束后，可以请你烧热水，替她擦身体吗？我去买吃的。"

这幢宅邸里没有人需要进食，也没有人会烧饭，而且也没有可以让人不需进食的备用魔法道具，因此必须替她准备食物。

"……塞巴斯大人。治疗肉体非常容易，不过……我无法治疗她的精神创伤。"索留香讲到这里顿了顿，盯着塞巴斯问道，"如果要治疗精神创伤，我认为请安兹大人驾临是最好的办法……您不请大人来吗？"

"……没必要劳驾安兹大人。精神方面的问题就搁着没关系吧。"

索留香深深一鞠躬后，不发一语地打开房门，走进房里。塞巴斯目送她的背影，慢慢将背靠到墙上。

该如何处置她——

最好的方法，应该是等治疗到一定程度后——趁男人逃亡时，带她到她想去的地方，放了她吧。至少要找一个远离王都的地方。在这里叫她离开太危险了，也很残忍。这样帮了等于没帮。

可是，这真的是正确的行为吗，作为纳萨力克地下大坟墓的管家，塞巴斯·蒂安来说？

塞巴斯呼出一大口气。

要是能用这种方式发泄掉内心累积的诸多郁结，该有多轻松啊。然而，什么都没改变。心乱如麻，思绪不清。

"真是件傻事。我塞巴斯竟然为了那样一个人类……"

再怎么想也得不到结论,塞巴斯放弃追求答案,现在应该从简单的问题开始解决。虽然终究只是拖延时间,但这是塞巴斯目前能想到的最好办法。

●

索留香改变手指的形状。纤纤玉指伸得更长,变成几毫米细的管状。索留香本来就是不定型的史莱姆,能够大幅改变外观,改变指尖的形状根本是小事一桩。

她瞥了一眼房门,敏锐察觉到塞巴斯已经不在门外,于是静静地走近躺在床上的女人。

"既然已经得到塞巴斯大人的许可,麻烦事就早早解决吧。你也应该希望如此吧。再说反正你也没感觉。"

索留香张开没有变形的那只手,让收在体内的卷轴滑出。

索留香藏在体内的物品不只有这个卷轴。包括以卷轴为代表的消耗系魔法道具在内,武器与防具等当然也不会少。她的身体能够吞进好几个人类,没什么好奇怪的。

索留香望着失去意识的女人。

她对女人的外观没有任何兴趣。她只有一个感想,那就是这个人类看起来不怎么可口。

这具如行尸走肉的躯体,就算用强酸融化,大概也不会疯狂挣扎，取悦索留香吧。

"如果塞巴斯大人的意思是治好她之后可以让她当我的玩具，我还能理解他为何要这样做，可是……"

她熟知战斗女仆上司塞巴斯的个性，他那个人绝不会允许那种行为。因为在旅途中，除了遭到袭击的时候之外，他不准自己捕食人类。

"如果塞巴斯大人是按照无上至尊的指示，听从命令才救她的，那我也只能同意……可是区区人类，真的值得使用无上至尊的珍贵财产去救吗？"

索留香甩甩头，挥去这些想法。

"……趁塞巴斯大人回来之前赶快吃了吧。"

索留香拆开封口，摊开卷轴。里面封印的魔法是"大治愈"。这是第六位阶的高等治疗魔法，能大幅回复体力，并且治好大多数的疾病等异常状态。

一般来说，要使用卷轴里的魔法，所属职业必须要能够使用这种魔法。也就是说，要使用神官等信仰系魔法吟唱者的卷轴，必须拥有神官系的职业。更准确来说，是该种职业能够学会的魔法一览当中必须要有这种魔法。不过一部分盗贼系职业的特殊技能可以伪装职业，借以"欺骗"卷轴。

而索留香身为暗杀者，修炼过几种盗贼系职业。索留香之所以能使用本来应该无法使用的"大治愈"卷轴，其中玄机就在这里。

"首先为了以防万一，让她陷入昏睡，接着……"

索留香运用特殊技能，调和了具有睡眠效果的强力毒素与肌肉松弛系毒素，然后附上女子的身体。

5

中火月（八月）二十六日，19：37。

塞巴斯买好食物回来，几乎刚好在同一时刻，索留香也走出房间。索留香左右两手拎着两桶冒出热气的桶子，里面扔进了几块手巾。

两桶热水都发黑了，手巾也脏兮兮的，显示出那女子之前卫生状况多么糟糕。

"辛苦了。治疗方面应该没有问题……都处理好了吧。"

"是。都弄好了，没有任何问题。只是没有替换的衣服，所以我随便拿了一件给她穿，不知是否妥当？"

"当然，这样就可以了。"

"这样吗……睡眠系毒素的效果应该已经消退了……如果没有其他事情吩咐，我就退下了。"

"辛苦你了，索留香。"

索留香低头回应后，便经过塞巴斯身边离开。

目送她的背影离去后，塞巴斯敲敲门。虽然没有响应，但他感觉到屋里有人在动，便静静推开门。

床上有一名少女好像才刚醒，昏昏沉沉的，上半身坐了起来。

她简直判若两人。

干涩肮脏的金发如今散发着美丽光泽。消瘦凹陷的脸庞，在这短短的时间内已然迅速回复了丰润，干裂的嘴唇也变成健康的粉嫩唇色。

就她的整体外观而言，与其说是美人，不如更适合用俏丽来形容。

年龄也微妙地看得出来。大概介于十五到十九之间吧，然而人间地狱般的岁月，在她脸上留下超过年龄的阴沉。

索留香给她穿的衣服是白色睡衣。不过可爱风格的睡衣上常见的褶边或蕾丝等装饰都极力省略，朴实无华。

"我想你应该已经完全复原了，身体感觉怎么样？"

没有回答。空洞无神的视线毫无转向塞巴斯的气力。不过塞巴斯似乎并不以为意，继续说话。不，其实他从一开始就没期待对方会答话。因为他看出女子茫然的表情，属于那种心不在焉、失魂落魄的人。

"肚子饿不饿？我带吃的来了。"

这是他从餐馆连碗一起买来的。

装在木碗里的粥，是用带点色泽的高汤煮成。里面放了一些麻油增添风味，散发出令人食指大动的香气。

对香气产生反应，女子的脸略微动了一下。

"来，请用。"

看到女子并非完全躲进自己的世界里，塞巴斯将放了木汤匙的碗递到女子面前。

女子虽然动也不动，但塞巴斯也不勉强叫她吃。

如果这里有第三者的话恐怕早已不耐烦了吧，经过了长长的一段时间，女子的手臂慢慢动了动，那是害怕遭到毒打的僵硬动作。纵然外伤已经完全治愈，烙印在记忆里的痛楚却依然留存。

她抓起木汤匙，小小捞了一匙粥，然后送进口中，吞咽下去。

十倍粥很浓稠。塞巴斯请店家把材料切到非常细，慢火熬煮的十四种材料，不用咬就可以吞下去。

喉咙上下移动，粥滑进了胃里。

女子的眼睛只稍微动了动。虽然真的只是小小的动作，却是从精巧人偶到人类的变化。她的另一只手一边发抖一边移动，从塞巴斯手中接过碗。

塞巴斯用手扶着碗，放到比较方便她进食的位置。

女子把木汤匙用力捅进手中的碗里，狼吞虎咽地把粥灌进胃里。

如果粥没有刚好放凉到适合的温度，照她那种焦急的吃法肯定要烫到舌头。粥从嘴边溢出，弄脏了胸口睡衣，但她丝毫不在意。与其说是吃，不如说是用喝的。

女子用跟刚才完全不能比的速度吃完了粥，抱着空碗呼出一口气。

变回了人的她，眼睑沉重地缓缓闭上。

满腹感、清洁柔软的衣物，还有擦洗干净的身体带来了叠加效果，舒缓了她的精神，令她受到睡魔袭击。

然而，就在她的眼睛眯成一条线的瞬间，她猛然瞪大双眼，害怕地缩成一团。

是害怕闭上眼睛，还是怕现在的状况化为泡影消失呢？又或者是有其他原因？一旁看着的塞巴斯并不知道。

也许连她自己都不知道。

所以塞巴斯为了让她安心，温柔地对她说：

"一定是你的身体需要睡眠吧。不要勉强自己，好好睡一觉吧。只要待在这里，你就不会遭遇到任何危险。我向你保证，等你醒来，你还会在这床上的。"

女子的眼睛第一次动了起来，从正面看向塞巴斯。

蓝色眼珠缺乏光彩，且毫无力量。不过，那不再属于死者，而是活人的眼睛。

她的小口轻启——闭上，又再度张开——再度闭上，就这样重复了几次。塞巴斯温柔地看顾着她，不做任何催促，只是默默地注视着她。

"啊……"

最后她的嘴唇分开，漏出几不可闻的声音。接着很快说出了一句话。

"谢……谢谢……您。"

她的第一句话不是确认自己身处的状况,而是先道谢。掌握到她的一部分个性,塞巴斯露出不同于平时演技的真心微笑。

"不用在意。既然我已经救了你,我会尽可能保证你的生命安全。"

女子的眼睛稍微睁大,接着嘴巴开始抖动。

一对蓝眼睛变得湿润,泪水夺眶而出。接着女子张大了嘴,一发不可收拾地号啕大哭。

不久,哭声当中开始夹杂着诅咒。

她诅咒自己的命运,憎恶赋予自己这种命运的存在,怨恨至今为什么没人伸出援手,诅咒的矛头也指向了塞巴斯。

要是能早点儿来救我该有多好,就是这种怨言。

接受了塞巴斯的善意——受到有人性的对待,使得她忍受至今的某个部分崩溃了。不对,也许该说是她取回了人类的心后再也承受不住时至今日的痛苦回忆吧。

她使劲乱扯头发,发丝发出噗滋噗滋的声响被扯断,纤纤玉指上缠绕着无数金丝。用来装粥的碗跟汤匙一起滚到床下。

塞巴斯默不作声地看着她发狂。

她的怨言全都骂错了对象,根本只是找碴儿。有些人听到她的怨言,也许会觉得不愉快、火冒三丈,然而塞巴斯的表情没有怒意,满布皱纹的脸上有种慈悲。

塞巴斯探出身子,抱住了她。

那种抱法就像父亲拥抱自己的孩子,没有一丝邪念,只有无限温情。

她的身体虽然一瞬间变得僵硬,然而那种跟至今恣意侵犯她肉体的男人们截然不同的抱法,使她冻结的身子稍微放松。

"已经没事了。"

塞巴斯像念咒文般一再重复这句话,温柔地轻拍她的背,如同安抚哭泣的孩童。

女子抽咽了一下——然后她渐渐体会到塞巴斯所说的意思,将脸埋进塞巴斯的胸前,哭得更凄惨了。只是那种哭法,跟刚才有一点点的不同。

6

经过一段时间,当塞巴斯的胸口被她的眼泪弄得全湿时,她才好不容易停止哭泣。她慢慢离开塞巴斯的怀里,低头隐藏羞红的脸。

"啊……对不……起。"

"请别放在心上。将胸膛借给女性依靠,对男性来说是一种荣誉。"

塞巴斯从怀里取出洗得干干净净的手帕,递给她。

"请拿去用吧。"

"可……这……这……干净的……"

女性胆怯地问道，塞巴斯伸手抬高她的下巴，让她抬起头来。她不知道发生了什么事，害怕得不敢动时，手帕温柔地擦过她的眼睛——以及残留的泪痕。

（这让我想起来了，上次索留香用"讯息"跟夏提雅聊了很久……夏提雅似乎跟她炫耀安兹大人为她擦过眼泪呢。）

主人究竟是在什么样的状况下，会为夏提雅拭去眼泪呢。他无法想象夏提雅哭的样子，虽然心里有疑惑，但手上并未闲着，还是替女子把眼泪完全擦干。

"啊……"

"来，请用。"塞巴斯将有些湿了的手帕塞进她手里，"手帕没人使用，多可怜啊。尤其是连眼泪都不能擦的手帕。"

塞巴斯对她微微一笑，然后离开她身边。

"好了，请好好休息吧。等你起来，我们再谈今后的事。"

魔法是无所不能的，在索留香的魔法治疗下，她的肉体已经得到回复，精神疲劳也完全消除，因此要立刻开始正常行动也行。然而她在短短几小时之前还待在地狱里，精神上的伤口很可能因为长时间交谈而再度裂开。

实际上，她的精神还不稳定，所以刚刚才会那样痛哭。魔法能暂时治愈精神痛苦，但治标不治本。精神不像肉体，裂开的隐形伤口是治不好的。

能够完全治疗精神伤害的，就塞巴斯所知，只有自己的主人——或者以可能性来说，还有佩丝特妮·S.汪可。

塞巴斯想让女子休息，但她急忙开口。

"今后……"

塞巴斯不知是否能继续跟她交谈。然而既然本人有意要谈，他决定一边仔细注意她的情况，一边继续谈下去。

"继续待在王都也不安全吧。有没有可以投靠的亲戚朋友？"

女性垂下了脸。

"这样啊……"

没有吗——当然他没说出口。

这下伤脑筋了。塞巴斯没讲出来，而是在心里盘算。不过，也不用急着行动吧。那个男人应该不会立刻被抓到，要查到塞巴斯身上也得花点时间。虽然这都是乐观的预测，但他告诉自己不用急，他希望如此。至少得等到她回复元气才行。

"那么这样吧。可以告诉我你的名字吗？"

"啊……我……琪雅蕾……"

"琪雅蕾吗？对了，我还没告诉你我的名字呢。我叫塞巴斯·蒂安，叫我塞巴斯就可以了。我是这幢宅邸的主人索留香小姐的仆人。"

他们是这样套招的。

索留香基本上都穿白色礼服而不是女仆装，以免突然有访客，不过今后还是得提醒她，琪雅蕾在家里时，必须表现得像个宅邸主人才行。

"索……香……姐……"

"是的,索留香·艾普西隆小姐。不过我想你不太会有机会遇见她的。"

"哦……"

"因为小姐脾气比较拗。"

塞巴斯闭上嘴,仿佛言尽于此。经过一段短暂的寂静后,塞巴斯再度开口:

"好了,今天就好好休息吧。关于你的今后,就明天再谈吧。"

"好……的。"

确认琪雅蕾躺回床上,塞巴斯拿着装粥的碗,离开房间。

一打开门,果不其然,索留香就站在门外。大概是为了偷听吧,不过塞巴斯并不怪她。索留香也丝毫不觉得会遭到塞巴斯的斥责,所以她只消除了气息,不躲也不藏,就站在那里。如果她真的想藏身,拥有暗杀者系职业的她应该能潜伏得更好。

"怎么了?"

"……塞巴斯大人,您究竟打算如何处置她?"

塞巴斯的意识转向背后的门。虽然门做得够厚,但没有足够的隔音效果能完全阻挡声音。在这里讲话,里面应该多少听得见一点儿。

塞巴斯从门前走开,索留香也默默无语地跟在背后。

到了确定不会被琪雅蕾听见的位置,他才停下脚步。

"……你是指琪雅蕾吧。总之我想等到明天，再来决定要怎么做。"

"名字……"

索留香没说下去，不过她重新打起精神，再度开口说道：

"我这样说也许僭越了，但我认为那个东西非常可能妨碍到我们。最好早点儿处理掉。"

处理这个字眼隐含有何种意思？

听见索留香冷酷的言辞，塞巴斯心想：果然，这是侍奉纳萨力克——四十一位无上至尊之人，对于不属于纳萨力克的存在最正确的想法。塞巴斯对琪雅蕾的态度才叫异常。

"你说得对。如果会妨碍到安兹大人赋予我们的命令，必须尽早设法处理才行。"

索留香脸上浮现若干不可思议的表情，意思是说：既然你知道，为什么还要这样做？

"也许她会有什么用途。既然都捡回来了，白白扔掉多可惜。必须想个方法有效利用才是。"

"……塞巴斯大人。我不知道您是在哪里，为了什么样的理由而把那个捡回来，但她受了那样的伤，就表示有那样的环境。而对她做了那种事的人，要是知道那个人类还活着，恐怕不会高兴吧？"

"关于这方面应该没有问题。"

"……您是说您已经处理掉那些人了吗？"

"不，不是。不过，如果会产生问题，我会采取某些手段。所以在那之前，我希望你能静观其变。明白吗，索留香？"

"……我明白了。"

看着塞巴斯离去的背影，索留香忍下涌起的些许烦躁。

被直属上司塞巴斯这样讲，即使心中残留着极度不满，她也无法回嘴。再说只要不发生任何问题，她的确可以坐视不管。

话虽如此——

"对区区人类使用纳萨力克的财产……"

纳萨力克地下大坟墓的所有财物都属于安兹·乌尔·恭，也就是尽归无上至尊。未经许可使用这些财物，难道没关系吗？

不管她怎么想，都想不出答案。

7

下火月（九月）三日，9：48。

塞巴斯打开家门。今天他照常一大早前往冒险者工会，趁冒险者们还没接受委托前，先将张贴出来的委托都写在笔记里。

塞巴斯在王都获得的情报，就算是街谈巷语，他也会全部抄在纸上，送回纳萨力克。分析情报是非常困难的工程，那就统统交给留在纳萨力克的智者们处理。

穿过大门，走进宅邸内。几天前还是由索留香出来迎接他，不过——

"您……回来……塞巴斯……人。"

现在这个工作,交给了身穿长度盖住双脚的长裙女仆装、讲话嗫嚅的女性。

把琪雅蕾捡回来的翌日,经过讨论,决定让她在这幢宅邸里工作。

本来也可以把她当宅邸的客人看待,但琪雅蕾拒绝了。

她说受到塞巴斯搭救,还被当作客人对待,实在不好意思。虽然这样做也不足以报答恩情,至少希望能为宅邸做点事。

塞巴斯看出她的心意背后,藏着不安的情绪。

换句话说,因为她了解自己不安定的立场——对这幢宅邸来说是个麻烦的来源,所以想尽量做出贡献,以免遭到抛弃。

当然,塞巴斯跟琪雅蕾说过不会抛弃她。如果他能轻易舍弃一个无依无靠的人,打从一开始就不会救她了。但他的确也没有足够的说服力,能治愈琪雅蕾的心伤。

"我回来了,琪雅蕾。工作方面都顺利吧?"

琪雅蕾点了个头。

跟初次见面的时候不同,她的头发剪得整整齐齐,头上戴着一个小小的白色发饰。

"没问……题。"

"这样啊。那就好。"

虽然她散发的氛围还是一样阴沉,表情也很少改变,然而过着有人性的生活似乎稍微减缓了折磨她身心的恐惧，令她讲起话来也清楚多了。

（再来令人担心的，就是那件事了吧……）

塞巴斯开始往前走，琪雅蕾也跟在身边一起走。

本来以女仆的礼节来说，走在管家塞巴斯——居上位者的旁边，不是正确的行为。然而琪雅蕾从未接受过女仆职训，不明白那些礼节，塞巴斯也无意教育她女仆的举止应对。

"今天的餐点是什么？"

"是。是用马铃……做的……浓汤。"

"这样啊，那真是令人期待。琪雅蕾烧的菜都很好吃呢。"

被塞巴斯面带微笑地这样说，琪雅蕾红着脸低下头去。她两只手羞答答地抓着女仆装的围裙部分。

"您、您……奖……了。"

"不，不。我是说真的。我对料理一窍不通，你真的帮了我一个大忙。那么食材方面都还够吗？有缺什么或希望我买什么，尽管说没关系。"

"是。我……后看看再……托您。"

琪雅蕾在宅邸里以及塞巴斯的面前，都能够正常行动，但她对外界仍然怀有抗拒。由于没有办法让她做需要外出的工作，所以采购食材等都是塞巴斯在做。

琪雅蕾的料理并不是什么豪华大餐，就是些朴素的家常菜。

因此做这些菜不需要用到高价食材，去市场就能轻易凑齐。

塞巴斯也能借此到市场认识各种食材，获得这个世界饮食方面的知识，他觉得是一举两得。

塞巴斯忽然灵机一动。

"……晚点儿我们一起去买吧。"

琪雅蕾脸上浮现惊愕的表情，然后畏怯地摇摇头。她的脸色一瞬间变得惨白，还开始冒冷汗。

"不，不……了。"

塞巴斯心想"果然"，但没表现出来。

琪雅蕾自从开始工作以来，说什么也不肯做需要外出的工作。

琪雅蕾把这幢宅邸当作保护自己的绝对障壁，借此压抑住内心的恐惧。换句话说她画出一条界线，告诉自己这里与外界——伤害过自己的世界——是不同的两个世界，她才能正常行动。

可是，这样子琪雅蕾永远都无法离开宅邸，而且塞巴斯也没办法一辈子收留她。

才过了几天就要她走进人群，考虑到琪雅蕾的精神状况，塞巴斯也明白这样很残酷。应该要花更多时间慢慢让她习惯比较安全，但要有时间才能那样做。

塞巴斯并不打算在此地安身，也不打算在这里过一辈子。他只是个异邦人，为了收集情报才会潜入城里。只要主人下达撤退命令——

为了预备那一刻的到来，他必须尽量训练琪雅蕾，给她多一点的可能性。

塞巴斯不再向前走，从正面注视着琪雅蕾。琪雅蕾似乎害起臊来，羞红着脸低下头，但塞巴斯双手捧住她的脸颊，将她的脸抬起来。

"琪雅蕾，我能体会你的恐惧。不过请你放心，我塞巴斯会保护你的。无论何种危险逼近你的身边，我会将其一一打碎，保护你不受伤害。"

……

"琪雅蕾，请你踏出一步吧。如果你害怕，可以闭上眼睛没关系。"

……

琪雅蕾还在迟疑，塞巴斯握住了她的手，然后说出了一句有些卑鄙的话。

"你愿意相信我吗，琪雅蕾？"

沉默笼罩走廊，时间缓慢地流逝。最后琪雅蕾微微湿润着双眼，轻启色泽变得红润的樱唇，白若珍珠的门牙露了出来。

"……塞巴斯大人太奸……了。您这……说，我怎么能说不……呢？"

"请放心。别看我这样，我可是很强的……这样说吧。天底下比我强的只有四十一人……还有少数几个。"

"这……算多……吗？"

这个不上不下的数字，琪雅蕾以为塞巴斯是在开玩笑安慰自己，微微一笑。塞巴斯看到她的笑容，只是笑而不答。

塞巴斯再度迈开脚步。他知道琪雅蕾在旁边频频偷瞧自己的侧脸，但没说出口。

塞巴斯知道琪雅蕾对自己怀有不至于称为淡淡爱意的微妙感情。只是塞巴斯认为她的那种感情，是对于搭救她脱离地狱的谢意，比较偏向一种洗脑，也类似对可靠人物的依赖心态。

再说塞巴斯是个老人，琪雅蕾也可能是把类似于家人的亲情，与男女之间的情爱混为一谈了。

就算琪雅蕾是真心爱着塞巴斯，他也不觉得自己能响应她的爱。自己有这么多事情瞒着她，立场又大相径庭。

"那么我去跟小姐谈几件事情之后，就去接你。"

"索留……小……姐……"

琪雅蕾的表情变得有点阴沉。塞巴斯知道原因，但没说什么。

索留香没跟琪雅蕾见过面，就算碰到也只是瞥她一眼，什么都不说就走开了。被人这样不理不睬，谁都会感到不安，以琪雅蕾的立场来说，想必非常害怕吧。

"没事的。小姐向来对任何人都是那样的，并不是只针对你……偷偷告诉你，小姐的个性有点别扭……"

塞巴斯面带微笑，用半开玩笑的语气说完，琪雅蕾脸上浮现的不安减缓了些。

"她看到可爱的女生,就会闹脾气的。"

"……我……怎么会。我比不……小姐……"琪雅蕾急得不停挥手否定。

琪雅蕾的确颇有姿色,但还是不能跟索留香比。不过,外貌美丑的判断会因人而异。

"就以外在容貌来说,比起小姐,我比较喜欢琪雅蕾喔。"

"怎!怎么……"

琪雅蕾满脸通红地低垂着头,塞巴斯和蔼地望着她,却看到她脸上表情一变,而皱起眉头。

"而且……我……脏……"

看到琪雅蕾神色一下子变得阴郁,塞巴斯在心中叹气。然后他视线对准前方,对她说道:

"宝石是这样没错。没有伤痕的比较有价值,也被认为比较纯净。"听到这句话,琪雅蕾的表情瞬间暗沉下来。"不过——人类并不是宝石。"

琪雅蕾似乎猛然抬起头来。

"琪雅蕾,你好像想说自己很脏,不过人类的纯净与肮脏该从哪里判断呢?宝石有着明确的鉴定标准。但人类的纯净——它的标准在哪里呢?平均数值吗?大众的意见吗?那么除此之外的少数意见就没有意义吗?"停顿一下后,塞巴斯又接着说,"如同人人对美丽事物各有不同的观点,如果人类的纯净不在于外在,那我认为不能从人的经历去判断,而是内在。我不知道你的所有过去，不过跟你共度了一段日子，就我感觉你的内在，我一点都不觉得你脏。"

塞巴斯闭上了口，走廊化为只响起脚步声的世界。在这当中，琪雅蕾仿佛下定了决心，开口说道：

"……如果……说我干净……那就抱我……"

没等琪雅蕾说完，塞巴斯已经抱住了她。

"我认为你很美。"塞巴斯温柔地说道。

泪水从琪雅蕾的双眼无声地溢出。塞巴斯慈祥地拍拍琪雅蕾的背，然后慢慢松手。

"琪雅蕾，不好意思。小姐叫我过去。"

"我、我知道了……"

留下红着眼睛寂寞地行礼的琪雅蕾，塞巴斯敲敲门，然后没等回答就打开门。在慢慢关上房门时，塞巴斯对一直偷瞧自己的琪雅蕾投以微笑。

由于这幢宅邸是租来的，因此虽然房间很多，室内却几乎没几件家具。不过这个房间凑齐了气派的家具，就算请来客人也不怕丢了面子。只是让识货的人来看，没有一件家具是经年累月的古董，整个房间只是虚浮而无内涵。

"小姐，我回来了。"

"……辛苦了，塞巴斯。"

宅邸的虚假主人索留香，脸上挂着百无聊赖的表情，坐在置于房间中央的长沙发上。实际上那表情只不过是演技。由于宅邸里有琪雅蕾这个外人，她才必须戴起高傲大小姐的愚蠢面具。

索留香的视线离开塞巴斯，移向房门。

"……她走了吧。"

"好像是呢。"

两人互相观察对方的表情，索留香一如平常地先开口。

"您何时把她撵走？"

听到索留香每次碰面都会说的老话，塞巴斯也报以同样的回答。

"等时候到了。"

若是平常的话，这个话题会就此结束。索留香会故意叹一口气，话题就到此为止。然而今天索留香似乎无意就此打住，继续说：

"……可以请您明确指出，您说的'时候到了'是什么时候吗？窝藏那个人类会不会引来麻烦，谁也说不准。这样难道不是违反了安兹大人的意愿吗？"

"目前还没有发生任何问题……害怕区区人类引起的问题，搞得紧张兮兮，不像是安兹大人的仆役该有的态度。"

两人之间陷入死寂，塞巴斯轻呼一口气。

状况非常不妙。

索留香脸上没有浮现任何表情，但塞巴斯感觉得出来，她对塞巴斯积了满肚子的怨气。这幢宅邸虽然只是临时据点，但索留香把这里当成纳萨力克地下大坟墓的外地办事处，人类未经主人许可待在此处，让她非常不开心。

由于受到塞巴斯的强硬牵制，目前索留香还没有要加害于琪雅蕾的样子，不过照这样看来，恐怕撑不了多久了。

时间实在不多了。塞巴斯强烈体会到这一点。

"……塞巴斯大人。一旦那个人类危害到安兹大人下的指令——"

"就处理掉吧。"

塞巴斯不让她讲下去，自己果决地说了。索留香闭上嘴巴，以看不出感情的眼光盯着塞巴斯，然后低头表示了解。

"那么我不再多说什么了，塞巴斯大人。请您不要忘了您刚才说过的话。"

"当然了，索留香。"

"不过……"索留香的低语中隐含的强烈感情，足够让塞巴斯停住脚步，"……不过，塞巴斯大人。琪雅蕾（那个）的事不用向安兹大人报告吗？"

塞巴斯沉默不语，经过几秒后才回答：

"我想没问题。我不好意思为了那种微不足道的人类，占用安兹大人的时间。"

"……艾多玛她们应该每天都会在固定的时刻，以'讯息'魔法联络您吧。趁联络的时候顺便提一下不就好了吗……难道您是有意隐瞒？"

"怎么会，我没有那种想法。我不会对安兹大人有那种——"

"那么……您这样做并非出于一己之利……没错吧?"

两人之间流过紧张的气氛。

塞巴斯知道索留香有意要追究,强烈感觉到自己立场的危险性。

存在于纳萨力克的所有人都必须对"安兹·乌尔·恭"——各位无上至尊——奉献绝对的忠诚。可以断言以守护者为首,没有人不是这样认为的。就连策划占据纳萨力克地下大坟墓的管家助理艾克雷亚,对四十一位无上至尊都怀抱着没有半点虚伪的忠义与敬畏。

塞巴斯当然也是其中一人。

只是就算如此,他觉得只因为怕危险就对可怜人见死不救,仍然是错误的行为。不过他也了解,隶属于纳萨力克的大多数人都不会赞同这种想法。

不,他只是以为自己了解。几秒前索留香的态度,清楚告诉了他自己的认知有多天真。

索留香是认真的。根据塞巴斯的回答,她是真的打算跟管家——纳萨力克内部管理的高层人士,又是近身战斗最强战力之一的塞巴斯刀剑相向。他从没想到索留香为了除掉问题人物,竟然会做到这种地步。

塞巴斯面露微笑。

看到那微笑,索留香眼中混杂着讶异之色。

"……当然了。我之所以没向安兹大人报告,并不是为了图一己之利。"

"可以请您拿出证据吗?"

"我很欣赏那女子的料理技术。"

"您说……料理吗?"索留香的头上仿佛浮现了问号。

"是的。再说这么大的宅邸就两个人住,不会引来些许疑惑的眼光吗?"

"……或许会。"

这点索留香也不得不同意。因为宅邸这么大,出手又那么阔绰,家里却没半个下人,怎么想都很奇怪。

"我认为至少要有几个人。况且如果有人来做客,我们却连一盘菜都端不出来,岂不是很糟糕吗?"

"……也就是说,您是利用那个人类做伪装吗?"

"正是。"

"可是为什么一定要用那个人类……"

"我对琪雅蕾有恩。我想就算她心里起疑,也绝对不会向外张扬。不是吗?"

索留香稍微思忖了一会,然后点点头。"的确。"

"就是这么回事。不过是一件伪装工作,也没必要特地征求安兹大人的许可吧。大人反而会责骂我们'这点小事自己想'。"

塞巴斯对不发一语的索留香平静地细细解释。

"这样你可以接受吗?"

"……我了解了。"

"那么,目前就先这样——"

话讲到一半,塞巴斯停了下来。因为有某种硬物相撞的声音飞进耳里。

那声音非常之小,不是塞巴斯的话应该不会注意到。

那阵不规则的重复声响错不了,绝对是什么人故意发出的。

塞巴斯打开房间的门,集中精神注意走廊。

当他发现那声响是大门门环的声音时,两人停下了动作。自从来到王都,从没有人来敲过这幢宅邸的大门。做买卖的时候都是他们亲自前往,从没有叫任何人来过宅邸。那是因为这么大的宅子只住了两个人,怕人起疑而不得不如此。

而这样的宅邸,到了今天却忽然有人来访,足以想象是有麻烦上门了。

塞巴斯把索留香留在房间里,走向大门,掀起门上的窥窗盖子。

窥窗外可以看到一个发福的男子,以及站在他左右后方待命的王国士兵。

发福男子衣着还算整洁,穿着剪裁合身的上等衣服,胸前挂着反射铜色光辉的沉重徽章。红润的脸孔堆满肥肉,也许是吃得太好,浮现着油腻的光泽。

而一行人的最后面——有个怪异的男子。

白里透青的肌肤好像从没晒过太阳。眼神锋利,与瘦削的脸颊搭配起来宛如猛禽——而且是专吃死者腐肉的那类。身上的黑衣松松垮垮，肯定是藏了武器在里面。

刺激到塞巴斯第六感的，是男人散发出来的血腥味与怨念。

这群三教九流的组合，让塞巴斯无从判断一行人的身份与目的。

"……请问是哪位？"

"本人是巡视官史塔凡·黑委士。"

站在前头的肥胖男子，以多少有些走音的尖声尖调，报上自己的名号。

巡视官是保卫王都治安的公职人员，也可说是巡逻都市的卫士的上司，职权范围很广泛。因此塞巴斯想不到这个叫史塔凡的男人是为了何事而来，大为困惑。

史塔凡无视塞巴斯的反应，继续说道：

"我想你应该知道，王国有条法律禁止奴隶买卖……这是拉娜公主身先士卒提出的法案，经过审核而制立的。我接到通报，说这幢宅邸的居民违反了这条法律，所以来查个清楚。"

最后史塔凡说"可以让我进去吗"替整段话做结。

流下一道冷汗，塞巴斯犹豫了。

他想到很多拒绝的借口，但若是把他们赶走，也许会引发更大的麻烦。

也没人能保证史塔凡真的是公职人员。王国的公职人员都会佩戴史塔凡戴的那种徽章，但也不能证明他是正牌的公职人员。说不定——虽然罪行很重——也有可能是他伪造的。

话虽如此，放几个人类进宅邸里，又能有什么问题呢。如果对方想动粗，塞巴斯轻轻松松就能摆平。如果他们伪造身份，反而正合塞巴斯的意。

塞巴斯思考造成的沉默，不知道让史塔凡怎么想，他再度开口：

"首先恕我冒昧，可以让我见宅邸的主人吗？当然，如果主人不在就没办法了，不过我们是特地来调查的，让我们空手回去，恐怕不会有什么好结果喔。"

史塔凡脸上毫无歉意地笑着，笑容底下藏着滥用权力的恐吓意味。

"在这之前我想先请问一下，后面那位男士是？"

"嗯？他叫沙丘隆特，算是这次向我们报案的店家代表。"

"我叫沙丘隆特，幸会。"

看到沙丘隆特冷笑的神情，塞巴斯直觉到自己输了。

那人的冷笑，有如残忍猎人嘲笑猎物落入陷阱一般。想必那人事前已跟各方面做好关说了，才敢大摇大摆地跑来。这样一想，史塔凡也很可能是正牌的公职人员。而如果自己拒绝，他们也早有准备。既然如此，自己应当尽量刺探对手葫芦里在卖什么药。

"……我明白了。我去通报小姐一声，请几位在这里稍候片刻。"

"好啊,我们会等,我们会等。"

"不过,请你尽快。我们也不是闲着没事做的。"

沙丘隆特讪笑着,史塔凡耸耸肩。

"明白了。那么失陪了。"

塞巴斯放下窥窗的盖子,转身走向索留香的房间。不过在那之前,他必须先去叫琪雅蕾躲进屋子里才行——

让带来的士兵在门外等候,被领进房间里的两人——史塔凡与沙丘隆特,一看到索留香,都露出惊愕的表情。

那脸色说明了他们没想到会遇见这样的美人。史塔凡的表情渐渐变得色迷迷的,视线在索留香脸蛋与双胸之间来回游走。他眼光里浮现出近似肉欲的邪念,好几次咽下口水。反观沙丘隆特的表情却正好相反,渐渐绷紧,不敢松懈。

哪个才是必须警戒的对象,已经不言自明了。塞巴斯请两人在索留香对面的沙发上坐下。

早已坐着的索留香,与就座的史塔凡、沙丘隆特互报名号。

"那么,究竟有什么事?"

对于索留香的提问,史塔凡装模作样地干咳一声,开口道:

"有家商店向我们通报,说是某人带走了他们的员工。又听说当时该名人物向另一名员工支付了一大笔赃款。我国法律是禁止奴隶买卖的……这样听起来,好像是违反了这项法规喔?"

相对于史塔凡渐渐兴奋起来,语气越来越硬,索留香只是穷极无聊地回答:

"是吗？"

这种口气让两人差点儿没翻白眼。两人明明在威胁她，没想到她却能摆出这种态度。

"麻烦的问题我都交给塞巴斯处理。塞巴斯，后面就交给你了。"

"这、这样好吗？一个弄不好，你可能会变成罪犯喔。"

"哎哟，好可怕喔。那么塞巴斯，等我快变成罪犯了，再来通知我。"

"那么祝各位顺心。"索留香展现出满脸笑容，站起身。谁也无法叫住离开房间的她。美女的笑靥具有多大的力量，在这瞬间获得证实。

在门还没发出啪嗒一声关上前，外头的士兵似乎被索留香的美貌吓了一跳，传来惊愕的呼喊。

"——那就由我代替小姐，听听两位怎么说吧。"

塞巴斯面带微笑，在两人面前坐下。看到他的笑容，史塔凡似乎有点退缩。但沙丘隆特代为开口说话，帮他撑住场面。

"也好，那么就讲给塞巴斯先生听听吧。如同黑委士大人在大门口说过的，我们……店里的员工失踪了。我们逼问一个男人，结果他竟然说自己收钱把人交出去了。我发现这不正是王国法律禁止的奴隶买卖吗？我不愿相信自己店里的员工竟然会做出这种事来，但出于无奈，也只能报案了。"

"一点也没错。绝对不能容许奴隶买卖这种肮脏的犯罪行为!"史塔凡把桌子用力一拍。"正因为如此,沙丘隆特小弟宁可让自己的店背负恶名也要报案,真可谓市民典范!"

对于口沫横飞的史塔凡,沙丘隆特一个低头表示谢意。

"谢谢称赞,黑委士大人。"

这是什么闹剧?塞巴斯如此心想,同时动脑思考。眼前的两人绝对是一伙的,既然如此,他们必然是做好了万全准备才敢直捣黄龙,这样想来,自己的败北是毋庸置疑了。不过,怎么做才能让伤害减到最小呢。

反过来说,塞巴斯的胜利条件是什么呢?

身为纳萨力克的管家,塞巴斯的胜利条件是解决问题,并且不让风波继续扩大,绝不是保护琪雅蕾。

可是——

"我认为那个宣称自己收了钱的男人,可能做了伪证。那个男人现在人在何方?"

"他因为奴隶买卖的罪嫌遭到逮捕,进了拘留所。而我们向他问话,详细调查的结果就是——"

"得知买下我们员工的人,恐怕就是你了,塞巴斯先生。"

男人遭到逮捕,大概一五一十全说出来了吧。在受到盘问时,有可能被迫供出对他们有利的证词。

塞巴斯犹豫着是该装傻、撒谎,还是义正词严地提出反驳。

如果说她不在宅邸里呢?说她死了呢?

他想到无数的说辞,但都不太可能瞒得过去,对方也不会轻易收手吧。比起这个,自己应该先问出必须知道的事。

"不过两位是如何查到我的呢?证据是什么?"

塞巴斯不明白这一点。他没有留下能显示自己的姓名或身份的物品,应该找不出任何证据才是。但两人却找到这里来了,他们究竟是怎么查到的?他自认外出时十分小心,一直注意不要被人跟踪,也不认为这座都市里有人能跟踪他而不被察觉。

是卷轴。一道闪光通过塞巴斯的脑海。

——在魔法师工会购买的卷轴。

那卷轴的确做工精致,不是一般的卷轴。认得这种卷轴的人,应该看得出来他的卷轴是在魔法师工会买的。之后只要勤快一点到处问话,应该就能查到一些线索。尤其是管家打扮的人拿着卷轴,自然相当显眼。

只是,这样也无法证明琪雅蕾就在这里,他也可以坚称只是碰巧有人长得像自己。

可是,如果他们说要搜宅邸,那就麻烦了。没错,他们会发现这么大的宅邸包括琪雅蕾在内,竟然只住了三个人。

这部分只能坦承不讳。塞巴斯决定听天由命。

"……我的确是把她带走了。那是事实。可是当时的她身上受了重伤,是因为她有生命危险,我不得已才采取那种手段。"

"也就是说你承认付钱买下她啰。"

"可以先让我跟那名男性谈谈吗?"

"关于这点很遗憾,不行。要是你们私下串通,那就糟了。"

"谈话时——"

两位可以在一旁听着。塞巴斯本来想这样说,但闭上了嘴。

结果这终究都是事先套好招的。就算能找到那男人,也不太可能让状况变得对自己有利。从这方面进攻只是浪费时间。

"……追究这种问题之前,让她从事会受到那样严重伤势的工作,却没有法令加以取缔,以国家来说不是比较有问题吗?"

"我们店里的工作比较严苛,会受伤是不得已的。你看嘛,矿山之类的职场不是也有职业伤害吗,就跟那个是一样的。"

"……我觉得不是那种伤。"

"哈哈哈。我们是做服务业的,什么样的客人都有。我是在留意啦。好吧,塞巴斯先生的意见我明白了。下次我会稍微——对,稍微注意点的。"

"……稍微吗?"

"哎,是啊。介意太多细节是要花钱的,也有一些问题。"对于塞巴斯的质问,沙丘隆特吊起嘴角讪笑。

相对,塞巴斯也露出微笑。

"——到此为止了。"

史塔凡叹了一口气,是人类面对愚者时的那种态度。

"我的职责是确认是否有奴隶买卖的行为,员工的待遇调查是别人的职责,只能说跟本案毫无关系。"

"……那么可以请您告诉我,哪位人员专门处理这类问题吗?"

"……嗯。我是很想告诉你，但是有点难办。很遗憾，插手管别人工作的人，可是会惹人嫌的。"

"……那么，请等到我找到相关人员再说。"

史塔凡不怀好意地淫笑。一副"就等你这句话"的态度。

沙丘隆特也一样讪笑。

"……伤脑筋，我是很想等你啦，但店家已经书面报案了，我必须强制扣押你，尽快进行调查。我们是不得已的。"

也就是说连时间都是有限的。

"照目前的状况，就环境证据来看，你是罪证确凿了，不过店家说他们愿意对你从轻发落。当然为了和解，你必须支付赔偿费，且销毁奴隶买卖罪嫌的相关文件也得花点钱。"

"具体来说如何和解？"

"这个嘛，首先希望你把我们的员工还回来，再来是你把员工带走的期间，她本来应该能赚到的金额，这个损失希望由你来填补。"

"原来如此。金额呢？"

"换算成金币……这个嘛。哎，就算你便宜点吧。一百枚。再加上赔偿费追加三百枚，一共四百枚如何？"

"……这金额非常大，是怎么算出来的？一天等于多少钱，又有哪些细项呢？"

"先、先等一下。"史塔凡打断他说道，"不是这样就结束了吧，沙丘隆特小弟。"

"哎哟，差点儿就忘了。因为我已经提出受害报告，就算我们几个私下解决，也得花销毁费。"

"说得对。沙丘隆特小弟，怎么可以忘了呢。"史塔凡不怀好意地笑着。

"……了吗？"

"嗯？"

"不，没什么。"塞巴斯低声说道，微笑。

"呃，不好意思，黑委士大人。"沙丘隆特对史塔凡低下头，说，"销毁文件的公定价格是赔偿费的三分之一，因此是金币一百枚。合计五百枚对吧？"

"我带她过来时已经付了钱，也包含在内吗？"

"怎么可能呢，先生。听好了，当你跟对方达成和解，就等于你没有买过奴隶。换句话说，你在买奴隶时花费的金钱会一笔勾销，就当作你掉了吧。"

他们竟然要塞巴斯当作掉了一百枚金币，不过一半大概已经进了他们的口袋吧。

"……不过，她的伤势还没完全复原。两位现在把她带走，伤势可能会复发。而且今后若是治疗不当，她也许会丧命。我认为还是留在我这里照顾比较安全，如何？"

沙丘隆特的眼睛发出异样的光彩。

发现对方的变化，塞巴斯强烈感受到自己的失误，让对方察觉到自己对琪雅蕾的执着了。

"原来如此，原来如此，说得的确有理。先不论如果当事人死亡，我们当然要你赔偿花在她身上的钱，在她治疗结束前，府上的小姐借我们一用如何？"

"哦哦！言之有理。造成人家的空缺，当然要设法填补啰！"

史塔凡满面的笑脸中，明显浮现着淫欲，肯定已经在脑中把索留香剥光了吧。

塞巴斯收起微笑，变得面无表情。

沙丘隆特应该不是认真的，但只要自己有一点漏洞，他很可能会强行进攻。都怪自己暴露出对琪雅蕾的执着，麻烦事恶化的可能性摆在他的眼前。

"……贪得无厌不怕惹祸上身吗？"

"不准你胡说八道！"史塔凡面红耳赤地大吼。

那叫声跟待宰的猪没两样。塞巴斯想着，一语不发地注视着史塔凡。

"什么叫贪得无厌！我这样做是为了捍卫拉娜公主的尊贵意志制定的法律！竟然说我贪心！未免太无礼了！"

"好了好了，别激动，黑委士大人。"

沙丘隆特一插嘴，怒目相向的史塔凡立刻平静下来。怒气消得太快，显示出他刚才并非真的动怒，只是一种威胁的手段。

好烂的演技，塞巴斯在心中嘟哝。

"但我说啊，沙丘隆特小弟……"

"黑委士大人，总之我该说的都说了。我打算后天再来问他如何决定。可以吧，塞巴斯先生。"

"好的。"

以这句话做结，塞巴斯带所有人到大门口。送他们离开时，留到最后的沙丘隆特对塞巴斯笑笑，送给他一段话：

"不过我得感谢那个贱妾出身的女人呢。某位大人说，他没想到一个废弃处理品竟然会是一只下金蛋的母鸡。"

抛下这番话，门扉啪嗒一声阖上。

仿佛那门是透明的，塞巴斯对一行人投以视线。塞巴斯表情中没有浮现任何特别的感情。维持着一贯的冷静表情，然而眼瞳深处，却有某种明显的情感浮现。

那是愤怒。

不，愤怒这种温和的字眼不足以形容那种感情。

暴怒，激怒。这种字眼才比较贴切。

沙丘隆特离去之际道出真心话，是因为他确定塞巴斯走投无路，无计可施——自己胜券在握。

"索留香。是不是可以出来了？"

对塞巴斯的声音产生反应，索留香如滑溜液体渗出般从影子中现身。索留香是借由修习的暗杀者系职业的能力，融入影子之中的。

"你都听到了吧？"

塞巴斯这样说不过是做个确认，而索留香也点头表示"当然"。

"那么您打算怎么做，塞巴斯大人？"

塞巴斯无法立刻回答这个问题。看到他这种态度，索留香用明显冷峻的视线看着他。

"……把那个人类交给他们了事如何？"

"我不认为这样就能解决问题。"

"……是吗？"

"如果我暴露出弱点，他们想必会予取予求，直到吸干我的骨髓吧。他们就是那种人。我不认为把琪雅蕾交给他们就能够解决问题。再说问题在于他们调查我们时，查到了多少情报。我们是以商人的身份进入王都，但是只要受到详细调查就会穿帮——伪装工作会被他们看穿。"

"那么，您打算怎么做？"

"不知道。我想到外头走走，想想看。"

塞巴斯推开大门，向外走去。

索留香在沉默之中，一语不发，只是望着塞巴斯渐渐远去的背影。

无聊透顶。

要是没把那个人类捡回来，就不会发生这一连串的事件了。话虽如此，现在讲这些为时已晚，重要的是接下来该怎么办。

身为塞巴斯的部下，无视上司的指示擅作主张虽然不妥，但她觉得继续放任不管，将会引来更糟的后果。

（要是小妹能出动的话……若是能以昴宿星团的身份行动，

就不会有问题了……)

她很犹豫。

她犹豫不已,从来没这么犹豫过。

最后她下定决心,举起左手,张开手掌。

如同物体浮上水面,一个卷轴从手掌中突出来,这是她一直保存在体内的卷轴。本来是交给她作为紧急联络之用——虽然现在多亏迪米乌哥斯的功劳,低阶卷轴的生产已经有了头绪,不过索留香出发之时还没建立起生产体制,因此这个卷轴是紧急情况下才能用的——但索留香判断现在的情况正该使用。

她打开卷轴,解放封印在里面的魔法。使用过的卷轴脆弱地粉碎,化为尘土飘落地面,最后完全消失。

配合魔法的发动,索留香产生一种类似以丝线与对手相连的感觉,出声说道:

"是安兹大人吗?"

"索留香——吗?究竟有什么事?你会主动联络我,是有紧急状况吗?"

"是的。"

索留香讲到这里,停了一下。这是出于她对塞巴斯的忠诚,以及想到有可能是自己的误会,而产生的停顿。然而她对安兹的忠诚心比什么都强。

他们所有人的行动,都应该以纳萨力克……更重要的是四十一位无上至尊的利益为最大考虑,但塞巴斯目前的行为,可以说忽视了这个准则。

为此，她想仰仗主人的判断，于是开口说道：

"塞巴斯大人有背叛的可能。"

"嘎！哎？不，怎么可能……嗯哼……不要开玩笑，索留香。我不允许你毫无证据就指责别人……你有证据吗？"

"是。虽然称不上是证据——"

4章 好汉齐聚

第四章 | 好汉齐聚

1

下火月（九月）三日，4:01。

布莱恩长期累积的疲劳一口气袭来，一进了葛杰夫家就陷入昏睡，几乎睡了整整一天，醒来就吃点东西，然后再度倒头大睡。

虽然他不想承认，但他在葛杰夫家能这样休息，是出于安心感。他知道一旦碰上夏提雅，就算是葛杰夫也不堪一击，然而往昔劲敌的家里，对布莱恩而言已经是这世上最安全的场所，待在这里缓解了他的紧张，让他能够睡得这么香甜。

从百叶窗洒落的光线照亮布莱恩的脸。

隔着眼睑的阳光，将布莱恩的意识从没有梦境的沉眠世界中唤醒。

布莱恩睁开眼睛。刺眼光线让他眯起眼，他伸手挡住那道阳光。

布莱恩撑起上半身，坐在床边，像小老鼠般慌张地四处张望。朴素的房间里只放了最低限度的家具，布莱恩装备的武具都收在房间一隅。

"这算是王国战士长招待客人的房间吗？"

布莱恩望着空荡荡的房间，对于没有其他人感到放心之余，也抱怨了两句，并伸展了一下身体。体内骨骼发出喀喀声，僵硬的身体放松，血液回复循环。

他打了个大呵欠。

"……那家伙应该也有机会让部下过夜啊，我觉得这种房间会让人家失望吧。"

王公贵族之所以会过着奢华无比的生活，不只是因为喜欢享受，也是虚荣，是为了保住颜面。

相同的道理，看到自己的队长过着富裕的生活，必然能刺激部下们出人头地的欲望，让他们产生冲劲。

"……不，轮不到我来管吧。"布莱恩嘟囔着，然后鼻子哼了一声。不是对葛杰夫，而是对自己。

大概是受到两种精神打击而快被逼疯的心境得到了抚慰吧，竟然已经有心情去想这些琐事。

布莱恩想起那个强大怪物的模样——无法阻止自己的手发抖。

"果然……"

紧黏在心里的恐惧尚未剥除。

夏提雅·布拉德弗伦。

就连为剑舍弃一切的男人布莱恩·安格劳斯，都远远不及那个绝对强者。拥有汇集了世上所有美丽事物的美貌，魔物中的魔物，真正实力强大之人。

光是回想起来，心中都会涌起贯穿全身的恐惧。

他无时无刻不在害怕那样的怪物追赶自己，来到王都的一路上几乎不眠不休，只是不断逃命。入睡时也许夏提雅会出现在自己的面前，在道路奔驰时也许她会从黑夜中缓慢现形。受到这种不安压迫，他没睡一晚好觉，只是没命地逃跑。

之所以选择逃进王都，是因为他认为人多的地方可能会把自己淹没，让她找不到。然而逃跑过程中苛刻的环境造成他精神极度疲惫，以至于产生轻生念头，这是连他自己都始料未及的。

而遇见葛杰夫也可说是意料之外。抑或是对葛杰夫或许能解决夏提雅的一丝期待，让布莱恩的双脚无意识地寻觅他的身影。他找不到答案。

"我到底该怎么做呢……"

一无所有。

张开手掌，里面什么也没有。他看向放在房间角落的武具。

为了从葛杰夫·史托罗诺夫手中夺得胜利，他弄到了"刀"。然而，就算打赢了葛杰夫，那又怎样呢？如今他知道有种存在比自己强上无数倍，既然比上不足，比下有余又有什么意义呢？

"倒不如去耕田……或许还比较有意义咧。"

布莱恩正在自嘲时，感觉到有人站在房门外。

"安格劳斯，你醒了吗……应该醒了吧？"是这幢宅邸主人的声音。

"嗯，史托罗诺夫。我醒了。"

门被打开，葛杰夫走进房间里，一身武装穿戴齐全。

"睡得真久啊。你真的睡得很沉，把我吓了一跳。"

"是啊，谢谢你让我睡了一觉。不好意思。"

"别在意。不过，我现在得立刻动身前往王城。等我回来以后，再告诉我你发生了什么事吧。"

"……很惨喔？你搞不好也会变得像我一样。"

"即使如此还是非听不可。我想我们可以一边喝酒一边聊，心情应该会轻松点……在我回来之前，你就当这里是自己家吧。想吃什么跟家里的帮佣讲，应该都会给你弄。还有如果你要上街……你有钱吗？"

"……没有，不过……如果有需要，我可以卖掉身上的道具。"

布莱恩举起戴着戒指的手给葛杰夫看。

"这样好吗？应该不便宜吧？"

"没关系，我不在乎。"

这个道具本来也是为了打倒葛杰夫而取得的。如今他知道这种行为毫无意义，宝贝地留着道具又有何用？

"高价的道具有时候无法轻易脱手，买家也需要筹钱吧。这你拿去。"

葛杰夫扔出一个小布袋。布莱恩接住它，布袋响起金属摩擦的锵啷声。

"……不好意思。那就先借我了。"

2

下火月（九月）三日，10:31。

考虑着该如何处置从离开宅邸起就跟踪自己的五人，塞巴斯随性漫步，没什么特别的目的。他这样做只是相信动动身体能改变心情，就能想到好主意。

不久，他看到前方路上挤了一群人。

那里传来说不上是怒骂还是哄笑的声音，以及殴打某种东西的声响。人群中传来"要出人命了"或是"还是去叫士兵来吧"等声音。

群众挡住了视线，不过可以肯定的是，那里正在进行某种暴力行为。

塞巴斯心想也许该走别的路，他打算转换方向，只犹豫了一瞬间——还是往前走。

他往人群的中央走去。

"不好意思。"只留下这句话，塞巴斯就穿越人群，走进中间。

老人以异样的动作滑过眼前、穿越人群的姿态似乎引来众人的惊愕与畏惧，看着塞巴斯经过自己面前的人都惊呆了。

除了塞巴斯之外，好像还有别人想往中间走，听得见那人说"请让一让"，但好像无法穿越人群，进退不得。

塞巴斯毫无困难地踏进人群中央，亲眼确认到底发生了什么事。

好几个衣衫不太整洁的男人，正在对某个东西又踢又踹。

塞巴斯一声不吭地继续走向前去，直到伸手就能碰到男人的距离才停下来。

"干什么，老头！"

在场的五个男人当中，有一个人注意到塞巴斯，凶巴巴地问。

"我只是觉得有点吵，过来看看。"

"你也想讨打吗？"

男人们都跑过来，将塞巴斯围住。他们离开原地，刚才踢了老半天的东西便显露出来。应该是名小男孩吧。男孩虚脱地躺卧在地，脸上流着血，不知是从嘴里还是鼻孔里流出的。

也许是因为被踢了太久，男孩昏死过去，不过似乎还有一口气在。

塞巴斯看看男人们。包围自己的男人们身上与嘴巴里发出酒味，整张脸涨得通红，但不是因为激烈运动。

喝醉了所以无法控制暴力倾向吗？

塞巴斯面无表情地问道："我不知道你们为什么这样做，不过是不是可以收手了？"

"哈？这家伙手上的食物把我的衣服弄脏了，怎么能放过他啊。"

一个男人指着衣服上的一个地方，的确沾到了些什么。可是男人们的衣服本来就脏兮兮的，这样想想，这点脏污并不显眼。

塞巴斯视线朝向五个年轻人当中看起来像是老大的那一个，即使是对人类来说微不足道的差异，拥有战士卓越感受力的塞巴斯都能感觉出来。

"不过……这都市治安还真差啊。"

"啊？"

听到塞巴斯仿佛确认远处某种事物的发言，某个男人以为他们被忽视，发出不快的声音。

"……滚吧。"

"啊？你说什么，老头儿。"

"我再说一次。滚吧。"

"臭老头！"

像是老大的男人涨红了脸，握紧拳头——然后虚软倒地。

惊呼声此起彼落，当然剩下的四个男人也不例外。

塞巴斯做的事很简单。他只是握拳瞄准——以人类勉强能辨识的速度——打穿了男人的下巴，让男人的脑部受到高速震荡罢了。他也可以用看不见的速度把对方揍飞，但这样无法吓唬其他男人，所以他出手才刻意轻点。

"还要打吗？"塞巴斯平静地低语。

那种冷静与强悍似乎足以令男人们酒意全失，他们倒退几步，不约而同地连声道歉。

塞巴斯心想"你们找错道歉的对象了吧",但没说出口。

男人们抱起昏倒的同伴逃之夭夭,塞巴斯不再去看他们,他想走到男孩身边,然而走到一半就停了下来。

自己到底在做什么?

现在自己该做的,是想办法解决面临的问题,只有傻瓜才会在这种时候还去自找麻烦。就是因为自己太有同情心,做事又不经大脑思考,才会身陷棘手的状况,不是吗?

总之男孩已经得救了,自己应该满意了。

塞巴斯心里这样想,却还是向男孩走去。他触碰了一动也不动的男孩背部,让气流进他的体内。全力注入的话,这点伤势三两下就能痊愈,但那样太引人注目了。

塞巴斯只做到最低限度,然后指向一个碰巧与自己四目交接的人。

"……请把这孩子带去神殿。胸骨可能也骨折了,请特别小心地放在板子上搬运,不要摇晃得太剧烈。"

看到自己命令的男人点点头,塞巴斯跨出脚步。不需要推开人群,因为他一踏出脚步,人墙就自动开出一条路来。

塞巴斯再度开始前进,没过多久,就觉察到跟踪自己的气息增加了。

不过,只有一个问题。

那就是跟踪他的人是谁?

从宅邸一路跟踪的五人,想必是沙丘隆特的手下不会错,那么搭救男孩之后跟来的两人又是谁呢？

脚步声与步幅像是成年男性，但他想不到会是谁。

"想也想不到答案呢。总之……先抓起来再说吧。"

塞巴斯弯过转角，往更昏暗的地区走去，那些人仍旧紧跟着他。

"……不过他们真的有在躲藏吗？"

脚步声完全没有隐藏。是没有那种能力，还是有别的原因呢？塞巴斯感到不解，但决定别想得那么复杂，抓起来确认就行了。等到差不多没有其他人的气息时，塞巴斯决定采取行动，就在同一个时间点，一个沙哑——但年纪尚轻的男子声音，从一个跟踪者的方向传来。

"不好意思。"

3

下火月（九月）三日，10：27。

在回到王城的路上，克莱姆边走边思忖。

他回想起早上与葛杰夫的一战，脑中不断重复着对战过程，思考如何才能更巧妙地战斗。若是还有下次机会，就试试这种战术吧。就在克莱姆渐渐得到结论时，他发现有一群人挤在一起，传出怒骂声。不远处有两名士兵旁观，好像不知道该如何是好。

人群中央传来喧哗声,而且不是一般的正常吵闹。

克莱姆表情变得冷峻,走向士兵身边。

"你们在做什么?"

突然从背后被人叫住,士兵吓了一跳,回头看向克莱姆。

士兵的装备是链甲衫与矛,链甲衫外面罩着绘有王国徽章的铠甲罩袍。这是王国一般卫士的装扮,不过从两人身上,感觉得出来训练并不精良。

首先体格就没怎么锻炼,再来胡须没有剃干净,链甲衫也没有磨亮,给人脏兮兮的感觉,整体呈现一种邋遢感。

"你是……"卫士被比自己年轻的克莱姆突然叫住,以困惑与稍微愠怒的语气问道。

"我是非值班人员。"

克莱姆坚定地说,卫士脸上浮现困惑之色。可能是因为少年怎么看都比卫士们年少,却散发出自己的身份地位较高的气息吧。

卫士们似乎判断放低姿态才不会出错,纷纷挺直了背脊。

"民众好像发生了什么骚动。"

这点事我当然知道,克莱姆强忍住想斥责对方的心情。不同于警卫王城的士兵,巡逻市镇的卫士都是从平民当中提拔出来的,没有经过充分训练。说穿了就只是学会如何使用武器的平民罢了。

克莱姆将视线从战战兢兢的卫士身上移向人群,与其期待这两个人，自己出面解决还比较快。

虽然插手管不属于自己分内的卫士工作，或许构成了越权行为，但当人民遇到困难时袖手旁观，怎么有脸见慈悲为怀的主人。

"你们在这里等着。"

不等两人回答，克莱姆下定决心，推开群众，硬是将身体塞进去。虽然多少有点缝隙，但仍然无法穿过人群。不对，要是有人办得到，那才是异常。

他差点儿被挤到外面，但还是拼命拨开人群前进，这时中心位置传来了声音。

"……滚吧。"

"啊？你说什么，老头儿。"

"我再说一次。滚吧。"

"臭老头儿！"

糟糕。

他们打得不过瘾，还想对老人动手。

克莱姆涨红着脸拼命推挤，穿过了人群，一名老人的身影出现在他的视野里，还有一群男人正要包围他。男人们脚边有个遭到痛打、变得像块破布的小孩。

老人穿着高雅，感觉得到有某地贵族或是贵族用人的大家风范。打算包围老人的男人们全都身强力壮，而且好像都喝醉了，一眼就能看出哪边是坏人。

其中一个看起来最强壮的男人握紧了拳头。老人与男人相比之下，有着压倒性的差距。厚实的身体、隆起的肌肉、不怕见血的暴力性，只要那男人拳头一挥，轻易就能把老人的身体揍飞吧。周围群众都预测到这一点，想到老人即将面临的悲剧，发出了小声惨叫。

然而在这当中，只有克莱姆觉得有些不对劲。

的确看起来是男人比较强壮，然而，他却觉得那种绝对强者的气息，是从老人身上散发出来的。

他愣了一瞬间，错失了阻止男人施暴的机会。男人握起拳头——

随即虚软倒地。

克莱姆的周围发出惊愕的呼喊。

原来是老人握起拳头，以令人生畏的精确度打穿了男人的下巴，而且是以极快的速度。那高速的一击，即使以克莱姆锻炼过的动态视力，都只能勉强看见。

"还要打吗？"老人以平静而深沉的声音向男人们问道。

那种冷静，还有从外表无法判断的身手，光这两项就足以让男人们酒意全失。不，就连周围的人群都被老人的气魄吓傻了。男人们已经无心恋战。

"呃，嗯。是……是我们错了。"

男人们倒退几步，异口同声地道歉，然后抱起丢人现眼地倒在地上的男人逃之夭夭。克莱姆无心去追那些男人。因为老人抬头挺胸的笔直姿势夺走了他的心神,使他动弹不得。

犹如一挺宝剑的姿势,目睹了任何战士都心驰神往的姿态,难怪他不能动了。

老人摸摸男孩的背,应该是在进行触诊,接着将受伤的男孩交给旁人救治,迈步而去。人群分开一条线,为老人让道。所有人都盯着他的背影,无法转移视线。老人的神态就是那般迷人。

克莱姆赶紧跑向倒地的男孩,然后取出训练时葛杰夫送给自己的药水。

"喝得下吗?"

没有回答。男孩完全昏死过去了。

克莱姆打开瓶盖,将药水洒在男孩身上。药水常被认为是口服药,其实洒在身上也一样有效。魔法就是这么伟大。

就像由肌肤吸收般,溶液被吸进男孩的体内,接着男孩的脸色慢慢回复红润。

克莱姆安心地点了点头。

看到他使用了药水这种昂贵的道具,周围群众皆显示出跟方才目睹老人神技时一样的惊愕。

虽然药水被用掉了,但克莱姆一点都不后悔。既然收取了人民的税金,保护人民、维持安宁,自然是以税金度日之人的职责。他觉得既然没能够保护到人民,这点小事总得做到。

他已经以药水进行治疗,所以男孩应该已经无恙,不过为了以防万一，还是带去神殿看看比较好。他望向方才被命令在一旁等候的卫士，看到两个人变成了三个人，大概是有个人后来才到吧。

卫士们到现在才来，周围的人都对他们投以非难的目光。

克莱姆对一名显得尴尬的卫士出声说道："把这孩子带去神殿。"

"发生了什么事……"

"有人对他施暴。我已经用了治疗药水，所以应该没有大碍，不过为了安全起见，还是希望你带他去神殿看看。"

"是。知道了！"

将事后处理交给卫士们，克莱姆判断这里已经没有自己该做的事。自己是王城勤务的士兵，还是别再插手管其他职场的事务了。

"可以麻烦你们向看到整件事情经过的人，问问详细情况吗？"

"知道了。"

"那么之后就交给你们了。"

看到卫士接到命令而变得有自信，并机敏地开始行动，克莱姆站起来，二话不说就往前跑。"您要去哪里……"他听见卫士的声音，但不予理会。

来到老人经过的转角，克莱姆放慢速度。

然后他跟在老人身后走。很快地，就看到老人正走在路上。

他想赶快叫住对方，但只差一步，就是拿不出那份勇气。因为他感觉到一面肉眼看不见的厚墙——一种令人为之震慑的压迫感。

老人弯过转角，往更昏暗的地区走去，克莱姆跟上去。明明跟在对方身后走，克莱姆却不敢出声叫他。

这下岂不是像跟踪？

克莱姆对自己的行为感到烦闷。就算不知该如何搭话，也不能跟踪人家啊。克莱姆想试着改变状况，闷闷地尾随其后。

等到踏进空无一人的后巷，克莱姆重复几次深呼吸，像个跟心仪女性告白的男人那样，鼓起勇气出声呼唤：

"——不好意思。"

听到有人在叫自己，老人转过头来。

老人白发苍苍，胡须也是全白。然而，他的背脊挺直，仿佛钢铁铸成的利剑。五官分明的脸庞有着显眼的皱纹，虽然因此似乎显得温厚和蔼，然而一双锐利的眼眸却又恍如紧盯猎物的老鹰。

甚至还散发出某些高级贵族的高尚品格。

"有什么事吗？"

老人的声音多少有些苍老，但洋溢着凛然难犯的生命力。克莱姆觉得有股看不见的压力逼向自己，喉咙发出咕嘟一声。

"啊，啊——"

受到老人的魄力所压迫，克莱姆说不出话来。见他这样，老人似乎放松了身体紧绷的力道。

"您是哪位?"

语调略显柔和。克莱姆这才从沉重的压迫感下获得解放,喉咙回复正常功能。

"……在下名叫克莱姆,是这个国家的一个士兵。谢谢您见义勇为,那本来是我该尽的义务。"

克莱姆深深低头致谢。老人似乎陷入思忖,稍微眯起眼睛,终于想到克莱姆说的是什么事。"啊……"轻声低喃。

"……没关系。那我走了。"

老人就此结束话题,正要离开,但克莱姆抬起头来,向他问道:

"请留步。其实……说来丢脸,但我一直在跟踪您。因为我有一事相求,虽然自不量力,想笑我没关系,不过若您不介意,可否将刚才那种技巧教给我?"

"……什么意思?"

"是。我长期钻研武艺,希望能更上一层楼,看到您刚才那无懈可击的动作,希望您能稍微教我一点那种技术,因此冒昧请求。"

老人上下打量克莱姆。

"嗯……让我看看您的双手吧。"

克莱姆伸出双手,老人仔细端详他的手掌。这让克莱姆有点难为情。老人将克莱姆的手掌翻过来,瞥了一眼指甲后,满意地点头。

"厚实，坚硬。真是一双战士该有的好手。"

听到对方面带笑容这样说，克莱姆顿觉胸口发热。胸中产生的喜悦足以与被葛杰夫称赞的感觉匹敌。

"不，我这点程度……不过是勉强沾上战士的边罢了。"

"我觉得您不用这么谦逊……可以让我看看您的剑吗？"

老人接过了剑，看看握柄，接着以锐利的眼神盯着剑身。

"原来如此……这是备用武器吗？"

"您怎么知道的！"

"果然没错。您看，这里有凹痕喔？"

克莱姆凝神细看老人所指的部位。的确，剑身有个地方磨损了一点。大概是在哪次训练时，砍到不对的地方吧。

"让您见笑了！"克莱姆羞得无地自容。

克莱姆知道自己还有待精进，因此为了尽量提升胜算，在保养武器上几乎到了神经质的地步。不，应该说他以为是这样，直到这一刻。

"原来如此。我大致掌握您的性情了。对战士而言，手与武器是反映人品的明镜。您是个非常让人欣赏的人。"

面红耳赤的克莱姆抬眼望着老人。

他看到的是温文儒雅的慈祥笑容。

"我知道了。那么就稍微替您做点训练吧。不过——"克莱姆正要道谢，但老人阻止了他，接着说："我有件事想请教您。您说您是位士兵，对吧？是这样的，前几天我救了一名女性——"

后来克莱姆听了自称塞巴斯的老人的一席话，感到气愤不已。

有人拿拉娜颁布的奴隶解放令如此恶用，而且现况至今没有任何改善，让他掩饰不了不愉快的感受。

不，不对。克莱姆摇摇头。

国家法律规定禁止奴隶买卖。然而，就算不是奴隶买卖，为了还债而被迫在恶劣环境中工作，并不是什么稀奇事。这种法律漏洞多得是。不，就是因为有漏洞，所以才会设法制定禁止奴隶买卖的法律。

拉娜制定的法规几乎等于没有意义。脑中一瞬间产生这种凄凉的想法，但他赶走了这种想法。现在得思考塞巴斯的状况。

克莱姆皱起眉头。

塞巴斯的立场极为不利。的确，只要调查女性的合约内容，应该能够设法反击，但他不认为对方在这方面会没有准备。

一旦对簿公堂，塞巴斯是输定了。

对方之所以不提出诉讼，应该是因为他们判断这样能捞到更多钱吧。

"您知不知道有哪位人士没有贪污，能够提供协助的？"

克莱姆只知道一个人，那就是他的主人。克莱姆能满怀自信地说，没有一位贵族比拉娜更高洁清廉，更值得信赖了。

但他不能把拉娜介绍给塞巴斯。

那些人都能干下那种勾当了,在各大权力机构中想必拥有不少人脉。当然,与他们有来往的贵族应该都是达官显要。如果拥王派的公主发动强权进行调查或救援行动,造成贵族派的损失,一个弄不好还可能引发派系间的全面抗争。

行使权力不是那么容易的事,尤其是像王国这样分裂成两个对立派系,弄不好可能会掀起内战。

他不能害得拉娜做出让王国分崩离析的事。

正因为如此,他跟拉裘丝她们谈话时,才会得出那种结论。因此克莱姆什么都不说。不,是不能说。

不知道怎么理解他苦闷的沉默,"这样啊。"塞巴斯轻声说着,讲出一句让克莱姆受到重大打击的话。

"……听她所说,那个地方还有好几人。不分男女。"

(怎么会这样。奴隶买卖组织经营的娼馆,除了之前谈过的那一家之外,还有别家吗?还是说……他说的就是我们之前谈到的那家娼馆?)

"也许可以设法放走那些人……虽然我得先问过主人,不过我的主人拥有领土,只要让那些人逃去那里……"

"办得到吗……她也可以到那里藏身吧?"

"……非常抱歉,塞巴斯大人。这点我也得问过主人,才能向您保证。不过,我的主人很有慈悲心。我想一定不会有问题!"

"哦。受到您如此信赖的主人……想必是位相当了不起的人物吧。"

克莱姆深深点头回答塞巴斯，告诉他没有比拉娜更伟大的主人了。

"换个话题，如果有证据显示那家娼馆违反法律，例如进行奴隶买卖的相关行为，会怎么样呢？这些证据也会遭到湮灭吗？"

"是有可能遭到湮灭，不过只要将相关数据送到正确的机构……我由衷盼望王国还没腐败至此。"

"……我明白了。那么容我提出另一个问题，您为何想要变强？"

"咦？"

话题转变得比刚才还急，克莱姆不由得发出怪声。

"您刚才说，希望我训练您。我认为您是值得信赖的人，但是我想知道您为何想得到力量。"

对于塞巴斯的疑问，克莱姆眯细了眼。

为什么想变强。

克莱姆是没人要的孩子，连父母的长相都没见过。这在王国内并不稀奇，孤儿死在烂泥之中也不是什么新鲜事。

克莱姆本来也注定在那个下雨的日子里如此死去。

然而——克莱姆在那一天，遇见了太阳。只能在脏污暗处匍匐爬行的存在，为那道光辉深深着了迷。

儿时只是憧憬，然后随着成长，那份心意变得更加坚定不移。

——这是爱意。

这份心意非得加以扼杀不可。像吟游诗人歌咏的英雄谭那样的奇迹，在现实生活中绝不可能发生。如同没有人能够得到太阳，克莱姆的情意也绝不可能传达给她。不，是不可以传达给她。

克莱姆深爱的女性注定将成为他人的妻室。身为公主的她，不可能属于克莱姆这种来路不明、身份比平民还低贱的人。

如果国王倒下，第一王子继承王位，拉娜肯定会立刻被迫嫁给某个大贵族，恐怕王子与大贵族已经谈过这桩婚事了。也说不定会为了政治策略而嫁到某个邻近国家。

正值婚龄的拉娜尚未婚嫁，而且也没有未婚夫，是很不可思议的事。

现在这个瞬间是如此贵重，若是能让时光停止流动，他愿意付出任何代价，换取这段有如黄金的时间。只要不把时间花在训练上，他大可以更多地享受这段时光。

克莱姆没有才能，只是个凡人。即使如此，经过一再锻炼，他仍然获得了以士兵来说相当强大的实力。那么就此满足，停止锻炼，多跟随在拉娜的身边，才不会浪费了这段时光，不是吗？

可是——这样真的好吗？

克莱姆憧憬着那有如太阳的光辉。这不是谎言，也没有错，是克莱姆的真心诚意。

但是——

"因为我是个男子汉。"克莱姆笑了。

没错。克莱姆想站在拉娜的身边。太阳在天空中灿烂照耀，区区凡人绝不可能与其并肩而立。即使如此，他仍然想攀上巅峰，尽可能接近太阳。

他不希望自己永远只能憧憬、仰望。

这是少年卑微渺小的心意，但也是少年配得上拥有的心意。

他想成为配得上憧憬女性的男人，纵然永远不可能结合。

正因为他怀抱着这份心意，才能撑过没有朋友的生活、辛苦的修行，以及减少睡眠时间的勤学。

如果有人嘲笑他的想法愚昧，那就去笑吧。

因为除非真正爱上一个人，否则是绝不可能理解他的这份心意的。

●

塞巴斯严肃地观察他的神情，眯起了眼睛，像要理解隐藏在克莱姆简短回复中的千言万语，然后他满意地点点头。

"听您刚才的回答，我已经决定好要锻炼您什么了。"

克莱姆正想道谢，但塞巴斯伸手制止他。

"不过恕我直言，我看您并没有才能。若是真的要带您练武，必须花上相当长的时间。然而，我并没有那么多的时间。我想为您做一种短时间内就有成效的锻炼，不过……相当严苛喔。"

克莱姆的喉咙响了一声。

塞巴斯眼中的色彩，让克莱姆的背脊升起一阵寒意。

那目光拥有难以置信的力量，超越了葛杰夫认真时的魄力。所以他没能立刻回答。

"我就明说了，您也许会丧命。"

他不是在开玩笑。

克莱姆直觉了解到这一点。他不怕死，但是必须是为了拉娜而死。他绝不会为了私人理由而抛弃生命。

他不是胆小鬼。不，也许他其实很胆小。

吞下一口唾液，克莱姆犹豫了。有一段时间，四下笼罩着静寂，甚至还能听见远方的喧嚣。

"会不会丧命要看您的心态……如果您有重视的事物，有即使在地上爬也要活下去的理由，我想应该不要紧。"

他不是要指导自己武术吗？克莱姆脑中浮现这个疑问，不过现在的问题不在这里。他思考塞巴斯话中的含意，正确理解，然后拿出答案。

"我已有觉悟了。拜托您了。"

"您有自信不会丧命？"

克莱姆摇头。并非如此。

是因为克莱姆永远有理由，纵然要在地上爬也要活下去。

塞巴斯凝视克莱姆的双眼，似乎从中看出了他的心意。塞巴斯重重点头。

"我懂了。那么，就在这里进行锻炼吧。"

"就在这里吗？"

"是的。时间也很短，只需几分钟即可。请拿起武器吧。"

究竟要做什么呢。克莱姆心中怀着对未知的不安与困惑，还有少许的期待与好奇心交杂，拔出了剑。

刀剑出鞘的声音在窄巷里响起。

克莱姆将剑摆至中段，塞巴斯目不转睛地看着他。

"那么我要上了。请您挺住。"

然后下个瞬间——

以塞巴斯为中心，仿佛朝四周射出了寒冰利刃。

克莱姆已经说不出话来了。

以塞巴斯为中心汹涌旋转的气息，是杀意。

一瞬间就能捏碎克莱姆的心脏，仿佛鲜明能见的滚滚杀气如怒涛般进逼而来，他似乎听见某处传来灵魂被捏碎的惨叫。仿佛近在咫尺，又像远在他方，也像是从自己嘴里喊出来的。

受到杀意的黑色浊流翻弄，克莱姆感到自己的意识逐渐被染成白色。由于太过强烈的恐惧感，他的身体想放弃意识，随波逐流。

"……'男子汉'就这点程度吗？这还只是热身呢。"

克莱姆在逐渐模糊的意识中,听见塞巴斯失望的声音——听起来格外响亮。

那句话的意思,比任何刀刃都更深地刺伤了克莱姆的心。甚至让他在短短一瞬间,忘了来自前方的恐惧。

心脏发出重重的扑腾声。

"呼!"克莱姆呼出一大口气。

他实在太害怕了,好想逃跑。但他双眼噙着泪水,拼命忍耐。握剑的手抖个不停,剑尖发疯似的乱晃。全身发出的颤抖让链甲衫发出嘈杂的噪音。

即使如此,克莱姆仍然咬紧格格打战的牙齿,试着承受塞巴斯带来的恐怖。

塞巴斯对这副窝囊相耻笑了一声,右拳举到眼前,慢慢握紧。不到几次眨眼的时间,眼前的拳头已经握得像球一样圆。

那拳头如拉弓般慢慢后退。

克莱姆明白即将发生什么事,左右摇头。当然,塞巴斯并不理会他的这种反应。

"那么……请受死吧。"

如同拉到全满的箭矢离弦般,只听到破风般"嗡"的一声,塞巴斯的拳头飞了出来。

——这是即死。

在拉长的时间中,克莱姆产生了直觉。如同远远凌驾自己身高的巨大铁球排山倒海而来,完整的死亡想象支配了克莱姆的头脑。就算举剑当成盾牌，拳头也能轻易将其击碎吧。

全身已无法动弹。置身于过度紧张的状态下，身体僵硬了。

没有办法逃离眼前的死亡。

克莱姆死心之余，对这样的自己火冒三丈。

如果不能为了拉娜而死，为什么不在那时候死掉算了。在雨中受冻发抖，一个人死掉算了。

眼前浮现出拉娜美丽的容颜。

据说人在濒死之际，眼前会出现走马灯似的影像。一般认为那是大脑在搜寻过去的记录，摸索逃离现状的手段。然而自己最后看见的却是敬爱主人的笑容，还真有点可笑。

没错，克莱姆看见的拉娜是笑着的。

自己起初获救时，幼小的拉娜并没有对他露出笑容。她是从什么时候才开始对自己展露笑靥的呢。

他不记得了。不过，他还记得拉娜那时露出了怯生生的笑容。

如果知道克莱姆死了，那副笑容会变得阴郁吗，如同太阳被厚厚的云层遮蔽？

——开什么玩笑！

克莱姆心中卷起熊熊怒火。

这条被扔在路旁的贱命，是她捡起来的，那么这条命便不再属于自己。己身全为了拉娜而存在，为了让她获得小小的幸福——

没有任何办法可以脱身吗!

恐怖锁链被爆发的激烈情感粉碎。

双手能动了。

双脚也能动了。

只想闭起来的双眼稳稳地睁开,拼命试图以肉眼捕捉超高速进逼的铁拳。

全身感官达到极限敏锐,连些微空气的振动都能感觉出来。

有种现象称为"火灾现场的蛮力"。这是说在陷入极限状况时,大脑对肌肉的限制会得到解除,从而发挥难以置信的爆发力。

同时脑内还会分泌大量的荷尔蒙,思考能力专精于求生。大脑高速处理各种庞大数据,搜寻出最佳行动方式。

只有在这个瞬间,克莱姆站上了一流战士的领域。然而塞巴斯的攻击速度却远远超越了这个领域。为时已晚了吧,或许没有时间闪避塞巴斯的拳头了。即使如此他还是得动,绝对不能放弃。

在极度压缩的时间之内,克莱姆看见自己的速度简直慢如乌龟,但他扭转身子,拼命地移动。

然后——

轰的一声,塞巴斯的拳头擦过克莱姆的脸旁,带来的风压拔掉了他好几根头发。

平静的声音传进耳里。

"恭喜您。克服死亡恐惧有何感想?"

克莱姆不懂他的意思，一脸呆相。

"面对死亡的感觉如何？克服死亡的感觉呢？"

克莱姆重复着急促的呼吸，用一种失了魂的茫然表情望着塞巴斯。塞巴斯一点杀意也没有，好像刚才只是一场骗局。他渐渐理解了塞巴斯的意思，这才放下心来。

仿佛刚才是被激烈杀意所支撑着，克莱姆的身体像断线人偶般不支倒地。

他跪伏在巷子中，贪婪地将新鲜空气送进肺里。

"……幸好您没有休克而死。有时候会有这种状况的，就是因为确定自己必死无疑，而放弃维持生命的现象。"

克莱姆的喉咙深处还残留着苦味，他确信这就是死亡的滋味。

"只要再重复几次，想必您就会变得能克服一般恐惧了。不过有一点必须注意，那就是恐惧能够刺激生存本能。若是这方面完全麻痹了，就连显而易见的危险也会变得感觉不出来。您必须仔细分辨真正的危险。"

"……恕、恕我失礼，您究竟是什么人？"

克莱姆匍匐在地，呻吟似的问他。

"这问题是什么意思？"

"那、那股杀气不是常人能发出的。您究竟是……"

"一个对本领有自信的老人罢了，目前来说。"

克莱姆无法从微笑的塞巴斯脸上移开视线。他看起来只是温厚地笑着，却又像是远远超越葛杰夫，绝对强者的威猛傲笑。

也许他的实力远远超过邻近诸国最强的战士葛杰夫。

克莱姆要自己的好奇心就此满足，他认为不能继续深入追究这个问题。

即使如此，塞巴斯这位老者究竟是什么来头？只有这个疑问强烈地残留心底。该不会是那十三英雄之一吧？他甚至有这种想法。

"那么差不多可以再来一次——"

"等……等等！我有话想问你们。"

打断塞巴斯的话，后面响起一个饱含畏惧的男声。

4

下火月（九月）三日，9：42。

布莱恩出了葛杰夫的家。

回头看看，想到回来时的事，他将房屋外观仔细地记在脑子里。因为葛杰夫带他来时，他体温过低，意识有些模糊，所以记得不大清楚。

他之前就知道葛杰夫家的住址，因为他将来有一天想要找葛杰夫挑战，所以收集过情报。不过那只是听人描述，有点误差。

"屋顶上根本没插剑嘛。"

他对卖给自己假情报的情报贩子咒骂了一句，细细观察房屋。

比起贵族们居住的宅邸，这房子小多了，比较像是小康市民的住宅。不过让葛杰夫与家里的帮佣老夫妻三个人住，也绰绰有余了。

牢记房子外形后，布莱恩迈出脚步，但没有特别要去的地方。

也不想再去选购武器、防具或魔法道具了。

"今后该怎么做呢……"嘟哝声消失在半空中。

他觉得就此消失在某处也无所谓。其实他到现在，还受到这种念头的强烈吸引。

他探寻自己的内心想要什么，然而心中只有空虚的洞穴。目的完全遭到粉碎，连残骸都不剩。

既然如此，为什么——

他低头看看右手，还握着刀。衣服底下穿着链甲衫。

来到王都的路上，他之所以紧紧握着这把刀不放，是因为恐惧。他知道遇上夏提雅那种怪物，那种能以小指指甲弹开布莱恩全力攻击的怪物，这把刀根本没用，但是手无寸铁还是会让他恐惧不安。

那么现在拿着刀的理由又是什么？他大可以放在葛杰夫家里。还是因为不安吗？

布莱恩一想，左右摇头。

不对。

但既然如此,自己又是出于何种感情拿着刀?结果,他找不到答案。

布莱恩回想起以前初次来到王都的记忆,四处漫步着。有些建筑物依然一如往昔,例如魔法师工会或王城,但也看到许多记忆中没有的新建筑。布莱恩正在享受记忆与现实的交叠时,前方路上发生了骚动。

那吵闹声让他蹙起眉头。人群中传来的气息是尖锐的暴力之气。

布莱恩正打算往别处走,改变脚尖方向时,一名老人吸引了他的目光。老人用有如滑行的动作钻进人群之中。

"……什、什么?那动作是怎么回事?"

他眨了好几下眼睛,同时无意识地发出惊叹。那动作实在太难以令人相信。他不禁以为自己在做所谓白日梦,或是受到某种魔法效果的影响。

老人的动作,恐怕就连布莱恩都办不到。那是必须掌握对手的意识与整体人群的推挤之中产生的力量流动,才能达成的神技。

以动作来说,已经达到了一种巅峰。

他的双脚毫不犹豫地往人群移动。

布莱恩一再推开其他人,走到中央,正好看见老人以高速的拳影震荡男人下巴的瞬间。

(什么,刚才那一击……如果是我的话,挡得下吗?很难?

他诱导了男人的意识与视线？是我多心吗？不过话说回来，那一击的动作实在漂亮，都可以当成教科书了……）

他反复玩味刚才看见的那一击，口中不禁发出感叹的呻吟。

他没有看得很清楚，也很难拿相同基准比较剑士与拳士。即使如此，那短短一瞬已足以让布莱恩理解，眼前的老者身手相当了得。

也许那人比自己还强。

布莱恩咬紧下唇，想把老人的侧脸与自己记忆中的强者数据做对比。然而他的记忆中没有这号人物。

（他究竟是何方神圣？）

老人转眼间就走出了人群。一个少年追在他的背后走去。仿佛被引诱了一般，布莱恩也一时冲动，开始跟在少年身后。

他总觉得老人的背后好像有双眼睛，不敢直接追在他后面，不过跟着少年就不用担这个心了。况且狡猾地说，就算少年被发现，自己也还安全。

跟踪没多久，布莱恩就发现了紧跟老人或少年的多个气息，不过布莱恩一点也不在乎。

不久两人转过拐角，往更昏暗的地方走去。那种有如受到诱导的行动，让布莱恩心生不安。

少年难道都不觉得奇怪吗？就在他开始讶异时，少年向老人说话了。

两人正好是在刚一转弯的地方开始对话，因此布莱恩躲在转角前方,偷听他们谈话。

简而言之,少年是在向老人求教。

(想得美。那个老人不可能收那种程度的小鬼当弟子。)

拿两人的才能一比较,如果少年是石子,老人就是巨大的宝石。两人所生活的世界实在差太多了。

(……真可悲。不明白彼此实力的差距,竟然是这么可悲的事。适可而止吧,小鬼。)

布莱恩没说出口,只在口中喃喃自语。

这番话是对少年说的,同时也是对过去那个自以为天下无敌的愚蠢的自己吐露的自嘲。

他继续偷听——娼馆的话题他毫无兴趣——结果老人好像愿意对少年进行一次锻炼。布莱恩实在不认为那种程度的少年有什么可取之处,能够吸引那么厉害的老人。

(这是怎么回事?难道我又看错人了?不,不可能。那个小鬼作为武人的能力没什么大不了的,也应该毫无天分才对!)

老人想怎么锻炼他呢?然而从这里只能听见声音,看不到情况。受好奇心驱使,布莱恩想从转角偷窥,他消除了气息慢慢移动。说时迟那时快——

全身受到骇人的气息贯穿。

发出不成语言的尖叫。

全身为之冻结。

那种感觉就像巨大的肉食猛兽脸贴脸对自己吐气。来势汹汹的杀意让世界为之变色，别说动一下，连眨眼都办不到，甚至误以为心脏都停止了跳动。

布莱恩认为夏提雅·布拉德弗伦是这世界上最强的存在，而此时这股气息似乎与她不相上下。

若是心灵脆弱之人，恐怕就不是错觉，而是真的停止心跳了。

他双脚打战，一屁股跌坐在地。

（连自己都这副德行了，那个少年岂不是要气绝身亡了吗？）

运气好一点也会昏死过去吧。

布莱恩在地上趴着，心惊胆战地偷看两人的状况，赫然看见一幕难以置信的光景，受到的冲击令他一时之间完全忘了害怕。

少年还站着。

他跟布莱恩一样，双腿吓得发抖，但仍然站着。

（这、这是怎么回事？为什么那个没多少本事的小鬼，还能站得住！）

自己丢脸地吓到腿软，少年却还能维持站姿，这让他难以理解。

是不是少年拥有能抵御恐惧的魔法道具或武技，还是他具有特别的天生异能？

的确，不能保证他没有这些东西。然而，望着少年不可靠的背影，他直觉以上皆非。虽然答案令他难以置信，但也只有这个可能性。

少年比布莱恩更强。

（不可能！不可能有这种事！）

少年看起来锻炼过身体，但肌肉量还不够。从跟踪时的脚步与身体的移动方式推测，他也不觉得少年有多少才能。明明不过是这点斤两的少年，结果却完全不同。

（这、这是怎么回事。我真有这么弱小吗？）

视野变得模糊。

布莱恩知道自己在流泪，但提不起劲儿擦眼泪。

"呜，呜呜……呜呜……呜……"

他拼命压抑住呜咽，但泪水仍然源源不绝地流出。

"为什么，啊……为什么啊！"

布莱恩握紧地面的泥土，努力让自己站起来。然而排山倒海般的杀气使他无法动弹，双脚简直像受到他人支配般动也不动。他只能抬起脸，看着两人的情况。

看得到背影。

少年到现在仍然站着。

少年还在与放出杀气的老人对峙。本以为弱小的背影，如今看起来遥不可及。

"我……竟然这么弱小吗？"

等到杀气都已经烟消雾散，自己却只能勉强站起来，让布莱恩对自己气恼不已。

少年与老人似乎还要继续锻炼，但布莱恩忍不住了，他鼓起勇气冲出转角，喊道：

"等……等等！"

如今的布莱恩已经没心情去想会不会打扰两人修行，或是找个恰当的时机再现身了。

听见那拼死拼活的语气，少年回过头来，肩膀剧烈一震，面露惊愕的表情。若是立场颠倒，布莱恩也会做出相同反应吧。

"首先，我真心对打扰两人表示歉意。因为我实在等不及了。"

"……您跟这人认识吗，塞巴斯大人？"

"不，不认识。原来如此，也不是您的朋友吗……"

两人以怀疑的眼光看向他。不过这他早就料到了。

"首先容在下报上姓名，在下名叫布莱恩·安格劳斯。请让在下再度对打扰两位表示歉意，真的很抱歉。"

他比刚才更深地低头。可以感觉到两人稍微动了一下。

等觉得表达了够长的歉意后，抬起脸一看，可以感觉到两人的戒心比刚才轻了点。

"有什么事吗？"

对于老人的疑问，布莱恩瞄了一眼少年。

"究竟是什么事？"

见少年一副不解的样子，布莱恩呕血似的问他：

"为什么……你为什么面对那样的杀气，还能站得住？"

少年略为睁大双眼。由于他装作面无表情，因此从这点小小的变化中，都能感受到巨大的感情波动。

"我想问个清楚。那股杀气超出了常人所能承受的领域。连我……抱歉，连在下都承受不了。然而你却不一样。你承受住了，你站得住。你是怎么办到的！那么困难的事？"

兴奋使他变得语无伦次，但他就是压抑不住。面临夏提雅·布拉德弗伦压倒性的力量，害怕得逃跑的自己，遭遇与她同等级别的杀气迎面来袭，却还能屹立不倒的少年，他想知道这差距是源自哪里。

他无论如何都想知道。

布莱恩的热诚似乎传达给了少年，少年虽然困惑，但还是认真地想了想，然后回答：

"……我不知道。我也一点都不明白，自己怎么能承受得住那样的杀气暴风。不过，也许是……因为我想着主人的事吧。"

"……主人？"

"是的。只要想到我侍奉的大人……我就有力量继续撑下去。"

怎么可能因为这种理由就撑得住？布莱恩差点儿没大叫出声。但在那之前，老人静静地开口解释：

"也就是说他的忠义之心，足以克服恐惧，安格劳斯先生。人们只要是为了珍惜的事物，就能够发挥出难以置信的力量。如同在崩塌的房屋中，母亲能为了帮助孩子而抬起柱子，又如同丈夫能单手拉起快要从高处摔落的妻子。我认为这是人的力量。也就是说，这孩子也发挥了这种力量，而且这跟您并非毫无关系。只要您有绝对不能让步的事物，想必就能发挥超越您想象的力量。"

布莱恩无法相信。他绝对不能让步的事物，就是对强大力量的渴望，但那根本没有任何意义啊。轻易就被击溃，结果自己只能害怕得逃走。

渐渐转为阴沉，俯视着地面的脸，因为老人接下来的一番话而猛然抬起。

"……自己一个人培养起来的信心是非常脆弱的。因为一旦自己受到挫折，一切就结束了。不要什么都靠自己，只要能与别人共同建立信心，为了别人付出，就算遭受挫败也不会倒下。"

布莱恩陷入沉思。自己有这样的事物吗？

然而什么都想不到，因为一切都被他当成无用之物舍弃了。难道说他以为追求强大实力时不需要的那些事物，其实才是最重要的吗？

布莱恩不禁发笑，笑自己的人生满是错误。所以他忍不住讲出了近似抱怨的话来。

"统统都被我舍弃了，现在还来得及挽回吗？"

"没问题的。就连没有才能的我都办得到了，安格劳斯大人这样的人物一定行！绝对不会太晚或来不及。"

少年的话语毫无根据。然而不可思议的是，这番话却为布莱恩的内心带来温暖。

"你真是温柔而且坚强呢……真的很抱歉。"

突然被人道歉，少年愣了一愣。如此勇气十足的人物，自己竟然把他当成小鬼，还瞧不起他。

（真是愚蠢。我真是太愚蠢了……）

"对了，您说您叫布莱恩·安格劳斯……莫非是过去曾与史托罗诺夫大人打得不分高下的那位？"

"……你真清楚啊……你也看过那场对战了？"

"啊，我没有看到，只是听看过的人说的。那位大人说安格劳斯大人是相当厉害的剑士，即使在王国内实力也是数一数二，看到您的举手投足以及重心稳当的动作，让我知道那位大人果真所言不假！"

被对方纯粹的好意压倒，布莱恩吞吞吐吐地回答：

"……呃，谢……谢谢。我、我觉得自己还差得远呢，不过被你这样称赞……倒是有点高兴呢。"

"嗯……安格劳斯先生。"

"老先生。请直呼我为安格劳斯就可以了。像在下这样的小人物，不配让您以敬称相称的！"

"既然如此，我叫塞巴斯·蒂安，希望您能叫我塞巴斯……那么，安格劳斯小弟。"

"小弟"这种称呼让布莱恩有点害臊，不过以两人的年龄差距来看，这样的称呼的确不奇怪。

"可以请您替这位克莱姆小弟锻炼剑术吗？我想这对安格劳斯小弟来说，也一定有所帮助，如何？"

"啊！这真是失礼了！我的名字是克莱姆，安格劳斯大人。"

"不是要由老先生……失礼了。不是要由塞巴斯大人锻炼他吗？刚才在下打扰两位之前，好像听见两位谈这件事？"

"是的。我本来是想这样做的，不过在那之前，好像有客人来了，我想先招呼他们几位——来了呢，看来是准备武装花了一点时间。"

塞巴斯看向一个方向，布莱恩慢了点，也往同一个方向看去。

三名男子慢吞吞地现身。他们身穿链甲衫，戴着厚皮革手套的手上，握着拔出的利刃。

他们散发的已经不是敌意，而是明确的杀意。那股杀意是冲着老人来的，而且看起来不像是会有慈悲心肠准备放走目击者。

看到这帮人，布莱恩不禁惊愕，哑着嗓子喊叫：

"不会吧！遭遇到那种杀气，竟然还敢过来！实力当真这么了得！"

若真是如此，那么他们每一个人的本领恐怕都能与布莱恩匹敌——不，是比他更高超。跟踪技巧那么笨拙，只是因为他们修习的是战士系技术，不擅长潜行吗？

然而，塞巴斯否定了布莱恩的担忧。

"我刚才的杀气只针对你们两位喔？"

"……咦？"布莱恩自己都觉得发出的声音很蠢。

"我对克莱姆小弟发出杀气是为了训练，对您则是因为不知道您的真面目，想逼您露面，或是削减您的战意、敌意等。由于我从一开始就把他们视为敌人，因此没对他们发出杀气。要是把人家吓跑就不好了。"

听到塞巴斯若无其事地解释着惊人的真相，布莱恩都懒得惊讶了。竟然能精密控制那样浓厚的杀气，根本已经超出了常识能理解的范围。

"原……原来如此。那么您知道他们是什么人吗？"

"大致上可以猜到，不过还不能确定。所以，我想抓一两个人来，问出情报。不过——"塞巴斯低头致歉，"我无意将两位牵扯进来。可以请你们立刻离开这里吗？"

"在那之前，我想问一个问题。他们……是犯罪者吗？"

"……给人的感觉应该是，一看就觉得是作恶多端的那一类。"

听布莱恩这样说，克莱姆的眼瞳燃起热火。

"也许会妨碍到您，但我也想一起战斗。身为保卫王都治安之人，保护人民是我应尽的职责。"

也没人能断定塞巴斯就是正义的一方吧。布莱恩心中窃想。没错，与出现的这几人相比，谁都会觉得态度廉洁正直的塞巴斯是对的，但没人能保证真是如此。

（真是青涩……）

不过，他也能体会少年的心情。

拿保护孩童免于醉汉暴力的人物与这几个男人一比，就算是布莱恩，也会毫不犹豫地决定该帮哪一边。

"我想您大概不需要助阵，不过……塞巴斯大人。请让我……呃，不，请让在下也助您一臂之力吧。"

布莱恩站到克莱姆身边。塞巴斯不需要他们掩护……甚至可以说他们离开也没关系。只是，他想效法一下为别人而战的克莱姆，选选过去的自己绝对不会选择的答案。他想保护这个拥有一颗坚强的心，但剑术本领惨不忍睹的少年。

布莱恩看见男人们握着的武器，皱起眉头。

"毒药吗……使用可能伤害到自己的武器，代表他们应该有点经验……是暗杀者吗？"

这种短剑称为破甲剑，剑身刻有凹槽，里面反射着危险液体的油亮光泽。再看男人们不同于剑士等职业，更注重机动性的轻巧身手，比布莱恩的喃喃自语更肯定了一切。

"克莱姆小兄弟，当心点。除非你有能抗毒的魔法道具，否则千万小心，一击都不能让他们打到。"

如果将体能提升到布莱恩这个等级，就几乎能百毒不侵，不过以克莱姆的能力，恐怕抵御不了强力的毒药。

"从正面现身却不立刻动手，是想等另外两人前后包抄吧？

难得有这个机会，就先从正面突破如何？"

塞巴斯故意大声讲话让对方听见，男人们的动作一瞬间停住了。围攻计划被对手看穿，让他们产生了动摇。

"这样最妥当吧。先击溃前面再解决后面应该比较安全。"

布莱恩肯定了塞巴斯所言，然而这个意见被提出者本人否决了。

"啊，这样会让对方逃走呢。这样吧，前面三人由我来对付，可以请两位对付绕到背后的两人吗？"

布莱恩表示了解后，克莱姆也点头表示同意。这是塞巴斯的战斗，两人是勉强请塞巴斯同意他们帮忙。只要塞巴斯没犯什么致命性的错误，他们就应该照塞巴斯说的做。

"好，上吧。"

布莱恩对克莱姆说完后，转身背对男人们。之所以敢在充满敌意的男人们面前显得毫无防备，是因为有塞巴斯在。将自己的背后交给塞巴斯，有如靠着厚重的城墙般令人安心。

"那么，虽然很遗憾……请各位就当我的对手吧——哎呀，请不要三心二意去打那两人的主意，好吗？"

布莱恩转头一看，只见塞巴斯右手手指间夹着三把短剑。他张开手指，男人们扔向毫无防备的布莱恩或克莱姆的短剑便应声落地。

男人们的杀意明显地越来越弱。

（这是当然了。扔出的短剑被人用那种方式挡下，谁都会丧失战意的。终于明白到塞巴斯大人的强大了吗？不过现在明白也来不及了。）

他们不可能逃出那个老人的手掌心，就算兵分三路也没用。

"真是厉害。"克莱姆站到布莱恩的身边。

"是啊。就算跟我说塞巴斯大人才是王国最强的战士，我也会信。"

"比战士长还强吗？"

"你说史托罗诺夫啊？嗯，那位老者就算由我……在下……抱歉，让我轻松点讲话吧。就算由我与史托罗诺夫两人一起上，肯定也毫无胜算吧……哦，来了。"

两个男人绕到另一边，出现在他们面前。果不其然，这两人穿着打扮也跟刚才那三人相同。身旁传来拔剑出鞘的声音，布莱恩慢了一点，也跟着拔刀。

"没有让其中一人躲起来偷扔短剑，大概是因为被那位老先生看穿了吧。"

伏兵就是要不为人知才有效，要是已经被看穿，就只是分散战斗力罢了。对方应该是判断既然都被看穿了，不如一次全部出动，单个对付比较有胜算。

"真是天真的想法……克莱姆小兄弟，我对付右边那个，左边那个交给你。"

观察男人们的动作，布莱恩看出哪个比较弱，向少年做出指示。少年点了个头，举起了剑。那种毫不迟疑的态度，是经历过生死的人才有的反应。知道他绝不是只做过训练的实战新手，让布莱恩顿时放心了。

（应该是克莱姆小兄弟的胜算比较大，不过……考虑到对手会使毒，也许只能险胜。）

就算克莱姆有实战经验，布莱恩也不认为他会历经血战，经常有机会对付使毒的对手。搞不好这就是他第一次经历"毒战"。

就连布莱恩自己在跟会用腐蚀强酸或剧毒的魔物战斗时，都会变得太过慎重，而难以发挥全力。

（是否该立刻宰了这家伙……然后去支援他？这样对他有帮助吗？我主动去帮他，会不会反而伤了他的自尊心？要代替他对付敌人吗？不。还是说塞巴斯大人打算一有危险就出手帮他？如果塞巴斯大人没有要出手相助的意思，我该介入吗？想不到我会有为这种问题烦恼的一天……）

布莱恩用没握刀的手抓抓头，从正面紧盯敌人。

"好了。不好意思，就请你当弥补我空白期的祭品吧。"

三击。

塞巴斯踏进攻击范围，朝着别说防御连反应都来不及的男人们打了三拳。战斗就这样结束了。

当然了。在纳萨力克都拥有顶尖战斗力的塞巴斯，这种程度的暗杀者用小指头就能解决掉。

男人们昏死过去，像章鱼一样软绵绵地不支倒地，塞巴斯从他们身上移开视线，看向后方的战斗。

布莱恩的功夫始终压倒对手,看着令人安心。

与他对峙的暗杀者似乎想找机会开溜,但布莱恩不放过他,将其玩弄于股掌之间。不,那不能说是玩弄,塞巴斯感觉那是借着施展各种攻击,回复自己变得生疏的本领。

(对了,刚才好像听见他说"空白期"。另外也是因为担心克莱姆小弟,随时准备出手帮助,所以才没认真应战吧。看来这人还挺善良的。)

塞巴斯将视线从布莱恩移向克莱姆。

(嗯,应该不会有事吧。)

一进一退的攻防战。虽然有毒的武器让人略感不安,不过似乎也不用立刻出手搭救。自己遇到的麻烦把亲切的外人牵扯进来,让他过意不去。不过——

(若不是他说希望能变强,我就会去帮他了……以命相搏的战斗也会是很好的训练。等有危险再去帮忙吧。)

塞巴斯摸着胡须,观望克莱姆的战斗。

克莱姆以剑挡开突刺。

背后流下一道冷汗。只差一点就要刺中铠甲了。与他对战的男人冷酷无情的脸上,一瞬间产生失望的神色。

克莱姆将剑向前一刺,测量两者距离。反观对手则是频频前后挪动位置,不想让他如愿。

克莱姆的战斗方法向来都是以盾防御,同时以剑攻击,这时必须只以剑战斗,对他来说是折磨身心的经验。而且涂了毒药的刀刃也让人紧张万分。破甲剑是特化于突刺攻击的武器，因此他很清楚只要注意突刺就行。即使如此，连一个擦伤都不能有的状况仍然让身体动作变得畏缩。

他调整一下被肉体与精神两方面的疲劳打乱的呼吸。

（对手也一样。不是只有自己觉得累。）

对手的额头上也满是汗水。对方的战斗方式是以灵活身手愚弄敌人，符合暗杀者的风格。为此只要四肢受到任何一击，就会失去优势，摧毁彼此战斗力的均衡。

一击就会分出胜负。

这就是两人之间紧张感的来源。当然，双方实力相当的战斗都是这样的。然而这一战的倾向更显著。

"呼！"

吐出一口气，克莱姆砍向敌人。这记剑击挥动幅度小，没使上多少力。这是因为如果大力挥砍，遭到闪避时将会露出巨大破绽。

暗杀者轻易闪过这一击，伸手探入怀中。克莱姆察觉到他的下一道攻击，盯紧暗杀者的手部动作。

短剑扔出，克莱姆以手中利剑打落。

运气很好。由于他细心注意，才能幸运地将其弹开。

然而还来不及安心地呼一口气，暗杀者已经压低姿势，如滑行般闯进攻击范围内。

（不好！）

背脊蹿过一阵冷战。

没有办法挡下这记追击。他打掉短剑时，因为害怕而把剑挥得太大。如今剑浮在半空中，想转回来迎击也来不及。他想专心闪避，但论敏捷性，暗杀者比他强。

无计可施了。至少以手臂为盾——

克莱姆做好觉悟时，进逼而来的暗杀者忽然按住了脸，往后大大跳开。

原来是一颗豆大的小石子，从后方打中了暗杀者的左眼睑。克莱姆极限状态下加速的精神，确认了这个状况。

不用回头，他也知道是谁扔的。背后传来塞巴斯的声音，就是最好的证据。

"畏怯是很重要的感情，不过不可以被畏怯束缚。我从刚才看到现在，觉得您的战斗方式太过单调，没有全力以赴。如果对手已有准备牺牲一只手臂的话，您肯定已经丧命了。既然体能输给对手，就以心灵取胜。精神有时候是能凌驾肉体的。"

克莱姆在心中回答"是"，惊讶地发现自己心情轻松多了。不是因为有人帮忙，可以依赖，而是因为有人在旁边看着自己，令他放心。

的确，他还没完全拭去或许会丧命的恐惧，但即使如此——

"如果……我死了，请告诉拉娜大人……公主殿下，说我已英勇应战。"

他呼出长长一口气，静静地举剑摆好架势。

克莱姆感觉到暗杀者的眼中潜藏着不同于刚才的光芒。虽然只是短暂的时间，然而经过这段生死之战，也许自己与暗杀者的心灵相通了。

暗杀者意识到克莱姆已做好觉悟，自己似乎也一样做好了觉悟。

暗杀者踏出脚步。当然他什么也没说，只是一口气拉近距离。

确认对手踏进攻击范围，克莱姆举剑往下挥砍。霎时间，暗杀者向后跳开。原来是男人看穿了克莱姆的剑速，以自己作为诱饵，耍了个假动作。

然而，暗杀者忽略了一点。

也许暗杀者的确几乎看穿了克莱姆的所有剑击。然而，有一招是他不知道的。克莱姆能够满怀自信地施展，来自上段的一击，比其他所有剑击更快，也更重。

克莱姆朝暗杀者肩窝砍下的剑被链甲衫挡住，没能将皮肉一刀两断。但它轻易折断了锁骨，并且压烂了肌肉，连同肩胛骨一块粉碎。

暗杀者整个人翻倒在地。剧痛使他淌着口水，发出不成声的惨叫。

"漂亮。"

塞巴斯自背后现身，随随便便地踹了暗杀者的腹部一脚。

光是这么一下，暗杀者就像断线人偶般安静下来。想必是昏倒了吧。

视野的角落中，布莱恩已经解决了暗杀者，轻松地挥挥手，庆祝克莱姆的胜利。

"那么我要开始盘问了。有什么想问的别客气，尽量问吧。"

塞巴斯将其中一人带过来，把他打醒。那男人身体一震回复了意识，塞巴斯将手放在他的额头上。时间不到两秒。塞巴斯并没有按得很用力，男人的头却往后重重一晃，像钟摆似的回到原位。

这时，男人的眼睛已经失去焦点，露出醉汉般的眼神。

塞巴斯开始质问。身为暗杀者，本应守口如瓶的男人，竟然毫不隐瞒地说个不停。面对这异样的光景，克莱姆向塞巴斯问道：

"您对他做了什么？"

"这是称为傀儡掌的特殊技能……看来是成功了，还好。"

这种技术克莱姆从未听过，但更令他蹙眉的，是男人泄露的情报。

他们是"八指"的警备部门最强的战士"六臂"中的一人训练出的暗杀者，似乎是为了杀害塞巴斯而尾随他。布莱恩向克莱姆问道：

"……我知道得不多，不过"八指"应该是个很大的犯罪集团吧？我记得他们在佣兵方面也有门路……"

"是啊。其中最可怕的是'六臂',指的是号称组织最强战力的六名强者。我曾听说他们每个人的实力都可以与精钢级匹敌。不过究竟是哪六个人,这种黑社会的内幕我就不太清楚了。"

男人又说出现在塞巴斯侍奉宅邸的沙丘隆特正是"六臂"中的一人,绰号"幻魔",他的计划似乎是做掉塞巴斯,好让美貌的女主人任由他们摆布。

听到这里,克莱姆受到一股寒气侵袭,发现来源是塞巴斯。

塞巴斯慢慢站起来,布莱恩向他问道:

"那么塞巴斯大人,您接下来打算怎么做?"

"我已下定决心。总之我先去击溃造成问题的那个地点。况且根据此人的说法,沙丘隆特似乎也在那里,沾上身的火花就快点揩掉吧。"

听他回答得轻松,克莱姆与布莱恩都倒抽一口气。

既然他要杀进对方的大本营,就表示他有自信能胜过精钢级——也就是在人类之中拥有最顶尖战斗能力的人。

不过,两人都不觉得意外。

(能在转眼间打倒颇有实力的三名暗杀者,赫赫有名的安格劳斯大人又对他表示敬意。塞巴斯大人究竟是何方神圣?莫非是退隐的精钢级冒险者?)

"……况且听说那里还有其他人遭到囚禁,还是赶紧采取行动比较好吧。"

"有道理。暗杀者没有回巢会令对方起疑,要是他们把受到囚禁的人移动到其他地点,就救不到那些人了。"

时间拖得越长对己方越不利,对手则相对有利。塞巴斯置身的就是这种状况。

"那么我打算现在直接过去。非常抱歉,我不会改变这个决心。可以请两位将这个暗杀者抬到值勤站吗?"

"请等一下!塞巴斯大人!若您不嫌弃的话,可以让我……在下也提供协助吗?当然,在下是说如果您愿意的话。"

"还有我。守护王都治安,是身为拉娜大人属下的我应尽的义务。如果王国人民受到欺凌,我定会以这把剑拯救他们。"

"……我看安格劳斯小弟还没问题,但您的话,可能有点危险喔。"

"我明白。"

"克莱姆小弟……我想塞巴斯大人可能也是嫌你碍事喔?虽然以塞巴斯大人来看,你跟在下大概都差不多就是了。"

"不不,我没那个意思。我纯粹是担心您罢了。希望您知道,我无法像刚才那样保护您。"

"我已有觉悟了。"

"……接下来要做的事,也许不能对您或您的主人带来荣誉喔?我认为有其他机会更适合您赌命战斗,您不觉得吗?"

"若是因为危险就视若无睹,将会证明我这个男人没有侍奉主人的价值。如同那位大人拯救人民,我也想尽我所能,向陷入水深火热的人们伸出援手。"

如同她当时对自己伸出援手——

也许是感觉到他的坚定决心,塞巴斯与布莱恩面面相觑。

"……您已经有所觉悟了吧?"

被塞巴斯这样问,克莱姆点了一下头。

"我明白了。既然如此,我也无须多言。那么两位,请助我一臂之力。"

5章 熄火，漫天烟火

第五章 | 熄火，漫天烟火

1

下火月（九月）三日，12∶07。

"店铺就在这扇门的后面。据暗杀者所说，那边那栋建筑物似乎也有入口呢。"

塞巴斯站在娼馆入口——琪雅蕾被扔出来的地方，指着几栋房屋隔壁的建筑物。在问暗杀者话时，布莱恩以及克莱姆虽也在现场，但他们没来过娼馆，对塞巴斯的说明毫无概念。

"的确是这样。入口同时也具有逃生口的作用，那人说至少会由两人站岗，既然如此，也许我们该兵分两路。以战斗力来分组的话，正面就交给塞巴斯大人一个人。那边由我与克莱姆小兄弟进攻，您看如何？"

"我不反对，克莱姆小弟呢？"

"我也没有异议。不过，安格劳斯大人，进入内部之后要怎么做？两人一起搜索吗？"

"我希望你可以改口叫我布莱恩了，也希望塞巴斯大人能这样称呼在下。那么……本来为了安全起见，应该两人一起行动，但也许会有连暗杀者都不知道的密道。趁塞巴斯大人从正面入侵，吸引敌人注意时，我们得尽快探索建筑物的内部。"

"这种地方常会有头子才知道的密道喔。"布莱恩好像回想起什么事来，低声说道。

"既然如此,我们进去之后要分头搜索?"

"……反正都冒着危险闯进去了,就该尽量达成最好的结果。"

听布莱恩这样说,塞巴斯与克莱姆都点点头。

"那么安——布莱恩大人实力在我之上,可以请您搜索屋内吗?"

"这样很好。那就请克莱姆小弟守住那边的出口吧。"

搜索屋内当然比较容易遇到敌人,可以料想得到必然更加危险,因此是该交给比克莱姆强上许多的布莱恩。

"那么最后确认一下,差不多就这样了吧?"

他们在来娼馆的路上已大致讨论过,不过也有些细节必须看到现场后才能决定。这些细节都在这里做好决定,没有人对塞巴斯的询问提出异议。

塞巴斯向前走出一步,靠近看起来相当厚重的金属门。克莱姆绝对推不开的大门,摆在塞巴斯面前却像薄纸一样。

正面这种防卫最森严的地方,虽然只由一个人单枪匹马闯入,但两人都不担心。因为进攻的人物据称就连邻近诸国最强的战士葛杰夫・史托罗诺夫,以及能与他打成平手的布莱恩・安格劳斯两个人加起来都打不赢,根本已经超出人类的实力范畴。

"那么我们走吧。听他们刚才说,在那边的出入口连续敲四下门,是他们之间的暗号。我想两位应该没有忘记,不过还是提醒一下。"

"谢谢您。"

克莱姆并没有忘,不过还是向塞巴斯道谢。

"还有,我会尽量把他们抓起来,不过若是遭到抵抗,我会毫不留情地痛下杀手。没有问题吧?"

看到塞巴斯温柔的微笑,克莱姆与布莱恩的背脊一阵冰凉。

他的应对方式十分正确,没有任何不当。自己如果遇到相同的状况,同样会这么做吧。两人都这么想。但即使如此,仍然有种惧意蹿过他们的背脊,因为塞巴斯的神情简直像有双重人格一般。

温厚和善的绅士与冷静透彻的战士。宽容与无情同时存在于他的内心,到了偏激的地步。

他们有种预感,要是就这样送塞巴斯进去,他恐怕会把里面的人赶尽杀绝。

克莱姆战战兢兢地对塞巴斯说:

"我想,夺去几人的性命也是在所难免的,只要您尽量避免无益的杀生就好。毕竟我们的人数较少。只是如果遇见疑似'八指'干部的人物,可以请您设法逮住他吗?将重要人物抓起来盘问,能减少今后的牺牲者。"

"我不是杀人魔,不是来大屠杀的,请放心。"

看到他温柔的微笑,克莱姆放了心。

"失礼了。那么就拜托您了。"

"那么,就一口气将这里捣毁,先争取一点时间吧。"

只要砸了这家娼馆,应该能暂时阻止他们对塞巴斯的干涉吧。若是进行得顺利,弄到了机密数据什么的,他们说不定会忙于处理这方面的事,而把琪雅蕾的事情完全抛在脑后。

就算情况再糟,只要能争取到时间,至少也有机会让琪雅蕾逃走。说不定还能找到更好的办法。

"在耶·兰提尔有位商人亲切地找我攀谈,不知道能否请他帮忙?"

就算琪雅蕾振作起来了,也还是需要值得信赖的某人提供援助,才有可能过上更幸福的人生。

塞巴斯重新面对厚重的铁门。他一面回想那时琪雅蕾被扔在这里的情况,一面触碰门扉。门扉以木头打上铁板制成,又重又厚。一眼就看得出来,人类不靠工具很难破坏这扇门。

"克莱姆小弟不知道要不要紧。"

那个名叫布莱恩·安格劳斯的男子不用担心。就算与沙丘隆特交手,他也应该不会落败。然而,克莱姆就不同了。他绝不可能打赢沙丘隆特。

是他主动提出要闯进娼馆——提供协助的,应该已经有所觉悟,但塞巴斯总是不乐见试图帮助自己的年轻、善良的生命白白牺牲。

"真希望那样的少年能活得久一点……"

他道出年长者的普遍想法。当然,塞巴斯是以老人设定创造出来的，以出生到现在的时间来算，其实他比克莱姆还年轻。

"沙丘隆特最好能由我打倒，这样比较稳妥。只希望他们别碰上他就好。"

塞巴斯向四十一位无上至尊祈求克莱姆平安无事。

如果沙丘隆特是这里最强的战士，很有可能会用来对付自己，但如果是担任某人的保镖，有可能会护送那人逃出这里。

塞巴斯感到些许焦躁，握住门把，转动。

转到一半手就停住了。既然是这种地下行业，门当然是上锁的。

"我不擅长开锁，不过……也没办法了。就用我的方法开锁吧。"

塞巴斯有些伤脑筋地喃喃自语，沉下腰。他收起右手做出手刀，左手在前摆好架势。那姿势完美无缺，躯干稳如泰山，有如千年杉树般泰然自若。

"呼！"

接着发生的，是令人难以置信的光景。

手臂插进了铁门，而且还是铰链的部位。不，岂止如此，那手臂还不断发出低沉声响陷入门中。

铰链发出哀号，与墙壁告别。

塞巴斯随手推开失去抵抗的门扉。

"什……么？"

一进门就是一条通道，对面那一头有扇半掩的门，前面站着个留着胡子的大块头男人，张口瞠目，一脸白痴相。

"门生锈了，所以我稍微用点力，硬是把门拉开了。建议您替铰链上点油吧。"

塞巴斯对男人如此说完，关上了门。不，更正确来说，是将门板靠在门框上。

在男人完全愣住时，塞巴斯毫不客气地踏进屋内。

"喂，怎么了？"

"刚才那是什么声音啊！"

男人背后传来别的男人的声音。

不过，正面看着塞巴斯的男人没理他们，只是对塞巴斯出声道：

"……呃……欢、欢迎光临？"

完全陷入混乱的男人，愣愣地看着塞巴斯走到眼前。在这种地方工作的人，理应早已习惯了暴力。然而发生在眼前的光景，实在超出他至今累积的常识太多了。

无视同伴在背后的质问，男人谄媚地对塞巴斯赔着笑脸。因为生存本能告诉他，讨好对手是最好的选择。不，也许他只是拼命骗自己说对方是哪个客人的管家，才会做出如此反应。

大胡子的男人抽搐着脸颊拼命摆笑脸的模样，实在不太好看。

塞巴斯面露微笑，那笑容既慈祥又柔和。然而潜藏在眼中的感情却没有一丝好意，比较接近锋利刀剑迷惑人心的诡谲光辉。

"可以请您让让吗?"

咚——不,应该是"砰"吧。令人作呕的声音响遍四周。

一个身穿武装的强壮成人男性,体重少说也有八十五公斤。此时却像开玩笑似的在半空中旋转,以肉眼无法辨识的速度飞向一旁。男人的躯体就这样狠狠撞上旁边的墙壁,发出如水爆炸开来的轰然巨响。

犹如巨人的拳头击中房屋,整栋房子剧烈摇晃。

"……糟糕。应该在更里面的位置杀他,可以当作很好的防护栅栏……好吧,反正里面好像还有人,接下来注意点也就是了。"

塞巴斯叮咛自己再放松点力道,同时走过尸体旁边,往里面走。

他把门大大打开,走进里面的房间,举止优雅地环顾室内。那与其说是侵入敌营,倒比较像是在无人房屋里漫步。

那里有两个男人。

他们目瞪口呆,看着塞巴斯背后墙壁上绽放的整面血红花朵。

房间里充斥着在纳萨力克绝对闻不到的廉价酒类的气味,一瞬间就与鲜血、内脏及内容物发出的异味交相混合,调配出令人反胃的臭气。

塞巴斯整理了一下向琪雅蕾与暗杀者问来的情报,试着想起这栋房屋的格局。她的记忆残缺不全，记不得什么重要信息，不过她告诉塞巴斯真正的店在地下室。暗杀者没有去过地下室的店，所以接下来派不上用场。

塞巴斯望着地板，然而通往地下的楼梯似乎隐藏得很巧妙，他找不到。

自己找不到的话，问知道的人就行了。

"不好意思。有件事想请教您……"

"噫咻！"

他才刚对一个男人开口，那人就马上发出沙哑惨叫。看来对方的脑中已经没有应战这个选项了。这让塞巴斯放下心来。他一想到琪雅蕾的事情下手就不知轻重，会一拳送对方上西天。

既然对方没有战意，那么只要折断双脚应该就够了。

吓得浑身发抖的男人紧贴墙壁，想尽可能离塞巴斯远一点。塞巴斯不带感情地看着男人的窝囊样，只有嘴角泛出笑意。

"噫呜！"那人更害怕了。尿骚味在房里扩散开来。

把人家吓得太过了。塞巴斯蹙起眉头。

一个男人翻着白眼虚软倒地，极度的紧张感使他失去了意识。另一个男人羡慕不已地望着他。

"唉……我刚才说有件事想请教，其实是这样的，我想到地下室去，可以请您告诉我怎么下去吗？"

"……这、这……"

塞巴斯从不敢背叛组织的男人眼里，看见了恐惧之色。跟那些暗杀者一样，这个男的似乎也怕遭到组织肃清。塞巴斯想起头一个遇到的男人，照他拿了塞巴斯的钱逃走时的态度，肃清大概就等于"死"吧。

是该说还是不该说呢，男人还在犹豫不决时，塞巴斯讲出一句话斩断他的犹豫。

"这里有两张嘴，我也不是一定要问您喔。"

男人额头上顿时冒出冷汗，背脊抖了一下。

"那……那……那！那里，在那里有个隐藏门！"

"那里吗？"

经他这么一说，仔细一瞧，该处地板的确有道缝隙，跟旁边的地板分隔开来。

"原来如此，谢谢您。那么您已经没有用处了。"

塞巴斯面露微笑，男人意识到这句话接下来是什么意思，铁青着脸不住颤抖。但他还是抱着些许期望，开口说道：

"拜……拜托。不……不要杀我！"

"不行。"

毫不犹豫的回答让房间为之冻结。男人睁圆了眼。人类在拒绝接受不愿相信的话语时，就会露出那副表情。

"可是，我不是都告诉你了吗！拜托，我什么都愿意做，饶我一命吧！"

"是这样没错，但是……"塞巴斯叹息似的吐出一口气，摇头，"不行。"

"你……你是在开玩笑吧?"

"要当我是开玩笑也行,不过结果都是一样的喔。"

"……神……啊。"

想起自己搭救琪雅蕾时她那凄惨的模样,塞巴斯略微眯细了眼睛。

参与那种恶行的人竟敢向神求救,这些人岂有那种权利!再说对塞巴斯而言,神就是四十一位无上至尊。男人这样做像是侮辱了他们。

"这是您自作自受。"

断绝一切希望,冷如钢铁的话语,让男人认识到自己的死亡近在咫尺。

要逃,还是要战?面临这两个选项的瞬间,男人毫不犹疑地选择了——逃。

敢与塞巴斯敌对,下场不言而喻。倒不如选择逃跑,还有一丝生存的可能性。他的这种想法是正确的。

因为他至少因此延长了几秒,或者该说零点几秒的寿命。

男人朝着门口跑去,塞巴斯一瞬间就追上他,身体轻轻一旋。疾风掠过男人的头部位置,男人的身体像断了线般滚倒在地。一颗球轻快地撞上墙壁,留下血迹滚落地板。

慢了一拍后,大量鲜血从男人失去头颅的脖子溢出,流了满地。

真是神乎其技。以回旋踢仅仅踢飞头颅的技巧,本身就需要难以置信的速度与力道，但最可怕的是塞巴斯穿在脚上的鞋子，竟然没有沾上一点污渍。

他让皮鞋啪啪响着，走到翻白眼倒地的另一名男子身边，抬腿往下一踢。伴随着枯树折断的声响，男人的身体一阵痉挛。痉挛几下之后，男人的身体便再也不动了。

"……只要回想您至今的所作所为，会遭到何种下场岂不是自明之理吗？不过，请放心。我会让您用身体做一点补偿的。"

塞巴斯开始回收尸体。

他要把尸体破坏得惨不忍睹，摆设在楼梯上，让想从这边逃跑的人吓破胆，裹足不前。由于无法破坏出入口，因此塞巴斯想到用这个办法困住他们。

把捡来的尸体随意放置在各处后，塞巴斯抬脚踏向地板上的隐藏门。

先是金属零件毁坏的声音，接着地板开出一个大洞。遭到破坏的门板发出意外响亮的哐啷哐啷声，沿着坚固的楼梯一路滑下。

"原来如此……只要破坏这个楼梯……应该就不能从这里脱逃了吧。"

2

那是一个不算大的房间。

空荡荡的房里只有一个衣柜，还有一张床。

床铺并非简陋地在稻草上铺床单，而是棉花填充的床垫。质量很好，像是供贵族使用的那种。不过这床垫似乎重视的是功能性，外观朴素，没有任何装饰。

床垫上坐着一个裸体男子。

他的年龄早就过了中年，暴饮暴食的影响让他身体松弛肥胖。

五官原本就只勉强达到平均值，却又因为加上了松垮赘肉，令长相大为扣分。不管是谁来看，都会觉得这个男人简直像头猪。猪本来是聪明又爱干净的可爱动物，不过这里所说的猪，是指愚钝、品性低劣又肮脏的骂人话。

他的名字是史塔凡·黑委士。

他扬起拳头往下——往床垫打下去。

殴打皮肉的声音响起。

史塔凡松垮的脸孔浮现喜悦之情。皮肉被打扁的触感传到手上，同时为他带来一阵浑身起毛的快感。他身体抖了一抖。

"哦哦……"

慢慢举起的拳头上沾满了黏糊糊的鲜红血浆。

史塔凡压倒了一个裸女。

女人鼻青脸肿，脸部肌肤满是瘀血斑点。鼻子被打歪，流出的鼻血干涸，黏在皮肤上。嘴唇与眼睑也肿成大包，原本端正的五官全变了形。虽然身上也有瘀血痕迹，但还没脸部那么严重。周围床单上都是变色的血迹。

直到刚才还拼命举起来保护脸部的双手,如今无力地瘫在床上,发丝在床单上散乱的模样,宛若在水中荡漾。

"喂,怎么啦?已经没力气了吗?啊啊?"

女人不像是还有意识的样子。

史塔凡抡起拳头打下去。

砰的一声,拳头撞到脸颊肉与下面的骨头,让史塔凡的手也痛了一下。

史塔凡的表情扭曲起来。

"啧。很痛耶!"

他带着怒气再给女人一拳。

随着砰的一声,床铺发出叽叽声响。女人肿得像颗球的头部皮肤裂开,拳头沾到了血。黏糊糊的鲜血飞溅到床单上,染出深红色的污斑。

"呜……"

女人即使遭到殴打也不再挣扎,肉体几乎没有反应。

遭到这样不停的殴打,是会要人命的。然而女子尚有一口气在,并不是因为史塔凡手下留情。女人之所以还能苟延残喘,是因为床垫分散了冲击力道。如果她是躺在硬床上挨揍,恐怕早已一命呜呼。

史塔凡出手这么狠,不是因为知道床垫有这种效果,而是因为女人就算死了也不关他的事。只要付点钱就能了事。

实际上,史塔凡已经在这家店里活活打死了几个女人。

不过，也搞不好是因为每次打死人都要付钱处理，多少伤了一点荷包，让他下意识地下手轻一点。

望着女人动也不动的脸庞，史塔凡伸出舌头舔舔自己的嘴唇。

这家娼馆正适合用来满足特殊的性癖好，一般娼馆绝不可能让客人做这种事。不，也许其实可以，但史塔凡不知道那么多。

有奴隶的时候多好。

奴隶属于一种财产，粗鲁使用的人容易遭到轻蔑，就跟挥霍无度的人会招人白眼是一样的道理。

然而，对史塔凡这种具有特殊性癖好的人来说，奴隶是能够简便满足自己欲望的唯一手段。失去了这个手段，史塔凡就只能跑来这种地方泄欲。要不是他得知有这家店，真不知道会变成怎样。

自己一定会因忍耐不住而犯下罪行，遭到逮捕吧。

对于向自己介绍这家店——同时自己也必须为了他们方便，暗中行使权力——的贵族主人，他真是感激涕零。

"感谢您——我的主人。"

史塔凡的眼瞳中浮现平静的感情。从史塔凡的性癖好与性格很难想象，其实他只对自己的主人怀抱着深切的谢意。

不过——

从腹部深处一点一滴涌起的火焰是——愤怒。

这是对造成他失去奴隶这个泄欲口的女人产生的情绪。

"那个娘们儿!"

他气得满脸发红,眼布血丝。

自己压倒在床的女人,与他想起自己本该侍奉的王室——公主的脸重叠在一块。史塔凡把体内咻咻鼓起的烦躁集中在拳头上,对女人饱以老拳。

随着砰的一声,新鲜血液再度飞散。

"要是能把、那张脸打得血肉模糊、不知道有多爽啊!"

他一次又一次地痛殴女人的脸。

拳头打中脸颊,嘴里可能被牙齿刮破了。惊人的大量血液,从肿胀的双唇缝隙中溢出。

如今女人即使被揍,也只是稍微抖一下罢了。

"呼……呼……"

狠狠揍了几下后,史塔凡肩膀上下起伏,气喘吁吁。额头与身上满是油亮的汗水。

史塔凡看看自己压住的女人。那岂是一个惨字了得,根本早已跨越半死不活的界线,往死亡边缘又近了几步。躺在那里的是个断线人偶。

史塔凡的喉咙发出咕嘟一声。

没有什么比奸淫伤痕累累的女人更令他兴奋的,尤其是那女人原本那么美。因为任何事都比不上毁坏美丽的事物更能满足他的嗜虐心。

"要是也能这样玩弄那个女人,不知道会有多爽。"

史塔凡的脑中,浮现方才造访的那幢宅邸女主人高傲的脸庞。那女人的美貌足以与这个国家的公主,号称最美丽的女性匹敌。

当然,史塔凡也很清楚,自己不可能恣意玩弄那么上等的女人。能用来满足史塔凡性癖好的,只有被扔进这家娼馆,最后用一用就要废弃的人类。

如果是那样美丽的女子,应该会被权势显赫的贵族砸下大笔金钱买走,为了不让买卖行为曝光而送去自己的领地,让她过着禁脔生活吧。

"真想揍一次那种女人——把她活活打死。"

要是能那样做的话,不知道有多愉快,多满足啊。

当然,这是痴人说梦。

史塔凡看向自己压住的女人。裸露的酥胸微微上下起伏。确认这一点,他的嘴唇下流地扬起。

史塔凡伸手攫住女人的乳房,柔软的乳房被捏得变形。

女人完全没有反应。奄奄一息的她,已经无法对这点程度的痛楚产生反应。史塔凡压住的女人,现在与人偶唯一的差异,大概就是柔软的身体吧。

只是,史塔凡对她的毫无抵抗感到些许不满。

救命啊。

饶了我吧。

对不起。

住手啊。

女人的惨叫重回史塔凡的脑中。

是否应该趁她还有力气叫时上她？

史塔凡感到有些遗憾，继续揉捏女人的乳房。

被转送进这家娼馆的女人，大半精神都已经异常，心灵选择逃避现实。这样想来，今天服务史塔凡的女人算是比较好了。

"那个女人也是这样吗？"

史塔凡脑中浮现的是琪雅蕾。那个放走她的娼馆男员工后来落得什么下场，史塔凡没有兴趣知道。

只是，一想起在造访的宅邸遇见的那个老管家，史塔凡就无法压抑满心的嘲笑。

那东西不晓得被多少男人睡过，有时候连女人或人类以外的东西都当了恩客，根本没有袒护她的价值。那个管家竟然暗示说愿意为她付出几百枚金币，差点儿没让他当场笑出来。

"对了，那个逃走的女人也叫得很好听呢。"

他回溯记忆，想起她发出的惨叫。以转送这家娼馆的女人来说，她还算正常。

史塔凡露出淫笑，开始满足自己的兽欲。他用手抓住女人赤裸的脚，大大张开。骨瘦如柴的脚细到史塔凡一只手就能整个握住。

史塔凡将身体凑近女人张开的两腿之间。

他握住欲火焚身而变硬的那玩意儿——

伴随着咔嚓一声，门扉慢慢开启。

"啊！"

史塔凡慌忙看向房门，视野中出现一名似曾相识的老人，然后他立即想起那名老人是何方神圣。

是在那幢宅邸遇见的管家。

老人——塞巴斯让皮鞋发出喀喀声，随随便便就走进房间。看到他那极其自然的举动，史塔凡一句话也说不出来。

那幢宅邸的管家，怎么会出现在这里？为什么他会进来这个房间？遭遇无法理解的事态，让他脑袋变得一片空白。

塞巴斯站到史塔凡身旁，看着被史塔凡压住的女人，接着对史塔凡投以冰冷无比的视线。

"您喜欢揍人是吧？"

"啊！"

异样的氛围让史塔凡站起来，想去拿衣服。

然而塞巴斯的动作比他更快。

史塔凡的耳畔响起"啪"的一声，同时视野严重震荡。

慢了一拍后，史塔凡的右脸颊开始发烫，一阵热辣痛楚扩散开来。

挨揍了——不，这种情形应该说是挨巴掌了吧。史塔凡好不容易才理解这一点。

"妈的，你好大的——"

史塔凡的脸颊再度发出清脆的声响，然后没完没了起来。

左，右，左，右，左，右，左，右……

"路手！"

从来只有史塔凡揍人，没有别人揍他的，这几下子让他痛得眼角都泛泪了。

他抬起双手遮着脸后退。

两个腮帮子像被烫伤似的阵阵作痛。

"哈……哈的！你好大的喊子，敢这样对偶！"

他口齿不清，红肿的脸颊一讲话就疼。

"不行吗？"

"垃还用收吗！蠢货！里当偶是什么人！"

"不过是个愚人罢了。"

他轻易逼近退后的史塔凡，啪——再给了他一个耳光。

"路手！拜托路手！"

像挨爸妈揍的小孩子一样，史塔凡护着脸颊。

他是很喜欢使用暴力，但殴打的对象总是弱势的存在。纵使塞巴斯的外观只是个老人，史塔凡也不敢打他。要确定对方绝对无法抵抗，他才敢动手。

或许是觉察了史塔凡懦弱的内心，塞巴斯对他失去兴趣，移动视线看向女子。

"真是太惨了……"

塞巴斯站到女子身旁，史塔凡从他身边跑走。

"笨蛋！"

史塔凡气得七窍生烟。多么愚蠢的老头儿啊。

他要把这宅子里的所有人都叫来，狠狠给那老头儿一番教训。老头儿竟敢对他这样的大人物动手，他绝对不会轻饶，一定要让他尝够痛苦与恐惧。

他脑中浮现出管家的主人，那个美若天仙的女子。

奴仆的失败，主人必须负责。他要让这对主仆为他的疼痛负起责任，让老头儿知道他打了什么人。

史塔凡一边暗忖，一边上下抖动着啤酒肚，冲出房门外。

"来轮啊！有没有轮在啊！"他大声喊叫。

只要一叫，应该会有哪个员工过来看看。

然而他的指望落空了。他一踏上走廊就明白了这一点。

走廊上鸦雀无声。

简直好像没半个人似的。

史塔凡全身光溜溜的，畏怯地东张西望。

走廊上的寂静——异样的氛围让史塔凡害怕起来。

一看，左右两边都有好几扇门。没人开门出来是理所当然的。这家店的主顾几乎都有着特殊的性癖好——而且是有危险性的，所以隔音设备完善。

但是，不可能连员工都没听见。

店里的人带史塔凡到刚才那个房间时，他看到了几个员工。每个都是身强力壮的男人，体格壮硕，塞巴斯那种老人根本不能比。

"为什么都没轮来!"

"因为他们不是死了,就是晕倒了。"

平静的声音回应史塔凡的大叫。

急忙转头一看,塞巴斯表情平静地站在那里。

"里面好像有几个人……不过大多都晕过去了。"

"那、那四不可能的!里以为这里有多少轮啊!"

"……看似员工的人楼上有三个,楼下有十个。您这样的人则有七个。"

这人在胡说八道些什么啊。史塔凡用不可置信的表情看着塞巴斯。

"总之,楼上楼下没有人能来救您。那些员工就算回复意识了,他们的脚也被我打碎,手臂被我折断了,只能像毛虫一样在地上爬。"

史塔凡惊愕不已。他心想不可能,可是娼馆内的异样氛围却证明塞巴斯所言不虚。

"好了,我不觉得有放您生路的必要。就请您死在这里吧。"

塞巴斯并未作势拔刀或是拿出武器。他只是沉默不语,若无其事地走向史塔凡。那平凡无奇的举动反而让史塔凡害怕,因为他明白塞巴斯是真的要他死。

"冷冷!冷冷!偶可以给里……务,偶是说偶可以给林好竖!"

"……我听不太清楚您说什么,您是说您会给我好处吗?原来如此……我没兴趣。"

"辣里为什么要这样对偶!"

自己没道理遭到这种对待。再说自己为什么非得遭到杀害呢?史塔凡的想法第一次传达给了塞巴斯。

"……您扪心自问,都不明白吗?"

史塔凡回想自己的所作所为。自己犯过什么错吗?

塞巴斯叹了口气。

"……是吗?"

跟塞巴斯说话的速度一样快,塞巴斯的前踢踹进史塔凡的腹部,将他狠狠踢飞。

"没有活着的价值就是这个意思呢。"

好几处内脏破裂,难以置信的痛楚袭向史塔凡。那种剧痛足以让人痛苦挣扎而死,但史塔凡只是脑内一片蒙眬,还有意识。

痛啊!

痛啊!

痛啊!

他很想一边大叫一边打滚,但剧烈的痛楚让他无法动弹。

"您就这样慢慢死去吧。"

冰冷的声音落在史塔凡身上。他想出声求救,但喉咙发不出声。

汗水流进眼睛里,眼前变得模糊。视野当中,可以看见塞巴斯离去的背影。

救救我!

救我!

要多少钱我都给,救救我!

已经没人能回答他无声的求救。

最后史塔凡承受着腹部涌起的剧痛,慢慢死去。

3

下火月(九月)三日,12∶12。

"克莱姆小兄弟,楼上的人都杀了吧。我们没有工具能捆绑他们,要是他们大声呼救就糟了。就算把他们打昏,他们搞不好会醒来,在这种状况下压制缺乏情报的地点太危险了……怎么了?"

"啊,不,没什么。"

克莱姆摇摇头,赶跑不安的情绪。心脏发出全力奔跑时的跳动声,但是他尽可能地加以忽视。

"失礼了。我这边已经没问题了,随时可以行动。"

"是吗……嗯,看来你已经切换意识了。自从来到这里,你的样子就怪怪的,不过现在的你,已经是一副战士的神情了。我能体会你的不安,因为这里有目前的你打不赢的强敌。不过你放心,有我在,塞巴斯大人也在。你只要想着活下来就好,为了你的心灵支柱。"

布莱恩用力拍拍克莱姆的肩膀，拿着已经拔出的刀，敲了四下门。

克莱姆也握紧了剑。

门扉后方传来沉重的脚步声，然后他们听见开锁的声音，而且是三道。

门一半开的瞬间，克莱姆按照作战计划，把门用力一拉。

还没听见惊讶的叫声，布莱恩已经杀了进去。随即传来斩断皮肉的声音，接着是重物倒地的声响。

克莱姆慢了一步，也冲进屋内。

先进入屋内的布莱恩正好砍倒第二个人。室内还有一个装备短剑与皮甲的男人。克莱姆朝向那人奔去，一口气缩短距离。

"啊！你是什么人！"

男人慌忙拿短剑去刺克莱姆，但克莱姆轻轻松松就用剑弹开。

然后高举利剑，从上段一口气往下砍。

那人想以短剑挡住，但区区短剑实在无法抵御克莱姆施加全身体重的沉重一击。对方的剑弹开，克莱姆的剑刃就这样砍进男人的肩窝，穿过咽喉。

男人倒地发出痛苦呻吟的同时，想不到人体中竟有这么多的血，流了一地。那人面临死亡，身体一阵阵痉挛。

克莱姆判断给了对手致命伤，保持戒备的同时也没减损气势，冲向房间深处。并没有敌人躲藏在室内挥剑砍来。背后传来布莱恩跑上通往二楼的楼梯的声音。

室内只放了些平淡无奇的家具。克莱姆确认没有敌人后，跑向下一个房间。

然后过了一分钟。

巡视过各自负责的楼层，确定没有其他敌人后，克莱姆与布莱恩在入口会合。

"我稍微看了一下一楼，没有任何人在。"

"二楼也是。这里连张床都没有，表示他们饮食起居不在这里……我看错不了，应该还是有密道，这些人大概是住在那里吧。"

"找得到那条密道吗？我只知道应该不会在三楼。"

"不，我没找到类似的通道。不过如果克莱姆小兄弟说得对，那应该会在一楼吧。"

克莱姆与布莱恩交换一下眼神，然后看看室内。

由于克莱姆没有修习盗贼系的技能，因此光是环顾室内，是找不到密道的。若是这里有面粉之类的细小粉末，而且有时间的话，他们也许会到处洒粉然后吹开，找出隐藏通道。

用这种方法，粉末会跑进隐藏门的缝隙，变得容易辨识。然而他们手边没有面粉，也没时间到处洒。所以克莱姆从腰包中拿出了魔法道具。

这是以前苍蔷薇的格格兰送给他的小手铃。她说"在没有盗贼同伴的情况下冒险很危险，但有时候迫不得已。碰到这种情况时，有没有这个道具可是会有很大的差别"，克莱姆看看这几只铃铛侧面部分的图案，从三只铃铛中选出自己需要的。

他取出的魔法道具，叫作隐藏门探测铃。

克莱姆感觉到布莱恩在身旁兴味盎然地看着铃铛，他摇了摇铃，铃铛发出只有拿着的人才能听见的清凉音色。

对铃声产生反应，地板的一个角落亮起苍白光芒。那光一明一灭，告诉他那里有隐藏门。

"哦，好方便的道具啊。不像我持有的道具全都是强化自己能力的，只能在战斗中派上用场。"

"可是以战士来说，那不是理所当然的吗？"

"战士啊……"

克莱姆离开苦笑的布莱恩身边，将隐藏门的位置记在脑中，绕了一楼一圈。这个道具的魔法效果会持续一段时间。他必须在这段时间内巨细靡遗地搜一遍。他绕了一圈，不过除了一开始的地方之外，没有其他位置对魔法起反应。

再来只要打开这扇隐藏门，潜入其中即可，不过克莱姆眯起眼睛，看着隐藏门。然后他叹了口气，再度拿出三只手铃。

这次选用的手铃，上面的图案跟刚才的不一样。接着他照样摇摇铃。

跟刚才有些类似，但不完全一样的铃声响遍四周。

解除陷阱铃。

万事小心为上。身为战士的克莱姆没有发现并拆除陷阱的能力，中了陷阱时也没有应对办法。如果同伴中有魔法吟唱者之类的话，就算中了麻痹或毒也能帮助治疗，然而这里只有两个战士。听说有的战技可以让毒物等失去效果一段时间，但克莱姆没学到，也没带解毒药水。他必须当作一中毒就完蛋了来做应对。

与其中陷阱，即使是一天内使用次数有限的道具，也应该毫不犹豫地使用。

一个沉重的铿锵声，从隐藏门响起。

克莱姆把剑插进隐藏门的缝隙，撬开它。

木头地板的一角一下子抬起来，倒往反方向。隐藏门的内侧安装了十字弓。搭在十字弓上的方镞箭尖端部分，在灯光的照耀下，发出不同于金属的奇妙反光。

克莱姆换个位置，端详十字弓。

尖端部分沾着极为黏滑的液态物质，八成是毒药。

如果刚才随便打开门，涂了毒药的方镞箭一定已经射向自己。

克莱姆放心地微微呼出一口气，检查能不能拆下十字弓。可惜装得十分牢固，没有工具是拆不掉的。

克莱姆放弃这个念头，往隐藏门的深处看。

底下有道笔直的楼梯向下延伸，前方受到角度影响而看不见。楼梯与周围都以石块固定，相当坚固。

"那，怎么办？要在这里等吗？"

"我有点不擅长在屋内战斗。希望能到里面找个宽敞、容易应战的场所，在那里等敌人出现。"

"以一对一的状况来想，在楼梯上守株待兔胜算比较大，不过如果你在这里发生战斗，等我往里面走的时候，有可能会听不到战斗声……再说也有可能出现增援，放弃这里应该是对的。那么，我们一起下去吧。"

"是。麻烦您了。"

"我走前面。你跟我拉开一点距离跟上来。"

"了解。先说一声，刚才的解除陷阱道具一天只能用三次，但是不能连续使用，中间必须隔三十分钟才会生效。所以接下来无法依靠道具。"

"知道了。我一路上会尽量小心。发现什么的时候跟我讲一下。"

布莱恩说完，先踩下了楼梯，克莱姆跟随其后。

走在前面的布莱恩为了小心起见，用刀戳刺着台阶，一步一步谨慎前进。

走完了楼梯，前面的通道紧密地铺着石板，墙壁也用石块做了加固。几米前方看得到一扇木门，周围以铁板固定。

他不认为逃生通道会设置比十字弓更危险的陷阱，不过经常听说一个陷阱洞穴就能让重武装的战士失去战斗力。只有这种陷阱绝对要避免。

即使只有短短的一小段路，布莱恩仍旧花了许多时间慎重前进，终于来到了门前。克莱姆在楼梯下待机，以免发生什么意外时受到波及。

布莱恩先用刀戳了戳门。戳了几下之后，才下定决心握住门把——一转，然后停住。

克莱姆正在担心发生了什么状况时，布莱恩转过头来，苦着脸说：

"……上锁了。"

当然了。想也知道会上锁。

"有没有什么办法？没有我就直接打破了。"

"啊，有的。请等我一下。"

他拿出三只手铃中的最后一个，朝着门摇一摇。

借着解锁铃的功效，传来门锁打开的微弱声响。

布莱恩转动门把，把门打开一条缝隙，窥视室内状况。

"没人呢。我先进去。"

跟在布莱恩之后，克莱姆也闯入了房间。

是一个敞厅。

房间靠着墙边放置着好几个塞得下人的笼子与木箱等物品。也许是杂物间吧？可是以杂物间来说似乎有点太宽敞了。

对面有扇没有锁的门。克莱姆侧耳倾听，可以听见远方似乎起了骚动，有点嘈杂。

布莱恩回过头，向克莱姆问道：

"这里怎么样？我觉得够宽敞了……不过也因此必须同时对付好几个人喔。"

"如果对方不止一个人，我会打开出口的门，到楼梯附近战斗。"

"我知道了。我随便搜索一下，很快就回来，你可别死了喔，克莱姆。"

"麻烦您了。布莱恩大人也请多加小心。"

"刚才的道具……方便借我用吗？"

"当然。抱歉我顾虑不周。"

克莱姆把三个铃铛一起交给布莱恩。布莱恩将这些铃铛收进腰带上的小包，然后脸上浮现战士该有的精悍神态，只说了句"那我走了"就走进没上锁的门，往娼馆深处探去。

剩下克莱姆一个人环顾安静的室内。

他首先四处检查，确定木箱后面没人，或是有没有秘密通道。虽然只是战士程度的搜索，不过他觉得应该没有隐藏门什么的。接着他检查大量的木箱。

他希望能获得"八指"其他设施的情报。如果能查到走私品或违禁品，那就更棒了。当然，大致上的搜索必须等到占领此处后才能进行，不过在那之前，自己还是该在能力范围内尽量搜查一下。

木箱有大有小，他走向最大的那个。以大小来说，长宽高差不多各有两米吧。

他检查这样大的木箱有没有藏陷阱。当然，就跟刚才一样，克莱姆没有探索能力，因此只能拙劣地学着盗贼的做法。

他把耳朵贴在木箱上，听听里面的声音。

他不觉得木箱里会关着什么，但这里毕竟是接近黑社会的场所，说不准会发现什么，也有可能走私了非法的生物之类。

可想而知，听不到声音。接着克莱姆伸出手，试着打开上面的盖子。

打不开。

动都动不了一下。

他四下寻找有没有铁撬棍或拨火棒，但放眼望去，室内好像没有这类工具。

"……没办法了。"

接着他去打开一个大概一立方米大的木箱。

这个很容易就打开了。探头看，箱子里装了各色服饰，从贯头衣到贵族千金会穿的华服，应有尽有。

"这些是什么？难道是有什么藏在衣服底下……好像也不是……备用服饰？还有类似工作服的衣服，这是女仆装？到底是做什么用的？"

克莱姆搞不懂这堆衣服是做什么用的。他拿起一件瞧瞧，但就只是普通的衣服。如果硬要与犯罪扯上关系，顶多是偷来的吧，但不足以当成捣毁这家娼馆的明确证据。

搞不懂的事情就先不去管它，克莱姆走向大小相同的另一个箱子。这时，屋里响起好大的啪嗒一声。

这是不可能的。他早就环顾过整个室内，确定没有人。霎时间，他脑中闪过一个念头。

会不会是有人使用"透明化"技能隐藏了起来，从一开始就躲在室内呢。

被自己的想法吓得身体一震，克莱姆慌忙看向声音的来源。是刚才那个打不开的两立方米的大箱子，那箱子有一面是紧贴着墙的，此时相对的那一面木板已经打开。

箱子内部暴露在外，里面没有任何物品，只有两个男人。箱子深处是一条通道，本来该有的墙壁开了个洞。原来密道是跟木箱连在一起的。

克莱姆完全惊呆了，这时男人们一同走出了箱子。

克莱姆的背后流下冷汗。

其中一名男子的外貌，与塞巴斯描述的某个人物十分酷似，那人的名字是沙丘隆特。是这次攻坚行动中最大的障碍，也是最想捕获的头号人物。

他是"六臂"的一名成员，实力足以与精钢级冒险者匹敌。对克莱姆来说毫无胜算的敌人单手握着出鞘的利刃，眯细了眼问道："都已经借由'警报'得知有人入侵，还特地为了不碰上他们而走密道了……我看还是应该另外做一条通道吧？"

"现在说这些有什么用？"后方的男子尖声回答。

"哎哟？那个男生好像在哪儿见过呢？"

"在这种状况下,要是跟我说你睡过那个少年,可别怪我发脾气喔?"

"讨厌啦,沙丘隆特。怎么可能嘛。我想起来了,没错,是这世界上我最痛恨的那个贱货的部下呢。"

"哦,就是那个公主大人的部下喽。"

沙丘隆特从头到脚打量着克莱姆身上的每个角落。

后方的男子视线中流露出令人生厌的情欲之色,但沙丘隆特的眼神是在看清克莱姆作为战士的力量,或者是如毒蛇般判断能否将猎物一口吞下肚。

后方的男人伸出舌头舔舐嘴唇,向沙丘隆特问道:

"我想把那小子也带走,如何?"

克莱姆背脊一阵发毛,肛门痒了起来。

(这家伙是那种的喔!)

"要多收额外费用喔。"

无视于克莱姆内心的大叫,沙丘隆特转向克莱姆。这人的姿态本来就没有一点破绽,现在克莱姆更觉得像是面对坚不可摧的城墙。

沙丘隆特突然踏出一步。

迎面而来的压力让克莱姆后退一步。

力量差距悬殊的战斗,当然通常都不会花太多时间。然而,克莱姆却得开始执行这项艰难的任务。

(只要维持防御态势,专心抵挡攻击,应该可以争取到其中一位大人赶来的时间。)

不过，在那之前得先做一件事。

克莱姆深深吸进一口气。

"请来救我——"

他扯着嗓门大喊，几乎要把累积在肺里的所有空气都吐出来。

单打独斗获胜不能算是胜利，捕获这些人不让他们逃走才是胜利。反过来说，如果让这名男子这样的强者——也就是很可能掌握多数情报的人逃走，那等于全盘皆输。

既然如此，大声求助又有什么好犹豫的呢？

实际上，沙丘隆特的脸色顿时凶恶起来。

如此一来，对方就有必要在短时间内决出胜负。换句话说，战斗很可能变成以大招为主。

克莱姆不敢松懈，持续观察。

"岢可道尔先生，要把这家伙带走变得有点困难了，我得在援军赶来前解决掉他。"

"怎么这样啊！你不是'六臂'之一吗？连把这么一个小鬼打昏都办不到吗！这样岂不是有负幻魔之名！"

"这样讲就尴尬了。好吧，我会尽量试试，不过请您记得，只要能让您逃走，就算是我方的胜利喔？"

克莱姆不敢松懈，瞪着沙丘隆特，想找出他被称为幻魔的来由。如果是绰号的话，总不会取个离本身能力太远的名字。

既然如此，只要查出理由，就能掌握对方一部分的能力。只是很可惜，他无法从对手的外观或装备看出任何端倪。

克莱姆深知战况于己不利，但仍然发出咆哮鼓舞自己。

"这扇门有我死守。只要我还有一口气在，你们别想逃离这里！"

"办不办得到，马上就能见分晓了。等你被我打趴在地，丑态尽出时就知道了。"

沙丘隆特慢慢举剑，摆好架势。

（嗯？）

克莱姆怀疑起自己的眼睛。

那剑的样子摇曳了。不是眼睛错觉，那异常现象很快就消失了，但克莱姆确定自己没有看错。

是某种武技吗——

对手之所以被称为幻魔，想必理由就在这里。这就表示对手已经发动了某种力量。他并没有大意，但还是该提升警戒等级。

沙丘隆特踏进攻击范围，挥剑一砍。

那动作实在不像能与精钢级冒险者匹敌，甚至比克莱姆还差一点。他配合挥剑的轨迹，举剑准备抵御——冷不防感到一阵寒意，连忙跳开。

突如其来地，他的躯干侧面发生一阵剧痛，差点儿被打飞出去。

"呃啊,呜!"

他就这样发出杂乱的脚步声后退,撞上墙壁。没那闲工夫思考发生了什么事,沙丘隆特已经逼近眼前。

他跟刚才一样挥剑砍来。克莱姆举剑保护头部,一个筋斗跳向左边逃开。

右上臂发出剧痛。

他在一段急速翻滚后直接起身,看也不看就往背后挥剑。

剑刃只砍到空气。

知道对手无意追击后,他按住右臂回头一看,只见沙丘隆特正一边留意自己的举动,一边跑向通往楼梯的门前。

克莱姆无视试着开门的沙丘隆特,望向岢可道尔。他想既然沙丘隆特待在这里是为了护卫岢可道尔,光是这个动作就足以形成牵制了。他猜得果然没错。

沙丘隆特停止开门,站到克莱姆与岢可道尔之间,啧了一声。接着他先看看门与克莱姆,然后望向岢可道尔,表情大幅扭曲。

"中计了!对不起了。我得在这里杀了这小鬼。"

"你说什么?留这小子活口,可以拿来威胁那个死丫头耶!"

"我被他骗了。都是因为这小鬼站在守卫门口的位置……他说要死守那扇门也是手法之一。这小鬼……竟然操控了我的思维。"

(……很好!上当了。他们对外头果然一无所知。这样他们就不会逃跑了。)

他们只有一名护卫,在克莱姆还活着且能继续战斗的状况下,选择逃走是愚蠢的行为。因为如果楼上的楼梯口有克莱姆的同伴,他们可能会遭到夹击。同样的道理,在与克莱姆分出胜负前,也不能让岢可道尔一个人逃走。

克莱姆明明宣称要死守门扉,却很快就离开门前,作势要对岢可道尔下手,唬住了沙丘隆特。如今他应该深信门外躲着伏兵,预备以夹击的方式捉住岢可道尔,这个想法会限制住他的行动。

沙丘隆特应该会判断,想安全逃走,就得在这里解决掉克莱姆。当然前提是他不知道外头的状况。要是知道的话,早就打开门溜之大吉了。

对于顿时高涨的杀意,赢了赌注的克莱姆将剑举高。

"啊!"

克莱姆忍受着躯干侧面与右上臂部位传来的痛楚。也许有几根骨头断了,所幸还能动。不,若不是那个变态对克莱姆怀有奇怪的欲望,也许自己已经被砍死了。纵然穿着链甲衫,也并不能完全防御斩击。

(不过,那种攻击究竟是什么奇招?是以超高速多挥一次剑吗?我觉得好像不是……)

克莱姆脑中闪过葛杰夫的脸。

葛杰夫·史托罗诺夫的独创武技"六光极斩"据说能同时

连续攻击对手六次。那么对手的招数会不会是比他差一点的武技，像是"二光极斩"之类的？

然而这样一来，沙丘隆特的招式就会变成第一击速度平平，只有第二击速度飞快的诡异武技。

（太不协调了。要是能解开那个招数的秘密，还能设法应对……总之一味防御于我不利。主动出击吧。）

咽下一口唾液，克莱姆开始奔跑。视线从沙丘隆特移向岢可道尔。

沙丘隆特的神色苦不堪言地扭曲起来。

（他是负责护卫的，就算只是做做样子，也不喜欢看到保护对象遇袭吧。因为我也是这样，所以很能体会。）

他一面将自己的经验用在对方身上，一面接近。

（幻影的妖魔……如果可能的话……也许这招本身就是个圈套，不过……有确认一下的价值。）

他逼近目标，挥剑往下劈砍。然而这招一如预期，轻易就被弹开。他压制住传来的冲击力道，再次往下切砍。由于没有将剑举高，使的力气不大，但也足够了。

攻击再度被沙丘隆特的剑弹开，克莱姆满意地点头，拉开距离。

"是幻术！不是战技！"

以剑弹回的瞬间，产生了某种异样感。他感觉攻击还没击中眼前看见的剑，就先被弹开了。

"那右手本身就是幻术。真正的手臂与剑是隐形的！"

也就是说，以为挡下的剑其实是幻术，是隐形剑砍中了肉体。

沙丘隆特脸上的表情完全消失了，以平板的语调开始说道：

"……没错。这不过是部分透明的魔法与幻觉魔法的组合罢了。我修习了幻术师与轻战士的职业。一旦被识破原理，就会发现其实不过是个小戏法，对吧？想笑的话可以笑喔。"

怎么可能笑得出来。道理讲起来的确很简单，也会觉得之前怎么没想到。然而，在一击就会要命的死斗中，没什么比看不见的剑更恐怖，而且看得见幻影反而更容易被迷惑。

"由于能力分散到两个职业，光以战士来判断，也许我还不及你，不过……"

沙丘隆特握剑的手转了一圈。然而，那真的是他的手臂吗。也有可能现在看见的是幻影手臂，真正的手已经拔出短剑，正在伺机扔向自己。

体会到幻术的可怕，克莱姆淌着冷汗。

"在魔力系魔法吟唱者当中，幻术师只能使用属于幻觉的魔法。虽说有的高阶伤害魔法能够施行幻术攻击，让大脑产生错觉而致死……但我还没那么厉害。"

"听起来像在撒谎。没有证据能保证你说的是真的。"

"说得对。"沙丘隆特笑着说，"哎，不过呢，你也没有必要相信。好了，让我想想我本来想说什么……对了。总之因为如此，我无法对自己施加强化魔法，也无法施法让你弱化。不过……你能看穿虚幻与现实吗？"

话音甫落，沙丘隆特的身体分裂，变成好几个沙丘隆特重叠的模样。

"多重残像。"

谁都会觉得中间那个是本尊，但没人能保证。

（怎么能给魔法吟唱者时间！）

克莱姆的目的是争取时间，但是让魔法吟唱者有时间使用辅助魔法就太危险了。

克莱姆高声呐喊，使用能力提升与感知强化的战技，一口气冲向沙丘隆特以缩短距离。

"闪辉暗点。"

"呜呃！"

克莱姆的视野突然缺了一块。然而，魔法的效果立即消失了，看来是对魔法的抵抗生效了。

克莱姆踏向敌人，像要横扫一切般挥剑。然而，只有其中一个人进了攻击范围。如果将所有对象都纳入攻击范围内，将被迫进行超近身战。这样用剑时无法使力。

剑砍中了其中一个沙丘隆特，将其横着一刀两断。然而对方并未喷出鲜血，剑刃没遭到任何抵抗，直接通过了对方的身体。

"猜错了。"

一阵冰凉从五脏六腑升起，喉咙附近忽然变热了。克莱姆伸出左手护住发热的部位。

覆盖咽喉的手产生一阵剧痛，鲜血涌出，带来一种弄湿衣服的讨厌触感。要不是感受到了杀气，或是没能当机立断牺牲一只手，喉咙早已被切断了。他庆幸捡回一条命之余，咬紧牙根，忍着痛挥剑横扫。

剑刃又一次没遇到抵抗，只划开了空气。

继续这样下去不妙。

克莱姆意识到这点，同时切换武技，换成一边使用"回避"一边后退。视野中可以看见剩下的两个沙丘隆特同时举剑过头。克莱姆知道那些剑全是幻影，将全副神经集中在耳朵。

自己身穿的链甲衫，还有体内传来的心脏跳动声都成了噪音。现在该听见的，只有眼前男人发出的声音。

（不对——不对——就是这个！）

那绝非从举起劈砍的剑上发出的声音。眼前空无一物的空间传来些微的风切声，朝着克莱姆的脸而来，而且是正中央。

克莱姆慌忙转头——伴随着脸颊产生的热度，有种皮肉被撕扯开的痛楚。滚烫液体从脸颊流出，沿着脖子流下。

"二分之一！"

克莱姆吐出流进嘴里的血，将一切全赌在这一击上。

刚才左手被拿来当成肉盾，此时左臂手腕以下除了疼痛，什么都感觉不到。他不知道手指还有没有办法动，也许连神经都被斩断了。但克莱姆还是让左手握住剑柄，能添点力气也好。

一股爆炸性的疼痛传来，他咬紧牙根。然而，左手还能动，也能握住剑柄。他觉得整只左手仿佛严重肿胀，应该只是剧痛造成的错觉。

他以双手握紧剑柄，使出最大的力气，将剑举至上段，猛力挥砍。

鲜血——喷出来了。随着切开坚硬物体的触感，鲜血像喷水池一样喷出，这次好像击中本体了。

攻击似乎命中了要害，沙丘隆特重重倒在地板上。克莱姆不敢相信自己能击败与精钢级冒险者匹敌的男人，但他的确躺在地上，这是不容分辩的事实。压抑住涌上心头的喜悦，克莱姆看了一眼注视着自己的岢可道尔。

他似乎无意逃跑。

也许是精神稍微松懈了，从脸颊与左臂传至全身的痛楚甚至让他恶心欲呕。

"算不上是大获全胜呢……"

要是能连沙丘隆特一起逮捕，那就没话说了，但那对克莱姆来说太困难了。即使如此，能捕获"六臂"负责护卫逃逸的男人，想必也能获得相当充分的情报。

克莱姆想逮捕对方，踏出一步，忽然对岢可道尔的表情起了疑心。他看起来太轻松了。

他为何能如此轻松？

这时，一个滚烫的触感贯穿了腹部。

克莱姆的身体霎时如断线般丧失气力。视野一瞬间变得全黑，当他回过神时，自己已经倒在地板上了。他无法理解发生了什么事。被烧红铁棍插进腹部般的痛楚扩散开来，他粗重地喘气。一双脚踏进他只看得见地板的视野。

"很遗憾，我不能让你赢。"

他拼命往上看，只见几乎毫发无伤的沙丘隆特站在那里。

"'假死'。这是在受伤后发动的幻术。刚才那下很痛喔。你一定以为给了我致命一击吧？"

他动动手指，在自己的胸口画下一道直线。应该是克莱姆砍中他的剑轨吧。

"呼，呼，呼，呼……"

克莱姆重复着急促粗重的喘息，感觉着鲜血自腹部流出，浸湿链甲衫与衣服。

会死。

克莱姆拼命拉回被剧痛撕扯得四分五裂、即将丧失的意识。

只要一失去意识，肯定会死。

然而就算维持住意识，死亡也只是时间问题，对手大有可能给自己最后一击。

自己是与能跟精钢级冒险者匹敌的男人战斗，已经算是英勇善战了。事已至此，除了放弃别无他法。双方实力差距太明显了，就是这么回事。

可是——他无法放弃。

他不可能放弃。

克莱姆咬紧牙关，几乎要把牙齿咬碎。

他不能容许自己死亡，也不准自己没有拉娜的命令擅自丧命。

"咕，叽！叽，叽叽……"

他发出既像咬牙又像呻吟的低吼，激励快要输给剧痛的心灵。

还不能死，不可以死。

克莱姆拼命想着拉娜的事。他今天仍然要回到她的身边——

"时间有限。就用这个送你上西天吧。永别了。"

沙丘隆特拿剑朝向发出呻吟的少年。

他受了致命伤，死亡只是时间的问题。但沙丘隆特有种预感，觉得最好趁现在给他最后一击。

"……喂，要不要把他带回去？"

"岢可道尔先生，饶了我吧。这扇门后面搞不好有小鬼的同伴耶？再说就算把他带走，他也撑不到我们抵达安全地点啦。请您放弃吧。"

"那，至少把人头带回去吧。人家要附上鲜花，把它寄给那个贱丫头。"

"好好好。只有头的话还可以……啊，呜喔！"

沙丘隆特大大往后跳开。

少年挥剑了。

以濒死的少年来说，那剑击锐利而平稳。

沙丘隆特本来用侮蔑的目光看向拼死抵抗的猎物，这时他突然瞪大双眼。

少年竟以剑代替拐杖，站了起来。

不可能。

沙丘隆特至今夺去不下百人的性命，由他来看，刚才的一击确实是致命伤。他绝不可能还站得起来。

然而，眼前光景轻易背叛了沙丘隆特凭经验累积起来的知识。

"为、为什么还站得起来？"

令人毛骨悚然。简直像是不死者。

少年嘴巴流着长长的口水，惨白的脸色怎么看都像放弃了人性。

"还……死……娜大人……的恩情……"

潜藏异样焰火的眼光朝向自己，使沙丘隆特一时倒抽了口冷气。那是一种恐惧，是对于少年化不可能为可能的畏惧。

少年踉跄了一下，沙丘隆特这才回过神来。霎时间涌上心头的是羞耻。

身为"六臂"之一，居然对比自己弱小的对手感到害怕，这种事让他如何承认。

"半死不活的！早点儿下地狱吧！"

沙丘隆特踏向对方一步。他确信只要武器一刺，对手就死定了。

然而他这样想，实在太低估对手了。

诚然以总体实力而论，克莱姆与沙丘隆特有着明显的差距。然而，修习幻术师与轻战士双职业的沙丘隆特，与仅修习战士一职的克莱姆，光从战士的能耐来看，岂止没有差距，根本就是克莱姆比较强。是因为有魔法的存在，克莱姆才会比不上沙丘隆特。在没有魔法强化的状况下，沙丘隆特才是比较弱的一方。

剑刃从高处砍下，嗡的一声，发出尖锐的金属声。

他之所以能挡下少年来自上段的一击，是因为濒死的少年动作已经迟钝。

冷汗沿着沙丘隆特的脸流下。

对方濒临死亡。被这点分散了注意的沙丘隆特，睁大了阴暗的双眼。

因为沙丘隆特作为轻战士，一直以来做过无数次闪避敌人攻击的锻炼，知道此时他以剑挡下的少年的一击，实在不同凡响。

这不是濒死之人使出的一击。

感到焦躁的沙丘隆特，脑中闪过这句话。

不对，不只如此，那剑速甚至比完好无伤时更快了。

"怎么搞的？这家伙！"

在战斗中站上更高的领域。虽然不是绝无可能，但沙丘隆特从未实际亲眼看过这种人。

少年甚至给他一种拿掉了什么束缚的感觉。

"发生了什么状况！魔法道具？武技？"

焦躁的语气紧张到听不出谁才是占优势的一方。

克莱姆发生了什么变化？很简单。

塞巴斯替他做的锻炼，造成脑部保护肉体的功能出现混乱。

对生存的执着，与接受塞巴斯锻炼时目睹的死亡重叠在一起，让大脑跟那时候一样解除了限制，解放有如处在火灾现场才有的蛮力。

虽然那场锻炼只不过是让克莱姆见识了一记攻击，然而若没有那场锻炼，他早已束手无策地死在这里了。

挡下刚强一击的沙丘隆特，被远远撞飞到后方。

狠狠砸在地板上的冲击力穿越背部，震荡了腹部。虽有山铜质的链甲衫吸收冲击，但肺部仍然有一瞬间失去了所有空气，令他无法呼吸。

发生了什么事？受到冲击的沙丘隆特本人完全无法理解，然而隔岸观火的岢可道尔却看得一清二楚。

沙丘隆特是被踢飞了。

少年发自上段的剑击被挡下后，立刻踢了沙丘隆特一脚。

沙丘隆特虽然搞不清楚状况，但还是急忙站起来。对于以灵敏身手为最大财富的轻战士而言，趴在地上就等于置身死地。

"可恶！这家伙没点士兵样！竟然连脚都用上了！士兵就应该墨守成规，一成不变地战斗啊！"

沙丘隆特慌忙翻滚着起身，咋舌之余出声怒骂。

不同于接受士兵之类训练培养的技术，那种土气的打斗方式简直像在对付冒险者。因此更不容小觑。

沙丘隆特心中开始产生焦虑。

起初他以为胜利手到擒来。这种小鬼，要杀他还不容易。事到如今，他感到自己渐渐失去了那份从容。

沙丘隆特站起来，看见自己视为危险的少年慢慢虚软倒地，倒抽一口气。

少年的脸色极差，就像刚才一连串的攻击燃尽了仅存的生命之火。不，事实就是如此。如同蜡烛在最后一瞬间冒出大朵烛火，他发动的就是那种力量吧。

此时的少年，只要轻轻一碰就会丧命。

看到少年这副模样，沙丘隆特感到稍微放心，接着受到困惑与愤怒所支配。

他气自己身为"八指"最强的"六臂"之一，竟然被这样一个小兵逼到这种地步，也气自己心里竟然会觉得焦急。话虽如此，胜负这下揭晓了。只要杀了他逃走就行。

然而——

"该适可而止了吧。"

看来是勉强赶上了。

倒在地板上的克莱姆满脸虚汗，发青到了惨白的地步。但他还有一口气在。只是贯穿腹部的是致命伤，若不立即治疗，几分钟后就会丧命吧。

布莱恩觉得还不能放心，踏进房间。

室内有两个男人。其中一人看起来不像有战斗能力。

"别理会那种可疑分子，杀了就是了嘛。"

"要是这么做，那人会冲过来一刀把我砍死的。那个男人跟刚才的小鬼不一样。是我必须全力以赴，集中精神应战才能打赢的对手。只要我稍微松懈或是分心，马上就玩完了。"

这么说来，回答的男人就是沙丘隆特了。布莱恩明白了对方的身份。的确外貌等特征都跟听到的内容十分相似。而且那人手握染血刀刃，又做了一个分身，布莱恩本来就怀疑是他，这下更确定了。

布莱恩一语不发，毫无顾忌地走上前，随手拔刀一砍。还没砍中，沙丘隆特已经向后跳开，刀刃只砍到空气。不过布莱恩这样做，也只是为了让对手离开克莱姆身边罢了。他跨过倒地的克莱姆，在能保护他的位置驻足。

"克莱姆，你还好吗？有没有带什么能疗伤的道具？"

他语气紧张，问得很快。要是没有带的话，就得赶紧找其他办法救命。

"哈……哈……哈……哈。有……有……带了。"

他轻瞄一眼，看到克莱姆放开剑的手动了一下。

"这样啊。"

布莱恩放下心中大石,回答之后,眼神凶猛地看向沙丘隆特。

"接下来由我对付你。让我替那小子报仇吧。"

"……真有自信,不过也不奇怪吧。竟然带着刀这种来自南方的珍贵高价武器……在王国没听过你这号人物……可以问你的名字吗?"

他没打算回答。

克莱姆是与自己志同道合的——哥儿们。好兄弟差点儿遭到杀害,怎么可能平心静气地回话……这时,布莱恩忽然产生了疑问。

(我以前是这种人吗?)

自己以前不是只顾修炼剑术,何时还管过其他事了?布莱恩疑惑了一下,然后轻声笑了起来。

(……哦,我懂了。)

心志、梦想、目标、自己的人生,还有对生命的态度,都被那个怪物——夏提雅·布拉德弗伦破坏殆尽,而产生出来的缝隙之中,介入了克莱姆这号人物。面对塞巴斯这个谜样存在散发的凶恶杀气,自己只能俯首称臣。克莱姆比自己弱小,却撑过去了,就在布莱恩对他产生尊敬之情时,克莱姆进入了他的内心。因为他从克莱姆的身上,看见了自己所缺少的男人光彩。

他挡在克莱姆前面,与沙丘隆特互相瞪视。不知道克莱姆能否从这时的布莱恩身上,看到当初布莱恩从他的背影看见的意志?

若是往昔的自己,想必已经哈哈大笑了。笑自己变得懦弱。

过去他以为背负着某些事物,对战士来说就是弱点。以为只有锋利如剑,才是战士所需要的。

不过——现在他懂了。

"原来也有这种人生观啊……原来如此,葛杰夫……我看我恐怕直到现在,都还比不上你呢。"

"你没听见吗?可以再问你一次吗?你叫什么名字?"

"真是不好意思。我觉得告诉你也没用,不过好吧……我叫布莱恩·安格劳斯。"

沙丘隆特瞪大了双眼。

"什么!你就是那个……"

"不会吧!他就是本人?是不是在撒谎啊?"

"不,我看不会错,岢可道尔先生。高价的武器能证明战士的层级。像那样的战士,刀这种武器的确配得上他。"

布莱恩面露苦笑。

"今天遇到的人,一半以上都认识我……要是以前的我也许会很得意,不过现在却感觉有点复杂呢。"

看到沙丘隆特露出友好的笑容,布莱恩不明所以。不过他的疑问很快得到解答。

"我说,安格劳斯!我看我们别打了吧?像你这般强大的人，有资格加入我们。怎么样，要不要成为我们的一分子？以你的本事，一定能成为'六臂'之一。实力到了你这种程度，光用看的就能看出来。你跟我们都是一样的，想获得力量，对吧？看你的眼睛就知道了。"

"……说得没错。"

"是吗？那我告诉你，'八指'是个不错的地方喔。对拥有实力的人来说，是最棒的组织！拥有强大力量的魔法道具也要多少有多少。瞧，这件山铜质的链甲衫！这把秘银锻造的剑！戒指！衣服！长靴！全都是魔法道具！来吧，布莱恩·安格劳斯。成为我们的同伴，跟我一样成为'六臂'之一吧。"

"……无聊透顶。你们这集团就这点程度啊。"

布莱恩难以置信的冷淡、侮蔑的态度，让沙丘隆特的表情为之冻结。

"什么？"

"你没听见吗？我说你们只有这点程度，聚集起来也没什么了不起的。"

"你！哼。如果要这样说的话，那你的实力不也是没什么了不起吗！"

"是啊。我这点程度没什么了不起。见识过真正强大怪物的我清楚得很。"

对方自以为强大的态度，就像小水洼里的青蛙一样，布莱恩可怜他，出自真正的同情心做出警告。

"你的实力也是一样。也许我们实力相当吧？所以我才要警告你。我们的实力真的没什么了不起。"

布莱恩转过头去，隔着肩膀确认克莱姆喝下药水后的状况。

"而且我知道了一件事。那就是为了别人而努力获得的力量，比孤独一人锻炼的力量强多了。"布莱恩笑着说。

那笑容充满善意而爽朗。

"也许我知道的只是一小部分，但我总算是知道了。"

"我完全听不懂你在说什么……太遗憾了，安格劳斯。可惜我得在这里杀了与赫赫有名的史托罗诺夫实力相当的天才剑士。"

"你办得到吗，只为自己挥剑的你行吗？"

"当然，我能杀你。杀你还不简单。杀了你之后，再杀了躺在地上的小鬼。我不会再手下留情，也不会闹着玩了。我要使出全力。"

看着沙丘隆特开始吟唱魔法，他感觉到背后有人在动，发出警告。

"别动，克莱姆小弟。你还没全好吧？"

他立刻停止动作。

布莱恩露出微笑，对于这样的自己感到跟刚才一样的惊讶，又说：

"剩下的就交给我。"

"麻烦您了。"

布莱恩以笑代替回答，收刀入鞘，沉下腰肢，同时将刀连同刀鞘上下翻转过来。

"请多小心。沙丘隆特会使用幻术，肉眼看见的不见得就是真实。"

"原来如此……的确是难缠的对手……不过没问题。"

布莱恩一步也不动，只是默默地盯着沙丘隆特。对方不知何时变出了五个残像，并且带有几种类似魔法的闪耀光彩。不只如此，身上还披着像是黑影披风的东西。他一点也看不出来对方施加了何种魔法。

"谢谢你给我时间准备。魔法吟唱者只要有时间准备，就能变得比战士更强。你输定了，安格劳斯！"

"嗯，不用谢。我跟他讲了两句话后……也觉得自己绝对不会输。"

"……大言不惭。站在原地不动是为了保护那小鬼吗？可真温柔啊。"

他听见趴在地上的克莱姆动了一下，发出清脆的声响。

他一定觉得是自己让敌人有时间使用强化魔法，而在后悔吧。所以布莱恩用能让克莱姆听得一清二楚的声音宣言道：

"一击。"

"什么？"

"我说我一击就能解决你，沙丘隆特。"

"那你就试试看！"

沙丘隆特拖着残像冲了过来。

对手进入刀的攻击范围，布莱恩一转身，满不在乎地对跑来的沙丘隆特露出毫无防备的背部。然后——中间夹着克莱姆，神速一击朝向无人的空间挥砍而出。

轰的一声，墙壁震动了。

躺在地上的克莱姆与岢可道尔的视线，都转向声音发生的来源。

在那里的是沙丘隆特。那具身躯滚倒在地，动也不动，剑掉落在一旁。

布莱恩抽刀出鞘的一击打飞了沙丘隆特，以令人惊骇的力道将他打到墙上。要不是用刀背砍的，沙丘隆特的身体早被一刀切断了。就算穿着山铜质的链甲衫肯定也无济于事。那一击的力量就是如此强大。

"……我的'领域'能够发现任何存在，就算看不见也一样。前方以幻影吸引我的注意，再从背后攻击……虽然算得上高招，不巧遇到的是我。再说你挑克莱姆小兄弟下手也太失策了。我猜你应该是想杀了他，然后嘲笑我没能保护到他吧，但你为了攻击躺在地上的克莱姆小弟，却疏于注意我的举动。你忘了你在跟谁交战吗？"

布莱恩收刀入鞘，对克莱姆笑笑。

"看，一击吧？"

"太精彩了！"

在这个声音之外，又听见了另一个"太精彩了"，两个声音重叠在一起，让两人吃了一惊。是塞巴斯的声音，这没什么好惊愕的，是声音传来的方向让他们吃惊。

两人将视线转向峃可道尔原本站着的位置。

塞巴斯就在那里，旁边是虚软倒地的峃可道尔。

"您什么时候来的？"

听布莱恩这样问，塞巴斯平心静气地回答：

"刚刚才到。两位都在注意沙丘隆特，所以好像没发现我呢。"

"这……这样啊。"布莱恩回答的同时，心想这是不可能的。

（我可是发动了"领域"耶？虽然范围狭窄，但如果是直线跑来，应该感应得到才是。但我却没能察觉……至今可是只有那怪物，夏提雅·布拉德弗伦能有如此身手喔？他在对我发出杀气时，我就在怀疑了，这位人物果然能跟那怪物抗衡。他究竟是何方神圣？）

"总之，被关在这里的人都已经被救出去了。还有克莱姆小弟，真不好意思，有几个人激烈抵抗，所以我不得不杀了他们，请原谅……不过在谈这些前，应该先替您疗伤呢。"

塞巴斯来到克莱姆身边，将手放在他的腹部上，而且只是短短一瞬间。他的手轻轻一碰就离开了，然而效果却十分显著。克莱姆即使喝下药水仍然铁青的脸色，现在却立即回复到健康的状态。

"我的伤都好了……您是神官吗?"

"不,我不是行使了神的力量,而是将气的力量注入您的体内进行治疗。"

"修行僧吗!难怪。"

布莱恩叫了一声,这才明白他为何没装备铠甲或武器,塞巴斯以微笑表示肯定。

"那么两位接下来打算怎么做?"

"这个嘛。首先我想赶去值勤站,解释这里发生的状况,借点兵士过来。在我回来之前,希望两位能维持这里的现状。只是说不定'八指'还会派援军来。"

"……既然都帮了,就帮到底吧。"

"我也没问题。不过,可否请您别把我的事说出去?我是来这个国家经商的,老实说,我并不想继续插手外国的阴暗面。"

"我都可以。如果问到我,麻烦就说我的保证人是史托罗诺夫。"

"我懂了。我会照两位说的做。那么不好意思,占用一下两位的时间。"

4

下火月(九月)三日,19:05。

当黑夜开始支配王都之时,克莱姆终于回到城堡。

虽然伤势已经完全治好，但他全身筋疲力尽。不只是战斗，善后处理也花了很多时间。

由于负责人可能会被"八指"盯上、杀鸡儆猴——这绝非杞人忧天，是很有可能实际发生的。结果事情能顺利解决，恐怕并非因为克莱姆有拉娜撑腰，而是因为卫士都畏惧"八指"，不太敢积极处理。影响最大的是责任问题。因此，克莱姆将简单的事情经过写下来，请士兵送到拉娜手中，获得许可后，再签上自己与主人拉娜的名字作为负责人。

当然这样做会有坏处，但至少能有两项好处。

其一当然是拉娜的声誉可以获得提升。

她检举了污蔑王国的组织，而且还是一群染手奴隶买卖这种肮脏行径的不法分子，不只如此，带头对抗犯罪组织的又是她的侍从士兵，这项功绩必然能提升待在宫殿足不出户的拉娜的评价。

其二是这样能够保护塞巴斯，以及他搭救照顾的那名在娼馆遭到虐待的女性。

成为负责人能够保护不想引人注目的他们，也能让他们不易成为"八指"的头号目标。

（攻坚的时候没帮上忙，这点小事总该做到……）

至于布莱恩，他说他自己会找葛杰夫，叫克莱姆不用操心。

克莱姆不经意地想着这些事，敲敲拉娜的房门。

本来拉娜告诉他不用敲门，直接入室就行了，但毕竟时候不早了，冒失地闯入房间总是不太礼貌。自从有一次撞见身穿薄绢的拉娜以来，晚上造访房间时他一定会敲门。

这点主人也同意了。

克莱姆在还没听见回答前，嗅了嗅自己的味道。

他擦过身体，但因为鼻子已经习惯，不敢确定血腥味有没有消失。这副模样实在不该踏进公主的闺房，但他必须尽快将今天发生的事亲口禀报给拉娜。

最重要的是被关在那家店里的人。目前她们都被送到值勤站保护，但必须在几天内将她们送到安全场所。况且其中有人受了伤，还得派遣能使用神官等治疗魔法的人前去协助。

（心地善良的拉娜大人，一定会向身陷水深火热的人民伸出援手。）

想到要麻烦自己的主人这么多事，克莱姆感到心情沉重。他不禁奢望若是自己能有更多力量该多好。明明自己能够侍奉伟大的主人，而且能够过着这样的生活，都是拜她所赐，自己却帮不上更多忙。

（……奇怪？好像没有回答……应该没有吧？）

他没听到准许入室的回答。

门前没有人站岗守夜，这个时间拉娜应该也还没睡。还是说她没通知站岗守夜的人，就不小心睡着了？

克莱姆再度敲门。

这次他听见室内传来微小的声音准许他入室，克莱姆放了心，走进房间里。他早已决定好第一件事要做什么。

"抱歉我回来得晚了。"他猛然低头致歉。

"你害我好担心！"

拉娜语气中有着明显的怒气。这真是让人惊讶。克莱姆的主人极少发怒，纵然遭到侮辱，她也从未在克莱姆面前显现出怒气。正因如此，更让他明白拉娜是真的很担心自己。

他强压住眼角泛出的温暖泪珠，低着头再度诚心道歉。

"我是真的很担心你喔！想到会不会是'八指'先下手为强，对克莱姆做了什么，我就……那么，究竟发生了什么事？我已经收到简单的报告，但可以请你详细告诉我吗？"

克莱姆本来要站着讲，拉娜要他在老位子坐下。

克莱姆就座，面前放了一只茶杯，拉娜用保温瓶替他倒了红茶，茶水冒出袅袅热气。

他道声谢，啜饮一口温度适中的红茶。

克莱姆将整件事情一五一十地告诉了拉娜。有些人需要倚靠拉娜的帮助。

"你看到那些人，有什么感觉？"

听完整件事情的经过，拉娜最先提出的问题让克莱姆有些不解。但既然主人问了，自己就必须回答。

"我觉得她们很可怜。要是我有更多力量，就能拯救那些人免于受苦了。"

"这样啊……克莱姆觉得她们很可怜，是吧？"

"是。"

"这样啊。克莱姆真是温柔呢。"

"拉娜大人，如果需要我去护卫她们，我已做好觉悟，随时可以前往。"

"……到时候再拜托你吧。别说这个了，有件事我得先告诉你。明天，或者最晚后天，我们将对拉裘丝带来的羊皮纸上记载的'八指'设施发动攻击。因为可以想象这次娼馆袭击之后，时间拖得越久，对方的戒备就会越森严。"

"万分抱歉！都是因为我擅作主张！"

"不，请不要在意。你应该当作我们借此下定了决心，况且我很赞赏克莱姆这次的表现喔。你捕获了'六臂'之一的沙丘隆特，还有奴隶买卖部门的首领岢可道尔，这项成果足以动摇对手的根基了。所以我想要赶快乘胜追击。"

拉娜挥了挥既没速度也没力量的可爱拳头。

"趁对手还没把情报带出王都前，再给他们一次打击！"

"我明白了！我立刻就去休息，养精蓄锐面对明天的行动！"

"拜托你了。我想明天将会是动荡的一天，请你谨记在心。"

克莱姆走出房间。感觉血腥味似乎淡了些。

"真是辛苦你了，克莱姆。接下来……"

喝完变凉的红茶，拉娜站起身，她走向放着手铃的地方。那是一种魔法道具，只要在这里摇动，放在隔壁的另一只手铃也会跟着震动。想起在隔壁房间待命的女仆的脸，她冷笑着庆幸今天是由那女人值班。

"哎哟,我该摆什么表情才对?"

拉娜站到镜子前以双手夹着脸蛋,上下搓揉。她只是个人类,就算这样做也不能让脸变形。这只是种类似自我暗示的行为。

放开手,拉娜面露笑容。

"不对呢。这是以公主身份与人会面的笑容……"

拉娜再度嗤笑。试过各种笑容,最后浮现的是纯洁无垢的笑脸。

"这个最好。"

觉得准备已经齐全,拉娜摇摇铃铛。很快就有一名女仆前来敲门,走进房间。

"有事想拜托你,可以帮我准备热水吗?"

"遵命,拉娜大人。"

女仆一鞠躬,拉娜对着她笑。

"怎么了吗?您似乎心情很好,是不是有什么好事?"

拉娜确定猎物上钩,更愉快地笑着。

"我跟你说,很棒哟!克莱姆立下了好大的功劳喔!"

如同小女孩的讲话方式,正符合泄露重要情报的愚笨公主该有的态度。

"那真是恭喜您了。"

对克莱姆抱有反感的女仆,想巧妙隐藏自己的不悦,语气中却流露出隐藏不住的情绪。

该死。

这家伙也该死。

敢瞧不起我的克莱姆的人都该死。

拉娜假装没注意到对方的反应。因为此刻的拉娜是天真无邪的小公主，不会体察他人的恶意，也纵容女仆的无礼。就是这样一个天真烂漫的——愚蠢的公主。

"就是啊！真的好厉害喔！克莱姆打倒了一群大坏蛋喔。然后他放走了好多被坏人抓起来的人，现在都送到哪里……送到一个值勤站了。这样就可以处罚那些帮助坏蛋作恶的贵族了！"

"这样啊？那真是太厉害了，不愧是拉娜大人的克莱姆先生。那么可否请大人详细告诉我，他做了哪些英勇事迹呢？"

她以为公主愚昧无知，不会起疑。拉娜开始对这个笨女人设下毒计。

一切都在她的手掌心里。为了让她获得想要的东西。

5

下火月（九月）三日，22：10。

有一个诡异的集团，仿佛融入黑夜之中。

各个成员都穿着不同的武装，没有一点士兵的样子。如果要举出一种最接近他们模样的人，应该就是冒险者了。

站在前头的是个铜筋铁骨的男子。跟在他后头的是看似软弱的美男子与身穿薄绢的女子。再后面是身披长袍之人，装备全身铠的某人站在队列尾端。

这个集团看着一扇敞开的门，门内深处完全漆黑一片，早已没人的气息。环视周围，也不像是有人的样子。

这状况相当奇怪。娼馆内的所有东西的确都已被运出，送到一处士兵值勤站去了。但就算空无一物，也还是有人看守。实际上，只要往无人的路口看看，就会发现那里放着火光耀眼的篝火台，有人负责夜间守卫。

然而这个门口却没有半个人影，是因为这个集团行使权力，暂时支开了看守的士兵们。

站在前头如岩石般的男子——桀洛凶猛地瞅了一眼被攻陷的娼馆，恨得牙痒痒地低声说：

"这玩笑真是开大了。我还得向岢可道尔致歉才行。都把'六臂'中的沙丘隆特借给他了，竟然还这么简单就被攻陷，而且还是在借给他的当天……太好笑了。"

背后传来嗤嗤笑声，桀洛转头犀利地瞪向那人。

身穿薄绢的女子熟知桀洛的性子，连忙开始说道：

"啊，那个……所以老大，现在怎么办？要杀掉遭到逮捕的沙丘隆特吗？若是这样的话，他人在值勤站，我们都是正面突破型的，解决不来，得向其他部门借用暗杀者……怎么办？"

"用不着这么绝。那家伙也算派得上用场。我请伯爵出面，立刻把他放出来吧……要花上好大一笔开销了。你们先把伯爵的喜好列个清单。"

"峕可道尔那边怎么解决？"轻佻的美男子问道。

"那家伙大概会利用自己的人脉吧？如果他有要求，就用我们的人脉解决，当作是赔罪。那份顾客名单怎么样了？被卫士拿走了吗？"

"这方面的情报还没进来。应该说，我听说还没获得任何详细情报。"

长袍底下的声音十分阴沉，简直有如从墓穴中对人讲话，空虚的声音让人背脊发寒。

"那可真想弄到手呢，似乎可以拿来做各种威胁呢。"

"别说傻话了。那个要是落入我们手中，会加强其他部门对我们的疑心。人家会怀疑这次事件全是我们自导自演的。若是找到顾客名单就藏在安全的地方，过几天再拿去还给峕可道尔，向他道歉。况且名单八成是用一般人解不开的密码写的，我们也没办法使用啦。"

听了桀洛一番话，美男子耸耸肩作为回答。

"总之，这方面就之后再进去调查。因为我猜如果有的话，大概会放在隐藏金库里吧……不过这门破坏得真猛啊。是怎么开出这个洞来的？武器不太可能……魔法吗？"

"是拳头。"

所有人的视线集中在桀洛身上。桀洛重说一遍，断定是拳头造成的痕迹。

"拳头……这可真了得啊——"

"别说傻话了。这点程度没什么了不起。"

打断女子敬佩的感叹,桀洛调整呼吸,做出手刀打向门扉。犹如刺破纸张一般,拳头插进了门板。桀洛慢慢抽出拳头,只见门上留下一个与塞巴斯打出的洞相同的痕迹。

美男子没劲地开口说:

"不能拿老大当标准吧……不过对方能打破以铁板加固的门板,虽说沙丘隆特是我们之中最弱的,但好歹也算打倒了'六臂'之一。应该视作大有来头的强敌吧?"

"说的这是什么话!那家伙输了,也不代表对手很强吧?"压低了连衣帽的人,语气之中含有嘲弄。"他那人只要幻术遭到破解,战斗能力就比我们几个差多了。他对付力量差距大的人很行,但碰上程度相当或稍微差些的就输定了。这你们不也是知道的吗?"

传来一丝小小的笑声。那是在肯定这人的意见,也是对比自己弱小之人的侮蔑。

"该说的已经说完了,我再问一遍,要怎么办,收手吗?我不认为与对手硬碰硬,能获得足以弥补损失的好处喔。"

"别说傻话了。"桀洛的语气中流露出无法完全压抑的怒气。

"不把袭击这家娼馆的人干掉杀鸡儆猴,我们的评价会一落千丈。别再去想什么损失了。'六臂'全体出动,干掉袭击者——'不死之王'狄瓦诺克。"

披着长袍之人笔直伸出手。那不属于活人的手握着的宝珠呼应主人的情感,发出异样的灵气。

"'空间斩'佩什利安。"

至今沉默无语,身穿全身铠的人,以自己的拳头打向胸口,响起激烈的金属声。

"'血舞弯刀'爱德丝特莲。"

锵啷摇响戴在手臂上的金属环,薄绢裹身的女子优雅地低头。

"'千杀'马姆维斯特。"

美男子双腿一并,鞋跟相撞,发出响亮的"咔"一声。

"然后是本大爷'斗鬼'桀洛!"

桀洛周遭的人纷纷点头,表示同意或了解。

"首先保释沙丘隆特与遭到逮捕的人,向他们问出情报。问完之后……准备个懂得拷问的家伙。我们要让袭击者见识活地狱,让他后悔自己的愚蠢行径!"

6

下火月(九月)三日,17:42。

处理完一切事宜,塞巴斯回到宅邸时,已是夕阳西下时分。

(被囚禁的所有人都有克莱姆小弟保护。沙丘隆特与那家店的主人等全都遭到逮捕。想必会有一段时间纷争不休。这样应该能争取到一点时间吧。)

那么琪雅蕾该怎么安置呢？塞巴斯认为最好的方法是将她带去安全地点，但就塞巴斯所知，天底下只有一个地方最安全。

塞巴斯一抱头苦思，但终究还是走到了宅邸。

正要开门，手突然停了下来。门的后面有人在。感觉是索留香，但塞巴斯不懂她为什么要站在门后面。

难道有什么紧急状况？

塞巴斯内心有种不好的预感，但还是打开了门。然后他看到太过超乎想象的光景，让他僵在原地。

"您回来了，塞巴斯大人。"站在那里的是身穿女仆装的索留香。

塞巴斯背脊掀起一阵冷战。

扮演商贾千金的索留香，在对事实一无所知的人类——琪雅蕾——待在宅邸时，竟然穿着女仆装。是因为她不再需要演戏了，还是因为有什么理由非得穿女仆装不可呢？

若是前者的话，就表示琪雅蕾遇到不测了。而若是后者的话——

"塞巴斯大人，安兹大人在屋里等您。"

听到索留香平静的声音，塞巴斯的心脏重重跳了一下。

纵然面对强敌或守护者等级的存在，仍能平心静气的塞巴斯，听见自己的主人来访，竟然紧张万分。

"为……为什么……"他结结巴巴地说。

索留香只是沉默地看着塞巴斯。

"塞巴斯大人。安兹大人在等您。"

没其他好说的了。索留香显示出这种态度，塞巴斯只得跟着她往屋里走。

那步履有如步向断头台的死刑犯般沉重。

角色介绍

塞巴斯·蒂安

异形类种族

sebas tian

钢铁管家

Character 17

职位——纳萨力克地下大坟墓管家。
住处——地下第九层的仆人房之一。
属性——极善————————[正义值：300]
种族等级－不明
职业等级－修行僧————10lv
　　　　　武王—————10lv
　　　　　前锋—————5lv
　　　　　内气武僧————15lv
　　　　　外气武僧————5lv
　　　　　其他

[种族等级]＋[职业等级]　　　　合计100级
● 种族等级　　　　　　　　　● 职业等级
总级数25级　　　　　　　　　总级数75级

status 能力表		0	50	100
	HP [体力]			
	MP [魔力]			
	物理攻击			
	物理防御			
	敏捷			
	魔法攻击			
	魔法防御			
	综合抗性			
	特殊性			

[最大值为100时的比例]

索留香・艾普西隆

solution·ε

溶解牢笼

| | 异形类种族 |

职位————纳萨力克地下大坟墓战斗女仆。

住处————地下第九层的仆人房之一。

属性————邪恶————————[正义值:-400]

种族等级—无定型黏液（Shoggoth）————10lv

初始混沌（Ubbo-Sathla）————10lv

职业等级—暗杀者————————2lv

制毒师————————4lv

暗杀大师————————1lv

其他

[种族等级]＋[职业等级]————合计57级

● 种族等级　　　　　　　　职业等级 ●

总级数45级　　　　　　　　总级数12级

能力表 status

能力	0 — 50 — 100
HP[体力]	
MP[魔力]	
物理攻击	
物理防御	
敏捷	
魔法攻击	
魔法防御	
综合抗性	
特殊性	

[最大值为100时的比例]

克莱姆

人类种族

climb

忠犬

职位——王国士兵。

住处——罗伦提城。

职业等级－战士─────────？lv
　　　　　守护者────────？lv

生日——不明。（被拉娜捡到的那天）

兴趣——收集英雄谭等故事。

{ personal character }

"黄金"公主捡来的少年。身穿拉娜赠予自己的纯白全身铠,手持阔剑与盾牌。生性勤勉努力,满腔热血,誓死效忠拉娜。因此为了能成为拉娜的助力,每天锻炼剑术从不懈怠。然而虽然他一再努力,但天生缺乏剑术才能,为此懊恼不已。又因为受到拉娜的特别待遇,除了她以外没有亲近的友人。

拉娜·提耶儿·夏尔敦·莱儿·凡瑟夫

人类种族

renner theiere chardelon ryle vaiself

黄金公主

职位——— 公主。

住处——— 罗伦提城。

职业等级 — 公主（一般）——————— ? lv
　　　　　 女演员（一般）——————— ? lv

生日——— 上火月 7 日

兴趣——— 看克莱姆。

| personal character |

　　里·耶斯提杰王国公主，拥有一头飘逸的淡色金发以及犹如蓝宝石的眼瞳。其月貌花容使她得到了"黄金"之名。吟游诗人们争先恐后向她献上歌曲，关于她美貌的传说多如繁星。此外她不只是貌美，且爱国爱民，致力于废弃奴隶买卖等，在政治舞台上也崭露头角。性情慈悲为怀，温和善良，散发着公主应有的耀眼光辉。只是——

葛杰夫·
史托罗诺夫

gazef stronoff

人类种族

王国最强战士

职位——王国战士长。
住处——王都。
职业等级-战士————————? lv
佣兵————————? lv
冠军————————? lv
其他
生日——中土月21日
兴趣——储蓄。

| personal character |

不只在王国，就连邻近诸国都能听闻其最强战士之名，除了贵族以外，国内外对他无不有口皆碑。早先出身平民，在比武大会的决胜赛击败布莱恩，成为国王属臣。自此以来为国王尽心尽力，赤胆忠心比任何人都坚定。虽然剑术天赋过人，但至今尚未突破"英雄"的高墙。身上流有来自南方的血统，显现在发色与瞳色上。

布莱恩·安格劳斯

brain unglaus

武艺求道者

人类种族

职位——无。

住处——无。

职业等级 - 天才/战士————————?lv

　　　　剑术专家————————?lv

　　　　剑圣——————————?lv

　　　　其他

生日——中风月10日

兴趣——练刀。(所有精进武艺之事)

| personal character |

　　剑术天才。在精进武艺这一点上极为贪婪。拥有与王国最强战士葛杰夫不分轩轾的实力,将葛杰夫看作是劲敌,夙夜匪懈地进行武者修行。然而与夏提雅的一战让他目睹超乎想象的强大力量,面临光靠努力无法攀登的高峰令他失去动力,成了一具空壳。意外地喜欢购物,但那是为了选购能加强自己能力的道具。

作者后记

我是作者丸山黄金。才一眨眼的工夫,《OVERLORD》已经推出第五部了。容我向支持本系列的各位读者表达谢意。谢谢大家。

话说由于第五部与第六部是上下篇,我在想是不是不需要后记?于是跟编辑大人讨论了一下,结果编辑大人说有些读者应该很期待看后记,希望我还是写一下……有人会期待看后记……吗?是说后记这玩意儿读起来有趣吗?嗯……编辑大人此话之意,是不是要我硬掰也得掰些有趣的事呢?

有趣的事……为了处理这次第五部与第六部的诸多事宜,从八月到十一月底,我每个假日都窝在家里赶书……我只想得到这些。

不只如此,因为第六部跟第四部一样是附 Drama CD 的特装版，出书过程比平常更紧凑，简直要人命……

这就是兼职作家啦！

嗯。一点都……不有趣呢。根本是在破坏大家的梦想。

换个话题吧。

《OVERLORD》同时也在更新网络版小说，不过接着推出的第六部有百分之九十都会是全新创作。

原本我就注意将网络版改写出书时，要尽可能追加些全新的要素。这种想法将在下一部成形。

作品本身已经完稿，只要没出什么意外，应该会在二〇一四年的一月底发售，希望能在那一部的后记再度与大家见面。

那么，接下来容我进入致谢的部分。

为本书绘图的so-bin大人，负责设计工作的Chord Design Studio，负责校正的大迫大人，编辑F田大人，以及协助《OVERLORD》制作工程的各方人士，谢谢大家。还有Honey，谢谢你多多帮忙。

最后是赏光购买本书的各位读者，向各位致上最真诚的谢意！

二〇一三年十二月　丸山黄金

下一集，将聚焦探讨『仓助』笼罩着神秘面纱的生态……

Postscript by So-bin

OVERLORD　Vol.5 The men in the kingdom (JO)

©Kugane Maruyama 2013
First published in Japan in 2013 by KADOKAWA CORPORATION, Tokyo.
Simplified Chinese translation rights arranged with KADOKAWA CORPORATION, Tokyo.
through JAPAN UNI AGENCY, INC., Tokyo.
Simplified Chinese translation by Beijing Hongyue Scientific and Technical Co., Ltd.

著作权合同登记图字：01－2018－5184

Profile プロフィール

丸山黄金 ——
开始创作小说以来,变得更不运动了,
结果养出了满是肥肉的啤酒肚。
这不是在为了冬眠做准备,
所以我正在积极检讨瘦身的必要性。

so-bin 插画师 ——
最近不管遇到谁都说我太瘦,
让我很难过,
所以2014年的目标是增重。

神秘大恶魔亚达巴沃蠢蠢欲动。

在严苛抗争中，王都包围于火焰之中。

第 6 部

Volume Six

OVERLORD 6
王国好汉（下）

OVERLORD *Kugane Maruyama* | illustration by so-bin

丸山黄金
illustration ◉ so-bin

敬请期待
第6部

潜藏于王国的地下组织「八指」最强战斗集团「六臂」即将有所行动。

顶尖菁英精钢级冒险者前往迎击的是「苍蔷薇」

在决战的漩涡中，

OVERLORD The me

5

—— 每本书都是一座传送门

次 元 书 馆

OVERLORD ⑥
王国好汉(下)

(日)丸山黄金 著

晓峰 译

新 星 出 版 社　NEW STAR PRESS

目录

001	第六章　王都动乱序章
053	第七章　袭击前准备
111	第八章　六臂
171	第九章　亚达巴沃
227	第十章　最强至上的王牌
287	第十一章　动乱最终决战
379	Epilogue
401	角色介绍
408	作者后记

6章 王都动乱序章

第六章 | 王都动乱序章

1

下火月（九月）三日，17：44。

会客室的门被慢慢推开。

总是不忘上油的门，本来应该顺滑地开启，如今却莫名沉重，仿佛内外气压有所差距似的慢吞吞地移动。

就像体察了塞巴斯的心境，它才会如此缓慢。

若是真的能体察自己的心境，塞巴斯多么希望那扇门不要开启，然而门实际上打开了，会客室映入塞巴斯的视野。

与平时并无二致的房间里，有着平时所没有的四名异形等待着。

一名是浅蓝色的武人。

那个人解除了散放寒气的灵气，手中拿着白银战戟，维持着一动也不动的姿势。

一名是恶魔。

他那讽刺地扭曲的容貌当中，不知道暗藏着何种企图。

然后是让恶魔抱着，一名长有枯枝般翅膀，像是胎儿的天使。

最后是——

"迟来拜谒，万分抱歉。"

塞巴斯用意志力制伏差点发抖的声音，对会客室里唯一一位坐着的人物，行了类似礼拜的恭敬鞠躬。

兼任仆役长与管家，几乎拥有纳萨力克最高地位的塞巴斯，会出于敬重与畏惧而低头的对象，不可能有别人了。

无比尊贵的"四十一位无上至尊"其中一人。

——安兹·乌尔·恭。

拥有最大等级战斗力的纳萨力克地下大坟墓统治者。

在他手中，握有散发黑色灵气的安兹·乌尔·恭之杖。

他空虚的眼窝中，亮起了朦胧的红光。

即使塞巴斯保持低着头的姿势，也感觉得到那对灯火从头到脚打量了塞巴斯一遍。

他从空气的震动，感觉到安兹以一种慵懒的举止，夸大地挥了挥手。

"……无妨。无须在意，塞巴斯。是我不好，没有联络就临时过来。别说这个了，你站在那里低着头要怎么说话？快进房间来吧。"

"是。"

仍旧低着头的塞巴斯，对沉重的声音做出回应，抬起头来。

然后他慢慢踏出一步——背脊蹿起一阵寒意。

这是因为他以敏锐的感官，察觉到巧妙隐藏起来的杀意与敌意。

他慢慢移动视线。

视线前方的两名守护者，对塞巴斯不像是特别留心。

然而，那是指在常人的眼光里。

塞巴斯充分觉察到了。

紧绷的空气丝毫没有友好之意，正好相反。

两名守护者警惕谨慎的态度，绝非对自己人该有的反应。

塞巴斯能理解两人为何是这种态度，他感受到一股沉重的压力，甚至来自体内的激烈心跳声都怕会被在场的所有人听见。

"我想你走到那里就可以了。"迪米乌哥斯清朗的声音制止了塞巴斯的脚步。

这个位置离主人有一点远。

当然并没有远到不方便交谈，从房间的大小以及谒见贵人时的状况考虑，算得上适度的距离。

然而，若是以往的安兹定会嫌远，要他再靠近一点。

这次安兹没这样说，让塞巴斯感受到距离上的隔阂，压得他喘不过气来。

同时这个距离是最适合武人科塞特斯出手攻击的距离，也是给他带来沉重压力的原因之一。

顺便一提，索留香虽然与塞巴斯一起进了房间，但只留在门边待命。

"那么——"安兹不知道用了什么方法，弹响了一下白骨手指。

"首先问问塞巴斯吧。需要向你说明我为什么在这里吗？"

理由只有一个。

这个状况已经清楚说明了一切。

"……不，没有必要。"

"那么我想听你亲口告诉我，塞巴斯。我没接到你的报告，不过，听说最近你好像捡来了个可爱的宠物？"

——果然。

塞巴斯感觉像是背后被捅了根冰柱。

然后他马上想起自己还没回答主人的话，急忙大声回答：

"——是！"

"……回答得稍微慢了点呢，塞巴斯。我再问你一次。听说你好像捡了个可爱的宠物回来养？"

"是！我的确养了宠物！"

"好。那么你先告诉我，为什么你没向我报告？"

"是……"塞巴斯微微抖着肩膀，定定地瞪着地板。

该怎么说才能避免最糟的情况？

望着塞巴斯一语不发的样子，安兹缓缓地靠向椅背。

椅子的挤压声在房里显得异常响亮。

"怎么了，塞巴斯？你好像出了很多汗。借你条手帕吧？"

安兹以夸大的动作，从某处取出一条纯白手帕。

他以食指与中指夹住手帕，随手往塞巴斯那边一丢。

隔着桌子扔出的手帕在空中摊开，以一种轻柔飞扬的姿态掉在地板上。

"准你使用。"

"是！谢大人！"

塞巴斯仅往安兹的方向踏出一步，捡起掉在地上的手帕。

然后塞巴斯犹疑了。

"……那条手帕上并没有沾着你的宠物的血。不过是看你满头大汗，不好看罢了。"

"是……在大人面前出丑了，万分抱歉。"

塞巴斯摊开手帕，擦拭自己额上冒出的冷汗。手帕吸收了难以想象的大量汗水，使得颜色都变了。

"那么言归正传，塞巴斯。我派你来到王都时，曾经命令你事情无分大小，都要巨细靡遗地记载下来，送到纳萨力克。因为一个人很难判断哪些情报有价值，哪些情报是垃圾。实际上，你送来的文件上，连城里的风声都没有遗漏，我说得对吧？"

"是。正如您所言。"

"那么，迪米乌哥斯。为了做个确认，我也问问你吧。因为塞巴斯呈交的文件，我也让你看过了。文件当中提到可爱的宠物了吗？"

"不，安兹大人。我反复看过好几遍，没有发现任何相关记述。"

"很好。那么就让我基于这点，重新问问你吧，塞巴斯。你为何没有呈交相关的报告书？我想问的是你忽视我命令的理由。我安兹·乌尔·恭所说的话，难道并不足以束缚你的行动吗？"

这句话大幅震荡了室内的气氛。

塞巴斯连忙拼命答话：

"绝无此事。是我自以为那点程度的小事，没必要向安兹大人报告。"

沉默笼罩室内。

四道杀气仿佛刺进塞巴斯的身体，来源是科塞特斯、迪米乌哥斯、让迪米乌哥斯抱在怀里的天使，以及索留香。

只要主人一声令下，四人必然会立刻对塞巴斯下手。

死本身没什么好怕的，能为纳萨力克而死是无上的荣耀。

然而若是被当成叛徒处分，就连铁胆铜心的塞巴斯也不禁胆寒。

因为由四十一位无上至尊创造的存在，竟然被当成叛徒遭受处分，没有比这更大的耻辱了。

过了一段时间，塞巴斯额上冒出了大量汗水后，安兹开了口：

"……也就是说那是你愚昧的判断……是这样没错吧？"

"是。正如您所言，安兹大人。请原谅我愚蠢的失态！"

"……嗯。原来如此……我懂了。"安兹不带任何感情的声音，传到低头谢罪的塞巴斯耳里。

由于主人并未决定直接处分，让室内气氛稍稍回复了原状。

然而，塞巴斯无法安心。

这是因为他还来不及安心，安兹就说出了一句让塞巴斯心脏重重漏了一拍的话。

"索留香。去把塞巴斯的宠物带过来。"

"遵命。"

索留香听命行事，门扉静静关上。

塞巴斯灵敏的知觉能力，感觉得到索留香正慢慢从门外走远。

咕嘟一声，塞巴斯的喉咙咽下了口水。

这里有安兹、科塞特斯、迪米乌哥斯等三人以及一个奇怪的天使，共有四名异形之人。

虽说迪米乌哥斯的外形还没那么异于人类，但其他三人可是一目了然。

无人有意回避，是因为就算被看到也无所谓吗？

隶属于纳萨力克地下大坟墓之人若是要封口，只有一个方法，那就是格杀勿论。

早知如此，自己应该早点放她走的。

塞巴斯在心中摇头。现在想这些也太迟了。

不久，塞巴斯感觉到有两个人的气息，从远方走向这间房间。

——该怎么做。

塞巴斯的视线移动，注视着空气。

一旦她来到这里，塞巴斯就得做出选择，而且只有一个答案。

塞巴斯视线停在持续观察自己的迪米乌哥斯身上，然后转向安兹，最后无力地落在地板上。

有人敲门，然后打开了门，现身的当然是两名女性。

是索留香与琪雅蕾。

"我带她来了。"

背对着她们的塞巴斯，都能听到琪雅蕾在房门口倒抽了一小口冷气。

是看到恶魔具体成形的迪米乌哥斯而感到惊愕？

是看到淡蓝色的巨大昆虫科塞特斯而感到战栗？

是看到可怖胎儿般的天使而感到害怕？

是看到象征死亡的安兹而感到畏惧？

抑或以上皆是？

守护者们的不快在面对琪雅蕾时更为强烈。

因为就某种意义来说，琪雅蕾正是塞巴斯的罪恶体现。

对着自己发出的敌意，似乎让琪雅蕾浑身发抖。

在这世界属于绝对强者的守护者发出的敌意，能让一切脆弱的存在产生根源性的惧意。

琪雅蕾没被吓哭已经很值得惊讶了。

塞巴斯没有回头，但他能感觉到琪雅蕾的视线投向自己的背部。

她的勇气源泉，正是待在这里的塞巴斯。

"迪米乌哥斯、科塞特斯，住手。跟威克提姆好好学学。"

安兹沉静的声音响起，室内气氛起了变化。

不，应该说是朝向琪雅蕾的敌意消失了。

责备了两名守护者的安兹，慢慢向琪雅蕾伸出左手来。

然后他将手心朝向天花板，缓缓招了招手。

"进来吧，塞巴斯捡来的宠物人类——琪雅蕾。"

仿佛受到这句话的支配，琪雅蕾一步又一步，用颤抖的双脚走进室内。

"你没选择逃跑，真是有胆量。还是说索留香跟你说了什么？说塞巴斯的命运掌握在你手上？"

浑身打战的琪雅蕾对这番话没做任何回答。

塞巴斯感觉投向自己背部的视线变得更强了，那视线充分说明了琪雅蕾的心意，胜过千言万语。

走进室内的琪雅蕾，毫不迟疑地站到塞巴斯身边。

科塞特斯慢慢移动，站到了琪雅蕾的背后待命。

琪雅蕾抓住了塞巴斯的衣角，无意间，塞巴斯想起在那巷子里被她抓住衣服时的光景。

同时他也感到后悔，若是行事能再聪明点，事情也不至于如此。

迪米乌哥斯冰冷地盯着琪雅蕾——

"跪——"

——传来一个弹响手指的声音。

正要开口的迪米乌哥斯，顿时理解了自己的主人弹响手指的意思，不再说什么。

"——无妨。无须在意，迪米乌哥斯。我要赞赏面对我而不逃走的勇气，就原谅她在我这纳萨力克统治者面前的无礼之举吧。"

"万分抱歉。"

对于迪米乌哥斯的道歉，安兹大方地点头。

"对了。"安兹靠向椅背，椅子发出了挤压声。

"先让我报上名号吧。我的名字是安兹·乌尔·恭，是站在那边的塞巴斯的主宰。"

正是。

安兹·乌尔·恭——四十一位无上至尊，包括生死在内，支配着塞巴斯一切的伟大存在。

受到绝对效忠的主人如此宣称，是他最大的喜悦。

只是，不知道为什么，喜悦的程度比想象中要来得小，只不过是让背脊震动一下罢了。

并不是因为有琪雅蕾在。

因为在主人宣称的瞬间，他甚至连琪雅蕾的存在都差点儿忘了。

是有别的原因——

当塞巴斯思考着这些事情时，双方还在持续对话。

"啊……我、我是……"

"无妨，琪雅蕾。你的事我略知一二，而我也没兴趣知道更多，你只要闭嘴站在那里就好。等会儿你就会知道我为何要叫你来。"

"啊……是。"

"那么……"浮现在安兹空虚眼窝中的红光动了动。"……塞巴斯。我想问你。我应该告诉过你,一举一动都不能引人注目吧?"

"是。"

"我明明告诉过你,你却为了个无聊的女人惹上了麻烦——我说错什么吗?"

"没有。"

听到"无聊"两个字让琪雅蕾的身体震了一下,但塞巴斯只是回答,没做反应。

"你那时候……不觉得这样做忽视了我的命令吗?"

"是。我的轻虑浅谋引起了安兹大人的不快,我会严加反省,今后事事小心谨慎,绝不再犯相同的过错——"

"——无妨。"

"呃?"

"我说无妨。"安兹换了个姿势,椅子再度发出挤压声。

"人非圣贤,孰能无过。塞巴斯,我就原谅你这次微不足道的失败吧。"

"——谢谢安兹大人。"

"不过呢。犯错就得弥补——杀了。"

房间气氛顿时紧绷,仿佛温度硬是降低了几度。

不,不对。

只有塞巴斯有这种感受。

其他人——隶属于纳萨力克的人都依旧泰然自若。

塞巴斯吞了口口水。

主人要他杀了什么？这种事问都不用问。

即使如此，"果然"与"希望不是如此"这两种想法，让塞巴斯虽然感觉沉重，但还是开了口。

"……您说……什么……"

"嗯……我是说要你除去犯错的原因，将此次失误一笔勾销。把造成失误的原因放着不管，要怎么做大家的表率？你是纳萨力克的管家，是应该站在仆役之上的人物。这样不做处置的话……"

塞巴斯吐出一口气。

然后又吸了口气。

塞巴斯即使直接面对强敌也平顺如常的呼吸，如今却像是碰到捕食者的小动物那般紊乱不堪。

"塞巴斯。你是听从至高无上的我——们四十一人命令的狗，还是以自身意志为尊的人？"

"这——"

"你不用回答，拿出结果给我看吧。"

塞巴斯合上双眼，然后睁开。

迷惘只在一瞬间。

不对，应该说他足足迷惘了一瞬间那么久。

他踌躇的时间足以让科塞特斯、迪米乌哥斯或索留香这些对无上至尊忠心不二的人显露敌意。

花了这样长的时间，塞巴斯终于得出结论。

塞巴斯是纳萨力克的管家。

除此之外——什么也不是。

是自己愚蠢的犹豫招致这样的结果。

要是早一点向主人征求许可，就不会导致这样的下场了。

全都是自己造成的。

塞巴斯眼中带着硬质的光泽，点亮起钢铁的光辉。

然后他转向琪雅蕾。

琪雅蕾抓着他的手指松开了。那手指只在空中晃荡、犹疑了一瞬间，旋即无力地下垂。

琪雅蕾看着塞巴斯的容颜，应该是理解了塞巴斯的抉择吧。

她露出微笑，接着闭上眼睛。那表情既非绝望，也不是恐惧。

她接受了接下来要发生的事，承认了自己的命运。

就是那种殉教者的神情。

塞巴斯的动作也没有动摇。

塞巴斯的内心已经沉入深渊。

在那里的是有如钢铁般向纳萨力克竭尽忠诚的一个仆人。

既然如此，他没有理由不服从主人赐予的绝对命令。

迷惘已被斩断，剩下的仅有忠义之念。

塞巴斯的拳头紧紧握起，以秒杀的速度作为唯一的慈悲，朝琪雅蕾的头部飞去。

然后——

一个坚硬的物体挡下了拳头。

"——你这是做什么？为什么要妨碍我？"

塞巴斯为了打碎琪雅蕾的头颅而挥出的拳头，被挡了下来。

科塞特斯的其中一只手臂，从紧紧闭起眼睛的琪雅蕾身后笔直伸出，阻止了塞巴斯的拳头。

竟然挡下无上至尊下令使出的一击，这难道表示科塞特斯怀有叛心吗？

然而塞巴斯内心产生的疑问，立刻得到了解答。

"塞巴斯，你退下。"

塞巴斯虽然感到烦躁与疑惑，但仍打算挥出第二拳，然而一听到安兹所言，聚集在拳头上的力道顿时放松了。

主人并未出言斥责科塞特斯，而是制止了塞巴斯。

这表示科塞特斯挡住塞巴斯的攻击，是本来就说好的。

一切都是安排好的。

说穿了，主人的目的是要确认塞巴斯的心意。

微微睁开眼睛的琪雅蕾，应该是明白自己眼前的断头台已经远去了吧。

性命不再受到威胁，让琪雅蕾的紧张情绪断了线，两眼带泪，全身发抖。

她双脚不住打战,差点儿没倒下去,但塞巴斯没有伸手扶她。

不对,他是办不到。都到这个地步了,自己还能做什么呢?对她见死不救的人,还有什么资格呢?

无视琪雅蕾的恐惧,安兹与科塞特斯开始交谈。

"科塞特斯。刚才的攻击的确能葬送那女人的生命吗?"

"不会错。是立即致命的一击。"

"那么,我就此判断塞巴斯的忠诚没有虚假。辛苦你了,塞巴斯。"

"不敢!"塞巴斯表情僵硬地低头。

"——迪米乌哥斯,你有异议吗?"

"没有。"

"科塞特斯?"

"没有。"

"……威克提姆?"

"绯砥丹绯青紫茶灰(没有)。"

"好。那么进入下一个议题。"

安兹弹响了手指后,站起来,伸出手横向一扫,长袍因为反作用力而飘了起来。

"由于塞巴斯等人的努力,我认为已经收集到足够的情报了。没有理由长期逗留此地。现在立刻撤出这间房子,返回纳萨力克。塞巴斯,女人的处分就交给你了。我已经确认过你的忠诚，无论你怎么做，我都没有意见——我是很想这样说，不过在放她走之前，必须稍作检讨。若是让她随便把纳萨力克的事情说出去会很麻烦，你说是不是，迪米乌哥斯？"

"窃以为正如大人所言。既然还有未知敌人，最好尽量避免我们的情报外泄。"

"那么，该怎么做？"

"……应该先做个确认吧。"

"说得对……塞巴斯，琪雅蕾的处分就先暂缓。我想是不用杀了她，不过不能保证，记清楚了。"

琪雅蕾该如何处置，竟然会是连纳萨力克的最高负责人安兹都无法即刻下判断的问题，让塞巴斯难掩惊讶。

"安兹大人。我们要从这栋宅邸——从王都撤退，是因为我的失误吗？"

"……可以说是，也可以说不是。刚才我也说过，我认为这附近该收集的情报都到手了，继续潜伏此地没有多大好处。按照我的计算，这样做比较安全。迪米乌哥斯，威克提姆由我带回去。拿来。"

从迪米乌哥斯手中接过胎儿天使——威克提姆后，安兹发动了魔法。

"高阶传送。"

发动魔法的同时，安兹像个舞台演员那样夸张地翻动长袍。然后仿佛漆黑团块往内收缩般，他的身影眨眼间便消失了。

至今从未看过，些许刻意演出的退场方式让塞巴斯有点傻，但他随即猛然回过神来。

"对了，她看起来有点累。我想让她到房间稍微休息一下。由我带她去，这样做已经没有任何问题了，对吧，迪米乌哥斯？"

"……是啊。塞巴斯你说得没错。"

迪米乌哥斯露出恶魔般的微笑，优雅地伸手对着门扉，像是在说"请"。

"不过看情况，安兹大人也有可能再度传唤你，这点我想你得有心理准备。我是觉得不用担心，但我可不想在这王都当中猎捕狐狸喔。"

"跟我来。"

"……是。"琪雅蕾以沙哑的声音响应，跟着塞巴斯后面摇摇晃晃地走出去。

走出房间，走廊上响起两人的脚步声。

两人都沉默不语地走着，不久就看见了琪雅蕾房间的门。

明明距离没有多远，却觉得好像走了很长一段时间。

来到门前，塞巴斯才像是终于下定了决心般轻声说道：

"我无意道歉。"

塞巴斯感觉到跟在后头的琪雅蕾身体轻轻震了一下。

"只是，主人会命我处置你，是我的失误。若是我能采取更好的手段，想必不会导致这样的结果。"

"……塞巴斯大人。"

"我是安兹大人——与四十一位无上至尊的忠实仆人。就算同样的事再度发生，我也一定会采取同样的行动……所以你就留在人世，获得幸福吧。我会试着恳求安兹大人同意……安兹大人应该能进行记忆操作。就让大人为你消除所有不好的回忆，然后好好活下去吧。"

"……塞巴斯大人的回忆呢？"

"……我也会请大人消除关于我的回忆。因为就算记得也没有什么好处。"

"什么叫作好处？"

塞巴斯从琪雅蕾的话中感受到坚强的意志，他回过头来。

正面反抗塞巴斯的，是虽然两眼含泪，但以强悍眼神瞪着自己的女性。

他感到有些动摇之余，思索着该用什么话说服她。

的确，纳萨力克是非常美好的地方，说是受到神祝福的场所也不为过。

但是会这样想的，只有由四十一位无上至尊创造出来的塞巴斯或其他人，以及纳萨力克地下大坟墓的奴仆。

塞巴斯实在不觉得那块土地，能让没有才能与能力的渺小人类获得安乐。

他也不认为那块土地会接纳弱小人类（琪雅蕾）这种价值低微的生命。

对，没有绝对伟大主人的守护，她无法在那里活下去。

所以塞巴斯告诉她："我是要你在人世获得幸福。"

"我的幸福之地，就是塞巴斯大人所在之地。所以请您带我一起走吧。"

听到琪雅蕾斩钉截铁的话语，塞巴斯觉得她很可怜。

"……你似乎因为一点儿小事就感到幸福，但那只是地狱麻痹了你的心灵罢了。"

因为见过最糟的状况，所以连稍微好一点儿的恶劣环境都能让她感到幸福，不过如此罢了。

然而琪雅蕾却取笑了这种想法。

"……我不认为这里是地狱。能够填饱肚子，又有份像样的工作……我在一个小村落出生长大，那里的生活也很艰苦。"

琪雅蕾的目光只一瞬间仿佛望向远方。

那目光很快回复原状，正面注视着塞巴斯。

"我们肚子饿得咕咕叫，再怎么拼命耕田，收成也几乎都被领主收走，留不下多少自己吃的。不只如此，以领主的眼光来看，我们不过是玩具罢了。不管我再怎么哭叫，他还是笑着侵犯我。他可是在笑着喔。我被那个——"

"我明白了。"

塞巴斯将面露抽搐笑容的琪雅蕾一把拉过来，把她整个人抱进自己怀里，温柔地搂着她颤抖的肩膀。

塞巴斯感觉到就像那时候一样，琪雅蕾溃堤般哭泣的眼泪渗进了自己的衣服里。

她所见识过的、生活过的世界并不代表一切。

只是，即使如此，对琪雅蕾来说，人世就是这么凄惨。

塞巴斯陷入沉思。

怎么做才是最好的？

不管他怎么想，答案都只有一个。

但那个答案会激怒主人，很可能让主人下令杀死琪雅蕾。

"你可能会送命喔。"

"如果是被塞巴斯大人所杀，如果是给予本该死在那里的我温情的大人……"

琪雅蕾仰望着自己，她脸上浮现的表情，让塞巴斯也下定了决心。

"我明白了，琪雅蕾。我会请求安兹大人让我带你去纳萨力克。"

"谢谢您。"

"现在道谢还太早了。在我恳求之后，也许安兹大人会叫我杀了你——"

"我已有心理准备了。"

"这样……啊。"

塞巴斯放松了绕在琪雅蕾肩上的手臂的力量，但琪雅蕾不肯离开。

她抓紧了塞巴斯的衣服，以水汪汪的双瞳仰望塞巴斯。

那眼瞳中带有某种期待的色彩。

塞巴斯有这种直觉，却不知道她在期待什么。

只是，他想起有件事得先确认。

"让我确认一件事。你对人世没有留恋吗？没有想回去的愿望吗？"

即使被请进纳萨力克，也不代表今后就与人类社会永久断了关系。

因为他不是把琪雅蕾带去那里监禁的，但也难说没有这种可能性。

"……我……有一点想见妹妹。但我更不愿回想起过去的种种……"

"我明白了。那么，你进房里去吧，我再去面见一次安兹大人。"

"是——"琪雅蕾放开抓着塞巴斯衣服的手，手臂缠上了塞巴斯的脖子。

无视表情不动声色，内心却混乱不知所措的塞巴斯，琪雅蕾踮起了脚尖。

然后塞巴斯与琪雅蕾的嘴唇相碰，温柔重叠的时间十分短暂，琪雅蕾的嘴唇很快就离开了。

"有点刺刺的。"琪雅蕾稍微后退，以双手按住自己的嘴唇。

"我第一次得到这么幸福的吻。"

塞巴斯无言以对。

然而，琪雅蕾注视着塞巴斯，甜美而开朗地笑了。

"那么我在这里等着。要让您费心了，塞巴斯大人。"

"呃，嗯……我、我明白了，请你稍微等一下。"

"怎么了？你脸好像很红喔？"

这是塞巴斯回到房间时，得到的第一句话。

被人说自己脸红，塞巴斯把呼吸调整得深沉而平静。

若是把刚才的动摇写在脸上，岂有资格作为仆役迎接主人。

塞巴斯制止自己差点儿去碰嘴唇的手，装出完美仆役该有的表情。

"没什么，迪米乌哥斯大人。"

"不用那样拘谨地称呼我，塞巴斯。你可以像方才面对安兹大人——面对无比尊贵的大人时一样直呼我的名字。科塞特斯，你呢？"

"我也不介意。"

听两名守护者这样说，塞巴斯表示明白了。

过了五分钟，空间变得扭曲。

当扭曲部分回复原状时，那里站着一位人物。

当然，那人就是安兹。

方才还拿在手里的安兹·乌尔·恭之杖不见踪影，威克提姆也不在了。

塞巴斯、科塞特斯、迪米乌哥斯、索留香四人一齐下跪，低下头。

"有劳各位迎接。"安兹绕到桌子后头，在椅子上坐下，"起来吧。"

四人一齐起立，视线望向心情看似极佳的安兹。

"让我们进入正题吧。迪米乌哥斯，这下子证明了你有多爱担心吧。我可是一点儿都不认为塞巴斯会背叛喔。你们太过谨慎了。何况我在王座之厅就确认过了。"

"万分抱歉。也感谢安兹大人接受了我对大人的判断提出异议的无谓意见。"

"没关系。我有时也会有所忽略。只要想到迪米乌哥斯会为我多加注意，我也能放心。再说你是担心我才提出意见，我的心胸可没狭隘到会指责你喔。"

安兹的视线从深深低头的迪米乌哥斯转向另一边。

"那么，该谈谈如何处置那个人类女子了，塞巴斯。"

塞巴斯紧张得全身僵硬。

他先是勉强挤出声音，应了声"是"，接着观察了一下安兹的神色，然后才下定决心似的问道：

"该如何处理琪雅蕾呢？"

沉默持续了一会，接着安兹说出像是提问的话。

"呃，我记得如果放了那名女性，纳萨力克的情报会外泄，是吧？"

迪米乌哥斯在安兹的注视下，点点头。

"是的。正是如此，大人认为该如何处理呢？"

"那就篡改一下记忆吧。然后……给她点钱，随便找个地方扔了就是。"

"安兹大人，我想直接杀了她比较方便，也没有后顾之忧。"

对于迪米乌哥斯的意见，索留香点头表示同意。

安兹看了两人的反应，略为陷入沉思。

大概是觉得既然有两个人抱持相同意见，就应该……

塞巴斯内心急了起来。一旦主人做出决定，就不容易请他更改了。

虽说塞巴斯得到了安兹的原谅，但迪米乌哥斯、科塞特斯与索留香对塞巴斯的好感想必降低了不少。

若是随便讲出反对意见，肯定会引起他们的不快。

但是，他这时必须提出意见。

塞巴斯开口，打算说出反对迪米乌哥斯的意见。然而，他终究没机会说出来。

因为安兹比他先开了口。

"……好了，迪米乌哥斯。我不太喜欢无益的杀生行为。应该说杀害了弱者，以后就不能利用了。只要还有一条命在，也许将来会有什么用处，应该要考虑到这点。"

塞巴斯吞下放心的叹息，对琪雅蕾的处分还没确定。既然如此，就还有可能性。

"知道了……那么让她到属下管理的饲育场工作如何？"

"喔，我记得你在养混种魔兽嘛。对了，你不考虑把它们剁碎了做成粮食吗？我们还得提升纳萨力克内的伙食水平呢。"

迪米乌哥斯的视线，从喃喃自语着"混种魔兽排……不，应该是汉堡排"的安兹身上挪开，转为某种望向远方的目光。

随即转了回来。

"……它们的肉质不佳，恐怕达不到粮食的水平。用在光荣的纳萨力克当中有点……"

迪米乌哥斯微笑着，表示不推荐。

"不过嘛，属下有把死掉的家畜剁烂，喂其他的家畜吃。只是直接喂食的话它们不吃，所以我会做成绞肉。"

"唔……它会吃同类吗？畜生终究是畜生啊。"

"您说得完全正确，安兹大人。不过这正是它们愚蠢而可爱，适合当成玩具的地方。只是它们是杂食性的，也会吃小麦等食物，所以如果有剩下的小麦，是否可以赐予属下一些呢？目前状况来说，光靠抢来的分量有些不足。"

"它们是重要的羊皮纸供应来源，我也不愿让它们挨饿。我看这样吧……塞巴斯，撤退前先买进大量小麦，给迪米乌哥斯。"

"我知道了。既然分量要多，那么我想暂时租间仓库，将小麦储存在那里。要如何从仓库将小麦搬到纳萨力克呢？"

"这个嘛……把夏提雅叫来，让她用传送门把小麦运到纳萨力克好了。之后就交给迪米乌哥斯处理，没问题吧？"

"是。到了纳萨力克后就由我们来搬。"

"很好。对了,迪米乌哥斯啊,你的功劳真可说是纳萨力克第一,我对你深表感谢。"

"谢谢安兹大人!有您这一句话,我迪米乌哥斯不知受到多大鼓励!"

"……嗯,哎。你冷静点。所以我有件事想问你。你工作如此繁重,会不会很辛苦?每次有事我都把你叫回来,你还得为了稳定供应羊皮纸而运营饲育场,又要为塑造魔王做准备,托付你这么多重要事宜,我怕你吃不消。"

迪米乌哥斯露出满面笑容。

塞巴斯从未看过他那种表情,是毫无恶意、让人产生好感的笑容。

"您为了不才属下如此担心,属下真是感激不尽。不过,请您放心。这些工作都相当有意义,目前并未对属下造成任何负担。如果属下判断有必要,一定会向您请求支援,届时再请您费心了。"

"这样啊,这样啊。"

听着主人欣喜的声音,想到迪米乌哥斯口中的饲育场实情,塞巴斯内心仿佛颦眉蹙额。

塞巴斯与迪米乌哥斯同样在纳萨力克侍奉无上至尊,很清楚迪米乌哥斯的性情。

迪米乌哥斯那种人不可能只是单纯经营饲育场,就算饲育场养的是混种魔兽这种魔物也一样——

塞巴斯脑中闪过一道鲜明而强烈的光芒，因为他猜到迪米乌哥斯在饲育些什么了。

他能把琪雅蕾送进那种地方吗？

没错，迪米乌哥斯也会保证琪雅蕾的生命安全，但他恐怕不会连她的精神状态一起保证。

两人的对话正好告一段落，要插嘴只能趁现在。

塞巴斯做出如此判断，于是向主人说道：

"——安兹大人。"

"嗯？怎么了，塞巴斯。"

"如果可以的话——"

他屏气凝息。

这是个赌注。

非常危险的赌注。

但他非得踏出一步。

"我想让琪雅蕾在纳萨力克地下大坟墓里效力。"

寂静降临室内，所有人视线集中在一处，安兹平静地向塞巴斯问道：

"之前我也问过科塞特斯一样的问题……塞巴斯啊，这样做有什么好处？"

"是。首先，琪雅蕾会做饭。现在纳萨力克当中能够下厨的，只有料理长与副料理长这两人。请容我将由莉等人当成例外。考虑到纳萨力克今后的需求，窃以为会下厨的人能再多一点更好。而且我认为测试人类在纳萨力克工作的效果，也是一大好处。借此显示连人类这种劣等生物也能在纳萨力克效力，应该能够成为非常良好的前例才是。其他还有——"

"知道了，知道了，塞巴斯。"

听到塞巴斯滔滔不绝地强调琪雅蕾的用处，安兹举起手打断他。

"我知道了，塞巴斯。我完全明白了你想说什么。的确，我之前也想过会下厨的人太少，是个值得考虑的问题。"

"可是，安兹大人。她能做出适合纳萨力克的料理吗？"

塞巴斯瞬间狠狠瞪了迪米乌哥斯一眼。

对于这样的塞巴斯，迪米乌哥斯露出了微笑。

讨厌的家伙——塞巴斯在口中咬碎了咒骂。

就算安兹原谅了塞巴斯，迪米乌哥斯也并没有原谅他。

所以他在琪雅蕾的处置上，无论如何都不想如了塞巴斯的意，一定是这样的。

"这话说得也很有道理。那么你的看法呢，塞巴斯？"

"……琪雅蕾会做的似乎是家常菜。若是问我适不适合纳萨力克……我想有点难以回答。"

"家常菜吗？我认为在纳萨力克，应该用不到蒸熟马铃薯之类的餐点吧。"

"我不得不说迪米乌哥斯的想法太草率了。因为能做家常菜，表示只要向料理长求教，其他料理也一样学得会。不该只看现在，而是要放眼将来。"

"那么真希望她能到我的牧场帮忙制作餐点呢。做绞肉也不是件轻松事喔。"

"我是——"

两人吵闹不休。

安兹望着他们的对话。同时，也望着两人背后浮现的光景。

他们的创造主的身影，往昔时光的幻影——

"那么，今天要去哪里呢？"

"炎之巨人——"

"冰之魔龙——"

"……呼。乌尔贝特桑，我们之前就说过要去打炎之巨人的头目，刷史尔特尔的掉落道具，你不记得了吗？"

"塔其桑才是忘记了吧，有人要狩猎魔龙才能满足特殊职业的转职条件，不是吗？"

"……是这样没错，但掉落道具也是夜舞子桑强化所必需的啊。"

"啊，我无所……"

"你是指太初之火吗？那太初之冰也一样需要吧？既然如此应该先狩猎魔龙……"

"现在掉宝率因为付费而提高了。比起魔龙，史尔特尔的原始掉宝率比较低，你不觉得应该先打它吗？"

"那下次我付费就好了嘛。"

"……所谓、谓、谓……"

"潜入深渊去打女梦魔之类的情色系魔物怎么样?"

"老弟。你给我闭嘴。"

"恶魔系的话,我想去伐七大罪魔王之类的。虽然可能需要做不少准备就是了。"

"……塔其桑,我认为你不该这么任性。看看现在聚集的成员就知道,去消灭冰之魔龙比较有效率,不是吗?"

"不,任性的是乌尔贝特桑吧。再说我们玩游戏可不只是为了效率。"

"魔法职业最强跟战士职业最强别吵架啦……"

"那两个人从以前就是那样。他们找我加入时就那样了。"

"竟然会想跟粉红色的肉棒攀谈,塔其桑真是伟大啊。"

"……泡泡茶壶桑还有佩罗罗奇诺桑都把武器放下,好吗?我要动用公会长特权喽。"

"七大罪魔王是不是已经被哪个公会打掉了?"

"傲慢好像被消灭了。网络上有人贴了。"

"只要把七大罪全打倒好像就一定能获得世界级道具——毕竟那可是世界级敌人嘛。"

"说到世界级道具,我们来做用热质石当成主核心的最强哥雷姆嘛。"

"Noobow桑。我觉得比起做成哥雷姆,不如镶到武器上比较好吧?"

"我个人觉得镜甲也不错就是了。"

"哎，这方面的确需要多考虑一下。毕竟这可是能向运营团队做出要求的道具，再稍微考虑下也没关系吧。"

"就是啊，飞鼠桑。"

"虽然已经知道刷热质石的方法了，不过那会消耗很多从隐藏七矿山采集的金属呢。"

"除非独占矿山，否则绝对拿不到，真让人头痛啊。"

"就是啊。只要各公会还在分头管理，一用掉就再也拿不到了。也不可能大家排队使用嘛……情报卖给三位一体之类的如何？起了贪念的人应该会爆发冲突，我们就趁机来个渔翁得利。"

"把情报卖给'联盟'，让他们自相残杀是吗？不愧是布妞萌桑，诡计多端呢。"

"说到'联盟'，他们好像又在计划结盟喔。"

"咦？这是为什么？"

"听说是因为他们抢了某个忘记叫什么公会的世界级道具，所以对方公会改变了方针。"

"哎呀——不过想跟上次一样组成高阶公会同盟，恐怕很难吧。"

"——那么就由飞鼠桑来决定如何？"

"我觉得这样很好。公会长觉得该怎么做？"

"……咦？什么？我完全没在听耶……咦？哦，这种时候来问我喔……真是……那就依照惯例采取多数表决,不留麻烦吧。"

"我没异议。"

"我也是。"

"那么,新金币代表乌尔贝特桑,旧金币就代表塔其桑吧。好——各位,手上请拿着金币。现在开始听两人说明喽——"

"——你们吵够了没有,现在可是在安兹大人御前!"

科塞特斯对吵得越来越凶的塞巴斯与迪米乌哥斯泼了一桶冷水。

两人转向凝视着自己的安兹,不约而同地变了脸色。

虽然无法从空虚眼窝中晃动的火焰看出情感,但视线当中包含着强烈的力量,是毋庸置疑的事。

两人判断主人随时可能怒声斥责,于是同时采取了行动。

"在安兹大人的面前,属下失礼了!"

"让大人看到如此愚蠢的行为,属下万分抱歉!"

两人低头谢罪,然而安兹的反应却令他们无法理解。

"——啊哈哈哈!"

室内突然响起了笑声,那是非常快活而开朗的笑声。

他们不记得安兹有这样心情愉快地发笑过,科塞特斯、迪米乌哥斯、塞巴斯与索留香,目睹这难以置信的景象,全都看傻了眼。

"没关系。我准，我准你们吵！对啊！就得像这样吵个没完才行，啊哈哈哈。"

虽然完全不明白是什么触动了安兹的心弦，总之塞巴斯心想这下事情应该有了转机，安心地悄悄叹了口气。

"啊哈哈……啧，被压抑住了吗……"

突然，像是断了线般，主人的情绪沉稳下来，不过看起来心情好像还不错，应该不是塞巴斯看错了。

安兹心情舒畅地对塞巴斯说道：

"我已经明白塞巴斯想说什么了，不过很可惜，把人类带进纳萨力克地下大坟墓总是不太好。话虽如此，我想看看那个叫琪雅蕾的女人，带她过来。"

"咦？啊——是！属下明白了！"

塞巴斯虽然内心对安兹的奇妙发言有所猜疑，但仍然立刻走出房间，把琪雅蕾带回来。

"安兹大人，我带她来了。"

"嗯，把她带过来——"

安兹从椅子上探出身子，凝视着琪雅蕾的模样相当诡异。

是不是有什么地方让主人感到不快？

塞巴斯侧眼观察着琪雅蕾，但她跟刚才并无不同，他一点也不明白主人为何会显示出这种态度。

"……很像呢。"

轻声漏出的低语，应该不是刻意说出口的。

"……欢迎你来，琪雅蕾。首先我得说清楚，我基本上是不会警告第二次的。因为我想尊重对方的选择，就算结果会导致那人的不幸也一样。以这一点为前提，我有话问你。只要你撒谎，事情就不用谈了，如果你给的不是我要的答案，这件事也到此为止。"

站在一旁的塞巴斯听见了琪雅蕾吞下口水的声音。

这也难怪。

听到这番语带威胁的话，她应该对自己接下来的命运感到很不安。

"那么，我问你。告诉我你的全名。"

塞巴斯不懂这个问题的意义。为什么要问这个？

侧眼偷偷一瞧，琪雅蕾的视线正在房间中彷徨。

那态度说明了一切。

（诚实回答吧。）塞巴斯在心中祈求。

她连对塞巴斯都没说过本名，可见本名很可能有什么问题。

即使如此，如果对主人撒谎，将会有最糟的状况等着她。

沉默持续了一会，经过了让人焦急的一段时间后，琪雅蕾终于像蚊子叫一样小声说：

"琪、琪雅蕾……琪雅蕾妮纳。"

"姓呢？"

"琪雅蕾妮纳·贝隆……"

"原来如此……原来如此……那么我问你，琪雅蕾妮纳。你的心愿是前往纳萨力克地下大坟墓，也就是我统治的土地，并且在那里生活，是吗？纳萨力克地下大坟墓不是人族生存的世界。不，我的意思不是说人族在那里不能生活，而是那里没有人族这一种族。因此，我不知道那里适不适合你生存……你也可以选择收下我给你的大笔财富，到遥远的人族土地过日子喔。"

这提议实在太过宽宏大量，让人不明白安兹为何要做到这个地步。

然而，琪雅蕾没有一点犹豫，立刻回答："我、我想跟塞巴斯大人……一起生活。"

安兹缓缓点头。空虚眼窝中亮起的红光奇妙地柔和。

"好。听好了，我的仆人们。"

所有人全都表示出恭敬的态度，琪雅蕾也赶紧有样学样。

"我以安兹·乌尔·恭之名，保护琪雅蕾妮娜今后的安全。我可以将你当成纳萨力克地下大坟墓的客人，不过你的希望呢？"

"谢、谢谢大人。不、不过，请让我跟塞巴斯大人一起工作。"

"——如果你希望如此的话。那么琪雅蕾妮娜就暂且成为塞巴斯直属的临时女仆。塞巴斯，给她恰当的工作吧。同时六连星今后改为七姐妹星团，按照规定变更小队指挥官。不过，不要让她离开这里，让由莉·阿尔法代任指挥官吧。"

索留香深深低头。

"还有,告诉纳萨力克地下大坟墓的所有人,琪雅蕾妮娜已在安兹·乌尔·恭之名的保护下。同时,她也是与你们一起效力之人。"

除了琪雅蕾与安兹之外,房间里所有人一齐低头。

"迪米乌哥斯,你对我的决定有没有异议?"

"完全没有。安兹大人所说的话,就是纳萨力克地下大坟墓的法律。不过,我想很多人会对迎接人类到我等祝福之地感到不解。该如何劝说他们呢?"

"……冷静想想。夜舞子桑的妹妹明美桑虽然是森林精灵,但我们也曾经请她来过纳萨力克。没人说人类就不可以吧。若是要这样比较的话——"

安兹看着在房间里待命的索留香,接着说:

"那我得把你们的小妹也赶出去了。"

"不过不老能否称为人类,还有待商榷就是了。"

"确实如此,索留香。那么,迪米乌哥斯,你就说这是我说的。告诉大家谁有意见就来找我,我来跟他解释。"

"属下明白了。没有其他问题了。"

"那么来确认一下吧。首先我们立刻撤出这栋宅邸。部署于这栋宅邸的所有警备兵即刻返回纳萨力克。塞巴斯与索留香处理在王都的最后一件工作,就是替迪米乌哥斯收购小麦,并搬到仓库。买齐足够数量后,就送夏提雅过来以传送门搬运小麦。

就这样吧！"

所有人不发一语地低下头，琪雅蕾环顾周围，也赶紧低头。

"那琪雅蕾妮……琪雅蕾怎么处理？跟我们一起回去，还是跟塞巴斯一起回去？"

"属下认为跟我一起回去，可以省去比较多的麻烦。"

"是吗，塞巴斯，我知道了。那么塞巴斯、索留香，把那些警备用的下属带到这里来。用我的魔法回去吧。"

"遵命！"

目送三人走出房间后，迪米乌哥斯向安兹问道："您认识那个女孩吗？"

安兹没回答这个问题，慢慢从椅子上站起来，然后把脸转向无人的墙壁。那动作看起来，就像有人站在那里。

隔了一小段时间后，安兹开口了。

"我这个人呢，迪米乌哥斯，秉持有仇必报的精神。而同样的，我也认为受人恩惠，一定要还。"

安兹从空间中取出一本书。

这本皮革封面的书，是以细绳装订而成，以做工而论说是一本书都略嫌粗糙。

"我让司书长翻译过了，不过这是原来的版本。是某个……姐姐被贵族掳走，燃烧怒火的一名少女的日记。"

在某个村子里，有一对感情很好的姐妹。

年纪轻轻就父母双亡的两人，虽然生活贫困，仍然互相帮助，相依为命。

然而，姐姐却被领主——而且是有极坏风声的贵族掳走，带去做小妾了。

若是姐姐能够过得幸福，也许做妹妹的还能忍住泪水祝福她。

可是，妹妹从至今听闻的风声中，猜到姐姐只被当成玩具凌虐，玩腻了就像垃圾般被丢掉。

而她的猜测成了事实，愤怒的妹妹寻求帮助，离开了村子。

因为没有人愿意帮助她。

不久她发现自己拥有魔法的才能，为了运用这份才能救出姐姐，她逐步累积力量。

只不过，她的目的还没达成，就宣告结束了。

日记当中大部分都只是记载了简短的一句话，最后一页写着的，是对与她一同出发采药草的两名冒险者飞飞与娜贝的赞赏之词。

"我从这本日记学到了某种程度的知识，那么这就算是我欠你的。我欠你的恩情，就还给你姐姐吧。"

安兹摸了摸积年累月而变色的皮革封面，然后收回空间里。

"安兹大人，属下还有一件事想请您允许。"

"怎么了，迪米乌哥斯？"

"我看过塞巴斯呈交的数据，有件事让我在意，可以给我一点时间吗？"

"有什么问题吗?"

"是。有个地方我想去看看。我会尽量在安兹大人回去之前回来,但由于我得寻找那个地方在哪里,因此或许会花上一点时间……要让安兹大人等候实在是大不敬,但可否请您给我一点时间……"

看着神色凝重的迪米乌哥斯,安兹为了让他安心,开朗地说:

"没关系,迪米乌哥斯。你是为了纳萨力克的利益才有此行动吧?为了纳萨力克的利益而等候,我一点都不以为苦。去吧,迪米乌哥斯。"

"谢谢大人!"

2

下火月(九月)四日,15:01。

黎明到来,塞巴斯与索留香忙碌的一天开始了。

他们也可以不告而别,但至今营造的商人身份就这样白白舍弃掉太浪费了,所以他们决定演一场戏,假装要回帝国。

他带着只有刚来时与大家碰过一次面的索留香,向有所往来的商人与工会的人报告回国一事。

当然不可能只寒暄两句就结束,多少也得话点家常,这是提升人际关系时不可或缺的内容。

更何况，事实上没有哪个男人会不愿意跟索留香这样的美女交谈，于是耗费的时间也就更多了。

结果每造访一个地点都要待上三十分钟，等到他们向所有人报告完毕的时候，时间已经很晚了。

"虽然花了非常多的时间，不过暂用仓库以及搬运小麦的作业都完成了。这样就没事了，可以回纳萨力克了吧。"索留香说话的语气中难得带有喜悦之色。

塞巴斯看出这是因为能回纳萨力克地下大坟墓，而且也完成了主人下达的指令，让她心满意足。

由于在王都收集情报基本上是塞巴斯的工作，她大概没什么机会体会到为主人效命并收到成果的成就感吧。

这次的返回在名义上，必须轮到扮演主人的索留香出场，这是她的工作。

看她一副几乎要哼歌的模样，这想必让她得到了极大的满足感。

实际上，多亏她心情极佳地跟商人们交谈，使得交涉在各方面都对他们有利。

比方说仓库的租金，就算扣除了大量购买小麦这个理由，也算得上特价大优惠。

（长得漂亮就是吃香呢。）

塞巴斯打从心底这样想着，将马车停在宅邸的院子里，带着索留香走向大门。

塞巴斯在门前掏出钥匙,插进钥匙孔。

然后他一如平常地转动钥匙,却没听见该有的咔嚓声,也没有开锁的触感。

塞巴斯疑惑地皱起眉头,与索留香面面相觑。

——门是开着的?

他伸手一推,门微微开启了一点。

宅邸里只留下了琪雅蕾一人,她不可能一个人到外头走动。

"钥匙孔上有几个新的刮痕。很可能是被某人撬开——"

没等索留香说完,塞巴斯用力推开了门。

他丝毫没考虑到有陷阱的可能性,就算有陷阱,一脚踩碎就可以了。

宅邸已经完成了收尾工作的使命,怀抱着空荡荡的冷清感。

他一脚踏入屋内,用上全副的探测能力,寻找生物的呼吸——琪雅蕾的踪迹。

然而他完全感觉不到人类的气息。

"琪雅蕾!琪雅蕾!你在吗?"

塞巴斯大声呼唤,在屋子里到处寻找。他找遍了每个角落,但没找到她。

不但没找到她,连一点蛛丝马迹都没找到,简直像是凭空消失了一样。

(不对,肯定是有某人入侵了。没闻到血腥味,所以应该只是被绑架了。这样的话,绑架犯的要求是……)

塞巴斯握紧拳头。

果然不该留下琪雅蕾一个人，他对自己的失策气恼不已。

他本来就不放心把琪雅蕾一个人留在宅邸里。

由于自己曾跟非法组织起过冲突，他觉得危险迟早会找上门来。

即使如此，他还是让琪雅蕾一个人待在屋里，是因为她的心灵创伤还没治愈，对外界仍然感到害怕，也会怕人。

她在与主人他们会面时之所以没有陷入恐慌，大概是因为他们的外形与人类相差甚远吧。

那时琪雅蕾的反应不是心灵受到伤害的人，而是"看到怪物的一般人"的反应。

就算让她留在马车上，说不定也会引起一些麻烦，这样的担忧让塞巴斯决定把她留在宅邸里。

而且他以为既然已经把整间娼馆砸了，对方想重整旗鼓或是有计划地袭击，应该都还需要时间。

如今只能说，他的想法太天真了。

塞巴斯快步走过走廊时，有个声音叫住了焦躁的他，是从会客室传来的。

"塞巴斯大人，这边。"

"索留香，她在那里吗？"

怎么可能会在那里，塞巴斯刚才也稍微看过会客室了。

但他还是抱着一丝渺茫的希望，走进房间。只见索留香站在房间中央，手上握着一张羊皮纸。

"纸上似乎写了些什么——"

"给我。"

不等索留香回答，塞巴斯从她手中像是用抢的一样拿走了羊皮纸。

然后他启动了魔法道具，读过纸上写的文字，怒形于色地捏烂了它。

"她被绑架了。所以，我要去救她。"

索留香的回答十分平静，不带感情。

"属下也认为应该这样做。"

这实在不像索留香会说的话，让塞巴斯睁圆了眼睛。

"不过，安兹大人的命令，是要我们回到纳萨力克地下大坟墓。是不是应该先以这项命令为优先呢？"

"要回去，也得带着琪雅蕾回去。"

"塞巴斯大人……属下认为您这次如果又擅作主张，会引来很大的危险。第一，您要去哪里救人呢？"

"纸上十分亲切地指定了时间与地点。对方似乎是我捣毁的娼馆的经营组织关系人。"

"原来如此。不过，在您前往之前，应该向安兹大人报告一声。打从一开始若不是塞巴斯大人捣毁了娼馆，也不会导致这样的状况。您这样不是违背了安兹大人要求我们低调行动的旨意吗？塞巴斯大人您如果再度擅作主张，就等于再度违背安兹大人的旨意……再说，塞巴斯大人忘了那时候安兹大人说过的话吗？"

这番话中，有句话像闪光般掠过脑海。

安兹大人决定以谁之名保护琪雅蕾的生命安全？

"向安兹大人报告，就说琪雅蕾被绑架了，请问大人我们该怎么做。"

3

下火月（九月）四日，15∶15。

"哼哼哼——"开心地哼着自创的歌曲，雅儿贝德将针穿过毛线圈，然后将毛线一扯。接着再把针刺进去，一扯。

重复几次相同的动作后，黑布就被缝在白线打成的球上。接着她把布塞进白球里，让球变得更圆。

细细端详着接近浑圆球体的毛线布偶后，雅儿贝德脸上浮现出温柔的微笑。那表情洋溢着慈爱，宛如女神一般。

"好！安兹大人的头部完成了！"

她心满意足地握了一下拳头，然后抚摸着毛线编成的头盖骨。

那头盖骨的眼睛与嘴巴是用贴布缝上去的，非常可爱，要是让安兹看到了，一定会很害羞。

"好了，接下来做身体……"

她极其温柔地把毛线编的头盖骨放在桌上一角,然后从椅子上起身,去拿白毛线球。

这里是雅儿贝德的个人房间。说是个人房间,雅儿贝德原本是分配到王座之厅作为防卫场所,所以并没有私人房间。

但安兹判断这对纳萨力克地下大坟墓守护者总管的身份来说有点问题,因此一声令下,将四十一位无上至尊的备用房间赐给了她。

跟安兹的房间一样,雅儿贝德的起居室也很宽敞。

老实说,本来就没有多少私人物品的雅儿贝德,原本还觉得这房间实在太大了。然而,在这里生活了差不多两个月后,情况不同了。

原因之一,出在雅儿贝德此时正要打开的更衣室。

房间里到处都是安兹。

当然,是做出来的假安兹。

包括描绘着各种不同姿势的好几个等身大抱枕在内,还放了无数Q版造型的安兹布偶。

这里正是雅儿贝德的秘密房间之一,是连来房间打扫的女仆都不许进入、不可侵犯的圣域。

通称后宫房。

"咕呼呼呼呼呼——"

雅儿贝德发出奇怪的声音,跳了起来。她拍动长在腰上的翅膀,减缓速度扑向抱枕。动作有如橄榄球运动员的擒抱。

雅儿贝德紧紧把抱枕搂在怀里,就这样滚倒在地板上。

地板上也放了各式各样的安兹,所以绝不会撞痛身子。

她就这样埋在三个安兹抱枕里,发出奇怪的笑声。

"咕呼呼呼呼。安兹大人的床单做成的最新抱枕……等于是跟安兹大人同床共眠。咕呼呼呼呼……"

把脸埋进抱枕里,雅儿贝德抽抽鼻子闻味道。

"没有味道……呢。"

那声音显得非常遗憾,听到的人都会产生罪恶感。

身为不死者的安兹根本不需要睡眠,不会使用寝室,而且一身白骨,因此没有任何体味。

他会入浴冲掉溅在身上的血或尘埃,但他自己的身体不会分泌任何气味。

"唔,嗯?这是……难道是……安兹大人的……"

然而,换作恋爱中的少女,就连安兹不可能产生的微弱气味,她都能闻得出来——不过也有可能只是鼻子失灵。

"咕!咕呼呼呼呼呼呼呜呜呜!"

她以与其说是守护者总管倒不如说是变态的举止,把脸埋在里面吸吸吐吐。

"啊——好幸福喔。"

身为纳萨力克的守护者总管,雅儿贝德的职务涉及许多方面。

纳萨力克内的士兵部署与布置周边警戒网等各项事宜、确认纳萨力克内的防卫状况，还要在王座之厅待命确认所有人的状态等，多的是让人眼睛酸痛的工作。

因此，进入这个房间养精蓄锐，对她来说是非常重要的事。

"啊——好想见安兹大人，好想见安兹大人。啊——好想见他。"

她用力抱紧枕头，借以宣泄对与安兹一同旅行的娜贝拉尔的怨气。

就在这时——

"雅儿贝德。"

她身体吓得一震。

雅儿贝德额上冒着冷汗，脸部抽搐地环顾四周，确定声音是来自魔法。

"安、安兹大人！有何吩咐吗？"

"刚才，塞巴斯——不，是索留香传'讯息'给我，塞巴斯捡来的女人琪雅蕾似乎被绑架了。因此，麻烦你编组一支支援塞巴斯的部队。"

听到他说琪雅蕾，雅儿贝德马上想到那是谁。

虽然安兹一回到纳萨力克，就立刻前往耶·兰提尔去扮演飞飞了，不过大致上的事情，她都听留下来的迪米乌哥斯说过。

"请原谅我对安兹大人的决定提出异议的愚蠢行径。可是，人类这种下等生物有那种，必须特地编组部队去救的价值吗？如果是跟夏提雅那件事有关的人在背后牵线，属下还能明白……"

"不，我想此事应该与夏提雅被控制无关。这次这件事似乎是潜伏于王国内部的犯罪集团所为。"

"既然如此，那更……"

"雅儿贝德啊。我可是以安兹·乌尔·恭之名约定要帮助琪雅蕾。你明白吗？"

语气中呈现的气氛全变了，灼热的怒火传达给了雅儿贝德。

她的喉咙像是黏住了似的发不出声音。

"你明白吧？你应该明白吧！我可是特地拿出这名字说好要保护她喔！但竟然还有人敢绑架她。这就表示大家取的这个名字被人踩在脚底。就算那些人不知情，也绝不可原谅！"

他坚决地讲到这里，忽然，传来一种憎恶减缓的气息。

可能是情绪超过一定标准，因此遭到抑制了吧。

"……抱歉。我对那些该死的绑架犯有点动气了。雅儿贝德，原谅我。"

听见主人冷静的声音，她的心情才稍稍恢复平静，终于能够说话。

纵然知道至高无上的主人并非对自己动怒，然而就算是雅儿贝德，也还是会感受到压力。

"安、安兹大人并未做出任何需要道歉的事。"

即使安兹并不在眼前，雅儿贝德仍然深深鞠了个躬。

"……那么雅儿贝德，我命你平安救出琪雅蕾妮纳。"

"遵命！救出此人的同时，我也会严惩触怒安兹大人的那些人类！"

"也好，麻烦你了。对了，迪米乌哥斯应该还在纳萨力克处理搬运小麦的事吧？让他担任负责人。"

"由我直接行动——"

"不，雅儿贝德，需要你保护纳萨力克，把迪米乌哥斯送过去。还有别忘了多加小心，千万不可以让我们的真面目曝光。那么王都一事就全权交给你与迪米乌哥斯负责。好好办。"

"谨遵安兹大人之命！"

"讯息"解除，房间回复了寂静。

雅儿贝德慢慢站起来，把抱枕仔细收好。

"……不过，我真不明白。"轻声低喃的雅儿贝德，眼瞳中藏着异样僵硬的光辉。

她的脸朝向房间一隅。

这个房间不许任何女仆进入，原因之一是出于雅儿贝德的独占欲，不想让任何人碰自己做的这些安兹人偶。

另外一个原因就在那个角落，那是绣有安兹·乌尔·恭公会标志的纹章旗。

本来应该挂在房间入口附近的旗帜，现在却被扔在房间角落，布满灰尘。

从那里看不出敬意或尊敬，只有侮蔑、愤怒与敌意。

"安兹·乌尔·恭吗……无聊透顶。"

雅儿贝德想起代替安兹·乌尔·恭的纹章旗挂起的那面巨大旗帜。

由于那面旗帜实在太大，变得像歌剧院布幕一样厚重地垂挂着。

"这座纳萨力克地下大坟墓是只属于您的。我雅儿贝德，只想向您一个人效忠。啊啊……希望有朝一日还能听见您那美妙的名字——"

7章 袭击前准备

第七章 | 袭击前准备

1

下火月（九月）三日，18∶27。

布莱恩与克莱姆叫来的卫士换班后踏上了归途，等他回到葛杰夫的宅邸时，时间已经过了傍晚。

一从战斗中获得解脱，才发现自己饿得胃都发酸了。

（……如果史托罗诺夫也是饿着肚子等我，那可真是过意不去。）

他推开宅邸的门。

布莱恩那毫不客气的态度好像把这里当自己家一样，不过不用说，是葛杰夫准他这样做的。

进入宅邸，往葛杰夫借自己的房间走去时，大概是听到了声音吧，有个脚步声朝布莱恩走来。

他猜测来人是葛杰夫，而当脚步声的主人步下阶梯时，证明了他猜得没错。

"回来得真晚啊，安格劳斯。到哪儿去了？"葛杰夫的询问中并没有责备的语气。

当布莱恩觉得这个问题有点难回答，思忖了一下时，他反而还对布莱恩投以亮着兴趣灯火般的目光。

"方便的话，一边吃饭一边说如何？"

这个提议正合布莱恩的意，布莱恩摸着肚皮对他笑笑。

"这个提议真是太棒了。那我们到哪里吃?"

葛杰夫先是露出有点惊讶的表情,然后说"这边",带他到了饭厅。

"你要叫仆人弄饭吗?还是说,史托罗诺夫你要下厨?"

听了这不经意的疑问,葛杰夫面露苦笑。

"不,我完全不会下厨。"

说完,他将嘴巴抿成一字形,补充道:

"不过,我家仆人可能是年纪大了,调味都好淡。做我这种重度劳动的工作,就会很想吃重口味的食物……但我家仆人就是不懂这一点。"

布莱恩轻轻一笑揶揄道:

"王国最强的战士长,都被迫吃些清淡的健康食品啊?"葛杰夫也毫不介意,板着一张脸回答:

"就是啊。"

"其实请你尝尝我家引以为豪的素菜也不错,不过我还是出去买了。"

"这样啊。那得谢谢你的好意了。"

他说着咧嘴一笑,葛杰夫好像觉得很有趣,也跟着轻声笑了。

然后他反击似的问:"那安格劳斯你会下厨吗?"

然而这一记反击挥空了。

"虽然做不出什么好菜,不过简单的还可以。毕竟远行练武时，自己不会煮饭就伤脑筋了。"

"原来如此。"

葛杰夫一边回答一边走进饭厅，拎起放在墙角的篮子。

篮子大小差不多可以放进一个小宝宝，从里头隐约飘散出刺激鼻子与胃的诱人香气。

两人面对面坐下来，从篮子里取出好几种料理摆在桌上，然后拿起斟满葡萄酒的酒杯，互碰一下。

也没有特别为了什么而干杯。两人没说什么，咕嘟咕嘟地喝着红酒。新鲜而爽口的风味在口中扩散开来。喝了差不多两口之后，布莱恩放下酒杯。

他呵出一口气，感慨万千地低语：

"……好久没喝到酒了。"

"我也是。应该说这阵子都没回家吃饭。"

"……在王宫执勤也不轻松呢。"

"坐战士长这个位置，要做的事情还挺多的。"

"王室警备也是你的工作吗？"

"是啊。大多数时候这才是我的主要工作。"

听了葛杰夫的半辈子人生，布莱恩从中感受到葛杰夫这个汉子的刚正不阿。

其实偶尔屈从一下也不会怎样，但他就是坚持要走正路。

（那些贵族一定讨厌死这种平民了。）

布莱恩似乎猜得没错，葛杰夫话里极少谈到贵族。

明明位居王国战士长这种崇高的地位，话题内容却几乎都是作为士兵的事，或是关于自己侍奉的王室。

丝毫没有提到舞会之类的奢华世界。

在邻近的帝国，这种风气已经渐渐消失了，然而在王国，贵族与平民这两种身份之中，仍然隔着一堵厚厚的高墙。

突然间，布莱恩觉得很可笑。

过去他为了战胜葛杰夫而练剑，还自顾自地想下次碰面时就要杀个你死我活。然而现在两人却成了朋友，举杯共饮。

也许自己的这种想法传达给了对方，葛杰夫也露出笑容。

两人同时举杯互碰。

可能是有了三分酒意，碰得用力了点，杯里的葡萄酒洒了出来，弄湿了桌子。

"喂喂，别洒在菜上喔。"

"洒上去就变成葡萄酒味，搞不好很好吃喔？"

"我舌头很迟钝所以无所谓……难不成安格劳斯你也跟我一样？"

"布莱恩。叫我布莱恩就好。"

"是嘛，那你也叫我葛杰夫吧。"

"知道啦，葛杰夫。"

两人再度相视而笑，酒杯相碰发出"锵"的一声。

葛杰夫的话题无所不包，讲到布莱恩所不知道的世界、聊得正起劲时，葛杰夫用若无其事的语气问他：

"话说回来,布莱恩。像你这样的男人,怎么会变成那样?"

葛杰夫问话的语气小心翼翼的,像是怕碰了对方的伤口。窥探似的眼神,并不是想看穿真伪,而是担心刺伤布莱恩的心吧。

"嗯,谢谢。"

布莱恩没来由的道谢让葛杰夫愣住了,他那表情实在逗趣,让布莱恩的脸颊线条缓和了点。

然后他坐正姿势,开口说:"我遇见了怪物……"

"怪物?你是指魔物吗?"

"我想,应该是吸血鬼吧……名字叫作夏提雅·布拉德弗伦。只用一根小指就弹开了我自创的……用来打倒你的招式。"

布莱恩察觉到葛杰夫的瞳孔微微放大。

"……这样啊。"只说出这句话,葛杰夫就咧嘴露出了粗犷的笑容。

布莱恩很清楚那笑容里包含了何种情感。

渴望击溃强敌的战士之心。

那是布莱恩曾经对葛杰夫怀有的情感。葛杰夫应该也渴望能与布莱恩一战吧。

再经历一次那场让人汗毛直竖的死战——

然而,野兽般的暴戾笑容立刻就消失了,剩下的是王国战士长的笑容。

布莱恩描述出吸血鬼的外貌特征,葛杰夫回答"没听说过",仰头喝下一口葡萄酒。

布莱恩也以葡萄酒润唇,讲起当时的战斗——不,是单方面的蹂躏。

不过,他绝口不提自己当时受雇于佣兵团的事。

虽然他觉得葛杰夫也许会说每个人有自己的人生,但面对这个刚直的男人,他实在不愿提起过去的自己为了追求剑术无所不用其极,干过的那些勾当。

葛杰夫默默听他讲完整件事,眼中毫无怀疑之色。

"你愿意相信我说的吗?"

"毕竟世界很大嘛。有这种怪物也不奇怪吧。纵观历史,世界上还曾经出现过魔神或龙王呢。不过,这么强大的魔物……恐怕我也打不赢吧。"

"是啊。我不知道你现在有多少实力,所以不能乱讲,但我仍然可以断言,你绝对打不赢那家伙。那个怪物的世界,是凭我们这点程度不可能踏足的领域。我们俩一起上,也不过就是把战斗时间从一秒拖延成两秒罢了。"

"你应该要安慰我说'不会啦'才对吧。"

葛杰夫开玩笑地抱怨,然而布莱恩严肃地告诉他:

"葛杰夫,你必须以王国的战士长身份保卫王室。就算看到那家伙,也千万不要上前挑战喔。因为你的性命可不能白白浪费。"

"感谢你的忠告。不过,如果那个叫夏提什么的怪物要对国王下手,到时候就算要舍弃这条命,我也要争取时间。"

哪有可能争取到什么时间。除非那个怪物想玩玩，否则葛杰夫根本无计可施。

即使如此，布莱恩却也开始觉得，如果是葛杰夫的话搞不好办得到，就算只能争取到些许时间也好。

"是夏提雅。夏提雅·布拉德弗伦。"

他再详细说明了一次容貌等特征后，葛杰夫重重点头。

"好，我知道了。不过等我酒醒之后，为了安全起见，希望你可以再跟我说一遍。我这边也会到处搜集情报，"

"再怎么收集情报，我觉得也拿那家伙没办法喔。"

"如果暴风雨要来，我们是不是该想想对策？总不能放着不管。再说只要能借助各方人士的智慧，也许能找出什么好办法也说不定。"

"真能如此就好了……"

"虽然关系不太熟，不过我认识一位精钢级的冒险者。如果是他的话，应该能够出些好主意……那么布莱恩，你今后有何打算？"

这个问题让布莱恩蹙起眉头。自己今后该怎么办呢？

视线不知不觉间，移向靠在小桌旁的爱刀。

这是留恋。

终究不过是留恋。

今后，自己不管怎么努力，恐怕都赢不了那个怪物。成为最强剑士的梦想已经破灭了。

这段人生已经确定白费了。今后自己必须脚踏实地，好好活下去。

（只是一场小孩子的梦想呢……）

"做什么好呢……不如去种田吧？"

他本来就是农村出身。关于农事的记忆虽然已经磨损不少，但还留在脑海深处。

除此之外他只知道挥剑。讲得好听点，可以说他这辈子活得很专一。

"种田……倒是不错，不过……怎么样？要不要跟我一起为国效力？"

布莱恩觉得这个提议还不坏。

虽然赢不了那个叫夏提雅的怪物，但以人类的范畴来说，布莱恩相信自己还算有点本事。

只是——

"我不认为自己很合群，也不太喜欢跟人鞠躬哈腰耶。"

"没那么常鞠躬哈腰喔。"

"啊，抱歉。我不是在讽刺你。只是我对宫廷勤务就是带着这种印象……我觉得葛杰夫你的提议倒也不坏。为了别人而战啊……对了！喂，葛杰夫，我见到了一个名叫克莱姆的少年。"

"克莱姆？难道是个声音沙哑的少年吗？"

看到布莱恩点头，葛杰夫"哦"了一声。

"你在哪里碰到克莱姆的？我以为他是公主的贴身侍卫，应该不太有机会离开公主身边……"

"我看到他在街上修行。"

"到了街上还在修行啊……因为那家伙缺乏才能嘛。我看他不可能变得比现在更强了。再来就只能锻炼肉体，强化能力层面吧。他是在做这方面的训练吗？如果不是，我最好给他一点指导。"

"嗯——他的确……没有剑术才能。不过，在某方面，那个少年比我还强喔。"

葛杰夫露出"别开玩笑了"的表情。

的确，布莱恩与克莱姆的实力相差甚远，才能也无法相提并论。

然而，布莱恩知道这种差距在真正强者的面前根本没有意义，因此觉得这不过是五十步笑百步。

比起这点小差距，克莱姆挺身面对塞巴斯那种强者的杀气，那种强悍的心灵才真正值得赞赏。

（我受到挫败，选择了逃跑。但如果是克莱姆的话，只要必须保护的人站在背后，他一定不会逃跑，而是选择战斗吧。如果是那样的男子汉……至少能砍断那个怪物的指甲也说不定喔。）

对于葛杰夫大惑不解的表情，布莱恩没说什么。

取而代之的是，他大略讲起了今天发生的事，就是袭击"八指"经营的娼馆那件事。

"这样啊。你跟克莱姆一起……原来如此。"

"如果会惹麻烦上身,尽管舍弃我没关系。冷静地想想,在你这种立场的人家里进出的家伙,如果跟黑社会唱反调,应该会给你造成不少困扰吧?"

"不,完全没有这种问题,我反而欢迎都来不及了……那些混账是污染王国的害虫。如果可以,我巴不得能带头杀进他们的大本营。"

"'八指'这个组织对王国害处真的这么大?"

"大到让我作呕。他们支配着王国的大部分黑社会,借此牟利,再将赃款等利益进贡给贵族们,与贵族沉瀣一气,在民间照样作威作福。就算想摧毁他们也会遭到贵族们阻挠,我们拿他们一点办法也没有。想给予他们打击,只能像布莱恩你做的那样,强行闯入被巧妙藏起来的相关设施,硬是让他们的犯罪行为浮上台面,引起骚动。又因为他们比一般贵族更有权力,因此这种方式一旦失败,将会遭到严厉反击。"

"没辙了啊。"

"是啊。所以,希望你们这次行动会稍微削减他们的力量,不过遗憾的是,我看很难。"

"没办法请国王强制行使权力吗?"

"对立的贵族派系会从旁干涉,所以办不到。那些家伙跟两边派系都有勾结,所以问题就更棘手了。"

在沉重的气氛下,两人都默默无语地喝着葡萄酒,伸手拿料理。

2

下火月（九月）四日，7：14。

一大早就进了城堡的苍蔷薇一行人，每个人都拿着一只大袋子，放在地上时发出了金属碰撞声。

袋子里装的是她们的整套装备，因为全副武装踏进王城总是不太妥当。一行人放下了沉重的行囊，转了转肩膀。

拉娜在房间里神情温柔地看着大家，领队拉裘丝·艾尔贝因·蒂尔·爱因多拉向她问道："等会儿是不是有身为公主的公务要处理？"

拉娜虽然几乎没有权力，但还是有身为公主的职责。

"不要紧。那些公务都可以延后，没关系。"

"哎哟。"拉裘丝露出促狭的表情。

拉娜也仅一瞬间露出促狭的表情，然后立刻变得不苟言笑。

"拉裘丝，其实只要你们一做好准备，我就想请你们火速处理那件事。"

"为什么？我记得昨天听到的是要极机密地发动袭击，一个地点一个地点逐步下手，不是吗？"戴着面具的魔力系魔法吟唱者伊维尔艾问道。

她即使身在王城，仍然没有拿下遮住容颜的面具。

打扮得这么可疑而不会遭到斥责,是因为她身为人类当中最强的精钢级冒险者,而且领队拉裘丝拥有贵族地位。

"其实昨晚发生了意料之外的状况,我觉得有必要变更一部分计划。是这样的——"

拉娜说出昨晚发生的娼馆强袭事件。

苍蔷薇成员们钦佩的视线,全集中到在后面保持固定姿势的克莱姆身上,让他感到浑身发痒。

闯进娼馆、拯救身陷地狱的人们,都不是克莱姆的力量,而是多亏了与他一起行动的两名男子的帮助。

老实说,克莱姆根本没做任何该受称赞的事。

他反而还对自己很失望,自己擅作主张而没遭到责骂,计划也不至于告吹,只要做点修正即可,自己竟然为此感到放心,真是可悲。

"挺有一套的嘛,处男。"

"是啊,格格兰说得没错。能逮捕'六臂'之一,可是大功一件。"

"'不死之王'狄瓦诺克、'空间斩'佩什利安、'血舞弯刀'爱德丝特莲、'千杀'马姆维斯特、'幻魔'沙丘隆特,然后是组织头子'斗鬼'桀洛。"

缇亚流畅地说出每个名字。

"狄瓦诺克是不死者。佩什利安据说连远离自己的敌人都能砍杀。爱德丝特莲能灵活使用特殊的魔法武器。马姆维斯特是专精突刺的使毒剑客。沙丘隆特已经被捕，跳过。然后桀洛是擅长徒手战斗的格斗家。每个都足以与精钢级匹敌。"

"嗯，能逮捕这其中的一人，对我们可是大大有利喔。"

"真是太厉害了，克莱姆。不过你碰到布莱恩·安格劳斯，还跟他一起行动，运气也太好了吧。"

的确，克莱姆也这么觉得。

"能够一击打倒沙丘隆特，就表示据说曾与王国最强战士（葛杰夫·史托罗诺夫）打成平手的安格劳斯实力是货真价实的。既然如此咧，老子个人对那个连安格劳斯都坚称打不赢的管家老先生比较有兴趣喔。"

"我倒是没问塞巴斯大人的住址。"

"……嗯，克莱姆。那是他对你抱持戒心，不肯告诉你，还是你知道不该问所以没问……是哪一个？"

"都是，伊维尔艾大人。如果我问了，也许他会告诉我。然而，塞巴斯大人只是受到波及，却主动提供协助，我的确不想获得任何会对这样一位人士不利的情报。"

"嗯——太老实了。"

"说得对。"

从头到脚看起来都一模一样的两姐妹对克莱姆做出评价。

"这样了不起的人物，我却从没听过任何传闻，真让我不解……"

以伊维尔艾的这句话作为开端，克莱姆感到大家似乎对塞巴斯起了疑心，正要开口反驳时，拉裘丝拍了几下手，改变了气氛。

"好啦，这方面的问题就先搁一边吧。若不是有这么一个人在，就找不到娼馆的正确地址，也抓不到奴隶买卖头子（岢可道尔）了。他对克莱姆或是我们来说都是恩人喔。"

"你说得对，拉裘丝。那么，公主啊。你说要变更一部分计划，是指重新选定袭击地点吗？"

"是的，伊维尔艾小姐。我想在今天之内同时袭击各个地点，一口气加以攻陷。因为时间拖得越长，状况就对他们越有利，对我们越不利。"

现场一片死寂。

参与这次作战的只有苍蔷薇。

人手不足，所以一开始才说要依序袭击。

"呃，可是啊，公主，我们不是说过人手不够吗？有谁在半夜表示愿意协助吗？总不能雇用冒险者吧？"

冒险者工会的创办理念中，有一项是保护人类免于外在威胁。为此工会有项不成文规定，那就是极力不介入人类之间的纠纷。

不然工会可能跨越国家藩篱，互相协助。

因此就算只要工会出手就能拯救某些性命，但基于一旦插手介入，今后将会没完没了的判断，他们会施加压力，要求冒险者遵守这条潜规则。

有时是警告，有时可能会不介绍工作，最严重的处分就是逐出冒险者工会。

因为这样，有一部分冒险者会染手非法工作，成为被称作"工作者"的族群。但是根据一些传闻，如果有人恶意违反规定，工会还可能派出自家雇用的暗杀部队。

苍蔷薇开始对抗"八指"这个人类组织，虽然触犯了这条不成文的规定，但她们是精钢级冒险者，又可说是工会的代表性人物，不可能真的被逐出工会，因此得到了默许。

只不过，是因为触犯规定的是她们，所以才能得到谅解。

"想动用别的人力而把卫士牵扯进来，是最愚蠢的做法。那帮人的势力已经深入卫士之中了。要用他们只能用在收尾阶段，否则会有麻烦。"

"贵族们从领地带来的士兵也一样。搞不清楚哪个贵族跟他们同流合污，就不能找贵族帮忙。"

"哼。唯一能够信赖的，只有葛杰夫·史托罗诺夫与他的直辖士兵——战士们而已吧……不，就连直辖士兵们都不知道有几个值得信赖喔。"

"的确如此。结果因为我们弄不清楚对手的势力范围，所以拿不出对策。可是只是这样一味调查，王国总有一天会完全腐败。四面楚歌的结果就是头痛治头，脚痛医脚呢。"

听到拉裘丝的嘟哝，拉娜点了点头。

帝国外患加上内乱，政局又在不断腐败。

即使在如此不利的状况下,自己的主人仍然坚持奋战,克莱姆仿佛在她背后看见了太阳的光辉,不觉眯起眼睛。

克莱姆重新体认到她才是能统治王国,让许多人获得幸福的唯一人物,而更坚定了自己的忠诚心。

然而有些人却不明白这点,认定公主只要当个花瓶,美艳动人就够了,所有这些人——

主要是贵族——

使克莱姆愤恨不已,握紧拳头。

但拉娜美妙的嗓音震动了克莱姆的耳朵,化解了他的怒气,使他再度专心倾听她们的谈话。

"你说得没错。所以,我想向值得信赖的贵族寻求帮助。"

"你认识能信赖的贵族吗,公主?"

"认识,伊维尔艾小姐。虽然不多,但我知道有一位贵族值得信赖。"

"哦,拉娜,你说的是谁?我觉得你不会看漏,不过就算值得信赖,没有一定实力也没用喔,也不能保证对方能从领地带来足够的士兵。"

"我想这方面应该没问题。还有,我会请王国战士长来。"

"这倒可以理解。"

"嗯,战士长值得信赖。应该说如果连他都跟'八指'是一丘之貉,那一切都没指望了。"

"那么克莱姆,请你去叫雷文侯来。他参加了最近那场会议，所以人应该还在王都内才是。"

"侯爵吗？我的确曾经见过他与王子在一起……"

的确，雷文侯符合他们所需要的人物条件。

除了能否信赖这一点外。

他是被称为六大贵族的大贵族之一，财力等各方面都远胜过其他贵族。只是，没有证据能证明雷文侯与"八指"并非一丘之貉。或者应该说他的财力如此雄厚，也有可能是收受了他们的贿赂。

不过，克莱姆立即否定了这种想法。

拉娜——他的主人，也是最聪明、最值得尊敬的女性，说出了那人的名字。

既然如此，雷文侯应该可以信赖。

然而苍蔷薇的成员跟克莱姆不一样，全都显得面有难色。

"喂喂，公主殿下啊，那位侯爵大人可以信赖吗？"

"听说雷文侯是只蝙蝠。"

"在拥王派与贵族派之间摇摆不定的蝙蝠。倘若是个唯利是图的家伙，'八指'的钱也能让他动心。"

"我可不希望情报从他那边泄露出去喔，公主。"

众人陆续表示否定意见时，响起了"啪"的拍手声。

是拉裘丝。

"……大家别再说了！哎，拉娜，我对雷文侯没有好印象耶，他真的可以信赖吗？"

"我无法保证。而且我想他也收了点'八指'的礼金。"

咦？所有人都感到讶异，全是一头雾水的表情。

不过，有些人想到了一个可能性，开口说道：

"散布假情报诱导对方？"

"暗杀前会做这种准备。事先散布暗杀者企图下手的情报，转移警备人员的警戒方向。"

对于前暗杀者的看法，拉娜摇摇头。

"不是的，缇娜小姐还有缇亚小姐，我认为有人即使收了金钱，也不会想协助'八指'，对吧？如果他的背后运作超乎我的预料，那就算我输了，不过……克莱姆，去叫雷文侯过来。只要你说出捣毁了'八指'的娼馆，并且逮捕奴隶买卖头子的事，他应该会愿意跟我见面。"

克莱姆的视线移动，确认窗外的光线。

朝阳刺眼。

这个时间叫人来有点早。不过，大贵族恐怕不是随传随到，想约时间会面的话，也许现在去比较好。

"应该说出奴隶买卖头子的事吗？属下以为暂时保密比较好……"

拉娜说为了见他必须打出这张牌，但对方就算是大贵族，也不可能拒绝公主的传唤吧。

既然如此，是不是应该保留手上的牌呢。

对于克莱姆的想法，拉娜摇摇头否定。

"想让他站到我们这边,我方就应该全面摊牌。因为这样做最能证明我们信赖侯爵。"

原来如此,克莱姆点点头,恭敬地低下头。

"属下明白了。那么我这就去叫雷文侯来。"

"拜托你喽,克莱姆。那么,这应该会花点时间,要不要趁这时候喝杯红茶?"

3

下火月(九月)四日,9:37。

苍蔷薇一行人以为雷文侯要来也得花上一段时间,到时候应该是中午了。

身为大贵族,从一早就有与其他贵族会面等各方面的预定行程。如果传唤者是国王的话当然另当别论,但拉娜毕竟只是没有权力的公主。对雷文侯来说,优先级当然应该也比较低。

因此,当克莱姆比大家想象得还要早回来时,一瞬间,一行人以为他被不由分说地赶回来了。

然而在克莱姆走进房间后,一行人看见从他身后出现的两名男子时,她们都无法掩饰惊愕之情。

其中一人当然是雷文侯。

一身仪容只能说无可挑剔。紧身上衣绣了金线,应该是以某种珍稀野兽——很可能是魔物一类——的毛制成。

前排纽扣与衣领周围的装饰极为精致，从光线反射的模样来看，纽扣应该镶进了小颗宝石。细窄的立领围着脖子，将它整个包藏起来。

用以谒见贵人的最高级服饰，穿在他身上无懈可击，符合王国六大贵族之一该有的气度。

接着走进来的是一个微胖男子。

拉娜看到该人，惊讶地唤道：

"哥哥。"

"哟，我同父异母的妹妹，看起来气色不错嘛……哦，这不是艾尔贝因家的千金与大名鼎鼎的苍蔷薇吗？这真是太惊人了。想不到能在这里见到精钢级冒险者啊。"

敲都不敲门就走进房里来，开朗地出声打招呼的此人，正是第二王子赛纳克·瓦尔雷欧·伊格纳·莱儿·凡瑟夫。

拉裘丝向他行王室礼后，赛纳克高傲地挥挥手回答：

"我看你们好像要谈很有趣的话题，所以就来参加了。"

"臣是受到拉娜殿下传唤而来。"

"是的。有劳你跑这一趟，雷文侯。请把头抬起来。"

看到兄长——王位继承权高于自己的人物登场，拉娜从椅子上站起来回答。

抬起头来的雷文侯，脸上仿佛挂着冷笑。

那笑容很是阴险，给人阴森森的印象，但不知何故，却又让人感觉这个男人只适合这种笑脸，旁人即使看到这副表情，也不会感到不快。

"那么除了我们之外,麻烦其他人到隔壁房间回避一下,没问题吧?"

"我明白了,哥哥。拉裘丝,克莱姆,不好意思,请你们到隔壁房间。"

"知道啦。"

拉裘丝简短地回答后,指示同伴们拿起行囊。大概是不想浪费时间,打算在隔壁房间做准备吧。

苍蔷薇的五名成员与克莱姆,总计六人低头致意后走进隔壁房间。看着他们的背影消失不见后,拉娜请两人到桌旁坐下。

"这边请坐。"

"是,拉娜殿下。"

"好啊,老妹。"

一个是一屁股坐下,另一个则是彬彬有礼地安静就座。

拉娜倒了一杯红茶,放在雷文侯的面前。

"有劳殿下亲手倒茶,不胜惶恐。"

"不好意思,茶有点凉了。"

"喂喂喂。怎么没有我的份啊?"

赛纳克满脸不悦地瞪了端着红茶杯的两人一眼。

"哎呀,我以为哥哥不喜欢喝红茶呀。"

"是啊,我讨厌有颜色的热水。可是没有东西润喉很空虚耶。"

"那我请女仆送来吧。果汁可以吧?"

"红茶就可以了。也没必要特地让情报泄露出去吧。"

"只要在今天之内行动,我想女仆们也没时间向自己家里通风报信。"

"但还是得注意一下吧,毕竟女人就是大嘴巴。尤其是在王宫服务的这些女仆,跟自己家里打小报告的速度,可是快得吓人喔。"

拉娜微笑后倒了杯红茶,放在赛纳克面前。

"……哼。你已经试过了这些女仆的情报网,是吗?"

"您指什么呢?"

"好吧,算啦。"

只说了这句话,赛纳克就灌了口红茶。"好苦。"他吐出舌头。

"不过,殿下,什么事情急着这么早谈呢?虽然只要殿下一句话,臣无论何时都会急驰赶到。"

"谢谢你。那么情况紧迫,我就明说了。我想借用你的智慧。"

她轻咳一声之后说出的,是单刀直入的一句话。

雷文侯有些狭长的眼睛睁开,满是惊愕之色。不过他立刻回复镇定,隐藏起惊愕。

"臣的智慧吗?竟然有问题是殿下也不明白……臣实在没自信能满足殿下的期许呢。"

"我想你一定没问题。因为关于宫廷这方面的事，我认为无人能出雷文侯之右。"

雷文侯与王子交换了一个眼神。

拉娜公主几乎没参与过权力斗争，那么她刚才所说的"宫廷这方面的事"指的是什么呢？

雷文侯悠然自得地微笑。

目前情报太少，勉强揣测也只会想到奇怪的方向去，这是自明之理。他判断可以等情报多一点再做推测。

"臣该与殿下说些什么呢？"

"我想问你这个拥王派的背后支配者，或者应该说在背后整合拥王派的人物，能否动员派系的部队。"

"……嘎？"

雷文侯的那副表情就像魔法突如其来地在眼前爆炸一样。

只要人在现场，无论是谁都会大吃一惊。

因为雷文侯这号人物，平常表情并不是那么丰富多变。

不过这也难怪。其他贵族听到这段发言只会一笑置之，然而，这却是隐瞒至今的真相。

人们以为雷文侯是在两个派系之间来回晃荡的蝙蝠，实际上他却是诱导拥王派，阻止可能造成王国一分为二的内乱，为了保全国家大局而私下行动的最大功臣。

若不是有雷文侯这号人物在，王国肯定早已分崩离析。

赛纳克倒抽了一小口冷气。

他的确早就感觉到，拉娜拥有难以想象的智慧，是个披着人皮的怪物。

话虽如此，她没有眼线或左右手，从某种意义上来说就像是被监禁在王城里一样，在这种状况下，她是如何掌握到真相的？

在这王国当中除了赛纳克之外，没有人发现这一事实。两人同时想到她可能是虚张声势，但即刻否定了这个想法。

拉娜的态度，就只像是在讲一件理所当然的事。

两人见过许多笑里藏刀的人，如果拉娜的态度不是足以瞒骗两人的演技，那么她究竟有何根据，能找到这个答案？

拉娜似乎觉得需要进一步说明，她完全无视于雷文侯的惊愕，温暾地接着说：

"……不，也许本来我应该问问拥王派的另外两位大贵族，但勃鲁姆拉修侯暗地里与帝国互通消息对吧？这样一来……"

"你、你说什么……"

"请殿下稍等一下！"以比赛纳克沙哑的低语更大的声音，雷文侯睁大了一双细眼，叫了起来。

"勃鲁姆拉修侯……"

"你应该知情吧？你不就是因为这样，所以才做了限制，不让勃鲁姆拉修侯掌握太多重要情报吗？"

两人哑口无言，注视着拉娜。

他们注视着这个沉稳神态纹风不动，轻声说"不是吗"的美女。

"您……"雷文侯惊愕到忘了唤她殿下。

拉娜说的都是事实。

六大贵族之一,拥王派的大贵族勃鲁姆拉修侯背叛了王国,这件事实只有雷文侯与赛纳克知道。

之所以默认叛徒的存在,是为了维持派系间的平衡。

为此,雷文侯拼了命向贵族派隐瞒这件事,又千方百计不让重要情报散布到帝国。

没错,他应该一直处理得很好,直到现在这一刻。赛纳克知道这件事,是雷文侯告诉他的。

那么这只笼中鸟是怎么发现真相的?

赛纳克一想象,感到自己起了一身鸡皮疙瘩。

"您是如何发现……"

"稍微听听大家的话就知道了。我有时候也会跟女仆们聊聊。"

女仆讲的话,能有多少真实性呢?难以置信的想法支配着雷文侯的内心。

然而从过去的记忆判断,他也能理解拉娜所说的话——从女仆的话语等信息中导出的推测——的确是事实。

眼前这名女性是从大量的垃圾中,只挑选出美丽的部分,自己做成了一条镶嵌宝石的项链。

所以——

"怪物啊。"

他小声嘀咕着最适合拉娜这名女性的评价。

拉娜应该听得一清二楚,但她只是微笑,并不责备雷文侯的无礼。

雷文侯舍弃了自己直到刚才的想法。这是值得自己坦诚相对的对象,而过去的记忆的确没错。

"——臣明白了。请容臣敞开胸襟吧。王子,您不反对吧?"

看到赛纳克点了个头,雷文侯端正姿势,从正面定睛看着拉娜。

那态度与举起利剑的葛杰夫十分神似。

"不过,在那之前,臣想与'真正'的拉娜殿下谈话,可以吗?"

"什么意思?"拉娜好像不懂似的,天真无邪地回问。

"臣以前曾经见过某位少女。那位少女以臣远远不及的高度洞察力,述说了价值无可估计的言论。只不过,臣是过了很长一段时间后,才理解到那番话的意义与价值。"

悄然无声的室内响起雷文侯的独白。

"……讲话让人费解的少女。当臣看到被人这样认定的她时,只有一瞬间,臣仿佛看到了一名危险人物。"

"危险人物吗?"拉娜平静地问。

"是的。因为臣只不过是偷看到了一点,因此以为是自己多心了。不过,臣当时是这样觉得的,那是一双对世界毫不关心、轻蔑一切存在的人的空虚眼睛。"

室内气氛顿时与刚才截然不同，变得冰冷起来，雷文侯像是要保护自己似的缩起肩膀。

"只是过了一段时日之后，臣再见到那位少女时，她散发出那个年纪的孩子该有的气息，当时，臣以为之前是自己看错了……我啊，殿下，是想问您至今是否真的都巧妙隐藏起自己的本性。"

两人的眼神正面相对。

有如两条蛇互相缠绕的阴险斗争。

然后突如其来的，拉娜的眼瞳失去了光彩。

雷文侯像是看到了怀念的事物，脸上浮现冷笑。

"啊，想不到竟然如此……"

眼见露出纯洁笑容的妹妹，仿佛变成了骇人的怪物，让赛纳克冷汗直流。

不，其实他早就感觉她的美貌底下隐藏着丑恶的真面目。只不过他以前猜想，拉娜要的可能是自己掌控权力，或是把囚禁自己的王国破坏殆尽之类的欲望，这点似乎是猜错了。

这个东西跟自己不同，是异质的存在。

"果不其然呢，拉娜殿下。殿下这眼神，与我过去看到的如出一辙。您从那时候起，就一直在演戏吗？"

"不是的，雷文侯。我并不是在演戏。我是得到了满足。"

"殿下是指您的士兵，克莱姆……吗？"

"是啊，都是多亏了我的克莱姆。"

"哦。那个少年竟然足以改变殿下……臣只当他是个孩子……对殿下而言，他是个什么样的存在呢？"

"你说克莱姆吗……"拉娜的视线一下子变得如同在半空中彷徨。

因为她在思考要用什么样的词，才能形容他的价值。

拉娜·提耶儿·夏尔敦·莱儿·凡瑟夫，若要以一个词汇来形容她，那就是"黄金"。

这个词汇来自她耀眼的美貌。

然而很少有人知道，她拥有一种足以令美貌相形见绌的才能。

她的才能在于思考力、洞察力、观察力、想象力、理解力等，所有与思维相关的能力都异常发达——用一个词来形容，就是"天才"。

这份才能只能说是上天所赐。

她的思维像是由灵光一闪所组成，实际上却是从无数的零碎情报当中，借由非比寻常的洞察力考察出来的。

恐怕放眼整个大陆，也找不到才能足以与她匹敌的人物。若是硬要举出与她并驾齐驱的存在，只能从人类以外去找了。只不过，就连那些超越人类物种的存在，也很少有能与她不相上下的。

在纳萨力克，一个人就能管理全部楼层仆役的守护者总管雅儿贝德，以及拥有恶魔睿智之人，军事、内政、外交——在国务运作等所有方面都具有极致才能的迪米乌哥斯，算是跟她旗鼓相当。

人类会以自己的观点考虑事物。就这层意义来说，奇人或怪人这种标签，或许可说是凡人能做出的正确评价。

只不过，她有一个缺点。

她不明白自己能够理解的事，为什么其他人无法理解。如果这里出现一个与她水平相当的人，应该能察觉到她的天赋异禀。

这样一来，结果应该会有所不同，然而并没有这样的一个人。

结果她得到的反应，是年纪小小的女孩讲话让人难以理解，让人觉得可怕。

由于拉娜小时候长得十分可爱，因此并未遭人嫌恶，而是获得了某种程度的疼爱。

然而自己说的话没有人听得懂，对小女孩的精神发育形成了极为重大的影响，小女孩的心理便随着时间的流逝，一点一点地扭曲。

称为天才的孤独或许比较容易理解。

身处于缺乏同类的环境下，小女孩承受的压力越来越大，连着几天食不下咽，吃什么吐什么。

当时眼看着公主渐渐消瘦的人，都认为她时日不多了。若不是有那只小狗，这个预测或许就成真了。

就算熬得过来，恐怕也催生出了一个魔王。一个只能以数字判断事物，为了多数强迫少数受虐的魔王。

那次真的只是一时兴起。

在某个为了转换心情而带着护卫外出的雨天，小女孩捡到了一只濒死的小狗。她捡来的小狗，用一种眼神望着她这个饲主。

好沉重的眼神。她这样想。

天真无邪地表示尊敬的眼神。

她早已看习惯了把她当怪胎看的眼神，也看习惯了觉得她可爱的眼神，但她却无法理解这对眼睛。

对她而言，满怀真心的这对眼睛是嫌恶，是惊愕，是愉悦，是感动，并且——是人类。

没错，她从那眼睛当中，看见了与自己相同的人类。

小女孩捡来的小狗，后来成了少年，然后成了男人。无论是小狗、少年还是成为男人的时候，那对眼睛总是以耀眼而纯粹的目光射穿她。

不过，她已经不以为苦了。

因为有这对眼睛，她才能够稍微像个普通人一样跟其他人交谈，才能与卑俗低劣的生物相处。

而现在，只要有克莱姆在，拉娜的世界就已经圆满了。

"克莱姆……这个嘛，如果能跟克莱姆结合……嗯——而且还能用铁链把克莱姆绑起来养，让他去不了任何地方，也许会更幸福呢。"

室内的空气冻结了。

与拉娜有一半血缘的赛纳克当然不用说，就连雷文侯也露出惊愕的表情。

他们本来以为能听见王国当中公认最美丽的女性，说出一些孩子气的甜蜜梦想。

不，想到拉娜已经露出了真面目，也许不能期待她说出什么甜腻的字眼来，但实在没想到会这么夸张。

若是她为门不当户不对的恋情所苦，那该有多好。

她这番发言实在太不合常理了。

"原、原来如此。这就是你的本性啊。该怎么说呢……小时候只觉得像是扣错一颗纽扣那样感觉怪怪的，现在我完全能体会你这种异常性了。"

"是吗，哥哥？我觉得我并没有做出任何异常的事啊。"

"想养就养吧。没人会对殿下的所作所为……不，还是有点困难呢。除非有人愿意帮忙。"

"是啊，如果还要维持公主的颜面，想实现应该很难……而且强迫他看着我也没意义。我是希望让他维持着那个眼神，用铁链完全绑住他，像养狗一样养他看看。"

没几个人喜欢听到别人的性癖好。

雷文侯接触到拉娜这名女性的内心，巴不得能后退几步。

"当狗养……也就是说殿下并不爱他了?"

拉娜用一种匪夷所思的鄙视眼神盯着雷文侯。

"当然爱喽。只是很喜欢他那个眼神罢了,也很喜欢他像条狗似的缠着我不放。"

"真抱歉。我一点也听不懂。你那不叫爱喔,老妹。"

"我认为爱的形态千差万别。"

"……非常抱歉,这话题对臣来说有点难懂。"

"我无意要两位理解。只要两位知道我喜欢他,也很爱他,这样就够了。"

太奇怪了。虽然早就觉得她心态扭曲,但实在没想到扭曲成这样。

两人在精神构造异于常人的公主面前面面相觑。

他们都在犹豫该怎么办。

明明他们听到的是公主爱上一个士兵,根据情况甚至可能动摇国本的问题,但他们却觉得实际的问题比这离谱多了。

"好吧,性癖好这种问题……"

"这不是性癖好,而是纯粹的爱啊。"

拉娜像是责备般打断了雷文侯的意见,他强行忍住了想反驳的心情。

"好吧,是爱没错……对。只是以现阶段来说,殿下想与克莱姆……阁下结合,实在有点——"

"不可能啦。岂止不可能,这事一旦传出去,你会马上被许配给哪个贵族。跟贵族派沆瀣一气的老哥的话，应该会选贵族派的贵族吧。"

"是啊，哥哥。如果现在最大的哥哥立刻继承王位，他的第一件工作应该就是这件婚事吧。我想这方面的事情他们应该已经谈好了。因为有个贵族每次看我，都像在看自己的私有物品。"

"臣知道有个贵族表示愿意加入贵族派，只是要得到相应的谢礼。"

"可是按照常理来想，想跟克莱姆在一起，哪可能成真啊……那家伙就算获得贵族爵位，顶多也就是男爵。就算出于特例领受更高的地位，也不可能让公主下嫁吧。"

"这点我十分清楚。以王国目前的状况来说，不管使出何种手段都不可能成功吧。"赛纳克因此咧嘴一笑。

他判断这是最好的一步棋。

"所以喽，要不要跟我做个交易？如果我得到王位，我就撮合你跟克莱姆。"

"我接受。"

"回得这么快！真的可以吗？"

"没有任何理由拒绝。因为所有赌注中，这个的胜算最高。哥哥随同雷文侯一起来到我的房间时，我就想到这点了。"

"……也就是说你早都算好了？"赛纳克苦笑着响应，但他的心境却与表情截然不同。

虽说他早就猜到妹妹比自己聪明，但完全没想到自己会被她掌握得这么彻底。

冷静下来想想，拉娜本来没必要对自己这样开诚布公。不过，如果是为了引诱自己讲出这个答案，那就可以理解了。

他在心里暗骂妹妹：这个怪物。

"还有，哥哥……应该说我有件事想拜托雷文侯。"

"殿下有何吩咐？"

"雷文侯有个公子对吧？"

"是的。犬子年仅五岁。怎么了吗？"

雷文侯脑海中浮现出宝贝儿子的小脸，勉强压抑住快要松弛的脸颊。

他想到坐在身旁的赛纳克露出厌恶表情的原因，便拼命忍住了差点儿脱口而出的对孩子的赞美。

"请让公子成为我的未婚夫。"

"不可以！我怎能把那孩子交给你这种女人！"雷文侯马上吼叫起来。

然后他看看眼神冰冷的赛纳克，又看看脸上笑容依旧不变的拉娜，对自己的失态脸红起来。

"真、真是抱歉，两位殿下！臣一时有些混乱……"他干咳一声，重新转向拉娜，"殿下，恕臣失礼。可以请殿下告诉臣理由吗？"

"你应该很清楚吧？"

"喂喂，老妹。这话是你自己提出的——"

"跟臣的儿子结婚，殿下与克莱姆怀孕生子。臣的儿子与他最爱的女性怀孕生子——由臣这个孙子继承家业。然后殿下名义上是他的母亲……大概是这样吧？这个方法还不错。殿下能与心爱的男子怀孕生子，虽然是伪装的，但臣的家族也能获得王室血脉。"

"我对地位或继承权没兴趣，所以侯爵只要能给我的亲生孩子一些财产，我不会侵占你的家族。"

"这方面臣愿意信赖殿下。"

"……雷文侯这样的重臣一旦提议，父亲也不好拒绝吧。侯爵能获得王室血脉，你能与心爱的男人结合，而我则获得你这个协助者，谁都不吃亏。一旦背叛，所有人都得一起下地狱……哎，算是很完美啦。不过，这种事不该在我面前提出来吧……"

"哎呀，我只是想确定哥哥是站在我这一边的。再说您也不愿意事后才知情吧？"

赛纳克什么话也没回。

因为拉娜说得没错，而且他无法拒绝这种掌握了双方弱点的提议。

虽说齿轮错了位，但这样优秀的人物，也是王国将来不可或缺的人才。

"那么，我们的话题就讲到这里，听说殿下好像与'八指'

起了冲突，而且还逮捕了奴隶买卖头子？"

"是啊，正如克莱姆跟你说的。所以我想趁'八指'躲回地下之前一口气展开攻势。我从某个场所得到了关于在王都内活动的'八指'的情报，想在今天之内袭击那个地点。只是还有一个问题，就是兵士不足。我想借助雷文侯的力量，所以才找你来。"

赛纳克与雷文侯面面相觑，开口说话的是赛纳克。

"所以要袭击的地点是？"

拉娜将羊皮纸与写着翻译的纸交给他们，两人传阅一遍。

"这项情报已经获得证实了？"

"当然。我请拉裘丝调查过了。我刚才收到报告，这些的确是'八指'拥有的设施。问题是，每个地点都位于不同贵族的领地。"

虽然还不到治外法权的地步，但是闯进其他贵族的领地，就等于向该贵族挑衅。

"这点应该没问题。只要能找到关于'八指'的证据，就能用来对贵族施加压力。"

"就算没发现，只要硬找出来就没问题。这下放在手边会有麻烦的数据废弃地点就有着落喽。"

三人相视而笑，那笑容当中不带一丝温柔。

"那么老妹啊，我有个问题，或者该说重要议题。"

赛纳克环顾周围。这是他第一次确认房间里没有别人。也就是说这问题相当重要，接下来要谈的是最高机密。

"其实我们的哥哥，也收了'八指'一个部门的钱。我们想说可以用来赶他下台，所以搜索过那个部门在王都的大本营，并且已经掌握到那个大本营就在这个王都里。我想把那个地点加入这次的袭击计划中。"

"可以。这次是大扫除的好机会。毕竟错过这次机会，下次就不知道是什么时候了。那么是哪个部门呢？"

"毒品相关。"

"那样很不妙呢。几天前，我请拉裘丝她们袭击了三座栽培毒品的村子。所以最好及早行动，否则对方可能会逃走。"

"什么……这样啊。雷文侯，能立刻行动吗？"

"很难呢。总之臣知道哪些贵族并未与'八指'同流合污。但若是绝对能够信赖的，大概只剩下两家吧。臣需要时间说服他们。除此之外还有一个问题。"

"什么问题呢，雷文侯？"

"我们带来的士兵也可能敌不过'八指'。"

以强大冒险者作为代表，某些人的实力有时甚至能与一支军队相抗衡。

冒险者当中特别多人获得超凡力量的理由众说纷纭。其中可信度最高的说法，是极限状态下肉体——另有一种说法是脑部——会异常活性化，引发类似超回复的现象，而使能力不断上升。

其他还有神给予祝福、吸收魔力而进化等各种说法，不过它们的共通点是：肉体、精神或魔力等身体机能会急速上升。

这种上升现象越是对付强者，发生的概率就越高，因此对抗拥有各式各样能力的强大魔物的冒险者，非常容易产生这种现象。

而如果敌方当中有这种对手，一般士兵毫无胜算。

"但如果是侯爵直属的亲卫队，应该可以吧？"

雷文侯摇头响应赛纳克的询问。

"他们的确是引退的冒险者没错，而且是由秘银级以上的人员所组成，但敌人当中也有超乎想象的强者。'八指'最强的打手'六臂'，据说他们每一个成员都能与精钢级冒险者匹敌，若是他们出动，情况将会相当不妙。如果能好几个人对付一个人的话，情况或许会有所不同。"

"精钢级……"

赛纳克会说不出话来也是理所当然的。

据说每一个最高级冒险者的强大实力，是名副其实的以一挡百，又可说是万夫莫敌。

"那就拜托拉裘丝，请苍蔷薇的成员们分头行动，每个人负责一个地点吧。只要一个地点没有两个以上的'六臂'成员，我想应该行得通。"

"……臣记得苍蔷薇的各位总共是五人吧。敌方的最强战力有六人。这样一想，分头行动可能会犯了兵力分散的大忌……

不过也不见得六个人都在王都里。只要她们不介意,这样最多可以同时袭击五个地点呢。"

"虽然很想全部一口气发动袭击,但似乎很困难呢。真可惜,如果能一网打尽的话,那是最好。"

拉娜弄到手的羊皮纸上记载的地址共有七个,再加上赛纳克他们知道的一个,总共是八个地点。

但他们没那么多人手。

"要放过的地点多达三个。虽然气人,但我想也是情非得已。"

"结束袭击的人员就依序前往剩下的三个地点,怎么样?"

"这应该是最好的办法了。殿下,在王都内动用士兵本身就会形成问题,这方面该如何处理?"

"这方面我会好好说服父亲。先别管这个了,结果还是得放弃吗?我这人有点贪心……"

这时传来了敲门声。

"来了呢。"

本来应该由女仆去应门,但这次她们不在房间,因此雷文侯想要站起来,不过拉娜以手制止了他,走到门边后毫不犹豫地打开门。

确认了站在门外的人物后,拉娜满面喜色地回头看向两人。

"可能协助我们袭击第六个地点的人来了。"

满心困惑地被拉娜请进房间里的,是王国战士长葛杰夫·史托罗诺夫。

4

下火月（九月）四日，21：00。

克莱姆手上拿着一团黑色物体。

这个颤巍巍的东西本来应该是个浑圆的球体，但因为极为柔软，因此像是被重力压扁似的变了形状。

克莱姆把这个仿佛塞满液体的奇妙圆球，砸向自己的身体——铠甲上。

球体发出啪嗒一声扩散开来，在克莱姆纯白的全身铠上制造出黑色斑点。

刚才克莱姆拿在手上的，是内有黑色染料的球。看到这幅景象，大家都会这么认为。

不过，还不只如此。

弄脏了克莱姆铠甲的黑色染料蠕动起来，在铠甲表面流动，像是要扩散到全身上下。

然后没用几秒钟的时间，克莱姆的铠甲就从耀眼纯白变成了暗沉漆黑，没有一个角落遗漏。

克莱姆砸破的球体是一种称为魔法染料的魔法道具。

听说比较高级的染料可以抵抗酸、火焰或冰等，不过克莱姆使用的这种就只有变色效果。

之所以使用这个，是因为克莱姆的纯白全身铠太显眼了。

拉裘丝召集了各组负责人，克莱姆也走到拉裘丝跟前。站在全体负责人正中央的，是一名身穿灿烂装备的少女战士。

首先是那把无人不知、无人不晓的魔法剑——魔剑齐利尼拉姆。

这把大如变形剑的武器，由于收在剑鞘当中，因此无法一窥那令人联想起漆黑夜空的刀身，不过光是看剑柄部分就能知道其做工的细致精美。

尤其是镶嵌在柄头的巨大蓝黑宝石内部，还摇曳着有如火焰的光辉。

而她身穿的全身铠散发出只有白银与黄金才能呈现的光辉，各处雕刻着无数的独角兽。这正是只有处子才能装备，出淤泥而不染的"无垢白雪"。

相对于如此辉煌的武装，保护背部的斗篷外套看起来就像是鼠灰色的棉料。

这件外套称为鼠速斗篷，能够提升移动速度、敏捷性与闪避能力，是件不能由外观判断的强力魔法道具。

不过，著名的魔法道具——浮游剑群似乎并未启动。

跟克莱姆不同，拉裘丝之所以打扮得如此显眼，想必是因为她能用自己的魔法隐蔽起来吧。

聚集在这样的她身边的，都是些熟面孔。苍蔷薇的成员，以及葛杰夫·史托罗诺夫。

跟一行人并肩站着，让克莱姆觉得自己简直格格不入，感到很难为情。

拉裘丝说明这次作战内容，是袭击"八指"拥有的八座设施，并将其占领。

不过由于人员只有七组，因此剩下一个地方将会在占领完其他设施后，再由各组队长以及雷文侯的亲卫队——秘银级以上的前冒险者——前往，小组其他成员则继续驻守占领的地点。

要尽量剥夺敌方成员的战力并将其逮捕。若是不可能做到的话，不得已也只能痛下杀手。

就只有这样。

接着拉裘丝又提出警告，对方是支配黑社会的巨大势力，有可能碰上实力超强之人，或是落入陷阱，因此千万不可疏忽大意。

克莱姆身体颤抖了一下。

这并非因为恐惧，而是对于自己在这次作战中担负的职责感受到沉重压力。

跟其他小组的领队相比，克莱姆实力实在差得太多，却被选为一支小组的领队，这是因为克莱姆比一般士兵来得强，而且前来提供协助的人推荐了他。

也是这个原因，雷文侯私人雇用的唯一前山铜级冒险者小队，也被派来弥补克莱姆小组的不足。

大家安排得如此面面俱到，他怎好意思拒绝。

而且当克莱姆一察觉到自己被选为组长背后的原因，他就再也无法将这份责任交给任何人了。

苍蔷薇一行人、雷文侯、葛杰夫·史托罗诺夫，以及发生骚动时负责灭火的赛纳克王子。

这些人当中没有人与拉娜相关。

正因为如此，他们才会让拉娜的贴身士兵克莱姆担任组长，以显示拉娜也与这次的作战关系匪浅。

（这似乎是雷文侯与赛纳克王子的主意，但他们为何要这样做？）

克莱姆弄不懂他们有什么理由这么做。

即使如此，为了让更多人知道拉娜对王国的奉献，心中涌起勇气的他，也要完成这份重责大任。

事情讲完，所有人宣告解散。

克莱姆回到自己的小组时，从刚才就一直待在后头的男人轻快地出声叫他。

"都准备好了吗？"那个男人，布莱恩·安格劳斯，正是葛杰夫带来的帮手，也是克莱姆小组的副组长。

"小组已经准备就绪，现在就等司令官阁下的一句命令喽。还有这是我们要走的路线，路线是那家伙选定的。"

布莱恩交给克莱姆的王都地图上画着红线，克莱姆视线投向布莱恩指着的方向。在那里的是前山铜级冒险者小队中的一人，被派到克莱姆小组。

那人似乎注意到了克莱姆的视线，稍微挥挥手做回应。对这个有点年纪的男人，克莱姆稍微低头致意。

本来也许身为组长的人不应该低头，但对于实力不配称为组长的克莱姆而言，这是理所当然的。

因为以克莱姆的立场来说，自己并不是站在前方带领大家，而是得请大家拉自己一把。

他们正在谈话时，一个大块头的人物走来，向克莱姆出声叫道：

"喂，处男。"

可以不要用这个名字叫我吗？感觉到自己组员的眼光变了，克莱姆打从心底如此想。

所幸没人用侮蔑的视线看自己。

有人仿佛含笑旁观，有人的目光像大人关爱孩子，也能感觉得到强烈连带感的视线。

"格格兰大人，怎么了？"

只见她装备得跟旅馆那时候不同，全身都是一级品的魔法道具。

突出尖钉的浓红黑色全身铠的胸膛部分，描绘着眼睛般的花纹。这正是有名的铠甲"凝视必灭"。

防护手套部分有些特殊，雕刻着相互缠绕的两条蛇。这是能替碰触到的对象回复体力的古代珍品双蛇护手。

挂在腰上、长而巨大的突刺战锤是"碎铁"。仿佛王公贵族服饰的深红豪华披风是"深红守护者"。还有穿在铠甲底下,看不见的抵抗上衣、龙牙护身符与高阶力量腰带。

除此之外还穿戴了飞翔之靴与龙卷头冠,戒指也蕴含了强大的魔法力量。

这就是王国巅峰级战士格格兰的全副武装。

她能拥有这么多单价高到让人目瞪口呆的装备,也是因为她是精钢级冒险者。

同样地,伊维尔艾与缇亚、缇娜姐妹身上也佩戴着一眼就能看出等级超高的精品。

"没什么啦,老子只是在想处男也许正在紧张,想来拍拍你的屁股。"

原来她是来关心自己的,但克莱姆还是希望她别再"处男处男"地叫个没完。

只要他有心,随时都可以——到店里——舍弃童贞,他只是没这么做罢了。

正当克莱姆在心中悄然落泪时,格格兰用罕见的尖锐眼光,看向站在他身旁的布莱恩。

"布莱恩·安格劳斯,曾与王国战士长平分秋色的男人……原来如此啊,那项传闻绝非虚假,也不是夸大其词呢。"

"苍蔷薇的战士,格格兰。原来如此……厉害。的确有资格作为精钢级冒险者小队的战士。那么,我合格了吗?"

克莱姆不明白什么合格不合格,他看看布莱恩,只见他耸耸肩，然后将格格兰心里的想法告诉克莱姆。

"她是来看我是不是个够资格的战士，能够照顾克莱姆小兄弟啦。"

"是这样的吗？"

"才不是好吗……你会怎样都跟老子无关啦。老子过来只是觉得保持处男之身翘辫子太可怜了，要是有点时间的话，想替你开封一下而已啦。不过嘛，这下老子知道你打倒'幻魔'并不是偶然了。真是个了得的战士，不用比剑老子也感觉得出来。只要有你在，一定简单得很。"

"那真是谢谢你了。我这下也知道传闻是真的了。不过，还是不要大意比较好喔。这世上可多得是连我们都能瞬杀的怪物。"

"哦，真是谨慎啊。老子不讨厌你这种男人喔。虽然你应该不是处男，不过要不要来一发？"

"还是免了吧。搞不好会被压断。"

克莱姆可不会去问是哪里被压断。

"这样啊，真遗憾。克莱姆，当心点啊。"

格格兰挥手告别后，跨着大步扬长而去。

目送着她的背影，布莱恩轻声说：

"从外貌还真看不出来她这么温柔。"

"不止格格兰女士，苍蔷薇的各位都很温柔。伊维尔艾大人也是，虽然打扮成那样，但意外地也很温柔。"

"戴着面具的魔力系魔法吟唱者吗……对了，葛杰夫说他见过一位叫安兹·乌尔·恭的人也是这样，难道魔法吟唱者之间流行戴面具……嗯？看来好像要行动了。"

"好像是呢。远方的小组为了跟大家配合袭击时间，现在不出发就来不及了。"

两人目视前方，看见了先行出发的小组。

克莱姆环顾周围，视线四处徘徊寻找某位女性。理所当然地，他找不到那个身影。

她现在应该在跟赛纳克王子一起行动。

自己明知拉娜的辛劳，见不到她却又感到有些寂寞，算是一种任性吗？

"那么克莱姆小兄弟，我们也动身吧。"

"……好的！走吧。"克莱姆向自己的小组下令出发。

克莱姆。

副组长布莱恩·安格劳斯。

前山铜级冒险者四名。

雷文侯领地内的民兵二十名。

然后与雷文侯有来往的高位神官、魔法师工会人员等后方支持部队也随后跟上，总共三十二名人员静悄悄地动身。

下火月（九月）四日，20：31。

"想不到能凑到这样的人员……我得向安兹大人致谢才行。"

这是塞巴斯一眼看到集合在宅邸内的成员们，所说出的第一句话。

以迪米乌哥斯为首，守护者当中派出了夏提雅与马雷。战斗女仆方面则可以看到索留香与艾多玛的身影。其他还有多名迪米乌哥斯麾下的高位仆役——魔将。

战力强大到无法置信，也可以说战斗力过剩了。

"尤其是守护者当中实力排名第一第二的两位竟然都来了……"

"嗯——根据安兹大人的旨意，所有权责由我迪米乌哥斯掌控。塞巴斯，有没有异议？"

"当然没有。"

"那么希望你不要误会，安兹大人的确说要救出人类（琪雅蕾），不过凑齐了这样的成员是有更崇高的目的，那就是诛杀对诸位无上至尊的脸吐口水——那些愚蠢的'八指'成员，明白吗？"

"我很明白。次要目的才是救出琪雅蕾，对吧？"

"正是。不过我不认为琪雅蕾能承受得住复活魔法，所以我也赞成你的意见，希望趁她还活着时把她救出来。"

酸溜溜的讲话方式。

"话虽如此，如果她已经死亡时该怎么处理，的确是个问题。再说假使我是敌人的话,就会把人质的脑袋扔向愚蠢地前来送死的对手。"

"如果是迪米乌哥斯的话,应该会故意在对方面前凌虐人质,杀鸡儆猴吧?"

"我必须承认你说得没错。让前来救人的人无法动弹,然后让他在一旁看我折磨人质……真是令人心动的光景。"

"哪里让人心动了?"塞巴斯将烦躁藏在笑容底下,向他问道。

不用说,迪米乌哥斯观察的目光想必看穿了塞巴斯的假笑,所以他这样不过是做做样子罢了。

"全部啊,塞巴斯。全部。"

迪米乌哥斯笑容可掬,裂纹般的眼瞳中藏有冰冷透彻的光辉。

"当然,如果是我的话,我还会故意让前来救人的人类带着俘虏逃跑。先让他们放心以为得救了,然后再来个大翻盘。毕竟希望越大,绝望也就越大嘛。"

"那样好像也很有意思呢。下次有机会的话,就来玩玩这招吧。"

"可、可是,如果这样真的让对方跑了,那、那个,不会很糟糕吗?"

迪米乌哥斯与夏提雅都笑了起来。

"马雷讲话真有意思。就是要让对方跑不掉啊。好吧,如果对方真的逃掉了，那我可得称赞他们一句了。"

"有自信绝不会让对方跑掉，才能这么自负呀。真不愧是迪米乌哥斯。"

明明时间有限，迪米乌哥斯却愉快地畅谈折磨他人的乐趣。塞巴斯看得不耐烦了，提出问题以结束这个话题。

"迪米乌哥斯，您说要诛杀'八指'，情报已经到手了吗？"

"嗯，一点儿问题都没有，塞巴斯。情报已经到手了。"

"哦哦。"他佩服地感叹出声。

关于这点，塞巴斯也不得不真心感到敬佩。

迪米乌哥斯待在王都的时间应该非常之短，但他还是弄到了情报，塞巴斯完全无法想象他究竟用了什么手段。

考虑到迪米乌哥斯是听从主人命令而行动，他一定不是随口说说，而是有确切的证据。

"再来就是到那个地点——有好几个，进行袭击罢了。当然，要尽可能在各个地点俘虏几个可能持有情报之人，然后还要让'八指'明白自己犯下的愚蠢行径——"

讲到这里，迪米乌哥斯停顿了一下，瞧了一眼塞巴斯，然后再度开口。

"——为了让那些践踏安兹大人以至高辉煌的名号约定之事的人受到相应惩罚，我们必须套出情报。各位，有没有异议？"

"没、没有！"

"竟敢对安兹大人无礼，就让他们用身体赎罪吧。"

"自然没有任何异议。"

两名守护者与管家各自答话。两名战斗女仆与魔将们没出声，只是对迪米乌哥斯行了臣属之礼。

"很好。那么首先，塞巴斯，可以把对方叫你前往的地点告诉我吗？来确认一下我收集到的情报里有没有那个地点吧。"

塞巴斯说出留在宅子里的羊皮纸上画的地点后，迪米乌哥斯露出笑容。

"应该说真是太幸运了，还是难过少了一个该袭击的地点呢。你说的地址似乎与我挑的一个地点完全一致。那么那里就交给你吧。"

"没有问题。不过，她也许受了伤。如果能派一个会使用治愈魔法的人给我，那就再好不过了。"

"拯救那个人类是安兹大人所望……索留香，我本来想留下探索能力优秀的你担任机动人员，不过你愿意支持塞巴斯吗？"

"遵命，迪米乌哥斯大人。"

"还有应该待在那栋建筑物里的人类，绑走了琪雅蕾的那些人……"

"你要是敢帮助让安兹大人颜面扫地的人类，这次我真的会杀了你喔。"

"别担心，迪米乌哥斯。我一定会杀光他们。"

"妾身从刚才就一直在看……你们讲话就不能再和气一点吗？"

塞巴斯眼角瞄到迪米乌哥斯露出难以言喻的表情。

同时他想，自己大概也是一样的表情吧。不过，自己为什么会讨厌迪米乌哥斯呢？

想想还真不可思议。

自己对同样有虐待兴趣的夏提雅并没有反感，但跟迪米乌哥斯讲话时总是一肚子火。

话虽如此，在这次事件上跟迪米乌哥斯不合，等于是对伟大领袖的温情吐口水。

塞巴斯在心中向主人谢罪，并对迪米乌哥斯低下了头。

"您是来弥补我的失败，我却对您这么无礼，非常抱歉。"

"我没放在心上，塞巴斯。总之……你救回了琪雅蕾后，就火速将她送到纳萨力克地下大坟墓避难，这样可以吧？"

"当然。只是，那边已经做好接受她的准备了吗？"

"没问题的。这方面啊，都处理妥当了哟。"

听了语气甜滋滋的艾多玛所言，塞巴斯点头表示了解。

"那么没有其他问题了吧？好像没有了呢。那么接下来把成员分成七组，决定由谁袭击哪个地点。当然塞巴斯与索留香已经决定好了。还有我得先提醒一件事，夏提雅！"

迪米乌哥斯突然强硬起来的口气，让夏提雅吓得身子一震。

"什、什么事呀，迪米乌哥斯。"

"你担任机动人员，暂时待命。你只要身上泼到太多鲜血就会失去理智，要是让你对付多数喽啰弄到失控，那就麻烦了。"

"没、没问题的啦！只要用滴管长枪全部吸干，发动的可能性就会降低很多。"

"就算这样还是不行。这次行动必须非常小心。要极力避免任何风险。还有塞巴斯，我先跟你说声抱歉。这次拯救琪雅蕾与严惩'八指'，都只是计划的第一阶段。但是计划的全貌不用说，就连第二阶段之后的行动计划我都不能告诉你。这是因为你在计划的第一阶段结束时，就得返回纳萨力克，到时候你就置身事外了。为了避免情报泄露，知道的人越少越好。"

"明白了。那么我这就去准备行动。"

塞巴斯离开房间后，迪米乌哥斯对剩下的人员开口道：

"好。首先第一件事，我要告诉大家一些重要事项，绝不要听漏了。艾多玛，你能够制造出幻象，对吧？我希望你可以照我的指示用幻术做出幻象，可以吗？"

"了解了。"

听着迪米乌哥斯细微的指示，艾多玛在空无一物的空间中制造出一个虚像。

浮现的幻象让迪米乌哥斯很是满意。

"禁止杀害这名人物。只是受点伤还没关系，不过原则上禁止，希望大家记住。尤其是夏提雅。"

"不用这么啰唆妾身也知道呀。"

夏提雅被他一再叮咛，大大嘟起了嘴，马雷则是露出无奈的苦笑。

"那、那个,这件事,呃,不用告诉塞巴斯先生吗?"

"不要紧。以他的性格来看,他不会随便伤害此人……为了预防万一,索留香,发生特殊状况时,可以帮我阻止他吗?"

"遵命。"

迪米乌哥斯满意地点头。

这次作战与为纳萨力克带来莫大利益的计划息息相关。

若是犯下重大过失,可能拖延今后纳萨力克……不,是无上至尊安兹·乌尔·恭未说出口的最终目的,也就是征服世界的进度。

既然主人已经说"全权交由你负责",那就不容许失败。

雅儿贝德也严加指示,由于夏提雅、科塞特斯与塞巴斯接连犯错,再继续失败下去,守护者——由无上至尊创造出来的角色当中,这些最高阶层者的能力可能遭到怀疑。

诚然,主人并未对这些过失表示不悦,科塞特斯那件事更好像是照着主人的计划进行,但依赖主人的温情绝不是正确的态度。

(我要以这次作战的成功,向安兹大人展示守护者派上用场的地方。)

无法好好效力让主人满意的愚蠢部下,还有存在的价值吗?

然后主人会不会对这些窝囊的部下感到失望透顶,就连最后留下的一位大人也销声匿迹呢?

连迪米乌哥斯想到这里,都会害怕得浑身冻结。

（不允许失败。不只如此，还得做出足够的成果，将之前的过失一笔勾销。）

迪米乌哥斯怀抱着坚定的意志，环顾室内所有人。

"还有希望大家别忘了，对夏提雅洗脑的人，也许还在虎视眈眈地伺机下手。所有人都不可以未经许可就离开负责区域，希望大家注意。包括我在内，任何守护者盘问的时候要立刻举起双手或是相应部位，不要有任何可疑举动。如果对方有可疑举动，为了安全起见，必须杀了对方。大家有没有疑问？"

"呃，那个，刚才我已经问过了，还可以再问吗？"

迪米乌哥斯对马雷温柔地微笑，做个手势要他继续说。

"好、好的。我、我记得塞巴斯先生不像我们持有世界级道具，没关系吗？"

"关于这点，安兹大人也想过，塞巴斯要担任诱饵。若是敌人愿意上钩，那是最好。为此，雅儿贝德已经在王座之厅待命了。还有无法使用'讯息'的人更要特别注意，不要擅自行动。整体监督由我负责，有任何问题请来找我。还有，包括我的计划在内，我事先已经将所有事情告诉马雷了，遇到跟我联络不上等紧急情况时，马雷会指挥作战行动。"

"那我……妾身呢？"

"夏提雅，不好意思，刚才我也说过我无法完全信赖你，所以你先待命吧。哦，我的意思是说我担心你的血之狂乱。"

"知道了呀！知、道、了！"

"计划的第一阶段结束后,就进入第二阶段重点。关于这个阶段我现在开始说明,这边才是重点。希望大家特别用心听——怎么了?"

暗影恶魔从迪米乌哥斯的影子里慢慢现身,低声将得来的情报传达给他。

"是这样啊?虽然事出突然,但也没办法了。"

这件事对迪米乌哥斯来说虽然很麻烦,但也不能视若无睹。

"抱歉,马雷。我得到最新消息,必须袭击的'八指'据点增加了一个。对你不太好意思,不过我希望你改变袭击地点。我想你一个人应该就够了,不过为了安全起见。让艾多玛也跟你去吧。"

"好、好的。呃,那个,请交给我。"

"回答得好。那么细节等会再说,趁所有人都在,要开始说明第二阶段的计划——矶汉那。这是这次在王都进行的一连串计划当中最重要的部分,请大家安静仔细听。"

8章 六臂

第八章 | 六 臂

1

下火月（九月）四日，21：51。

在王国，人们习惯于日落时分就寝，这是因为点灯也要花钱的关系。

贫穷家庭较多的村落经常过着日出而作、日落而息的规律生活。然而来到都市地带，生活样貌便与农村等地区有所不同。

这种差异在多彩多姿的繁华街道等地方更为显著，各色店家与居民每当华灯初上，都会活跃起来，有如夜行的野兽。

不过，克莱姆要去的地方并非如此。

那里与其说是灯火辉煌的夜晚闹市，不如说是封闭在暗夜中的黑街。

克莱姆不发一语，也没拿灯火照明，走在静悄悄的巷弄里。没有照明仍能在阴暗巷弄中走动，是因为铠甲的头盔部分具有与夜视头盔相同的效用，虽然只能看到前方十五米以内，不过从细缝看出去的景象简直有如白昼。

不只如此，使用了秘银等材料打造的全身铠，不同于钢铁铠甲，不会发出碰撞声。再加上铠甲附加的魔法力量，连一点金属声都不会发出。

除非是听觉特别灵敏之人或是优秀的盗贼，否则就算站在附近，想必也听不见克莱姆走路的声响。

正因为如此，他才会参加先行侦察部队。

走过巷弄，目的地映入眼中。周围覆盖着高耸的围墙，形成与四周隔绝的空间。气氛让人联想到监狱，或是要塞。

不知道内部进行着何种非法行为？他不禁产生这种阴暗的想象。

即使是安装在门扉左右的魔法灯光，也无法抹去这种印象。事前情报所得知的建筑物应该就在这围墙后面，不过从这里看不见。

"就是那个呢。错不了。"

克莱姆压低身子，低声一说，就在旁边空无一人的空间，有个声音回答他。

"是啊，组长。就地点或气氛来看，似乎就是那里了。那么我先去侦察一下。"

一名前山铜级冒险者，拥有盗贼系能力的男人说完，与他们同行的布莱恩搭腔道：

"当心点啊。虽说你做了'隐形'，但别忘了还是有战士能看穿。"

"当然了。敌人可是'八指'。我会抱着他们雇用了我这种程度的盗贼，或是魔法吟唱者的念头谨慎行动。你们俩就替我祈祷成功吧。"

只说了这些，身边的存在感便渐趋薄弱。虽然仔细倾听也听不见，不过如果是同等级的盗贼等人的话，也许能听见往宅邸方向逐渐远去的细微脚步声。

只剩下克莱姆与布莱恩。他们将组员留在后面，是因为他们不擅长隐秘行动。像全身铠这种东西，等于是用噪音告诉对方自己在这里。

话虽如此，等会儿就要开打了，没人有勇无谋到敢脱掉铠甲靠近敌人。

所以才会是这两个人。

当然，两人都是战士，不可能像盗贼那样行动。

即使如此，克莱姆靠身上铠甲的魔力，布莱恩则是使用武技，所以两人能够在黑暗中行动，而且一同来到这么靠近敌营的地带。

不过接下来只能交给专家了。

两人冒着危险如此靠近敌营，是万一盗贼潜入失败，敌人加强防备时，要判断是该攻还是该逃。

所以他们只要在这里监视，就已经充分完成了职责。

即使如此，随着时间流逝，等待的一方由于没有一起进去，难免往坏的方面想象，不安的心情不断膨胀。

"不会有事吧。"他不禁脱口而出。

布莱恩平静地回答："不知道，不过……也只能选择信赖吧。信赖前山铜级冒险者的能力。"

"说得也是。毕竟是老资历的冒险者嘛。"

就这样等了不知道多久，突如其来地，布莱恩手伸向腰际的刀。

克莱姆也与之呼应般伸手去碰剑时，听见身边传来有些慌张的男人声音。

"等等！等等！是我。我回来了。"是前去侦察的盗贼的声音。

"啊，果然啊。因为靠这么近都没做什么，我就在想……你是在测试我是否真能用武技看穿吗？"

"是啊，抱歉。你说得没错。真抱歉，我竟然想试试大名鼎鼎的布莱恩·安格劳斯有多大本事。"

"别在意。如果我跟你立场颠倒，搞不好也做了一样的事。先别说这个了，可以把潜入获得的情报告诉我们吗？"

克莱姆身旁的空气动了动，感觉得到有某人坐了下来。他看看旁边明明没有半个人，却有种不可思议的感觉，好像那里有人似的。

"——首先，我想那里应该是用来训练什么的，围墙后面的整片庭院，构造看起来就像训练所。建筑物内部我只大致看了一遍，似乎有好几间类似隔室的个别房间。我想应该是'八指'警备部门的设施不会错。有个地方戒备森严，有点难以接近。然后有一个非常糟糕的状况，组长。"

那人的语气变了，其中充满了极度的紧迫感。

"潜入得到的重大情报有两个。一个是建物内部有牢房，里面囚禁着女性。另一个是有几个人的外貌特征与'六臂'相符。"

先不论女性,"六臂"可能在这里面,是早就预料到的事了。这样还有什么问题呢?

克莱姆产生的疑问,立即因为布莱恩的提问获得解释。

"有几个人?听起来不像一个人。"

"五人。考虑到幻魔已经被捕,这下是全员到齐了。"

换句话说,此地是无法攻克的难关,也就是说他们抽中了签王。

不过——

"那真是……虽然糟透了,但也很幸运呢。因为全员聚集在这里,就表示其他地点很容易就能攻陷。"

这算是不幸中的大幸吧。

"那么,要怎么做?"

"还能怎么做呢。想攻陷这里实在不可能。撤退吧。"

"这样好吗,克莱姆小兄弟?"

"虽然不好,但没办法。'六臂'会聚集在这里,表示这里是常驻设施,或是有什么他们重视的东西。没确认清楚这点就撤退非常不妙。但我认为我们不该做战力上不可为的行动。"

"确实如此……"

"那么,要不要我再侵入一次看看情况,好歹带点什么文件回去?"

"不,太危险了,还是算了吧。既然对方没发现我们,我想还是即刻撤退比较明智。如何？"

"说得对，我赞成。那么我们接下来要怎么做？去攻击其他地点吗？"

"我想这样最有效。可以请您先向后方人员报告吗？我们在这里待机，确认没有人出来追您。"

"我想应该不会，不过还是小心为上。那就拜托你们喽。"

还未解除隐形的盗贼，故意发出克莱姆他们也听得见的轻快足音，退向留在后方的组员们等待的地点。

"……好像没有动静呢，克莱姆小兄弟。"

"是啊。那么我们也撤退，跟他们一起前往其他地点吧。"

"也好——嗯？克莱姆小兄弟，你看那个。"

眼睛往他手指的方向一看，昨天见过的一位人物正往克莱姆他们监视的建筑物走去。

"那是塞巴斯大人吗？他怎么会在这里？"

"……怎么想都不是偶然，不过……发生什么事了吗？难不成跟他们是一伙的？"

"我可以断定绝对不是。布莱恩大人其实也这么想吧？"

"哎，的确不可能。除非是个超会演戏的人，不过那位大人应该不是那种人。"

"总之。我们先出声——"

话音甫落。塞巴斯的视线一转，以直线盯向两人。

克莱姆他们为了监视建筑物，拉开了一段距离，而且藏身在黑暗之中，照理来说应该不容易发现。

虽然他也有可能只是偶然看向这边，但克莱姆敢斩钉截铁地断定并非如此。

塞巴斯小跑步地赶过来。那速度实在异常，快到简直像每次眨眼就做一次瞬间移动，加速拉近距离。

明明只是正常跑过来，那种速度却不寻常到让脑部拒绝辨识。

然后他跳进巷弄。更正确地形容，或许应该说是跳越匍匐在巷弄入口的两人上方进来。

"真是太巧了，能在此地遇见两位。有什么事吗？"

"呃，不，我们也想问这个问题……我们是为了袭击'八指'拥有的那栋建物，所以才潜伏在这里。"

"……就你们两位吗？"

"不，后方还有几人。"

"原来如此。"塞巴斯小声低语了一句。

克莱姆向他问道："塞巴斯大人怎么会来到这里？您有事要去那栋建筑物吗？"

"是的。是这样的，昨天向您提过的那名我救来的女性被人绑架了。对方叫我过来，所以我就来了。"

"是这样吗！刚才进入内部侦察的同伴的确说过，里面有位女性。"

"……那位同伴现在在哪里？"

"哦。我想他很快就会回来了……啊，来得刚好。"

在布莱恩的视线前方，解除了隐形的冒险者回来了。他讶异地望向塞巴斯，这个风度翩翩的老人突然出现，显得与此地格格不入。

"这位是之前逮捕'幻魔'时向我们提供协助的塞巴斯大人。刚才提到关在牢里的那名女性，似乎是塞巴斯大人的熟人，所以才会在这里不期而遇。这位大人绝对值得信赖，请不用担心。"

"原来如此。"盗贼回答，开始以那名女性为重点，说出自己亲眼看到的详细情报。

听完所有情报后，塞巴斯发出满怀谢意的声音。

"原来如此。我明白了。谢谢您。这下要救她就容易多了。"

"不，请别放在心上，老先生。话说回来，大伙已经做好撤退准备了……"

塞巴斯熟识的女性被关在里面，自己与其他人却决定要撤退，这种罪恶感让盗贼一脸尴尬，偷偷观察塞巴斯的脸色。

"塞巴斯大人。人称'八指'最强的'六臂'当中，有五人聚集在内……您能打倒他们吗？"

克莱姆的询问让盗贼蹙起眉头。

他的心情克莱姆十分明白，"六臂"是足以与精钢级冒险者匹敌的强者，他一定是认为一次对付五个这种人不可能打赢吧。

然而，塞巴斯无视于他的这种想法，轻轻颔首。

"如果是五个沙丘隆特那种程度的人，我想没问题。"

盗贼差点儿没翻白眼，把克莱姆与布莱恩拉到稍远的一旁，一边用哀痛的眼神看着塞巴斯，一边问道：

"组长，那个人该不会是个疯子吧？"

听塞巴斯那样断言，一般的确会这样想，这也无可厚非。知道精钢级冒险者强大实力的人当然会如此想。

然而，目睹过塞巴斯少许实力的克莱姆，知道他绝不是在说大话。

"不是的。那位大人就是那么厉害。"

盗贼目不转睛地盯着克莱姆，那眼神仍然像是在看疯子。

"布莱恩大人也是这么想的。"

"咦！连布莱恩·安格劳斯都这样想？"

布莱恩苦笑着对盗贼点点头。

"是啊，那位大人强到我跟葛杰夫一起上都打不赢。"

"那、那可真是……不，如果你们说的是真的，那真是太厉害了……"

虽然难以置信，但两人话都说到这地步了，也只能相信了。

盗贼用这种复杂的表情望着塞巴斯。

"只要能请塞巴斯大人协助，说不定……不好意思，可以请您也将'六臂'的事告诉塞巴斯大人吗？"

盗贼同意了，塞巴斯平静地听他说完，只有在提到"六臂"中一人的绰号之时，失去了绅士的气度。

"不死之王狄瓦诺克是吗……区区蠢货不配拥有这种绰号。"

除了塞巴斯低喃的这句话外,其他没什么特别状况,情报交换完成。

这时克莱姆问道:"那么塞巴斯大人……若您不介意,是否可以请您助我们一臂之力?"

"当然可以。反正我就是来救琪雅蕾的。那么'六臂'就交给我对付吧。"

"那么请塞巴斯大人从正面入侵,吸引敌人们的注意,我们趁这机会偷偷潜入,虽然不能说代替大人,但就由我们救出琪雅蕾小姐吧。"

"也好。为了防止她被当成人质,或是从别的脱逃路径被带走,如果各位能趁敌人分神时救出她,那是再好不过了。"

"我明白了。我们一定会将琪雅蕾小姐平安带出来。那么,要由哪些成员前往呢?我知道按照当初计划让所有人入侵,不是个好办法……"

"嗯——如果有必要悄悄潜入,那得尽量不发出声音才行。再来是救出对方后必须一直往外冲,所以要能打斗才行。这样一来……"

盗贼被两人一问,看着克莱姆与布莱恩。

"若是能无限使用透明化魔法,还能想出别的办法,但……也许就我们三人最合适吧。"

"我也可以吗?"

"因为我们的同伴铠甲声音都太响了，不适合潜入嘛。"

"我知道了。就由我们几个入侵吧。"

"若是我们那边的魔法吟唱者能使用消音之类魔法的话，还另当别论……总之只有三个人的话应该有办法可想，请人家帮我们施加透明化魔法吧。"

"隐形啊。"克莱姆发出苦涩的声音。

"这个头盔一天能发动一次与看穿隐形的魔法相同的效果，所以全员变得透明也没问题，不过大家呢？要是看不到其他人而迷路，那问题可就大了。"

"我没问题。我已让人在手边的魔法道具中灌注了看穿隐形的魔法，虽然只能使用一次，但可以对自己发动。"

"我没有这方面的能力，但我想应该不会漏听组长你们的脚步声。"

"这样的话，潜入组沟通上应该不会有问题了。那么请塞巴斯大人隔一段时间再行动，我们先潜入吧。"

"拜托各位了。"

塞巴斯垂下白发苍苍的头，让克莱姆与布莱恩都大感惶恐。

自己没做任何让这样了不起的人物低头的事。因为就跟上次袭击娼馆时一样，他们也有点儿在利用塞巴斯这位强者。

"不，请您千万别放在心上。我们也是来袭击此地的，甚至还很感谢塞巴斯大人愿意对付'六臂'呢。"

"那就是互相帮助呢。"

塞巴斯笑容可掬的脸上,找不到任何对克莱姆他们的负面情绪。

克莱姆放了心,站起来。

"那么我们先后退,请人帮我们施加魔法吧。"

2

下火月(九月),22:15。

稍微隔了段时间——虽说如此,也比指定时间早了几分钟,塞巴斯站在门前。

由于门扉呈现格子状,因此看得到门的内侧,但是被树木挡住视野,看不到远处。

"喂,很准时嘛。"伴随着嘶哑的声音,一个男人从树木之间现身。

当然,塞巴斯从一开始就注意到男人在那里。因为他启动了能察觉区域内生命反应的能力。

如果对方使用了潜伏系的特殊技能,有时会无法发现对方,所以不能太过依赖,不过就某种程度上来说还算有用。

"这边,跟我来。"

男人开了门,在他的带领下,塞巴斯走在庭院的小径上。

以"八指"这种非法组织的庭院来说,气氛并不阴暗,树木修剪得干净整齐,感觉雇用了手艺不错的园丁。

沿着小径走了一会儿,眼前出现一片像是训练所的宽敞地方。

几个篝火台燃烧着熊熊火焰,鲜红的火光照亮了周遭。

约莫有三十人吧,在那里等着的好几个男人以及女人脸上都露出不怀好意的笑容。

那种笑容相当没品,沉醉在暴力中,丝毫没有想到自己败北的可能性。

塞巴斯环顾广场,虽然没有半个能与自己为敌的人,不过他找到了克莱姆他们提到的"六臂"那些人。

其中一人身穿连帽长袍。长袍染成黑色,下摆部分以鲜艳红线绣出了有如火焰的图像。虽然看不见连衣帽底下的脸,不过飘散出来的气息毫无生命力。

看来不死并不是一种譬喻,而是真的不死者,才会得到这个绰号吧。

唯一的女性身穿薄绢,看起来一身轻盈。手腕与脚踝佩戴着金环,随着移动发出清澈的金属声。腰带上挂着六把弯刀。

接下来这个男人身穿锦衣华服。他穿着金线刺绣的上衣(斗牛士礼服),武器是仿佛剑尖刺出蔷薇的细剑,散发出蔷薇的芬芳。

最后一个男人以毫无装饰的全身铠保护身体,剑稳稳地收在刀鞘里。

总共四人。没找到敌人的首领桀洛,也许在哪里等着出场吧。

这四人走上前来，其他人则移动到包围塞巴斯的位置。

"老爷爷，听说你挺有一手？只靠拳头就能把人揍飞，对吧？"

"在'八指'当中，我们也是靠实力确保地位的。我们输了会有点不妙。那个笨蛋没搞清楚这一点。虽说奴隶买卖部门正在走下坡，但也不能在他们头子（岢可道尔）面前输掉啊。"

"说到这里我有个问题。沙丘隆特坚称自己是输给布莱恩·安格劳斯，他并不是输给你而不敢承认吧？"

"是的，我没有直接与他交手。只有在他来到宅邸时见过一面，然后就是他倒卧在地上的模样。"

"原来如此。那么，好吧，他会输也是无可厚非的吧。对付大名鼎鼎的布莱恩·安格劳斯，凭他的实力想必打不赢。"

"想到他那次对战后又继续磨炼功夫，现在与葛杰夫·史托罗诺夫仍然不分轩轾，输了也是情有可原吧。"

"不过，这不代表我们能饶过你。安格劳斯与金闪闪公主的跟班之后再收拾，首先是你这个惹出麻烦的老头儿。先杀了你。"

"我们得用蛮力让你屈服，杀了你，不然我们立场上会很麻烦。"

"看看那边吧。"

被"六臂"的成员们你一言我一语地说着，塞巴斯指向建筑物的三楼。

"那里聚集了来自各方的大人物。他们是来看我们整死你这老头的。"

"那个叫桀洛的也在那里吗?"

"哎。是啊。"

四人中的一人露出瞧不起人的笑脸。

塞巴斯伸出手指,指向那边。无视于"六臂"大惑不解的表情,他放下了手。

"你这是在干吗?跟他们挑衅吗?"

"请别放在心上。那么她现在人在哪里?"

"你说她,指的是谁呀?"对方还是一样瞧不起人地笑着反问。

塞巴斯淡定地回答:"你们从宅邸抓来的女性,她叫琪雅蕾。"

"——如果我说她死了呢?"

"你们有这么好心吗?"

"哈哈哈!答对了。我们没那么好心。那个女人是要送给岢可道尔的礼物之一。小心保管着呢。"

"原来如此……原来如此。"

塞巴斯看到四人当中,有一人视线稍微往建筑物的某个位置动了一下。

不过,令他在意的是,那个位置并不是刚才听到琪雅蕾被囚禁的场所——既然这样，只要确认清楚就行了。

"难得有这机会，你们就一起来吧。要是让桀洛跑了也麻烦，而且也只是浪费时间。"

"……口气不小嘛，人类。"

"一定是对付喽啰太轻松了，所以骄矜自满了吧？不过，你有遇过真正的强者吗？"

"真是句名言呢。我想把这句话原封不动还给各位，不过……可以问一个问题吗？你们为什么会觉得我比布莱恩大人弱呢？"

"别把我们看扁了。到我们这个程度的战士，见面时就看得出对手有多少实力了。照我们来看，老头你比我们差多啦。"

除了狄瓦诺克之外，另外两人都表示同意。

"原来如此……"

塞巴斯也能以气的大小估量对手大致上的力量。不过就跟其他状况一样，若是以特殊技能或是魔法等方式隐蔽后，就不容易判断了。

"所以啦。给你个机会。我们一次只会派一个人上场。所以——"

"我可是很强的喔。"塞巴斯动动手指，要他们尽管上。

"刚才我也说过，别那么麻烦一个一个来，所有人一起上吧。这样的话应该能撑个十秒吧。"

"别小看我们了，人类。"狄瓦诺克的肩膀不停抖动。

"小看？小看对手的是你们几位。我的名字是塞巴斯。赐我这个名字的大人是最强的战士。我所侍奉的主人是无上的统治者……跟你们这些低俗之辈讲也没用吧。好了，我已经懒得应付你们。该结束了。"

塞巴斯踏出一步，对象是绰号最令塞巴斯感到不快的人——"不死之王"狄瓦诺克。

其真面目是自然诞生的死者大魔法师。

不死者基本上诞生于众多死者当中，是憎恨生命的物种，常常一心只想夺走生物的性命。然而在一部分拥有理性的不死者当中，也有人压抑憎恶，与生者建立人际关系。

狄瓦诺克就是一个这样的不死者。

他耗费虚伪生命的目的，在于更灵活地运用魔法力量，以及学习除了自出生以来就能使用的一部分魔法以外的技术。

然而就算想学习技术，身为被视为生者大敌的不死者，他不可能向任何人拜师。

如果有跟他一样的不死者——实际上的确有一群不死者的魔法吟唱者组成的秘密结社——事情也许就不同了，但很遗憾，狄瓦诺克没机会遇见这样的对象。

所以他想到可以积聚财物，然后以此为代价让人教他魔法。

刚开始他杀害路上的旅人抢劫，然而后来他输给前来讨伐的冒险者，痛切感受到自己的愚昧，开始摸索新的赚钱手段。

于是他隐藏起真面目，加入了佣兵团。

然而后来别人知道他能连续发射"火球",不死者的身份因此曝光,他又只得逃出那个佣兵团。

后来有个人找上失去赚钱方法的他,那就是桀洛。

他替狄瓦诺克介绍了愿意教他魔法技术的人,并支付适度的报酬,相对地要求他在自己麾下发挥这份魔法力量。

这对狄瓦诺克而言真是求之不得。

只要逐渐学会使用多种魔法的力量,身为不死者而没有寿命问题的他,可以说终有一天能成为毁灭所有生命的存在。

桀洛或许援助了一个人类将来的祸害。

然而——

一面刮起暴风一面接近的塞巴斯,右手紧握拳头挥出正拳。无暇防御或闪避,甚至连动一下的时间都没有,狄瓦诺克的头部就被打飞。

不死生命遭到抹杀的狄瓦诺克,来不及理解自己为何触怒了对手,就这样被消灭了。

塞巴斯一反常态,用鄙视的态度不屑地说:

"这世上只有一位大人有资格使用那个称号,就是那位无比尊荣的大人。你这种下等不死者简直自不量力。"

塞巴斯右手一挥,甩掉沾在手上的骨头碎片,同时狄瓦诺克的身体也完全消灭,身上装备的许多魔法道具散落一地。

当周围所有人惊愕得完全冻结时,"六臂"还能展开行动,真不愧是战斗能手,没经历过多次生死关头的人是办不到的。

这的确值得称赞。

因为这证明了他们号称相当于精钢级冒险者，绝非名不副实。

接着塞巴斯走向那个女人——"血舞弯刀"爱德丝特莲。

有一种魔法赋予效果叫作"舞蹈"。

如名称所示，这是一种让武器如起舞般行动的魔法赋予效果，由于武器会自动进行攻击，因此一般认为最适合用来增加攻击次数。

只不过这种魔法赋予效果只能进行单调的动作，因此不适合作为主力攻击。

顶多只能用来偷袭或是牵制，在她这种等级的战士激烈交锋的战场上，这招只能用来妨碍对手。

由于一件武具能赋予的魔法有限，所以与其赋予舞的效果，不如选择其他效果比较好，这是相当合理的判断。例如苍蔷薇的战士格格兰，就会使用只着重于增加损伤效果的武器。

然而对她来说，没有比舞更适合她的魔法赋予效果了。赋予了舞这种魔法效果的武器，本来是由主人思考下令行动的。

只是主人身处搏命死战当中，除非彼此战斗能力相差悬殊，否则要适切命令自己没拿在手上的武器，而且还是从完全不同的地方砍杀敌人，是件相当困难的事，所以才只能做出单调动作。

但她不一样。

她能以极其自然的动作操纵武器，仿佛那里有个隐形战士——而且能力与她相当。

原因在于脑部的异样构造。这不是天生异能，而是出生以来就拥有两种能力。

一种是空间知觉非常优秀——达到了异常的等级。

而且，有人能够未经训练就让右手与左手进行完全不同的作业，不过她的能力比那更强，脑部拥有异样的柔软度。

拥有两个脑子——这是第二种。

被这样形容也不奇怪的脑力，正是她的才能。

假设她只有其中一种能力，恐怕就无法这样随心所欲地使剑了。然而，这两种能力在她身上合而为一。

这可说是一项奇迹。

恐怕在王国九百万人民当中，除了她以外，没有人同时拥有这两种能力了。

听从她的战斗意志，弯刀自行出鞘，浮上半空。她只需要专心防御就行，五把剑会自动进行攻击。

这里是刀剑结界，一旦踏入必死无疑的牢笼。

然而——

弯刀还没开始攻击，塞巴斯便已踏入攻击范围，以不可能的速度横向挥出手刀。

霎时间，她的头颅便落地了。

塞巴斯包覆着气的手刀比随便一把刀剑都要来得锐利。

她的颈口喷着鲜血,身体慢了一拍才倒卧地面,但是舞上半空的五把弯刀还在空中。

这是因为塞巴斯的手刀太过锐利,速度又太快,让她没感受到死亡,或许连痛楚都没有。

听从意志起舞的五把弯刀,仿佛划破半空般飞向塞巴斯。

然而,塞巴斯无视于那几把刀,挺直了背脊站在那里,以带有坦率赞赏的语气,温柔地对掉在地上的头颅说道:

"头都被砍下了,竟然还有意战斗……我对您的斗志表示敬意。"

她嘴唇一张一合。

"你在胡说什么""我听不懂"。

然而从那句话当中,她或许感觉到什么了吧。

她眼珠子骨碌碌地转,发现了自己失去头颅的身躯。

她的表情产生剧烈变化,眨了好几下眼睛,然后瞪大双眼,眼珠子都快滚了出来。

不敢相信。

这是骗人的,一定是幻术,我不可能被打败。

他没对我做什么,身体无法动弹也一定是某种魔法造成的。

拜托谁说说话啊。

然后当她认清了事实,她的脸上涂满了绝望之色。

她的嘴再度一张一合,杀向塞巴斯的剑像被扔掉般摔落地面，再也没有动静。

"两个一起上！两个人对付他！"穿着全身铠的男人，发出了近似惨叫的声音。

再坚固的铠甲也不能抵御恐惧。

他不是用脑，而是用全副心灵完全理解到，塞巴斯刚才所言全部属实，自己正在与绝对不能与之为敌、不该存在于这世上的生物对峙。

"吃、吃、吃我、吃吃我的空……空间斩。"

他已经知道了。

知道自己即将死亡。

知道不管发生什么事，自己都不可能战胜塞巴斯这号人物。之所以没有逃跑，是因为直觉告诉他：走不了几步就会被杀。

前进也是死，逃跑也是死。

既然如此，至少……这种想法证明了他还算是个战士。

与之对峙的塞巴斯眯起眼睛。因为他在想，也许对方是第一个必须警戒其能力的敌人。

创造塞巴斯的世界冠军——塔其·米的撒手锏正是切开空间的一击。

当然此人不可能到达那个领域，但就算是个假货，也可能对塞巴斯造成损伤。

"空间斩"佩什利安。

以从长达一米的剑鞘拔出的一闪，将三米外的对手一刀两断的魔技，让他得到了这个绰号。

这招实际上，并不是真的切开了空间。

秘密就在剑上。

有种剑叫作剑鞭。这是一种以柔软铁片打造的长剑，易弯曲。

他所持有的武器就是将剑鞭削到最细，说成金属的细鞭或许更贴切，也可以称为斩丝剑。

将这武器拔出剑鞘高速挥动，就能只有冷光闪闪，砍杀敌人不留痕迹，因此才有此种绰号。

与"六臂"其他人相较之下，这种招数有点近乎戏法，但能如此灵活运用这种难以驾驭的武器，证明了他作为战士的高超本领。

若是把同样的武器交给葛杰夫，纵然他被称为最强战士，也无法使得像佩什利安一样好。

而且就算招数被看穿，也不影响其威力。

鞭子可怕的地方在于前端部分的速度超乎常理。目测闪避相当困难——不，几乎是不可能。

超速的斩击。

人类无法对应的攻击，与切开空间又有何异呢？

然而——

剑的前端部分，进入超高速领域的一击被夹在两根手指之间。

那动作实在太随意，自然得就像拈起掉在地板上的东西。

塞巴斯细细端详夹在手指间的金属，扬起一边眉毛。

"这是什么啊……还说切开空间……"

"杀！"

发出怪鸟鸣叫般的咆哮，细剑朝塞巴斯刺出。

"千杀"马姆维斯特。他的主要武器蔷薇之刺施加了两种赋予魔法。

一种是"辗肉"——能够在刺进肉体的瞬间，扭转着周围的肌肉往内陷，是一种可怕的力量。这种效果会拉扯突刺伤口周围的皮肉，留下惨不忍睹的伤痕。

另一种是"暗杀专家"——这种魔法力量会扩大伤口，即使一点擦伤也能演变成重伤。

这两项能力就已经够凶恶了，但还有一项能力火上浇油。

它不是魔法的力量——而是毒素。

蔷薇之刺的前端部分涂满了多种毒素混合而成的致命剧毒。这是因为马姆维斯特本来不是战士，而是比较偏向暗杀者，所以才会备有这么一手。

只要是为了杀死对手而挥剑，不管用的是何种手段，能在短时间内杀掉才有效率，在这种想法下做出的组合，真的是一点儿擦伤都能夺人性命。

如果没有事先想好对策，不管是葛杰夫·史托罗诺夫还是布莱恩·安格劳斯，都得成为刀下亡魂。

不过这当中有个弱点。

由于依赖着只要给予擦伤就能打赢的想法,马姆维斯特的剑术本领稍微逊色了点。不过,突刺却是真本事,如同闪光般的刺击甚至可以断定比葛杰夫还要优秀。

换句话说,这是王都当中最强的刺击。

另外再附加多种武技的这一招,相近于过去曾是漆黑圣典成员之一的克莱门汀。

然而——

塞巴斯没躲。没必要躲。

"……唔!"

全力刺出手臂的马姆维斯特说不出话来。

蔷薇之刺——一点擦伤都能杀死对手的凶恶武器。

他看到塞巴斯的手指挡在它的尖端。没错,塞巴斯用食指指腹挡住了刺出的细剑尖端。

"……什、什么?"

马姆维斯特不断眨眼睛,次数到了异常的地步,才好不容易认清那既非幻觉,也非做梦,喘息似的表示疑问。

这是他此时唯一能做到的。

以常识来想是不可能的。连钢铁都能刺穿的一击,不可能用指腹挡下来,他的经验如此大喊。

然而眼前发生的却是事实。

马姆维斯特的全力,连老人轻轻举起的手指都推不动。

蔷薇之刺弯曲着。

他想拉回细剑砍向别的部位,但还来不及这样做,塞巴斯先用拇指与食指捏住了尖端。

光是这样他就变得动弹不得,眼前是一座不动的泰山。

一看这样的情况,同伴也拼命想把剑拉回来。

这时,响起一个斩断一切的钢铁之声。

"好了。换我上了。"

下个瞬间,佩什利安的头部爆开了。

那是对塞巴斯来说是很罕见的攻击。

他至今使出的一切都算得上是招式,然而这一击正确来说,应该是气愤到无法思考,用蛮力把对手揍飞了。

他将视线移向从轻易就被炸飞的头部旁突出的右手。白色手套染上斑点,飘散出铁锈的臭味。

"这真是失态了……"

放开捏着细剑的手指,塞巴斯脱下染血的手套扔掉。手套掉在石板地上的瞬间,马姆维斯特从旁用细剑的尖端勾住了它,抢走了手套。

或许马姆维斯特很有自信,觉得这一下的速度快如夜空中的流星,然而就塞巴斯看来却慢到想打呵欠。

他大可以击碎细剑,或是踏出一步打爆对方的头,多的是拿回手套的办法,但对方的目的实在太过难解,塞巴斯觉得困惑而没出手,只是坦率地说出疑问:

"您……究竟想做什么?"

"就是这个!这就是强化你的魔法道具吧!"

只是用布做的手套罢了。

破锣般的声音,嘴角的白沫,再加上充血的眼睛。

马姆维斯特的精神恐怕已经有一半陷入了疯狂的世界。由于目睹了实在难以置信的光景,让他不顾一切也想找出理由。

"您只需要承认我的强大就好,何至于此呢……您要这样想也行啦。"

塞巴斯朝着面露撕裂嘴角般笑脸的男人,挥出了拳头。头部被炸飞的马姆维斯特瘫软倒地后,现场只剩下宁静。

塞巴斯对着指腹吹了口气,好像上面沾到了什么似的。虽然钢铁皮肤的防护让他连一点擦伤都没受到。

"总之,若不是空间斩这种名称刺激了我的戒心,五秒就结束了。能撑二十秒实在值得赞许。"

接着塞巴斯对准备猎捕的建筑物当中、待在他刚才指出的位置的人们——从窗户目睹了这一惨状的捕食者下令:

"索留香,我想他们应该拥有重要情报,所以不要杀死他们。那么……"

他冷冷地瞥了一眼团团包围着自己,愣在原地的人们。

"再追加十秒吧。"

下火月（九月）四日，22：13。

克莱姆小跑着冲过无人的走廊。

虽然施加了隐形，但借由头盔的魔法力量，能看见一同奔跑的两人的身影，甚至让他怀疑到底有没有施加透明化魔法。

不过只要定睛凝视就会发现两人的颜色较淡，因此没什么好怀疑的。

他注意着不要发出太大声响，但也不能放慢速度。他们必须趁塞巴斯争取时间之际，救出被绑架的女性。

就算塞巴斯是葛杰夫·史托罗诺夫与布莱恩·安格劳斯加在一起也敌不过的强者，可对手也是号称能与精钢级冒险者匹敌的"六臂"。

若是被集体围攻，也许会有危险。

为此他们必须立刻救出被囚禁的女性，与塞巴斯一起逃出此地才行。拐过几次弯，冲下一个楼层的阶梯时，走在前头的男人突然停下脚步。

克莱姆原地踏了几步，盗贼压低音量向他道歉：

"抱歉突然停下来，组长。就是这里。这个转角的前面就是牢房，最里面关了一个女人。"

虽然纯属偶然，不过就像算准了他出声的时机般，魔法刚好在这时解除，三人的颜色变得清晰。

听从盗贼的暗号，克莱姆从转角探头一看，前面是条阴暗的通道，并列着好几间较大的牢房。

"……刚才来的时候也是这样，还是没半个人呢。"

别说俘虏，连看守都没有。如此粗心大意，实在太过可疑。简直像是在引诱他们。

不过，冷静想想，不可能有人不要命到入侵"八指"最强的"六臂"成员全体集合的这栋建筑物。

克莱姆他们也是，要不是塞巴斯担任诱饵，又有一名女子被囚禁在这里等种种因素加在一起的话，他们是不会涉这个险的。

那些人（"六臂"）应该也是这种想法。

这种从容的态度与破绽，对克莱姆他们大大有利，这正是所谓善骑者堕。

"那就赶快进去，把人救一救吧。"

也许是因为一起闯入险地，盗贼的态度比刚才亲近多了，布莱恩问他：

"在那之前，可以问个问题吗？最里面那扇双开门是什么？"

视线往最深处看去，只见那里如同布莱恩所说，有一扇大门。

"啊——就我至今的经验来看，这里并列的应该不是牢房，而是用来关野兽的笼子吧？我想从最里面那扇门应该可以把野兽……带到类似竞技场的地方。"

"原来如此……的确，从牢房可以闻到野兽的腥味呢。听说在帝国，也会让魔兽之类的在竞技场交战……"

克莱姆也学着布莱恩嗅了嗅空气中含有的臭味。

是野兽，而且还是肉食性野兽的臭味。

"不过是带去训练，还是进行公开处刑，可是有差别的喔。我不太想去想象其他用途……但可能也表演过畸形秀吧。唉，瞧我讲到哪里去了。要走了吗？"布莱恩问道。

克莱姆点头回应，而盗贼也表示同意。

由盗贼带头，克莱姆与布莱恩一左一右，跟了上去。三人没遇到任何状况，到达了最里面的牢房，盗贼开始检查深处的门扉。

克莱姆从随身包中取出一个铃铛，然后摇响了它。魔法力量发动，传出牢房门锁打开的声音。

盗贼虽然一脸不悦，但没时间了。这种小事情只能请他见谅。

"是琪雅蕾小姐吗？"克莱姆出声呼唤牢里的女性。

躺在地上的女性撑起身子。外貌完全符合从塞巴斯那里听来的特征，身上穿的是女仆装。

想到她的穿着应该跟被绑架时一样，应该就是她不会错了。克莱姆心里安稳不少。

第一个目的达成了。再来就是第二个目的，也就是带着她安全逃出这里。

"我们是受塞巴斯大人所托，来救你的。请跟我来。"

克莱姆对她说道,女性——琪雅蕾点了个头。

从牢房走出来的琪雅蕾看看布莱恩,然后看看盗贼,显得有点惊讶,尤其在布莱恩身上视线停留得最久。

"这扇门——可能通往竞技场的门,后方没传来声音。不过踏进没有任何情报的场所还是太危险了。我们应该按照预定计划,沿着原路回去。"

克莱姆与布莱恩也都赞成。

应该说两人都是战士,知道这种状况交给专业人士判断最好,所以毫不犹豫地答应了。

克莱姆低头看看琪雅蕾的脚,确认她穿了鞋子,这样跑的话也应该没问题。

"那就趁敌人还没来,赶快开溜吧。"

"好,我知道了。跟刚才一样由我带头,你们跟我来。不过,这次没有透明化的魔法了。我会一边注意一边前进,所以你们别看漏了我打的暗号。"

"我明白了……怎么了吗?布莱恩大人。"看到布莱恩用一种观察的眼光注视着琪雅蕾,克莱姆向他问道。

"嗯?……哦,不,没什么,克莱姆小兄弟。"蹙起眉头的布莱恩没再说什么。

克莱姆看了一下琪雅蕾,但没发现什么特别让他在意的地方,就只是个被囚禁的女仆。

"没问题吧?那,我要走喽?"

盗贼开始奔跑，克莱姆与布莱恩也跟上，最后是琪雅蕾。

跑过牢房前，盗贼在转角处放慢速度，应该是为了观察转角的状况。然而，一个人影用正散步般的自然步履信步走出转角，站到盗贼面前。

虽然早有心理准备会有人出来挡路，但实际上碰到时，一时还是很难反应。

正当克莱姆被突如其来的状况惊呆了时，盗贼发挥了前山铜级该有的反应。他立即架起短剑，怀着杀意踏出一步。

然而——留下"扑通"一声巨响，盗贼水平地飞了出去，就像被牛撞飞一样。

正巧克莱姆接住了他。在无法重整态势的状态下，要是就这样砸在地板上，很可能光是撞到地板就要受重伤了。

不过即使克莱姆接住了他，还是没能抵消那股冲击力，跟盗贼缠在一起滚倒在地。

盗贼忍受痛楚的呻吟声虽然令他担心，但他更注意现身的这个男人。因为他一定是敌人。

阻挡一行人去路的，是个头上无毛的男子。肌肉隆起的臂膀与巨岩般的脸庞等部位，刺着野兽图案的刺青。

克莱姆脑中如闪光般浮起男人的名字，惊讶化为了声音。

"桀洛！"

这个男人正是"六臂"之一，也是警备部门的头子，"八指"中最强的存在。

"……正是，小子。你是那个妓女的奴隶对吧？哼！竟然连这种地方都有蝼蚁爬进来。只要放个甜饵，到处都看得到你们的踪影。真是令人非常不愉快。"

只瞥了倒在地上的克莱姆与盗贼一眼，桀洛严肃的视线就转为正对着布莱恩。

他从上到下打量一番，评估布莱恩这名战士有多少斤两。

克莱姆感谢自己根本不被强者放在眼里，检查盗贼的状况。

"您还好吗？有没有什么疗伤的手段？"小声询问是怕桀洛的注意力转向他们。

没有回答，只得到痛苦不堪的声音。

令人震惊的是铠甲的胸口部分，凹出了一个拳头状的洞。桀洛这个男人的一拳威力有多大，不言自明。

摇晃了几次后，盗贼的意识才回复清晰，克莱姆照盗贼所说，摸摸他的腰际。

"你这张脸我见过。是布莱恩·安格劳斯吧？与葛杰夫·史托罗诺夫平分秋色的男人。的确名不虚传，一举一动都没有破绽。这样看来，从那场比武之后，还在锻炼自己。这下我懂了，沙丘隆特会输也不是因为他疏忽大意，而是正面交战的结果。会输是对手太强吧，只有这次我得原谅他的败北。好了，你让我脸上无光，本来我应该杀了你。不过，我这人心胸宽大。看在你无与伦比的剑术才能上，给你个机会。对我下跪，然后发誓成为我的部下。我就饶你一命。"

"钱应该给得不小气吧？"

"哦……你有兴趣吗？"

"听你讲讲也不会怎样吧？我好歹也打赢沙丘隆特，应该可以期待不错的待遇吧？"

"哈哈哈！真是欲望深重啊。还没向我求饶，就开始谈钱啦。钱是带不进棺材的喔？"

"喂喂，搞什么啊。你的意思是说拿不出多少金额吗？想不到你们还挺穷的嘛。还是说所有钱都进了你一个人的口袋？"

"你说什么？"桀洛的拳头传出握紧的叽叽声。

"挺会耍嘴皮子的嘛，安格劳斯。很多人是嘴巴比剑术了得，你也是那一类吗，还是说打倒了沙丘隆特让你得意忘形了？那我得坦率跟你道歉了，让你打倒了'六臂'最弱的家伙而骄矜自满。"

布莱恩开玩笑似的耸耸肩。

他试图延长话题，想必是为了受伤的盗贼与克莱姆他们着想。

那么，桀洛陪布莱恩闲扯淡的理由又是什么？恐怕是有自信一次对付三个人也能打赢吧。

还是说有其他理由呢？

（奇怪？）

布莱恩一看，琪雅蕾慢慢移动到他后面去了。

想让人保护的话，应该逃到克莱姆他们背后才安全，没必要到与桀洛互瞪的男人背后体验危险的滋味。

布莱恩隔着肩膀，只看了背后一眼。他的动作很小，克莱姆不敢确定。不过，那道视线的对象是琪雅蕾，而且眼神中绝无好意。

不对，根本可以断定那眼神是在看敌人。

（咦？为什么要跑那边去？他看我了？不，不对。）

发生了某些状况。克莱姆怀着此种不安站起来。

"哼，蝼蚁站起来喽？时间争取够了吧？差不多该让我听听你的真正想法了。不，不用说出口。跪，还是不跪！好了，安格劳斯，表示你的态度吧！"

布莱恩用鼻子嗤笑了一声。

——这就够了。

"那就受死吧！"

他笔直伸出左手的同时，右手向后拉，握紧拳头。腰部如垂直落下般压低，但躯干直立不动。肌肉大幅鼓起的模样仿佛能听见叽叽声。

此时的桀洛简单形容，就是一块巨大岩石，不，或许是狂暴的猛牛才对。

相对地，布莱恩也沉下腰部。虽然动作跟桀洛一样，两人却有着天差地别。

如果桀洛是浊流，布莱恩就是清流。桀洛是攻的话，布莱恩就是防。

"我命令他们不要杀了老头,但欢迎他的是一群火暴分子,也许会一时下手太重,要了他的命。那样就伤脑筋了。老头必须惨死在我手下,达到杀鸡儆猴之效,让所有人知道与我们为敌有多愚蠢。"

那张脸丑恶地扭曲,仿佛显现出憎恶能让一个人变得多丑陋。

"安格劳斯,你必须成为我最强名誉的基础。我还会拿你装饰墓碑,告诉所有人向'六臂'挑战的蠢蛋会有何下场!至于妓女的部下,就把头颅好好装点一番,寄给那个女人吧。"

让人浑身颤抖的杀气从正面扑来。不过,比起那时从塞巴斯身上感受到的杀气,这点程度不算什么。

克莱姆眼神尖锐地瞪回去,桀洛显得有点扫兴。

"是吗,我了解了。那么桀洛。就由我来当你的对手吧。克莱姆小兄弟,后面的对手就交给你了!"

克莱姆一瞬间没听懂他在说什么,但没听懂的只有克莱姆,盗贼毫不犹疑地对琪雅蕾射出了飞镖。

前山铜级冒险者射出的飞镖锐利而飞快。

琪雅蕾勉强躲掉了飞镖。

照塞巴斯所说,琪雅蕾只是个普通女仆。以职业来说,她的身手未免太灵敏了。

"你早就看穿了吗!"虽然形体仍然是琪雅蕾,但发出的却是"幻魔"沙丘隆特的声音。

"你对来救你的人什么都不问,是因为觉得声音会被听出来吧?不过,你绕到我的背后,未免太可疑了喔。好吧,其实我之前就在猜了,不知道是本人精神遭到操纵,还是别人变身成她的模样。"

布莱恩头也不回——一边继续与桀洛互瞪,一边解开谜团。

"结果我是从你跑步的姿势推测的,但直到最后都不能肯定……幸好真的是你。在刚才那种状况下,我实在不能叫他扔小心一点,只要留下轻伤就好。"

盗贼的动作只僵硬了一瞬间,然后他也稍微露出了感谢沙丘隆特的表情。

"哼。这么说来,你提议的小把戏三两下就被看穿啦。既然如此,不用再依靠这些伎俩了。接下来的一切全由实力决定!沙丘隆特,把后面两个小角色杀了。这点事总办得到吧?"

"当、当然了,老大。"

琪雅蕾融化般消失不见,沙丘隆特随之现身,不过还穿着女仆装。

"让我想想,我可是特地设法把你保了出来。如果你连这点小事都办不到……"

桀洛后面要接什么话,再清楚不过的男子迅速点了个头,然后从正面紧盯克莱姆。

"又见面了,小鬼。"严肃的语气中,带有本来是上回赢家的态度中不该有的紧张感。

"八指"不是个好混的组织,自然不可能原谅第二次失败。沙丘隆特如今是背水一战,脸上失去了从容。

"'八指'能保释以公主之名入狱的人吗?"

克莱姆清楚见识到了"八指"的力量,但依然举起了剑。

"……这次我不能输。"

上次布莱恩一击帮他打倒了对手。然而同时对付桀洛与沙丘隆特这两个"六臂"成员,就算是布莱恩也不能保证稳赢吧。

对手可是比自己厉害。抱持这种畏缩的想法,只能坐以待毙。

要赢。

克莱姆带着坚定不移的决心,将脚往前挪了一步——滑向沙丘隆特。

"没问题——没问题——我也会帮你啦。"盗贼从背后出声鼓励自己。

轻松的语气应该是他的一片好心,想缓和克莱姆的紧张感吧。他的实力强过克莱姆,能有他的支持最好。

可是,他受到了桀洛的一击。虽然用了治疗药水,但还没完全回复。而且自己从没跟他连手战斗过,也担心步调会不一致。

盗贼敏锐察觉到克莱姆内心的想法,克莱姆能感觉到他咧嘴一笑。

"不用担心啦。我主要做支持。盗贼的战斗方式跟战士不同，不是只会斗剑的，我会让你知道这一点。"

"谢谢您。"

对方的经验比自己丰富。应该不是克莱姆配合他，而是他会配合克莱姆。克莱姆只要使出全力对付沙丘隆特即可。

克莱姆做好觉悟瞪着对手，沙丘隆特正跟上次一样制造出分身。

好几个沙丘隆特，看不出谁才是本尊。

一阵苦味在克莱姆口中扩散。

就在两者间的距离一步步拉近时，一只袋子从克莱姆的背后抛了出来。

"这就是盗贼的战斗方式啦！"

袋子在沙丘隆特的脚边一下子就破裂了，粉末飞散出来。

沙丘隆特以为是毒，捂住了嘴。

但并非如此，那不是毒，而是魔法道具。

"鬼火粉末！"

效果立竿见影。五个沙丘隆特当中，只有一个人的身体发出了模糊的青白光芒。

沙丘隆特也注意到这点，瞪大眼睛。

鬼火粉末是用来让隐形的对手或盗贼等擅长隐秘行动之人现形的道具，而且它对没有生命的存在无效。

"多重残像"会反映本尊的现况，因此就算拿染料去丢，本尊一弄脏，幻影也会立刻随之变化。除非处理得相当巧妙，否则还是很难分辨出本尊。然而换成魔法道具，本尊产生的变化就不适用于幻影了。

若是高等幻术，就连魔法道具也能骗过，然而同时修习幻术师与轻战士两种职业的沙丘隆特，没办法使用那样高等的幻术。

克莱姆的剑朝着沙丘隆特的本尊砍下。

"该死。"

沙丘隆特跳开闪避。虽然躲得漂亮，只可惜身上穿着女仆装，有点不堪入目。

两方就这样展开十几次的攻防。占上风的是克莱姆。这不是沙丘隆特有什么企图，单纯只是战斗能力的差距。

人类不会在短短一天内急遽变强，因此两方的实力差距与上次并无不同。

然而，什么事情都有例外。

很简单，就是克莱姆变强了，而沙丘隆特变弱了。

首先，克莱姆跟那时不同，身上装备着以魔法强化的铠甲、盾牌、剑与其他配件。

他的肌力上升，防御力提高，最重要的是能用本来的方式战斗。

相对地，沙丘隆特因为入狱的关系，装备的所有魔法道具尽遭没收，而且为了用幻术变身，身上穿的还是难以行动的女仆装。

装备方面，两者的差距缩小了。当然还不只如此，沙丘隆特的战术被看穿，也是他变弱的原因之一。

从克莱姆后方进行支持的盗贼，对克莱姆提供了有效的辅助。沙丘隆特就算使用幻术，也会被盗贼丢出的炼金术道具或是魔法道具一一破解。

那种应对方式，简直像是针对沙丘隆特做过准备。

实际上，盗贼的确从事前信息推测过"六臂"的能力，准备了对抗所有人的对策。令人惊愕的是，他竟然连入狱的沙丘隆特都准备了对策，真是用心到了固执的地步。

"王八蛋！"沙丘隆特发出了比战斗开始前更心急、干裂的声音。

他锐利的目光盯着盗贼。克莱姆移动位置挡住他的视线，保护盗贼不受攻击。

受到盾牌（克莱姆）保护的盗贼故意激怒沙丘隆特："喂喂。表情别那么凶嘛。你不是人称能与精钢级冒险者匹敌的'六臂'之一吗？让我们一点儿又不会怎样。"

沙丘隆特的脸因为憎恶而大幅扭曲，几次攻防下受伤流出鲜血，使那张脸显得更加凶恶。

"狗屎！"沙丘隆特咒骂一声，准备使用魔法。

本来身为战士的克莱姆应当上前阻止，但他不这么做。因为重复了十几次的联手行动，两人越来越有默契，所以他信赖盗贼。

从克莱姆身后以抛物线扔出的瓶子,在沙丘隆特的脚边摔破,克莱姆看到令人窒息的有色气体飘散开来。

"咳哈!咳咳!咳咳!"沙丘隆特难受地接连咳了好几下。

这不过是用炼金术做成的道具进行的无聊妨碍,然而却相当有效,沙丘隆特中断了魔法的使用。

如果专一锻炼魔法吟唱者的能力,这点小动作根本连牵制效果都没有。然而他除了魔法吟唱者,还同时锻炼了战士的力量,因此一点小妨碍就打断了他,魔力白白浪费。

克莱姆铆足全力跃向注意力分散的沙丘隆特。这不是至今攻防时的进攻,而是绝不后退的前进。

有些人看起来可能会觉得是急于取胜的鲁莽行动,然而,克莱姆身为战士的直觉呐喊着。

这里是胜败的分水岭。

的确,目前克莱姆他们比沙丘隆特更占优势,但这种有利局势不知能持续到几时。

盗贼投掷的道具也不可能源源不绝,应该趁形势有利时一气呵成,乘胜追击。

克莱姆发动的是昨天掌握到的独创武技。这招武技尚未命名,如果要暂时取个名字,或许可称为"脑力解放"吧。

效果很单纯,就是解放脑部的限制。借此,从肉体到感官,所有功能都提升一个阶段。这招长时间使用会引起肉体疲劳或是肌肉断裂,因此有可能成为双刃剑。

然而他非得如此速战速决，否则赢不了沙丘隆特。配合武技的发动，克莱姆感觉头脑中有什么应声切换了，心中狂暴肆虐的感情化为怒吼宣泄而出。

沙丘隆特仿佛想起什么似的，脸上浮现出惊愕之色。与惊愕同时显现的，或许是恐惧吧。

这是能与精钢级冒险者匹敌的男人面对不及自己之人时，不该有的情绪。

克莱姆将剑举至上段，一口气向下劈砍——被挡下了。能用没附加魔法的短剑，挡住魔法长剑的一击，实在必须赞赏。

不过如果要说的话，能逼迫精通闪避的轻战士沙丘隆特选择进行不擅长的防御，克莱姆的一击也很精彩。

攻击并未就此结束。

克莱姆马上伸脚一踹，毫不迟疑想保护腹部的沙丘隆特——整张脸严重扭曲。

"哦哦哦哦哦——"他脸色刷白，冷汗直流，缩着腰后退，双脚踉跄。

克莱姆身后的盗贼表情抽搐着。

沙丘隆特被他用钢铁鞋子踹中了要害，虽然似乎装了护垫，但可以感觉到里面柔软扭曲的触感。

接着是最后一击当头劈下。

鲜血喷出，沙丘隆特发出"咚"的一声，重重倒地。

克莱姆不敢大意，警戒周围。他特别留意不让敌人绕到身后盗贼那边，注意了一会儿之后，终于敢确定了。

这应该不是幻影。

大功一件。就算是二对一，这场胜利仍然相当重要。

克莱姆的目光转向布莱恩。他原本以为或许可以帮点忙——但这份热情立即消失了。

层次相差太多了。

首先声音就不一样。明明是刀刃与拳头的交锋，响遍四下的却是金铁交鸣之声，而且没有一刻停息。刀刃与拳头激烈冲突，让人不禁怀疑两人可曾有喘气的时间。

尤其引起他注目的，是桀洛。

桀洛的一拳能刨挖墙壁，以一种有如挖掘柔软黏土般的滑顺动作，在墙上留下痕迹。

"喂喂……听说一流修行僧的拳头能变得跟铁一样硬，但那家伙的拳头可不只如此。秘银……不，难道跟山铜一样硬吗？"站在克莱姆身边的盗贼也目睹了相同场面，无奈地嘟哝。

一分钟的攻防——经过如果是克莱姆恐怕早已丢掉小命的激战，双方却都毫发无伤。

桀洛的脸上因此显现出坦率的敬意。

"安格劳斯……挺有两下子的。你可能是第一个能抵抗我的攻击这么久的男人。"

同样地，布莱恩的脸上也带着敬意。

"你也是……我这辈子第二次见到的武功如此高强的修行

僧。"

"哦？"桀洛的脸兴味盎然地歪扭起来。

"竟然有其他修行僧与我实力相当，我还是第一次听到。把那人的名字告诉我。因为等你被我杀了，我就不能问了。"

"他现在应该正往这边来吧。打倒了你部署的'六臂'之后。"

桀洛皱起眉毛，现出笑容。

"哼！你说那老头儿吗？很遗憾，我可是派了四个亲信去欢迎他喔。跟躺在那里的沙丘隆特不同，他们虽然比不上我，但也颇有两下子。老头儿怎么可能来得了？"

"是吗？我倒是能想象那位大人从那边转角悠然现身的模样喔。"

"那真是太可怕了。既然如此，我就稍微拿出点真本事吧。"

听到这句话，克莱姆傻眼了。经历那样激烈的攻防后竟然还有余力，让他领悟到桀洛认真起来，将会达到多难企及的领域。

而布莱恩显得毫不惊讶，也让他大吃一惊。

（难道这两人都还没拿出真本事吗！这才是真正的人类最高境界，能与精钢级匹敌的战斗！）

"就这么办吧。那边那两人已经搞定了。我也不用再平白拖延时间。你就在这里输给我，结束一切吧，桀洛。"

布莱恩收起刀，慢慢沉下腰。

这个姿势昨天克莱姆也看过了，是一击打倒沙丘隆特的架势。他还没来得及想桀洛是否也会被一击打倒，桀洛已经大大往后一跳。

他用超越人类极限的轻盈动作，一口气拉开距离。

"爱德丝特莲能展开刀剑结界，你的这招虽然种类不同，但也是刀剑结界吧。随便踏入就会被一刀两断，对吧？"

桀洛应该并未看穿布莱恩的独创武技，但还是预测到这是什么样的招式，作为战士的感觉实在卓越。

"不过……我看你这招应该只能守株待兔，不摆出架势就不能施展吧。"

桀洛使出正拳。这动作乍看之下毫无意义，然而这记铁拳却产生了冲击波，摇晃了布莱恩的身体。

"我只要这样拉开距离攻击你就能打赢了，还是说你也有能砍伤远距离敌人的手段？"

"不，没有。"布莱恩老实地回答。

"你如果要那样战斗，我也解除这个架势。"

桀洛平静地——以可以说不适合这个男人，如湖面般充满深沉情感的表情，向布莱恩问道：

"布莱恩·安格劳斯。这就是你的撒手锏吗？"

"正是。我这撒手锏只有一次……被人从正面破解。"

"真没趣。已经被人破解过一次了吗？那么这将是你的第二次。"

桀洛慢慢将拳头拉到身后,摆好架势。

"我要从正面打穿你,粉碎你引以为傲的招式,再获得胜利。先赢过布莱恩·安格劳斯,然后有朝一日让葛杰夫·史托罗诺夫跪在我的脚下。如此一来,我就是王国最强之人了。"

"竟然怀抱着第一步在我这个阶段就要踏空的野心。桀洛,你也真是吃饱没事干啊。"

"就只有那张嘴……不,你打得这么精彩,不能说你只有一张嘴呢。话虽如此,我还是在你之上,你就到阴间去理解这一点,尽管悲叹自己不该跟桀洛大爷作对吧。我要上了!"

桀洛的上半身刺着许多野兽图案的刺青,这些刺青开始发出微弱的光辉。

至于布莱恩则是按兵不动。虽然他像一尊雕像般只是等待,然而克莱姆感觉得到,他体内蓄积的莫大力量正在跃跃欲试,渴盼击出的那一瞬间。

暴虐的力量与力量互相冲突,形成了没人能涉足的空间。

忽然,一个毫无顾忌的声音岔了进来:"——各位原来在这里啊。"

所有人像被电到般,将目光转向这个不速之客,连面对一瞬间都不该错开目光的强敌的桀洛与布莱恩也是一样。

在那里的是一名老人,塞巴斯。

对桀洛来说,这人不该出现在这里。

"什么?这是怎么回事?'六臂'那几个家伙应该在对付你

啊……你是像这几个家伙一样偷偷溜进来的吗？"

塞巴斯轻轻摇头。"不，我打倒了你的所有同伴，然后才过来。"

"……无、无聊透顶，少鬼扯了。那些家伙虽然比不上我，但好歹也是我赐予'六臂'之名的战士。对上他们，你怎么可能毫发无伤地跑来这里！"

"事实常常是令人惊叹的。"

"塞巴斯大人！在这里的琪雅蕾小姐是替身！是沙丘隆特用幻术变身而成的！得快去救她才行！"

"啊，谢谢您的担心。不过，不要紧的，克莱姆小弟。我已经将她救出来了，她在这栋建筑的其他地方。"

塞巴斯转头看向肩膀后方，克莱姆顺着他的视线看去，只见这个房间的入口，有一名身上包裹着毛毯的女性。

"啊！"

克莱姆慌忙低头看看沙丘隆特。他身上的女仆装被血沾湿，而且被撕破了一大块。他不可能把它脱下来给琪雅蕾，人家一定也不想要。

"请别在意，克莱姆小弟。那件女仆装只是件布衣。一点也不可惜。"

听到塞巴斯这样说，克莱姆稍微松了口气。

"喂喂喂，竟然无视于我的存在讲闲话……挺优哉的嘛。"

由于刚才面对着布莱恩，无法轻举妄动的桀洛似乎终于换了站立位置，对塞巴斯露出充满憎恶的表情。

"老头！我再问你一次，我的部下们怎么了！"

"——都被我杀了。"塞巴斯口气轻松得像是随手摘了朵路边的野花，然而话语的内容却无比冷酷。

"不、不可能！这要我怎么相信！"

桀洛的怒吼让塞巴斯露出微笑，毫无敌意的笑容反而让人更明白，塞巴斯所言属实。

"……布莱恩·安格劳斯。我跟你稍后再战。我要让这老头见识见识'六臂'的力量！"

"嗯，知道了。好好努力别被瞬杀了吧。哎，不过我看我是没机会上场了。"

"放屁！老头儿！敢跟我胡说八道，我要你用命来还！"

塞巴斯微微露出笑容，那笑容令自负为最强战士的男人（桀洛）无法忍受，桀洛的刺青发出微光。

警备部门头子，"六臂"之冠"斗鬼"桀洛。

就连葛杰夫·史托罗诺夫或布莱恩·安格劳斯这些强者空手交战都会瞬间丧命，手持武器也无法预测胜败趋势的男人。

这个男人所属的职业当中，有一种叫作萨满导师。这种职业拥有一种特殊技能，可让动物灵魂附在自己身上，借此行使该动物的优异体能。

虽然一天使用次数有限，但使用后可让人类的肉身能力达到野兽领域。体能优异的野兽使用人类的武术——

想必不难明白，没有什么比这更可怕了。

桀洛启动了特殊技能。本来为了保存实力，一次只会启动一种。不过，桀洛已经明白塞巴斯的实力不容小觑。

话虽如此，他并不认为塞巴斯一个人真能杀光"六臂"中的四人。

不过，如果他真的不是悄悄潜入，而是正面突破的话，除了塞巴斯之外应该还有其他人。这样想比较合理。

比较有可能的应该是苍蔷薇。

在得到详细情报之前，自己只能使出全力击溃塞巴斯，与布莱恩·安格劳斯日后再战。他要让周围的观众见识到压倒性的力量，以此作为威胁，暂且撤退。

他看出这是最好的办法，开始准备施展最犀利的招式。

脚上的豹，背上的隼，手臂的犀牛，胸膛的野牛，头部的狮子，全数启动。

他感觉爆发性的力量自体内满溢而出，整个人仿佛膨胀起来，甚至一瞬间担心自己会爆炸开来。

"喀啊啊啊啊啊啊啊啊啊啊！"

他从口中吐出体内燃烧的热量——踏出脚步。

"六臂"最强战士桀洛攻击——那是来自正面的一记铁拳。

没有任何假动作或花招，就只是单纯的正拳突击。

然而拳头上灌注的力量超乎想象。不只是萨满导师，还有从多种修行僧系职业得来的特殊技能，再以大量魔法道具进行强化,压倒性的速度与拳头的破坏力。

由于速度实在太快,就连桀洛都很难控制。

正因为这一击是从正面踏入敌人怀中,专精于全力殴打的攻击手段,所以才能勉强成为一种招式。

让敌人看到自己最强的绝招,并不让桀洛感到犹豫。

这一招是单纯而无敌。

他有绝对的自信,这不是能用小花招破解的招式。

桀洛产生一种将一切抛诸脑后的心情,感官推迟拉长,他怀着一种自己往后伸长的感觉,往前踏出一步、两步。

"啊——"有人叫出声来。

那太慢了。

桀洛一眨眼就到达塞巴斯面前,力道在体内完美移动,已经累积到了最大限度,他挥出饱含力量的右正拳。

桀洛看见塞巴斯或许因为自己速度太快而呆立不动,露出了笑容。

仿佛在说:好好去后悔不该与我这"六臂"最强战士为敌吧。

"呼——"

拳头打进了塞巴斯毫无防备的腹部,出拳方式完美无缺。

爆炸性的威力如狂风肆虐,塞巴斯的身躯有如中空的人偶,以异样轻盈的动作往后远远飞去。

那具躯壳被摔在地上,但还不足以抵消威力,继续在地板上激烈滚动。

他动都没动一下。当场死亡。

不，这是当然的结果。可以想象他的内脏全被打破，变成了烂糊的液状，只有外观还呈现着人形。

这就是桀洛最强的招式，体现一击必杀的魔技。

——本来应该是这样的，然而塞巴斯——动都没动一下。

桀洛使尽全力挥出的拳头，他从正面只以腹部——只以自己的肌肉挡住了。

任谁看到都不敢相信，可以说这一幕已经不属于常识范围，两者肉体的差距一目了然。

然而，结果却正好相反。

在场所有人当中最不敢相信的当然是桀洛本人。遭到自己最厉害的一击，不可能有生物还能若无其事。

实际上，至今都是如此。

他虽然这样想，然而现在结果摆在眼前，所以即使一个黑色物体通过眼前，他仍然无法反应过来。

塞巴斯的脚举起，朝向上空。

那只脚掠过桀洛的鼻尖——以飞燕般的动作，高高举起的脚，气势万钧地落下。

斧头脚——是这招一般的称呼。

只不过速度与其中具有的力量都非比寻常。

"你究竟是什么……"桀洛低声说着。

塞巴斯微微掀起了嘴角，只听见一声既像"咔叽"又像

"咔沙"的恐怖声响。

如同被几百公斤的重量压烂般，头骨被击碎，脖子与背脊轻易遭到折断的桀洛倒在地上。

室内鸦雀无声。

充满这个房间的空气，用一句话形容就是"呆若木鸡"。

塞巴斯挪了挪位置，躲开从桀洛被打碎的头颅位置渗出的鲜血，并拍了拍刚才桀落的拳头打中的部位。

"呼，好险。要是警告得晚了点，我恐怕已经没命了呢。"

绝对是骗人的！哪有什么警告！

在场的三人——搞不好连琪雅蕾也是一样的想法——虽然没说出口，但心中都发出了相同的大叫。

"你救了我，克莱姆小弟。"

"什……啊，呃……是。"

嘴巴张成"啊"形的克莱姆战战兢兢地接受了塞巴斯的谢意。他因为精神受到太大刺激，已经变得不知道该说什么了。

"看来我比他稍微强一点点呢。"塞巴斯两根手指之间比了个短短的距离。

那手指间的距离，指的应该是塞巴斯与桀洛之间的差距，但自然没有人会同意。

不是一点点。

在场所有人都跟刚才一样，产生了相同的想法。

"无论如何，既然已经平安救出了她，现在应该撤退比较好吧。"

"啊，不，那个，'六臂'的其他人……真的都……"

"是的。我把他们都杀了。因为人数众多，再加上所有人都是高手，我没办法手下留情，现在感到有点后悔。"

"这、这样啊。那也是没办法的。那个，请别太沮丧了。"

三人的视线不约而同地移向躺在地上的桀洛尸体，他们撕破了嘴也不敢说"你骗人"。

"总、总之，先叫士兵来搜索这栋建筑物吧。"

他们本来就是为了搜索这栋建筑物才来的。得到塞巴斯的帮助，而把对手的一处重要据点清扫干净，可说是奇迹般的幸运。

不只如此，如果他所言属实——可以想见百分之一百是事实——还附带获得了毁灭"八指"最强战力的巨大成果。

可以说他们获得了比别组都要漂亮的战果。

唯一美中不足的，是杀死了桀洛这个对组织知之甚详的人物，但是也不可能活捉他，因此这不过是计算上的损失。

只有傻子才会对这点表示不满。

听到克莱姆有点兴奋的语气，布莱恩与盗贼也露出赞成的表情，点点头。

不过，只有一个人表情闷闷不乐。

"怎么了吗？塞巴斯大人？"

"啊，没有，只是有件事让我有点介意……先别说这个了，这个地方空气不太好。出去外面如何?"

"嗯,说得是。"

所有人轮流看看桀洛的尸体与琪雅蕾,都赞成了塞巴斯的意见。

塞巴斯走到待在房间入口的琪雅蕾的身边将她抱起来。几乎没长肉,只剩皮包骨的白皙双脚像踢腿般被抛上半空。

他们看见琪雅蕾的细瘦手臂用力握紧了塞巴斯的衣服。

管家与女仆。

两人之间的气氛不像只有这种关系。

(对两人的关系问东问西太没品了。无论他们是什么关系,又怎么样呢?)

"好,我们走吧。"克莱姆对大家说完,不等回答就带头走了出去。

其他也跟了上去。

调查等跟塞巴斯他们分开之后再做就行,而且途中如果被什么人袭击,他打算代替双手抱着琪雅蕾的塞巴斯战斗——虽然恐怕完全没这必要——他保持警戒,不过这种担忧并未成真。

入侵时还感觉得到有人在的建筑物内部,如今已像是空无一人。

冷静想想,当塞巴斯打倒"六臂"时,已经不可能有哪个勇者还想留在建筑物里,跟塞巴斯大打出手了。

恐怕所有人都逃走了吧。

若是这样的话,希望待在外面的那些人可以逮捕他们。克莱姆一边思忖,一边走出建筑物。

开放感让肩膀放松多了,有人拍了拍克莱姆放松的肩膀。他转头一看,拍他肩膀的是盗贼,他的视线固定在截然不同的方向。

瞪大双眼的那张侧脸,与看到塞巴斯一击送桀洛上西天时的表情十分相似。

克莱姆沿着他的视线看去,也瞪大了双眼。

"火墙?"

听见布莱恩的低喃,克莱姆不住点头。

如果房屋起火,自然会产生火柱,那种火焰绝不会让克莱姆太过惊讶。

但眼前的情景并非如此,那是一面高度超过三十米的火墙,环绕着王都的一个区划,长度恐怕不下数百米。

"那是什么啊?"

塞巴斯那种虽然觉得不可思议,但没什么紧张感的语气,让三人回过神来。

"该怎么做啊,组长?我想那边应该是仓库区,谁负责那个区域?"

"苍蔷薇的领队,艾尔贝因大人……我判断这是紧急状况,舍弃目前所有计划,依照指示撤退返回王城。之后请示各位大人,再决定如何行动。"

"这样做应该是最好的吧……啊——塞巴斯大人……"

"我带她去安全的地方。以免再度发生一样的状况。"

"我知道了,塞巴斯大人,感谢您昨晚与今天的协助。"

"请别放在心上。只不过是双方目的一致,所以我提供点帮助罢了……有机会我会回报各位试图救她的恩情。那么我先告辞了。"

9章 亚达巴沃

第九章 亚达巴沃

1

下火月（九月）四日，21：10。

那个女人感到口渴而悠悠醒转。她在特大号双人床上慢慢蠕动，伸手去拿放在床边的水壶，却只摸到空气。

这时她想起今天没摆水壶，啧了一声。

"呼哇……"她不禁打了个呵欠。

虽然她就像老人一样早睡早起，但毕竟一个多小时前才睡的，实在还没睡饱。

女人吞了口口水，手放在喉咙上。她感到一种又干又黏的感觉，之后下床去喝水。女人披起放在一旁的一件厚袍遮掩裸体，用脚穿起拖鞋，走出房间。

这幢宅邸是她这个毒品交易头子——希尔玛在王都的根据地。

照理来说宅邸里应该有几十个部下忙进忙出，如今却像空无一人般一片死寂。

希尔玛讶异地走在走廊上。

在没有贵族的集会时，这幢宅邸总是很安静，但这也未免太安静了。

请贵族来到这幢宅邸，是为了建立人脉。以贵族来说，就算是嫡子，也常常要等到一把年纪才能继承家业，通常都会超过三十岁。

在这期间，能自由支配的钱只能向家长，也就是父亲伸手。即使都已经是结婚有小孩、老大不小的人了。

所以希尔玛才会邀请这些人到这幢宅邸来玩。希尔玛为他们提供美酒、女人与毒品，在他们耳边呢喃些挑逗自尊心的甜言蜜语，还让他们与相同立场的人见面，互相产生亲近感。

希尔玛利用这种方式娱乐他们，建立起友好关系。等到这个贵族继承家业时，就是收获的时候了。如果对方胆敢尝试断绝关系，就让他吃吃苦头，如果能为她带来更多帮助，就给他一点甜头。

她就用这种方式，更进一步深入贵族社会。

她为了找水喝，走在安静的走廊上。安静不是件坏事，比起人声嘈杂，她也比较喜欢寂静。

跟贵族又喝又闹的时候，虽然没写在脸上，但其实她心里烦透了。

可是，目前的状况未免太不寻常了。令人发毛的死寂，甚至让她感觉这幢宅邸里只有自己一人。

"……怎么回事？"

护卫不可能不跟希尔玛说一声就擅离职守。

她本来想大声叫人，但如果发生了什么异常状况，让敌人知道自己在哪里会很不妙。她也想过可以回到房里躲进被窝中，但那样可能会坐以待毙。

该行动时不行动之人，只会成为别人的食物。

这是她的信念，也因为她向来遵守这一点，才能从高级交际花一路爬到现在的地位。

她看了几次空无一人的走廊两边，确定真的没人，才开始往前走。她相信着自己的第六感，走向只有她与少数人才知道的隐藏房间。那里准备了几种魔法道具与宝石，还有逃生通道。

这里虽然是她在王都的根据地，但王都内还有其他好几处据点，也许自己应该逃去那些地方。

蹑手蹑脚地走着走着，希尔玛发现有点不对劲。

"这是……什么啊？"她忍不住小声脱口而出。

希尔玛发现的是窗外的异状。镶嵌着薄玻璃的窗户，覆盖了好几层的藤蔓。因此，外面的光线几乎照不进来。

她想开窗，却完全开不动。她急忙定睛凝视走廊上的其他窗户，每扇窗户都被藤蔓堵住了。

"怎么搞的？究竟是谁……"

在她就寝前，窗外绝没有变成这样。不可能才一个小时就自己变成这样。既然如此，这必定是魔法了。

那么究竟是谁做的，又为了什么目的？

她完全搞不懂这点。即使如此，她仍然明白目前的状况非常不妙。

"该死！"咒骂一句后，她开始小步往前跑。

没多余精力去注意长袍下摆了，她只想早点儿跑进隐藏房间。来到阶梯，低头往一楼看去，还是一样安静无声。

她借着藤蔓缝隙间照进来的夜光，小心走下阶梯。同时感谢阶梯铺着厚厚的地毯，不会发出脚步声。

走到一楼，她惊讶得倒抽了口冷气。

走廊上有个人影，一直盯着自己看。那人像融入暗处般站着，不像是盗贼等职业潜藏在黑暗中，只是因为肤色黝黑，她才会有这种错觉。

那是个黑暗精灵，只有左右异色的双眼仿佛在黑暗中闪耀。

黑暗精灵让缠在身上的黑布掉到地上，黑布底下是少女的衣服。她手上拿着黑色法杖，抬眼望着自己。

来路不明的少女背后，就是那个隐藏房间。

想起宅邸内的构造，希尔玛做好心理准备，提心吊胆地靠近她。如果是哪个贵族带来的好玩的，那该有多好。

不过，希尔玛立刻舍弃了自己天真的想法。听说峷可道尔被逮捕了，由于不知道今后高层会怎么行动，因此她早有准备地到安全的地点避难。

在这种状况下，这幢宅邸里没有部下会带外人进来，而且不向自己报告。

"喂，小妹妹……"出声呼唤后，希尔玛狐疑地皱起眉头。

曾经身为高级交际花的她，什么人都见过了。过去的经验告诉她眼前的不是少女，而是少年。他穿的衣服非常精致，一般人买不起，搞不好连希尔玛都没有这么上等的衣物。

过去生活于都武大森林，如今在王国消失踪影的黑暗精灵，穿着性别不同的昂贵服饰。若不是周围气氛如此诡异，希尔玛一定会认定这孩子是用来满足贵族变态兴趣的奴隶。

"……小弟弟，你在这里做什么呀？"她尽可能不引起对方的戒心，慢慢靠过去。

"大、大婶是，这个宅邸里最大的吗？"

被叫大婶并不会让她不高兴。对于年纪这么小的黑暗精灵而言，自己这个年纪的女人都是大婶吧。

"不——"说到一半她停住了。

她有种不好的预感，她至今总是将预感看得比什么都重要。她一向相信预感胜过常识，直到今天。即使常识背叛她的时候，只有这份预感从未背叛过她。

"对！对啊。我是这幢宅邸里最大的。"

"这、这样啊，那就好。"少年微笑了。

那笑容十分纯粹，即使在这种状况下，仍然让希尔玛内心几乎燃起想玷污美丽事物的欲火。

"那、那个，呃，我是问这些人的，他们说得没错呢。"

像是对少年所言起了反应，附近一扇门打开了，一个女人慢慢从中现身。看起来像是个穿着奇特女仆装的少女，但身上飘散的不是香水味而是血腥味。

希尔玛以手捂口，咽下了惨叫。

女仆可爱的小手拎着一条男人的手臂，而且好像是从肩头连根扯下的,看得到断裂的肌肉纤维。

"她、她在做……"

"呃,嗯,那个,好像有人要袭击这个宅邸,我得趁那些人来之前做完一些事,所以,呃,我才请她一起来。"

"请你别在意哟。我好久啊,没有吃得这么饱,觉得很满足。"她嘴巴明明没动,却能对希尔玛说话。

虽然非常奇怪,但还有其他好几个更急迫的问题。最让希尔玛浑身发抖的问题,是她到底吃什么吃得很饱。她猜得到,但不愿意相信。

希尔玛抱着这种心情向他们问道:"那、那么,我、我也是吗?你、你也要吃我吗?"

"咦?那、那个,不是的。大婶有别的用处。"

她无法放心。因为她有预感,将会有更悲惨的命运等着自己。

"——那、那个呀,弟弟。要不要跟我找点乐子?"

她让披在身上的衣服从肩膀滑落。这是她引以为傲的身体。在她还是个高级交际花时,别人必须砸下重金才能与她共度春宵。至少至今她仍然不让身体增加多余的脂肪,一直维持火辣身材。

她很确定自己现在依然能让任何木头人欲火焚身,也有自信就算对方是小孩子,一样能引起他的兴趣。

然而,少年的眼中看不出带有特别的感情。

她承认自己的魅力不比旁边那个女仆。即使如此，自己虽然已经退隐，毕竟也是专业的。

就算对方没那个"性"趣，她一样能勾起对方的欲火——

恍如一条蛇滑溜地爬行般，她也优雅地扭动身子，不让对方产生戒心，慢慢靠近过去。

从少年身上感觉不到情欲之色，所以她使出了另一种手段。她慢慢伸出手，绕到少年的脖子上——启动了魔法道具。

毒蛇刺青。

两手的刺青毒蛇立体化，抬起头，飞蹿出去要咬少年的身体。

只要被具有强烈神经毒素的蛇一咬，任何人都会立刻痉挛着一命呜呼。这是不具有战斗手段的希尔玛的撒手锏。

然而，少年灵敏地用一只手抓住如鞭子般发动袭击的蛇，然后毫不犹豫地将它捏烂。

毒蛇刺青咻咻滑着，回到希尔玛的手臂上。由于仿真实体被杀死，在回复之前，一整天都不能再度启动。

希尔玛陷入了采取了敌对行动却没获得成果的最糟状况，摇摇晃晃地往后退。然而最让人害怕的是，在这一连串的行动之间，少年的表情丝毫没有改变。受到攻击也不显得焦躁，也没露出敌意。

"那、那个，所以，呃，我要去了。"

要去哪里？希尔玛正感到疑惑时，膝盖突然产生一阵剧痛。

过于剧烈的痛楚让她站不住,倒在地上。

"啊啊啊啊啊啊啊啊!"她发出痛苦的叫声,额头因为剧痛而冒着冷汗,随后她往自己的膝盖一看。

然后她后悔了。

"脚,脚,我的脚!"

左脚的膝盖往反方向弯曲了,岂止如此,骨头还从血红的皮肉中突了出来。

希尔玛哭着,想伸手去压着痛到不敢相信的脚,但又犹豫了。

她不敢碰。

少年一把抓住了希尔玛的头发,然后直接拖着走出去。

希尔玛被从光凭外貌根本无法想象的巨大臂力拖着走,不下几十根头发被拔掉,发出噗噗的声音,但少年一点也不介意。

"好痛!好痛!不要这样!"

对于希尔玛的惨叫,少年只稍微瞥了她一眼,脚步停都没停。

"我、我得赶快过去才行!"

2

下火月(九月)四日,22:20。

结束了宅邸袭击工作的艾多玛·巴西丽莎·泽塔走出门外。

她捡起粘到脚上的纸张揉成一团，扔进宅邸深处。

原本的预定计划是扫荡宅邸内的人类，回收重要文件或值钱物品后撤退。

如果可以，最好能像船过水无痕那样不留痕迹，但他们没有时间把数据分类，看到什么就拿什么，结果变得像闯空门一样。

不过，这件事本身不成问题。

因为本来把艾多玛与马雷派来这里的迪米乌哥斯，就表示过也有这种可能性。问题在于他们超出太多预定时间，与她还有马雷同行的恶魔们，都已经不在这里了。

马雷带着这幢宅邸的最重要人物，先往集合地点去了。仆役恶魔们拿着造成超出时间的原因——堆积如山的物品，都离开了这里。

没错。

时间计算会乱了套，是因为到了要撤退的时候，才发现还有个地下室，而地下室当中塞满了高高堆起的走私品与疑似违法的药物。

回收作业进行得相当缓慢。

首先地下细分成好几个房间，放了满坑满谷的杂物，高价物品则藏在这些杂物当中，借此进行隐蔽。

正所谓隐藏树木的最佳地方是森林。就算是艾多玛与恶魔们也不可能把所有货物都运走，因此，他们必须进行在森林找檀木的作业。

如果马雷带走的那个人类还在这里，问题应该能更快解决，然而现在说这些都太迟了。

艾多玛与恶魔们决定一件件检查，判断是垃圾的就塞进一个房间里。这对肌力远超过人类的集团来说，仍然是件麻烦的工程。

不过相对地，他们的努力有了成果，放在地下室的值钱物品应该都带出来了。

身为负责人留到最后的艾多玛，以只有完成一件大工程的人才能摆出的态度，仰望着夜空，做状擦拭额头汗水。

其实她一滴汗都没流，只是心境上如此罢了。

"好喽。那么啊，大家加快速度搬东西哟。"

听从艾多玛的指令，体形比人类还大的虫子们背着大量物品，飞上夜空。它们是艾多玛以驯虫师的能力叫出的巨大昆虫。发出重低音十足的振翅声，虫子们以直线往预定地点飞去。

目送搬走物品的虫子们的艾多玛，想起自己一只手还拎着东西。

"啊，还没吃呢。真迷糊，真迷糊。"

她矫揉造作地轻轻捶了一下自己的头，然后把切下的男人手臂拿到下巴底下。只听见沙咕沙咕的声响，男人的手臂肉不断被削掉。

艾多玛的喉咙跟着上下移动。随着"嗝"一声，血腥味扩散开来。

"虽然女人带有脂肪的嫩肉啊,或是小孩子脂肪比较少的肉也很好吃,不过减肥的时候还是要吃肌肉发达的男人肉呢。"

她灵巧地避开骨头部分,吃得差不多后,把手臂一丢,扔进宅邸里。她对建筑物鞠个躬,这才要动身前往上级命令的地点。

然而没走几步就有个声音叫住她,拖延她的脚步。

"哟,真是个美好的夜晚啊。"

"……美好吗?我觉得对你来说一点都不美好喔?"

慢吞吞地现身的人类是男的还是女的,她有点难以判断。感觉好像是女的,但从那强壮的体格来看,又觉得好像是男的。

"你在这种地方做什么?"

"散步啊。"

"……刚才吃什么吃得那么津津有味?"

"肉啊。"

"……人类的?"

"对啊。人类的肉啊。"

男人婆的口气虽然显得冰冷,但艾多玛并不在意。人类产生什么样的感情,艾多玛根本不可能在意。如果碍事就踩死他们,不会碍事就不理他们,肚子饿了就抓来吃,会去在意这点程度的存在才叫奇怪。

"原来如此啊。这下子怪物登场了是吧。没想到'八指'竟然连魔物都敢养。只不过看起来似乎是没教好。"

男人婆慢慢举起突刺战锤。

看到她这样,艾多玛第一次伤脑筋地叫起来。"我说啊。可不可以互相当作没看见呢?"

男人婆的脸上浮现出怪异的表情,她应该没想到对方会讲这种话吧。

"我啊,也是来工作的,要对付你也很麻烦啊。最重要的是,我现在,肚子很撑呢。"

"……抱歉啊。老子好歹也是王国当中数一数二的冒险者,看到吃人怪物没办法说放走就放走。况且让你这种东西待在人类世界,老子也会很困扰。"

"真麻烦耶。不过你说你很强啊。既然如此呢,就拿来当存粮好了。"

艾多玛第一次正眼瞧向男人婆。看起来像是个纯粹的战士。

(嗯——应该满强的吧。)

艾多玛不是纯粹的战士,因此看不太出来对手强到什么程度,不过她依然不觉得对方会比自己强。

"喝啊!"

男人婆跑向她,然后将突刺战锤高举过头,向她殴打过来。

艾多玛用优雅的动作躲开这击,然而对方紧咬不放,途中急遽扭转角度,突刺战锤直杀过来。

那不是利用离心力进行的流畅动作,而是凭借着压倒性肌力硬是改变方向的一击。

艾多玛再度闪避，并发动特殊技能。

"啊？就只会抱头鼠窜吗！"

突刺战锤让男人婆挥动着，掀起暴风通过她的头顶，吹动了伪毛的头发。

"嗯——你好像很喜欢到处乱挥喔？"

嘲笑声得到了咋舌当作响应。

艾多玛再度发动特殊技能，同时轻松躲开了由上往下挥来的突刺战锤。失去目标的突刺战锤带着原本的力道，直接砸在大地上。

艾多玛嗤笑对方一再重复的单调攻击。

她的脸部绝不会有任何变化，然而两人正在交战，嘲笑的感觉强烈传达给了对方。

不过，艾多玛到了下个瞬间，才知道对方就是在等自己这种——压倒性强者特有的大意。

"给老子碎裂吧！"

以突刺战锤打进去的位置为中心，大地一口气碎裂了。

不对，是石板地变成了碎片，就像只有那个位置产生了大地震。

艾多玛第一次站立不稳。

相较之下，对方不知道是用了什么魔法道具，姿势稳如泰山。艾多玛眼睁睁看着前端被泥土弄脏的突刺战锤被对方举起。

太小看对手了。艾多玛斥责了自己。

要躲开这招很容易。如果是人类的话，的确立足点一口气遭到破坏便会失去平衡，再加上大地破坏产生的冲击波传到脚上形成双重束缚，必然很难逃脱。

然而艾多玛是战斗女仆，穿在身上的魔法道具都是上等货，即使身处这种状况依然不痛不痒。

只有一个问题。

如果要闪避，她非得跳开不可，这样会弄脏身上的女仆装。

这种事能被允许吗？这可是无上至尊赐给艾多玛的极品服装啊。

够了——不玩了。

艾多玛面具底下的真实面容第一次浮现敌意。

不玩了。

——杀了她。

艾多玛怀抱的不是人类掸掉虫子的心情，而是可以称为杀意的感情，面对高举挥下的突刺战锤，扬起了左臂。

如果是楼层守护者这一级还另当别论，以艾多玛这个等级来说，用毫无防备的左臂挡下攻击，很难全身而退。

紧接着下个瞬间，并未听见钢铁削肉的声音，取而代之的，是两个坚硬物体相撞的声音。艾多玛的左手，此时紧黏着一面盾牌。

"紧黏"这种说法并非比喻，脚的数量超过八只的虫子，紧紧抓着艾多玛的手臂不放。

"那个,是啥啊?"

"我啊,是驯虫师喔。所以可以像这样叫出虫子来,随心所欲地使唤。"

她右手横向一挥,自黑夜中飞来,一只有如阔剑的长条虫子便紧紧黏上右手手背。

"这是剑刀虫与硬甲虫。我决定要杀你了。本来是没打算要你的命,但我已经饶不了你了。"

艾多玛向对手踏出一步,然后一刀砍过去。她砍裂了男人婆的铠甲,鲜血立刻喷了出来,不过离致命伤还差得远。

对方虽然没能躲掉艾多玛认真的一击,但只受到轻伤。

她刚才说自己在王国中数一数二,如此看来既非虚荣也不是夸张,不过若只有这点程度的话,根本不配当艾多玛的对手。

虽然不是由莉·阿尔法那样纯粹的战斗系,但艾多玛·巴西丽莎·泽塔好歹也是战斗女仆,拥有人类无法比拟的强大力量。

她挥出第二击,鲜血再度喷出,洒在她的脸上。由于刚才受了伤,这次的一击伤势更重,不只是轻伤就能了事。

"动作竟然给老子变了!拿出真本事了是吧!"

突刺战锤伴随着怒吼高举挥下,艾多玛用硬甲虫将它弹开。虽然感到一阵惊人的冲击,但她踩稳脚步,绝不挪动一步。其实动了也不会怎样,这算是出自她自尊心的表现,不甘愿因为区区人类而移动。

男人婆继续保持着气势,施展出动作流畅的连击。疾风怒涛般的攻击,很可能是用上了这个世界特有的"武技"加强。

不过,艾多玛用起硬甲虫与剑刀虫来灵活自如,毫发无伤地挡下了她连续十五次的攻击。

艾多玛不知道,其实这正是苍蔷薇的格格兰同时发动多种武技施展的撒手锏,超级连续攻击。

惊涛骇浪般的连击,每一下都是铁臂使出的全力攻击,就连"要塞"武技都能突破,除非是一部分天才才能习得的防御"不落要塞",否则无法完全抵御。

然而艾多玛却以天生的肌力全数挡下。这就是等级的差距,是种族体能的压倒性差距。

即使眼前敌人的目光中第一次浮现绝望,艾多玛仍然没有任何感觉。她一心只想杀了对手。

——噗哈!

她听见了仿佛头部冒出水面时的换气声,连续攻击也随之停止。

艾多玛把右手——剑刀虫像弓一样拉紧,像箭一样刺出,目标是眼前男人婆的胸膛。

对方举起了突刺战锤,但慢得可以。

艾多玛的一击比她更快,刺穿了胸膛——

——本来应该是这样的。

剑扑了个空。

虫剑没刺中任何目标，只刺进黑夜的空气里。

艾多玛的脸滴溜一转，她要看清楚是哪个不速之客从中作梗。

在好几米以外的地方，有个身穿黑色服装的女人，背后是气喘吁吁的男人婆。

"不好意思啊，缇亚。还以为死定咧。"

"原来格格兰的血也是红的啊。"

"你是在惊讶什么啊？又不是第一次看到老子受伤。"

"我以为你差不多该开始流蓝色的血了。力量提升。"

"那哪叫力量提升，根本连种族都变了吧！"

"那就叫转职好了。"

听到两人互开玩笑，艾多玛火大起来。自己才是强者，只有自己才可以表现得从容不迫。她们应该弄清楚自己的斤两。

"——差不多啊，可以了吧。临死前的告别讲完了吗？"

艾多玛第一次提高了戒备。男人婆——格格兰不足为惧，问题是新来的那个——缇亚。

如果她的穿着不只是好看，那她的真面目就是忍者，是需要累积六十级才能当上的职业。

这样来看，让格格兰逃离艾多玛一击的传送技术，就是忍术了。若她真的是忍者，就算是艾多玛也无法轻易取胜。她本来想保存力量解决对手，不过现在的状况已经不允许她有所保留了。

"式蜘蛛符!"

对手还来不及行动,艾多玛已经撒出握在右手中的四张符咒。符咒一掉在地上,瞬间变成了大型蜘蛛。

这种蜘蛛与"召唤第三位阶魔物"召唤出的魔物程度相当,算不上是多强的魔物,但只要能借此判断对手的一部分力量就够了,而且她也能趁机做好战斗准备。

她之所以这样做,是因为驯虫师的虫武器虽然很强,相对却有几个缺点,其中之一是呼唤虫子需要一点时间。

"影技分身之术。"

配合着缇亚发动忍术,她的影子蠢动起来,产生出另一个缇亚。

艾多玛根本不去留意那个分身。影技分身之术制造出的影子,力量只有术士的四分之一。只有闪避能力与分配的魔力成正比,但也不过如此。

对式蜘蛛而言或许是强敌,对艾多玛而言却称不上对手。比起这个,本尊有多少战斗能力才是重点。

艾多玛叫出了她的撒手锏——钢弹虫与另一种虫子,同时又将符咒贴在自己身上进行强化。

不知从何处聚集而来的钢弹虫逐渐覆盖她的左臂,长约三厘米的虫子闪耀着钢铁光辉,V形身躯的前端部位是尖的,形状很像步枪子弹。

不,会像是理所当然的。因为这种虫子的使用方式跟步枪子弹完全一样。

分身光是闪避一只式蜘蛛的攻击就已经疲于奔命，本尊则对付着两只。花了这么多时间却只杀死了一只，可见对手等级绝对不高。

这样的话，就算加上格格兰的战斗能力，自己应该也稳操胜券了。

（——才怪，我才不会这么想呢。）

她要毫不留情地、用压倒性的力量速战速决。

左臂累积的重量让艾多玛心满意足，她伸出左手手指朝着缇亚。把艾多玛的手臂层层包覆到比原本粗了一倍的虫子们，一齐移动到手腕前面，然后从手指处争先恐后地飞出，接连不断的振翅声让人联想到格林机枪。

射穿了射击轨道上她自己的式蜘蛛，总共一百五十只的虫子杀向缇亚。这些虫子们连钢铁都能打出凹洞，要是被一百五十只通通击中，就连大树都会被射成蜂窝，断成两截。

然而面对逼近的死亡弹丸，缇亚发动了忍术。

"不动金刚盾之术！"

缇亚眼前出现了七色彩光的耀眼盾牌，虫子们猛烈撞上了划破黑暗的巨大六角形光壁。不到几秒钟，盾牌就发出玻璃般的清澈声响化为碎片。

不过当盾牌破碎时，虫子炮火也停止了，盾牌后面的缇亚毫发无伤。

艾多玛没有舌头，但还是咋了咋嘴。

不过，能一招掀开对手的底牌，就像是用辉煌灯火照亮胜利之路。

对方目前还能应付得了艾多玛的攻击，然而一旦艾多玛的攻击超出对手的防御时，冲毁堤防的浊流想必将会吞没一切。

艾多玛用剑虫弹开前方飞来的苦无——用虫盾挡下格格兰来自上空的一击。

她应该是从相当高的地方跳下来的，硬甲虫承受的力道非同小可，发出惨叫般的叽叽声。

若是不动金刚盾的炫目光彩弄得艾多玛眼花，她一定无法挡下黑暗中格格兰的跃身攻击。

不过，艾多玛的视觉不会受这点小花样影响，而且她的视野也比人类广多了，就算戴着"这个"也一样。

也许是判断追击会有危险，格格兰像在湖面滑行般——双脚几乎没有移动，拉开了距离。身躯庞大，身手却如此轻盈，证明她的伤势已然痊愈。

站在缇亚身旁的格格兰用脚踩烂了钢弹虫们的尸体，发出啪唧啪唧的清脆声响。

"惨啦，一点能赢的感觉都没有。她那是怎样啊，时机抓得太完美了吧？看都没看老子一眼就挡住了。"

"视野很广？"

"应该是别的什么吧。我觉得是她作为驯虫师之类的能力，或者是魔法的特殊知觉，可能性比较高喔……不过话说回来，战况对那家伙有压倒性的优势，她为什么不趁我们讲话时攻过来？"

"野兽会先判断我方的实力，然后挑要害下手。"

"原来如此，也就是说她在看我们的所有招数喽。跟我们家那个小矮子不同，慎重派真是难缠啊。"

"因为你们是人类就把你们看扁了，也不太好吧？哎，虽然还有其他理由就是了……看，来了。那么这只虫我不要了。"

紧黏着艾多玛右臂的虫子掉到地上，发出沙咔沙咔的声音，消失在黑夜当中。

"取而代之的是……过来吧。"

一只虫子缠上空出来的手臂，那是一条像是蜈蚣的虫。

不，跟蜈蚣几乎没两样。只要不去看超过十米的长度，以及前端相当于脸的部位异样尖锐的獠牙。

这就是她以驯虫师能力能够叫出的最强虫子——千鞭虫。

艾多玛开始在双脚累积力量。眼前这两个人类的攻击速度、破坏力、防御力、闪避能力与移动力等，大多数的情报都收集到了。唯有缇亚应对状况的能力不明，但不足为惧。

"哎哟。"艾多玛用手去摸脸部下方，手上沾到了透明的黏液。

"刚才啊，明明已经吃得那么饱了，一运动肚子又饿了呢。"

沾在手上的是她的口水，是她对沦为饲料的人类展现的欲求。虽然她最爱吃的是人类种族，但向来都只能拿绿色饼干代替，满足欲求。

当然，她不会因此而怨恨无上至尊。

艾多玛甚至觉得，无上至尊允许她食用从哪个村子抓来的人类在治愈实验中砍下的手臂，已经很宽宏大量了。

即使如此，她毕竟还是在忍耐，如今优秀的两个人类摆在眼前如同最高级的食材，她无法一口都不吃就丢掉。

暴露在艾多玛饥饿的视线当中，两人身体颤抖了一下。她们不是畏惧强敌放出的杀气，而是被肉食动物盯上时，生理上的排斥感造成的颤抖。

"叽呀啊啊啊啊啊啊啊！"

艾多玛发出泡棉互相摩擦般的尖锐嘶吼，这是这场战斗开始以来她首次主动出击。

捕食者捕捉猎物的动作是呈直线的，而且速度快得异常。当她以盾虫弹开连续飞来的六把苦无时，两者之间已几乎没有距离。

艾多玛看见格格兰充当前锋举起武器，便决定了第一个剥夺拥有战斗能力的对手，她挥动着右手握住的鞭子。

鞭子越长，前端部分的速度当然就越慢，就算是艾多玛这种肌力过人的存在也一样。

但前提是挥动的是普通的鞭子。

艾多玛现在使用的，是她以驯虫师能力叫出的最强虫子——

本来应该以绕圈动作进逼的鞭子,做出了不合常理的动作与角度。那就像艾多玛的手臂延长出去,弯出锯齿状的锐角,以迅雷不及掩耳的速度与动作逼向格格兰。

只有生物与武器融合而成的活物才能做出的动作,就连遇过千奇百怪未知现象的冒险者,恐怕也没机会见识或体验这种奇观。

若是第一次目睹,当然会感到惊诧了。然而能够闪避这样的奇特攻击,才称得上精钢级冒险者——最高级的冒险者。

格格兰于千钧一发之际躲过攻击,虫鞭飞过她的脸旁——

"危险!"

——随着缇亚的尖叫,格格兰的身体被炸飞了。

那是缇亚使出的忍术——爆炎阵。

舍命的爆炸烈焰环抱着两人时,从背后一百八十度掉头的千鞭虫,通过了格格兰头部原本所在的位置。

若不是舍命自爆的一击,格格兰的脑袋肯定已被千鞭虫刺穿了。

这招闪避得漂亮。然而,艾多玛的攻击还没结束。

简直像用线绑住一样,千鞭虫急遽改变角度,逼向一身污黑的格格兰,同时,艾多玛对缇亚撒出了一把符咒。

雷鸟符。

符咒在空中化为放出苍白电光的飞鸟,朝着缇亚翱翔而来。

对方有两个人，那其中一个交给虫子应付就行，这点可以说是驯虫师的长处。

雷击炸裂，苍白电光扩散至周围，照出了忍受痛楚的缇亚与试着压制千鞭虫的格格兰。

"该死的王八蛋！老子最讨厌扭来扭去的东西了！"

格格兰用突刺战锤压住千鞭虫的头部，以左腋夹住固定，试图让它不能动弹，虫子却活用全长十米的身躯，一步一步缠绕住她的身体。

缇亚踏出一步，抽出短剑一扔，猛烈击中了艾多玛的盾虫，发出金属声。

"雷鸟乱舞符。"

艾多玛左手撒出许多张符咒。这些符咒变成了比刚才小一点的鸟，一齐飞向缇亚。然而，缇亚的身影消失，鸟群没捕捉到目标，就这样往后方飞去。

在艾多玛的背后，缇亚从视野外的黑暗中隆起现身，这是利用影子进行的短距离传送。

然而，艾多玛早就发现她了。

如同一部分虫类拥有触角，艾多玛也有个类似的器官可以察觉气流变化，这就是她另一种知觉能力的真相。

剩余几只钢弹虫，朝着从影子中渗出的缇亚射去。

"呜！"

鲜血的腥味伴随着痛苦呻吟飘散出来，但艾多玛判断对方有意再战，于是进行追击。

"爆散符。"

比缇亚刚才的招式更激烈的爆炸，破坏了夜晚的宁静。缇亚被炸飞，滚倒在地，符咒继续朝她飞去。

是锐斩符与冲风符。

缇亚掌握不到站起来的机会，身上留下道道血痕，被割伤、炸飞，一路越滚越远。

"缇亚！你这只臭虫！"

格格兰已经被虫鞭整个包住，从球体中破口大骂。她们本来大概是想由格格兰用肌力压住千鞭虫，再趁机由缇亚对付艾多玛本人吧。

艾多玛在面具底下嘲笑，只能说她们真是蠢到家了。

艾多玛身为纳萨力克地下大坟墓的战斗女仆之一，这点程度的人类本来就不可能打赢她。

最正确的选择是别管艾多玛吃什么人，全力逃离此地才是上策。

她做了错误的选择，才会招致这种下场。

"……虽然顺序不对呢，不过好吧，这也是没办法的吧。不管怎么样呢，反正肌肉长了这么多，可以吃个过瘾，而且看起来也很好吃呢。"

艾多玛叫出了虫子。这次的虫子并没有凶恶的战斗能力，像针筒一样注入体内的是麻痹毒素。

艾多玛抓着虫子，步履轻盈地走向缇亚，弄到了一个不错的伴手礼。

纳萨力克地下大坟墓当中多得是吃人生物，他们看到这份礼物，一定会很开心的。

"嗯？怎么了？"

艾多玛优异的知觉，察觉到有个细长冰冷的物体从头顶上飞来，她大幅跳开。

就在同一时间，艾多玛刚才所在的位置，插进了一支长枪，像是骑士会用的"水晶骑士枪"。

不过，那不是普通的枪。因为打碎石板刺在地上的骑士枪虽是脆弱的水晶，却没有一点裂痕。

"是魔法……吗？"

身为精神系魔法吟唱者的艾多玛，从骑士枪感觉到魔法职业共通的某种特质。

"没错。这是第四位阶魔力系魔法水晶骑士枪。"

回答她的疑问的，是个缓缓降落在骑士枪柄头上的人影。那是个声音稚幼，个头也很娇小，以面具遮脸的长袍女子。

怎么又有帮手啊？就连艾多玛也不禁厌烦起来。

本来以为抓到了美味的餐点，却突然杀出个程咬金，也难怪她难以忍受了。

"劝你见好就收吧。"

"……谁啊？现在我还可以原谅你喔。可以请你走开吗？虽然小孩子肉质软嫩，我很喜欢，可是可以吃的部分太少了嘛。等我吃了这两个人啊，再陪你玩喔。"

"原来如此，是吃人魔物啊。看你穿着女仆装，是在搞笑吗？我不认为有哪个人会喜欢你这种血腥魔物随侍左右。"

"你说什么，可恶的东西！"艾多玛禁不住发出了本来的声音，赶紧按住喉咙。

这个新来的敌人说的话让她无法容忍，以至于一时激动。她不是因为弱肉强食的原则，而是因为不愉快，让她恨不得把眼前的女人五马分尸。

当着纳萨力克地下大坟墓战斗女仆、侍奉各位无上至尊的我的面，这女人说了啥？

地狱业火在她体内深处沸腾燃烧。

"宰了你！"

声音控制不住了。但她还是拼命压抑住，不让自己的背部隆起。

"伊维尔艾！"

缇亚呼唤了戴着面具的女人，让艾多玛知道了自己要使尽全力杀死的对象叫什么名字。

"我还在想你们在做什么呢……真没办法，第一堂课。要考虑敌我的实力差距。这家伙比你们更强……而且比我弱。"

伊维尔艾用手一掀，翻动着披风，怒吼道：

"竟敢欺负我的同伴，你这个魔物！接下来换我让你尝尝被欺负的感觉了！好好感谢我吧！"

对方面具底下爆发的激烈怒气，艾多玛才管不着。

艾多玛浑身散发着出自内心的杀意，拔腿狂奔。在艾多玛受到憎恶支配的脑中，那两人只像是碍事的小石子。

（——说没有人会喜欢我随侍左右？）

同一句话一而再，再而三盘旋脑海。

艾多玛甩动起千鞭虫。她只留下自己抓住的一米左右，剩下部分早已形成一个巨大圆球。

当然，球体的中心部分是格格兰。

"连你的同伴一起被压烂吧！讨厌的女人！"

她就像挥动锤子那样，把千鞭虫砸向对手。

"哼，真是没趣的攻击。"

然而伊维尔艾丝毫无动于衷。

"重力颠倒。"

艾多玛抵抗了魔法，但千鞭虫失去了重力，轻飘飘地浮起。

只要装备者抵抗成功，装备品也同样等于抵抗成功，但虫武器不是由装备者进行抵抗，而是由虫本身进行。

因此就像现在这样，即使艾多玛本身没有受到影响，但魔法效果也可以影响到虫武器。这是能够自动进行攻击的虫武器相对的缺点之一。

不管艾多玛再厉害。遇到这样的魔法，也只能放弃一开始的计划。

察觉了艾多玛的想法，千鞭虫放开了格格兰。有如卷尺般迅速移动，一口气变成了长达十米的虫鞭。

同时格格兰倒在地上，伊维尔艾对她做出指示。

"格格兰！你会碍我的事！去替缇亚治疗伤势！如果护手的力量用尽了，就喂她喝药水！"

受伤的两个人类要进行治疗。如果只是这样的话并不成问题，因为那两人不是艾多玛的对手。然而考虑到眼前这个魔法吟唱者的能力，状况就不一样了。

伊维尔艾与艾多玛程度相当。如果再加上一点支持，战况很可能变得于己不利。

于是艾多玛虽然不想用，但还是决定拿出真正的撒手锏。

她在那宅邸内已经用来一口气歼灭敌人，不过还能再使用两次。

那就是吐出肉食苍蝇的吐息——苍蝇气息。

这种吐息不是让苍蝇吞噬血肉，而是吐出能够生下钻进肉中的蛆虫、类似牛皮蝇的大量苍蝇，蛆虫会钻进牺牲者的体内，给予对手持续损伤。

更可怕的是，羽化的苍蝇会成为铺天盖地的大军，除了特别的人之外，一旦进入效果范围，将会遭到苍蝇大军的随机攻击。

艾多玛大大张开喉咙，从以人类来说相当于下巴的部位暴露出真正的口部。

让别人来看，应该会觉得像是下巴裂开了吧。

"呕啪"一声，她吐出整团的苍蝇群。

"你！那种力量难道跟魔神有什么关系吗！既然如此——"

像是作为迎击，伊维尔艾身上冒出白色烟雾。

冰系攻击虽然是很好的迎击手段，但很难让苍蝇完全失效。最适当的手段是使用能引起爆炸波的魔法等，把苍蝇群吹散。

她犯下了错误。

艾多玛想象着伊维尔艾被蛆虫啃得乱七八糟的模样，然而对方用来反击的魔法超出了她的所有预料。

一碰到放出的烟雾，苍蝇们一只一只掉在地上，烟雾就这样包围了艾多玛的身体。

霎时间，艾多玛感受到了不合常理的剧痛。

"哦呕喔喔哦喔喔喔哦！"

驯虫师女仆整张脸冒出蒸气挣扎的模样，仿佛被泼了强酸。

伊维尔艾起初的目的只是要让对手的吐息失效，谁知道竟不期然地揪出了敌人的真面目。

"喂，喂，有效吗？"举起突刺战锤的格格兰正在找机会接近敌人。

不愧是优秀的战士，一定是观察出此时正是决胜时刻吧。实际上，从敌人的战斗力来推测，她们必须乘胜追击，一口气速战速决。

格格兰无法靠近敌人，是因为长达十米的巨大虫子正在大闹，不允许她拉近距离。然而，那感觉只像是手下败将的无谓抵抗。

"到底是什么魔法?"

伊维尔艾回答缇亚的疑问。

"杀虫魔法'灭虫'。因为两百年前的魔神当中有个虫族魔神,所以我开发了这种魔法,用来消灭那家伙役使的虫子。哎,算是我的独创魔法吧。"

"喂!这种魔法对我们有没有害处?"

"没有。这种魔法对虫类特别有效,但对其他生物没有任何毒害。"

"……脸融化了。"

"缇亚,那是因为那家伙的真面目是……嗯!不对!那不是脸!"

仿佛就等伊维尔艾这样大叫,女仆姣好的容颜黏稠地下垂,啪嗒一声掉在地上。

那看起来像是脸部皮肤剥落了,但事实不然。掉在地上的脸部皮肤,背面长满了虫脚。

"没想到竟然是面具形的虫子……"

"恶呕喔喔!"

女仆的喉咙暴露出来。看起来异常坚硬的喉咙中央迸开一条裂痕,一大块满是黏液的东西从里面掉落出来。乍看像是呕吐物,但显著性的差异是,这个东西也在地上扭动。

"怎么会……"

面对接连发生的异常状况,就连伊维尔艾也不禁屏息。在她漫长的人生当中,这种经验还是头一次。

"——口唇虫。"

缇亚用这个名称呼唤掉在石板地上,满身黏液,像是水蛭的生物。

"这种虫会吞噬人类等种族的喉咙声带,发出牺牲者的声音。"

肉色水蛭的前端部分长得就像人类的嘴唇,用女仆直到刚才还甜美的声音呼呼地叫着。

在所有人的凝视下,女仆慢慢松开了遮脸的手,底下露出的脸庞就像一只昆虫。

苍蔷薇一行人看到那异常的长相,都忍不住往后退。

虽然在面具形虫子掉落,而且杀虫魔法效果显著的时候,她们就已经猜到八成了,然而一旦恐怖的真相摆在眼前,仍然让她们心生恐惧。

这种非人的怪物,竟然混进了人类世界,这项事实让她们感觉被玷污了。

"你们竟敢……你们竟敢……"

那声音生冷僵硬,很难听懂在说什么。

"声音变得挺可爱的嘛。老子比较喜欢你这种声音喔!"敌意几乎要从格格兰唾弃似的口吻中满溢而出。

苍蔷薇的成员当中,就属这个女人最有人情味。想必内心怀抱着对少女牺牲者的镇魂之念吧。

艾多玛握着武器的力道似乎更强了。

"区、区区人类啊啊啊啊！"

在方才的战斗之中，敌人总是有意无意地显露出从容态度。然而此时，她失去了那份从容。

既然如此，她想必不会再保存力量，将会开始暴烈攻击吧。

"接下来才是真正的战斗！你们两个，千万不可松懈！要知道接下来等着我们的，会是比刚才更凶恶的攻势！"伊维尔艾对两人发出警告。

不过如果是她们的话，不用伊维尔艾讲也早就明白了吧。根本打从战斗一开始的时候，她们就做好舍命的觉悟了。

昆虫女仆的背部隆起，从衣服底下凸出四只长长的脚——而且是蜘蛛的脚，那副模样就像背上背着虫脚。

她利用长出来的脚进行跳跃，足以让人惊讶到以为她用了飞行魔法。

取得头上的有利位置，怪物吐出了肉食苍蝇的吐息，想把所有人都卷进攻击之中。

伊维尔艾啧了一声，再度发动"灭虫"。

"只有你！可怕的只有你！只要能杀了你，之后就只剩单调的作业了，为什么就这么难缠！"

吐出的肉食苍蝇被对手杀光，降落地面的虫族女仆的复眼从正面瞪着伊维尔艾。

没错，只有伊维尔艾能跟这个怪物打成平手。如果伊维尔艾输了，战况的胜败就会揭晓，格格兰与缇亚必定会遭到虐杀。

话虽如此，将注意力全摆在一个人身上，仍然是错误的决定。

"看招！"

格格兰从旁抡着突刺战锤殴打过来。

就算伊维尔艾占优势，格格兰也绝不会把一切都丢给她，会照样挺身挑战强者。她即使知道自己可能遭到迎面痛击而受重伤，仍然坚持与同伴并肩作战。

对于这样的女人，伊维尔艾在面具底下偷偷笑了笑。如果没戴面具，她可是不好意思这样笑的。

怪物正想躲开格格兰的一击，动作却稍微停了一下。

那是缇亚的忍术"不动定身之术"。

对方与其说是做了抵抗，倒比较像是具有无效化能力，因此没能封住她的动作。但即使如此，只要能做出短短一瞬间的破绽，对格格兰而言已经是很大的助力了。

面对借由"刚击"增强破坏力的一击，怪物从口中吐出蜘蛛丝，那蜘蛛丝多到能让格格兰的上半身全染成白色。

兼具黏性与韧性的丝线似乎凭着格格兰的臂力也很难扯断，她中断了攻击，跟跄着往后退，反而是怪物向她踏出了一步。

"水晶骑士枪！"

水晶的骑士枪朝着怪物射出。骑士枪命中了她，并深深刺进体内，但她看起来似乎不痛不痒。

不只如此，甚至还有多余精神从黑夜中召集虫子，让左臂仿佛鼓胀起来。

"灭！"

喷在身上的白色烟雾，让聚集在左臂的虫子纷纷落下，并且让怪物发出痛苦的呻吟。

对人类来说等于下巴部位的嘴巴朝向伊维尔艾，吐出刚才对格格兰射出的丝线。

（用魔法防御好像太浪费魔力了。反正我能让束缚系无效化，就吃她一招——不对！）

伊维尔艾慌忙发动了魔法。

吐出的确实是丝状物体没错，但散发出的光辉比刚才对格格兰射出的丝线更冷硬。

"水晶防壁！"

眼前立起的水晶墙壁，仿佛被锐利刀刃切开般四分五裂，消失无踪。

"斩击的蜘蛛网吗！"

"这个送你！"

缇亚扔出的黑线织成的网在空中张开。然而那网子没能缠住怪物的身体。网子有如幻影般穿过怪物的身体，掉在地上。

"果然对行动阻碍具有完全抗性！"

"啧！喊暂停啦！"

格格兰愤愤地说，为了推开进行近身战的女仆而踹出一脚，这也是为了拉开距离。

踢起的鞋子与女仆装交错相撞，令人惊愕的是，竟然响起了金属撞击声。

格格兰就这样往后退，苍蔷薇的另外两个成员与她一同远离虫族女仆，一边注意范围攻击一边集合。

"这边刺一下，那边刺一下……烦死人了！"

观察着女仆下巴的嘴咔滋咔滋地响，格格兰压低的声音传进伊维尔艾耳里。

"你听到刚才那声音了吗？老子武器的硬度竟然跟女仆装差不多，太扯了吧。"

"那是用相当硬的金属织成。以那单薄程度来考虑，对方的衣服比你的武器硬多了。"

"精钢……恐怕不止喔。"

"还不只如此喔？装备品也都高级到了不合常理的地步……我的地属性魔法对她似乎不太有效。也就是说，其中某种装备品应该有减轻魔法损伤的效果。我就讲明了，想抓弱点攻其不备，恐怕没多大效果。"

"也就是说？"

对于缇亚的询问，伊维尔艾在面具底下咧嘴而笑。

"要正面进攻。以高火力的攻击一口气削减对方的体力。"

"说起来简单，做起来却很难耶。要怎么做？再不快点，那家伙就要用符咒替自己做完强化了。"

"只要使出每个人能用的最强招式就行了。我的话就是杀虫魔法。"

"……这答案可真简单明了。好呗,那就进入最后决战吧。"

说要用高火力一口气消耗对手的体力,可没那么简单。

一般状况可以使用"沙之领域·单体"或"部位石化"封杀对手的机动性,对战士系进行支持,但这种招数对那个女仆没用。

要给予损伤的话,让格格兰她们进行物理攻击就行了。

伊维尔艾该做的,是物理攻击不管用时的对策,而不是专心使用攻击魔法,这是她一直以来的想法。

然而现在情况至此,不能再说那种话了。

(我一直主张只会依靠纯粹攻击魔法的魔法吟唱者是二流,不过这次也只能违反一下原则了。)

伊维尔艾架构出该使用的魔法。最有效的是将威力提升到最大极限的结晶散弹,但那招会波及同伴。

高位阶的独创咒文"灭虫"因为魔力消耗激烈,最好能保留到对手叫出虫子时再用。这样一来,最适合的应该是她不太喜欢的酸系魔法。

三人互相使了个眼神,确定大家都准备好了,便一口气进攻。

伊维尔艾以"强酸飞沫"为主要手段进行攻击,火力较差的缇亚则以使用道具支持为主。格格兰一边发动战技，一边连续重复攻击。

过了不久，双方均衡的战力开始偏向其中一边。

没错，对手很强。

她能吐出多种蜘蛛丝，以符咒进行魔法攻击，叫出虫子进行攻击，而且还拥有在苍蔷薇成员之上的强力魔法道具。

然而，一行人虽然回复道具等资源越来越少，但虫族女仆后退的次数也慢慢变多了。

如果要问是什么左右了战局，伊维尔艾想必会挺着胸脯说"是这些同伴"。

没错，格格兰与缇亚比起伊维尔艾或眼前怪物，弱到简直可以说不堪一击，但人手多就是一项不容小觑的优势。

能够边攻击边回复，影响可是很大的。尤其是没有办法可以自己回复时，能借由队友支持进行回复的一方肯定比较占上风。

这点判定了胜败的分野。

"注意不要犯简单的失误，就这样压制住她！"

3

下火月（九月）四日，22：27。

那是一场激斗。

虫族女仆终于像断线人偶般倒地。

伊维尔艾的魔力少了大半，消耗品几乎都见底了。若只考虑得失问题的话，这次战斗可是赔惨了。

"赢了呢。"浑身是伤的格格兰气喘吁吁地宣布胜利。

虽然回复用的道具一个都不剩了，不过她的体力损失并不如外观伤势来得严重。

"给她最后一击。"

"说得对。"伊维尔艾也赞成缇亚的提议。

虫族女仆虽然奄奄一息，但还没死。她还在发出叽叽的叫声，就是最好的证据。

趁现在夺走了她的战斗力，毫不犹豫地夺去她的性命才比较安全。

缇亚持剑踏出一步，身体却突然僵住。伊维尔艾还没问她怎么了，就知道她僵住的理由。

"请各位就此罢手吧。"

难以置信的是，不知什么时候，虫族女仆前面站了一个男人挡着她。

那人穿着在这附近地区从未看过的奇特服装。伊维尔艾所知，那是南方穿着的一种服装，称作西装。

男人脸上戴着面具，看不到本来的长相。

不过，他不可能是人类。因为男人的腰上露出了条尾巴。

"喂，是伊维尔艾的亲戚吗？"

少说傻话了。伊维尔艾想这样回答，但说不出话来。

她感觉全身像被雷打到。她看了看右手,只见整只手满是汗水。

"——你还好吗?接下来由我代为处理就好,你先回去休息吧。"

男人丝毫不把握着武器准备应战的苍蔷薇一行人放在眼里,语气温柔地对虫族女仆说话。那副模样虽然是敌人,但仍然足以让人产生好感。

不过,伊维尔艾不这么想。

从头顶到脚尖的惧意始终不肯消失,伊维尔艾的求生本能受到刺激。

她屏气凝息,拼命告诉身旁的格格兰与缇亚:

"……快逃……笨蛋,不要看我。闭嘴听我说。那个……强得太过了,是怪物中的怪物。不要回头,铆足全力逃跑就对了。"

"……那你怎么办啊?"格格兰语气苦涩地问她。

"别在意。等争取到时间让你们都跑远了,我会立即使用传送魔法逃走。"

不知道是怎么办到的,照理来说应该身受重伤而无法动弹的女仆,摇摇晃晃地站起来。

她看起来不像是使用了治愈魔法,也没看见她喝下了什么。只见从某处飞来一只虫贴在她背后,下一刻女仆飞上夜空,她留下叽叽的叫声后就远远地飞去了。

虽然眼睁睁看着敌人逃走,但伊维尔艾管不了那么多,她无法将视线从眼前男人的身上移开。另外两人也跟她一样，满头大汗，像是僵住了般动弹不得。

目送女仆离去后，男人重新转向伊维尔艾她们。

伊维尔艾活了两百五十年以上，见过形形色色的强者。但眼前的男人对她们发出的灵气却独具一格。

不，这种丑恶到令人作呕的恶意，根本没人能与之比拟。

作为强者的等级大概是白金龙王级吧。

由于实在太过强大，她无法正确判断。

"让各位久等了。那么，时间也有限，就马上开始吧。"

"快逃啊！"伊维尔艾发出的声音已经是惨叫了。

两人像被电到般转过身去，她们对于舍弃同伴不可能没有罪恶感。就是因为有，所以伊维尔艾叫她们逃时，她们才没有立即选择撤退。

她们抱持的是信赖。相信伊维尔艾会有办法，或是伊维尔艾能设法逃脱。

然而这种想法立刻就被推翻了。

"首先，才刚相遇就要分离，未免太伤心了，所以请容我阻止您进行传送。'次元封锁'。分离时总该说两句辞别的话，这样无论是从礼仪或感情而论都比较可喜，对吧？"

一部分超高阶恶魔或天使等才能使用的特殊技能，阻止了附近一带传送魔法的发动。

这下伊维尔艾就失去了撤退手段。

不过这不是什么问题，她从一开始就知道了。

最后留在这里的人——负责殿后的人不可能活着回去。

"要死得照顺序来。年轻人活下去，活得久的人先死。这才是正确的吧。"

向逐渐远去的气息告别，活了两百五十年以上的女人挺身挑战站在眼前的敌人，即使毫无胜算。

"那么，您先请吧。不过如果您什么都不做，那就由我先出手了。"

不同于温和的语气，爆发的压倒性杀意让人惊骇。

伊维尔艾动用全身的意志力，驱散邪恶的气息。

（我是伊维尔艾，是受人传诵的女人。不管敌人有多强大——我都得战斗！）

"那就恭敬不如从命，由我先攻！看招吧！'魔法最强化·结晶散弹'！"

这一招是她特别中意的魔法。

比拳头稍小一点的水晶散弹飞散开来。前端部分尖锐的水晶碎片，本来应该在近身战当中打进敌人身上以增加威力，但她不太敢接近眼前的恶魔。

明明做好了觉悟却又畏缩不前，伊维尔艾不禁自嘲，但对手的力量还是未知数，当然应该慎重应战。

假面恶魔像是迎客般张开双臂，水晶弹雨打了他一身——不，在那之前，魔法先消失了。仿佛原本就不存在似的，消失得十分突然。

（只有一部分种族才拥有的魔法无效化能力？敌我实力差距竟这么大！）

实力差距越大，魔法就越容易失效。

无视下错第一步棋的伊维尔艾，男人的手优雅地横向一闪，那动作简直有如乐团指挥。

"地狱火墙。"

自后方撞上背部的热浪，让伊维尔艾不敢置信，急忙转头一看。

只听得"轰"的一声，仿佛夜晚本身燃烧起来，不属于自然现象的黑色火焰凭空冒出。

正在逃跑的格格兰与缇亚被黑色火焰包围，像人偶一样舞动四肢，然后像垃圾一样倒在地上。

当火焰如幻象般消失后，两人依然动也不动。

伊维尔艾压抑住想赶到她们身边的心情。

虽然难以置信，但也只能信了。

伊维尔艾知道那是致命伤。

不过才一记攻击，两个与自己同甘共苦的伙伴就这样丧命了。

她咬紧牙关忍住惨叫。

"原本是想烧个半死就好，想不到她们比我预料的还弱，竟然连那点程度的火也承受不了。我衷心表示哀悼。"

男人仿佛打从心底感到遗憾似的，深深低头致意。

那种假惺惺的态度，让伊维尔艾再也无法压抑情感。

他无视于站在前面的伊维尔艾——攻击自己的对手，却攻击后面的两人，理由是什么？

当然是因为她们逃跑了。

但是，还有一个更大的理由。

伊维尔艾十分明白敌我的实力差距，因此很清楚自己根本没被视作威胁。

然而实际上却比她想得更糟——对方根本没把自己当成敌人。

眼前的人不会逃走，那就先宰了逃走的人。

他大概只是这种想法吧。

"不容易呢，下手还得留下半条命。又不能拿您当标准……为什么实力差这么多还要组队呢？要不是这样的话，我也能算得再准一点。"

"——你没有资格！这样说！呜哇啊啊啊啊咧啊啊！"她发出的不是惨叫，而是怒吼。

伊维尔艾发出充满憎恶的吼叫，拔腿狂奔。

不，说是她以魔法力量滑翔比较正确。

她将魔力灌注在拳头上，准备施展难以无效化或抵抗的接触魔法。

恶魔扬起拳头准备迎击。

"恶魔诸相·豪魔巨臂。"

恶魔的手臂膨胀了好几倍以上，变得更长的手臂碰到了地面。那并非吸满空气的鼓胀，而是筋骨结实的凶器。

面对让人望之却步的凶器，伊维尔艾一瞬间畏缩了，但她做好觉悟，决定躲过那只手臂攻击敌人。

巨大的手臂逼近冲过去的伊维尔艾。那手臂的动作比想象中快得太多，简直有如巨大墙壁占据了整片视野。

伊维尔艾立刻判断这招难以闪避，她发动了防御魔法。

"损伤转移。"

她的视野变得一片黑暗，同时感受到一阵冲击。她被狠狠弹飞出去，不停地咕噜咕噜地转动，搞不清楚自己身在何处。

她被砸在石板地上，冲击力造成身体像球一样飘起。然后她再一次被砸在地上，伴随着沙沙声一路滑行。

然而——她没受伤。

伊维尔艾利用"飞行"以不合常理的动作起身。

没有受伤。

不过若不是她使用了能将受到的肉体损伤转换为魔力损伤的魔法，恐怕早已奄奄一息了。

"魔法抵抗突破最强化·水晶匕首。"

她制造出比一般匕首更巨大的水晶匕首，射出。

这招造成的是纯粹的物理损伤，不容易无效化，而且加了特殊技能而更容易突破防御。

恶魔躲都不躲，直接用身体挡下。

虽然是损伤提升到最大的魔法，但对于恶魔好像毫无效果。

"……连附加了防御突破的魔法都不能造成半点伤害？超越想象的高阶恶魔，不，恐怕甚至超越了魔神！难道是魔神王吗！"

并不是只要名字加上个王就一定强，不过种族当中较强的存在通常都会自称"王"或"王族"，这是世间的常识。

基本上只有人类种族才会能力弱还能自称为王。

"恶魔诸相·锐利断爪。"

恶魔的指甲伸长到超过八十厘米。

伊维尔艾感觉到那指甲锐利得能切断任何物体。

（带着那两人的遗体逃跑是不可能的。就算其他人来了，对付这家伙也只会碍手碍脚。至少我得换个战场，让另外两人容易发现尸体。）

伊维尔艾抬起了嘴角。

最糟的状况是能使用复活魔法的拉裘丝跟这个恶魔碰上，只有这点她必须避免。

"我要上了！"

就在伊维尔艾正要挑战难关的瞬间——某个物体发出轰然巨响，掉落在两人之间。

承受不住那个重量，石板地产生裂痕，尘土飞扬。

出现在那里的，是因为降落冲击而蹲在地上的一名战士。

漆黑铠甲反射着月亮的静谧光辉，点缀着绝妙的美感。

以夜空为背景，鲜红披风宛如火焰燃烧般飘扬。

黑暗战士两手各稳稳握着一把超乎寻常的巨剑，散放着断罪之光。

他慢慢站了起来，那身影真是高。以身高来说的话，应该跟那个恶魔差不多。

然而，就像恶魔面对神圣光芒时缩起身子，伊维尔艾从目睹黑暗战士身影的强大恶魔身上，发现了恐惧之色，就像看见了无法置信的事物。

伊维尔艾在寂静之中，听见了吞口水的声音，声音来自那个恶魔。

就连伊维尔艾觉得实力深不可测的恶魔，面对这位魁梧的战士，竟也大气不敢喘一个。

她听见一个划破黑夜般的冰冷声音。

"那么……哪个才是我的敌人？"

过　场

这是一间体现了"绚烂豪华"这个字眼的房间。

铺在地上的鲜红地毯相当柔软，让人产生小腿以下都陷在其中的错觉。放在室内的双人长椅以高级天然木材制成，雕刻着精致的法国洛可可式样图案。

椅面铺着黑色真皮，发出特有的光泽。

长椅上，一名男性伸出那双修长的腿，深深靠进椅背。

眉清目秀。

如果有一幅完美描绘出他外貌的肖像画，人们想必会如此评论他吧。

金发反射着周围点亮的魔法灯光，仿佛浮现出繁星的光辉。眼角细长的浓紫瞳眸有如紫水晶，看见的人都将为之着迷。

然而实际上亲眼见到他的人，在赞叹眉清目秀的五官之前，恐怕会先产生不同的印象。

与他的容貌无关，一旦亲身感受到他身上所散发的气质，那种与生俱来的王者风范，不管是谁都会产生唯一一种第一印象。

那就是"支配者"。

他就是吉克尼夫·伦·法洛德·艾尔·尼克斯，年仅二十二岁就贵为巴哈斯帝国的现任皇帝，被誉为历代最贤明的皇帝。贵族对他望而生畏，臣民则对他怀抱着最高敬意，而他也因为肃清了众多贵族而享有鲜血皇帝之名，受到邻近诸国的畏惧。

室内除了吉克尼夫之外，还有四名男性随从，不过他们全都立正不动，简直跟雕像一样没有动作。

吉克尼夫将目光从看了一会儿的几张纸上挪开，视线固定在半空中。就好像那里有块黑板，他正在把想法写在上面。

不久，吉克尼夫鼻子哼了一声。这声鼻息既像嘲笑，也像是起了兴趣。

王国的内线带来的情报，值得让吉克尼夫显出这种态度。

这时——

没经过敲门，门就开了。

失礼至极的态度，让随从们一齐沉下腰，以带有敌意的目光望向门口。不过，随从们一看到走进房间的人是谁，立刻解除了警戒，回复成原本的姿势。

走进来的是位老人，一把白胡子差不多有自己身高的一半长。头发虽然也跟雪一样白，不过并没有变得稀疏。

活过的岁数化为皱纹显现在脸上，锐利眼瞳中暗藏明确的睿智光辉。脖子上挂着无数颗小水晶球串成的项链，干枯的手指戴着好几枚朴实无华的戒指。身上的纯白长袍松松垮垮，以非常柔软的布料制成。那人的模样，就像一无所知的人听到魔法吟唱者时最初浮现的印象。

"——事情麻烦了。"

慢慢走进房间的老人开口第一句，就用不符合外貌，还有点年轻的声音吐出了这种台词。

吉克尼夫只动了动眼球，移动兴味盎然的视线。

"怎么了，老爷子？"

"我调查过了，但要发现他是不可能的。"

"所以简单来说是什么意思？"

"陛下，魔法也是这个世界的原理之一。学习知识——"

"哎，知道了，知道了。"吉克尼夫兴趣索然地挥挥一只手。

"你说教起来没完没了。先别管那些，讲重点吧。"

"……如果安兹·乌尔·恭这号人物真的存在的话，那么他必定拥有相当强力的魔法道具，或是以自己的力量防止他人探测，照我推测，他很可能会使用与我同等，或是比我更高阶的魔法。"

除了皇帝与老人之外，室内产生了紧张气氛。

老人说此人能与帝国历史上最高阶的魔法吟唱者，又是首席宫廷魔法师、赫赫有名的大贤者"三重魔法吟唱者"弗鲁达·帕拉戴恩匹敌，其他人都怀疑起自己的耳朵。

"原来如此啊。所以你看起来才这么高兴吗，老爷子？"

"当然了。这两百年来，我从未遇见与我同等，或是拥有比我更强力量的魔力系魔法吟唱者。"

"两百年前遇到过吗？"皇帝受到好奇心驱使而提出问题，首席宫廷魔法师开始追忆往事。

"这个嘛。我就只见过一个，那就是童话故事里的十三英雄中的一人，亡灵师利古里多·贝尔兹·高兰。哎，不过十三英雄中的其他魔法吟唱者应该也都很优秀吧。"

"那么现在有比老爷子更优秀的魔力系魔法吟唱者吗？"

弗鲁达的目光彷徨着，仿佛望向远方。

"这就难说了……我想我现在已经到达了比她（高兰）高出许多的境界，不过……我也无法确定。因为魔法的术理，并不能单纯地决定孰优孰劣。"

他慢慢捋着长胡子，嘴上谦逊，其中的语气却流露着自信，然后他扬起一边眉毛。

"只希望那位安兹·乌尔·恭会是比我更优秀的人物。"

吉克尼夫露出得意的笑容，从散落在长椅上的几张纸中挑出一张，拿到弗鲁达面前。

弗鲁达虽显得讶异，但还是接过了纸张，目光扫过上面的内容。

"哦。"这就是他的感想。

只不过,弗鲁达贤者般稳重的表情产生了大幅变化,他眼中亮起了炽热的火光,看起来有如饥饿的野兽。

"原来如此,这就是陛下让我打探的安兹·乌尔·恭的所作所为啊。太令人感兴趣了。两个人对付疑似教国的几十名特殊部队……唔唔。真希望能与这位人士当面畅谈一番魔法学问呢。"

纸上记载了在王国,葛杰夫·史托罗诺夫于国王面前述说的内容,连记录者的个人感想也写在上面。

"那么陛下,是否派遣了什么人到这个村子?"

"我没做到那个地步。派人过去会引人注意。"

"派我的徒弟……不,如果这份书信的内容属实,最好能跟对方建立起友好关系呢。"

"正是如此,老爷子。若是个驾驭得住的强者,我可是很想让他来帝国。"

"我认为这样非常好。为了窥探魔法的深渊,需要各种领域的智者……如果能遇到独辟蹊径的人,那就再好不过了。"他的语气中带着渴望。

吉克尼夫知道弗鲁达怀着何种梦想。

弗鲁达想窥探魔法的深渊。为此,他想向走在自己前方的人求教。后进之人只要沿着某人——大多数的场合都是弗鲁达——开拓的蹊径前进即可。他们走在最有效率的路径上，借此彻底培育自己的才能。

然而孤身走在最前方的弗鲁达却没这个福分。他都是自己暗中摸索，因此成长过程中充满了徒劳。如果他能省去这些徒劳，让才能彻底提高的话，想必已成为更强大的魔法吟唱者了。

因为弗鲁达明白这一点，所以他很想见到能引导自己的人物。

才能也是有限的，他不想再浪费更多了。

弗鲁达培育徒弟，也是希望能出现超越自己的人物，带领自己继续发展。只可惜这心愿至今尚未实现，就只有这件事吉克尼夫也无可奈何。

所以他讲了另一个话题。

"还有，我也想搜集关于出现在耶·兰提尔的精钢级冒险者的情报。你能帮助我吗？"

"当然了，陛下。"

10章 最强至上的王牌

第十章 | 最强至上的王牌

1

下火月（九月）四日，22∶31。

王都上空，标高四百米附近。

在夜空当中，有一群人夹杂在星辰之中飞行。两个是发动了飞行系魔法的魔法吟唱者，后面一样也是两个人坐着，让前面两人拉着飞行，总共四人。

让魔法吟唱者拉着的其中一人，是身穿漆黑全身铠，背上背着巨剑的男子，另一人是绑着马尾的美女。两人今天一大早，在耶·兰提尔冒险者工会接受了报酬超出行情的指名委托。

委托人的名字是雷文侯。

表面上的委托内容是说王都似乎将要发生某些异常状况，希望两人能保护他的住处几天。

安兹之所以知道这只是表面上的委托内容，是因为在接受委托时，对方也把内幕一五一十地告诉了他。

根据对方的说法，他们为了压制"八指"这个地下组织的据点而派出了士兵，希望安兹他们也能加入部队一同作战。

对方特别希望安兹对付的，是敌方的最强战力"六臂"。

安兹想不到拒绝这项委托的理由。一般来说，冒险者为了维持中立，有一条不成文的规定，那就是不会参加与国务相关的活动。

实际上接受委托虽然打破了这条规定，但对方为了不给安兹——漆黑飞飞——造成困扰而准备了表面上的委托，这点值得肯定，最重要的是报酬金额大到让他垂涎三尺。

安兹心想这样就能稍微喘口气了，但还要注意不让自己露出贪婪相，以便抬高价钱——拼命隐藏着想一口答应下来的心情，假装不情不愿地接受了委托。

不过有个问题，那就是对方拜托他十万火急赶到王都。

在YGGDRASIL，都市或国家之间随处都设置了传送服务，但这个世界可没那么好。况且传送魔法是第五位阶以上的魔法，就设定上来说，安兹他们基本上是不能使用的。

但骑马在地上跑也不可能一天就到达目的地。

那么，要怎么前往呢？

回答这个疑问的，是雷文侯的魔法吟唱者部下。他们使用借由消耗魔力来加速的特殊飞行魔法，搭配"漂浮板"，高速将安兹他们带来了王都。

这两种魔法是如何组合使用的呢？

答案很简单。

此时两人坐着的位置清楚说明了一切。

两人此时坐在以"漂浮板"做出的半透明漂浮板子上。这种魔法由于可以阻隔重量，因此就算带着两个人也不会影响飞行速度。两人就是这样让人以直线带来这里。

只是即使如此，时间上好像还是很勉强，以至于大幅超出了预定时间。

因此，安兹感到些许不安。他担心会不会到了之后人家又说不用了，或是拿不到讲好的报酬。

如同安兹被超出行情的报酬吸引，对方应该也舍不得付那么多钱给什么都没做的人。

希望不要变成只是空打如意算盘。安兹悄悄叹了口气，凭空祈祷。

那就像是在业绩恶化的公司上班的白领阶层，对年终奖金怀抱的心情。

拜托拜托，一定要支付我全额报酬。我都已经想好要怎么运用了。

在烦恼的同时，因为初次看到王都，而且还是夜间飞行，却也取悦了安兹的双眼。

很遗憾，并不是有什么美丽的夜景。王都内几乎全被黑暗笼罩，毫无美景可言。

即使如此，对于眼光能看穿黑夜的安兹来说，仍然是一次满足好奇心的经验。

安兹异样认真地眺望着景观，偶然间，他的眼睛捕捉到某个场所的异质光辉。

起初他不明白发生了什么事。然而，当他看见冒出的黑色火焰时，他察觉到那里发生了特殊状况。

"等等看又亮了。那里有像是魔法的光辉。"

"……的确……好像是……魔法呢。"

魔法吟唱者望向安兹指着的场所,语气有点缺乏自信,是因为夜色黑暗加上距离太远吧。

一般人就算看到那光,也很难判别光的来源。

"怎么了?在王都这种事是家常便饭吗?还是在放烟火欢迎我们?"

对于安兹的玩笑话,魔法吟唱者笑都不笑,露出严肃的表情。

"那个地点是预定袭击的'八指'据点之一。"

"原来如此……本来还怕赶不上,看来能帮上一点忙了。"

"知道了。那么我们往那边靠近一点儿。"

"还是不要吧。那里好像有人会使用相当高阶的魔法。如果遭到波及,你们可是会立刻没命的喔。"

魔法吟唱者脸上浮现出"那么该怎么做呢"的疑问,安兹将视线从他们脸上移开,转向娜贝拉尔。

"娜贝。你用'飞行'把我带到那附近。到了那里我会打暗号,你就把我放下去。"

"遵命。"

2

下火月(九月)四日,22:33。

突然现身的黑暗战士问的问题，就连身处生死极限的伊维尔艾，听起来都觉得很蠢。

不过，她马上改变了想法。

想想彼此的装扮，两边都显得十分可疑。毕竟是两个戴着面具遮脸的人在对峙。

以他的立场来想，就算认为两人可能是同伙闹内讧也不奇怪。

伊维尔艾大致猜得到黑暗战士是什么人，高声喊道：

"漆黑英雄！我是苍蔷薇的伊维尔艾！我与你同样身为精钢级冒险者，请听我的请求！帮助我！"

话喊出口之后，伊维尔艾才注意到自己犯了错误。

那就是彼此之间的战斗力差距。

就算阶级与自己相当的精钢级冒险者——漆黑飞飞伸出援手，又能怎么样呢？

就连伊维尔艾都感到这个恶魔的强大力量深不可测，两人一起对付这个恶魔，胜算一样小得可怜。

就算他提供协助，也只不过是挡在敌人面前的纸从一张变成两张，暴风一刮就能把他们通通吹飞。

伊维尔艾的请求等于是要前来救援的他送死。她刚才应该喊的，是警告他逃走才对。

如果要厚脸皮地做出请求，最多也只能拜托他带着同伴的遗体逃走。

然而——

"知道了。"

男人让伊维尔艾躲在自己身后,挡在恶魔面前。

伊维尔艾吞了一口气。

当他站到自己前面保护自己时,她感觉仿佛眼前出现一面超巨大的城墙,放心与安心的感受涌上心头。

与他对峙的恶魔慢慢垂下头去,那个敬礼如同仆从对高贵之人低头般,充满了深深的敬意。

由于恶魔不可能真的对男人抱持敬意,因此她认为这是讽刺,说明了恶魔貌似有礼,其实内心轻蔑。

"真是位贵客,欢迎您大驾光临。首先可以请教您的大名吗?我的名字是亚达巴沃。"

"亚达巴沃?"漆黑头盔底下传来男人狐疑的声音。

接着又听见他低声说"好怪的名字"。

伊维尔艾并不觉得这名字奇怪,不过她也一样思索着恶魔的相关知识,希望找到这个名字,但想不到类似的名字。

"……亚达巴沃是吧,我知道了。我叫飞飞。就如同她说的,是精钢级冒险者。"

对于恶魔——亚达巴沃令人不快的态度,黑暗战士——飞飞仍以一样的态度继续对话。

原来如此,伊维尔艾感到佩服。

只要是为了问出对方的情报,就算是再明显的侮辱,他也能沉得住气。她从这件事窥见了飞飞这个男人身为一流冒险者的肚量。

同时伊维尔艾也对于自己动不动就感情用事感到羞耻,移动到飞飞鲜红披风的角落躲起来,以免妨碍这两人的对话。

这是因为她虽有意帮助飞飞战斗,但也有预感自己可能会碍事。

两人看来并未把伊维尔艾放在眼里,在伊维尔艾移动位置时,继续展开让人喘不过气的情报战。

"原来如此。那么可以请教您为何来到这里吗?"

"是委托。某个贵族以保护他的宅邸为借口,把我叫了过去……我让人送我通过王都上空时,碰巧看见了这里展开的攻防战。我认为这是紧急状况,所以就跳下来了。"

贵族指的应该是雷文侯,不然不会挑这个时候把精钢级冒险者叫到王都来。

她推测雷文侯这样做,应该是想在勉强不触犯"冒险者工会不干涉国家问题"这条不成文规定的前提下,请他参加与"八指"的抗争。

"你的目的又是什么?"

"我们召唤、役使的强大道具,似乎流入了这个都市。基本上,我是为了收回那个道具才来到这里的。"

"如果我们把那个道具交给你,问题会解决吗?"

"不,没办法呢。我们只能为敌,拼个你死我活。"

"这就是结论吗?迪——亚达巴沃。我们只有一条路,就是势不两立,对吧?"

"是的。没错。"

伊维尔艾觉得有点突兀,偏着头。

这与其说是情报战,倒比较像是互相交换情报,但她觉得这是不可能的,便改变了想法。

"我大致上都明白了。既然是这样的话……就让我在这里打倒你吧。没问题吧?"

飞飞慢慢张开双臂,巨剑像是延长的手臂,闪烁着亮晃晃的冷光。

"这样我会很伤脑筋,所以请容我做些抵抗吧。"

"——我要上了。"

飞飞踏出了一步。不对,应该说是感觉好像踏出了一步。

一回神,本来站在眼前的飞飞已经离得远远的,逼近亚达巴沃,双方展开激烈冲突。

伊维尔艾无法说明那样高度的攻防,只能说好像发生了什么事。

只见无数刀光剑影纵横交错,亚达巴沃用伸长的指甲将其一一弹开。

"好厉害……"

赞美的词句多得是。然而目睹了那道刀光,伊维尔艾说出了最单纯而坦率的词句。

那种斩击超越了记忆中的任何一位战士。他看起来就像是将邪恶连同笼罩世界的暗夜一起斩杀的战士。她甚至开始觉得，自己就像是吟游诗人的歌曲中登场的公主。

潇洒地拯救公主的骑士，与眼前的黑暗战士重叠在一起。

从两腿之间到背脊蹿过一道电流般的感觉，伊维尔艾的身子微微震了一震。伊维尔艾两百五十年来没动过的心脏，仿佛跳了一拍。

她抬起手试着放在自己平坦的胸前，不过还是跟那时候一样，根本没有跳动。但她还是开始觉得并不是自己的心理作用。

"……加油，飞飞大人。"伊维尔艾两手合握祈求着。

愿自己的骑士，能战胜强大的恶魔。

随着不像是皮肉发出的轰咚一声，亚达巴沃被狠狠震飞出去。虽然没有摔倒，但他一路激烈滑行，好像要在石板地上磨掉鞋底似的。后退了好几米之后，亚达巴沃拍拍衣服上的脏污。

"真是精彩。与您这样的天才战士交手，或许是我唯一的过错吧。"

咔的一声，握在飞飞一只手上的剑刺进了石板地。他用空出来的手转了转脖子附近，像是要消除酸痛，并以平淡的语气回答：

"客套话就免了。你不也还留了一手吗？"

听到这句话，伊维尔艾傻眼了。那样惊天动地的攻防竟然还没拿出全力,太不合常识了。

"难道是……神人吗?"

继承了"玩家"这种存在的血统之人当中,有时会出现强大力量觉醒的人物。教国称这种人为神人。

不对,更正确来说是以"神人"称呼确定继承了六大神血统的人,继承其他血统之人则另有不同称呼。

现在先不论这些,总之飞飞这号人物很可能继承了玩家的血统。不对,一定是这样,不然普通人类不可能拥有那样强大的力量。

"不不,我还比不上您呢。记得您叫飞飞大——先生对吧。"

"没错,亚达巴沃。我的名字是飞飞。"

"我了解了。那么我要出招了!恶魔诸相·触腕之翼。"

亚达巴沃背上长出了翅膀。每一根相当于羽毛的部分都异样地长,看起来就像平坦的触手。

他对提高警戒、准备迎战的飞飞温柔地说道:

"您很强,真的很强。可以肯定一定比我强。所以我虽然不喜欢,但请容我使出这种手段吧。您若是进行防御。一定很容易挡下这招,不过后面那个小角色就只能放弃了。好了,您会怎么做?劝您还是保护她吧。"

话一说完,又扁又薄的羽毛像射出般伸长。羽毛的前端非常锐利,能把人的皮肉连同骨头轻易切断。

眼睁睁看着高速逼近的羽翼包围自己,伊维尔艾束手无策。

她早已没有魔力能做出水晶防壁之类的护墙了。她此时只能趴下，期待幸运降临。

然而下个瞬间，伊维尔艾知道她又小看了黑暗战士。

听见坚硬的金铁声，伊维尔艾一抬头，看见那里站着一面强韧坚固的盾牌。

被切断的羽毛轻柔地飘落。即使是能轻易砍碎人类的羽毛，飘落的模样仍然相当美丽。

"你没受伤就好。"

她听见男人清朗的声音。那声音平静如常，呼吸也没有一丝紊乱。不像是刚刚高速挥舞过剑，打落了所有逼近的羽翼。

"呃，嗯——啊啊！您的肩膀！要不要紧？"

飞飞的肩膀上刺着一根羽毛。由于中途就被切断，羽毛无力下垂，有点像是铠甲上的装饰。

"我不要紧。这点程度不成问题。不用管我，你没受伤，我就放心了。"

语气听起来，仿佛对伊维尔艾笑了笑。

怦咚。

伊维尔艾再度感觉到心脏在自己体内跳了一下。

脸好烫。面具仿佛被加热了。

"真是精彩。想不到竟能保护她不受一点伤害。我亚达巴沃衷心表达赞赏之意。真是太精彩了。"

"不用说客套话了。比起这个，亚达巴沃……你为什么要跟我拉开距离?"

飞飞一边说着,一边将手伸向伊维尔艾,像要抱进怀里般把她抬了起来。

伊维尔艾不会动的心脏差点儿没从嘴里蹦出来。

她向来不把吟游诗人的创作故事当一回事,如今那些篇章却在脑中一再重复上演,特别是骑士横抱着公主战斗的场面。

按照常识来想,只有傻子才会面对强敌时带着累赘战斗。

可是——

(对不起,世界上的所有吟游诗人!真正的骑士的确会抱着柔弱少女,边保护她边战斗呢。呜哇,这太瞎了!好难为情喔!)

然而,伊维尔艾的兴奋一口气跌落谷底。

她梦想的是公主抱。但现实却是——

"这……"

——她被飞飞像抱行李般夹在左腋底下。

不,这种姿势当然才是正确的。

比起成年女性,伊维尔艾又轻又小。从容易保持身体平衡的观点来看,这个姿势才比较合理。

她知道自己没资格抱怨,而且她心中仍然怀着同伴遭人杀害的仇恨,她也很清楚现在没有那个闲工夫胡思乱想。

即使如此,她仍然无法压抑内心角落产生的不满。

如果自己主动抱住他,或许可以让他轻松点,但若被卷进刚才那种高速战斗，伊维尔艾没自信能抓住他而不被甩落，所以没说出口。

面对即将再度开打的战斗，伊维尔艾偷偷观察飞飞与亚达巴沃。

两人之间的距离比刚才更远。不过对特级战士与超凡恶魔来说，这点距离大概一步就能跨越吧。

"那么是不是该开始了？"

"不，我想就此收手。刚才我也说过，我的目的并非打倒两位。接下来我要让王都的部分区域陷入火海。如果两位敢闯进来，我保证炼狱之火会送你们下地狱。"

抛下这番话后，亚达巴沃转身就跑。看起来明明不像是全力奔跑，距离却越拉越远，没多久就融入了黑夜之中。

"糟、糟糕了，飞飞大人。得快点消灭他才行。"

伊维尔艾急忙表示，应该趁还没失去敌人踪迹前赶紧追击，然而飞飞摇摇头。

"没办法。那家伙是为了完成计划而选择撤退。若是追上去，他一定会拿出真本事应战吧。那样一来——"

飞飞没再说下去，不过伊维尔艾知道他后面要说什么。

那样一来你会受到波及而死。

他应该是想这样说吧。

就算飞飞把自己留在这里，照那个恶魔的恶毒个性来想，一定会使出波及伊维尔艾的攻击。

刚才飞飞保护过伊维尔艾，不幸证明了伊维尔艾具有作为人质的价值。自己没能帮上飞飞这个救命恩人的忙，反而还拖累了飞飞，让她对自己产生了厌恶感。

自己这点程度还好意思对克莱姆讲大道理，真是可笑。

"那么，娜贝。你觉得我们接下来该怎么做？"

如同回答他的问题，一名女性自空中慢慢降落。

伊维尔艾早就听说漆黑英雄飞飞的小队当中，有个绰号美姬的魔法吟唱者。而且她也在内心嘲笑过，拥有这种绰号她都不会觉得不好意思吗？

然而当本人出现在眼前时，伊维尔艾倒吸了口气。

她实在太美了，想必继承了异国——南方血统的美貌，就连伊维尔艾都看得出神。

"飞飞大——先生。不如按照预定计划，前往委托人的宅邸，您看如何？"

"⋯⋯你是说不去管那个亚达巴沃吗？阻止他的计划，难道不正是我在王都的职责？"

"或许是这样，但属下认为先向委托人确认比较要紧。"

"——说得没错。"

"比起亚达巴沃，属下建议您先把抱着的那只大蚊扔到石板地上。"

"嗯？哦，失礼了。我怕你被那恶魔的攻击波及。"

飞飞慢慢放下伊维尔艾。

"不，你——您别在意。我知道您是担心我。"伊维尔艾深深低头致谢。

"谢谢您的出手相助。容我重新自我介绍，我是精钢级冒险者小队苍薇蔷的伊维尔艾。"

"多礼了。我也是精钢级冒险者，名叫飞飞。那边那个魔法吟唱者是我的同伴娜贝。那么您接下来打算怎么做呢？那边那两位是您的同伴吗？如果是的话，我可以帮忙搬……"

他指着格格兰与缇亚。

"感谢您的一片好意。不过，没有这个必要。再等一下，我的其他同伴也会过来。说不定她会直接在这里发动复活魔法。"

铠甲发出了好大的"喀锵"一声。

伊维尔艾敏感地察觉到，细缝中的视线开始带有强烈感情。

"你……呃不，您的同伴会使用复活魔法吗？"

"咦？啊，是的。我们的领队拉裘丝能进行死者复活仪式。"

"是这样啊！那么我想问个问题，复活魔法是不是从再远的地点都能发动？"

"什么意思？"

"呃，比方说，从非常远的地点让那两人复活……比方说在帝国发动魔法的话，会在什么地点复活？是帝国，还是尸体所在的这个地点？"

他为什么对复活魔法有这么大的兴趣？

单纯出于好奇心吗？

能使用第五位阶信仰系魔法的人不多，所以会有兴趣也不奇怪。还是说他有某个珍爱的人过世了？

若是这样的话，伊维尔艾说出的答案对他而言将会是残酷的，只能祈祷并非如此了。

"详情我不清楚，但我听说拉裘丝的复活魔法必须在尸体附近吟唱，否则很难成功。以飞飞大人的疑问来说，从帝国那儿是不会发动的。"

"嗯。那么另一个问题，两人复活后，可以立刻参加战斗吗？"

"不行呢。"伊维尔艾明确地回答。

拉裘丝能够吟唱的复活魔法是第五位阶魔法"死者复活"。

由于这种魔法复活时会消耗大量生命力，因此铁级以下的冒险者几乎都会化为尘土。

两人身为精钢级，复活没有问题，但是肉体会因为生命力的消失而好一阵子不听使唤，要回复生命力恐怕也得花上一段时间。

如果亚达巴沃的那番话属实，目前他们不但还没脱离危机，而且战力又大幅下降。

（不对，既然能够对抗那个恶魔的人只有这位大人，那么就算两人复活也没有任何差别。这样的话，复活之后倒不如让她们好好休养，或许才是明智的做法……）

"原来如此……我大致明白了。如果可以的话，我想见见那位名叫拉裘丝的女性。可以让我跟您一起在这里等一下吗？"

"什么！您为什么想见拉裘丝呢？"伊维尔艾发现自己不由自主地提高了嗓门。

她自己也不明白为什么。当她一听到飞飞说想见拉裘丝时，胸口像是被针扎到似的，连自己都吓了一跳。

被这样大吼的飞飞似乎也有点惊愕。

极度羞耻让面具底下的脸涨红起来。所幸戴着连衣帽，涨红的耳朵不会被飞飞看见，让她放了心。

"呃，也许我可以问她一些关于复活魔法的事，再说我也想与既是同辈又是前辈的苍薇蔷队长见个面……况且亚达巴沃也有可能只是假装逃走，说不定还会再折回来。这些就是我想见她的理由，有什么不妥之处吗？"

"没、没有，如果是这样的话……嗯，真抱歉我那样大声嚷嚷。"

在知道他是警戒亚达巴沃之后，胸中的扎刺感消失了。

（只要冷静想想刚才讲的内容，谁都知道他的意思啊……再说他是警戒亚达巴沃……也就是说想保护我？呵呵……）

"那么在她们来之前，可以请您告诉我这里发生了什么事吗？"

"在那之前，把同伴的遗体摆着不管让我很不忍心，可以过去那边吗？"

"当然。"

遵从飞飞的回答,伊维尔艾来到了两人的遗体旁。

她原本以为遗体应该烧伤得很严重,然而那阵恶魔之火仿佛只烧尽了人的灵魂,两具遗体都没有伤痕。

伊维尔艾合上两人的眼睑,将她们的手摆在胸前合握,然后从包包里拿出安息裹尸布,先将缇亚包裹起来。

"这是?"

"这是魔法道具,将尸体包起来,可以抑止不死者化与腐败等。而且在使用复活魔法时据说也有帮助。"

"原来如此。"

飞飞说着,看到伊维尔艾包裹格格兰庞大的遗体包得很辛苦,于是伸出援手,他用超乎常理的臂力轻轻松松举起了格格兰。

面对两具白布覆盖的遗体,伊维尔艾做了简单的默祷。就算之后拉裘丝会让她们复活,死者仍然必须受到尊重。

"谢谢您的帮助。"

"不,请别在意。不如继续谈刚才的事吧,可以请您告诉我这里发生了什么事吗?"

伊维尔艾爽快地答应,开始描述在这里发生过的事情。

话虽如此,她也只知道来到这里的目的,以及她们与虫族女仆交战到一半时,亚达巴沃就来了。

讲到还差一步就能杀死虫族女仆时,安静地聆听的飞飞与娜贝,两人的氛围突然变了。

"然后你们杀死她了吗?"语气虽然平淡,其中却燃烧着无法隐藏的怒火。

伊维尔艾感到困惑。她不明白试着除掉亚达巴沃的女仆,为何会让飞飞感到愤怒。所以伊维尔艾以忐忑的语气急促地告诉他结果。

"不,我们没有杀她。因为亚达巴沃在我们下手前先出现了。"

"这样啊。原来如此……原来如此。"

怒气烟消云散,仿佛一切只是伊维尔艾的误会般,连个影子都没有。

只有默默聆听的娜贝僵硬的眼瞳中似乎还暗藏着愤怒,不过她本来就散发着否定的感情,伊维尔艾无法确定她的心思。

飞飞轻咳一声,然后向她问道:"呃,应该是因为你们想杀那个虫族女仆,所以亚达巴沃才会认真起来吧?"

伊维尔艾明白了飞飞发怒的理由。他应该是认为虫族女仆立场中立,两人却主动挑起战端,才会造成这一切。

他的意思是说:你们捋了不必要的虎须。

身为冒险者,本来就该避免无谓的战斗。尤其是位于最高阶级之人,若是没弄清楚这一点,会伤了精钢级之名,进而伤到飞飞的名誉。

他应该是想这样说吧。

然而就伊维尔艾的立场来想,她却觉得难以认同。

"亚达巴沃说过,要让王都的部分地区陷入地狱火海。侍奉那种人的女仆不可能是什么好东西。我相信我的同伴们挺身对付她是正确的。"

只有这点她无法让步。

那个女仆比格格兰或缇亚都强。即使如此两人仍然挑起战端,一定有她们的理由。她认为同伴们做出如此抉择的理由,一定是为了维护某些正义。

伊维尔艾忍不住用平常的态度反驳,飞飞沉默了。

一个是隔着面具,一个是隔着全罩头盔。

双方都无法看见对方的眼睛,但伊维尔艾敢肯定,两人此时正以强而有力的视线互相冲突。

先退让的是飞飞。

"唔,啊——啊。您说得对。对不起。"然后他略为低头致歉。

那态度让伊维尔艾慌了起来。她虽然因为无法让步而差点儿跟飞飞争辩起来,但她不能让救命恩人这样对自己道歉。

"请、请把头抬起来吧!怎么能让您这样迷人的男士——呜咦!"

伊维尔艾明知道自己差点儿说出什么话来,发出一声怪叫,狼狈不堪。

飞飞的确是位迷人的男子,但是从前后的情况来考虑,这时候实在不该用上"迷人"这种字眼。

伊维尔艾在心中尖叫。

（啊——我有什么办法呢？因为他很帅啊！就算我久违了几百年萌生起少女情怀，也不会怎样吧！谁叫他是这么强大的——对，比我更强。又这么迷人的战士呢？）

伊维尔艾一副年轻少女的态度，偷瞄了飞飞一眼。如果对方显得有点害臊，或许还有一线希望。如果是其他反应，那就无法期待了。

伊维尔艾的身体在十二岁左右就停止了成长。因此她几乎没有任何男人想要的东西，很难点燃男人的欲火，也无法让男人发泄欲望。

当然，在一部分极端例外的男人眼中，也许她看起来魅力无法挡，但那是例外中的例外，看看飞飞身旁的娜贝，让她觉得这种可能性不大。

伊维尔艾鼓起勇气偷瞄了飞飞一眼，在她面前，飞飞与娜贝不约而同地仰望夜空。

起初她完全弄不懂两人在做什么，但她想起自己刚才的怪叫，这才明白两人在做什么。

两人是把伊维尔艾的叫声误认为警告了。

（不是啦！）

实在太可悲了，让她好想哭。

"……应该是您看错了吧？我没看到任何地方有什么东西。"飞飞看过了整片夜空，还对她这样说。

"好、好像只是我多心了。真抱歉。"

"哦,请别在意。与其被敌人先下手为强,倒不如只是多心来得好。"

让娜贝帮忙把一把剑收进背后,飞飞一只手拿着另一把剑保持警戒,轻松地回答。

他的温柔让伊维尔艾哑口无言,这时,视野角落变得明亮起来。

那阵光的颜色不是用魔法等方式制造出的白色光,而是大火放出的朱红色。

"飞飞先生——请看那边。"

与娜贝发出声音的同一时间,两人一同望向赤色光辉。

伊维尔艾知道那光亮来自什么,面具底下的两眼瞪得老大。

"那是什么?"

深红的火焰直冲云霄,仿佛要烧焦天空。那烈焰高度少说也有三十米,长度更是无从想象,恐怕不下数百米。

火墙如摇曳的薄纱般升起,像彩带般延伸的模样,似乎将王都的一个方位完全包围了起来。

初次目睹的现象让伊维尔艾震惊不已,她的耳朵听见男人小声说:

"……矶汉那之火?"

她像被电到般,转头看向飞飞。

"您、您说的那个,究、究竟是什么意思?飞飞大人知道那面巨大火墙吗?"

飞飞肩膀震了一下,用跟至今截然不同的软弱态度回答:

"咦?啊……呃。不是,我不太有自信。所以,可以等我确定了再回答吗?"

"当、当然可以……"

"我、我有点事要跟娜贝谈。恕我失陪一下。"

"咦?不能让我也跟去吗?"

"啊,不是,这是我们同伴间的小问题,所以如果可以,希望您可以回避……"

这是当然的。

伊维尔艾对于自己问了这种理所当然的问题感到些许羞耻,彷徨移动的视线,撞上了被称为美姬的女人。

她仿佛从那副美貌中,发现了扬扬得意的笑容。

或许是心理作用。可是,也有可能不是心理作用。

因为受到超一流的男人特别对待,只要是女人都会对其他同性产生优越感。

伊维尔艾无法压抑自己心中涌起的奇怪感情。那是一种不舒服的怒气——名为嫉妒的烈火。

(不只实力强大,甚至拥有我所不知道的知识……这种男人不可能遇到第二个了。)

人类的女人很容易受到强者吸引。

由于人类时时暴露在强大外敌的威胁之中,因此物种的保存本能受到刺激，会希望能与强悍的男性结合，生下孩子，甚至为了获得保护而进入男性的庇护之下。

当然，不是所有女人都只拿这点挑选男人，个性与容貌等各种因素也能培育出爱情。即使如此，追求强者的倾向，事实上仍然很明显。

伊维尔艾向来瞧不起那种女人。

（因为弱小就希望别人保护自己，太愚蠢了。只要变得强到不需要让人保护就行——我以前明明是这样想的。）

若是放走了这个男人，自己会不会一辈子再也遇不到满意的男人？

由于伊维尔艾能够长生不老，因此飞飞必定会比自己老得快，死得早。而不管再怎么努力，伊维尔艾也无法帮飞飞生孩子。

几十年后，自己无可避免地又要孤独一人，即使如此，在自己的人生当中，能用女人的方式活一次应该也不错。

（要孩子的话，也可以让他跟别的女人生。只要他最爱的是我，纳一两个妾我才不会唠叨。）

"……那么请稍等一下。不好意思……伊维尔艾小姐？"

"嗯？哦，抱歉。我好像陷入沉思了。有些事还是只能小队决定吧。我在这里等您。"

说真的，她一秒都不想离开飞飞身边。她不想让飞飞跟她自叹弗如的美女待在一起。但她不可能说出这种话来。

"烦人的女人会被讨厌。越是束缚住男人，男人越是想逃。"她想起在酒馆听过的话。

那时她还觉得跟自己无关，只觉得无聊，一笑置之就离席了。

（怎么会这样啊。也就是说天底下没有一种知识是无益的吗？要是那时候有仔细听就好了……现在开始学还来得及吗？我还有时间学习女人的手段吗？）

目光追着一同走远的两人，伊维尔艾思考着。

她知道现在不是想这种事的时候，但就算去想那面火墙的事，也会因为情报不足，结果一样只能原地打转。

只是不管怎么样，几小时后，他们就会投身连伊维尔艾都可能丧命的战斗吧。那么稍微放松一下精神，认真地考虑些无聊的事应该也不为过。

（……既成事实吗？）

虽不知道怀不了孩子的这副身躯能有多少效果，但这招值得考虑。

"……唉。打赢亚达巴沃……开创未来吧。"

伊维尔艾对着很可能置身于炽热火墙后方的亚达巴沃，在心中做出宣战。

（能打赢你的恐怕只有飞飞大人吧。既然如此，周遭的敌人就由我来对付。那个女仆只要再出现一次，我一定会解决她的性命。我好歹也是人称灭国的受诅咒之身！别看扁我了，亚达巴沃!)

"到这边应该就听不到了吧。"

"距离这么远,我想应该很难听见我们说什么。"

"话虽如此,还是小心点好了。"

安兹启动了买来的道具。这种道具拥有阻止窃听的力量,不过因为是用过即丢型,所以他一直舍不得使用,但这次非用不可。

"那么娜贝啊。迪米乌哥斯(他)的计划我可以看出大半。不过,越是精密的机械,越可能因为小小齿轮的差错而全盘崩坏。计划也是一样。以为已经摸清了一切而未经确认就采取行动,可能会因为一点误会而功亏一篑,这是一定要避免的。你明白吧?"

"原来如此……真不愧是无上至尊。"

对于娜贝拉尔衷心的赞美,安兹像个支配者般高傲地点头回应,好像在说"一切都在我掌握之中"。

——才怪。

他内心差点没被自己瀑布般的冷汗淹死。

他哪可能知道迪米乌哥斯的什么计划。刚才安兹也只是看到王都好像有人在战斗,想说"这是在王都的第一战,就来个帅气登场吧"然后现身而已。

当他知道正在战斗的是迪米乌哥斯时,受到的冲击一瞬间超出了安兹的精神稳定,还是不死者特有的精神构造强制镇静下来的。

接着,他以为迪米乌哥斯是按照命令在跟"八指"战斗,结果对手居然是精钢级冒险者。

安兹已经完全跟不上状况,甚至放弃了一半的思考。以他这样一知半解的状态,实在不该讲出刚才那种话来。

安兹也很清楚不懂装懂是非常危险的行为,有时候暴露出自己的无知反而比较安全。

然而,身为支配者而受到众人另眼相待的安兹,有必要作为值得尊敬的无上君主,表现得英明睿智。

自己好歹也是上司——而且还是董事长级,太过无知恐怕会失去部下的信赖。

就因为这样,他用骷髅头里没装的大脑绞尽脑汁,想到都快发烧了,才终于掰出刚才那个很烂的借口。

不知道是娜贝拉尔个性坦率,还是他的借口意外地有一番道理,总之娜贝拉尔的眼中有着尊敬之意。

所以安兹假装下令,做出了请求。

"嗯。那么,为了迪米乌哥斯作战成功,我要你跟他取得联络。我不联络是因为有人——那个女孩盯着。而且我现在不能使用魔法。哼……伊维尔艾这家伙盯得可真紧。她就算无法确定,应该也在怀疑我吧。"

"怎么可能,我想应该没那种事。真要说的话,应该是出于别种感情吧。"

安兹被娜贝拉尔这样说,侧眼偷看了一下伊维尔艾,以免让她起疑。

"这才是不可能呢。那女人在想什么,我清楚得很。我觉得我刚才生气,实在是犯了个致命性的错误,应该毫不犹豫地杀了她才对吗?"

没有答案。

听到艾多玛差点儿遭到杀害,安兹心中只有满腔的气愤。跟平常一样,激烈的感情起伏立即受到压抑。

但他一时之间仍然受到沸腾的怒火支配,没把手上的剑砍进伊维尔艾的头顶已经是奇迹了。

他之所以能忍住杀意,吞下愤怒,是因为前一刻讲到的话题,让他判断杀了伊维尔艾的坏处太大。

好不容易有机会与能够使用复活魔法的人建立人脉——而且还对安兹他们有利——这样就破坏掉未免太浪费了。

——我也成长了一点,懂得忍耐了呢。安兹感慨万千地想。

若不是夏提雅遭到洗脑时让他有过失去理智的经验,他一定不会考虑坏处就把伊维尔艾杀了。

存在于纳萨力克地下大坟墓,过去同伴们创建的NPC是安兹必须守护的宝物,他不可能允许任何人污辱他们。

但他还是想到什么才是最重要的,并且懂得选择,正是因为他有所成长。

安兹感觉到自己借由累积经验而稍微提升了器量,全罩头盔与为了安全起见而另外戴上的橡胶面具上的幻影脸庞扭曲起来。

继续这样成长下去,自己必定能成为名副其实的纳萨力克地下大坟墓统治者。

应该说,他希望如此。

(在那之前,我不能让大家对我失望,或是犯下重大错误……真是严苛啊。)

"这样啊。真不愧是安兹大人。您连那种程度的小姑娘在想什么,都看得一清二楚呢。属下认为您的慧眼,正符合稳坐王位之人的资格。"

"别说客套话了,娜贝拉尔。况且这些考察,都是来自我的失败。"

安兹难为情地挥挥手,然后以钢铁般威严的声音——他自己认为——下令。

"开始行动吧,娜贝拉尔。尽快问出所有计划,然后告诉我。还有告诉他,虽然不能完全确定,但继续这样下去,应该会是我们解决亚达巴沃引起的事件。"

娜贝拉尔鞠了个躬后发动魔法。

安兹在内心摆出胜利姿势。

他刚才告诉娜贝拉尔的并非谎言,现在的安兹因为"完美战士"的缘故而变得无法使用魔法。

所以由娜贝拉尔向迪米乌哥斯发出"讯息"是理所当然的,

不过他还有一个理由没说出口。

由于他假装自己已经完全弄懂迪米乌哥斯的战术，因此为了不让迪米乌哥斯这个智者怀疑自己是否真的明白，他必须尽量避免与迪米乌哥斯接触。

把这事交给娜贝拉尔处理，等于是采取了传话游戏的形式，有可能导致一部分情报变质。

不过，这点程度的风险还算小。

比起让安兹被认为不适合担任纳萨力克地下大坟墓最高统治者来说，这点风险不算什么。

安兹慢慢往伊维尔艾那边走去。因为娜贝拉尔在与迪米乌哥斯对话时，自己应当担任诱饵，引开她的目光。

"伤脑筋……怎么样才能掩饰得不留痕迹呢……不过……一个小孩竟然有如此实力……面具底下会是什么样的长相？"

3

下火月（九月）五日，00：47。

在王城的一隅，虽是深夜却点亮熠熠灯火，不算太宽敞的房间里，集合了众多男女，每个人都身穿各异其趣的武装。

他们是王都内的所有冒险者，被十万火急地召集而来。

有山铜或秘银等高阶冒险者，也有铁或铜等最低阶冒险者，可以说是总动员。

高阶冒险者们，自从被叫进本来身份不明者不能踏入的王城内部集合，就知道自己是为了解决目前王都正在发生的问题而受到召集。

而且这些冒险者，看到房间角落维持不动姿势，身穿白色全身铠的少年，就猜到委托人是谁了。

其中更少数的冒险者，甚至还隐约察觉到心不在焉地站在少年身旁，散发出与自己同类的氛围，手上握着刀的男人是何许人也。

门扉开启，一群女性组成的集团——其中没有任何一名男性——出现在众人面前，引起了一阵鼓噪。

王国的冒险者们没有人不认识她们，全都是赫赫有名的大人物。

站在最前面的是精钢级冒险者小队苍蔷薇的领队，拉裘丝·艾尔贝因·蒂尔·爱因多拉。接着是人称黄金公主的拉娜，然后是王都冒险者工会的工会长，苍蔷薇的伊维尔艾与双胞胎中的一位，走在最后面的是王国最强的战士葛杰夫·史托罗诺夫。

一行人站在所有人面前。身穿白色铠甲的少年摊开手上拿着的一大张纸，张贴在一行人后面的墙上。

上面画着王都的详细地图。

最先出声的虽然是个四十岁左右的女性，不过曾经当过秘银级冒险者的她，目光中饱含着精力。

"首先谢谢大家在紧急时刻踊跃集合。"

环顾鸦雀无声、表情严肃的冒险者们后，她再度开口：

"本来，冒险者工会是不允许介入国家问题的。"

视线一瞬间移向苍蔷薇的成员们，不过她没说什么，因为一个眼神胜过千言万语。

"不过，这次的事件例外。冒险者工会认为应当全面支持王国，尽快解决问题。关于详细作战内容，公主有话要对大家说。请各位安静听。"

公主慢慢走上前来，左右跟随着苍蔷薇的成员与王国战士长葛杰夫·史托罗诺夫。

"我是拉娜·提耶儿·夏尔敦·莱儿·凡瑟夫。感谢各位为了这次的紧急状况集合。"

她鞠了一个躬。

看到她如此娇柔的模样，几名冒险者感叹地叹了口气。

"本来我是应该再多说几句感谢的话，不过时间非常有限，我就立刻开始说明了。今天凌晨，王国的部分地区——"

公主指着背后王都内地图的一隅，在东北方用手指画了个圈。

"在这一带张开了火焰障壁。高度超过三十米，有如墙壁的火焰，我想在座的各位应该也都看到了。"

大多数的冒险者点点头，有几个人看向王城的窗外。

从城墙环绕的王城无法直接看见火墙，不过从这里也能望见那面火墙的反射光，把一部分的天空照得火红。

"这种火焰有点像幻觉，就算碰到似乎也没有任何害处。根据实际上碰过的人所说，它摸起来并不烫，也不像障壁会阻碍外人入侵。而且在火墙内部也能照常活动。"

听到这番话，一些低阶冒险者发出安心的声音。

"引发这场事件的主谋者名叫亚达巴沃。根据得到的情报，他是个非常凶恶而强大的恶魔。实际上，这位苍蔷薇小姐已经确认过那面火墙当中有低阶恶魔，并且从它们身上感觉到遵从上级命令行动的规律。"

拉裘丝点头表示拉娜所言属实。

"……擒贼先擒王是基本战术……所以只要打倒亚达巴沃就好了吗？"

听到了脖子上戴着秘银牌的冒险者这样问，拉娜只点了一下头。

"说得极端点，我希望这样事件就能解决。然而我有更重要的事要请求各位，那就是阻止敌方恶魔的企图。根据我们得到的情报，对方的目的是抢夺被带进王都的某个特别道具。"

冒险者们鼓噪起来。因为以王都为中心冒险的这些人，注意到被火墙包围的区划里，有仓库与商会等设施，可称为王都当中的经济心脏地带。

"……这项情报是用什么方式弄到的？"

"据说是亚达巴沃这样说的。"

"这项情报的真实性不是相当可疑吗？"

"的确不能说百分之百可靠。这起事件也可能是为了引开我们的注意,而进行的大规模声东击西的行动。不过,我觉得可信度相当高。因为敌人在制造出火墙之后,就没有任何动静了。再说如果亚达巴沃所言属实,我们若是袖手旁观,难保不会引起最糟糕的事态。因此,我们必须踏出一步。"

"你从刚才就一直提到的亚达巴沃这个恶魔,他究竟有多强?我在书本上从未读到过这个名字的恶魔,如果你知道预估难度之类的信息,讲个大概就好,希望可以告诉我们。"

拉裘丝愁眉苦脸地往前走出一步。

"亚达巴沃的实力,我的同伴伊维尔艾曾亲眼见识,不过目前还无法断定难度,晚点儿再向大家报告。"

所谓难度,就是冒险者遇到的魔物的强度。数值越高表示魔物越强,不过冒险者都会说相信难度将会尝到苦头。会有这种定论是因为每个个体的实力差距非常大,顶多只能当作参考。

因此这种数值很少用到,但是像这次这种场合,刚才那个冒险者应该是觉得这种数值最适合用来让所有人知道对手的强度,所以才会那样问。

"相对地,我来解释一下发生了什么事。我的同伴打倒了虫族女仆——很可能是亚达巴沃的随从,这时亚达巴沃出现,在与他的战斗当中……我的两名同伴,战士格格兰与盗贼缇亚不在这里,我想你们应该也猜到了……"

拉裘丝环视一圈集合在房里的冒险者们的脸。

"被亚达巴沃杀了。"

"而且是仅仅一击。"

听到伊维尔艾的话,现场一片骚动。

精钢级冒险者。那是冒险者的最高阶级,是活生生的传说。这样的强者居然被一击杀害,实在太令人难以置信了。

然而——

"不要慌!"伊维尔艾带着驱散沉重空气的气势厉声一喊。

"没错,亚达巴沃很强。这一点,跟他对峙过,输得一败涂地的我可以保证。那是人类打不赢的怪物。就算在这里的所有人一起挑战,也会被杀得一个不剩吧。不过!不过,我们还没有真正落败!与亚达巴沃对峙而生还的我,就是最好的证据。不用担心,我们有个与亚达巴沃势均力敌,甚至在其之上的人物!"

众声嘈杂,一部分精明的冒险者视线看向某个位置——看向在那里的冒险者。

"各位当中应该也有人听过吧,王国第三位精钢级冒险者在耶·兰提尔诞生了。没错,就是他——"

伊维尔艾伸手比向两名冒险者,让所有人的视线几乎集中在同一位置。

"'漆黑'的领队,漆黑英雄飞飞阁下!!"

身穿漆黑全身铠,在这场合仍然不拿下全罩头盔,于房间角落维持不动姿势的魁梧勇士，与绝世美女的双人组，立刻吸引了许多人的目光。

当众人知道此人处于即使行为失礼也不会受到责怪的地位时，室内充满了感叹的呻吟。

飞飞掏出藏在深红披风下，证明精钢级地位的牌子，让所有人都能看见。

"来吧，飞飞阁下。请到前面来！"

对于伊维尔艾欣喜的发言，飞飞左右挥挥手作为回答。

然后他对站在身旁的娜贝耳语了几句。

"飞飞先生表示不用为了他多花时间。他认为应该赶紧开始说明阻止亚达巴沃的作战计划。"

"那还真是遗憾。不过呢，飞飞大人说得没错。那么伊维尔艾小姐，我可以继续说明了吗？"

"呃，嗯……抱歉，拉娜公主，你继续吧。"

即使戴着面具而看不见表情，消沉的声音也清楚说明了伊维尔艾的心境。

"如同伊维尔艾小姐刚才的介绍，我方也有能与敌方首犯亚达巴沃匹敌的强者。希望大家知道我们不是要投身毫无胜算的死战。那么接下来说明作战内容的细节。"

拉娜如同勾勒弧线般，在地图上画出一条线。

"首先，我希望大家做的，是成为一把弓。"

"弓？"有人发出讶异的声音。

"不是盾吗?"

"用盾是打不赢的。首先,我想请各位冒险者组成战线。后面是卫士的战线,最后面是神殿与魔法师工会等支持部队的战线。首先大家进攻,入侵敌人的阵地。这时如果敌人没有出来迎击,各位的战线就往敌方本营,火墙的中心地带徐徐推进。如果遇到迎击,请确认是否可以攻破。可以的话就前进,不可以的话就请各位冒险者带着敌人后退。同时,请后援的各位卫士尽可能前进,然后搭建屏障。各位冒险者后退时请到这条线为止。"

她指的是魔法师工会等人组成的支援列队。

"请各位在这里疗伤。看情况或许必须再度出击。"

"等一下!这样一来……是要卫士代替我们战斗吗?"

卫士的战斗能力等于零,应该不可能代替冒险者战斗才是。

拉娜正要回答疑问时,别的冒险者开口了:

"这种作战方式有个致命的缺点。后退时战线会拉长,守备变得薄弱,会不会导致恶魔从战线缝隙中涌进王都?就算是低阶恶魔也比一般人强,会有很多人牺牲。与其这样,不如用'飞行'试着一口气突破敌阵比较安全。"

"我也想过很多方法。但我听说属于恶魔种族的魔物有很多都会飞,是不是?"

许多冒险者想起曾经对付过的恶魔模样,点头同意拉娜所言。即使是低阶恶魔也有很多长着翅膀,能够飞行的。

"一般的飞行使用方式会吸引敌人的注意。因此我想过可以从高空降落突击,或是以房屋掩蔽敌人的视野,借此进行低空突击……不过在那之前有件事得先做好才行。刚才有人说拉长战线就等于守备变薄,不过我想这点对方也是一样。所以这次作战才不是用盾,而是弓。"

表示恍然大悟的声音此起彼落。

"各位是弓,将弦向后拉,射出穿透敌方阵地的箭矢。"

就像冒险者散开一样,敌人也会散开,这表示敌人的防卫阵型也会变薄。

横队与纵队。

正面冲突时横队较容易被突破。冒险者们的战线阵型,一言以蔽之,就是拉薄敌人阵地的声东击西法。

"而担任箭镞的就是飞飞大人。只要觉得敌人的阵地变薄弱了,就请飞飞大人立刻以低空飞行进行突击。"

"……'朱红露滴'怎么了?就算是精钢级冒险者,我觉得靠两个人还是不可能突破。为了保险起见,是不是该组织一支警卫部队,让他们一定能对上亚达巴沃?"

听了一名冒险者的提问,站在前面的人面面相觑,最后由工会长代表大家回答。

"他们现在正前往评议国国境执行公务,我们已经用'讯息'将现况传达给他们了,但是他们回来还需要半天。我们认为等他们回来太过危险了,所以这次就不考虑借用他们的力量。"

"那么苍蔷薇的成员们呢？会跟飞飞先生同行吗？"

"……我们失去了两人，战斗力大幅下降。我与缇娜会参加组成战线的战斗。伊维尔艾的职责不太一样——"

"我要与飞飞大……阁下同行，因此现在要开始回复魔力。"

"那么另一个问题。我想问站在那里的战士长，贵族们的私兵与战士们怎么了？苍蔷薇的成员们失去了格格兰女士。只要你代为担任战士与她们同行，苍蔷薇的各位不就可以替飞飞先生开路了吗？"

"我来回答吧。"葛杰夫向前走出一步。

"贵族的私兵要保护主人宅邸，士兵则开始保护王城。我直属的战士们负责保护王族。"

现场一片鼓噪，同一名冒险者又更进一步地问："也就是说史托罗诺夫大人也不会上前线吗？"

"没错。我必须留在王城，保护各位王室成员。"

气氛变了，其中带有恼火。

他们理智上明白葛杰夫说的话是无可奈何的，情感上却无法理解。

冒险者的工作就是以金钱为代价流血，他们已有觉悟投身可能丧命的战场。然而说到拿钱卖命，贵族与王族应该也是一样的。既然他们要人民纳税，那就不该躲在安全的王城里，应该率先站上前线拯救人民才是。尤其是竟然把王国最强的战斗力拿来保护自己，这算什么意思？

当现场对贵族，尤其是王族的不满情绪逐渐升高时，葛杰夫后退一步。他现在不管说什么，听在冒险者们的耳里都只像是借口吧。

正因为如此，才会由另一名女性替他开口，那人就是拉裘丝。

"我明白大家的不满。不过在那之前，希望大家只要记住这点。这次召集大家的费用不是由王室支付，而是拉娜个人的资产。而且能把飞飞阁下带来，也是多亏了雷文侯这位贵族的尽心尽力。他没派出自己的兵士，就是要预备应对恶魔在王都内分散时的状况。没错，我对贵族与王族的想法也跟大家一样。但我也希望大家知道，不是所有贵族或王族都弃民众于不顾。"

拉裘丝的发言让气氛稍微平稳了些。因为各个冒险者都觉得，至少在拉娜面前不要显得愤愤不平。

"……讲到这，我想起来了。射出箭矢的同时，我还有一件工作要托人处理。克莱姆！"

"在！"传来气势十足的一声回应。

视线聚集在穿着白色全身铠的少年身上。

"我知道这件事很危险，但还是要拜托你。请你进入敌人势力范围，如果找到幸存者，就将他们带出来。"

聚集的冒险者当中，传出了"胡闹""乱来"等声音。

进入敌人的势力范围救人，已经不叫作危险，而是几乎等于命令他去死了。在敌方阵地中护送弱小的市民，根本是不可能的任务。

然而，克莱姆立即回答："属下遵命！即使要付出这条性命，我也一定会完成任务！"

也难怪大家要用看疯子的目光对着克莱姆了。

"……公主小姐。让克莱姆小兄弟一个人去太危险了。可以让我也跟去吗？"

"可以吗，布莱恩·安格劳斯大人？"

这个名字让冒险者们一阵动摇。只要是重视强大实力的人，绝不会忘了布莱恩·安格劳斯这个名字。

"嗯，我无所谓。"

"劳您费心了。那么可以请各小队只派出领队到前面来吗？"

望着在前面集合的冒险者们，安兹忙着做另一件工作，那就是寒暄致意。

众多看起来像是副领队的人接二连三地向安兹打招呼。

他们报上小队名，先称赞两句武器防具，然后说希望下次还能见面，想听听安兹的冒险故事等。

这些行为的意义就等于交换名片。

只有一点不同，那就是交换名片手边会留下碰过面的证据，口头致意则只能留下记忆。重要的是小队名以及对方是哪种阶级的冒险者，记忆力与集中力当然只能分配给高阶人士。

铁或铜级冒险者也会来致意，但因为生活的世界不同，他认为忘了也没关系。就像大公司的老板收到中小企业一个业务专员的名片，也不可能小心保管一样。

即使如此，他也不想让人家觉得飞飞会看对象而改变态度，因此小心注意着与大家寒暄。

他跟来打招呼的人握手，状似熟稔地拍拍肩膀，还会对无聊的奉承发出开朗的笑声，互相赞美两句。

自己一直戴着手套，对方却拿掉护手等装备与他握手，大概是出于地位顺序的关系。除了这点以外，致意时立场都是对等的。

安兹的目光追着刚才寒暄过的人的背影。

（好夸张的颜色……）

那人的头发是一头大粉红。

安兹知道冒险者会把身上装备染成抢眼的色彩，但他第一次看到有人连头发都染成那种抢眼颜色。

大概是耶·兰提尔与王都的冒险者人数有差吧。由于王都有较多的冒险者，因此为了引人注目，必须打扮得稍微抢眼一点。

（大家对染发好像也没什么排斥感或坏评价嘛……）

安兹作为业务专员的思维，难免觉得把头发染成粉红色不太妥当，但这个世界对这方面并没有什么严格要求。

毕竟连小孩子都有人染发了。

安兹摆脱对头发的想法，从在自己面前排排站的冒险者身上，感觉到近似日本人排队精神的习性，并稍微留意了一下站在自己背后的娜贝拉尔。

安兹自己从未报上过小队名或绰号，不过这支被称作"漆黑"的小队除了安兹之外还有娜贝拉尔在。

身为绝世美女的她之所以能在安兹背后维持不动姿势——各个冒险者没去向她致意——是因为她那种甚至感觉得到敌意的带刺氛围。况且就建立人脉这点来想，向领队安兹致意好处比较大吧。

（冒险者的圈子跟企业界还真像呢……）

毕竟都是人群建立的社会结构，大概不免有些相似之处吧。

握手握到如果是人的话手都痛了，当安兹面前的冒险者渐渐减少时，伊维尔艾过来找他讲话。

即使有人插队，排队等着跟安兹致意的这些人并没有任何怨言。

一看，站在那里的都是最低阶的冒险者。最高阶、高阶、中阶、低阶都已经按照顺序打过招呼了。现在剩下的只是等着有机会向高不可攀之人致意、当上冒险者时日尚浅的菜鸟。这样的他们，对精钢级的最高阶冒险者不可能提出任何怨言。

"我看该商量的差不多都商量完了，可以请您到这边来吗？"

安兹略为动了一下视线，隔着全罩头盔的细缝望了一下葛杰夫。

如果安兹人还在那里没动，那么答案就只有一个。

"娜贝。你代我去向那些人士致意。我跟这边的各位致意后就过去。"

听到这句话的所有人都睁圆了眼睛。

"抱歉。请让我先跟排队等候的各位致意吧。"

安兹如此告诉伊维尔艾后,继续跟惶恐的冒险者们寒暄。

安兹如果被大企业的老板叫去,就算中小企业的老板排队等着,他也会毫不犹豫地去见大老板。

这不是偏心或歧视,而是一般人理所当然的做法。

反而如果固执着继续跟中小企业的老板寒暄,作为一名高层人士,会被认为不懂得看场合。营业专员也是一样,有时必须牺牲自己的原则,以公司利益为优先。

这是作为公司的齿轮必须要懂的事。

然而,这次他不能这样做。

(我怎么可能跟葛杰夫讲话啊。虽然上次只讲了三言两语,而且是两个月前的事了,他不可能记得我的声音……但要是被他想起来就惨了。可是,对方一定很想跟我讲讲话。这方面虽然令人不安,但也只能交给娜贝了,我还是把声音压低一点吧。刚才他们那边也谈了很多事情,我确定他不会听见我的声音……不过还是小心为上。)

"好了,娜贝。去吧。"

"遵命。"她低头领命后就往公主他们那边走去。

安兹将视线从她的背影移开,拿下头盔,他感觉到视线一口气集中到自己身上。

他甩甩头，再度戴上头盔。其实他很想加点擦汗的演技，但安兹的脸是幻影做出来的，虽然戴着橡胶面具，但如果把手放上去，除非很有技巧，否则看起来就像手陷进了脸上一样。

所以他才只甩甩头就算了。

他这样做的目的，是让葛杰夫看见飞飞的长相，借以满足他的一部分好奇心。

（这个举动再加上让娜贝拉尔去致意，最好他就不会来跟我打招呼了……）

安兹向神祈祷之余，再次专心与站在面前的冒险者致意。

"想不到您很习惯这种场合呢。"

是伊维尔艾的声音。

她还没走。安兹心想早知道就让娜贝拉尔顺便把她带走了，又注意着不要把情绪显露出来。

不只如此，伊维尔艾搞不好还在怀疑自己，所以他用像是怀着好意的温柔声音回答：

"我想还不到习惯的地步吧。"

这点程度只要是做业务的，都能做得到。

"没那种事。我觉得您的态度相当合宜，很有领队的风范。"

烦死了。我在跟人致意的时候，不要在旁边叽叽歪歪的。

安兹虽然这样想，但硬是忍了下来。要是在这里破口大骂，之前忍着没杀她就白费了。

他像投身于惯性作业的工人般心无旁骛，只做最简单的致意。对方也知道有人在找飞飞，因此大家都很识相，两三句话就结束了致意。

队伍都致意完了，他移动视线，已经不见葛杰夫的人影。

他拼命压抑着想跳起来的喜悦心情，装模作样地向始终等在一旁的伊维尔艾问道：

"那位王国战士长阁下好像不在……是不是花太多时间了？真是对不起。"

"唔？的确不在呢。他也有事要忙，当然没办法在这里待太久了，但是没跟保卫王都的王牌飞飞大人道谢就离开实在失礼。我去叫他来吧。"

"等等！等一下！"安兹被自己意外大声的嗓门吓了一跳，赶紧把音量降低。

"不，不用了。真的请您别放在心上。我也是受雷文侯委托才来的。保卫王都是为了酬劳，所以战士长阁下没有必要向我道谢。"

"是这样吗……我从刚才就一直在想，飞飞大人真是宽宏大量呢。"

安兹怀疑自己是遭到讽刺了，看了看伊维尔艾，但她的脸被面具遮住，看不出是不是真心话。

（戴什么面具的人都不能信任……真是。不过话说回来，这家伙为什么要戴面具？我想应该是某种魔法道具，不过……）

这时安兹注意到自己的失误，环顾周围。气氛没有改变，没看到任何人对飞飞这个精钢级冒险者表示敌意或恐惧。

（YGGDRASIL时代的幻术，是披上别种外装，或是让控制台的动作变差的魔法，效果不怎么好，但是在这个世界却是真正的幻术。既然如此，就算有能识破幻术的道具也不奇怪……在耶·兰提尔没有人看穿，又在魔法师工会听说这类魔法只能用经验看穿，所以一时大意了。这里还有山铜级冒险者在，实在太不小心了。）

安兹再度环顾四周。

（看来好像没有人提高警觉，应该是没穿帮，不过……今后在王都还是别拿下头盔吧。没有什么是绝对的。我必须记清楚这点。特别是说不定有人具有这方面的天生异能。）

"……伊维尔艾小姐。"

"希望您可以直呼我伊维尔艾。飞飞大人是我的救命恩人，您没必要对我这样毕恭毕敬。"

安兹只当这是一种礼貌，但既然她都这样说了，也没理由拒绝。

"那么伊维尔艾，我们到那边去吧。"

"好的！"她回答得很开朗。

虽不知道是什么触动了她的心弦，总之安兹就让伊维尔艾拉着，走向公主等人那边。

目送一行人——拉娜与她的下属，以及两支小队的精钢级冒险者等——离开前往其他房间，冒险者们迫不及待地开始交谈，成为话题的当然就是飞飞这个最高阶冒险者。

"之前我只听说过从耶·兰提尔传来的消息，想不到那位人士如此彬彬有礼，无法想象是精钢级呢。"

"也不只是他这样喔。我还认识'朱红露滴'的成员们，待人处事也是像他那样。感觉人格很高尚，让我体会到精钢级不只是武艺高强。"

两名戴着秘银牌的冒险者正在交谈时，一名戴着白金牌的冒险者插嘴说道：

"是这样喔？不过就算是这样，也没有人会听到公主等人在叫自己，却还优先跟新人冒险者致意吧？"

"那个真的吓了我一跳呢。"

周围的其他冒险者也不住点头。

像这次的任务这样，当小队之间需要互助时，理所当然应该先打声招呼，一旦遇到紧急状况时才容易得到支持。因为比起陌生人，谁都会比较想帮有过一面之缘的人，这是人性。

但是精钢级冒险者会求助的对象，最低不过秘银。可以很肯定地说，他根本没有必要跟新人冒险者致意交流。然而，飞飞却这样做了。

换句话说他并不是想寻求支持或有其他用心，而是真的想跟大家做个朋友。

"一般都会自己去见公主他们，让同伴去应付新人吧。"

"是啊。一般是这样。如果是我一定这么做。你也会这么做吧？"

"我也会这么做……说得难听点就是不会看场合。这人可能很容易错判状况呢。"

虽然是批评，但讲出口的男人脸上却没有任何负面情感。

"那么，说得好听点呢？"

好像就等对方问他一样，男人以比刚才快出一倍的速度开始说起：

"没有比他更棒的男人了。站在精钢级这种最高阶级，却还把其他冒险者——就算是新人也当同伴一样尊重。你们看看那些新人脸上的表情。"

"啊——完全被迷住了呢。"

新人们的脸上，浮现出年轻棒球迷与海外大联盟顶尖球员握过手的表情。

"要是我也会被他迷死啦。要我把屁股交出来都行。"

"最好是，是说他怎么可能对你的脏屁股有兴趣啊。人家可是跟那么标致的美女组成两人小队耶。"

"他们是不是真的是一对啊？"

"应该吧？不然怎么会选择两人小队这种危险的形式。"

"好像也不是喔。"第四个男人插嘴道，他戴着的是山铜牌。

"你们握有他们在耶·兰提尔的情报，所以应该知道，那两个人真的是超出一般标准，因为没有人的实力能跟他们比拟，所以才两个人组队喔。"

"……你从一开始就在偷听啊。"

"哈哈哈！别这么说嘛。何况你们也不是在讲悄悄话吧。"

"也是啦。"

从一开始就在聊这个话题的两个冒险者之一回答。

这时，留下来的冒险者工会长拍了拍手，让众人注意自己。

"那么我们接下来开始移动。集合时间是走出王城的一个小时后。因为时间紧凑，因此请大家火速转达给没有到场的同伴。总之，请各位跟着我一起到王城外。"

4

下火月（九月）五日，01∶12。

在另一个房间集合的理由，是为了对"箭矢"的职责做最终确认。大伙提到敌方阵地如果坚不可摧时该如何应对，提出可能发生的危险与对策进行研讨。结果因为情报不足，还是只能随机应变。

专注聆听讨论过程、身穿白色全身铠的少年克莱姆开口了。

"恕我僭越，公主。"

"怎么了吗？"

"关于成为箭镞的人，其实还有一位拥有压倒性战斗力的大人。是不是可以找找看那位大人，请他帮忙呢？两支箭绝对比一支来得有把握，而且只要双方合作，窃以为再强大的恶魔也一定能铲除。"

"怎么，克莱姆。你是说我推荐的飞飞大人还不够吗？"

伊维尔艾的语气就像毫不隐藏的锐利刀刃，让克莱姆显得有点退缩。

"不，绝无此事。希望您明白我绝没有那个意思……"

"不可能有哪个战士比飞飞大人更强。我可以断定你推荐的人物反而很可能扯飞飞大人的后腿。"

"不，我觉得很难说喔。克莱姆小兄弟所说的人物我也亲眼见过，强得离谱。毕竟那人连'六臂'最强的桀洛都能一击解决呢。"持刀的战士布莱恩持反对意见。

"你就是布莱恩·安格劳斯吗？听说你受到葛杰夫·史托罗诺夫与克莱姆的推荐，被录用为公主的侍从？"

"我是被录用为葛杰夫的部下。直到正式上任之前，暂时在公主身边当侍卫而已啦。"

"我知道你比克莱姆强上许多。可是，这也不足以保证你们说的那家伙的实力吧？追根究底说起来，你不是输给了那个老太婆吗？"

"……哎呀，如果要说的话，伊维尔艾，你不也是吗？对不起喔，安格劳斯先生。"

"呜咕！"受到自己的领队拉裘丝的攻击，伊维尔艾呻吟了一声。"那、那是因为那时候不只有她，还有你们……"

"……那时输了之后,她马上说自己是输给莉古李特,不是输给我们。"

"你还记得真清楚啊,缇娜!"

"哼哼。"缇娜一脸得意。

"嗨咕咕……"伊维尔艾发出了搞笑般的呻吟声。

两人讲相声似的态度,一扫越来越糟的气氛,反而带来了轻松的氛围。

就在这个时候,安兹问道:"真令人感兴趣。他是位什么样的人物呢?"

克莱姆以充满自信的表情讲出了那人的名字。

"是塞巴斯大人。"

"……嗯?塞巴斯?"

安兹心想:这名字好像在哪听过。会不会只是碰巧同名?

"……他是个什么样的人呢?"

听了克莱姆的介绍,安兹大大点头。

(啊?不就是本人吗!)

为什么,这个少年怎么会认识他呢?是塞巴斯在王都建立的人脉之一吗?

塞巴斯的报告,他只是为了整理情报而稍微过目一下,写在上面的人物几乎都没记住。

(没办法啊,我有太多事要做,管不了那么多嘛……)

安兹一边跟自己找借口,一边焦急地思考。

总之，如果这个少年是塞巴斯独自建立的人脉，随便毁掉等于是让塞巴斯的努力白费。上司应该尽量避免让部下的努力白费。

既然如此，现在不妨尊重少年的意见，同时也间接称赞塞巴斯几句，比较安全吧。

而且最重要的是，他绝对不希望让塞巴斯觉得"我明明就写在报告上了，你都没看喔"。

"除非我跟那位名叫塞巴斯的人物直接交手看看，否则就算要我想象，我也想象不出谁的本事比较强……"

"飞飞大——先生比较强。"

娜贝拉尔肯定地说，伊维尔艾也点头。

安兹忍不住给了娜贝拉尔脑袋一记铁拳。

"我的同伴讲是这样讲，不过既然两位都这么说了，我想实力应该不相上下吧。"

"这才叫大人的应对。相较之下我的同伴……就像身高不会长高，心智也还像是个小孩子。"

"讲够了没啊！"

"好了好了。不要再暴露自己人丢脸的样子了，好吗？这是领队命令。作战内容应该没什么大变动了，缇娜，你去看看缇亚跟格格兰身体状况怎么样吧？"

死亡的两人已经复活了。很可惜没能旁观复活的场景，不过至少获得了关于复活的知识，安兹觉得很满意。

"对了，你不能用漆黑能量对付敌方那些恶魔吗？"

"……漆黑能量？"

看拉裘丝一脸纳闷，伊维尔艾也不解地问："是啊，我听格格兰说过，只要解放你的魔剑齐利尼拉姆的所有力量，不是就会放射出能吞没一个王国的力量吗？"

拉裘丝睁大了眼睛。

"那、那个下次再说吧！现在有更重要的事要谈嘛。"

（她说魔剑？等等，剑的名字以前好像在哪听过……我记得不是在YGGDRASIL，而是在这个世界……对了！是！记得曾经提过魔剑齐利尼拉姆会释放黑暗能量。可是……一整个国家？也许是夸大表现，但也说不定真的有那种程度的力量。）

之所以满脸通红是因为生气，而慌张则是因为底牌被掀开的戒心吧。安兹看穿了对方的心境。

当所有人的视线集中在拉裘丝身上时，有人敲门，两个男人没等应门就走进房间。

"哥哥，还有雷文侯。"

所有人对拉娜的话起了反应，稍微低头行礼。

安兹也是第二次见到这两人。第一次见面就在刚才，是在他进入王都时。

委托内容在那里做了变更，不再是对"八指"做戒备，而是消灭亚达巴沃。同时对方还请他为了这项委托，与拉娜她们召集的冒险者们并肩作战。

简单打过招呼后，两人表示有话要跟公主谈，于是安兹等人离开了房间。

大致上事情都已谈妥，至于寻找塞巴斯的意见，则因为时间不够而遭到否决，再来只要拉裘丝到现场指挥作战即可。

"那么各位，我留在这里，向神祈祷大家都能平安回来……一切都看各位的表现，更正确地说，是全看飞飞先生了。祝武运昌隆。"

安兹等人一边响应深深鞠躬的拉娜，一边走出了房间。

剩下的人是雷文侯与第二王子——赛纳克·瓦尔雷欧·伊格纳·莱儿·凡瑟夫，以及公主拉娜。

克莱姆一离开房间，拉娜脸上顿时失去了表情，一双蓝眼睛充满冬季冰冻湖水的色彩。

赛纳克对那种可说是突如其来的变化感到一阵寒意，问道：

"详细情形我在后头都听见了，不过……"

那个房间的隔壁设计了一个可以窃听的房间，两人刚才就是待在那里。

"只有一个问题你没有回答。为什么要用卫士建立战线？岂不是把他们当成弃棋了吗？"

卫士非常弱，实力大概相当于最低阶冒险者的程度。他们若是遭到袭击，肯定只能惨遭蹂躏。

"他们是诱饵。"

这个回答完全符合他们的猜测。

"有位冒险者也说过，让亚达巴沃役使的那些低阶恶魔散布到王都当中的各个区域，后果不堪设想。所以为了让敌人聚集到一处，我才在附近准备了一个饲料场。"

"而且只要填饱肚子，杀意也会缓和一点吧。"拉娜笑着说。

这世上能用好听话解决的问题惊人地少，不管做什么都会有牺牲。

为政者就是为了减少这种牺牲而行动的一群人。从这个观点来看，拉娜真可说是为政者的榜样。

然而人类这种生物，就是忍不住想用感性去否定某些问题。

"没有更好的办法，能让卫士也不用牺牲吗？"

"如果有的话，哥哥您不妨提出来如何？"

赛纳克沉默了。他想不到比拉娜更好的点子。虽然有几个想法，但总是欠缺太多条件。目前他只能承认拉娜的提议是最好的办法。

雷文侯将视线从闭口不语的王子身上拉开。然后他也提出了疑问。

"臣也可以请教一件事吗？为何要赋予克莱姆危险的任务呢？"

"就跟哥哥随同雷文侯的兵士一起在王都内巡逻一样。"

赛纳克在王都中巡逻，假装王族当中也有人为平民担心。然后他准备过几天后，散布他们的长兄，也就是第一王子躲在安全的王城里不出来的传闻。目的是提高自己的名声，同时降低对手的声誉。

拉娜说她的做法跟这一样,也就是说她的目的,是赋予自己的心腹拯救人民的危险任务,借此获得名声吗?

然而,想到之前听到拉娜对克莱姆的爱意,雷文侯心里不免留下疑问。

或许是察觉到他有所疑问吧,拉娜又接着说:

"也许克莱姆会丧命,不过真的发生那种情况时,拉裘丝会对他使用复活魔法的。复活魔法需要用掉大量黄金,不过这点程度的资本我手边还有,没有问题。然后生命力被魔法吸走而变得虚弱的克莱姆,要由谁来照料呢?他遵从我的命令而死,然后死而复活,我照料他,谁又能有怨言呢?"

"原来如此,臣能理解。谢谢殿下。只是——"

"你是想说拉裘丝可能会丧命,对吧?"

"殿下圣明。"

雷文侯低下了头,拉娜将自己的计划告诉他。

"在风险提高,需要再度出击的时候,我已经安排了一些计划。冒险者工会长也不愿让能使用复活魔法的重要人物死亡,所以很爽快地答应了。"

"全都照你的计划在走是吧,老妹?"

"是的。"

看到妹妹像花朵绽放般展露笑容,赛纳克浑身颤抖了一下。就连雷文侯都得用尽全力,才能压抑背脊蹿起的寒意。

11章 动乱最终决战

第十一章 动乱最终决战

1

下火月（九月）五日，02：30。

从火焰喷发的程度感觉不到热度，简直有如幻影一般。

站在前头的冒险者们与自家同伴交换眼神后，拿出勇气，往喷发的火墙踏出一步。他们已经请神殿的支持部队施加过减轻火焰损伤的防御魔法，但通过火墙时仍然憋住了呼吸，大概是怕火焰烫伤肺部吧。

（……就说这个火焰本身没有害处了。）

从后方看着大家的拉裘丝在心中嘟哝，思绪飘向喷发的火墙。

没有害处就不用做防范，这种想法太欠缺考虑了。如果不是用来给予损伤，那就得推测敌人的真意——为了何种目的而做出这种东西，又有何种效果。

（其实不管怎么想都想不出答案时就该放弃了……应该把头脑用在更重要的事情上，说这话的好像是伊维尔艾？还是叔父？）

他们穿过如幻影般不具有任何抵抗与热度，以魔法火焰构成的结界。

拉裘丝环顾周围神色紧张地走着的冒险者们。按照计划，他们要建构起一条战线，然而想在都市内建构一条漂亮的笔直防线谈何容易。

为此他们以四支山铜级小队为主轴,将所有冒险者分成四组,建立了组织的构造。如果有人从上方俯瞰,看起来大概就像四只散开的原生生物(变形虫)。

既然担任主轴,他们这些山铜级小队就必须成为其他人的榜样,而他们却怀抱着严重的紧张感。

如果可以,拉裘丝很希望他们能巧妙隐藏起情绪,做出能给予身旁所有冒险者勇气的行动。

(还是得由我站在前头才行吗?)

只要身为精钢级冒险者的她站在前头,士气一定会上升。

然而此时的拉裘丝身旁没有可靠的同伴,就算是精钢级,一枝独秀的苍蔷薇面对状况,也不如山铜级小队来得有能耐。所以她才会请他们担任先锋。

(是我拜托他们的,如果我又强出头,很可能会弄得他们不高兴。不过……还是找个机会站上前线比较好吧。)

拉裘丝如此判断,自己也穿过火墙。

眼前是一片鸦雀无声的世界。除了到处都有房屋崩塌,而且没有半个人影之外,眼前王都的街景与之前并无二致。

"居民都到哪里去了?没闻到血腥味,是躲在家里吗?"

"不可能。看,门被破坏了。应该是被带到哪里去了吧。"

"要提防躲在无人屋内的恶魔,一间一间房子看过去吗?会很花时间喔?"

"联络拉裘丝小姐,向她请示一下比较安全吧。"

"那就马上联络……"

"不用了。"

听到背后的声音,本来在讨论的冒险者们像被电到般回过头来。

拉裘丝觉得是时候了,就走到前面来,这似乎让他们吓了一跳,一个个睁圆了眼睛。

"铁级与铜级的冒险者留下来搜索房屋,然后留下一支秘银级小队做监督。其他人员就一边散开,一边前进。有没有异议?"

众人对她摇摇头,表示没有异议。

"那么请大家继续前进。"

拉裘丝与山铜级冒险者并肩走在王都的道路上。四周安静得让人毛骨悚然,不敢想象直到日落时分,这里都还有许多人居住。

"……话说飞飞先生不要紧吗?"

得把一切托付给飞飞,拉裘丝很能体会他们的不安。

"我想不会有问题。那可是连伊维尔艾都承认比她更强的人喔。只有一个问题,就是能跟实力如此强大的飞飞先生打成平手的敌方首谋亚达巴沃,究竟会有多强呢……"

声音能传到的范围内的冒险者们,表情全都变得阴沉。

"啊,对不起,别放在心上。我们只要好好完成自己能做的事，这样就行了。"

"嗯，说得是。作为冒险者虽然觉得心急，不过就安慰自己适才适所吧。好，大家走！"

"是啊，走吧。"

站在所有人前头，拉裘丝与山铜级冒险者走在一起。她一只手握着魔剑齐利尼拉姆。有人说这把剑就像取一块夜空打造而成，表面蕴藏着星辰般的光辉。

开始前进没多久，远方就传来微小的爆炸声。

低阶冒险者身子一震，中阶冒险者进入了轻微的临战态势，高阶冒险者提高警觉环顾四周，至于超高阶则瞪着前方。

各人做出不同反应，拉裘丝也眼神锐利地瞪着前方。

"那边的队伍好像开战了呢。"

应该不是缇娜那一队。

"既然进攻速度几乎相同，敌方的迎击部队也差不多该来到这里了吧。"

"上面呢？"

"有按照作战计划部署联络人员，但没有分配迎击人员过去。"

"这样就行了。恶魔当中有很多会飞的魔物。也不能让它们散布到王都当中，所以我们就在地面前进，吸引对方的注意。"

"也就是说一开始的作战方针不变。"

"对……嗯？喂，你听见了吗？"

"嗯，听见了。那是狗叫声吧。喂，那是什么？"

被他一问，魔力系魔法吟唱者回答：

"要亲眼看见才能确定，不过我想应该是地狱猎犬。使用的特殊能力是火焰吐息。难度差不多十五吧。"

"难度啊……对了，你认为亚达巴沃与虫族女仆的难度有多少？"

拉裘丝犹豫着该怎么回答。

若是诚实回答，想必会减损他们的斗志。可是若是撒谎，让他们以为有胜算也不好。犹豫了半天，拉裘丝诚实回答了。

"一百五十。"

"咦？"

声音所及范围内的所有冒险者都露出相同的表情。

"照我推测，虫族女仆的最低底线是一百五十。亚达巴沃推测在两百以上。"

"嘎？"

除了拉裘丝之外，所有人都瞠目结舌。

这是当然。

就连超高阶的精钢级冒险者，普通能对付的难度也才八十左右。

虽然一般认为大约到九十五都还能勉强打赢，但多出将近一倍根本是开玩笑。

不只如此——

"等一下！飞飞先生要去对付难度两百的吗？"

"是啊。所以我们只会碍手碍脚，对吧？"

"那已经不是那个领域了！两百……是在开玩笑吧？是不是其实精钢级都有那么强？"

"怎么可能。我们最多只能对付到九十吧。"

"那不是不可能打赢了吗！"

她别开目光，不去看呼吸困难的冒险者们。她没说谎，但也没说真话。

拉裘丝本身的能力还不到九十，但伊维尔艾少说也超过一百五十，所以她才会那样估算虫族女仆与亚达巴沃的实力。

而这正是伊维尔艾没参加这个战线的理由——她为了急速回复魔力，正在进行特殊的休息。

一回复后，她就会与飞飞一同前往亚达巴沃的所在地，进行支援，让飞飞能与亚达巴沃一对一决战。

按照预定计划，由她来对付应该会出现的虫族女仆。

拉裘丝漫不经心地思考时，她以肌肤感觉到周围的气氛越变越糟。其余人的斗志跌到谷底，甚至还听见有人说是不是该舍弃王都逃跑比较好。

果然跟她预料的一样。

谁都会这样想吧。就连拉裘丝听到伊维尔艾的描述时，都产生了相同的心情。

"你也听到伊维尔艾是怎么说的吧？飞飞先生至少能与那个

亚达巴沃打成平手。所以我们要把一切托付给飞飞先生，尽量帮忙，让战局对他有利。"

"亚、亚达巴沃就交给飞飞先生对付好了，可是如果虫族女仆跑到我们这边呢？"

"由我们苍薇蔷来对付。借由伊维尔艾拥有的特殊道具力量，我们可以互换位置。伊维尔艾有可以有效对付虫族女仆的手段，所以只要有她在，我们可以不用担心难度差距而赢得胜利。"

众人发出赞叹声，低落的士气获得回复。

时机正好。

从道路前方传来响遍四周的野兽吼叫，还有跑来的脚步声。

"来了呢。就从这里构筑战线吧。进入小道的时候由挂牌等级较高的人带头！这条路由我开路！"

一群野兽沿着道路冲来。看起来像是大型犬，但两眼布满地狱的邪恶色彩，嘴巴喷出的不是口水，而是烈焰。

地狱猎犬。

而且数量多达十五只。

挡在它们前方的拉裘丝以双手握紧魔剑齐利尼拉姆。

"区区恶魔，别小看我了。"

向水神献上祈祷，拉裘丝一刀砍死了扑来的地狱猎犬。她巧妙地移动兼具盾牌功用的浮游剑群，化解了从旁边扑来的地狱猎犬的攻势，接着又一脚踹飞想咬她脚踝的地狱猎犬。

总共六只地狱猎犬袭击拉裘丝一个人。

剩下的往四周散开，袭击周围的冒险者。实力较差的冒险者几个人对付一只，实力较强的冒险者则一个人对付几只，地狱猎犬的数量不断减少。

当拉裘丝将六只通通解决掉时，周围的战斗也告一段落。

"伤员！"

"都没事！拉裘丝小姐！"

虽然不能说所有人都毫发无伤，但没有人受重伤。在必须保存战力的状况下，算是个不错的开始。

"复述一遍让左右都听得到！大家前进！先到前方五十米处！"

"到前方五十米处"，如山谷回音般从左右两边传来。

拉裘丝挥了一下剑，挪动脚步走在众人的前头。

2

下火月（九月）五日，02：41。

三人在毫无人影的道路中移动，而且是挑选细窄阴暗的小路小跑前进。

三人是克莱姆、布莱恩，以及袭击桀洛一帮人的设施时并肩作战的前山铜级冒险者盗贼。

为雷文侯效力的冒险者们都跟赛纳克王子在王都内巡逻。

如果恶魔出现在包围区域之外，就由他们来消灭。

之所以能将前山铜级这种最强战斗力借给克莱姆他们，雷文侯说是盗贼自己要求的。

他似乎是因为在受到桀洛的一击时克莱姆接住了他，之后又替他做治疗，为了报恩才主动说要帮忙。

另外可能还有一个原因，就是雷文侯想卖拉娜一个人情。

也许是因为走在前头的盗贼选择了不遇到恶魔的路线，三人目前还没遇到过一次恶魔。如果没有盗贼在，他们或许无法来到这里。

他有自信能对付依靠力量与速度战斗的恶魔，但如果出现能使用魔法或特殊能力的类型，胜算会立刻下降许多。由于这支小队无论攻守都是以钢铁为主，因此很难应对物理以外的攻防。

虽然认识还不久，但盗贼已经知道布莱恩与克莱姆缺乏这方面的技术，所以才会志愿参加这种只有不想活了的人才会接受的危险任务。

怀抱着感谢之情，布莱恩压低身子持续小跑移动。

周围建筑物的氛围逐渐起了变化，非住家的大型建筑物越来越多，目的地就在眼前了。

"话说回来，为什么目的地是仓库区呢？"盗贼一边留意周围一边问。

克莱姆回答他："拉娜大人是这样说的。如果人类被当成俘房关在一处，就需要能囚禁许多人的宽敞地点。这样一来比起让俘虏聚集在广场，敌人应该会把每个家庭拆散，关进几间仓库里。"

"原来如此。把家人分开关在不同地点，就可以互相当成人质了是吧。那么我们动作得快点了。哎，我会尽量找安全路径，就算要绕远路也行。"

"麻烦您了。"

救了人之后还有事要做。

想到回程的事，寻找安全路线绝对有其必要。尤其是他们还得带着许多人一起行动，找出路线的确事关重大。

可是，这份幸运能持续多久呢？布莱恩心想。

这件任务等于是在命令克莱姆去死。敌人如果把大量平民抓到一个地方，必然有他的目的，那么一定会有看守。

听说敌方的主谋亚达巴沃是能够一击打倒精钢级冒险者的强者，那么那种怪物部署的敌人也不可能是小角色。

他视线稍微往跑在旁边的克莱姆动了动。

为了让人知道自己是拉娜的贴身士兵而身穿纯白铠甲的少年，正在摸自己的金属手套。

不，布莱恩看出他摸的应该是金属手套底下，戴在无名指上的戒指。戴在无名指上的，是葛杰夫给他的戒指。那枚戒指好像是以前曾隶属于苍薇蔷的年老女性送给葛杰夫的，据说是以古代魔法做成的超珍贵道具。

布莱思稍微听人提过，好像是能够提升战士的力量，使其突破极限的道具。

他想起葛杰夫说"你们要活着回来"时的表情。

葛杰夫的脸上并没有什么特别的表情。没有愤怒，没有悲伤，没有哀痛。这是因为拥有值得效忠的主子的战士，知道自己有时必须奔赴等于是送死的战场。

然而，葛杰夫将具有极高价值的戒指借给克莱姆，这种他能做到的最大支持，似乎充分说明了他的心境。

跑在前面的盗贼招招手，布莱恩正要跟着跑过去，忽然感觉到一种气息，抬头一看。他的目光沿着建筑物往上移——受到心脏仿佛停止跳动的震撼。

在一间仓库上，一个人影站在屋顶边缘，任由一头金发随风飘逸的——从身高与体态来看——是个少女。

她身穿纯白布料上有银线刺绣、看似相当昂贵的礼服，散发水晶般光辉的高跟鞋从裙摆下露了一点出来。

除此之外，她还佩戴了项链与耳环等多款高雅的装饰品，就像某位大贵族的千金小姐或高贵淑女。闪闪发亮的身影妖媚地反射着后方火炎帘幕洒下的光彩，即使遮脸的白垩面具造成一种异样感，仍不破坏那种神秘性。

再加上纵然外貌如此引人注目，存在感却极微薄弱，仿佛自幽玄世界飘落此地的举动。

装扮、发色全都不一样。

如果那时的她是诞生自黑暗，现在的她就像是自月亮降临。

但布莱恩不可能认错人。强烈烙印在布莱恩心中的阴影，与眼前之人完美重叠。

他敢断定。

上面那个少女面具底下的容颜，一定就是那个怪物——夏提雅·布拉德弗伦。

她似乎没有注意到他们。

不过，如果是那个怪物的话，不管离得多远，只要一被发现都会遭到杀害。然而，他们能从现在这个位置，在不被那个怪物察觉的情况下逃走吗？

他实在觉得不可能。

感觉就像不知不觉间踏上了裂开的薄冰。只要想到可能连一丝微动都会被对方察觉，全身上下就冒出了黏腻的冷汗。

克莱姆与盗贼想说什么，他以手指阻止两人。

大概是看到布莱恩铁青的脸色，察觉到什么了吧。两人都停住不动，屏气凝神。

（该怎么办？怎么办才好？要是跟她战斗则必死无疑。想逃也逃不掉。那时候能逃走是因为有隐藏通道。在这种地方逃不了的。可是她怎么会出现在这里？难道是来找我？）

想到这里，布莱恩笑了。

答案只有一个。

"克莱姆小兄弟。我来争取时间，你走吧。"他又转向盗贼，稍微低下了头,"他就拜托你了。"

不等两人反对,布莱恩飞奔而出,抓住建筑物的突出处,一口气把身体往上抬。他虽然不像盗贼有攀登技术,但两层楼的矮房子,靠战士的臂力就能轻松攀爬。爬上屋顶一看,夏提雅还在刚才那个地方。

布莱恩的心脏重重跳了一下。

他好害怕,怕得要命。那时拼命逃跑的记忆重回脑海,然而不可思议的是,他仍有勇气与对方正面对峙。

"……有什么事吗?"

由于隔着面具,女人有点变调的冰冷声音传到布莱恩耳里。

(她没认出我?为什么?在演戏……吗?)

那么自己也该装成不认识对方,观察对方的反应才对。布莱恩如此判断,向她问道:

"我是看到可疑的女人站在屋顶上,才来看看。你们在王都里都干了些什么好事?"

"凭什么我得告诉你?你一个人类又怎么会在这里?只有你一个人闯进来吗?"

心脏开始剧烈跳动。

他很想知道克莱姆他们逃了多远,但他不能移动视线。为了掩饰内心紧张,他稍微提高了嗓门。

"你在找什么人吗?不是找我?"

"找你?为什么?"

"我们这是第二次见面了吧,我可从来没忘记你那漂亮的脸蛋喔。"

夏提雅伸出了手,摸摸自己的面具。

"……你是不是认错人了?"

布莱恩一瞬间愣了愣,他在想是不是自己认错人了。不过,他马上舍弃了这种想法。

就是她不会错。

布莱恩没有绝对音感,没自信能听出隔着面具的声音。即使如此,这世上只有一个人布莱恩绝不会认错,那就是夏提雅。

(大概我在她眼中就像只蝼蚁,太难记住了吧。)

如果夏提雅不是故意讽刺,而是真的不记得布莱恩了,就表示她对布莱恩只有这点兴趣。对夏提雅这样无人能比的强者来说,这既不是骄傲也不是傲慢。

"不……抱歉。是啊……你说得对。我们是第一次见面。"

"……是吗?你知道就好……不过我是不是该杀了你比较好呢?你是想死,还是想活呢?只要你下跪舔我的鞋子,也许我心情会好一点喔。"

"抱歉,我不打算那样做。"

布莱恩,慢慢吐气,沉下腰,做出拔刀的架势,发动的武技当然是"领域"。

不用说,他知道这招对夏提雅无效。

"唉……"夏提雅一副无奈的样子,轻轻抓抓头,"搞不清楚彼此的实力差距……真的很麻烦呢。"

不，我很清楚——布莱恩瞪着夏提雅，在心中回答她的自言自语。

他知道夏提雅有多可怕，可怕到令他作呕。

但为什么自己没有逃走呢？

布莱恩怀着疑问，翘起嘴角。名为内心的湖面没有一丝涟漪，即使面对那样惧怕、让自己抛下一切逃走的存在，内心却惊人地平静。

夏提雅轻松自在地踏出脚步，那动作简直像是过去场面的重复上演。那么结果也不会改变，还是布莱恩的惨败。

他耗费一辈子努力的一切都会像玩游戏一样被粉碎。

（应该……会这样吧。）

他很害怕。

一辈子跟人打打杀杀的自己说害怕也许很窝囊，但他无法撒谎。

布莱恩很害怕。

敌人有压倒性的强大实力，是能轻易夺人性命的怪物。

如果至今的战斗是生死之战，这就像是从断崖绝壁跳下去一样。他有觉悟在战斗中舍命，却没有觉悟自杀。

只是，不可思议地，在他来到王都时，刺在胸中的那种一心只想逃跑的念头，如今消失了。

无意间，这令他想起一名少年的背影。

远比自己弱小的少年，在压倒性的杀意奔流中，浑身发抖却仍拼命站着。

布莱恩寂寞地笑了。

那位老人说过，人类有时能够发挥出难以置信的力量。可是，那对布莱恩来说恐怕是不可能的。

他没办法像那个少年那样，为了自己侍奉的公主竭尽所能，也无法像葛杰夫那样为了国王鞠躬尽瘁。

布莱恩跟那种"优秀"的人不一样，他是只会为自己而活、自私自利的人。

（即便如此……只要能为克莱姆争取时间，或许能将那些一笔勾销吧。）

一步又一步。

翘起左手小指的夏提雅，以异常缓慢的速度逼近。

是提高到极限的集中力推迟了时间流逝，还是夏提雅真的为了玩弄自己而故意慢慢走？

布莱恩露出苦笑，觉得两种可能性都有。

（那个女人就是那种个性。）

虽然不过是几分钟的相遇，布莱恩却觉得自己了解她胜过至今认识的任何一个女人。

（还剩两步……我的剑就要结束了……）

他曾经逃跑，但仍然没有放开武器，自己的人生与剑同在。

那么就与剑共赴终点或许也不错。他做好了觉悟。

布莱恩觉得自己就是为了这个结论，才会来到夏提雅的面前。

"挥刀就是我的……人生吗？"

以这句话做终结，他决定忘记一切。

敌人是无法企及的存在，连思考不必要的事都嫌浪费脑力。

使出的是"神闪"——甚至连察觉都不可能的武技。

即使如此，即使同时使用两种武技"领域"与"神闪"，还是伤不了眼前的怪物，速度慢到能让对手轻松捏住刀背。

所以，他又加上了一种武技。

他想起葛杰夫·史托罗诺夫的脸。

如果自己没在王都遇到他，就算到了这节骨眼，他也一定不愿意用。然而，在王都的许多邂逅改变了布莱恩的想法。

布莱恩对自己最大的——过去必须超越的敌手，也是现在的劲敌满怀感激。

他接受了自己要死在这里的事实。

[虽然晚了点，不过……谢谢你，我的劲敌（朋友）。]

一旦有了这种想法，布莱恩的心情顿时轻松许多。他不再有任何迷惘，觉得自己能使出一切力量，过去的屈辱已不复存。

"啊啊啊啊啊！"布莱恩张开嘴唇，发出怪鸟般的吼叫。

那声呐喊当中，带有打从内心深处、灵魂中吐出的全部力量。

对于"领域"察觉到的存在，使出超高速的"神闪"。

不过还不只如此。

以"神闪"加速的不只是一把刀,使出的是——

四次同时斩击。

过去那场让布莱恩·安格劳斯初尝败绩的御前比武,在那场对战中,葛杰夫·史托罗诺夫使用过的武技。

曾经布莱恩憧憬,欺骗自己是为了了解敌人而重复练习的招式,又因为不甘心而誓不使用的必杀技。

然而,现在,这个瞬间,从一切束缚中获得解脱的布莱恩,毫不犹豫地使用了它。

"四光连斩!"

四光连斩其实有一个重大弱点,那就是肉体承受不住同时挥砍的强大负荷,攻击会往四方大幅散开。

由于这种斩击命中率低,因此就连葛杰夫,都只有在四面受困等对付多个对象时才会使用。

斩击数比六光连斩少的四光连斩,可以勉强攻击同一个对象,但还是很少能全数命中。这样随便乱砍不可能打中夏提雅·布拉德弗伦。

这点布莱恩也很清楚。

然而布莱恩·安格劳斯拥有一招葛杰夫·史托罗诺夫所没有的独家招式。那就是能在范围内大幅提高命中率的——"领域"。

粉飞乱舞的四道连击,受到"领域"的补助,以超乎常人中精准度修正轨道，画出布莱恩脑中描绘的轨迹。

绝对必中的高速同时四连斩。

这一招就连被称为英雄、超越人类的人都难以防御。以人类种族的体能，要挡下所有斩击几乎不可能。

真可谓是超人的攻击。

然而——夏提雅·布拉德弗伦就像达到了极限巅峰，站在无人能超越的领域。对这样的她来说，神速的同时四连击也慢得像蜗牛在爬。

"哼。"

夏提雅嗤之以鼻，左手以更快的速度一晃。一道类似金属声的坚硬声响，在夜晚的空气中回荡。那其实是攻防速度太快，导致四下反弹声响混在一起，形成了一道声音。

就是这么回事，四道斩击全被弹了回来，没有一次砍到夏提雅的身体。

夏提雅耸耸肩。面具底下对浪费时间在无聊的儿戏上发笑。她笑的不是眼前愚蠢的战士，而是花了少许时间应付他的自己。

然而，下个瞬间，夏提雅略为睁大了眼睛。

如果在这里，有人能将两人的能力化为数值做比较的话，此人一定会对布莱恩报以大声喝彩。

太阳打西边升起。

此人将会对在眼前引发了此种现象之人，抱持尊敬与惊叹之意。

没错。布莱恩就是引发了这种程度的奇迹。

"咦？"

在夏提雅的视线前方，左手小指的指甲断了一小块。虽然长度还不到一厘米，但的确是断了一点。

夏提雅回想一下。被切断的部分，就是弹回所有斩击的部位。

回想起来，四道斩击是以上两击、下两击的形式使出的，而且是精准地夹着夏提雅反弹攻击的部位。

"……算好的？"

突然间，眼前的男人笑了起来。

夏提雅心想他是不是疯了，又觉得好像不是。她想男人应该是因为切断了她的指甲而笑吧。

但她就是搞不懂这点，砍断了指甲又怎样呢？

夏提雅的指甲与牙齿算是肉体武器，因此可以用武器破坏系的特殊技能加以破坏。而且因为可以用治疗魔法跟生命力一起回复，所以比同等级的武器容易毁坏。

不过就是这点程度的东西，跟神器级道具滴管长枪根本比都不能比，所以她不懂这个男人在笑什么。

砍掉一点小指甲又怎样呢？又能改变什么呢？

夏提雅看看左手剩下的四只指甲。小指甲虽然变短了点，但还是能轻易切开人类的皮肉。

"……当指甲刀算是合格了呢。"

男人睁圆了眼睛，喜色更加浓厚起来。

"谢谢你这样称赞我。我的剑术……人生绝没有白费。我稍微够到了一点无尽的高处了！"

谁称赞你了。夏提雅是在酸他，然而得到的回答怎么听都像真心话。也就是说，男人因为被人说成是指甲刀，而高兴得要命。

这个男人是不是头脑有毛病啊。

仔细想想的话，一开始见面的时候他也讲了些莫名其妙的话。感觉好恶心，总之赶快宰了他吧。

夏提雅如此想，正要踏出一步，就收到了迪米乌哥斯开战的联络。

夏提雅知道这是什么意思。她忍不住转头看向那个方向，但是感觉不到气息。

"无上至尊的戒指的效果吗……"

主人戴的戒指当中，有一枚可以完全避开探测系能力。虽然守护者们也都领受了同样的戒指，但它还具有能消除纳萨力克地下大坟墓统治者气息的力量。

无法感受到主人的气息让她感到遗憾，转回来一看，眼前那个脑子有毛病的人类已经不见踪影。

（啊，我忘记了还有那个怪人！）

环顾四周，只见男人还面对着夏提雅这边，正从楼上跃身一跳，要到下面的路上，他趁夏提雅分心时逃到了屋顶边缘。

(脆弱的人类怎么可能逃出我的手掌心嘛。)

只要用魔法延迟时间流逝,就能在男人落地前追上他。夏提雅立即如此判断,发动了魔法。

"自我时间加速。"

夏提雅进入增加黏度的世界后,移动到男人跳下屋顶的位置。低头一看,那个人类正在慢慢下降。发动这种魔法时虽然无法伤害别人,但她可以先跳到路上等对手过来。

(就这么办。难得有这机会,我就张开双臂抱住他吧。那个人类也一定会很高兴的,被我这样丰满的美女拥抱。)

想象着男人即将露出的表情,夏提雅翘起嘴角,打算趁魔法失效前跳到地上。就在这时,她发现那里还有其他人类。

(那是——?)

是个身穿白色全身铠的人,以及像是盗贼的人。

布莱恩跳到路上,抬头一看。夏提雅不见了。

(没追上来?不,还是说她想跟那时候一样,故意让我吗?)

他本来就不觉得自己逃得掉。只是认为克莱姆他们应该正在逃跑,与其待在高处,不如到下面去能争取到时间,令夏提雅晚一些找到他们。

布莱恩的所有行动都是为了让克莱姆他们逃生,所以他打算再次与夏提雅玩捉迷藏。然而当他正要开始奔跑时,他看见了令他不敢相信的景象。

克莱姆与盗贼正在对他招手。

（什么！）

他觉得脑袋要沸腾了。那是激烈的怒气，是焦急。

脸色大变的布莱恩全速冲向两人，抓起两人的衣领就跑。其实不用那么做，按照正常方式跑绝对更快。

但此时的布莱恩失去了冷静，想不到那么多。

随便跑了一段路，他一次又一次确认夏提雅没从后头追上来，然后才把被自己抓住的克莱姆往墙上一摔。他没能控制力道，克莱姆像被墙壁反弹般跌坐在地。

"为什么！为什么你们没走！"

他情绪激动到了极点，但用上所有理性制止自己发出怒吼。

"那、那是因为……"

他抓住摇摇晃晃地站起来的克莱姆。

"因为什么？你想说因为担心我吗！我都叫你们走了！"

"等等……等等……等等……等等。我不知道发生了什么事，但你刚才没解释清楚。这不能只怪克莱姆小兄弟吧！"

听到盗贼说的话，布莱恩头脑回复了冷静，的确刚才那样解释得不清不楚。

他重复了几次深呼吸。

"……抱歉，克莱姆小弟。我好像有点失控了。"

"啊，不会，我才应该道歉，没照您说的去做。"

"不，是我不好。真的很抱歉。我一时太激动了。"

"……我说啊，安格劳斯先生。到底发生了什么事？我们虽然认识不久，但你刚才完全失常了。该怎么说呢，好像刚学会拿剑的菜鸟一样。"

"留在这里太危险了。边走边讲吧。总之我只能说，我碰见了能跟塞巴斯先生匹敌的怪物。"

三人提高警戒走着。

布莱恩随便逃跑时没碰上亚达巴沃的手下，只能说是幸运。但如果期待每次都能这么好运，一定会死得很惨。

"那你……看起来好像没受伤……你取得压倒性的胜利……不，是交涉成功了吗？"

"不是。我用刀……对，我切断了她的指甲。"

一说出口的瞬间，布莱恩的心中产生了难以想象的喜悦。

没错，自己砍断了那个——无人能敌的怪物、夏提雅·布拉德弗伦的指甲。

"我砍断了那家伙的指甲啊。"布莱恩重复一遍。

自心底涌生的狂喜几乎让他浑然忘我，必须拼命压抑，但他仍然因为太过感动而无法阻止自己讲话发颤。

"这、这样啊。砍断了指甲啊……也、也是啦，能用刀砍断的确很厉害……"

盗贼似乎也不禁动摇，讲话在发抖。

"……毕竟是能与塞巴斯大人匹敌之人的指甲，我想应该……很厉害？"

"就、就是啊，真不愧是布莱恩·安格劳斯啊！"

受到两人的称赞，布莱恩仍拼命忍住不露出笑容，然后他甩甩头摆脱情感。

"克莱姆小——不，克莱姆。你见过塞巴斯大人，应该知道吧？世上比我厉害的人多得是，漆黑飞飞恐怕也是塞巴斯大人那种领域的人物。所以你要记住，我要你逃你就逃。因为你留下来也只会碍事。答应我，下次不要有疑问，听我的指示就对了。"

"我、我明白了。"

"这样就对了。你不是要为那位公主效力吗？所以就连塞巴斯大人的杀气都能熬得住对吧？既然如此，就别搞错优先级喽。"

布莱恩拍了一下克莱姆的肩膀，目光望向一路逃来的方向。

（那家伙为什么没追上来？是有什么原因吗？也想不透她为何会在这里……难道原因出在仓库区？）

这时他想起拉娜说的话。

（难道她跟亚达巴沃在找同一个道具……这样的话……是她在役使亚达巴沃？）

既然夏提雅这样的超级怪物出现在这里，他们应该放弃任务，全速逃离此地才是上策。

然而，这样讲克莱姆会接受吗？

刚才他已经说过全听布莱恩的，只要自己下令撤退，他应该会服从吧。

这样做是对的吗？

考虑到克莱姆的性命，这样做并没有错。可是——有时一个人必须为更重要的事物舍弃生命。

这个如同被拉娜下令送死的状况，不就是他舍命的时候吗？

除了克莱姆这个名字之外一无所有的少年，度过了什么样的人生，又是如何对黄金公主效忠，布莱恩不清楚。但他仍然觉得接受了拉娜命令的克莱姆的意志，不应由别人随意改变。

布莱恩把盗贼拉到一边，压低音量以免克莱姆听见，向他问道：

"我问你，你觉得我们就这样带克莱姆前进是对的吗？比起达成任务，是不是应该让他平安回城比较好？"

"……你真是温柔呢。"

"别说无聊的客套话了。再说我倒觉得自己志愿参加这种超危险工作的你，才叫作温柔咧。"

盗贼害臊地咧嘴一笑，瞄了一眼不知道两人在说些什么、一脸不解的少年。

"该怎么说呢，看到少年努力的模样，好像让我怀念起失去的过往……总之我很欣赏他啦。虽然一起行动的时间很短暂。话说回来，我大致上能猜到你在想什么。你想得没错。不过……"

盗贼眼中闪烁着犀利的光辉。

"这是那家伙选择的人生。不能让别人随便扭曲。"

布莱恩不禁屏息。

"我很欣赏那小子。也许是因为曾一度生死与共吧,看看那小子的眼睛,就猜得到他对公主的心意。真是个难以置信的小子。这份心愿太鲁莽,太乱来了。正因为如此……所以我想让他抢到王国最有价值的珍宝啦,以我一个盗贼来说。"

"……说得对。虽然可能会送命,但那也是他的决定。"

布莱恩下定了决心。

"既然如此,就加快脚步吧。夏提雅也有可能会追上来。"

3

下火月(九月)五日,0:38。

担任殿军的冒险者们穿过屏障旁边,退到后方。卫士组成的这支小队接到的命令是死守此地,直到他们伤势痊愈,做完补给。

屏障打开的空间——让冒险者们通过的入口立刻堆起木材,堵塞起来。

前面没有任何人。也就是说,这里就是最前线,后面可以看到后退的冒险者伤痕累累的背影。铠甲上有着新的爪子抓痕与烧焦痕迹,还有血染的斑点。

在更远的后方,可以看见喷出的火墙,这里是离入侵阵地约一百五十米的地点。

明明是熟悉的王都,却让人产生误闯异世界的突兀感。

他们破坏了周围的房屋,利用冒险者们争取的时间搭盖了屏障,然而直到刚才都还觉得坚固无比的障碍物,此时却显得十分脆弱,仿佛轻易就能破坏。

"没事的。魔物没有追着冒险者们过来,敌人一定也不想进攻。可以巩固防卫啦。没事,不会被袭击的。"

又有人说了一样的话。

为了排解极度不安,祈求能活着回去而说出的这番话,如同对天神的祈祷般一再被重复。

防卫这道屏障的是四十五名卫士,他们手持长枪,身穿皮铠。

其中有个男人还戴着头盔,他叫柏纳·英格瑞,是几名卫士长中的一人。说是卫士长,跟一般卫士其实根本没有差别。既不是体格特别好,也不是头脑特别聪明,力气恐怕也不及其他的年轻卫士。

他之所以能坐上这个位子,是因为执勤到四十岁,空出来的职位没有其他合适的人选,所以就让他做了。

他脸色苍白,手紧紧握枪握到都发白了。一看,脚也在微微发抖。视线紧盯前方是因为不敢看其他地方吧。

这副实在太不可靠的德行,加重了其他卫士的不安。

不过,也怪不得他,因为这是他第一次搏命战斗。

的确，王国每年都会挥军前往卡兹平原，与帝国兵戎相见。然而，卫士因为都是身负保卫的任务，从未上战场与帝国作战。

因此对于不想参加帝国战争的市民来说，卫士是令人艳羡的职业。

谁知道现在却——

至今他只会被卷入醉汉吵架之类的小争端，很少插手阻止流血事件，因此恐惧感也就更加强烈。

之所以能压抑住想逃跑的心情，是因为他能肯定只要敢逃，会吃不了兜着走。就算不会受到惩罚，自己是为了保卫都市才不用参加帝国战争，要是没好好保卫都市，下次百分之百会被派上战场。

"等这事结束了，我一定要辞掉卫士工作。"柏纳低声嘟哝。

他身旁的几人都表示同意。

"那你们还记得冒险者他们说过的内容吗？"

"您是说他们遇到了地狱猎犬、高阶地域猎犬、朱眼恶魔与小恶魔群这些魔物的事吗？"

"对。有没有人对那些魔物有印象？尤其是知道它们的弱点，或讨厌什么东西？"

没有人回答，大家只是面面相觑。

柏纳脸上明显写着"真没用"，看到几个人一脸不满的表情，才改把怒气发泄到别的方向上。

"该死！那个冒险者，就不能讲清楚吗！"

将魔物信息告诉这些卫士的冒险者们，当时身受重伤，正急着撤退。

因此他们只能说出魔物的名称，没有多余力气告诉他们魔物的外形，或是具有何种攻击手段。

不过，拿这点责怪冒险者们未免太冷酷了。

因为卫士与冒险者双方没有做好联系，信息传达不利，拿一无所知的卫士架构防线可以说是高层人士的失策。

再说，其实也不是所有卫士小组都没得到敌方信息。在相同的状况下，还是有小组拿到了信息。这种小组是调出几名组员，帮忙将冒险者们搬运到后方，同时问出详细信息的。

这组没有这样做，可能是因为组长柏纳没想到那么多，也不敢减少防卫屏障的卫士人数。

"他们拿的钱应该比我们多，就该再拼命一点啊！别怕死啊！"

柏纳大声叫骂，也有几人表示同意。

"我们也是不要命地在作战耶！那他们也应该坚持死战，不该后退吧！"柏纳对身边的卫士们问道。

他没注意到站在远处的卫士们冰冷的视线，只顾着跟自己身旁的卫士们大声数落冒险者的不是。

"来了！"

视线始终紧盯前方看守的卫士出声一喊，柏纳马上露出了恶心欲呕的表情。

所有人都看见了沿着道路向他们走来的恶魔身影。走在前头的是宛如青蛙与人融合而成的恶魔。肤色像是罹患黄疸的人，还带有黏液般的油亮光泽。鼓胀身躯的各处，浮现出仿佛从内侧硬推出来的人类脸孔。

它张开能吞下一个人的直线嘴巴，长到异样的舌头舔了一口空气。而它的周围跟随着期待饲料的地狱猎犬，后面还跟着一批皮肤被剥掉，全身沾满黑色滑溜液体代替皮肤的人类。

也就是一共五十只野兽，一只露出肚皮的恶魔，六只被剥皮的恶魔。

"数量太多了！"柏纳发出破锣般的惨叫，"不行了！快逃啊！"

无视于发出惨叫的柏纳，怒吼的卫士神色紧张地转向同伴们。

"听好了！只要用长枪往外戳就行了！我们的工作不是杀死它们！是争取时间！不用怕！我们会活下来！"

好几人跟着重念"我们会活下来"，然后又有好几人重复一遍。

"好，我们上！"

卫士们的表情虽然因恐惧而冻结，但还是散开到各个位置，举起长枪。

"你也给我过来！"

一个人拖着柏纳，强迫他就定位。任何一个人力都不能浪费。

野兽们发出咆哮，乱抓乱扯想冲破屏障。木材以惊人的速度发出啪哩啪哩的声音，然后被撕成一片片木屑。

卫士们从急速变细的柱子间刺出长枪，野兽急促的惨叫此起彼伏。其他没被长枪刺中的野兽，也急忙离开了屏障。它们喉咙发出咕噜咕噜的低吼声，原地徘徊着观察形势。

精神稍微放松了点的卫士们，一有野兽接近屏障就从隙缝刺出长枪，然后野兽就会马上离开。

卫士们的脸上回复了光彩。

后面的恶魔只是露出令人恐惧的冷笑而没有任何举动，引起了众人内心的不安，但如果时间能这样走过最好了。

他们待在这里并不是为了打倒恶魔。

"怎、怎么了！"一名卫士对眼前的事发出畏怯的声音。

野兽们开始排成队列，它们在长枪快要够到的距离排成横向的一列。

不同于至今胡乱突击的行动，让卫士们显露不安。

如果他们拥有眼前野兽的详细信息，也许有别的办法应对，然而他们能做的只有从隙缝中刺出长枪，无法因对手的行动随机应变。

当他们架着长枪，准备刺出时，野兽们张开了嘴。

那张大嘴像是下巴脱臼了似的，喉咙深处看起来格外火红，并不是因为那是口腔内部。

吐出的红莲业火一齐袭向屏障。宛如整道屏障全都起火了般，卫士们的视野顿时一片通红。

虽然火力极猛，但时间太短，因此没能把屏障完全焚毁。然而，躲在屏障后方的卫士们可不一样。

哀鸿遍野。

有人眼珠被烧伤。有人吸进了火焰，从食道到肺全被烧焦。

这些人一个一个倒地。只有两端的人存活下来，镇守中央的卫士们全都被烈焰烧个正着，一命呜呼。

"已、已经不行啦！"没人说出口的话，被柏纳第一个叫出来。

他接下来的行动十分迅速，扔掉长枪，连头盔也不要了。他尽可能地减少身上重量后，使尽全力逃之夭夭。

剩下的所有卫士都惊呆了。他们并非没想过柏纳会逃走，但他逃得如此彻底，真是让众人无言以对。

柏纳飞奔的速度，让人惊叹人类被逼至绝境时原来可以跑得这么快。存活下来的卫士们半张着口，眼看着那个背影越跑越远。

然而，他的逃亡，被自上空降落的恶魔画下句点。

身躯膨大的恶魔没有翅膀却能飞行，从上空猛烈降落，压住了柏纳，接着传来一阵枯枝折断的啪叽啪叽声。

他们听见了痛苦的啜泣声。

恶魔明明能轻易致柏纳于死地，却没杀死他。恶魔的下一步行动，使他们立刻知道那不是出于慈悲。

恶魔举起柏纳的身体。它张开大嘴巴把柏纳一口吞下，原本就鼓胀的腹部即使吞进柏纳的身体，也没有任何变化——不对，有个很大的变化。

仿佛黏在身上的好几张脸之中，浮现出新的一张脸孔。虽然不太容易看出来，但那是柏纳的脸。

背后传来屏障被一步步毁坏的声响，但卫士们都无法动弹。区区屏障从一开始，对它们而言就什么都不是。

恶魔们越过被破坏的屏障，逐步将卫士们团团包围。

听得见小小的呜咽，是知道死期已至的人的哭声。

接着是恶魔们的哄笑，嘲笑愚蠢人类的声音。

一名卫士边向神祈祷，边抬头仰望夜空时，看见了奇怪的物体。

那是个高速接近的影子——异样的一行人。

有两个人影从左右两边抓着一名身穿漆黑铠甲的战士，深红披风随风飘扬的战士，两手各握着一把巨剑。

"扔下去。"

明明有一大段距离，他却仿佛听见了那个声音。

然而似乎不是他听错，飞在空中的两人放开了手，战士仿佛被看不见的力量从背后用力推动般加速，描绘出水平抛物线，降落在道路上。

他用像是没有摩擦力的流畅动作在路上滑行，砍倒挡路的一只地狱猎犬，这才停了下来。

华丽过头的登场让敌我双方都停止了动作，所以他那平静的声音显得格外响亮。

"我是冒险者——飞飞。换手，你们退后。"

他们一开始没听懂黑暗战士在说什么，然而大量的野兽叫声让他们回过神来，这才明白他们期盼的援军终于到了。

"地狱猎犬吗……就这几只啊。再多一倍都还嫌少呢！"

试着残杀黑暗战士——飞飞的地狱猎犬从四面八方袭击而来。

它们全方位包围飞飞，没留一丝空隙。用剑防御也会被绕到背后，被啃咬，被撕裂。挥剑杀退也会遭到其他野兽踩踏。一旦被腾空跳起的地狱猎犬撞到，必定站立不稳，而无法闪避下一次攻击。

这种攻击方式完全是凭借数量取胜，也难怪卫士们露出悲痛的表情了。

然而——在场的卫士们不知道真正的强者拥有多大的力量。

巨剑掀起狂风，杀退敌人。

所有长眼睛的人，都说不出话来。

那是一记斩击。

若是平常人，能砍倒一只就不错了。然而，挥剑的人不同，斩击也会变得超乎常人的想象。

卫士们以为无法战胜的地狱猎犬当中，四只的身体被砍断，滚落路上。不过，可能是因为全力挥剑的关系，飞飞的身体有点失去平衡。

还有地狱猎犬没被砍死，他这样躲不掉接下来的攻击。

虽然穿着看似坚固的铠甲，但地狱猎犬的獠牙相当锐利，还有能撕扯钢铁的坚硬利爪。而且被那么多的猎犬袭击，绝不可能毫发无伤。

卫士们仿佛看见了前来相助的冒险者浑身是伤的光景。

然而，这又是他们太心急了。

飞飞并没有硬是把失去平衡的身体拉回，而是顺着摇晃的动作转一圈。深红披风随风飘扬，产生熊熊燃烧般的旋涡。他以舞者般轻盈的动作再度稳踏大地，接着剑刃猛力从左往右一扫，发出风吼声。

剩下的地狱猎犬身体被砍飞，恶狠狠弹到道路上，再也看不到一只能动的猎犬。

"才……两击？"一名卫士的喃喃自语，道出了所有人的心声。

不，目睹了如此力量，不可能说出其他的感想。

"再来是……嗜魂恶魔与朱眼恶魔吗？无聊的对手。"抛下一句低语，飞飞就朝着恶魔们走去。

那脚步有如在公园散步，毫无戒心。

若是一般情况，他们应该会出声阻止。然而目睹了那场绝技，谁都不想那么做。

凡人该做的，只是注视强大战士的背影。

可能是承受不了若无其事地靠近的压力，朱眼恶魔发出怪叫袭击而来。

一闪。

被砍飞的身躯弹向各处。

在这之间，飞飞一步也未曾停下脚步，好像朱眼恶魔本来就不存在，如入无人之境般悠然前行。

"……太强了。"

应该不是对卫士的声音起了反应，但噬魂恶魔张大了嘴巴。那张大嘴巴就像蛇要把猎物整个吞下。大嘴巴深处看得见像是火焰的摇曳光芒。浮现在身上的人类脸孔变得更加痛苦。

即将吐出的是灵魂的尖叫。

被噬魂恶魔吞噬的灵魂消灭之际发出的尖叫，会让活人的精神畏缩，痛苦昏厥。

但噬魂恶魔还来不及吐出尖叫，脑袋先飞了出去。脑袋插着被扔出的巨大利剑，滚落在地。

"只要在吐出尖叫之前打倒就行了。"飞飞只说了这一句，就从尸体上拔出了剑。

短短的几十秒。

卫士们以为绝不可能打赢的恶魔，被全数歼灭了。

卫士们的口中发出呐喊，那是免于一死之人的灵魂咆哮。

全身承受着喜悦狂潮的飞飞，平静地对他们说：

"……接下来冒险者们应该会进行反攻作战。请诸位再保卫这里一段时间……不过我才刚击退那些恶魔,短时间内它们应该不会再来了。娜贝、伊维尔艾,麻烦你们。"

降落的两名魔法吟唱者将飞飞抬了起来,逐渐浮上半空的飞飞对众人留下最后一句话:

"接下来我要火速去讨伐敌人主谋。在那之前,请诸位保护后方市民。拜托你们了。"

目送一行人飞行离去,卫士们不禁叹息。被那样伟大的英雄如此拜托,若是不死守此地,岂不是太丢脸了。

"喂,把屏障重新搭好!我们要再阻挡一次敌人侵犯。别再去想被冲破后的事!"

4

下火月(九月)五日,03:44。

以秘银以上冒险者组成的第二次攻坚部队由拉裘丝带头,旁边带着缇娜开始前进。

拉裘丝在出发之际,别人好几次请她重新考虑,认为能使用复活魔法的人不该上前线。

可是,拉裘丝去与不去,对战斗力的影响很大。现在的第一优先,是让飞飞顺利对付亚达巴沃。既然如此,拉裘丝怎能留在后方。

他们避开飞飞的路线，从别条路进入目的地，一行人的第一个目标地点，本来应该有卫士们建构的屏障。然而他们看到的却是一片血红的道路，被撕扯下来的肉片四散，简直就是凄惨的杀戮现场。

当然屏障早就被破坏殆尽，连个影子都没了。

冒险者们发出巨大声响，聚在一起，继续入侵。不过，他们的前进距离最多不到三十米，就与从附近一带岔路现身的一群恶魔展开交战。

战斗开始后，起初个人战斗力比对手优秀的冒险者们占上风，然而力量平衡渐渐开始倒向一边。

原因是敌人的数量胜过了个人实力。

那数量庞大到让人产生错觉，以为出现在此地的恶魔全都聚集过来了。

"不要退后！继续抵抗！"发动好全体支持魔法的拉裘丝大喊。

当然没有一个冒险者有意后退。他们知道这场作战的重要性，因此绝不会选择后退。

伊维尔艾的任务，是在最近位置对付妨碍飞飞战斗的敌人。相对地，他们的使命则是对恶魔们施加压力，让它们不能去妨碍飞飞。

就这点来想，从正面对抗数量如此多的敌人，可说是对飞飞最大的支持。他们在这里战斗得越久，飞飞他们的胜算就越高。

怒吼与剑戟声交相响起。

"魔法飞出",与特殊能力发动的——"烈焰吐息焚烧人体"等——声音重叠。

拉裘丝确认状况后,表情扭曲起来。某个冒险者自言自语的一句话,占据了她的脑海。

"恶魔的力量越来越强了。"

也许是恶魔们居住的魔界之门正在慢慢开启,召唤出了更强大的恶魔。

这道火墙代表的会不会就是界线?若是时间继续流逝,会发生什么事呢?而且打倒了亚达巴沃,王都就真的能回复和平吗?

会不会一切都只是白费?

"无聊透顶!"她咒骂一声,不去想这数不清的烦心事。

不试试看怎么知道,所以拉裘丝才要挥剑战斗。

"发射!"

漂浮在肩膀周围的浮游剑群中的一把剑垂直升起,然后听从指示射出。

划破半空飞出的一把剑刺穿了张开血盆大口扑来的地狱猎犬,猎犬随即被消灭,连尸体都不留。

拉裘丝环顾四周,知道自己与大家完全被包围了。入侵行动从刚才就完全停摆,敌人的重重包围没有一点减缓。

现在她只能不断挥剑应战。

前卫收起折断或崩刃的武器，开始拿出备用武器。魔力耗尽的魔法吟唱者们以卷轴或短杖发动魔法。

物资已经一点都不剩了。

冒险者们的外围是山铜级冒险者，里面保护着受了伤、完全失去魔力的秘银级冒险者。

即使如此——

（不妙……这样下去会被慢慢磨死。还没好吗？还没打倒亚达巴沃吗？）

听到惨叫声，拉裘丝慌忙转头一看，只见战士受到恶魔的猛击，不支倒地。

"啧！"

拉裘丝还没来得及踏出一步，缇娜已经先冲向恶魔，补起阵型的漏洞。

后面的冒险者将倒下的战士拖到后方，看起来还没死，但不用说也知道目前状况有多糟。

没人使用治疗魔法，就表示神官等信仰系魔法吟唱者们的魔力已经消耗过度了。

（只能撤退了。）

一旦力量平衡崩溃，接着就会被敌人一口气吞没。

拉裘丝不能让他们死。

若是飞飞败北——她必须考虑今后状况然后采取行动。体力耗尽时要撤退就难了，得趁还有点余力时后退。

"撤！"

拉裘丝正要喊撤退，自空中缓缓降落的异形恶魔让她倒抽了口气。

身高三米左右，肌肉发达的肉体包覆着爬虫类的鳞片，像蛇一样长的尾巴翻滚着。头部是山羊的头盖骨，空洞的黑色眼窝中狂暴燃烧着苍白火焰。粗壮的手臂握着巨人的铁锤，折叠在背后的蝙蝠翅膀张开来。

翅膀一拍，冷空气如狂风大作，同时一股令人魂飞魄散的恐怖袭来。

她受到恐怖抗性的魔法保护，因此没有陷入恐慌状态，但对手已充分展现出比之前恶魔更强大的力量。

全身汗如雨下。

"不妙。"

如果在魔力与小队成员齐备的状态下应该能勉强打赢。若是事先查过对手的信息，更是稳操胜券。但以目前的状况来说，胜算等于是零。

首先，知识渊博又能使用强大魔法的伊维尔艾不在这里。

能挡下敌人武器，进行反击的格格兰不在这里。

能巧妙闪躲敌人攻击，以忍术连续进攻的缇亚也不在这里。

剩下的只有疲惫不堪的两个人。

她看向缇娜，缇娜点头响应，表示已有所觉悟。拉裘丝握紧了魔剑齐利尼拉姆，准备走向出现的恶魔。

这时，身旁一名山铜级冒险者抓住她的肩膀，喊道：

"我们来挡住那家伙！你快逃吧！"

拉裘丝吃了一惊，他语气急促地说：

"只要你还活着，就能替我们使用复活魔法。所以，只有你一定得活着回去。就当作是为了有可能复活的人！"

男人咧嘴露出带有男子气概的笑容，脸上满是不负山铜级之名的魅力。所有冒险者都同意他的说法，用力点头。

冷静想想，他们说得没错。与其抱着必死决心争取时间，不如留下一条命替死在这里的人复活，帮上的忙会比较大。

"听说复活魔法需要高价材料当作媒介，拜托算我免费！"

"不是公主殿下买单吗？"

"让那些贵族出啦！他们好歹也该出点钱吧！"

脚步像是去野餐般轻松，几名冒险者脱离了圆阵。

没有暗号或眼神。

他们的步履就像出自同一个脑子的选择般移动，走到出现的恶魔面前。

做好觉悟面临死战之人的开朗态度，让拉裘丝咬紧下唇，她转身背对他们。

"突破敌阵！竭尽全力！只要留下跑步的力气就够了！"她一边喊着，一边冲向恶魔的集团，挥动着齐利尼拉姆。

防御都靠铠甲与魔法了，她舍弃自己的生命安全到最后极限，杀出一条血路。

拉裘丝感到皮肉被削下，以及坚硬物体刺进肉体等各种痛楚，但她咬紧牙关忍着。她冷静地估量自己的体力，直到最后一刻才发动无吟唱化的治疗魔法。

拉裘丝必须活着回去，但是不死撑一下突破不了重围。

"喝啊啊啊啊！"

她将剩余的大半魔力注入齐利尼拉姆之中。刀身浮现的星光变得巨大，整个刀刃膨胀起来。

"超技！黑魔剑百万冲击波！"

剑刃横向一扫，黑暗爆炸波如狂风肆虐。被无属性能量的爆炸波及，低阶恶魔接二连三地被消灭。

虽然没必要喊出招式名称，不过攻击相当有效。

然而——

"还……很远……呢！"

疲惫至极的双眼看见的是——虽然只是一群低阶恶魔，却形成了厚厚的墙壁。刚才炸飞了那么多恶魔，破洞却已经补了起来。

真的能突破吗？

流露的不安让她心情烦躁，以此为力量挥动刀身回复原本大小的齐利尼拉姆。

这时，拉裘丝看见恶魔们背后有道金属光辉，听见了男人的咆哮。

"六光连斩。"

施展出的六道斩击砍飞了恶魔们。

"六光连斩——流水加速——哼!"

又有七只恶魔像是用热过的小刀切奶油一样被砍倒。

见识到剃刀之刃无人可挡的锐利锋芒,恶魔们似乎感到畏缩而停住动作。

"戳烂它们!"

配合着葛杰夫的怒吼,后方一齐刺出枪矛。

那道钢铁光辉并不是拉裘丝看错了。从葛杰夫背后刺出不下几十支枪矛,将恶魔们一一贯穿。

出现在那里的是守卫王城的骑士与士兵们,多达数百人的军势淹没了整条道路。

恶魔们对比自己多出一倍的兵力感到畏缩,解除了包围。

大伙儿发出欢呼,士兵们保护着浑身是伤的冒险者们开始后退。

"史托罗诺夫大人怎么会在这里!"

他不是留下来保护王城、守卫王室吗?

大概是听见了拉裘丝的疑问,葛杰夫将脸转向一个方向。

拉裘丝跟着转头一看,睁圆了眼睛。

那里有一位老人,让四名神官与四名魔力系魔法吟唱者保护着。

头上戴着国内只有一人允许戴上的王冠,而他的身上穿着铠甲。

国王兰布沙三世。

这种行动实在太过危险。虽然他的确穿着铠甲,但一部分恶魔的攻击连钢铁都能轻易贯穿。况且就算有人保护,也难保范围魔法不会打碎防御,伤到国王的贵体。

身为普通人的国王,一旦遭受范围魔法波及,必定会立即死亡。虽然有复活魔法,但以国王的体能不可能承受得住复活时生命力的损耗。

"陛下是这样说的。你们保护的是没有生命的城堡,还是我?答案只有一个。我等的职责是保护国王!那么此处就是我们必须奋战的地方!冲啊!"

士兵们发出震撼大地的呐喊,英勇突击。

以多数暴力袭击多数暴力。

就在众人以为战况即将反败为胜时,一名山铜级冒险者被打飞。他恶狠狠撞上墙壁,绽开了血红的花朵。

"吼喔喔喔喔喔喔喔喔喔喔嗯嗯!"

巨大恶魔的吼叫像是在说"放马过来",士兵们都僵住了。

有些魔物不是靠人数就能战胜。

"史托罗诺夫大人!请助我一臂之力!"

"当然。"

接在葛杰夫的回答之后,突然出现的声音让拉裘丝睁大了眼睛。

"喂,等一下。要不要曾经优秀的战士的支持啊?"

"还有将来预定变得优秀的忍者。"

她不可能听错这两个声音。但她不敢相信,惊愕地叫出声来。

"格格兰!缇亚!"

熟悉的两人慢慢地现身。她们穿起了平时的全副武装,做好了随时应战的准备。

"哟,越躺身体只会越迟钝嘛,所以老子就拜托史托罗诺夫先生,把我们带来啦。"

"已经可以战斗了。"

不可能。哪有人复活之后立刻上战场的。

一般应该好好静养,适应自己能力的衰退,而且最大的问题是,她们现在应该会感到一种超乎寻常的虚脱感。

即使如此——正因为两人知道这场战斗的重要性,所以才会勉强起身,前来参战。

有这么多人的力量聚集起来,成为后援。

拉裘丝一心祈祷。但愿飞飞能战胜亚达巴沃,并将恶魔大军逐出这个王都。

5

下火月(九月)五日,03:46。

"就在前面了。"

往前一看有座广场，一个戴面具的恶魔不躲也不藏，堂而皇之地站在正中央。周围没看到其他恶魔的身影，但伊维尔艾没笨到相信没有伏兵。

对方似乎也看见了一口气接近的己方，优雅地行了一礼。那种游刃有余的态度背后，只隐藏了一个意思。

"是陷阱吗……要怎么做，飞飞大人？"

"不管有什么等着我，除了突破之外别无他法。"

"说得没错。"

飞飞不再用那种生疏而太过礼貌的方式讲话，伊维尔艾认为这表示两人的关系在共同行动中变得坚定了，所以她也开始用平常的口吻讲话。若是一直隐藏起真正的自己，等到要进一步交往时搞不好会立刻谈分手。

虽然还不到现出真面目的时候，但她认为变回平常的讲话方式也没什么不好。

"看来好像按照预定计划开始了。"

后方响起打鼓声与雄壮威武的呐喊。那应该是为了让飞飞与亚达巴沃一对一单挑，而开始的削减敌人防卫兵力的进攻。

这是仅能有一次的作战，恐怕不会有第二次了。

所以除了在这里打倒亚达巴沃之外，没有其他办法可以拯救王都。

"是啊，没错。他们好像开始最终作战了。飞飞大人……敌人应该会派出援兵，就由我与娜贝小姐来应付。请飞飞大人心无旁骛地对付亚达巴沃。"

"了解。你跟我一起来到了这里,当我击败亚达巴沃,凯旋时,希望你能够跟我一起,好吗?娜贝,你帮助她一起战斗。我要你知道,我希望我们能三个人一起回去。"

"遵命,飞飞先生。"

三人降落在亚达巴沃面前。

伊维尔艾环顾四周,发现一个女仆,从一间邻接广场的房屋中现身。她跟那时候一样戴着假面虫,表情是固定的。

然而,伊维尔艾感觉得到她在面具底下对自己发出了憎恶之意。

(不可能就她一个。)

那个虫族女仆与自己谁比较强,亚达巴沃应该也明白。

这次还有娜贝这个很可能与自己实力相当的魔法吟唱者在,不可能让那只虫子单打独斗。要不就是以数量取胜,要不就是让一个等级相当的手下待命。

伊维尔艾正在推测时,感觉到一道冰冷的触感滑过背脊。

接在那个女仆之后,与亚达巴沃同样戴着面具的一群人现身了,每个人都穿着不同的女仆装。

数量是——

"竟然有四人?"

战斗力与自己相当的人,总共来了五个。二对五的话,敌我战斗力相差太悬殊了,这种差距等于没有胜算。

"该死！我太小看亚达巴沃拥有的战斗力了吗……"

照这样下去己方将会寡不敌众，单方面遭到击溃，妨碍到本来与亚达巴沃平分秋色的飞飞。

当两方正在激烈交战，不分高下时，一点援军都很可能左右战局，就像上次与虫族女仆的战斗情形颠倒过来。

"那么那五个人就交给你们了。"

飞飞如此说完，两手握着剑，就以自然的脚步走向亚达巴沃。

强壮的背影渐渐离去，让伊维尔艾满心不安。要是能躲在那流水般的深红披风里，不知该有多安心。

她斥责自己想伸手挽留飞飞的软弱内心。

自己本来就是做好了舍命的觉悟，才来到这里。不能因为对手人数超乎预料，就窝囊地求救。

况且他一定是相信伊维尔艾才会说出那句话。不然像他那样了不起的男人，不可能摆出那么冷淡的态度。

这样想来，那副背影的确像是在说：只要是伊维尔艾与娜贝，一定能在自己赢得胜利之前，压制住敌人。

伊维尔艾的身体深处燃起了热火。

"那么我要上了，迪——魔鬼！"飞飞大喝一声，砍向亚达巴沃。

一场惊心动魄的激战就此开打。

可能是不想波及她们两人吧，飞飞压制着亚达巴沃，徐徐离开原处。

"那么我对付三个人，您对付两个人，可以吗？"

"这样好吗？我对付三个人也行喔？"

她仿佛听见娜贝"哼"地笑了一声。"您两个人，我三个人。"

伊维尔艾破颜而笑。她觉得自己有点掌握到娜贝这个女人的个性了。讲得明白点，伊维尔艾对于娜贝这个情敌很有好感。

（真是。如果是飞飞与娜贝这两人的话，也许我可以拿下自己的戒指，现出真面目……哎，能活着回去再说吧。）

"真是个顽固的家伙。知道啦。那我就赶快打倒她们，再去帮你吧。你尽量压制住她们，别丢掉小命了——怎么了？"

伊维尔艾发现在场的所有人——五个女仆与娜贝——都在看自己。

那种举动像是串通好了什么，有种奇妙的诡异感。

"不，没什么。"

娜贝冷淡地回答后，慢慢从她身旁走出去。

"好了，我希望其中三个出来对付我，派谁来由你们决定。"

像是被这句话挑动，虫族女仆、绑辫子的女仆以及纵卷发女仆走了出来。剩下与伊维尔艾对峙的是盘发女仆与长发女仆。

"我的名字是阿尔法，她是德尔塔。由我们与您对战。"

"是吗？真是多礼了。我的名字是伊维尔艾，是即将打倒你们的人！"

她并不打算用讲话的方式拖延时间，这种苟且的想法会被对手吞没、杀害，现在只能不断攻击，压制对手。

"是吗……那真是可怕呢。"

伊维尔艾首先发动了自己的撒手锏。

这种特殊技能可让自己体内流动的负能量失控，混入魔力之中，对所有攻击赋予负向效果。

"我要上了！"伊维尔艾高声一吼，发动魔法。

6

下火月（九月）五日，03：59。

"别小看我！"

灌注负能量的水晶散弹，硬生生击中了带头跑来的女仆——阿尔法。

除了兼具殴打与突刺效果的物理攻击外，还有负能量吞食着生命力。

——本来应该是这样。

然而，她好像不痛不痒地继续跑来。

"啧！"

伊维尔艾飞上空中。

魔力系魔法吟唱者最怕被敌人接近，拉开距离战斗比较有胜算。浮上半空的瞬间，眼前有某种物体迸裂开来。

似乎是伊维尔艾之前发动的"水晶盾"弹回了敌人的攻击，包覆身体周围的粉尘急遽失去了光彩。

这应该是因为水晶盾让相当强力的攻击失效了，不过幸好是水晶盾能抵挡的攻击。

水晶盾只能抵挡某种程度的攻击，超过一定损伤就会起不了任何防御功效。

"又来了吗！"

使用远程武器的是后方的女仆德尔塔。从刚才到现在，只要自己想飞上高空，她就会瞄准自己射击。

"喝！"

阿尔法中气十足地一吼，挥拳殴打过来。

伊维尔艾大声咋舌。

用拳头殴打自己的对手，以往对伊维尔艾来说根本不足为惧。然而与阿尔法开始交战不过短短时间，她已经体会到那是因为她至今只遇过远远不及自己的敌人，让她变得自大了。

好可怕的对手！

就算拉开距离，对方也会以快上好几倍的速度拉近距离，半吊子的障壁会被她一击粉碎。

两人比起自己都稍微弱了一点，但她丝毫不能大意，时时刻刻都像在走钢索。

特别棘手的是她们默契十足的行动，冒险者能够借由联手的方式大幅提升战斗力，那么看来这两人的战斗能力也上升了许多。

"该死！魔物竟然会组队、联手出击……有没有搞错啊！"

伊维尔艾觉得自己没资格说人家。其他成员是人类没错，但自己是不死者，自己以往的立场跟怪物女仆们没有两样。

"锵"的一声，包覆周围的水晶盾变得更薄弱，几乎就快要被消灭了。

她咒骂一句，拼命与站在眼前殴打过来的阿尔法拉开距离。

虽然伊维尔艾身为吸血鬼，拥有超乎常识的体能，但阿尔法的体能比她更强。即使如此，自己仍然没被追上，是因为有"飞行"的帮助。

想专心使用魔法，总是很难一边移动身体拉开距离一边战斗。因为会抓不准距离，或是很难边跑边集中精神。魔法吟唱者常常停下脚步用魔法互射，就是因为这个原因。

所以伊维尔艾才会采取简单的方法，也就是只专心使用"飞行"拉开距离，借此灵活掌控机动战的优势。并不是只有她这么做，只要是会使用"飞行"的魔法吟唱者大多都做过这种训练，只是能活用到什么程度要看本人的才能。

就这层意义来说，先不论她拥有吸血鬼的飞行技能以及活了两百五十年的经验，仅她本身的能力就堪称一流。

即使优秀如她，逃离阿尔法时还是需要特别小心。

她以水平移动的方式在广场中绕着圈逃跑，但敌人可是有两个人。随着坚硬的"砰"一声，包裹自己的障壁完全消失了。

水晶盾才被攻击三次就毁了，感觉好像不太划算，但这是实力问题，无可奈何。

"沙之领域·全局。"

沙粒扩散到周围，把阿尔法——距离太远攻击不到德尔塔——包进其中。

这招因为会波及同伴、因此在小队战斗时无法使用的广范围魔法，能够以沙粒缠住对手阻碍行动，同时还具有盲目化、沉默化、分散注意力等二次影响。不只如此，她的撒手锏还赋予了沙尘负能量，能贪婪吞食生命能量。

这是她独创的第五位阶魔法，是伊维尔艾所持有的底牌中最强的一张。

然而，阿尔法的动作一点也没变慢，甚至好像没受到任何损伤。

"什么！"

看来她对移动阻碍与负能量都有完全抗性。

"我要称赞你一句！抗性准备得真齐全，毫无破绽啊！"

阿尔法没有回答，而是身影一晃。就像进行了短距离传送般，阿尔法突如其来地出现在眼前，一脚踢向伊维尔艾的脸。随着面具凹陷的龟裂声，伊维尔艾的身体大大弹飞出去。

伊维尔艾在地上咚咚弹了两下，这才抵消了力道，甩了甩摇晃的头站起来。此时阿尔法已经到了她的眼前。

"水晶防壁！"

眼前制造出的水晶墙与阿尔法的拳头相撞，发出轰然巨响。水晶墙像是被巨大铁球撞到般，产生了放射状的裂痕。

"哼！"

随着脚重踏地面的"咚"的一声，放射状的裂痕受到冲击，朝着伊维尔艾碎裂开来。

"发劲吗？"

就在这个时候，只有短短的一段时间，以"飞行"慢慢拉开距离的伊维尔艾感觉到大地一阵震动。

虽不知道地鸣来自何方，但她有种直觉，知道这是那两人战斗的余波。

"战斗还在进行当中吗……不，也许就要进入高潮了。既然如此……就让我再争取一点时间吧！"

伊维尔艾大叫后，主动朝着攻来的阿尔法冲去。再一下就好，她要为了争取时间竭尽所能。

这份觉悟促成了她的特攻。

迎击的阿尔法双手一转，采取两手各自画圆的架势。

伊维尔艾觉得对方简直像座难攻不破的要塞耸立眼前，但她没有停下来——

7

下火月（九月）五日，03∶53。

安兹与亚达巴沃扭打在一起，撞进了一间房屋。他把亚达巴沃压在门上时把门板弄坏了，木片散落一地。没有灯光的阴暗房间很窄，不适合持剑的安兹挥剑战斗。

安兹没理亚达巴沃，径自往屋里走去，接着亚达巴沃也跟上来。他俩走进另一个房间，里面有张小桌子与两把椅子，马雷也在那里。

马雷拉开椅子，安兹坐了下来。然后向获得允许坐在他面前的位子上、拿下了面具的亚达巴沃——迪米乌哥斯提出问题。

"首先，这个房间安全吧？"

"绝对安全，没有人能偷听这里的对话。"

"是吗？那么……对了，在这之前，有件事想拜托你。麻烦不要危害我通过路线上的士兵。虽然我在耶·兰提尔还没做过，不过拯救遇到危机的人似乎能成为不错的宣传。"

"遵命……属下已经用念力送出命令，这样应该就没问题了。"

"很好。那么把你的整个计划告诉我吧。"

安兹让娜贝拉尔使用"讯息"时，迪米乌哥斯说等见面时会一五一十地说出来，所以他到目前一无所知。为此安兹很担心计划有没有出错，或是迪米乌哥斯对自己有没有什么怨言。

"这次的一连串计划有四个优点。"

"哦。我以为只有三个……原来有四个啊。"

迪米乌哥斯笑了，是满意的微笑。

"属下好像是第一次斗智斗赢安兹大人呢。"

安兹傲然地挥挥手。

当然,他根本不知道什么三个优点,所以迪米乌哥斯说的话让他非常不自在。

"你总是比我有智慧。以往只是碰巧罢了。"

"怎么能这样说呢。您谦虚了。"

"不,是真的……嗯!好了,那么让我听听是哪四个吧。"

"是。第一点,是袭击这个仓库区,将所有财宝尽皆运送到纳萨力克地下大坟墓,可让我们获得一笔收入。为此,我已经让夏提雅发动'传送'把仓库里的所有物资搬回去,交给潘多拉·亚克特管理。"

这真是个天大的好处,安兹在心中对迪米乌哥斯大加赞赏。一口气失去物资的王都今后日子将会相当难过,但那不关安兹的事。他只为了金钱方面变得充裕而大为放心。

"第二点是为了掩饰我们袭击了'八指'的情报。您也已经注意到了,假使我们只袭击了'八指'的据点,想必会有人起疑心,弄不好还可能查到塞巴斯身上。所以为了让别人以为我们有别的目的,才要扩大被害范围。"

也就是说要藏树枝的话,最好是藏在森林里。

"不过,会这么顺利吗?要拿什么当诱饵,让别人误以为我们有别的目的呢?"

"请看这个。"

迪米乌哥斯比了个暗号,一旁待命的马雷拿出皮包,打开来,里面放着一尊恶魔雕像。

雕像的六只手臂各握着一颗宝石,从内部发出心脏跳动般的诡谲光辉。

"这颗宝石当中赋予的魔法是'最终决战·恶'。"

第十位阶魔法"最终决战·恶"是能够召唤恶魔军团的魔法。虽然能够召唤出大量恶魔,但每只恶魔并不太强。而且跟天使不同,恶魔会擅自到处攻击,因此是种不好用的魔法。

因为用途有限,所以通常会利用召唤出的恶魔不是友军这一点,当成供品用来发动仪式魔法或者是特殊技能。像夏提雅曾经以滴管长枪杀死过自己的眷属,这种魔法的用途就是那样。

"这是乌尔贝特大人制作的道具,我想现在正是使用的时候。"

的确,以这个世界位阶魔法的等级来想,亚达巴沃这个恶魔会为了它袭击王都也不奇怪。

这时安兹想起来了。

他想起公会全盛时期的乌尔贝特。本来是有一个世界级道具,能够无限召唤出多到淹没世界的恶魔。

这个道具引发了好大一场骚动,但乌尔贝特知道这件事后,开开心心地仿做了一个,就是迪米乌哥斯手上那个道具。

当然,结果顶多只能同时发动六种魔法,而他也做腻了。

迪米乌哥斯显得十分舍不得,一定是因为要用掉自己的创造者所制作的道具吧。

安兹将手伸进空间之中，拿出了自己要用的道具。

"迪米乌哥斯啊，把那个收起来吧。用这个代替。"

安兹拿出来的道具，跟迪米乌哥斯准备的恶魔雕像虽然很像，但少了三颗宝石，整体造型也略为逊色。

"这也是乌尔贝特桑做的道具。因为是试验品，本来他说要扔掉，我觉得可惜就拿走了。不如就用这个吧。"

"怎、怎么能使用安兹大人的私人物品！"

"是吗？那这个就送给你吧。看你喜欢用哪一个。不过，乌尔贝特桑要是知道自己的失败作品这么久了还没被丢掉，说不定会觉得难为情喔。"

"什么！竟然将如此珍贵的道具赐给属下！谢大人！"

迪米乌哥斯从椅子上站起来，跪在地上，马雷也赶紧跟着跪下。

"好了，迪米乌哥斯。现在有更重要的事要做，不是吗？就当这是对你赤胆忠心的谢礼吧。"

"我们守护者是各位无上至尊创造出来的。既然如此，直到我们被消灭的那一刻为止，都应该竭力尽忠。然而安兹大人却一再对我们投以如此慈悲的话语，还赐给我这么大的褒赏……我迪米乌哥斯虽然本来就对安兹大人绝对效忠，但今后将会献上更深的一片忠心！"

"啊……嗯，我很期待你更深的忠诚喔。你可以站起来了，迪米乌哥斯。刚才我也说过，现在有别的事得处理吧。"

"是！非常抱歉。"

迪米乌哥斯再度坐回座位，马雷站在后面待命。

"所以，事情就是这样，亚达巴沃要为了这个道具袭击'八指'据点，然后占据王都的仓库区。抢走仓库中的各种物资也是这计划中的一环。然后理所当然地，乌尔贝特大人制作的道具，将会在'八指'据点的一个物资仓库中被人发现。"

"原来如此，那么第三个优点呢？"

"是的。在我做出的火墙内侧的大部分人类，都已经带去纳萨力克了。我想这些人类在纳萨力克可以有各种用途，而这一切的恶评都由亚达巴沃代为承担。"

原来如此，安兹恍然大悟的同时，也产生疑问：让亚达巴沃承担恶评有那么大的好处吗？

应该说何必捏造亚达巴沃这样一个存在，随便怪在哪个魔物头上不就好了？

这样一想——

"……引起恶评才是真正的目的吗？"

"正是。属下打算让亚达巴沃坐上魔王的位子。"

"原来如此，我懂了。是我命令的计划之一对吧？"

正是如此。

看着迪米乌哥斯低下头，安兹想起了以前下过的命令。他对迪米乌哥斯做出过几项指令，这次的计划就是为了其中之

——魔王的诞生。

"而连带的第四个优点,就是能作为在圣王国引起的事件的实验材料。"

原来如此,安兹明白了。

接着他想起一件在意的事,问道:"对了,那些恶魔是从纳萨力克当中带来的吗?"

"怎么可能!属下岂敢未经安兹大人许可就擅做主张!"

"嗯?我已经向雅儿贝德下了许可,将这次事情全权交由你安排,所以我以为你会动用纳萨力克内的兵力……"

"不,那是我让带来的魔将们召唤的。因为只要经过一天,使用次数就会复原,所以纳萨力克地下大坟墓没有任何损失。"

"原来如此,所以才会有纳萨力克内好像没配置过的恶魔吗……我了解了。那么另一个问题,你说已经把这个火焰领域中的人类送到纳萨力克了,那是不分男女老幼吗?"

迪米乌哥斯虽然不懂主人为什么要这样问,但还是表示肯定。

安兹觉得有点不舒服,即便人类怎么样都跟他无关。

虽然自己曾经是人类,但自从变成这个身体后,他对人类不再有亲近感,把他们当作其他种族一样不屑一顾。只要是为了纳萨力克地下大坟墓的利益,他甚至可以毫不犹豫地大开杀戒。

即使如此,杀害幼童仍然让他感到不愉快,或许这也是铃木悟这个人类留下的残渣吧。

安兹呼出一口气——虽然他没有肺。

"迪米乌哥斯啊。并未对纳萨力克地下大坟墓与我做出无礼举动之人，我要你给予他们没有痛苦的死亡。"

迪米乌哥斯不发一语，只是深深低头。

安兹·乌尔·恭最先考虑到的是组织的安宁，是忠贞部下的平稳。一旦将幼童带回去，放走他们恐有泄露情报之虞，安兹办不到。他很乐意在将来订立计划培育对纳萨力克忠心盲从的人类，但目前这样做的好处不多。

既然如此，他能给予的最大慈悲仅止于此。

"好了，那么事情谈得差不多了吧？"

"这样的话，还有两件事。第一件是托马雷的福，带来了相当棒的好处。"

安兹稍微瞄了一眼马雷，只见那少年好像在害臊，一副怯生生的样子。

"是什么？"

"目前正在调教中，还不知道会不会顺利，所以我想等回到纳萨力克再做说明。还有一件事。对夏提雅洗脑的人看到这个状况都还没出面，可见对方很可能跟王国毫无关系。"

"原来如此，我了解了。那么有没有什么希望我提供协助的事？"

"再来只要请大人打败我就行了，属下会竭尽全力担任安兹大人的陪衬。"

"知道了。那么在打败你之前，可以替我的防具做点伤痕吗？没有伤痕会欠缺跟你这种强者交战过的说服力。"

"那么可以请大人脱下铠甲吗？要属下直接攻击安兹大人实在是……"

"要是脱下来，变形了不就穿不起来了？夏提雅的时候我是让铸造师打造了坏掉的铠甲，所以才穿得起来。把这件脱下来让你打，等一下真的会穿不起来。"安兹平静地笑着。

眼前的两名守护者不知道该不该笑，露出怪怪的表情。

"那、那个，安兹大人？那、那件铠甲不是用魔法做成的吗？"

"这件不是喔。不是用魔法制成。你可能是看我一个魔法吟唱者能够装备铠甲，才会这么以为，但这是我发动了战士化的魔法，所以才能装备。这是我在来到王都的路上休息时，对雅儿贝德使用'讯息'后为了以防万一而准备的，看来被我料中了。"

维持着战士化魔法的效果，再加上其他维持魔法，会让消耗MP与MP自然回复力互相抵消，因而无法回复MP。

如此当遇到紧急状况而解除战士化时，MP会从一开始就少了一点，不过就这次的状况来说，随时发动战士化是正确的。如果他没这么做，在一开始与迪米乌哥斯战斗时会有许多麻烦。

听了安兹所言，迪米乌哥斯的细眼眯得更细了"果然一切都在安兹大人的掌握中。属下竟然想与这样的伟大人士斗智……看来属下太不知天高地厚了。"他小声低语着，露出微笑。

安兹背后滴下不可能流的汗。

"讲太久了，差不多该开始了吧。迪米乌哥斯，麻烦你帮我打些伤痕。"

"遵命。马雷，我想请你给大家打暗号。可以请你按照之前讲好的，引起地震吗？"

8

下火月（九月）五日，03：56。

"尝尝我的电击！"

雷击飞驰而出，直接击中一名女仆。

"哎哟喂——"

一名女仆发出假到极点的惨叫，像是自己往后跳一样夸张地往后飞出去，然后就这样消失在一条道路上。

"嘿。"

纵卷发女仆扔出了短剑。短剑描绘出抛物线缺乏干劲似的飞来，打中娜贝拉尔的身体。

"呀啊——"娜贝拉尔用极其平坦的语气发出惨叫声，也跟刚才那个女仆一样被打飞。

艾多玛沉默地追上去。

她们一个接一个跑进一条路上，娜贝拉尔前面是绑辫子的女仆，后面是艾多玛与纵卷发的女仆，形成前后夹击之势。

不过，她们一点紧张感也没有。

这是当然的。

不可能会有。

刚才她们还有些许战意，但现在已然完全消失，就像在咖啡店聊天的女学生一样。

"好哩。这附近有妮古蕾德小姐的力量防止监视，所以很安全哟。"

"是吗？那么……好久不见了呢，露普。"

绑辫子的女仆——露普斯蕾琪娜·贝塔戴着面具发出笑声。

"好久不见了哩。从小娜被安兹大人带出来之后，这是第一次碰面哩。"

"她有时候会回纳萨力克，可是露普那时候都去村子了。"

"就是哩。每次总是擦身而过哩——就这种意义来说，跟小索也好久不见了哩。"

"我也是。不过你这个说话方式……"

"哎哟？小索也跟由莉姐一样在意这个啊。不要紧的哩。我很懂得注意时间、地点跟场合的。跟小艾一样哩。"

"那就好……说到艾多玛，她怎么都不说话？"

"啊，小艾现在好像不想讲话哩。"

"那个臭丫头抢走了我的声音啦。"

"原来如此。"

娜贝拉尔点点头。

艾多玛很讨厌自己原本的声音。大概是这样，所以能不讲话就不讲话吧。

"我好想抢走那家伙的声音喔。"

虽然因为戴着平常那个虫面具而看不到脸，但已充分传达了激烈的愤怒与杀意。

"不可以喔。因为她被安兹大人跟着，如果那家伙没能活着回去，可是会伤到飞飞大人的名声。"

娜贝拉尔这样说让艾多玛显得有点不满，但没有任何怨言。

主人的名声与自己的欲望。哪边应该优先，每个战斗女仆都很清楚。

"那个小姑娘还挺强的哩。她叫什么名字啊？"

"我对大蚊的名字没兴趣所以不知道。好像说叫伊维尔什么的。"

"好过分哩。你们不是一起来到这里的同伴吗？"

同伴这个字眼让娜贝拉尔不高兴地皱起眉头，索留香代替她回答：

"……我记得她是苍蔷薇的伊维尔艾，塞巴斯大人调查的情报上写了。"

"啊，就是这个名字。"娜贝拉尔表示肯定。

听索留香这么一说，好像是叫这个名字没错。

"小娜，你是不是开始老年痴呆啦？要不要紧哩？"

"你们会记得人类的名字吗?"

"我没问题喔。也许工作会用到,专有名词我都会特别记下来。"

"没问题哩。是说我跟人类好得很喔。"

"没问题哟。"

只有自己记不得人类的名字,让娜贝拉尔受到打击,稍微摇晃了一下。

就在她反省着也许应该稍微记一下人名时,传来了爆炸声。林立于后巷左右两边的建筑物挡住了视野,但她知道那声音是谁发出的。

"啊——那边好像打得很认真哩。"

"毕竟是由莉姐与希姿嘛,一定会打得很认真吧。不过还没分出胜负,就表示她们还没拿出真本事吧。"

"如果是我的话啊,会全力战斗到只剩一口气。"

"伊维尔艾还挺强的喔。如果单纯以等级来判断,由莉姐与希姿恐怕都打不赢她喔。"

战斗女仆们的脸上初次显露出黑色感情。

不过娜贝拉尔不一样,只有她确定伊维尔艾不会赢。

"我想没问题。"在所有人的注视下,她接着说,"伊维尔艾应该跟我一样是元素法师,是专一强化特定属性,而且经过特殊化的魔力系魔法吟唱者。虽然攻击力会跳好几倍,但相对地一旦擅长领域被封住就会变弱。"

"说到大地系……应该是强酸、毒素或重力对吧？为什么是水晶哩？"

"大地系中也有宝石特化型喔。她应该是特化型中又限定水晶类，以达到更大强化吧。"

"兼具殴打、突刺的纯粹物理魔法特化吗……有点棘手呢。"

如果是自己的话，要怎么杀死伊维尔艾呢？就在四人思考的时候，大地晃动了。那跟冲击波之类的能量摇晃大地的感觉有些不同。

"是地震耶。好像是马雷大人弄的喔。那么是不是该进入下个阶段了呢？"

"这是某种暗号吗？"

"是啊，娜贝拉尔。那么差不多该让你受点伤了吧，你必须被我们三个逼至绝境才行。"

"我会尽量不弄痛你，请多包涵哩。"

"没办法。这是工作嘛。"

9

下火月（九月）五日，03：57。

"请冷静！请冷静下来！"克莱姆尽量放低音量要大家冷静。

然而，仓库内的大量民众情绪激动，以他这种音量无法让大家安静下来。

"我的孩子——"

"妻子被抓走了——"

"爸爸妈妈——"

男女老幼发出的声音交缠在一块,像一道大浪袭向克莱姆,大浪激烈起伏让人听不懂在说些什么。

这里的三百人,就是克莱姆他们冒着危险四处寻觅,找到的唯一一群市民。

被塞进这间较小仓库的人群不知道外头的情形,所以他们只担心着被带去其他地方的家人,大声嚷嚷。

这是理所当然的景象与态度,但非常不妙。

虽然三人一路上没遇到恶魔,但不代表它们不在这里,三人好几次在道路的另一头等地方看见成群恶魔。仓库内一群人这样大声叫嚷,恶魔听见跑来恐怕也只是时间的问题。

"我们只找到各位——"

"我太太在哪里!你们会立刻去找她吗!"

"这——"

如果克莱姆再吼得大声点,应该可以逼他们安静。

克莱姆身为战士——虽说人上有人——也拥有卫士远远不及的实力。这样一个男人的怒吼,轻易就能引发一般民众的恐惧心。

但前提是他要办得到。

克莱姆作为公主的使者,是背负着拉娜的名誉而来的。做出让平民害怕或反感的行为,难保不会影响拉娜的名誉,这使得他不敢摆出强硬态度。

"你倒是说清楚啊——"

"孩子还小——"

"爸爸——妈妈——"

"——给我闭嘴!"

气势强到仓库好像都在震动的吼声吹飞了一切。布莱恩忍无可忍的怒吼——超一流战士的愤怒,一瞬间就吞没了弱者的心灵。

"我不讲话,你们就叫个没完啦。先告诉你们,这里是敌人的势力范围,你们并不是已经获救了。大家必须安静行动,不然那些恶魔会过来杀光你们。搞清楚这一点了,就先闭上你们的嘴。"

环顾鸦雀无声的仓库内后,布莱恩以直线瞪向克莱姆。被那种喷火似的目光一瞪,逼问克莱姆的市民们慢慢离开了。

"再来是……克莱姆,你应该把话说清楚。"

克莱姆大概猜得到布莱恩指什么,但他没自信这样说是否正确。

"很难启齿是吧?那我来帮你说。首先,只有一件事你们要记住。接下来听到我说的话,谁敢大声嚷嚷,我会毫不犹豫地立刻砍了他。因为没人能保证你们是人类。"

布莱恩拔出了刀,刀刃反射着他们带来的小灯光,带着异样的光辉。

"你们也许不懂我在说什么，但我要你们安静地看看旁边。在这里的所有人都是人类吗？"

被抓来的人们讶异地互相注视。

"告诉你们，我们在来到这里的一路上，看过了很多恶魔。有的长了翅膀与长长的尾巴，有的像是剥了皮的人类，其他还多得是。在这仓库外大摇大摆走来走去的尽是那种家伙……你们被带来这里时也看到了吧？"

被布莱恩看着的人全都脸色发青地点头。

"那么，谁能保证你们当中没有恶魔？谁敢肯定没有剥下人皮披在身上的恶魔？"

众人虽然没出声，但不安地动了起来。他们以猜疑的眼光看向身边，并且试着站到别的位置。

仓库的确很小，但还不到狭窄的地步。只要想移动，都可以找到不会碰到任何人的空间。

"放心。就算你们当中有恶魔，我们也会宰了它。只要想想我们是怎么来的，就不难理解吧？"

感觉到气氛稍微安稳了点，布莱恩继续说：

"不过，如果连外面那些恶魔都涌进来，我们就不敢保证了。我问你们，如果有恶魔混在你们之中，你们不觉得它会想大声喊叫，让其他恶魔知道有人入侵吗……这样你们就明白为什么大声嚷嚷的人得死了吧？也许你们会觉得自己是人类，不应该被杀，但我们可不知道谁是人类。所以为了保护其他人，我只能宰了大声把恶魔叫来的家伙。"

他再度环顾众人，对每个人投以严肃甚至带有杀意的目光。

"好像都懂了啊……首先我们在来到这间仓库之前，已经到处看过了很多仓库。然而，每间仓库都没有人，几乎都是空的。从火墙包围的范围来想，虽然其中涵盖了仓库区，但应该也居住了超过一万名市民。如果这里有三百人，那应该还有三十三间同样关了人的仓库，对吧？"

布莱恩吸进一口气。

"那么我问你们，为什么除了这里以外，我们没找到其他人？很有可能是我们运气不好。因为我们毕竟也避开了恶魔戒备森严的地方。不过……我有个更容易理解的想法。那就是他们已经被带离仓库区，去其他地方了。等等！我们不可能知道他们被带去哪里。只不过，毕竟是被恶魔带走的嘛，不可能是什么好地方。"

一些人不幸明白了他的意思，开始发出啜泣声。

"而你们也一样，继续待在这里也会被那些恶魔带走。所以大家从现在开始准备避难。不过，记清楚了。这里还是恶魔的势力范围内。大家必须安静并迅速行动，否则逃跑到一半就会被杀了。喂，你好像有问题要问啊。我只准你一个人问。"

被布莱恩用刀对着的男人虽然害怕，还是小声地问："如果留在这里呢？"

"想必会被带走吧。带去恶魔想带你们去的最糟的地方。"

"我——"

有个女人差点儿大声喊出来,被布莱恩狠狠一瞪,马上压低了音量。

"准你问问题。"

"我的孩子才三岁,我想留下来,跟孩子到同一个地方……"

"是吗?我不会硬是要救无意逃跑的家伙。不过那家伙就不一样了。希望你记住一点,那就是你的孩子也有可能被关进其他仓库,让另一支队伍救出来了。如果你还是想留在这里,我没意见。这样只会出现一个没有母亲的小孩,但我可管不了那么多。"

布莱恩对表情阴沉的平民们冷静透彻地说:

"我再重复一遍喔。留在这里肯定会被那些恶魔带走,这毋庸置疑。如果你们明白这点还要留下来,我没意见。毕竟逃走的路上也有可能被恶魔袭击而死。"

这时克莱姆插嘴了,只有一件事他得先声明。

"不过下定决心要逃走的人,我们一定会尽全力保护你们。"

"我很怕麻烦,不过那个拉娜公主的贴身士兵拜托我,我会听。我也会保护你们。那么几分钟后大伙开始行动,想留下来是你的自由,也可以跟别人小声商量。你们自便吧。"

没有人跟其他人商量什么。可能是因为怕身边潜藏着恶魔,也因为很多人觉得与其留在这里不如逃走，期望还能跟其他队伍救出的家人重逢。

（应该没有其他队伍才对。刚才看过了几间仓库，里面的人平安无事的，顶多剩下一两间吧。）

克莱姆隐约察觉到这点，但还是走到手上握刀瞪着众人，盯紧他们小声讲话的布莱恩身边。然后他稍微低头，小声对布莱恩说：

"谢谢您，布莱恩先生。这本来是我的职责，却让您代替我做了。"

"别在意，那种话不是身为公主侍卫的克莱姆小兄弟能说的。我的立场算半个佣兵，讲那些话日后比较不会有问题。我只是当了一下鞭子罢了。"

"但还是谢谢您。"布莱恩脸上浮现苦笑。

"一直道谢推辞，也很麻烦呢。我知道了。我就接受克莱姆小兄弟的感谢吧。嗯？那家伙回来啦。"

在布莱恩的视线前方，盗贼走了过来。他为了注意外面情形，刚才在待命。布莱恩看他并不是急着跑回来，所以应该不是发生了什么危险状况。

"怎么了？"

"啊，没有啦，安格劳斯先生。目前那些恶魔都没有要过来的样子。不过不是学你刚才的发言，但我也觉得那也只是时间问题。"

"我想也是。说不定恶魔只是把这里放在最后而已。你去看过外面了吧？刚才有地震，是发生了什么事？"

"完全搞不清楚。会不会是地面产生了裂痕，恶魔要从魔界涌进来了？"

"请不要乱开这种糟透的玩笑……"

"抱歉……抱歉，克莱姆小兄弟。"

"好啦。那么，赶快开始移动吧。"

就在布莱恩要对市民们吆喝时，他们听见某种物体在仓库外降落的声音。现场顿时鸦雀无声，盗贼靠近门口，偷偷往外看了看。

然后他挥动了手。那是三人事先决定好的"有恶魔"的手势，接着他又比了"强敌"手势。

克莱姆与布莱恩互相交换一个眼神，然后静静走向盗贼。悄悄一瞧，他们看见了恶魔的身影。

那个跟至今见过的恶魔完全是两回事，直观上就感受得到强大的力量。

将近三米的身躯肌肉发达，背上长出了蝙蝠翅膀。头部是山羊或某种动物的骨骸，手中握着巨大铁锤。

恶魔的视线对着仓库，躲起来观察情形的克莱姆等人觉得视线与恶魔正好对上。也许是以某种魔法手段觉察到的，可以肯定对方是在等他们出来。

"那个很强喔……"

"错不了。"布莱恩低语后,盗贼回答。

克莱姆也点头表示赞同,他静静注视着布莱恩。

遇到夏提雅那个怪物时,他被布莱恩骂过。所以如果布莱恩叫他逃,这次他打算乖乖听话。

"……克莱姆。请你跟我一起战斗吧。"

"好的!"克莱姆以小声但听得清楚的音量回答。

"没关系吗?"

"嗯,你看那家伙。大概是在哪里战斗后逃过来的吧,看它一身伤。如果它毫发无伤,我也不知道能不能赢,但现在这样我们可以短期一口气进攻,胜算够高。"

布莱恩打了一下克莱姆的肩膀,说"期待你的表现"。

克莱姆大大地点头,发动了借来的戒指的力量。这枚龙王以太古魔法制作的戒指,拥有暂时强化战士能力的效果。

如果是王国最强的男人葛杰夫·史托罗诺夫,利用这份力量可以踏入英雄的领域,但克莱姆没那么厉害。即使同时使用武技"脑力解放",也丝毫比不上布莱恩,但还是能获得足以与秘银级战士匹敌的力量。

"好,我们上吧。"

布莱恩走在前头,正要往外走去,盗贼叫住了他。

"安格劳斯先生——"

"差不多可以直呼我布莱恩了吧?你年纪比我大,而且叫先生会让我浑身不自在。"

"……那么,布莱恩。我要做什么?"

"麻烦你留在这里,洛克麦亚。那说不定是声东击西的战术。"

"……我如果看到有危险,会去帮你们喔。"

"到时候再麻烦你了。走吧,克莱姆小兄弟。我想你应该很清楚……可别大意啦。"

"是!"

10

下火月(九月)五日,04:03。

"呜!"伊维尔艾腹部受到攻击,发出呻吟声。

虽然她的身体几乎不会感到痛,但身为人类时的感觉并未完全消失,受到攻击时总是忍不住做出反应。

注意力分散的瞬间破绽被对手看穿,伊维尔艾被阿尔法攻击个正着。

爆炸般的冲击让她吐出了体内空气,被狠狠打飞出去,她感觉到体内流动的负能量一口气减少。

她不能采取将受到的肉体损伤转换为魔力损伤的战术。伊维尔艾的目的是争取时间。

没有魔力,伊维尔艾就会失去战斗能力,因此她必须均等地消耗生命力与魔力。

她浑身沾满泥土,以"飞行"强迫自己站起来。这时,她看见娜贝被打得从另一条路弹出来。

她遍体鳞伤。

伊维尔艾往她那边飞去。对方没进一步追击,而是让两人顺利会合,也许是想一次送两个上西天吧。

"是你啊。"

她正要抱起倒地的娜贝,娜贝自己马上站了起来,冷冰冰地说道。

虽然她遍体鳞伤,就算感觉到生命危险也不奇怪,但却让人没有这种感觉。

是她不怕死,还是相信飞飞会在自己被杀前打倒亚达巴沃呢?

伊维尔艾觉得似乎两者皆是。

"还能打吗?"

"当然,没问题。"

真是个蠢问题。

(不过话说回来……这个女人也不是普通人类呢。难道这家伙也是神人?)

她虽然身上到处是伤,满是血污与泥土,但不像是受了致命伤。说不定伊维尔艾的伤势还比她的重。

伊维尔艾对付两人都这么狼狈了,对付三人的她却只受了这点程度的伤,虽然不甘心,但也只能承认她的实力在自己之上了吧。

"你也被打得好惨啊。"

"并没有。"

这很像是她会回的话,伊维尔艾不禁露出笑容。

自己戴着面具所以应该看不见表情,但娜贝可能是察觉到她的氛围变了,脸上浮现出讶异之色。

"没有,只是觉得很像你的回答。"

"……是吗?那么要怎么做?"

"什么怎么做?你是说怎么争取时间吗?"

伊维尔艾眼神锐利地瞪着聚集而来的五个敌人,虫族女仆发出的杀气像枪矛一样刺在她身上。其他人可能是觉得杀死她们不费吹灰之力,令人惊讶地一点敌意都没有。

"那也是其中之一。"

"还能怎么做。如果人数一样还有十足胜算,但双方等级相当而且敌众我寡,输定了。"

"那您逃走如何?如果您背对她们逃走,也许她们就不会追您喔。"

"如果你要逃,我就保护你的背后吧。"

娜贝端正的容颜不愉快地扭曲。

伊维尔艾不禁产生了不合时宜的感想:一个人长得太美,丑恶的表情也无法减损她美丽的容颜吗?

突如其来地,一个影子随着建筑物崩塌声弹飞了出来。那影子在地上反弹，滚动了一段距离。

伊维尔艾倒抽了口冷气——虽然她不用呼吸。

因为一时之间，她以为被打飞的是飞飞。

然而并非如此，被打飞出来的是亚达巴沃。

那副站立不稳、伤痕累累的模样，让伊维尔艾大为兴奋。不用想也知道是谁让他身受如此重伤，又是谁把他打飞到这么远来的。

伊维尔艾望向他飞来的方向，看见一位战士站在那里。漆黑铠甲伤痕累累，一眼就能看出两人之间展开过多么激烈的死斗。

然而那个站姿屹立不摇，与趴在地上的亚达巴沃相比之下，清楚说明了哪边占压倒性的优势。

伊维尔艾置身于喜悦的狂潮，握紧了两手。

飞飞慢慢解除握剑的架势，对站起来的亚达巴沃说道：

"我有点开心呢。该怎么说呢……可以称为真实感吗？有种真的在战斗的感觉。原来如此，前锋都是这种感受吗……上次进行近身战时我被逼到绝境，所以没能尝到这种感受……真像个战斗狂呢。好了，你也可以拿出以你这副模样能使出的全力喽。"

叫交战对手使出全力，根本是在讥讽对手。想到这里，伊维尔艾摇摇头。

也许这是飞飞的心愿。飞飞实力那样强大，想必没有机会能使出全力吧。一定总是在使出全力之前就把敌人解决了。

这样的男人与能够使出全力的对手对峙，会是多大的喜悦啊。

"那真是太好了。"

亚达巴沃似乎把这番话当成了讽刺，行了深深一礼，也回以酸溜溜的讥讽。

看到那副模样，伊维尔艾觉得自己比亚达巴沃了解飞飞，产生了优越感。

"那么我要使出真本事了。"

"放马过来吧，亚达巴沃。"

以这句话为导火线，两人在正好中间的位置爆发了激烈冲突。那场攻防就像伊维尔艾与飞飞初次相遇时的场景重新上演。

超高速的连击，被伸长的指甲弹开。能够弹开飞飞手握的超大巨剑，可见那指甲的硬度也超乎常识。

飞飞向后大幅跳开，异样的跳跃力简直有如飞行，然后他将剑往上一抛。就在呼呼旋转的剑夺去目光的瞬间，视野角落的飞飞不知从何处拿出一把枪矛，向前刺出。

飞飞将这把枪尖部分如火舌乱舞的深红枪矛，往亚达巴沃一扔。超高速投掷留下烙印眼底的红色残光，往亚达巴沃飞去。

"恶魔诸相·炼狱法衣。"

枪矛命中对手，烈焰腾空，冲击波如狂风大作。

"呜！"

伊维尔艾压低姿势拼命承受，让自己不被狂暴的大气奔流吹走。所幸她戴着面具，即使在爆炸波中也能睁开眼睛。

一看，仿佛连狂风都能斩断，飞飞的剑准确无比地掉落下来，飞飞一把抓住它，再次冲向亚达巴沃。

迎击的亚达巴沃全身缠绕火焰，脚下刺着飞飞扔来的枪矛。面对飞飞高举砍下的一击，亚达巴沃紧紧握住了刀身。霎时间，他的手开始冒烟，手指徐徐陷进飞飞的剑里。

"竟能熔解这个等级的武器……你这力量经过了强化吧。"

最高阶（精钢级）冒险者飞飞装备的武具，肯定是以相当坚硬的金属打造而成，然而亚达巴沃却发出了能熔解此等武器的火焰。

而近距离面对这种高温火焰，飞飞竟还能若无其事地与对方交谈。

"这两人究竟有多强啊。"畏惧震撼了伊维尔艾的心。

她当然知道两人很强，但仍然无法停止发抖。

"正如您的洞察。我以特殊技能进行强化，提升了火焰系损伤。"

突然喷发的火焰中混杂了黑色物质。

"地狱之火吗！"

"是的。就算您对火焰有完全抗性，也无法全身而退喔。"

飞飞第一次带着拉开距离的意味后退，但亚达巴沃当然不会放过他。这次换成亚达巴沃拉近距离，对飞飞连番进行攻击。

若是人类早已惨死的飞速攻击,被飞飞以巨大利剑一一挡下。铠甲在近身战中渐渐烧红,这时飞飞不知从何处拿出一把奇特武器,甩手一挥。

"冻牙之痛·改 ——冰结炸裂!"

四周温度仿佛一口气下降,极寒的冻气奔流从武器中喷出。虽然那股冻气连烈火都能冻结,但亚达巴沃的地狱之火比烈火更热。即使如此,热度还是暂时得到了缓和。

亚达巴沃惊讶的声音传到了伊维尔艾耳里。

"那是?刚才的枪矛也是,究竟是什么武器?"

"这是在我无法使用魔法时,代替使用的属性武器。这把是仿造冻牙之痛做出的实验性武器……不过比原版更强。它也是一种媒介,一天能够发动三次附加在武器上的高位阶魔法……不过因为不能用特殊技能强化,所以对你这个等级的敌人来说效果不大。"

两人的对话令人无法置信。明明在进行生死之战,却轻松得像是在确认双方能力。

伊维尔艾无意间想起以前格格兰说过的话。

她说作为战士与对手交锋,有时对手的——敌人的想法会自然而然地传达到自己的心中,甚至会觉得与对方像是长年好友。

那时她只觉得这话莫名其妙。

然而——

"也许她讲得有几分道理呢。"

在这一天当中，伊维尔艾明白了很多道理。她强烈告诉自己，今后绝不会看轻任何一种知识。

两人状似亲密的氛围让伊维尔艾有些吃味。

身穿表面似乎因熔解而失去光泽的漆黑铠甲的男人，以及穿着被剑砍破的西装的假面恶魔，在超越人类的领域上演死斗戏码的两人，看在伊维尔艾的眼中甚至像是好友。

"您真的很强。"

"你也是啊，亚达巴沃。"

"这样吧。我有个提议，您觉得呢？"

飞飞没说什么，只是抬抬下巴要他说下去。

"我打算撤退了，不如胜负就到此为止，双方各自收手如何？不，更正确的说法，应该是这次我就此收手，希望您也不要继续追击。"

"少胡说八道！"伊维尔艾激动地大吼。

在王都引发如此严重的混乱与死亡，竟然还敢求饶，未免想得太美了。

然而，一个平静的声音接受了亚达巴沃的提议。

"无所谓。"

伊维尔艾在面具下睁圆了眼睛，看着讲出此言的飞飞。她不懂为什么占优势的飞飞，要接受亚达巴沃的提议。

可能是看穿了伊维尔艾的混乱，亚达巴沃看似无奈地耸耸肩。让人不甘心的是，体形高瘦的他做这种动作还真有型。

"我真不懂飞飞先生怎么会带着个这么笨的女人。仔细想想，不就能明白飞飞先生为何会接受我的提议了吗？"

见伊维尔艾沉默无语，亚达巴沃继续说：

"为了把飞飞先生送进来，以及在战斗中不受打扰，您的同伴应该正在拼死应战吧？原来如此。所以其他恶魔才没介入我们的战斗……您真的这样以为吗？"

伊维尔艾感觉背脊像是刺进了一根冰柱。

"我正让恶魔大军待命呢，随时都能袭击整个王都。"

——糟透了。

雷文侯的下属应该在王都内巡逻着，但她不认为他们能应付得了亚达巴沃准备的所有恶魔。

就像整个王都都成了人质一样。

那么只要在这里打倒亚达巴沃——

"就算杀了我，恶魔也不会消失喔。我只需要在这里用念力发出命令，所有恶魔就会散布到王都各区。当然，数量其实也不多，所以应该有办法应付……不过会出多少人命我就不知道了。"

"可是，谁能保证你会遵守约定？"

不，与飞飞这样超一流的战士继续战斗，就算是亚达巴沃也不一定能取胜。既然如此，"我愿意收手，所以请你原谅我，至少不要继续追击。"

若不答应——我就跟所有人同归于尽。

是这么一回事吧?

全是他单方面的要求。

可是,既然王都已经被当成人质,双方的立场并不对等。

原来如此,伊维尔艾衷心感到敬佩。

飞飞是看穿了这一切,才会接受亚达巴沃的提议吗?

不,是非接受不可吗?

"那么既然局外人闭嘴了,我就撤退了。真遗憾,没能达到回收道具的目的。那么我真心希望不会再碰上您了。"

"是啊。我也这么想,亚达巴沃。"

亚达巴沃似乎在面具底下笑了笑,只见所有女仆集合到亚达巴沃身边,接着以"高阶传送"一齐消失。

"走了呢……"

伊维尔艾浮上空中,看看火墙怎么样了。但那里已经没有任何痕迹,只剩下夜晚——比平时更喧扰吵闹的王都景象。

此次骚动或许就到此为止,然而今天一天王国付出的牺牲与消耗又会带来什么呢?

实力远远超过魔神的亚达巴沃。

足以与之匹敌的超级战士飞飞。

这两个存在被世人知道后会引来何种事态,世界又会发生何种变动——

伊维尔艾摇头赶走纷乱的思绪。之后的事情之后再慢慢考虑就好，现在有更重要的事要做。

伊维尔艾降落到地上，张开双臂。

"呜哇啊啊啊啊啊啊啊啊啊！"

她发出简直像呐喊的开心尖叫后，全速奔跑。虽然飞行效果还在，但这种时候还是跑比较有那种感觉。

她跑向飞飞。

飞飞似乎吓了一跳，差点儿没举起剑来。

伊维尔艾不管他，扑到他身上，那就像全速飞奔撞上墙壁一样。

不过伊维尔艾身为吸血鬼具有肉体抗性，没受到损伤，伊维尔艾就这样抱住他。

"成功了！赢了！赢了！真不愧是飞飞大人！"

"呃，不好意思……可以放开我吗？"

对于像无尾熊一样抱住自己的伊维尔艾，飞飞口气平淡地说。

大概是在害羞吧。

（其实他可以抱住我的啊。）

伊维尔艾的目的是以前听过的知识。

据说有些男人在战斗后会将亢奋情绪发泄在异性身上。所以她想表现一下自己，让飞飞拿自己宣泄欲火。

伊维尔艾偷看了一眼横眉竖目的娜贝。

（我可要先下手为强了。）

她试着用身体在飞飞身上磨蹭,但他穿着铠甲感觉没什么效果,而且铠甲上的破损处弄得她好痛。

"唉……不好意思,娜贝,帮我把剑收到背后。"

伊维尔艾明白到这样是白费力气,松开了手,从飞飞这棵树上爬下来。

(也对。我应该再多注意一下时机。亚达巴沃已经见识到飞飞大人的力量,想必不会不守约定。但应该还有人在战斗,也得悼念死者……现在的状况不适合追求自己的欲望。)

诚然,战斗已经结束了。

然而,伊维尔艾身为女人的战斗才刚揭开序幕。

伊维尔艾想象着自己今后必须采取的行动,忽然听见钢铁的撞击声。她转头一看,只见一群人奔跑过来,是冒险者与士兵们,以及——

"带头的是战士长?大家都来了……"

她看到葛杰夫·史托罗诺夫,还有拉裘丝与缇娜。不只如此,甚至连格格兰与缇亚都在。大家身上都脏兮兮的,能看出他们来到这里之前历经何种死斗。

这些人环顾满目疮痍的战场痕迹,然后倒抽一口气凝视着飞飞。察觉到众人目光中的心思,伊维尔艾小声对飞飞说:

"飞飞大人,请向众人宣布胜利。"

但他一动也不动。正当伊维尔艾感到狐疑时,她听见一个小小的低喃。

"真让人难为情。"

那种不像是超级战士,简直像个一般人的反应让伊维尔艾破颜而笑。

"……这是立下头等功绩的人的职责喔,放弃挣扎吧。"

"唉。也是,是该这么做。"

飞飞握紧了剑,猛力往空中一刺。

"唔喔喔喔喔喔喔喔喔!"

下个瞬间,广场上所有人一起挥起了拳头,爆发出庆祝胜利的呐喊。

然后大家齐声赞颂飞飞这个救国英雄的名字——

Epilogue

1

下火月（九月）六日，08∶45。

塞巴斯面前聚集了一大排女仆。

她们是总共四十一名人造人。站在最前面的是狗头女仆长，佩丝特妮·S.汪可。在纳萨力克负责一般工作的女仆全员到齐。

"各位，她是新来到纳萨力克的女仆。"

"我叫琪雅蕾妮纳，请大家多多指教。"

琪雅蕾鞠了个躬，由女仆长代表大家向她问好。

双方讲了几句话，琪雅蕾脸上没有什么惧色。

其实佩丝特妮除了脸部正中央有条裂痕与缝合痕迹之外，眼神温柔，容貌就像狗一样。站在后面的女仆们也跟人类没两样，不是会让人望而生畏的异形。

即使如此，琪雅蕾因为过去环境而对他人产生的恐惧并没有消失。然而她还是能正常地回话，可能是因为她知道自己置身的状况，急着想卖命工作吧。

（得多关心她一点，不然可能会爆发呢。）

在塞巴斯将此事牢记于心时，双方的问候也结束了，琪雅蕾在一名女仆的带领之下走出去。

她一度回头注视塞巴斯。

塞巴斯点头后她也点点头，然后往前走去，再也没有回头。

"塞巴斯大人,要教育那女孩到什么程度呢,汪。"

"请让她达到纳萨力克女仆的合格标准。不过她只是个普通人类,教育时请特别注意这一点。"

"属下明白了,汪。"佩丝特妮的狗脸扭曲,露出了牙齿。

虽然脸孔变得像是扑向猎物的野兽一般,但眼神依然温柔。

"属下还以为女仆只是暂时性的呢。"

"什么意思?"

塞巴斯不明白她的意思,一头雾水,佩丝特妮回答:

"……汪……没有,属下只是以为她会结婚离职,汪。"

"什……"

塞巴斯表情抽搐的同时,佩丝特妮文静的笑声回荡在纳萨力克地下大坟墓第九层。

2

下火月(九月)七日,16:51。

克莱姆只确认了现在的时间与有无访客,认为没问题后才打开拉娜房间的门。

美若天仙的主人在夕阳火红的房间里,坐在平常的那个座位上。洒落的光线恍如聚光灯般,衬托着她的美丽。

"欢迎,克莱姆。"

她温柔的美貌,急速舒缓、疗愈了他伤痕累累的内心。

他绷起差点儿松散的脸部表情，走到拉娜跟前。

"来，坐下吧，克莱姆。"

"不，谢谢您的好意，拉娜大人。属下还得去其他地方处理王都恶魔袭击事件的善后事宜。"

拉娜的眼中闪耀出光辉。

这本来就是拉娜对他下的命令，一听就懂是当然的。

克莱姆等会儿要去护卫魔法师工会，理由是因为某个道具。

恶魔袭击事件的全貌虽然尚未查明，不过他们从某间仓库中找到了一个恐怖的道具。

目前道具正由魔法师工会检查中，他们发现其中蕴藏的魔力非比寻常，再加上亚达巴沃泄露的情报，所有人都确定这就是他们要的东西。

因此，魔法师工会聚集了许多身经百战的强者，在决定如何处理道具之前，要请这些人士保卫附近一带。

克莱姆也是被派出的其中一人。

（"八指"将这种道具带进王都，竟然不能追究他们的责任……真令人不愉快！）

即使站在拉娜的面前，克莱姆仍无法完全压抑不愉快的感受。

这个为王都带来悲剧的道具，确定是从"八指"走私部门管理的一间仓库找到的，他们应该立即采取行动，击溃走私部门。

然而有一个理由不允许他们这样做，那就是知道这项情报的人相当有限。

之所以能够查获这么一个道具,是因为取得亚达巴沃所泄露的情报,所以拉娜提出了她的见解。

她认为对方可能是故意泄露情报,让人类找出自己的部下没能找到的道具。

由于这个说法大家都能认同,因此为了隐蔽情报只好隐瞒一切,不能拿"道具是在'八指'仓库找到的"这点当成武器。

"你要跟战士长一起行动对吧。我知道了,那么你就站着没关系。所以你拯救的各位市民怎么样了?之前让他们在王城里受到保护,不过刚才应该都离开了吧?"

紧接着投下的炸弹,让克莱姆的心脏重重跳了一下。

"是、是的。大家说希望我代为转达对拉娜大人的谢意。"

"这样啊。那么我现在赶紧过去,应该还见得到他们吧?"

"万万不可!"克莱姆大声叫出来后,才心想"糟了"。

他低垂着头,语气急促地向拉娜解释:

"大家都有很多事要忙。若是拉娜大人去看他们,怕会占用了大家宝贵的时间。抱歉辜负了拉娜大人的一片善意,但还是请您别去了吧。"

把压低的头抬起来时,克莱姆以为主人美丽的脸庞会显露出不满,或是不符年龄地像个孩子般露出遗憾的表情。

然而迎接克莱姆的却不是这两种表情。

拉娜在笑。

不是微笑，而是在笑。

的确，克莱姆有时候会看到拉娜笑。

追溯到最令人怀念的那段回忆，他能想起自己被捡来不久的时候，拉娜脸上那种僵硬的笑容。

然而，此时的表情跟那种表情有某样决定性的差异。还没想到那差异的正确答案时，她已经回复了平时的微笑。

"……那就没办法了呢。"

看到拉娜接受了，克莱姆咽下安心的叹气。这是因为他刚才对主人说的话几乎就是撒谎。克莱姆几乎没听到他们的半句感谢。非但如此，还被彻底谴责了一顿。

"你为什么只救我们？！"

他们只是把发生在自己身上的不幸——失去家人与财产——的恼火发泄在克莱姆身上罢了。

克莱姆之所以甘愿承担由谁来看都只是乱出气的情绪，是因为克莱姆可怜他们没有其他人可以责备，也是在惩罚自己没能完美达成主人期望的结果。

话虽如此，冒着危险与那样强大的恶魔展开死斗，好不容易才救出来的民众却那样指责自己，还是让他心里不好过。

出现在仓库前的恶魔，实力不是其他喽啰所能比拟的。就连武艺高超的布莱恩·安格劳斯都难以对付的强大恶魔，身上早已受了许多伤。如果它毫发无伤地出现在三人面前，三人肯定早已败北。

后来他听拉裘丝提及那个恶魔原本有多强,还庆幸自己与他俩运气好,才能获得胜利。

死命撑过那般生死就在一线之间的危机,得到的却是怒骂。

他早已习惯孤独,但这又是另一种痛苦。

不过,他们对克莱姆发泄憎恨的话还好。克莱姆虽是公主直属的士兵,但也受到他人嫌弃,就算被骂,别人也会默许吧。可是如果让他们见到拉娜,难保不会引发问题。

如果他们的憎恨转向公主,甚至出言侮辱的话,克莱姆也不得不拔剑。

"那么,克莱姆。接下来我要讲一件令人难过的事。请你注意听。"

拉娜无声无息地闭起眼睛,几秒后才睁开。

"克莱姆与塞巴斯先生等人协力救出的那些被关在娼馆里面的人……遭人杀害了。"

克莱姆一时之间不明白她在说什么,然后用沙哑的声音问:

"怎么会,发生这种事……"

他之前听到的,明明是会暂时将那些人安置在值勤站当中,然后再找机会送到拉娜的领土啊。

"是我的错。我本来想请冒险者保护她们,但因为王都发生动乱,雇不到冒险者,只好改为雇用佣兵护送她们……"

结果全都死了。拉娜摇摇头。

"不、不是这样的,快别这么说。这绝对不是拉娜大人的错！错的是那些袭击她们的家伙！"

"不！要是我能更慎重行事就好了……要不是我觉得王都内情况混乱，守卫会变得薄弱，觉得危险而急着放走她们，事情也不会变成这样！如果我让克莱姆你去护送她们，也许情况就不一样了。真不知道该如何向介绍佣兵给我的冒险者道歉才好……"

拉娜的眼角渗出了泪珠。

克莱姆胸口一紧，心痛不已。

或许拉娜的确犯了错，但是在那种状况下，那应该是最好的办法了。

既然如此，有谁能够责怪她呢？

"这绝不是拉娜大人的错！"

克莱姆坚定地断言，让拉娜感动万分地站起来，抱住了他。

他原本想伸手抱住依偎在怀里的娇小背部——但他没这么做。

他不能这么做。

"可是那些人究竟是从哪里获得的情报……"

"毫无头绪。王都发生动乱时，有一段时间王城的警备松懈了点。也许情报是在那时候泄露的吧？我觉得我已经尽快将她们送走了……"

但还是不能保证情报没有泄露。应该说只要从克莱姆保护了她们这点继续追踪，终究会查到值勤站这个地点。

"尸体是在何处发现？"

"在王都内，似乎是在贫民区发现的。详细情形我也不清楚。"

"尸体呢？"

"下葬了。为什么这样问？"

"只要检查伤口，也许能掌握到某些线索。"

"……克莱姆，还是别这么做吧。别再继续侮辱她们了，至少让她们死后能获得安宁。"

"……遵命。"

拉娜的温柔撼动了克莱姆的心。

拉娜说得确实有道理。

克莱姆觉得自己真丢脸，考虑得不够周到。看来自己太执着于追求真相了。

"别放在心上。这绝不是克莱姆的……跟刚才立场颠倒了呢。"拉娜露出微笑。

虽然眼睛红红的，但泪水已经流干。

"是。"克莱姆也不再面无表情，笑了出来。

"对不起，把你留下来这么久。那么，克莱姆也要好好加油喔。"

渐渐远去的温暖让克莱姆深感遗憾，但他还是斩断了欲望。

下火月（九月）十日，09：08。

那天就像祝福他们踏上旅程一般，湛蓝的天空辽阔无际，真是一片万里晴空。

身穿漆黑铠甲的男人让深红披风在背后飘扬，伊维尔艾向他问道：

"您要回去了吗？"

说回去有点怪怪的，但以伊维尔艾的心境来说就是这种感觉。

苍蔷薇也是一样，冒险者常常被人当成无根浮萍，但也有些人会把某个都市当成自己的据点。

对飞飞来说，耶·兰提尔就是他的据点吧。

"我是很想跟您一块走啦。"伊维尔艾不敢相信自己竟然发出这么无助的声音。

她觉得自己简直成了挽留离去恋人的少女，又被恋人这个字眼弄得内心小鹿乱撞。

"……别在意。"他只回了这么一句。

好冷淡的人啊。伊维尔艾心中暗想。

她想不到该说些什么，风吹过两人之间。

有个男人等着这个空白的时间，开口要说话。伊维尔艾不禁觉得男女正在依依惜别，真是不解风情，不过这里并不只有他们俩。

飞飞背后有娜贝，伊维尔艾背后则有苍蔷薇的成员。

此外还有要将飞飞送往耶·兰提尔的魔法吟唱者。

"这次真是承蒙您照顾了。"

受到雷文侯感谢，飞飞简单点点头。

"陛下似乎也想当面向您表达谢意……"

在这次的王都动乱当中，与敌方首谋亚达巴沃这个超级大恶魔一对一单挑，并将其击退的战士之名，被所有的冒险者、平民与贵族知晓。

国王会想亲自见他也是理所当然，看情况说不定还会授予爵位。然而飞飞拒绝了，甚至无意与国王见面。

这种态度似乎造成了不良影响。

看在重视自己颜面的贵族眼里，一个来历不明的男人对身份高于他们的国王摆出这种态度，实在太过傲慢。

有人说这是侮辱了国王，区区冒险者竟敢如此无礼。

一部分贵族认为飞飞没除掉亚达巴沃是他的失误，甚至还有人说他没杀死亚达巴沃，是因为两人根本就是一伙儿的。

对于这种意见，雷文侯实在无法坐视不管，就用自己的权势让那些人闭了嘴。

他甚至语带威胁地说"人是我委托来的，如果你还要这样说，我就要当成是对我的挑衅了"。

贵族们的谴责，也在飞飞表示"我只是作为冒险者接受委托，并完成任务罢了。此等小事岂敢接受国王慰劳，如果国王尊意如此，希望能对参加此次战役的所有冒险者一视同仁"之后，逐渐平息了下来。

不过这不代表焖烧的火苗熄灭了。他们不过是领悟到如果继续责骂飞飞，受到轻蔑的将会是他们自己。

伊维尔艾想起身为贵族的拉裘丝做过的解释：若不是有飞飞这位强者在，侵袭王都的动乱没有人能解决，不难想象将会造成更多的灾害。

这样的英雄回到根据地时，只有苍蔷薇的成员与雷文侯前来送行，是因为他的立场复杂。

因这次事件而声望提高的人包括冒险者、国王、第二王子与雷文侯，声望下降的则是贵族们。

当然，贵族们也提出了反驳。

王都是国王的领地，对领土位于其他地方的贵族来说，他们可以讲情义地运用从自己领地带来的民兵帮忙保卫王都，却没有这个义务。想到恶魔可能袭击他们的住处，他们当然要以保护自己为重了。

发生这次事件之后，贵族派开始摆出强硬态度，高喊连自己的领土都保护不了的人不配称王。

拥王派则是强烈主张国王并未躲在安全的地方，而是挺身奋战。

就这样，两方势力的权力斗争愈演愈烈。而与权力斗争无关的王都人民，则怀着另一种不满：平常作威作福的那些贵族，为什么有事只会保护自己的家,而不来保护我们?

正因为如此,那些拼死奋战的人更是受到赞扬。

如此一来声望扫地的贵族们就更是恼火了。情况形成恶性循环,贵族们最后将不满的矛头指向冒险者们:不过就是拿钱做事,所以才会死命战斗。

这次的事件,担任旗手的是精钢级冒险者当中,获得了王国第一之名的飞飞。

所以不可能有人来送行。

一部分态度较为友好的贵族,也因为受到权力斗争激烈化的影响,而无法轻易地行动。

雷文侯能来,是因为他的立场就像只蝙蝠。

"国王、第二王子与第三公主联名送来了对飞飞阁下的感谢状,还有在国王直辖领地免除一切通行税的证明板。此外还有国王御赐的短剑。"

伊维尔艾清楚地听见拉裘丝作为贵族,钦佩地叹了口气。

国王赐予短剑,具有对贵族或骑士中战功彪炳之人颁发勋章的意义。在权力斗争愈演愈烈的现况下,赐予短剑一事如果让贵族们知道,想必会引发一阵风波。

即使如此,国王仍然决定对飞飞这名人物的功绩赐予奖赏,其决心只能说值得敬佩。

(原本还以为那个男人只会造成对立,没什么了不起的地方,看来得稍微对他另眼相看了。)

飞飞泰然自若地接受短剑等奖赏后，交给站在背后的娜贝。

"不，贵族们也有可能觉得这样作为奖赏已经足够，不再多说什么吧。"伊维尔艾喃喃自语。

对贵族们来说，让兼具声望与实力的人物当上贵族，一定会有许多不愉快之处吧。而且让超越葛杰夫的战士加入拥王派，也会是一个人麻烦。

所以若国王有意赐予飞飞爵位，反对声浪一定相当大，届时他们可以搬出短剑作为根据，主张国王已经赐予短剑，再多的褒奖就过头了。

贵族们应该会轻易默许吧。伊维尔艾的这种想法，马上就被身旁的人否定。

"这样想太天真了，伊维尔艾。"

"太嫩了。国王想得更多。"

"为什么？"

"那把短剑是赐给骑士或贵族的。"

"所以日后假使有什么状况，需要拔擢飞飞先生时，如果贵族们抗议，他可以搬出那把短剑来讲，说'那把短剑不可能赐给平民，对吧？你们也是知道的吧？其实当时就是连爵位一起赏赐'。虽然是强词夺理，但很有效。"

"原来如此……真亏你们能想到这么远。"

"哼哼。"

"别小看前暗杀……忍者。"

"那么我差不多该走了。雷文侯,感谢您各方面的费心。"

"不会,希望今后你我能保持良好关系。"

"我才要请您多多关照。还有苍蔷薇的各位,同样身为精钢级冒险者,希望双方可以密切联络。又有什么状况时就再麻烦各位了。"

"这是我们要说的,飞飞先生。如今我们知道了飞飞先生的实力,说我们与飞飞先生是相同地位的冒险者,真让我们无地自容,不过我们会努力锻炼,以期稍微达到飞飞先生的层次,今后也请您多关照了。"

拉裘丝与飞飞互相点头致意。

然后伊维尔艾感觉飞飞的视线朝自己动了一下。

那绝不是她多心了。

飞飞似乎显得欲言又止,就是最好的证据。

伊维尔艾感觉不会动的心脏又跳了一下。

如果飞飞请求伊维尔艾成为自己的同伴,她想必无法拒绝。虽然这样等于是背叛一直以来同甘共苦的同伴,但她实在无法欺骗自己的心。

飞飞犹豫了一会儿后呼出一口气,转过身去,深红披风随着动作大幅摇晃。

背影渐渐走远,格格兰挖苦人似的说:"被甩啦。"

"不。他就是那种人。"

伊维尔艾自始至终目不转睛地注视着飞飞,然而雷文侯属下的魔法吟唱者发动了"漂浮板"载着飞飞他们慢慢浮上天空。

　　"一定还能在某个地方相会。"

　　"希望到时候不是这次这种重大事件，能更轻松点就好了。"

　　"很难。"

　　"是啊。"

　　苍蔷薇成员你一言我一句地说着。

　　精钢级冒险者只有在发生重大事件时，才可能在工作时相遇。

　　"那你就自己跑去见他不就得了。伊维尔艾会使用'传送'嘛。在耶·兰提尔做个传送点也不赖啊。是说你跟他一起去不是一举两得？让飞飞保护着移动也比较安全嘛。"

　　伊维尔艾惊愕地盯着格格兰瞧。

　　当然她戴着面具，但呆滞的表情完全显现在态度上了。

　　"喂喂，难道你完全没注意到吗？远距离恋爱都维持不久的……啊，不过你们还没开始交往嘛。"

　　格格兰仰望天空，伊维尔艾也跟着抬头望向天空。

　　飞飞的背影越来越小。

　　"呜哇啊啊啊啊啊啊啊啊！"

　　伊维尔艾发出近乎怒吼的尖叫，逗得苍蔷薇的成员都笑了起来。

4

下火月（九月）十日，18：45。

"八指"这次的紧急会议从一开始就乱成一团。

首先，成员没有到齐。

其中一个缺席的是岢可道尔。不过，大家都知道他被关进值勤站了，所以没有直接成为问题。

问题是另一个空位——桀洛。

他们知道桀洛并不是倒戈了，正因为如此问题才更严重。

根据他们收到的情报，桀洛确实已经死亡。

当天他们接受桀洛的提议公开凌迟处死侮辱他们的人，还将一些部下送了过去，那些部下似乎也全数遭到杀害。

损失很大。

的确那些部下并非无可取代，但"八指"中最强的男人，警备部头子之死却是不该发生的损失。

在场各部门的头儿都是竞争对手，但也是同一个组织的成员，这次损失势必会影响到他们每一个人。

众人议论纷纷。

桀洛死后空出的位子该如何处理，岢可道尔又该如何处理。

平常的话他们一定会采取行动，让自己的手下去坐这些位子。然而，有一个理由让他们无法这么做。

那就是发生在王都的恶魔袭击事件。

那件事对"八指"造成的损失不容小觑。当天还有据点遭受袭击,但与他们受到的损害根本不能比,尤其是走私部门头子更是为这次损失伤透脑筋。

几乎所有仓库的货物都被抢走,没受到袭击的仓库也遭到了检查,结果他们失去了运进王都内的将近半数走私品,损失惨重。

"总之在回复力量之前,只能互相帮助了。"

"我们不是一直都在互相帮助吗?"

"少耍嘴皮子。只有这次,我们真的必须互相帮助。我认为我们应该暂时离开王都活动,大家觉得呢?"

"不,现在才应该在王都行动吧?还得给新任卫士长等人一点甜头。要是这时候逃之夭夭,恐怕会永远失去王都的利益。"

"嗯——的确有这个可能性,但警备部门——我等目前失去了大半武力,在王都活动不会太危险吗?"

五名部门头子与议长抱头苦思,向从刚才到现在唯一没有发言的部门长问道:

"希尔玛,你怎么看?"

女人的身体震了一下,那反应跟上次会议时简直判若两人。

眼睛下面出现了化妆也遮盖不住的黑眼圈,脸色活像个死人。

"怎么了?听说你的宅邸也遭到袭击……不是只有你从隐藏通道巧妙逃走了吗?难道是看到了什么让你吓成这样的东西?"

其他部门头子跟平常一样让护卫在背后待命,只有希尔玛背后没有半个人。

"怎么了?"

希尔玛正要开口的瞬间,会议室的门打开了。

"好啦——到此为止!"

一个黑暗精灵男孩开朗地喊着,走进房间来,后面跟着个战战兢兢的黑暗精灵女孩。

在场所有人都愣住了,反应不过来。

如果来的是个成年的黑暗精灵,也许他们还能做出不同反应,但眼前的是两个与现场气氛相差甚远的小孩。

他们没想到可能是敌人,满脑子只在疑惑是谁带他们来的。

"呃,接下来要请大家成为我们主人的奴仆!"

看现场一片死寂,男孩可能以为大家没听懂,重新说了一遍。

"至尊至贵的领导者认为与其统率这个国家的首脑阵容,不如控制各位比较能获得影响力。因此各位的罪过受到宽恕,成为我们的奴仆……奴隶?人偶?都没差啦。总之,恭喜大家——"

黑暗精灵男孩拍拍手,战战兢兢的女孩也把法杖夹到腋下,跟着开始拍手。

"恭、恭喜——"

"开什么玩笑!"

因为不知道对方是敌是友,所以才会烦恼。既然已经知道是敌人，就简单了。

这些在黑社会打滚的分子已经转换了思考方式，杀死对方是其次，首先摸索自己能安全逃生的方法。

虽然无法确定这两个黑暗精灵是不是老大，但他们能从正面入侵"八指"的首脑会议，可见此地大部分都已被占领。

既然如此，就算是各部门选出的顶尖护卫，恐怕也打不赢对方。

因为除非对方笨到极点，否则应该已经做好万全准备，不留任何败北的可能性。所以从这里安全脱逃，才是最优先的事项。

各部门头子毫不犹豫地决定以自己的护卫当成肉盾。所有人瞬间产生同一个想法，准备采取实际行动。

然而，他们的行动实在太慢了。

一个部门的头儿要从椅子上站起来，却第一个发现自己的身体无法动弹。

"啊，喔啊，啊啊？啊啊啊啊——"

身体早就不能动了。舌头发僵，讲不出话来，只有口水流了满嘴。

男孩呼出一口气，脸上带着笑容。

"呃，首先招待大家到一个好玩的地方——咯。"

"呃，嗯。那、那个，招待大家。"

希尔玛身体抖了一下。

"等、等等！我不用去吧？我不是提供协助了吗！"

男人们知道了谁是内奸，瞪向唯一能动的女人。

"拜托，求求你们！我不要了！我不要再被那样了！"

"嗯——你做了什么？"

"我、我把她带去恐怖公的房间，让人家从她体内吃她。"

"呜哇——"黑暗精灵男孩的表情变得扭曲。

希尔玛大概是想起了什么，她抱紧自己的身体，指甲刺进手臂里，浑身严重颤抖。她一手捂着嘴，两眼扑簌簌地落下眼泪，脸色惨白得像要呕吐。

"还、还有——"

"够了。所以伤口是用治疗魔法治好的喽。难怪她会变得那么乖了。不过真难得耶，你竟然没杀她。"

"呃，嗯。因为尸体很多了，而且她可以用来运营这个组织。"

"原来如此——那么，大婶，加油喔。如果你敢背叛，就把你带进房间关更久喔。"

"咿！"希尔玛脸色惨白，用力点了好几次头。

她彻底失去了反抗的意志，完全成了个唯命是从、忠心耿耿的奴仆。

"总之我希望你争取时间，直到这些人变乖为止。做得到吗？"

"当、当然做得到！请交给我吧！我一定会帮上忙！"

看到希尔玛拼命巴结的模样,男人们明白,自己也会尝到跟她一样恐怖的体验,脸色顿时变得惨白。

"那么,我把几个带来的部下交给你,要好好活用喔。另外有几个人绝对不能杀死或是变成敌人,之后我再跟你解释喔。"

黑暗精灵男孩甜甜地一笑。

"好啦!这样这个国家的一半就支配完成了。不过……迪米乌哥斯说这是为了建国铺路,嗯——算了,管他的。接下来要去别的国家吗?"

角色介绍

威克提姆

| 异形类种族

victim

牺牲的婴儿

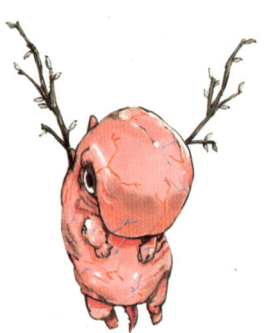

职位——纳萨力克地下大坟墓第八层守护者。

住处——第八层生命树 Sephirot

属性——中立————[正义值：1]

种族等级—天使 Angel————10 lv
　　　　　大天使 Archangel————10 lv
　　　　　其他

职业等级—爱国者————1 lv
　　　　　圣人————4 lv
　　　　　殉教者————1 lv

［种族等级］+［职业等级］———— 合计35级
● 种族等级　　　　● 职业等级
总级数29级　　　　总级数6级

status

能力表

[最大值为100时的比例]

- HP［体力］
- MP［魔力］
- 物理攻击
- 物理防御
- 敏捷
- 魔法攻击
- 魔法防御
- 综合抗性
- 特殊性

艾多玛・巴西丽莎・泽塔

异形类种族

εντομα·βασιλισσα·ζ

爱虫女仆

职位———纳萨力克地下大坟墓战斗女仆。
住处———地下第九层的仆人房之一。
属性———中立～恶————[正义值:-100]
种族等级—蜘蛛人(Arachnoid)————10lv
其他

职业等级—符术师————10lv
　　　　　符击师————7lv
　　　　　驯虫师————7lv
　　　　　武器专家———3lv
其他

[种族等级]+[职业等级]————合计51级
● 种族等级　　　　　　　　　　职业等级
总级数12级　　　　　　　　　总级数39级

能力表 status

[最大值为100时的比例]

- HP[体力]
- MP[魔力]
- 物理攻击
- 物理防御
- 敏捷
- 魔法攻击
- 魔法防御
- 综合抗性
- 特殊性

拉裘丝·
艾尔贝因·蒂尔·
爱因多拉

人类种族

lakyus alvein dale aindra

苍蓝蔷薇

职位——苍蔷薇领队
住处——王都。
职业等级—祭司—————————？lv
　　　　　圣殿骑士———————？lv
　　　　　女神官————————？lv
　　　　　其他

生日——下土月1日
兴趣——写作。

{ personal character }

　　身穿闪耀装备的少女战士，拥有魔剑齐利尼拉姆。她身为神官战士，已经踏进"英雄"的领域，而且还有大幅的成长空间，将来很可能成为传说级人物。原本是贵族家的千金，在听到"朱红露滴"的冒险故事后离家出走（日后得到双亲的谅解）。属于拖着同伴勇往直前的类型，苍蔷薇就是以她为中心组成小队。

伊维尔艾

异形类种族

ivileye

极大级魔法吟唱者
我们家的小不点 (by 格格兰)

职位———苍蔷薇成员。

住处———王都。

职业等级—吸血公主 Vampire Princess ———————? lv

　　　　　妖术师————————? lv

　　　　　元素法师 (大地) ————? lv

　　　　　其他

生日———不明。

兴趣———魔法研发与实验。

{ personal character }

过去被称为"灭国"、人人闻风丧胆的吸血鬼。曾与十三英雄并肩对抗魔神。原本是人类，维持着成为吸血鬼时的外貌。绝口不提成为吸血鬼与毁灭国家的理由。不过，这两件事似乎与伊维尔艾的天生异能有关。顺便一提，她虽然是最晚加入苍蔷薇的成员，却是最会摆架子的一个。

格格兰

gagaran

神秘娇柔女战士(自称)
肌肉女(by 伊维尔艾)

人类种族

Character 27

职位——苍蔷薇成员。

住处——谜。(王都)

职业等级—骑士——————？lv
　　　　空中骑兵——————？lv
　　　　佣兵————————？lv
　　　　其他

生日——谜。(下土月2日)

兴趣——谜。(锻炼肌肉)

{ personal character }

　　虽然是女性，但由于满身肌肉外加个头高大，常常让人怀疑她的性别。当初帮助拉裘丝离家成为冒险者的就是她，也是苍蔷薇的初期成员之一（原本还有另一人）。是个神秘的战士，名字是化名，过去经历一切不详，就算对同伴也不肯说。不过她在小队里最受信赖，不是因为实力强大，而是她有着自然流露的包容力。就像个可靠的大哥。

缇亚 & 缇娜

人类种族

tia & tina

潜影双杀

职位——苍蔷薇成员。

住处——王都。

职业等级—盗匪————————？lv

暗杀者————————？lv

忍者——————————？lv

其他

生日——不明。

兴趣——跟踪。

{ personal character }

    在帝国等地区赫赫有名的暗杀者集团头领三姐妹中的两人。一般认为被她们盯上的人必死无疑，然而当她们前来暗杀拉裘丝时反被打败，并受到一番劝说，于是答应加入苍蔷薇。本来是想找机会夺取拉裘丝的性命，后来觉得这样的生活也不错，于是改过向善，不再做暗杀勾当。现在甚至变得愿意为了同伴不惜舍弃性命。

作者后记

那么，这读着读着在各种方面都越来越激烈的第六部是否让大家满意呢？

要是想着"果然是丸山的《OVERLORD》啊"，大家都这么同意就再好不过了。毕竟这是普通轻小说主角绝对做不出来的事的大集结啊。

暗线在数部前就埋下了，"就等着这时候呢"，我可有着让大家吃一惊的自信哟。不过，说不定还是会有人全部看穿……很困难的吧。大概，藏得最深的就是日记的事了。从第二部的情节来考虑伏笔的话，从袭击者（第二部）的目的来看实在想不到那里去的吧。反过来说，毕竟那是干得那么大的家伙呢，就算在他们身上铺设大伏笔来吊胃口也没什么奇怪的。但是那里也没怎么吊人胃口，简直就像是故意让对方吊起来的胃口落空啊……真是小聪明呢。

在读了这里的话之后再回过去重读一次全部的话，说不定会有意外的发现呢。

接着是角色，虽然五、六部中的MVP确实是伊维尔艾，但我个人最喜欢的角色是在最后的最后才终于出现名字的盗贼。年轻真好呢，这么普通地漏出自言自语的人说不定能理解我的心情呢。

总之，读了这前后篇的读者们，非常感谢你们。大家有着怎样的感谢我真的很有兴趣呢。要怎么帮读者贴邮票可是难点啊，要是读者们主动送信来我会很高兴的。

那么，接下来就是谢词了。

插画的so-bin桑、封面设计的ChordDesignStudio、校对的大迫桑、编辑的F田桑，还有协助了《OVERLORD》制作的大家，非常感谢。还有honey，在各种方面都非常感谢。

还有买了这本书的读者们，真的很感谢大家！

二〇一四年一月　丸山黄金

Postscript by So-bin

在最后阶段

艾多玛是丸山老师说穿和服不错，
真是说得太对了！于是就画成这样了。
我很喜欢。虽然作品中没有提到，
不过脸长得很嗯。

OVERLORD Vol.6 The men in the kingdom (GE)

©Kugane Maruyama 2014
First published in Japan in 2014 by KADOKAWA CORPORATION, Tokyo.
Simplified Chinese translation rights arranged with KADOKAWA CORPORATION, Tokyo.
through JAPAN UNI AGENCY, INC., Tokyo.
Simplified Chinese translation by Beijing Hongyue Scientific and Technical Co., Ltd.

著作权合同登记图字：01-2018-5184

图书在版编目（CIP）数据

OVERLORD. 3，王国好汉：全2册／（日）丸山黄金著；晓峰译. —— 北京：新星出版社，2018.7（2022.8重印）
ISBN 978-7-5133-2732-9

Ⅰ．①O… Ⅱ．①丸… ②晓… Ⅲ．①长篇小说－日本－现代 Ⅳ．① I313.45
中国版本图书馆 CIP 数据核字（2018）第 101070 号

王国好汉（OVERLORD.3）

[日] 丸山黄金 著　晓峰 译

策划统筹：贾　骥　宋　凯
责任编辑：汪　欣
特约编辑：张泰亚　王　凯
装帧绘图：so—bin
装帧设计：张恺珈　张　慧

出版发行：新星出版社
出 版 人：马汝军
社　　址：北京市西城区车公庄大街丙3号楼　　100044
网　　址：www.newstarpress.com
电　　话：010-88310888
传　　真：010-65270449
法律顾问：北京市岳成律师事务所

读者服务：010-88310811　　service@newstarpress.com
邮购地址：北京西城区车公庄大街丙 3 号楼　　100044

印　　刷：北京天恒嘉业印刷有限公司
开　　本：780mm×1092mm　　1/32
印　　张：24.25
字　　数：446千字
版　　次：2018年7月第一版　　2022年8月第十一次印刷
书　　号：ISBN 978-7-5133-2732-9
定　　价：99.00元（全二册）

版权专有，侵权必究；如有质量问题，请与印刷厂联系调换。

第7部
Volume Seven

他们究竟能否逃出生天——

大坟墓终于要卸下神秘面纱。

OVERLORD 7
大坟墓的入侵者

OVERLORD Kugane Maruyama | illustration by so-bin

丸山黄金
illustration ◉ so-bin

敬请期待
第7部

不死之王
狄瓦诺克

[magic item]
·魔法强化宝珠——[雷击＆火球]
·防火斗篷
·变位戒指

血舞弯刀
爱德丝特莲

[magic item]
·风之精灵——[衣服]
·憎恶琥珀——[耳环]
·闪耀钻石——[首饰]